OPENBARING

JEROEN WINDMEIJER EN TJARKO EVENBOER

Openbaring

XANDER

Uitgegeven door Xander Uitgevers
www.xanderuitgevers.nl

Omslagontwerp: Mecob
Omslagbeeld: Shutterstock
Afwerking omslag: Select Interface
Auteursfoto: Bonnita Postma
Zetwerk: Michiel Niesen, ZetProducties

Eerste druk 2023

ISBN 978 94 0161 910 3 | NUR 332

I ain't afraid of your Jesus
I'm afraid of what you do in the name of your God

The Klezmatics – *I ain't afraid*

Mattheüs 24
De komst van de Mensenzoon

Nadat Jezus de tempel had verlaten, wendden zijn leerlingen zich onderweg tot hem en vestigden zijn aandacht op de tempelgebouwen. Hij zei tegen hen: 'Hebben jullie dat alles goed gezien? Ik verzeker jullie: geen enkele steen zal op de andere blijven, alles zal worden afgebroken!' Op de Olijfberg ging hij zitten met zijn leerlingen om zich heen, en nu ze onder elkaar waren vroegen ze: 'Vertel ons, wanneer zal dat allemaal gebeuren en aan welk teken kunnen we uw komst en de voltooiing van deze wereld herkennen?'

Jezus antwoordde hun: 'Pas op dat niemand jullie misleidt. Want er zullen velen komen die mijn naam gebruiken en zeggen: 'Ik ben de messias,' en ze zullen veel mensen misleiden. Jullie zullen berichten horen over oorlogen en oorlogsdreiging. Laat dat je dan niet verontrusten, die dingen moeten namelijk gebeuren, al is daarmee het einde nog niet gekomen. Het ene volk zal tegen het andere ten strijde trekken en het ene koninkrijk tegen het andere, en overal zullen er hongersnoden uitbreken en zal de aarde beven: dat alles is het begin van de weeën. Dan zal men jullie onderdrukken en doden, en jullie zullen door alle volken worden gehaat omwille van mijn naam.

Velen zullen dan ten val komen, ze zullen elkaar verraden en elkaar haten. Er zullen talrijke valse profeten komen die velen zullen misleiden. En doordat de wetteloosheid toeneemt, zal bij velen de liefde bekoelen. Maar wie standhoudt tot het einde, zal worden gered. Pas als het goede nieuws over het koninkrijk in de hele wereld wordt verkondigd als getuigenis voor alle volken, zal het einde komen.

Wanneer jullie dus de 'verwoestende gruwel' waarover gesproken is door de profeet Daniël, zien staan op de heilige plaats (lezer, begrijp dit goed), dan moet iedereen in Judea de bergen in vluchten; wie op het dak van zijn huis is moet niet naar beneden gaan om nog spullen te halen, en wie op het land is moet niet terugkeren om zijn mantel te halen. Wat zal het rampzalig zijn voor de vrouwen die in die tijd zwanger zijn of een kind aan de borst hebben! Bid dat jullie niet in de winter zullen moeten vluchten en ook niet op sabbat. Want het zal een tijd zijn van enorme verschrikkingen, zoals er sinds het ontstaan van de wereld tot nu nooit geweest zijn en er ook niet meer zullen komen. En als die tijd niet verkort zou worden, dan zou geen enkel mens worden gered; maar omwille van de uitverkorenen zal die tijd worden verkort.

Als iemand dan tegen jullie zegt: 'Kijk, dit is de messias,' of: 'Daar is hij,' geloof dat dan niet. Want er zullen valse messiassen en valse profeten komen, die indrukwekkende tekenen en wonderen zullen verrichten om ook Gods uitverkorenen zo mogelijk te misleiden. Let op, ik heb jullie dit van tevoren gezegd. Wanneer ze dus tegen jullie zeggen: 'Kom mee, hij is in de woestijn,' ga er dan niet heen, of als ze zeggen: 'Kijk, hij is daarbinnen,' geloof dat dan niet. Want zoals een bliksemschicht vanuit het oosten weerlicht tot in het westen, zo zal ook de Mensenzoon komen. Waar een lijk is, daar zullen de gieren zich verzamelen.

Meteen na de verschrikkingen van die dagen zal de zon verduisterd worden en de maan geen licht meer geven, de sterren zullen uit de hemel vallen en de hemelse machten zullen wankelen. Dan zal aan de hemel het teken zichtbaar worden dat de komst van de Mensenzoon aankondigt, en alle stammen op aarde zullen zich van ontzetting op de borst slaan als ze de Mensenzoon zien komen op de wolken van de hemel, bekleed met macht en grote luister.

Dan zal hij zijn engelen uitzenden, en onder luid bazuingeschal zullen zij zijn uitverkorenen uit de vier windstreken bijeenbrengen, van het ene uiteinde van de hemelkoepel tot het andere.

Leer van de vijgenboom deze les: zo gauw zijn takken uitlopen en in blad schieten, weet je dat de zomer in aantocht is. Zo moeten jullie ook weten, wanneer je dat alles ziet, dat het einde nabij is. Ik verzeker jullie: deze generatie zal zeker nog niet verdwenen zijn wanneer al die dingen gebeuren.

Hemel en aarde zullen verdwijnen, maar mijn woorden zullen nooit verdwijnen.

PROLOOG

Jeruzalem, 1995

Het schemerde toen de twee tienerjongens voorbij de oude stadsmuren van Jeruzalem kwamen. De eeuwenoude stenen weerkaatsten de laatste zonnestralen, waardoor er een amberkleurige gloed over de stad lag. Het met bladgoud bedekte dak van de rotskoepelmoskee op de Tempelberg schitterde zo sterk dat het leek alsof die van binnenuit verlicht werd.

'In Jeruzalem komt al het goede en al het slechte samen,' zei de jongen die gedecideerd als een reisleider vooropliep. Hij sprak Engels met een onmiskenbaar Duits accent. 'Het is de plek waar het hele universum zich heeft samengebald, waar al duizenden jaren lang de confrontatie tussen licht en duisternis plaatsvindt.'

'Eh... oké,' antwoordde de ander, die achter hem aan sjokte. 'Whatever.' Hij veegde zijn donkere krullen voor zijn ogen weg. 'We gaan toch niet te ver weg? Ik wil straks met de rest mee uit eten.'

'Nee, rustig maar. We zijn er al bijna.'

'Je wilde iets uitpraten, zei je?'

'We hebben de laatste weken nogal wat aanvaringen gehad.'

'Dat klopt.' Nonchalant schopte hij een steentje weg. Met zijn handen in de zakken, de schouders omlaag en de blik naar de grond gericht straalde hij uit dat hij overal wilde zijn, maar niet hier. 'Het punt is...' Hij keek zijn leeftijdgenoot aan. 'Jij bekijkt het hele leven door een religieuze bril. Ik kan daar niet zoveel mee... Jij hebt een enorme passie voor je geloof, en echt, ik waardeer het als mensen ergens gepassioneerd over zijn. Ik heb dat zelf met metalmuziek bijvoorbeeld. Thuis in Nederland heb ik veel cd's van metalbands en ga ik vaak naar concerten. Maar ik heb nooit de neiging om andere mensen tot metal te bekeren. Dát is het verschil tussen ons. Het is ook een beetje leven en laten leven, toch?'

'Ja, ik weet dat ik soms vervelend kan zijn. Daarom juist wilde ik de lucht tussen ons een beetje te klaren.'

'Ik heb op zich geen probleem met je... Het zou al helpen als je wat minder drammerig was.'

De Duitse jongen ging niet op die woorden in. 'Hoe dan ook,' zei hij, 'het leek me goed om er een punt achter te zetten. Een einde te maken aan onze discussies.'

'Als jij nou eens wat minder preekt,' opperde de Nederlandse jongen met een vriendschappelijke glimlach, 'dan zal ik wat minder op jouw preken reageren.'

Zijn metgezel knikte. In zijn ogen werd een fonkeling zichtbaar. 'Kijk, dáár lopen we heen,' wees hij. Met zijn lange haar had hij in het stervende avondlicht iets weg van Jezus die zijn discipelen door het heilige land leidde. 'Het Dal van Hinnom. Het is nog vier-, vijfhonderd meter, maximaal.'

Zodra de zon definitief achter de heuvels was verdwenen, kleurde de lucht donkerpaars. De huizen op een van de heuvels heel in de verte leken op opgestapelde blokken. De lichten in de huizen brandden en in het dal hing een serene stilte.

'Nou, wat wilde je me hier zo graag laten zien?' vroeg de Nederlandse jongen toen ze op de plek waren aangekomen. Ze stonden op een uitstekende rots en hadden een goed overzicht over de vallei. 'Het is hier wel erg mooi, dat moet ik toegeven.' Hij deed zijn kleine rugzak af, zette die op de grond en deed wat rek- en strekoefeningen. 'Ik ben een beetje stijf.' Daarna tuurde hij weer over het dal, waar de kruinen van loofbomen langzaam in silhouetten veranderden. Een moment ademde hij diep in en genoot hij zichtbaar van het uitzicht.

De ander deed ook zijn rugzakje af en haalde er een bidon uit waar hij het kleine, beschermende dopje van af haalde. In zijn andere hand hield hij een aansteker vast.

Wij zijn de wierook die Christus brandt voor God, zowel onder hen die worden gered als onder hen die verloren gaan…

Zonder aarzeling kneep hij hard in de bidon. Een dikke straal vloeistof spoot de rug van de Nederlandse jongen nat.

Deze draaide zich om en lachte, half geamuseerd, half verontwaardigd. 'Wat doe je nou, gek? Waarom spuit je me…' Hij trok zijn neus op. 'Is dat benzine?'

Voor de laatsten is het een onaangename geur die tot de dood leidt, voor de eersten een heerlijke geur die leven schenkt…

De jongen kneep nog een keer in de fles en deze keer hield hij de brandende aansteker ernaast, zodat een tong van vuur eerst aan de kleding van de jongen likte maar die toen al snel in brand zette.

'Wat dóé je?!' schreeuwde deze wanhopig uit.

'Elke boom die geen goede vruchten draagt, wordt omgehakt en in het vuur geworpen,' antwoordde zijn metgezel op rustige toon. 'God heeft bepaald dat de maat der zonde in jouw leven vol is.'

Verwoed rukte de tiener aan zijn kleding, maar die plakte en smolt al snel aan zijn lichaam vast. Krijsend viel hij op zijn knieen en met grote ogen keek hij omhoog naar zijn vriend. 'Help me dan,' schreeuwde hij huilend, maar zijn reisgenoot spoot juist meer benzine over zijn brandende lichaam.

De Duitse jongen staarde onverschillig naar het tafereel. Het geschreeuw zou bij ieder ander door merg en been gaan, maar hem deed het niets.

De oordelen van God zijn rechtvaardig.

De jongen rolde over de grond, in een vergeefse poging op die manier het vuur te doven, maar omdat er steeds nieuwe brandstof werd toegevoegd, was dit tevergeefs. In minder dan een minuut was hij veranderd in een levende fakkel.

De Duitse jongen boog een klein beetje voorover, maar deinsde terug voor de hitte. Hij moest bijna kokhalzen van de geur van verbrand vlees en haar. 'Dit is je voorportaal,' sprak hij emotieloos, als een rechter die een vonnis uitsprak. 'Vanaf nu zul je voor eeuwig branden in de hel. God heeft mij naar je toe gezonden om je op de juiste weg te wijzen. Je had je moeten bekeren toen het nog kon, maar je wilde niet luisteren naar mijn stem.'

Hij schopte een paar keer tegen het lichaam aan, dat nog brandde, rookte en gloeide. Met zijn voet duwde hij de jongen toen over de punt van de rotsen heen waar hij zo kort ervoor nog maar van het uitzicht had genoten. Een doffe klap klonk. Hij keek over de rand, draaide de grote dop van de bidon en goot het laatste restje benzine uit, als een waterval. Onmiddellijk vatte het smeulende hoofd opnieuw vlam en vanaf daar breidde het vuur zich over de rest van het lichaam uit.

Hij wierp de bidon de diepte in, opende de rugzak van de Nederlander en zag dat hij daar zoals altijd zijn moneybelt met zijn paspoort en bankpasje in had gedaan. Snel propte hij de rugzak, die verder niets bevatte, in de zijne en keek om zich heen.

Het was er nog net zo rustig als toen ze waren gekomen.

'Jezus houdt de wan in zijn hand,' mompelde hij zachtjes voor zichzelf uit toen hij op zijn gemak uit het dal wegliep. 'Hij zal zijn dorsvloer reinigen en zijn graan in de schuur bijeenbrengen, maar het kaf zal hij verbranden in onblusbaar vuur.'

1

'Op 11 april 2002 verzamelden tweehonderd gelovigen zich op een heuvel net buiten het Noord-Spaanse plaatsje Garabandal.' De stem van Simon Ryevaar galmde door de grote collegezaal. De blikken van tientallen studenten rustten ofwel op hem, ofwel op het enorme scherm direct achter hem, waar de beamer een foto projecteerde van een grote groep mensen in een bergachtige omgeving. De zon was er al ondergegaan, maar de hemel gloeide nog na en een schitterend oranjerood licht kleurde de horizon. Op de gezichten van de gelovigen lag een tedere gloed, die hun de aanblik van engelen gaf. Ze keken allemaal omhoog en sommigen hadden de armen uitgestrekt, de handpalmen naar boven gericht. Velen zaten geknield op de grond, anderen stonden in een halve kring dicht bij elkaar.

'Het dorpje Garabandal – niet ver van Santander, aan de Spaanse noordkust – genoot op dat moment al tientallen jaren enige faam als bedevaartsoord, omdat het in de eerste helft van de jaren zestig door de Moeder Gods zou zijn bezocht. Volgens de overlevering zou de Heilige Maagd er aan vier meisjes zijn verschenen.' Simon drukte op een knopje van de afstandsbediening, waarna een nieuwe dia verscheen. 'Hier is een foto van de vier meisjes op het moment dat zij Maria zagen. Geen van de andere mensen die op dat moment aanwezig waren, zag wat de kinderen zagen, maar ze werden op hun woord geloofd.'

In de collegezaal klonk hier en daar wat gegrinnik. Ook Simon kon een glimlach niet onderdrukken. 'Ik weet het, ik weet het,' zei hij, zijn handen in een verdedigend gebaar opgeheven, 'het is niet erg overtuigend allemaal. Maar goed, daarom heet het natuurlijk ook 'geloof'. Deze meisjes – ze zullen inmiddels ergens tussen de zestig en zeventig jaar oud zijn – raakten zichtbaar in extase en beweerden niet alleen de maagd Maria te hebben gezien, maar ook de aartsengel Michaël. De toegestroomde toeschouwers verklaarden achteraf dat ze de zieneresjes hun tong zagen uitsteken om de communie in ontvangst te nemen. En wat denk je? Vanuit het niets lag er op alle vier de tongetjes een hostie. Een *creatio ex nihilo*. Een wonder!'

'Ja, ja,' zei een student op de eerste rij. 'Zijn er foto's of videobeelden van dat zogenaamde wonder gemaakt?'

Simon schudde zijn hoofd. 'Nee, helaas. Alle aanwezigen waren zo buiten zichzelf door het mirakel dat niemand op het idee kwam het op de gevoelige plaat vast te leggen. En in die tijd hadden mensen natuurlijk ook geen smartphone bij zich om even een selfie te maken en op Facebook te posten.'

Een andere student schudde het hoofd. 'Net als het monster van Loch Ness,' zei hij. 'Zoveel mensen beweren het beest te hebben gezien, maar om de een of andere reden lukt het niemand om hem te fotograferen.'

Simon humde beamend. 'Maar nu komt het: de heilige Maagd gaf de vier meisjes een goddelijke boodschap die betrekking had op het einde der tijden. De boodschap was héél concreet, want Maria noemde een dag en een uur! Ze fluisterde de kinderen in dat het op een grote feestdag zou gaan gebeuren, op een donderdag om half negen 's avonds. Eerst zou er een teken zijn, daarna een wonder, dan een waarschuwing en dan… het einde.'

De zaal hing aan Simons lippen. Als universitair docent was hij verbonden aan de opleiding Religiewetenschappen van de Universiteit Leiden. Van huis uit was hij cultureel antropoloog, gespecialiseerd in religieuze antropologie. Hij was gepromoveerd op een onderzoek naar godsdienstige groepen die meenden dat het einde der tijden nabij was.

Simon was een bevlogen docent, geliefd bij zijn studenten om zijn grote betrokkenheid en zijn vermogen de lesstof helder voor het voetlicht te brengen. Binnen de opleiding was hij als niet-gelovige een beetje een vreemde eend in de bijt, maar zijn enthousiasme en diepe fascinatie voor de Bijbel en de figuur van Jezus compenseerden dat ruimschoots. Met zijn grote bos donkere krullen en zijn ringbaardje met een sikje had hij wel iets weg van een dirigent.

'Noem dat maar concreet,' grapte een studente die schuin voor Simon zat. 'Met deze voorspelling kun je nog steeds alle kanten op, toch?'

'Dat klopt, Nadine,' gaf Simon toe. 'Toch was het voor bepaalde mensen specifiek genoeg om er allerlei theorieën aan op te hangen. Een goed voorbeeld is deze man.'

Op het scherm verscheen een foto van een witte man in pak, een zestiger met borstelige wenkbrauwen en een brede krans grijs haar rond zijn hoofd dat van boven kaal was. Hij zag eruit als een boerenknecht op leeftijd, iemand die veel in de buitenlucht verkeerde.

'Op deze foto zien we professor doctor Frans Rutten,' sprak Simon, terwijl hij het zaaltje in keek om de reacties van de studenten te peilen. 'Vergis je niet, die man was geen koekenbakker, hoor. Integendeel, hij was een vooraanstaande Nederlandse politicus. Van 1973 tot 1990 was hij de secretaris-generaal van het ministerie van Economische Zaken, hij was een belangrijk adviseur van de kabinetten-Den Uyl, Van Agt en Lubbers en werd zelfs het orakel van Den Haag genoemd. Later werd hij voorzitter van de Wetenschappelijke Raad voor het Regeringsbeleid en was hij bijzonder hoogleraar macro-economische politiek aan de Erasmus Universiteit Rotterdam. Een intelligente, succesvolle man dus.'

'En híj geloofde in die vage voorspelling over het einde der tijden?'

'Jazeker. Na zijn succesvolle loopbaan veranderde Rutten van een "lauwe gelovige" – zoals hij dat zelf uitdrukte – in een radicale, oerconservatieve katholiek. Hij raakte in de ban van de zojuist behandelde eindtijdvoorspelling en kreeg iets wat je "eindtijdkoorts" zou kunnen noemen: hij geloofde ineens rotsvast in een naderend einde van de wereld en een spoedig op handen zijnde wederkomst van Christus. Op basis van een naar eigen zeggen honderd procent betrouwbare econometrische methode had Rutten berekend dat donderdag 11 april 2002 de datum was die de Maagd bij haar voorspelling voor ogen had gehad. Op die dag, om precies half negen 's avonds dus, zou het einde der tijden met een krachtige klaroenstoot worden ingeluid.'

'Héél intelligent, maar toch een klap van de molen gekregen,' merkte Nadine, dezelfde studente van zo-even, op.

'Dat zou je kunnen stellen, ja,' zei Simon. 'Maar zoals vaak met eindtijdpredikers wist de beste man toch een schare volgelingen te verzamelen, onder wie veel zieken die in Garabandal genezing hoopten te vinden. Met een karavaan bussen en auto's vertrokken hij en zijn volgelingen naar het Spaanse dorpje, waar ze zich op die bewuste avond op de heuvel verzamelden om al zingend en biddend het einde der tijden af te wachten.'

'En,' zei een student ergens in het midden van de zaal, 'kwam Jezus die avond terug?'

Door de hele collegezaal klonk gegrinnik.

'Dat wij hier met zijn allen zitten toont aan dat de voorspelling niet klopte – zoals altijd liep het met een sisser af. Toen er om negen uur nog steeds niets was gebeurd, moest Rutten toegeven dat zijn rekenmethode had gefaald. Veel gelovigen dropen af, ontgoocheld en nog steeds ziek, maar een groepje diehards bleef achter, hopend tegen beter weten in. De volgende ochtend moesten verschillende mensen met onderkoelingsverschijnselen in het ziekenhuis worden opgenomen... Het kan in de Cantabrische bergen erg koud worden 's nachts.'

'En wat was Ruttens verklaring dat zijn profetie niet uitkwam?' vroeg een student.

'De man hield vol dat het einde wel degelijk zeer nabij was. Hij geloofde dat hij ergens een rekenfout moest hebben gemaakt. En daarmee reageerde hij precies zoals bijna alle eindtijdpredikers reageren wanneer hun profetie niet uitkomt. Vaak wordt de datum van het einde verschoven, en bepaalt men een nieuwe dag en tijd. Soms zegt men dat het uitblijven van het einde een test voor het geloof van de groep was, of men geeft de schuld aan de media, de overheid of aan de zondige wereld. En zo nu en dan wordt de eindtijd "vergeestelijkt": die is dan wel degelijk begonnen, maar niet op de manier waarop wij mensen die kunnen zien. Geloof me, jongelui, in mijn leven heb ik al zoveel eindtijdpredikers voorbij zien komen. In alle gevallen bloedde hun beweging dood nadat Jezus niet op de verwachte datum was verschenen, maar even vaak vond de beweging zichzelf gewoon opnieuw uit.'

Achter in de zaal ging een deur open. Een meisje met donkerblond, halflang haar liep geruisloos de zaal in. De les was al een kwartier bezig. Om de laatkomer niet in verlegenheid te brengen, deed Simon alsof hij niets had gemerkt.

'Om de psychologie achter deze – in ons geval christelijke – "eindtijdbewegingen" goed te kunnen begrijpen, moeten we eerst hun fundament onderzoeken,' ging Simon verder. 'En dat brengt ons bij de Bijbel, en vooral bij het Nieuwe Testament, waar Jezus zijn beroemde "eindtijdvoorspellingen" doet.'

Vanuit zijn ooghoeken zag hij dat het meisje dat te laat was gekomen op haar plek was gaan zitten, maar omdat ze omlaag keek, was haar gezicht niet goed te zien. Het blauwe licht dat omhoog scheen, verraadde dat ze op haar telefoon zat te kijken.

Toen Simon een moment later haar kant op keek, trof het hem ineens als een bliksemflits. Een onrustig, koortsachtig gevoel trok over hem heen.

Dat postuur. Dat haar, en de manier waarop het langs haar gezicht valt.

Zijn hartslag versnelde, hij kreeg het warm onder zijn overhemd. Er viel een lange, ongemakkelijke stilte. Sommige studenten keken verward op.

Is ze het?

Een fractie van een seconde voelde hij de hoop in zijn lichaam opvlammen. Altijd die hoop, die gekmakende hoop.

Nee. Ze kan het niet zijn.

Maar zijn wanhoop overstemde zijn nuchtere verstand. Hoe langer hij naar de jonge vrouw staarde, hoe sterker het gevoel werd.

Ze is het wel.

Er ontstond wat geroezemoes in de zaal – de studenten leken zich af te vragen wat er aan de hand was.

'Annabel?' vroeg Simon, met weinig overtuiging in zijn stem.

Het meisje had duidelijk niet door dat Simon naar haar keek. Ze hield haar blik onafgebroken op haar telefoon gericht.

'Annabel?' zei Simon, iets luider nu. Hij kwam van achter zijn bureau vandaan en deed in het gangpad een paar stappen in haar richting. Hij voelde hoe hij begon te zweten. Om hem heen was het inmiddels doodstil geworden, het leek alsof alle aanwezigen hun adem inhielden.

Is ze het echt?

Na drie, vier passen was hij nog maar twee meter van de jonge vrouw verwijderd. Ineens keek ze op. Een gezicht dat hij meende nooit eerder te hebben gezien, staarde hem met grote ogen aan.

Ze is het niet. Natúúrlijk is ze het niet.

Simon voelde dat hij een knalrode kop kreeg.

'Sorry, sorry,' verontschuldigde het meisje zich, terwijl ze haar telefoon snel op de lege stoel naast zich neerlegde. Daarna haalde ze airpods uit haar oren. Die legde ze voor zich op tafel. Haar hoofd was inmiddels minstens zo rood als dat van Simon. 'Mijn excuses, meneer Ryevaar,' stamelde ze. 'Ik was... Dit had echt even haast. Ik móést dit berichtje even beantwoorden. Mijn moeder ligt in het...'

'Het is al goed,' zei Simon, achterstevoren terug naar zijn bureau lopend. 'Het is al goed. Sorry, ik had je voor iemand anders aangezien.' Hij legde zijn rechterhand op zijn borst, als in een verontschuldigend gebaar, maar het was eigenlijk een poging om zijn hevig bonzende hart onder controle te krijgen.

Inmiddels was hij vertrouwd met de stekende pijn die naar boven kwam wanneer zijn hoop hem voor de zoveelste keer bedroog.

Hij nam weer plaats achter zijn bureau en nam enkele slokken water in een poging weer wat rustiger te worden. Hoewel hij dit toch regelmatig meemaakte en zich altijd bleek te hebben vergist, was hij iedere keer toch weer even van de kaart.

Het duurde een tijdje voordat hij zijn gejaagde ademhaling weer onder controle had.

Ze komt niet terug, Simon.

'Waar waren we gebleven?' probeerde hij op een zo rustig mogelijke toon te zeggen, maar hij voelde zich als een dronkaard die door duidelijk te articuleren zijn dronkenschap probeerde te verhullen.

Ze leeft misschien niet eens meer.

2

Thomas Weissenberg nam een trekje van de nargileh, zijn waterpijp. De rook, die een aangename, frisse appelsmaak had, vulde zijn mond. Hij bolde zijn wangen waarna hij zijn lippen een klein stukje van elkaar deed, zodat de rook langzaam kon ontsnappen, alsof het afkomstig was van een inwendig vuur diep binnen in hem.

Hij roerde in het hoge theeglas totdat de twee suikerklontjes volledig waren opgelost. Met de duim en wijsvinger van zijn vrije rechterhand omvatte hij voorzichtig de dunne rand van het glaasje, maar hij merkte direct dat de thee nog te heet was om te drinken. Hij zette het terug op het lage tafeltje.

'Alles in orde, *efendim*?' vroeg de ober.

'Alles in orde, Mehmet,' antwoordde Thomas. Hij voelde hoe het zweet zich boven zijn donkere wenkbrauwen verzamelde. De hitte hier wende nooit helemaal.

'Kan ik u nog van iets voorzien?'

'Bedankt, *abi*,' zei Thomas, en hij klopte goedmoedig op zijn buik, waar de knoopjes van zijn overhemd zichtbaar onder hoogspanning stonden. 'Ik probeer een beetje hierop te letten.'

De ober trok zich terug, terwijl Thomas een nieuwe teug van zijn nargileh nam. Het water in de versierde glazen houder borrelde even hevig en kwam vervolgens weer tot rust. Thomas probeerde te verzitten om een comfortabele houding te vinden op de grote zitzak.

Café-restaurant Dünya was zijn stamplaats, de plek waar hij altijd even tot zichzelf kon komen. Het terras waar hij zat, had een afdak dat bestond uit gevlochten rieten matten. Rondom lage tafeltjes – in feite kunstig bewerkte zilverkleurige dienbladen die los op een houten frame rustten – stonden in groepjes telkens vier bontgekleurde zitzakken. Op de achtergrond klonk rustige Turkse muziek. In zijn eerste jaren hier had hij weleens cassettebandjes gekocht, maar thuis in Keulen hadden die toch niet hetzelfde geklonken als in deze omgeving.

Vanaf waar hij zat, had hij een mooi uitzicht op de vallei. Het stadje Göreme was vervlochten met het landschap; de imposante rotsen staken als puntmutsen boven de zandkleurige huizen uit. Door de eeuwen heen had zich hier in Cappadocië een grillig, sprookjesachtig landschap gevormd doordat wind- en watererosie het zachte vulkanische tufsteen hadden verweerd. Op die manier waren de beroemde, natuurlijk gevormde pilaren ontstaan – zuilen en torens of schoorstenen tot wel veertig meter hoog.

In de middeleeuwen hakten christelijke monniken kerken uit in de zachte rotsen, die ze vanbinnen met prachtige fresco's versierden. De vallei van Göreme, waar een groot aantal van deze kerken bij elkaar lag, was inmiddels een nationaal park en was door de UNESCO tot werelderfgoed uitgeroepen. Overdag, en dan met name in de zomer als de onbarmhartig hete zon de temperatuur tot een kookpunt bracht, had de streek veel weg van een woestijn. Maar als het 's avonds wat koeler werd, was er niets heerlijker dan over de verlaten paden een wandeling te maken, met een schitterende sterrenhemel boven je hoofd.

Voorzichtig nipte hij van zijn thee en hij sloot gelukzalig zijn ogen. De verzengende warmte maakte hem doezelig. Hij wist dat hij moest oppassen nu niet in slaap te vallen, al was de verleiding groot na de uitgebreide lunch, de waterpijp en het heerlijke kopje zoete thee.

In de verte klonk een ronkend geluid, dat langzaam dichterbij kwam.

'Professor Weissenberg,' klonk een stem boven het geronk uit. 'Professor Weissenberg!'

Thomas keek in de richting van waar het geluid vandaan kwam

en zag Umut Ev, een ambitieuze studente die dit jaar voor het eerst deel uitmaakte van zijn team. Ze zat op een van de quads die het team gebruikte om korte afstandjes mee af te leggen – een uiterst handig vervoermiddel voor het ruige terrein van Cappadocië.

Als Thomas op vrouwen zou vallen – en als hij vijfentwintig jaar jonger was geweest – zou Umut absoluut zijn type zijn geweest. Haar diepzwarte haren, deels verborgen onder een felrode bandana, had ze slordig opgestoken. Daaronder waren haar groene ogen zichtbaar. Zelfs vanaf deze afstand zag Thomas de fonkelende blik die hij van haar had leren kennen.

Umut draaide vol ongeduld aan de gashendel van de quad, die gromde als een levensgrote bromvlieg en daarbij een wolk blauwe uitlaatgassen uitstootte. 'U moet komen,' zei ze. 'Snel.'

'Kom even hier,' riep hij terug, en gebaarde haar dichterbij te komen. Verlangend keek hij naar zijn waterpijp, waar Mehmet zojuist verse gloeiende kooltjes op had gelegd.

Umut schudde gedecideerd het hoofd. 'Nee, professor. Ik weet dat dit moment voor u heilig is, en dat we u alleen in uitzonderlijke gevallen mogen storen...'

'En dit is zo'n geval?'

'Dit is zo'n geval, professor.'

Nu had Umut Thomas' volledige aandacht. Hij stond op uit de logge zitzak, wat nog niet meeviel, en stootte daarbij het theeglaasje om. Hij keek opzij naar Mehmet en gebaarde dat die de gemaakte kosten op Thomas' rekening mocht zetten.

Nog wat stijf van het zitten liep hij naar Umut toe.

'Wat is er dan?'

Ze negeerde zijn vraag. 'Kom maar gauw achterop zitten.'

Thomas kon zich niet voorstellen dat ze hem zou komen ophalen als het niet heel erg dringend was. Hij nam plaats en legde losjes zijn armen om haar middel. Umut keek een moment om zich heen en bracht de quad voorzichtig in beweging.

Toen ze na een tijdje de geasfalteerde hoofdweg verlieten en op hobbeliger terrein kwamen, verstevigde hij zijn grip. De warme wind waaide door zijn grijze, halflange haar, terwijl Umut met een pittig vaartje doorreed, behendig de kuilen op de stenige bergpaden ontwijkend. In hun kielzog warrelde het stof op als in een kleine zandstorm.

De bizarre rotsformaties die Cappadocië beroemd maakten, kwamen dichterbij. Thomas was letterlijk de tel kwijtgeraakt hoe vaak hij hier was geweest. Hij had de rotsen zo vaak gezien dat hij soms vergat hoe bijzonder ze waren. Als jonge student archeologie had hij hier enkele zomervakanties deelgenomen aan opgravingen en aan het in kaart brengen van de kunsthistorische rijkdom van de provincie. Later had hij zich met zijn promotieonderzoek op de turbulente geschiedenis van het christendom in dit gebied gericht. Na zijn promotie had hij bij zijn aanstelling als universitair docent weten te bedingen dat hij het laatste trimester van het academische jaar werd vrijgesteld van lestaken, zodat hij zich volledig aan zijn werkzaamheden in en rond Göreme kon wijden.

Thomas gaf leiding aan een team van archeologen en archeologisch medewerkers in dienst van het aan de Universiteit van Keulen verbonden Archäelogisches Institut, in samenwerking met de Erciyes Üniversitesi uit Kayseri. Daarbij beschikte hij over een aantal enthousiaste, zowel Duitse als Turkse, studenten. Systematisch speurden ze het hele gebied af op zoek naar verborgen holtes en brachten ze reeds bekende grotten gedetailleerd in kaart. Ook grotten die ze al kenden konden soms voor grote verrassingen zorgen doordat achter een muur onverwacht nóg een ruimte schuil bleek te gaan of doordat onder het stof van eeuwen een wonderschoon fresco of een primitief kruis verborgen was.

Het woestijnstof waaide op rondom de quad. Thomas sloot zijn ogen om te voorkomen dat hij zand in zijn ogen kreeg.

'Kun je echt niets zeggen?' schreeuwde hij voor zich uit, tegen haar achterhoofd aan.

Ze draaide haar gezicht half om zonder hem aan te kijken.

'U moet het met eigen ogen zien, professor. Maar ik denk dat u heel erg blij zult zijn. Ik heb niemand anders in het team erover verteld.'

'Hoe bedoel je? Waarom niet?'

Umut nam kort gas terug, waardoor het geraas iets afnam. Ze boog haar hoofd nog iets verder naar achteren.

'Ik vertrouw niet iedereen daar.'

Thomas kon ergens wel begrijpen dat Umut op haar hoede was. In het verleden had hij als teamleider meer dan eens iemand van de opgraving weg moeten sturen. In de meeste gevallen had dat te maken gehad met drankgebruik, blowen of klachten over ongewenste intimiteiten – of een combinatie daarvan. Soms ging het echter om andere zaken, zoals het vernielen of verduisteren van vondsten. In dat laatste geval ging het dan meestal om jongeren met dollartekens in de ogen – artefacten van vele honderden jaren oud leverden in het illegale circuit veel geld op. Een enkele keer kwam het voor dat medewerkers dingen vanuit religieuze motieven vernielden. Tot tweemaal toe had Thomas meegemaakt dat een medewerker zojuist ontdekte fresco's onherstelbaar had beschadigd door bij sommige heiligen de ogen en of zelfs het hele gezicht weg te hakken – gedreven door het islamitische verbod op het afbeelden van mensen en dieren. Thomas had beide keren als een klein kind staan huilen toen hij de fresco's zag die duizend jaar lang de tand des tijds hadden doorstaan, maar niet bestand waren gebleken tegen de overtuiging van één fanatiekeling.

Thomas was zelf echter minder voorzichtig dan Umut – misschien vanwege zijn grote vertrouwen in de mens. Vanuit een soort kinderlijk enthousiasme schreeuwde hij bijzondere ontdekkingen het liefst van de daken. Bovendien waren er op dit moment geen mensen bij hem in dienst bij wie hij een slecht gevoel had. De meesten kende hij al van eerdere graafseizoenen. De vier, vijf nieuwe gezichten die erbij waren gekomen, waren of door hemzelf in Keulen uitgekozen of door zijn collega Ergün Altıntaş van de Universiteit van Kayseri.

'Vroeg niemand waarom je ineens wegging?' schreeuwde Thomas in haar oor. Er waaide zand in zijn ogen. Hij kneep ze toe en wreef er met zijn vingers in.

Ze schudde haar hoofd. 'Ik heb verteld dat ik bij mijn ouders ging lunchen.'

Umut was opgegroeid in een klein dorpje dat net buiten Ürgüp lag, het stadje op nog geen tien kilometer afstand van Göreme dat in de regio een centrumfunctie vervulde. Haar familie beschikte over een lappendeken aan kleinere en grotere veldjes die verspreid door het landschap lagen; ze verbouwden druiven die ze op de markt in het stadje verkochten.

Umut nam gas terug. Ze waren bijna bij de plek waar het onderzoek zich in deze maanden concentreerde. Tegen Thomas' verwachting sloeg ze een klein geitenpaadje in dat nauwelijks breed genoeg was voor de quad. Takken van de stugge struiken sloegen tegen zijn benen aan. Hij vroeg zich af waar Umut hem in vredesnaam heen wilde brengen. Dit was niet de locatie waar ze met het onderzoek bezig waren.

'We zijn er bijna,' schreeuwde Umut voor zich uit.

Soms verbaasde Thomas zich erover dat ze na meer dan twintig jaar graven nog steeds op nieuwe zaken stuitten, maar het gebied dat zijn team als onderzoeksterrein had was enorm uitgestrekt. Er waren ook nog eens zo'n veertig ondergrondse steden, die soms wel achttien verdiepingen telden en plaats aan een kleine twintigduizend mensen hadden geboden. In lang vervlogen tijden hadden vervolgde christenen die uit het zicht van islamitische veroveraars probeerden te blijven zich daar schuilgehouden.

Amper een minuut later bereikten ze een open plek, waar Umut de quad parkeerde. Toen ze de motor had uitgeschakeld, was de stilte oorverdovend.

Een mooie plek waar Ergün en ik ons eens stilletjes kunnen terugtrekken, schoot het onmiddellijk door Thomas heen.

Ze stapten af. Thomas wreef een paar keer over zijn oren tegen het plotselinge suizen en daarna over zijn ogen om ze stofvrij te maken.

'Aan het eind van de ochtend ging ik een klein stukje lopen,' zei Umut, terwijl ze voor Thomas uit liep. 'Ik zag een hagedisje wegschieten, een rotsspleet in. Daar.' Ze wees met haar vinger. Thomas kneep zijn ogen tot spleetjes, de felle zon op de rotsen verblindde zijn zicht.

'Ik liep erheen en ging op mijn knieën zitten om wat stenen weg te halen en al snel ontstond er...'

'Een doorgang,' maakte Thomas haar zin af.

'Precies,' zei Umut. 'Van binnenuit zie je het beter, maar over een lengte van een paar meter zijn hier stenen opgestapeld. Als je die weghaalt, heb je een opening van vijf, zes meter lang en misschien wel twee meter hoog.'

'Je bent naar binnen gegaan?'

'Inderdaad,' zei ze.

Thomas keek haar berispend aan.

'Ik weet dat het tegen de voorschriften is,' verontschuldigde ze zich, 'maar ik was te nieuwsgierig. Ik dacht: ik kruip er een heel klein stukje in. Ik had het lichtje van mijn telefoon aangedaan.'

Ze hadden in het team de afspraak nooit alleen een grot of oude ruimte in te gaan, want als je op zo'n moment iets overkwam, zou niemand weten waar je was.

'En toen?' vroeg Thomas ongeduldig.

'Kom maar kijken.'

Ze haalden wat stenen weg zodat er een doorgang ontstond. Umut knipte het lampje van haar telefoon aan en zakte door haar knieën. Thomas volgde haar voorbeeld en als twee eenden waggelden ze naar binnen. Na een meter was het al hoog genoeg om goed rechtop te kunnen staan. Er hing een klammige kou, een vreemd contrast met de droge hitte van zo-even.

Thomas scheen om zich heen en probeerde zich te oriënteren. Fijne deeltjes dansten als sterrenstof in de baan van het licht. Hij schatte de ruimte waar ze stonden een kleine twintig meter diep en circa tien meter breed. De haksporen in de muren en op het plafond waren nog goed te zien.

Onmiddellijk vielen hem vier verweerde pilaren op die het ruwe plafond een meter of drie, vier boven hen leken te stutten. Ze stonden in een vierkant, op een perfect gelijke afstand van elkaar.

'Zo op het eerste gezicht lijkt het een ceremoniële plaats te zijn geweest,' zei hij. 'Gezien de historische context van deze omgeving denk ik dan toch algauw aan een kerk.'

‘Dat was ook mijn eerste gedachte,’ zei Umut. ‘Maar het vreemde is dat iedere versiering ontbreekt. Geen mozaïeken, geen fresco’s… Er is nergens verf gebruikt. Alle kerken die we gevonden hebben zijn hooguit duizend jaar oud, maar deze ruimte…’

Thomas zocht haar blik. Daarna maakte hij haar zin af.

‘Lijkt véél ouder te zijn.’

3

'Goed,' zei Simon, die de adrenaline nog altijd door zijn lijf voelde gieren. 'Ik, eh, wilde het met jullie gaan hebben over de Bijbelse eindtijdprofetieën.' Om zich een houding te geven pakte hij het stapeltje A4'tjes met de tekst voor zijn college, al kende hij die uit zijn hoofd. Hij legde de papieren weer neer.

'Voor christenen zijn de belangrijkste voorspellingen over het einde van de wereld de profetieën van Jezus. Persoonlijk denk ik dat Jezus een apocalyptisch prediker was, die echt geloofde dat het einde van de wereld nabij was. Het komende einde der tijden zou volgens hem zowel de vernietiging als de complete vernieuwing van de aarde zijn. Een sterven én een wedergeboorte eigenlijk – net zoals hij zelf later stierf en uit de dood zou zijn opgestaan. Eerst moest het oude verdwijnen, iets wat gepaard zou gaan met allerlei rampen, oordelen en catastrofes. Daarna zou het nieuwe aanbreken: een compleet nieuwe hemel en aarde. Echter, het grote probleem met Jezus' voorspellingen over het einde der tijden,' hier liet Simon even een dramatische stilte vallen, 'is dat deze aantoonbaar nooit zijn uitgekomen.'

Hij liet zijn blik over de gezichten zijn toehoorders dwalen en probeerde hun reacties te peilen. Uit ervaring wist hij dat hij zich op glad ijs begaf – in de zaal zaten ook zeer gelovige studenten, die moeite hadden met sommige van zijn uitspraken.

Toen Simon Ryevaar als student in Leiden aankwam, had hij zichzelf nog als gelovig beschouwd. Maar in de loop van twee, drie jaar was dat geloof langzaam maar zeker afgebrokkeld – hij noemde zichzelf sinds zijn "ontkering" agnost. Zo was hij in zijn tweede jaar bij Religiewetenschappen vakken gaan volgen over de totstandkoming van het Nieuwe Testament. De grondige analyse van de verschillende bijbelhandschriften en de grote inconsistenties in de evangeliën hadden hem doen inzien dat de Bijbel eerst en vooral mensenwerk was. Zijn fascinatie voor dit boek was er niet minder door geworden – integendeel zelfs misschien. Voor hem was de Bijbel een onuitputtelijke bron van verhalen vol diepe levenswijsheden die tot op de dag van vandaag zeggingskracht hadden.

'Zoals jullie wellicht weten,' ging hij verder, 'heb ik hierover enkele jaren geleden een populairwetenschappelijk boekje geschreven: *Het einde dat nooit begon.* De basisthesis ervan is: Jezus van Nazareth vergiste zich. En ik kan die stelling goed onderbouwen.'

Simon nam enkele slokken water. Het trillen van zijn handen was gelukkig voorbij. Hij zag dat een paar studenten onrustig op hun stoel heen en weer schoven – precies de studenten van wie hij dat ook had verwacht.

'Let op,' zei hij. Na een tikje op de afstandsbediening verscheen een nieuwe dia op het scherm. 'In Mattheüs 24, Marcus 13 en Lukas 21 vinden we de eindtijdvoorspellingen van Jezus. Hij waarschuwt zijn discipelen daar voor het komende einde van de wereld en beweert dat geen steen op de andere zal blijven. Alles zal verwoest worden. Hij vertelt hoe er eerst oorlogen en natuurrampen zullen plaatsvinden, hoe er hongersnood en pest zal uitbreken, hoe er valse profeten zullen opstaan, en hoe gelovigen massaal vervolgd zullen worden, culminerend in een wereldwijde eindtijdoorlog. Vervolgens zouden er bizarre wondertekenen aan de hemel verschijnen, gevolgd door de wederkomst van Jezus Christus, waarna alle gelovigen door engelen bij Jezus gebracht worden en zijn koninkrijk aanbreekt. Maar dán ineens doet Jezus een radicale uitspraak...'

Met het lichtpuntje in de afstandsbediening van de beamer scheen hij langs de dia terwijl hij de woorden voorlas.

'Zo moeten jullie ook weten, wanneer je die dingen ziet gebeuren, dat het einde nabij is. Ik verzeker jullie: deze generatie zal zeker nog niet verdwenen zijn wanneer al die dingen gebeuren.'

[Marcus 13: 29-30; zie ook: Mattheüs 24:32-34, Lukas 21:29-32]

'Jezus eindigt zijn voorspellingen dus met een buitengewoon heldere tijdsindicatie: het zal gebeuren tijdens *zijn* generatie. In het Joodse denken rekent men doorgaans veertig jaar voor een generatie. Dat zie je ook terug in de Joodse Thora: omdat de generatie die uit Egypte werd bevrijd het beloofde land niet in mocht, verbleef het volk veertig jaar in de woestijn. Dat betekent dat Jezus beweerde dat het einde van de wereld *binnen veertig jaar* zou aanbreken. Is het niet wonderlijk? Dat is zelfs heel wat concreter dan een donderdag om half negen, niet?'

Er werd gegrinnikt in de zaal.

'Al mijn hele leven lang zie ik predikers komen en gaan die beweren dat het einde nu echt nabij is wanneer er weer eens een wonderlijk astronomisch verschijnsel plaatsvindt, er een oorlog uitbreekt, ergens een aardbeving is of hongersnood uitbreekt.' Simon plukte peinzend aan zijn sikje, een zenuwtrekje waar zijn vrouw Barbara vroeger soms stapelgek van werd. 'Toen de wereldwijde COVID-19-pandemie uitbrak, werd ook weer verwezen naar Jezus' voorspellingen, precies zoals enkele jaren eerder gebeurde bij SARS, bij Ebola of, een eeuw eerder, bij de Spaanse griep. Om de haverklap laait de "eindtijdkoorts" in geloofskringen op, en zo gaat het al tweeduizend jaar lang – al is het de laatste twintig jaar door de opkomst van sociale media en het internet alleen maar erger geworden. Tegenwoordig hebben we toegang tot al het nieuws van over de hele wereld, en er zijn altijd wel ergens oorlogen, epidemieën of rampen… Dus voor de mensen die in onze tijd de eindtijd willen zien, zijn er áltijd genoeg tekenen.'

Simon toonde een nieuwe dia met een grote grafiek waarin gekleurde lijntjes van linksboven naar rechtsonder liepen. 'Maar wisten jullie dat het aantal oorlogen in de laatste honderd jaar wereldwijd juist gigantisch is afgenomen? Hetzelfde geldt voor de honger, en ook zijn we nog nooit zo succesvol geweest in het indammen van ziekten als nu. Toch lijkt het alsof het steeds slechter met de wereld gaat, simpelweg omdat tegenwoordig het nieuws van over de hele wereld onze huiskamers binnenkomt. Eindtijdkerken blijven dus als paddenstoelen uit de grond schieten. Maar al die predikers, dominees en theologen lijken massaal blind voor dat éne zinnetje aan het einde van Jezus' rede. Als Jezus' voorspellingen waar zouden zijn, zou alles wat hij beschrijft alláng moeten hebben plaatsgevonden.'

Simon ging weer aan zijn bureau zitten.

'Kortom: Jezus was er oprecht van overtuigd dat het einde der tijden en het koninkrijk van God in de eerste eeuw zouden aanbreken. Als we geloven dat Jezus die woorden rond het jaar dertig uitsprak, dan betekent dat dat ergens rond het jaar zeventig – veertig jaar later – toch echt het einde gekomen had moeten zijn. Maar het gebeurde niet. Hij had zich vergist.'

Een student stak zijn hand op. Simon kende hem – de jongen behoorde tot het groepje diepgelovige studenten.

'Zeg het eens, Alexander,' zei Simon.

'Ik stoor me aan het gemak waarmee u stelt dat Jezus zich vergist. Ik denk dat u zich juist vergist. Er is een heel eenvoudige verklaring die u blijkbaar over het hoofd heeft gezien.'

'Namelijk?' vroeg Simon, die al vermoedde met welke tegenwerping zijn student zou komen.

'Ik heb altijd begrepen dat er in die Bijbeltekst niet een generatie wordt bedoeld, maar een geslacht. In dat geval bedoelde Jezus heel eenvoudig dat het Joodse gesläcJoodse geslácht niet verdwenen zal zijn voordat het einde komt.'

De mensen in het groepje om Alexander heen knikten geestdriftig.

'Nee, nee,' zei Simon, die dit argument altijd maar weer voorbij zag komen in deze discussie. 'Dat is een bekende tegenwerping, maar zij houdt geen stand. Ik zou het bijna een wanhopige poging van theologen noemen om maar in Jezus' voorspellingen te kunnen blijven geloven. Zonder er al te diep op in te gaan – vraag het je docent Grieks maar eens – is deze redenering in de eerste plaats taalkundig gezien onjuist. Het woord "genea" wordt overal in het Nieuwe Testament als "generatie" vertaald. En daarnaast zou het ook nog eens tegen een heleboel andere uitspraken van Jezus indruisen. In de evangeliën staan nog veel meer teksten waarin Jezus beweert dat zijn generatie zo goddeloos was dat ze de "maat van de zonde" bijna vol zou maken en het eindtijdoordeel over zichzelf afriep. En kijk eens naar deze tekst in het evangelie van Marcus.'

Simon klikte op het apparaatje en de tekst schoof in beeld.

> *'Ik verzeker jullie: sommigen die hier aanwezig zijn, zullen niet sterven voordat ze de komst van het koninkrijk van God in al zijn kracht hebben meegemaakt.'*
> [Marcus 9:1]

'Bij deze tekst zie je goed dat je niet met het Grieks kunt goochelen,' zei Simon terwijl hij naar het scherm wees. 'Jezus zegt hier duidelijk dat sommige van zijn toehoorders nog in leven zullen zijn als het Godsrijk aanbreekt.'

Hij ging op zijn bureau zitten en keek de zaal in. 'Jullie zien het: Jezus zat er volledig naast met zijn wonderlijke profetieen. En als hij nou niet zulke stellige uitspraken had gedaan over wanneer het allemaal ging gebeuren, zouden we nog steeds kunnen volhouden dat zijn voorspellingen ooit zullen uitkomen. Maar zijn tijdsclaims bepaalden ook direct de houdbaarheidsdatum van zijn profetieën. Of je het nu leuk vindt of niet, Jezus predikte geen "einde der tijden" dat pas tweeduizend jaar later plaats zou vinden. Hij geloofde en predikte dat het oordeel nabij was, dat er spoedig, écht spoedig, een nieuw tijdperk zou aanbreken. Maar helaas. Aangezien we hier allemaal nog zijn, kunnen we veilig concluderen dat het niet is gebeurd. Er is geen wederkomst van Jezus geweest en er is geen nieuwe hemel en geen nieuwe aarde aangebroken.'

4

Journaliste Nova le Temps speelde een moment met de jadesteen in haar halsketting, terwijl ze luisterde naar het stel dat tegenover haar zat. Ze zaten op het terras voor Vlot, een drijvend café aan de Prinsessekade dat veel weghad van een kas. Vanaf hun tafeltje hadden ze een mooi zicht op het Galgewater waar enkele grote rijnaken permanent lagen aangemeerd. In de verte was de standerdmolen De Put goed te zien – de wieken draaiden langzaam hun rondjes.

'Sarah en ik zaten bij een behoorlijk ingedutte protestantse kerk,' zei Ferdinand. 'Iedere zondag bezochten we de dienst, na afloop dronken we een kop koffie en dat was het dan. De preken waren oké, maar niet zo dat we na de dienst in vuur en vlam gezet weer op huis aan gingen. Het was meer zoals je op een barbecue af en toe een nieuw kooltje toevoegt om te voorkomen dat die uitgaat.'

Sarah en Ferdinand zaten naast elkaar en keken onafgebroken naar Nova, die aantekeningen maakte. Ferdinand friemelde terwijl hij sprak regelmatig nerveus met zijn vingers, Sarah had het grootste deel van de tijd haar armen over elkaar.

'Maar toen we voor het eerst in deze kerk kwamen,' zei Sarah, met grote ogen waarin opnieuw een vuur leek op te laaien, 'wisten we niet wat ons overkwam. Wat een wereld van verschil! Alsof we in een warm bad stapten, een warm bubbelbad. Wát een leven en enthousiasme! Het zingen, het dansen, de muziek... Het bruiste en sidderde en lééfde. Je voelde gewoon dat God er aanwezig was, de liefde die er in die ruimte hing. En dan de voorganger, Jozias de Redder... ik kreeg gewoon kippenvel toen ik hem zag. Hier...' Ze stak haar arm uit om aan Nova te tonen dat ze opnieuw kippenvel had gekregen.

'Ik kreeg tranen in mijn ogen,' vulde Ferdinand haar aan. 'Echt... Ik was ontroerd, blij, verdrietig, enthousiast... Alles door elkaar heen. En Saar en ik wisten: we zijn thuisgekomen.'

'Dat zei je ook, hè?'

'Ja. Ik zei tegen Sarah: "We hebben ons nieuwe huis gevonden."'

Nova veegde haar lange zwarte haar naar achteren en noteerde enkele woorden in haar notitieblok. Als freelancejournalist schreef ze achtergrondartikelen voor diverse kranten en tijdschriften over religieuze bewegingen, geloofsgemeenschappen en spirituele groeperingen. Via het Fonds Bijzondere Journalistieke Projecten had ze een beurs weten te bemachtigen om een boek over sektes in Nederland te schrijven.

Sarah en Ferdinand waren ex-leden van de in haar woonplaats Leiden gevestigde megakerk The Bride. Over deze gemeenschap was nog nauwelijks iets naar buitengekomen, niet erg veel verontrustends tenminste. Voor de buitenwereld was de snelgroeiende kerk een bijzonder fenomeen, geleid door de charismatische Jozias de Redder.

Nadat er een interview met Nova in het *Leidsch Dagblad* over haar project was verschenen, hadden Ferdinand en Sarah contact met haar opgenomen. Ze vertelden dat The Bride een sekte was, en dat ze de gemeenschap – met moeite – na jaren hadden verlaten. Dit was hun eerste ontmoeting met Nova, waarbij ze honderduit over hun ervaringen met The Bride vertelden.

'Tijdens die eerste dienst zijn we naar voren gegaan, om onszelf opnieuw aan Jezus te geven,' zei Sarah. 'Of opnieuw... Het voelde alsof we dat nu voor de eerste keer écht deden. De Redder legde ons de handen op en bad voor ons. Die man heeft zo'n enorm charisma.'

'Die middag hebben we ons direct uitgeschreven bij onze eigen kerk,' vulde Ferdinand aan. 'En werden we lid van The Bride.'

‘Hebben jullie ook geld in de kerk geïnvesteerd?’ vroeg Nova.

‘We maakten vanaf dat moment tien procent van ons inkomen naar The Bride over.’

‘Tien procent?’

‘Dat is de standaard,’ legde Sarah uit. ‘Tienden noemden we dat. Bij The Bride zeggen ze: je geld heb je van God gekregen en je mag er negentig procent van houden. Jozias de Redder benadrukte ook altijd dat als je veel geld in Gods koninkrijk investeerde, God je in ruil ook dubbel en dwars zou zegenen.’

Een serveerster kwam vragen of ze nog iets wilden drinken. Ze bestelden alle drie nog een kop koffie.

‘Het ging een tijdlang heel erg goed,’ vertelde Sarah. ‘Ons geloof leefde op, we vóelden de Heilige Geest in ons werken... we hadden een doel in het leven gekregen.’

‘Wat was dat doel?’

‘Meewerken aan de spoedige terugkeer van Jezus Christus.’

5

Thomas merkte dat hij kippenvel kreeg. Hij wist niet of het kwam door de kou in de grot of door zijn toenemende opwinding over Umuts vondst.

'Hé, kijk,' zei hij. 'Heb je dit al gezien?'

Hij scheen met de lamp op twee karaffen en een schaal die in stukken op de grond in een hoek lagen. De karaffen hadden een ranke hals van een centimeter of vijftien lang en een brede schenktuit. Ze waren onversierd en ongeglazuurd.

'Ja, ik had het gezien,' zei Umut. 'En dit is niet alles. Kom eens hier kijken.' Ze ging hem voor naar een van de pilaren en richtte haar licht op een plek op ongeveer een halve meter boven de grond.

Thomas bracht zijn gezicht wat dichterbij. 'Fantastisch, Umut,' stamelde hij, toen hij het zag.

Er waren drie kruizen naast elkaar in de rotswand gekrast, waarvan de middelste iets boven de andere twee uitstak – duidelijk de drie kruizen van Golgotha, met die van de Verlosser in het midden.

'Schitterend,' zei Thomas. 'Dit toont aan dat deze plek inderdaad als kerk diende.'

'Wacht,' zei Umut. 'Er is nog meer.'

'Nóg meer?' vroeg Thomas verbaasd. 'Wat je me tot nu hebt laten zien, is al spectaculair!'

Umut liep naar een muur en scheen er met haar telefoon van voren op.

'Ziet u het?' vroeg ze geheimzinnig.

Thomas kwam dichterbij. 'Ik begrijp niet wat je bedoelt. Schijn eens vanaf de zijkant.'

Umut bracht het licht dichter bij de muur. Door de langere schaduwen werd het reliëf van de muur veel duidelijker zichtbaar.

'Hier is duidelijk een vis ingekerfd, ziet u? En eronder kun je met enige fantasie een 'ι' zien' – ze streek met een bijna teder gebaar over de inkeping die niet meer dan een willekeurige kras leek – 'en hier de Griekse letter chi χ ... Dan een rondje dat een theta θ zou kunnen zijn, hier een úpsilon υ en ten slotte een sigma ς...'

ι χ θ υ ς

'Je hebt gelijk,' zei Thomas, die merkte dat hij zijn adem had ingehouden terwijl zij letter voor letter de inscriptie was afgegaan. 'Het is een ichthus.'

Ichthus was het Griekse woord voor 'vis', waarbij de letters een afkorting vormden – ze stonden voor Ièsous Christos Theou Uios Sootèr: Jezus Christus, Gods Zoon, Redder. De primitief getekende vis was onder de vroegste christenen een geheim herkenningsteken.

'Alles wijst erop dat we hier te maken hebben met een ceremoniële ruimte, een kerk,' zei Thomas. 'Maar waar ik ook kijk, ik zie nergens een afbeelding van Christus, nergens fresco's van heiligen met aureolen of gevleugelde engelen. En dat is zeer ongewoon.'

Umut knikte. Het licht uit haar telefoon deed haar ogen glinsteren.

'Zoals je weet werden kerken in Cappadocië vanaf de achtste en negende eeuw – na de Byzantijnse iconoclastische periode – uitbundig beschilderd,' legde Thomas uit. 'Enkele eeuwen daarvoor – zo'n beetje vanaf de vierde eeuw na Christus – waren in deze omgeving kleine kluizenaarsgemeenschappen actief.

Monniken hakten hun kloostercellen uit in de zachte steen en hielden de versiering tot een minimum beperkt. Maar dit lijkt niet op zo'n kluizenaarsvertrek.' Hij keek Umut aan. Het licht van de zaklamp wierp een schokkerige schaduw op de wand achter haar. 'Kerken met fresco's vinden we in deze omgeving heel veel; kluizenaarsvertrekken uit de periode daarvoor ook nog wel. Maar een ceremoniële ruimte als deze, die niet in een van die categorieën valt, hebben we nog niet eerder gevonden, nooit. Deze grotkerk bevat maar twee afbeeldingen: de kruizen van Golgotha en de ichthus. Beide symbolen waren al in gebruik onder christenen vanaf het allereerste begin. En gezien de complete afwezigheid van andere – latere – religieuze afbeeldingen lijkt het te gaan om een kerk uit een periode ver vóór alle andere kerken die in deze omgeving zijn gevonden.'

Thomas' opwinding groeide. Hij besefte onmiddellijk dat als deze ruimte écht zo oud was als hij inschatte, het de alleroudste grotkerk zou zijn die ooit in Turkije was gevonden, mogelijk zelfs een van de oudste kerken ter wereld. Het zou een belangrijke impuls aan het onderzoek geven, want na een dergelijke spectaculaire ontdekking zou het makkelijker worden onderzoeksgelden los te krijgen. Hij zag nieuwe artikelen voor zich, presentaties op internationale congressen… Het zou enorm veel deuren openen.

'Ik dacht al dat dit u blij zou maken,' zei Umut met een tevreden glimlach.

'We moeten kijken hoe we deze ruimte zouden kunnen dateren,' zei Thomas. 'Die karaffen zouden een goed begin zijn. Heb je nog meer artefacten gevonden?'

'Ik ben niet zo heel lang binnen geweest,' zei ze. 'We zullen het met meer mensen systematisch moeten onderzoeken, denk ik.'

'Absoluut,' antwoordde hij, terwijl hij van haar vandaan liep, de wanden met zijn licht beschijnend. 'Wat mij betreft krijgt deze locatie de topprioriteit.'

Fascinerend toch, dacht Thomas. *Dat je de kans krijgt om een ruimte binnen te gaan waar al honderden jaren geen mens meer een stap heeft gezet…*

Zijn telefoon gaf met een piepje aan dat de accu op twee procent stond.

'Mijn telefoon is bijna leeg zie ik,' zei hij. 'De lamp vreet stroom. Laten we maar naar buiten gaan.'

'Goed.' Umut liep naar de uitgang en kroop naar buiten zoals ze binnen waren gekomen.

Net op het moment dat Thomas Umuts voorbeeld wilde volgen, viel zijn oog op een opvallend vlak stukje rotswand. Eerst dacht hij dat er zich enkele willekeurige krassen bevonden, maar toen hij dichterbij kwam zag hij dat de krassen er bewust ingekerfd waren.

Het waren letters. Griekse letters, die verrassend goed leesbaar waren, maar die Umut blijkbaar gemist had. Een stukje van de rotsmuur leek er speciaal voor te zijn gladgeschuurd.

Met het zwakker wordende licht van zijn mobiel scheen hij op de regels die al vele eeuwen ongelezen waren gebleven. Hij sprak de Griekse letters stuk voor stuk hardop uit, als iemand die net leert lezen.

Thomas knipperde een paar keer met zijn ogen.

Ik moet me vergissen.

Hij kneep zijn ogen tot spleetjes en voelde met zijn vingers langs de tekens.

'Dit is vreemd,' mompelde hij. 'Heel vreemd.'

Met trillende handen probeerde hij een foto van de korte tekst te maken, maar zijn telefoon gaf opnieuw een piepje, gevolgd door de melding dat de accu op twee procent stond, niet voldoende om een foto te kunnen nemen.

Zal ik het aan Umut laten zien? Nee, misschien moet ik dit nog even voor mijzelf houden.

'Komt u, professor?' klonk het van buiten.

Achterwaarts lopend begaf Thomas zich in de richting van de uitgang, met zijn voeten over de onregelmatige bodem slepend.

'Ik kom eraan!' riep hij. 'Ik kom eraan.'

Hij ging op zijn hurken zitten en wrong zich naar buiten.

Een klein uurtje waren ze bezig om de toegang tot de grot provisorisch weer dicht te maken. Met zand en kleinere stenen vulden ze de gaten tussen de stenen op. Na afloop bewonderden ze hun werk vanaf een afstandje en concludeerden ze tevreden dat er niets was dat de aandacht van een toevallige voorbijganger zou kunnen trekken.

Er hing een allesomvattende stilte op de plek waar ze stonden.

Thomas veegde het zweet van zijn voorhoofd. Zijn gedachten gingen terug naar de tekst die hij op de wand had gelezen. Zijn onderbuikgevoel, dat hem zelden in de steek had gelaten, vertelde hem dat de inscriptie weleens veel stof zou kunnen doen opwaaien.

Hij typte twee korte appjes op zijn telefoon, waarvan de batterij op sterven na dood was.

Simon moet dit zien…

6

Het was tijd om het college af te ronden. Simons lessen liepen wel vaker uit, en meestal vonden de studenten dat geen enkel probleem. Aan het geroezemoes in het zaaltje merkte Simon dat zijn boude stelling dat Jezus zich had vergist, hier en daar tot discussie leek te leiden.

'Maar meneer,' zei een studente op de eerste rij die voor de vorm haar hand opstak terwijl ze begon te praten. 'U zegt dat de profetieën van Jezus over het einde der tijden niet zijn uitgekomen. Geldt dit ook voor het Bijbelboek Openbaring? Dat hele boek gaat toch over de eindtijd?'

'Goed punt!' zei Simon enthousiast. 'Om je vraag direct maar heel simpel te beantwoorden: ja, hetzelfde geldt voor Openbaring. Want ook daarin staat dat de beschreven rampen "spoedig" zullen gebeuren. Ik vind het niet spoedig als een voorspelling na tweeduizend jaar nog niet is uitgekomen, jij wel?'

De studente schudde haar hoofd en liet haar arm weer zakken.

'Nu gebiedt de eerlijkheid mij te zeggen dat ik me altijd wat afzijdig heb gehouden van analyses van het boek Openbaring. Ik vind het een vaag en onbegrijpelijk boek, met zijn vreemde visioenen over draken, beesten, oorlogen, natuurrampen, kosmische verschijnselen, paarden die uit de hemel komen – noem het maar op. Openbaring wordt bovendien altijd aangegrepen om de gekste complottheorieën te rechtvaardigen. Ik ga daar binnenkort zelfs een lezing over houden, in Rome. De climax van Openbaring is de val van de grote stad Babylon, en werkelijk íédere kerkelijke stroming heeft wel een andere verklaring wat dat "Babylon" is: een symbolische benaming voor de Roomse Kerk, voor de VN, de EU of voor een of ander wereldrijk dat nog moet verschijnen.' Simon stak zijn handen nonchalant in zijn zakken. 'Wel, naar mijn bescheiden mening bestaat er geen "juiste interpretatie" van Openbaring. Een boek dat zó cryptisch is, kun je op alle manieren interpreteren die je maar wilt, en dat doen christenen al tweeduizend jaar lang. Je kunt het wat mij betreft naast Nostradamus in de kast zetten: ook dat is een wonderlijk sprookjesboek vol theatrale voorspellingen... waarvan er niet een is uitgekomen.'

'Toch nog een vraagje, meneer,' zei dezelfde studente die nu niet meer de moeite nam haar hand omhoog te steken. 'Zit er volgens u dan niets van waarheid in het concept van een "einde der tijden"?'

Simon maakte een hoofdbeweging die het midden hield tussen knikken en schudden. 'Tja... Zoals jullie wellicht weten is het christendom niet de enige religie met voorspellingen over een einde van de wereld. Werkelijk overal ter wereld vinden we dat concept. Het grondthema is telkens: eerst de complete ondergang en vernietiging van het huidige, dan de verschijning van het nieuwe.' Simon dacht hardop, zijn ogen op het plafond gericht. 'De werkelijke vraag zou daarom moeten zijn waaróm wij mensen collectief zulke mythen ontwikkelen.'

'En heeft u daar een antwoord op?'

Op dat moment voelde Simon zijn telefoon in zijn broekzak trillen. Zijn oude gewoonte om direct alles uit zijn handen te laten vallen om te zien wie er belde, had hij met veel pijn en moeite afgeleerd. Na de les zou hij wel kijken wie hem probeerde te bereiken.

'Ik denk dat wij mensen niet zoveel van elkaar verschillen,' zei Simon, 'waar we ook wonen en in welke tijd we ook leven. Mensen ervaren overal ter wereld dat er veel onrecht, slechtheid en narigheid is. Dus net zoals alle volken mythen hebben over dat de aarde ooit, lang geleden, in een paradijselijke staat verkeerde, net zo heeft men mythen ontwikkeld over dat we ooit tot die staat van gelukzaligheid zullen terugkeren. Nogmaals: het onderliggende thema is altijd de ondergang én de opgang. Eerst moet de aarde in de diepste duisternis worden gedompeld voordat het licht verschijnt, eerst de totale chaos voordat de orde kan ontstaan. Zelfs bij het beroemde verhaal over de zondvloed is dat het thema: de ondergang en vernietiging van de oude, zondige wereld, en het nieuwe begin van de nieuwe wereld. Kijk naar jezelf: we kennen toch allemaal diep vanbinnen dat verlangen... Het verlangen om met een schone lei...'

Simon slikte gauw en kuchte, in de hoop de aandacht af te leiden van het feit dat hij volschoot. Voor de zoveelste keer zag hij het gezicht van Annabel voor zich. Altijd als hij aan haar dacht voelde hij de liefde die hij voor haar koesterde, vermengd met bittere, meedogenloze wanhoop.

'Eh... met een schone lei te beginnen,' zei hij, haperend. 'Daarom zie je in veel godsdiensten een was- of badritueel, zoals de christelijke doop. Door onderdompeling in het water laat je je oude leven achter je en sta je op in een nieuw leven. Ik denk dat we de wereldwijde eindtijdmythen in dát licht moeten zien: het universele verlangen om helemaal opnieuw te beginnen.'

'Koffie!' riep een van de studenten, waarmee hij Simon indirect op de tijd wilde wijzen.

Simon keek naar de klok en zag dat het college uitliep. 'Goed idee,' zei hij grijnzend. 'De eindtijd van dit college is duidelijk aangebroken.'

Een bevrijdend gelach klonk door de zaal.

Terwijl de studenten naar buiten stommelden, haalde Simon zijn telefoon uit zijn broekzak. Hij zag dat er een paar appjes binnen waren gekomen. Hij bewoog zijn vinger over de melding en zag dat er eentje bij was van zijn goede vriend Thomas Weissenberg, die hij ooit tijdens een conferentie in Keulen had leren kennen. Jaren geleden – nog voor de geboorte van zijn dochter Annabel – hadden Simon en zijn vrouw Barbara een paar dagen bij hem in Göreme gelogeerd. De gevoelens die deze herinnering opriep waren echter bitterzoet: Barbara was er al jaren niet meer.

En zijn dochter was hij kwijt.

Snel verdrong hij de opdoemende gedachten en opende hij het appje van Thomas.

> Simon! Je moet nu naar Turkije komen! Sensationele vondst.

Simon fronste zijn wenkbrauwen. Hij vroeg zich af of Thomas een grapje maakte; Cappadocië was niet bepaald om de hoek.

Er was een tweede appje, dat nog meer uitroeptekens bevatte.

> Ik heb echt je expertise nodig, want wat ik heb ontdekt, is compleet onbegrijpelijk. Het zou weleens grote opschudding kunnen veroorzaken!!!

Onwillekeurig keek Simon op zijn horloge – een oude gewoonte, want zijn telefoon gaf natuurlijk ook gewoon de tijd aan.

Het was twee uur in de middag. Thomas kon toch niet verwachten dat hij zomaar alles liet vallen en naar hem toe kwam?

'Het lukt me helaas niet...' begon Simon te typen, maar hij stopte weer. In feite brandde hij van verlangen om erachter te komen wat zijn vriend had gevonden. Het moest wel ontzettend spectaculair zijn als hij er zo'n haast mee maakte.

En dit weekeinde ben ik vrij...

Hij besloot Thomas te bellen, maar kreeg de melding dat er geen verbinding tot stand kon worden gebracht. Een kort moment dacht Simon na, maar eigenlijk had hij zijn beslissing al genomen.

7

‘Kun je misschien uitleggen wat je daarmee bedoelt?’ vroeg Nova. ‘Hoe kan iemand meewerken aan de spoedige terugkeer van Jezus Christus?’

Sarah glimlachte. Er was iets van schaamte in haar blik te zien. ‘Bij The Bride staan de komende eindtijd en wederkomst van Jezus centraal. Volgens De Redder heeft God hem via openbaringen unieke inzichten gegeven over wat komen gaat. We leefden echt in de verwachting dat Jezus binnen een decennium zou terugkeren. Toen ik voor mijn werk een nieuwe opleiding moest gaan volgen, dacht ik echt: heeft dat nog wel zin? Wat als Jezus morgen al terugkomt? Of vanavond?’

‘En wat bracht de ommekeer?’ vroeg Nova. ‘Wat waren de redenen dat jullie uiteindelijk besloten The Bride de rug toe te keren?’

Ferdinand en Sarah keken elkaar aan, alsof ze twijfelden of ze nog door moesten gaan.

‘Jullie blijven anoniem,’ moedigde Nova hen aan. ‘Mijn enige doel is te begrijpen hoe dergelijke groeperingen functioneren.’

Nova zag in haar ooghoeken hoe een grote rondvaartboot vol toeristen langsvoer. Sommigen van hen maakten foto’s van de Leidse gevels en van de grote rijnaken die lagen aangemeerd.

‘Voor mij begon het bij…’ zei Ferdinand aarzelend.

‘Een bezoek aan het huis van De Redder,’ nam Sarah het van hem over. ‘Hoewel, huis… Het is een villa in Oegstgeest, met een enorme lap grond eromheen, en een zwembad. Ik wist niet wat ik zag! En al die knappe, jonge vrouwen die in dat huis verbleven. Mij werd uitgelegd dat dit kwetsbare vrouwen waren die De Redder opving, maar gek genoeg waren er geen kwetsbare mannen die opgevangen moesten worden, en ook geen onaantrekkelijke vrouwen. Ik sprak daar nog over met andere kerkleden, maar die reageerden daar heel laconiek op. De Redder had van God een belangrijke taak gekregen en stond aan het hoofd van een snelgroeiende organisatie; dan was het goed dat hij zich kon terugtrekken in een fijn huis om te ontspannen en om nieuwe energie op te doen. Vanuit een flatje zou hij dat nooit kunnen volhouden.'

'En dat privévliegtuig,' zei Ferdinand.

'Ja, ook dat,' zei Sarah. 'Dat ding had iets van twee miljoen euro gekost. Maar daarmee spaarde hij veel tijd en geld uit, zo werd gezegd. Hij moest vaak naar het buitenland, soms op stel en sprong. Men kon toch niet verwachten dat deze man Gods bij een gate moest zitten wachten voordat hij kon boarden om dan opgevouwen in een stoeltje in economyclass naar zijn bestemming te vliegen? Tijd was kostbaar voor hem.'

'Zo werd alles weggeredeneerd.'

'En die vrouwen?' vroeg Nova.

'Tja, wat denk je zelf?' vroeg Ferdinand. 'Ik heb geruchten gehoord, maar die waren allemaal niet hard te maken. Zelf sprak De Redder er in zijn preken weleens over, maar hij zette alles weg als laaghartige roddels, die de kwaadsprekers door demonen en de duivel waren ingefluisterd. Voor hem was alles een geestelijke strijd en iedere tegenwerking was het werk van de duivel.'

'Maar er waren ook geruchten die gewoon wáár bleken,' zei Sarah.

Ze stopte even met praten omdat de serveerster hun koffie bracht. Op het water passeerde een rondvaartboot waarop een vooraf opgenomen stem in drie talen uitleg lag over wat er op dit punt te zien was.

'Zoals?' vroeg Nova.

'Je kunt je voorstellen dat er ontstellend veel geld binnenkomt,' zei Ferdinand. 'Sarah en ik schonken iedere maand samen al vierhonderd euro. Stel dat vijftienhonderd mensen ieder tweehonderd euro geven, dan zit je zo al op drie ton per maand. En er zijn mensen die veel meer verdienen dan wij, dus misschien is het wel vijf ton. Er was in mijn cel een man…'

'In je cel?' vroeg Nova verbaasd.

'Ik kom daar zo op,' zei Ferdinand. 'Die man was boekhouder en ik vroeg hem eens hoe dat nou zat, waar dat geld allemaal heen ging. In vertrouwen vertelde hij me dat hij het overzicht inmiddels ook was kwijtgeraakt en dat volgens hem niemand dat nog had, zelfs De Redder niet. Er was een volkomen ondoorzichtig web van bv's in belastingparadijzen als de Kaaimaneilanden en de ministaatjes Jersey en Guernsey op de Kanaaleilanden, vaak op naam van een van de leden van The Bride. Natuurlijk werd er geld aan goede doelen besteed, aan studiebeurzen van niet-kapitaalkrachtige leden, aan Bijbels die in ontwikkelingslanden werden verspreid, aan de Leidse voedselbank… Maar dat bedrag scheen in het niet te vallen bij wat er wekelijks binnenkwam. Die boekhouder is vrij kort daarna van het toneel verdwenen, die hebben we nooit meer gezien. En die tienden zijn nog maar een deel van de inkomsten. Minstens zo belangrijk zijn de collectes die tijdens de celbijeenkomsten worden gehouden: de avondbijeenkomsten bij kerkleden thuis.'

'Ah, dat bedoelde je met je cel,' zei Nova.

'Inderdaad,' zei Ferdinand. 'Ieder kerklid maakt deel uit van een 'cel' van tien tot vijftien mensen. En nu ik er zo op terugkijk is die naam wel heel goed gekozen, want het werd meer en meer een gevangenis.'

'In welk opzicht?' vroeg Nova.

'Op het oog waren het vurige, bevlogen bijeenkomsten. Maar na een tijd merkten we dat de sociale controle tijdens die celbijeenkomsten heel groot was,' zei Sarah. 'Afzeggen was nauwelijks een optie,' vulde Ferdinand haar aan. 'En er werd openlijk bijgehouden hoeveel geld ieder cellid aan de kerk schonk. Je durfde niet weinig te geven. Het grootste deel van die bijeenkomsten bestond trouwens uit het bestuderen van geschriften van De Redder waarin hij zijn visioenen over de aanstaande eindtijd uiteenzette.'

Nova fronste haar wenkbrauwen.

'We baden en zongen ook samen,' zei Ferdinand, 'en daarbij ging het er vaak heftig aan toe. Het was vrij gewoon dat leden van de cel, ikzelf ook, in extase raakten. Dan zweepten we onszelf en elkaar op met vurige gebeden en met zang. Mensen vielen in trance op de grond, soms schokkend over hun hele lichaam. Ook werd er in tongen gesproken.'

Nova had van het verschijnsel gehoord, dat in de Pinksterbeweging veelvuldig voorkwam: mensen stootten in extase onbegrijpelijke klanken uit – iets wat werd uitgelegd als een taal van de Heilige Geest.

'Maar wat ons steeds meer opviel was dat niet alleen God of Jezus aanbeden werd, maar ook De Redder zelf,' zei Ferdinand. 'Ik haakte af toen op een avond iedereen van mijn cel meende dat De Redder plotseling in ons midden aanwezig was. Ze waren ervan overtuigd dat hij in de huiskamer stond, alsof hij door de muur heen was komen lopen. Sommigen waren op hun knieën gevallen, huilden, strekten hun handen uit om hem aan te raken. Ik zag niks en twijfelde aan mijn geloof, maar toen ik later op de fiets naar huis zat, viel voor mij het kwartje pas werkelijk – en definitief. Zíj waren gek, niet ik. Ik ben nooit meer teruggegaan en voelde me bevrijd. Ik heb me uitgeschreven.'

'En ik ook,' zei Sarah. 'Maar het duurde een tijd voordat we er helemaal van loskwamen. En ik merk zelfs nu nog dat het me moeite kost om erover te praten, alsof ik De Redder heb verraden, hem ontrouw ben... Nog maandenlang had ik nachtmerries over de eindtijd, angst dat ik door de oordelen zou worden geplaagd nu ik mijn geloof in hem was verloren. Maar uiteindelijk heb ik het kunnen loslaten. We hebben onze maandelijkse tienden stopgezet en nooit meer gereageerd op telefoontjes, e-mails of brieven.'

'En van het geld dat we uitspaarden, zijn we op vakantie gegaan,' zei Ferdinand.

'Heel goed,' zei Nova met een glimlach. Ze keek een moment op haar telefoon om te zien of de voicerecorder nog steeds meeliep. 'Op het Youtubekanaal van The Bride heb ik twee diensten gezien,' zei ze. 'Dat is telkens een lange zit, zeg.'

'En dan zijn dat nog geredigeerde filmpjes,' zei Sarah. 'Soms valt De Redder uit zijn rol. Als het niet loopt zoals hij wil, kan hij echt woedend worden. Achter gesloten deuren gebeurt dat het vaakst: een kopje koffie waar te veel of juist te weinig suiker in zit, kan hij woedend tegen de muur kapotsmijten. Een organisatorisch foutje of misverstand...'

'Maar het komt soms ook tijdens de diensten voor,' vulde Ferdinand aan. 'Als er bijvoorbeeld kleine kinderen aan de aandacht van hun ouders zijn ontsnapt en tijdens zijn preek door het gangpad rennen, of als een lied nogmaals wordt ingezet terwijl hij op het punt staat iets te zeggen. In één klap kan hij dan vreselijk boos worden. Ik denk nu dat De Redder op die momenten zijn ware gezicht laat zien.'

'Laat dat filmpje eens aan haar zien,' zei Sarah, waarop Ferdinand zijn telefoon

pakte. Hij was even aan het zoeken, maar had toen het juiste fragment te pakken.

'Hier, kijk.' Hij hield het scherm zo dat Nova het goed kon zien. In het fragment keek De Redder zichtbaar verstoord de zaal in. In de volgende scène had hij op het podium plots gezelschap van een paar kleine kinderen gekregen. Een van hen, een klein meisje met twee schattige blonde vlechtjes en een feestelijke bloemenjurk aan, had hij opgetild. Zegenend legde hij zijn hand op het hoofdje. De camera bracht vervolgens enkele zichtbaar ontroerde mensen in beeld, waarna De Redder het kind op de grond zette en zijn prediking weer voortzette.

'De woede-uitbarsting is eruit gemonteerd,' zei Sarah. 'Als je het niet weet, denk je dat het gewoon een cut is. Ze hebben echt professionals in dienst.'

'En zegt na afloop niemand daar dan iets van?' vroeg Nova.

'Nee, eigenlijk niet,' zei Ferdinand. 'Nieuwkomers kijken in het begin nog weleens verontwaardigd op, maar mensen die langer komen, storen zich er niet aan. Er wordt altijd vooral heel begripvol over gesproken – iedereen zegt dat De Redder nou eenmaal onder grote druk staat vanwege zijn belangrijke roeping, en vanwege alle "strijd" en demonische tegenwerkingen.'

'Ik dacht er destijds ook zo over,' zei Sarah. 'Ik vond dat zulke voorvallen hem juist ménselijker maakten, waardoor ik alleen maar nóg meer van hem hield. Hij was niet perfect, net als ikzelf dat niet was.'

'Morgenochtend ga ik het met eigen ogen zien,' zei Nova.

Ferdinand keek verwonderd op. 'Hoezo dat?'

'Ik ben uitgenodigd door een andere, nieuwe informant. Net als jullie nam ze na dat artikel contact met me op. Ze zou dicht bij De Redder staan en schreef me dat ze een boekje over hem open wilde doen.'

'Hoe heet ze?' vroeg Sarah.

'Sorry,' zei Nova. 'Voor een journalist is het beschermen van je bronnen een heilige plicht, dus ik kan dat niet zeggen. Ik weet natuurlijk ook niet of het wel haar echte naam is.'

'Dat begrijp ik,' zei Sarah. 'En je gaat dus samen met haar naar een dienst toe?'

'Ik bezoek de dienst en heb na afloop met haar afgesproken, om te praten.'

'Nou...' zei Sarah. 'Het zal mij benieuwen.'

Ferdinand keek Nova ernstig aan. 'Pas goed op jezelf.'

8

Simon woonde op loopafstand van het Arsenaal, in een zeventiende-eeuws grachtenpand aan het Rapenburg, schuin tegenover het Rijksmuseum van Oudheden. Vlak bij zijn huis, staand voor de Bibliotheca Thysiana, op de hoek met de Groenhazengracht, boekte hij met zijn creditcard online een retourticket. Daarna bestelde hij een Schipholtaxi.

Eenmaal thuis had hij zijn koffer in nog geen tien minuten tijd gepakt. Een man die een weekend op reis gaat, heeft niet veel nodig.

Simon plofte neer op de grote zwartleren bank in zijn woonkamer om te wachten tot de taxi zou komen voorrijden. Hij dacht aan Thomas. Hoewel ze elkaar niet vaker dan een of twee keer per jaar zagen, was er tussen beide mannen een hechte vriendschap ontstaan sinds ze elkaar op een congres over archeologie en de Bijbel hadden ontmoet. Net als Simon werkte Thomas destijds aan zijn proefschrift. Hij was toen al aan zijn gestage opmars binnen het Archäelogisches Institut begonnen. Na een lezing vol felle discussies tussen vakgenoten hadden Thomas en Simon hun toevlucht gezocht tot een van de Keulse kroegen in de buurt van de congreszaal. Na een paar biertjes had Thomas een onhandige toenaderingspoging richting Simon gedaan, maar die had hij gestaakt toen hij ontdekte dat die kansloos was. Het voorval was deel gaan uitmaken van hun vaste repertoire van inside jokes.

Simon vroeg zich af wat Thomas ontdekt had. Het moest iets groots zijn, iets spectaculairs – Thomas zou hem niet laten overkomen als hij alleen een fraai fresco had gevonden. Hij moest nog even geduld hebben. Over enkele uren zou het hem allemaal wel duidelijk worden.

Een moment staarde Simon naar de sierlijsten op het hoge plafond boven zijn grote, ingebouwde boekenkast. Zittend op de bank was de stilte alomtegenwoordig. Het huis was veel te groot voor hem. Dat was het al toen ze hier nog met zijn drieën woonden.

Eerst was Barbara hem ontvallen, tien jaar geleden. Compleet onverwacht was ze aan een hartaanval bezweken, net vijfendertig jaar oud. Bij de autopsie kwam een defect aan het hart aan het licht, dat bij tijdige ontdekking relatief makkelijk had kunnen worden verholpen. Het bleef bizar dat de lippen, waarmee ze hem nog welterusten had gekust, en het warme lichaam, waartegen hij was weggedoezeld, bij zijn ontwaken al steenkoud waren geweest.

Midden in zijn eigen rouw moest hij de zorg dragen voor hun tienjarige dochter Annabel. Om maar niet geconfronteerd te hoeven worden met de leegte die Barbara achter had gelaten, had hij zich dubbel op zijn universitaire carrière gestort. Hij werkte hard en hield zich voor dat hij het voor Annabel deed, om haar een goede toekomst te geven. Maar zijn harde werken had ertoe geleid dat zijn dochter zich langzaam maar zeker van hem had verwijderd.

Simon tuurde door de grote raampartij naar zijn achtertuin. Er sijpelden herinneringen zijn geest binnen van momenten dat Annabel in het zwembad aan het spelen was en hij aan de rand op een oncomfortabele strandstoel een wetenschappelijk artikel las of redigeerde. Hoe ze op hem af kwam lopen, hem knuffelde en vroeg of hij ook in het water kwam, en hij haar afwimpelde. Momenten dat ze zijn genegenheid had gezocht en hij te weinig aandacht voor haar had gehad.

Altijd was er wel een artikel waar hij aan moest werken, een college dat hij moest voorbereiden, een rondje dat hij wilde rennen… En zo waren er dozijnen voorbeelden geweest van momenten waarop hij – achteraf bezien – de verkeerde keuzes had gemaakt.

Een dag na haar zestiende verjaardag verdween Annabel. Van het een op andere moment was ze er niet meer. Ook de politie was het een volstrekt raadsel hoe iemand zó volledig van de aardbodem kon verdwijnen. Het uitgebreide onderzoek had niets, maar dan ook helemaal niets opgeleverd. Korte tijd was Simon zelf nog verdacht geweest. Het was een nieuw dieptepunt in zijn leven geweest, op een moment dat hij niet had gedacht nog dieper te kunnen zinken. Natuurlijk had hij begrepen dat de rechercheurs ook maar gewoon hun werk deden – in dergelijke zaken bevond een verdachte zich nu eenmaal vaak in de familiesfeer – maar ondervraagd worden in de verhoorkamer over de vermissing van zijn eigen dochter was een absolute nachtmerrie geweest.

Dat was inmiddels vier jaar geleden. Eens in de zoveel tijd kwamen er bij de politie tips binnen van mensen die beweerden Annabel te hebben gezien, maar Simon betwijfelde of het echt om Annabel ging. Eenmaal meende een goede kennis van hem haar in een supermarkt in Leiden te hebben waargenomen. Simon had dagenlang obsessief bij de supermarkt gepost, maar had haar niet gezien. Er waren genoeg meisjes die op Annabel leken en het had er alle schijn van dat ze ergens ver weg woonde.

Of er niet meer was.

Op dit moment was er ook geen enkel uitzicht op verandering. Het onderzoek was min of meer afgesloten, en zou pas worden heropend op het moment dat een kansrijke tip tot iets nieuws zou kunnen leiden.

De rechercheur zei het laatst nog: de kans dat iemand na een vermissing van vier jaar nog opduikt, is statistisch gezien verwaarloosbaar klein.

Die onzekerheid bleef gekmakend. Er waren momenten dat hij liever zou horen dat Annabels lichaam was gevonden dan dat hij nog langer in deze oneindige onzekerheid moest verkeren. Zijn leven was on hold gezet, op de pauzeknop. Natuurlijk was hij gewoon blijven lesgeven, had hij artikelen gepubliceerd en had hij studenten met hun scripties begeleid, maar het échte plezier was verdwenen, alsof er een grauwsluier over alles heen hing.

Al vrij snel na de dood van Barbara had Simon besloten om de bovenste verdieping in zijn geheel te verhuren. Hij had er een eenvoudig keukentje en een douchecabine laten plaatsen, zodat de huurder er geheel zijn of haar eigen gang kon gaan. Via een bureau van de universiteit vond hij buitenlandse PhD-studenten die voor een half jaar of een jaar in Nederland verbleven. Het was Simon nooit om het geld te doen geweest. Het huis had hij als enig kind van zijn ouders geërfd en zijn salaris – samen met het kapitaal dat ze hem hadden nagelaten – was altijd meer dan voldoende geweest om mee rond te komen. Er was op deze manier wat meer leven in huis en Annabel had het geweldig gevonden om Engels te praten met de gasten die van over de hele wereld afkomstig waren. In de praktijk waren de huurders, vaak halverwege de twintig, gaan meedraaien met het gezinsleven van Annabel en Simon. Ontbijten en avondeten deden ze meestal gemeenschappelijk. Simon had het ook een fijn idee gevonden dat er meestal iemand thuis was als hij college moest geven en Annabel al terug was uit school. Ook op dit moment werd de tweede verdieping bewoond, door een Chinese student.

Op de eerste verdieping lagen zijn werkkamer en slaapkamer, evenals de badkamer en de kamer van Annabel, die hij na haar verdwijning volledig intact had gelaten. Hij maakte er zorgvuldig schoon en zette na afloop alles altijd weer precies zo neer als zij het had achtergelaten.

Simon merkte dat de onrust in zijn binnenste weer toesloeg. Hij deed zijn best zichzelf moed in te praten.

In het eerste jaar na Annabels verdwijning had hij zijn huis nauwelijks durven verlaten uit angst dat zijn dochter voor een dichte deur zou komen te staan en dan opnieuw – en deze keer voorgoed – zou verdwijnen. Het geavanceerde alarmsysteem dat hij na een serie van inbraken in de buurt jaren eerder had laten aanleggen, was bijna overbodig, zo veel was hij thuis. Boodschappen liet hij bezorgen en na zijn colleges haastte hij zich altijd naar huis, een wandeling van nog geen vijf minuten. Studenten en promovendi die hij begeleidde, ontving hij in zijn woonkamer. Pas toen er een jaar was verstreken, had hij het aangedurfd om weer op zijn kantoor op de universiteit te werken. Iedere keer een kwartiertje of half uurtje meer, zoals zijn therapeut hem had aangeraden.

Toch ging de angst nooit helemaal weg. En ook nu weer vocht hij tegen de gedachte dat Annabel net dit weekend thuis kon komen, en hij er niet zou zijn.

Hij schudde zijn hoofd.

Buiten klonk een claxon. Simon sprong op.

9

Het gezang van vogels werd overstemd door het gekwetter en gejoel van tientallen uitgelaten kinderen. Lyuben Dragonov zat onderuitgezakt op een bankje in het Borisova gradina, het bekendste park van Sofia. Naast hem zaten twee moeders, waarvan er één een kinderwagen met een huilende baby heen en weer bewoog.

Dragonov keek op zijn smartphone om te zien hoe laat het was. Direct daarna haalde hij zijn tweede mobiel, een prepaidmodel, uit zijn binnenzak.

Geen berichten. Dat betekende dat zijn opdracht blijkbaar ongewijzigd bleef.

'Papa?'

Dragonov keek op en zag hoe zijn dochtertje aan kwam rennen, haar twee staartjes dansend op het ritme van haar voetstappen. Even ergerde hij zich aan het feit dat ze hem uit zijn concentratie haalde, maar toen hij haar vrolijke oogopslag zag smolt hij.

Op enkele meters voor het bankje kwam ze ten val. Ze keek een moment verschrikt en barstte daarna in snikken uit. Dragonov sprong direct op en tilde haar met zijn magere maar gespierde armen van de grond.

'Ah, schatje.' Hij gaf haar een kus op de wang. 'Waar heb je pijn?'

Nikolina wees naar haar knie en begon nog harder te huilen. Dragonov zag dat het meeviel, er was geen schaafwond te zien. Hij gaf ook de knie een theatrale kus en zette haar daarna op de grond.

‘Papa,’ zei Nikolina, de tranen met haar mouw deppend, ‘wil je mij op de glijbaan tillen?’

‘Die rode glijbaan daar? Die heeft een trapje. Daar kun je zelf toch op?’

‘Maar ik wil dat jij me vasthoudt als ik naar beneden glij.’

Dragonov glimlachte; het grote litteken op zijn linkerwang rimpelde op. Nikolina was net drie. Het was een mooie leeftijd. Ze praatte steeds beter, begreep steeds meer, maar had haar vader toch bij alles nodig.

‘Tuurlijk, schatje.’ Hij haalde een zakdoek uit zijn broekzak en veegde haar neus schoon. Vervolgens liep hij met haar aan de hand naar de glijbaan, die een onderdeel was van een groot klimrek. Met een vlotte beweging tilde hij haar op en zette haar op het spiegelende glijvlak.

‘Daar ga je dan.’ Hij bracht haar voorzichtig in beweging terwijl hij voor de zekerheid haar handje vasthield. Gierend van de pret gleed het meisje naar beneden.

Dragonov keek op zijn gouden Rolex Yacht-Master. Het was al tegen drieën. Hij moest opschieten, anders zou hij zijn doelwit deze middag missen. Behalve dat hem dat ongekend gedonder met zijn opdrachtgever zou opleveren, zou hij er vijfentwintigduizend lev door mislopen.

‘We moeten gaan,’ zei hij.

‘Ah, alsjeblieft papa. Nog een keer.’

Dragonov gooide er een gesmoorde Bulgaarse vloek uit. ‘Nou vooruit dan. Nog één keer.’ Hij tilde haar lijfje opnieuw op de glijbaan. ‘Ditmaal hou ik je niet vast. Daar ga je.’

Weer gilde ze het uit van pret.

‘Kom, ik breng je gauw naar je moeder.’

Dat rotwijf.

Even later wandelde hij met Nikolina naast zich de speeltuin uit, maar omdat dit niet snel genoeg ging tilde hij haar op en nam haar op zijn arm mee. Na vijf minuten bereikte hij zijn auto. Hij had hem vlak bij de Adelaarsbrug geparkeerd, met haar vier opvallende zuilen met grote sculpturen van adelaars erop. Het deed hem altijd denken aan een of ander Romeins insigne.

Nadat hij Nikolina in haar stoeltje had vastgezet, stapte hij achter het stuur en reed naar een door vervallen hoogbouw gedomineerde wijk aan de oostkant van Sofia.

'Zullen we morgen weer naar het park gaan, papa?' vroeg Nikolina.

'Dat gaat niet. Je weet dat we maar één keer in de maand bij elkaar zijn.' Hij kreeg een donkere blik. 'Je moeder heeft daarvoor gezorgd.'

Nikolina antwoordde niet. Ze keek uit het raam naar de voorbijtrekkende flatgebouwen.

Bij de voordeur van zijn ex aangekomen drukte Dragonov op de bel, die hij pesterig vijf tellen lang ingedrukt hield. De deur ging open en een vrouw verscheen. Ze trok Nikolina direct naar binnen, zonder Dragonov een blik te gunnen.

'Doei schatje,' zei Dragonov zwaaiend, 'tot de volgende keer.' De aandacht van het meisje was echter alweer bij de poppen die op de vloer in de gang lagen.

De deur vloog vervolgens voor zijn neus dicht.

Opnieuw keek hij op zijn horloge. *Verdomme, het wordt haastwerk.* Hij had geen tijd om de auto om te ruilen. Het maakte waarschijnlijk niet uit – de klus was op een locatie waar in de nabije omgeving geen camera's hingen.

Een half uur later parkeerde hij de wagen aan het begin van een lange weg, gelegen aan de meest zuidelijke rand van Sofia. De villa's die hier stonden waren gebouwd op de uitlopers van het Vitosjagebergte en behoorden toe aan de rijkste Bulgaren. Het was een prachtig gebied, gelegen aan de bosrand en met een adembenemend uitzicht over Sofia.

Dragonov stapte uit, opende de achterklep van de auto en haalde uit een koffertje een Glock 17 tevoorschijn, een 9x19mm semiautomatisch pistool. Hij gaf het gouden kruis om zijn nek een kus en verborg de Glock onder zijn kleren. Het leek hem verstandig het laatste stuk te voet af te leggen.

Na zo'n dertig meter ging de weg over in een grindpad dat uitkwam op de oprit van een riante, witgepleisterde villa, verscholen tussen hoge bomen en omgeven door een groot hek.

Vanaf hier was het een kwestie van wachten. Het had hem slechts enkele dagen observeren gekost om vast te stellen dat Grigor Todorov een man van routine was: na zijn werkdag reed hij in zijn Maserati Ghibli naar huis, opende het hek met de afstandsbediening in zijn auto en verdween in de garage onder de villa.

Wat de man had misdaan, wist Dragonov niet. Het enige wat zijn opdrachtgever hem had verteld, was dat Todorov een belangrijke figuur in het Bulgaarse vastgoed was.

Dragonov googelde nooit wie zijn doelwitten precies waren. Te veel weten was gevaarlijk. Bovendien werd het dan ineens een echt mens met een leven, met familie. Emoties kon hij niet gebruiken bij dit werk.

Het was half zes toen Dragonov de bloedrode Maserati aan zag komen rijden. De auto hield, zoals alle voorgaande dagen, halt voor het hek. Dragonov liep op de wagen af en stak pontificaal zijn hand op.

Verbaasd liet Todorov zijn raam een klein eindje zakken. 'Wat moet dat hier?'

Het viel Dragonov op dat de vastgoedmagnaat van dichtbij een onopvallend mannetje was met een te dikke nek voor zijn kleine gezicht. Zijn voorkomen was totaal anders dan hij op basis van de aangeleverde foto had gedacht.

De grootste magnaten en miljardairs zijn in werkelijkheid vaak de lulligste sukkeltjes.

'Meneer Todorov,' zei Dragonov terwijl hij dichterbij kwam, 'ik ben Georgi Kovačević, journalist. Ik zou u een korte vraag willen stellen over uw megaproject Noviyat Kvartal.'

Todorov keek argwanend. 'U kunt een afspraak maken met mijn secretaresse. En nu ophoepelen.'

'Dat heb ik geprobeerd, maar ze zegt dat u het te druk heeft. Daarom sta ik hier. En het is in uw eigen belang. We ontvingen de laatste tijd veel negatieve berichten over het bouwproject, en willen u de kans geven in een paar zinnen uw kant van het verhaal te vertellen. Hoor en wederhoor, begrijpt u?'

Aan Todorovs blik was te zien dat hij geen zin had in dit

gesprek maar twijfelde of hij niet beter een minuut van zijn tijd kon opofferen voor goede reclame. Hij zuchtte verveeld. 'En voor welke krant werkt u?'

'Voor *Dnevnik*.'

Todorovs blik veranderde onmiddellijk toen Dragonov de naam van een van Bulgarijes belangrijkste kranten noemde. Hij opende met geveinsde tegenzin zijn portier en stapte uit.

'Goed dan. Twee vragen mag je stellen.'

Dragonov knikte vriendelijk, haalde zijn Glock tevoorschijn en schoot de man in zijn voorhoofd. Todorov zakte ineen als een woontoren tijdens de sloop, het kogelgat als een vuurrode bindi tussen zijn ogen.

Het bleef fascinerend, die fractie van een seconde dat een persoon zich bewust wordt dat het over is. In de blik van hen die gaan sterven was oprechte verbazing te lezen – meer nog dan angst. *Gebeurt míj dit?*

Dragonov doorzocht de zakken van Todorov, pakte diens telefoon en deed deze in een plastic zakje. Daarna liep hij rustig terug naar zijn auto, gooide zijn wapen op het stoeltje van Nikolina en reed de verlaten weg uit.

Toen hij op de II-18 invoegde stuurde hij een kort tekstbericht naar zijn opdrachtgever.

De klus is geklaard.
Je kunt de tweede betaling verrichten.

10

Umut zette Thomas af voor zijn huis. Het was halverwege de middag, de zon was al over haar hoogtepunt heen. Aan de overkant van de weg zaten mannen voor een café op kleine houten stoeltjes thee te drinken. Het café had een dakterras met weelderig groen erboven. Het zou een mooi gezicht zijn geweest, als er geen hangende wirwar van elektriciteitsdraden en een lelijke schoorsteenpijp doorheen hadden gestoken.

Thomas woonde op de tweede verdieping van een relatief modern appartementencomplex, opgetrokken in wit- en grijstinten, gesitueerd aan de rand van het dorpje. Hij huurde dit altijd een aantal maanden als hij in Göreme verbleef en had het destijds gekozen omdat het zo dicht bij het Nationale Park lag.

Umut schakelde de quad uit. 'Wat wilt u nu doen?'

'Ik heb contact opgenomen met een collega uit Nederland, Simon Ryevaar. Hij is een antropoloog en...'

'Een antropoloog?' onderbrak Umut hem. 'Wat kan een antropoloog hier nou aan bijdragen?'

Thomas lachte. 'Hij is religieus antropoloog, en bovendien een goede vriend. Hij heeft zich intensief verdiept in...' Hij aarzelde zichtbaar. 'Hij heeft een scherpe geest, laten we het daar op houden. En juist omdát hij geen archeoloog is, heeft hij vaak een verrassende kijk op dingen. In gevallen als deze is het goed om mensen buiten je bubbel te spreken.'

Umut keek Thomas met een schuin hoofd aan, alsof ze niet helemaal overtuigd was.

'Hoe dan ook,' zei Thomas terwijl hij met zijn vlakke hand het zweet van zijn voorhoofd veegde, 'vanavond laat landt hij in Kayseri, ergens tussen elf en twaalf. Morgen wil ik hem de locatie laten zien, ik zou graag zijn ideeën willen horen over wat we gevonden hebben.'

'En wat is uw plan? Daarna?' vroeg Umut.

'Als Simon en ik morgen een eerste inspectie van de grot achter de rug hebben, zullen we er ruchtbaarheid aan geven. Dan brengen we de medewerkers op de hoogte en kunnen we een team voor verder onderzoek samenstellen. Wellicht stuur ik dan alvast een persbericht de wereld in, zodat er in de academische wereld wat interesse voor de ontdekking wordt gewekt. Ik zal jouw naam ook in het persbericht opnemen – tenslotte heb jij de grot ontdekt.'

Vanuit Umuts hals verspreidde een blos zich over haar wangen tot achter haar oren. 'Uitstekend,' zei ze. 'Maar ik moet vanmiddag toch in Kayseri zijn – ik heb zo meteen een afspraak met mijn begeleider van de universiteit. Als u wilt, kan ik uw vriend van het vliegveld ophalen. Dat scheelt u weer een ritje van twee keer een uur, plus het wachten.'

'Als je dat echt wilt doen, dan heel graag,' antwoordde Thomas. Het kwam hem goed uit, want dan kon hij nog wat onderzoek doen.

'Prima. Hoe herken ik hem?'

'Hij heet Simon Ryevaar en heeft een vrij opvallende bos donkerblonde krullen en een ringbaardje met een sikje. Veel mensen vinden hem er een beetje als een dirigent uitzien. Lange man, afgetraind lichaam. Ik app je zo zijn naam, zijn mobiele nummer en een foto, voor de zekerheid. En ik zal hem laten weten dat jij hem komt ophalen en hem ook jouw nummer geven.' Thomas legde een hand op Umuts arm en kneep er zachtjes in. 'En vertel hem vooralsnog niets over wat we hebben gevonden. Ik wil dat hij dezelfde sensatie ondergaat als wij wanneer hij morgen de grot binnengaat.'

Umut maakte een gebaar waarmee ze haar mond symbolisch op slot draaide. Ze startte de quad weer en reed weg.

Thomas stapte het portiek in en liep de trap op naar zijn appartement. Eenmaal binnen legde hij onmiddellijk zijn telefoon aan de oplader – direct nadat hij antwoord van Simon had gekregen, was het toestel uitgevallen.

Hij douchte zich en kleedde zich om. Daarna maakte hij de kamer voor Simon in orde. Hij keek op zijn telefoon en zag dat er een paar berichtjes waren binnengekomen van Ergün, die sinds enige jaren zijn geliefde was. Het was een relatie die, zeker hier in Turkije, onder alle omstandigheden geheim moest blijven. Hij hoopte dat Ergün snel een baan in Keulen zou vinden, iets waar ze samen al druk mee bezig waren.

Vervolgens installeerde hij zich op zijn balkon aan de achterkant van het huis. Dit was de plek waar hij tegen het vallen van de avond het liefst zat wanneer hij het stof van een warme werkdag van zich had afgespoeld, met een ijskoude halveliterfles Efes in de hand. Vandaag smaakte zijn vertrouwde biertje hem extra goed. Hij nam een paar flinke slokken en zette de fles op tafel. Omlaag glijdende druppels condens lieten een klein rivierenlandschap op de fles achter.

Vanaf waar hij zat, keek hij deels uit op de vallei waar de beroemde grotkerken lagen die jaarlijks ontelbare drommen toeristen van over de hele wereld trokken. In het stervende avondlicht kleurden de rotsen van geel naar rood en lichtroze, totdat de nacht ze verduisterde en de fonkelende sterren aan het firmament verschenen.

Als deze kerk inderdaad van voor de komst van de eerste gemeenschappen van kluizenaars dateert, dan zou dat betekenen dat het christendom in deze streek mogelijk veel ouder is dan tot nu toe wordt aangenomen.

Dat was niet onmogelijk. Zelfs het Nieuwe Testament vermeldde dat Klein-Azië – het huidige Turkije – door de apostel Paulus was bezocht. Dat er hier in Cappadocië nog nooit sporen van christenen uit een heel vroege tijd waren gevonden, betekende niet dat ze er niet waren geweest. Afwezigheid van bewijs was tenslotte geen bewijs van afwezigheid.

Maar wat Thomas vooral bezighield was de raadselachtige

Griekse inscriptie die hij op het eind had ontdekt – de inscriptie die hij zelfs voor Umut geheim had gehouden.

Hij had de Griekse letters vluchtig gelezen en voor zichzelf vertaald, en de tekst had hem in verwarring gebracht. In eerste instantie leek het een verwijzing naar het Nieuwe Testament te zijn, maar er was iets wat niet klopte.

Onrustig stond hij op. Hij liep naar zijn boekenkast en pakte er een bijbel uit, die hij meenam naar het balkon. Hij bladerde naar Openbaring, het laatste boek van het Nieuwe Testament. In de linkerkolom stond de tekst in het Duits, in de rechterkolom stond de Griekse tekst van het *Novum Testamentum Graece*. Snel sloeg hij met zijn linkerhand de ene na de andere pagina om, terwijl de wijsvinger van zijn rechterhand van linksboven naar rechtsonder over het papier gleed.

'Ah, hier,' zei hij hardop toen hij had gevonden wat hij zocht. 'Openbaring, hoofdstuk achttien, vers twee.'

ἔπεσεν ἔπεσεν Βαβυλὼν ἡ μεγάλη

'Epesen, epesen Babylon hè megale,' prevelde hij voor zich uit, 'gevallen, gevallen is het grote Babylon.'

Maar dat was niet wat hij in de grot had gelezen.

Er was één woord dat in de inscriptie radicaal afweek.

11

Nova keek haar ogen uit op deze vroege zaterdagochtend. Als ze niet had geweten dat dit een kerkdienst was, had ze bijna kunnen denken dat ze bij een hip popconcert zat.

Op het podium was een spectaculaire lichtshow aan de gang, terwijl een zevenkoppige band van jonge twintigers een uptempo nummer speelde. Op het megascherm achter hen werden beelden uit het Heilige Land geprojecteerd. Een onderschrift verduidelijkte telkens wat er te zien was: de Tempelberg in Jeruzalem, de geboortekerk in Bethlehem, het Meer van Galilea, een doopceremonie in de rivier de Jordaan, de Dode Zee, de Tuin van Gethsemane... Ze werden afgewisseld door meer algemene foto's van indrukwekkende, goudomrande wolkenpartijen, een opgaande zon boven een veld vol bloeiende bloemen, ouderwets ogende vissersboten op een meer, twee volle korenaren, en een man en vrouw die hand in hand door een glooiend landschap liepen, liefdevol kijkend naar twee lachende kinderen die voor hen uit huppelden.

Nova had wel vaker moderne pinksterkerken bezocht, maar die verbleekten bij wat ze hier zag. Een dergelijke show kende ze alleen maar van televisie, als er vanuit de VS verslag werd gedaan van megakerken waar met gemak een paar duizend gelovigen in pasten.

De dienst werd gehouden in een groot gebouw dat ooit een zieltogend congrescentrum was geweest, maar door The Bride was opgekocht en nu fungeerde als de belangrijkste plek van samenkomst van de gemeente. Nova wist dat in het gebouw ook de kantoortjes zaten waar De Redder zijn boeken schreef en zijn preken uitwerkte en waar zijn medewerkers huisden.

Ze schatte het aantal aanwezigen op zeker vijftienhonderd. De overgrote meerderheid leek uit twintigers, dertigers en veertigers te bestaan, hoewel ze ook veel tieners en kleine kinderen zag. Een scherp contrast met de meeste andere kerken waar ze beroepsmatig weleens kwam en waar de grijze hoofden overheersten.

Ze kende kerken die op het eerste gezicht iets van The Bride weghadden. Zo was er in Amsterdam de Hillsong Church en in Den Haag de City Life Church. Dat het belangrijkste hoofdkwartier van deze kerk in Leiden was gevestigd, had bij Nova, een geboren en getogen Leidenaar, extra interesse gewekt. Toch wist ze dat deze kerk anders was dan de gangbare megakerken.

Heel anders.

De stoelen stonden in een halve cirkel opgesteld, met een aantal looppaden ertussen. Vrijwel iedereen was opgestaan en veel mensen bewogen op de maat van de muziek, wiegend met hun bovenlichaam. In de brede gangpaden gaven enkele gelovigen zich over aan meer expressieve dans. Om zich heen zag Nova mensen geluidloos voor zich uit prevelen, met een devote glimlach op het gezicht. Velen hadden de ogen gesloten en een of twee armen in de lucht gestoken.

Alleen de aanstekers ontbreken nog...

Een rustiger nummer werd ingezet en een zacht geroezemoes klonk vanuit de zaal. Door de gangpaden liepen jongeren in pak met een naamplaatje op de revers en een oortje in. Ze maanden iedereen naar zijn of haar zitplaats terug te gaan.

Op het scherm werd nu een liedtekst geprojecteerd. Een man en een vrouw, beiden jong en zeer aantrekkelijk, eenvoudig gekleed in een spijkerbroek en overhemd, betraden het podium, een microfoon in de hand.

De jonge vrouw zette een lied in: 'De Geest en de bruid zeggen: Kom!' Al snel zong de hele kerk vol overgave mee. 'Wie dorst heeft, kom! Kom en drink van het levend water!' Het was een kort lied, maar het werd zeker tien, vijftien keer opnieuw gezongen. Telkens deed de zaal mee met dezelfde overtuiging en met hetzelfde enthousiasme.

Nova wierp een snelle blik op haar telefoon om er zeker van te zijn dat de opname liep. Ze was bang dat ze met het maken van aantekeningen te veel de aandacht op zich zou vestigen. Ze vond het een gek idee dat Eline, die contact met Nova had gezocht, ook in deze zaal aanwezig was. Misschien was het wel de vrouw die naast haar stond en die haar bij aankomst zo vriendelijk had begroet.

Door het grote aantal mensen steeg de temperatuur in de zaal rap. Nova's hoofdhuid onder de pruik begon te jeuken, maar ze durfde niet te krabben. Ook irriteerde de bril – met glazen zonder sterkte – die ze niet gewend was te dragen. Bij binnenkomst had ze opzichtig haar grote schoudertas met de afbeelding van Minnie Mouse gedragen, zoals ze met Eline had afgesproken. De kans was heel klein dat er in de kerk nóg iemand met die tas zou rondlopen.

Nadat het gezang was weggestorven, verscheen een filmpje van een zevenarmige kandelaar met brandende kaarsen. In een cirkel om de vlammetjes heen verschenen in de bovenste helft de woorden *sjalom aleechem* en in de onderste helft de vertaling, 'met u zij de vrede'. Dit bleek de aanleiding te zijn voor de gelovigen om iedereen om zich heen de hand te schudden. Ook Nova schudde handen met acht, negen mensen waarbij ze zich bij elke vrouw afvroeg: *ben jij Eline?*

Het beeld van de kandelaar vervaagde en werd vervangen door enorme, pulserende letters waar het licht van afspatte:

THE BRIDE

In kleinere letters eronder stond de tekst:

Zoals de bruidegom zich verheugt over zijn bruid,
zo zal God zich over jou verheugen.

Vanaf de zijkanten werden door machines rookwolken het podium op geblazen, die, als een zeer plotseling opkomende mist, iedereen daar aan het zicht onttrokken. De band bleef echter onverstoorbaar doorspelen.

'*We welcome you, Spirit of God*,' begonnen de twee inmiddels onzichtbare zangers rustig te zingen. '*Welcome in our midst, welcome in our hearts. Reveal to us the coming King, the coming King, the coming King.*'

Ook de lichtshow was wat gekalmeerd. Uiteindelijk bleven er slechts drie grote witte zoeklichten over die naar één punt op het podium schenen. De rook trok langzaam op waardoor beetje bij beetje een gestalte zichtbaar werd.

Nova merkte dat ze kippenvel kreeg.

12

Simon zat op de bijrijdersstoel van Thomas' 4x4 terwijl ze door het feeërieke landschap van Cappadocië reden. De Turkse muziek die uit de speakers schalde kwam op Simon altijd erg melancholisch over. Hoewel hij er geen woord van verstond, vermoedde hij dat de teksten gingen over gemiste kansen, voorbije liefdes en andere tegenslagen.

'En ga je me nu eindelijk vertellen waar we naartoe gaan?' vroeg hij, terwijl hij even zijn hand op het bovenbeen van Thomas legde.

'Vooruit dan.' Thomas zette de muziek iets zachter. 'Umut heeft een grotkerk ontdekt. Eentje zonder enige versiering, dus waarschijnlijk ouder, véél en véél ouder dan de kerken die rond het jaar duizend, elfhonderd in deze regio zijn gemaakt. We vonden alleen primitieve ingekraste kruizen en een vis en met het woord "ichthus" eronder. Dat alleen al maakt het echt een unieke vondst.'

'Dat klinkt geweldig. Maar waarom haal je mij daarbij? Jij bent hier de archeoloog.'

Thomas grijnsde. 'Ik wil jou erbij hebben omdat ik iemand nodig heb om mee te bomen, te klankborden. En jou vertrouw ik. Veel wetenschappers die ik ken zijn net aasgieren. Ze willen vooral zichzelf op de kaart zetten, hun naam groot bij de vondst vermeld hebben.'

'Heb je aanknopingspunten om deze grotkerk te dateren?'

'Umut en ik hebben natuurlijk nog geen uitgebreid onderzoek kunnen doen. De grot lijkt leeg te zijn op twee karaffen en een schaal na, die we op de grond in een hoek zagen liggen – gebroken, helaas. Nu is het zo dat we hier in deze streek veel aardewerk vinden; het is een heel oude traditie hier. Onderhand herken ik de veranderende stijlen erg goed. De karaffen die in deze grot liggen, hebben een ranke hals van een centimeter of vijftien lang, een brede schenktuit, en ze zijn onversierd, ongeglazuurd. Zulke details zijn erg belangrijk. Ik heb het gisteravond nog nagezocht en mijn eerste vermoeden klopte: vroeg in de tweede eeuw kreeg een andere stijl de overhand. Ze kregen een schenkmond, een bredere hals en men begon met het glazuren van de karaffen.' Hij wendde zijn blik een moment van de weg af en keek opzij, naar Simon. 'Lang verhaal kort: de karaffen in deze grot vinden we normaliter alleen op locaties uit grofweg de éérste eeuw na Christus.'

Simon keek verbaasd op. 'De eerste eeuw? Dus jij denkt dat...'

Thomas knikte. 'Ja. Als mijn eerste indruk klopt, dan zou het betekenen dat deze kerk al in de eerste eeuw in gebruik was.'

'*Holy guacamole*.'

'En als dát klopt, is het niets meer en niets minder dan een ware sensatie, omdat we daarmee de aanwezigheid van christenen en van het christendom in deze regio een paar honderd jaar naar voren kunnen plaatsen. Dan hebben we het over mensen die één generatie na Jezus' dood zichzelf als christenen beschouwden en hier al in een kerk samenkwamen. Al moet ik opmerken dat het woord "kerk" in dit verband feitelijk een anachronisme is. Christenen hadden in het begin geen heilige gebouwen. Ze kwamen samen in elkaars huizen – als die huizen groot genoeg waren, althans – of in grafkelders of grotten.'

'Het is dus niet echt een kerk?'

'Of we dit een kerk zouden mogen noemen, is wat mij betreft een semantische discussie, maar ik ben er in ieder geval van overtuigd dat deze grot fungeerde als plaats waar christenen samenkwamen. En dat mag je van mij een kerk noemen.'

'Als je echt een kerk hebt ontdekt uit de eerste eeuw, dan is dat een buitengewone vondst,' zei Simon. 'Maar... is dat werkelijk de ontdekking waarvoor je mij naar Turkije liet overkomen?'

Thomas trommelde met zijn vingers op het stuur. 'Nee,' zei hij. 'Er is iets wat ik ín de kerk aantrof. Iets wat ik nog niet met mijn team heb gedeeld, ik heb het zelfs niet aan Umut verteld. Het is iets... iets wat me in verwarring heeft gebracht.'

'Verdorie, Thomas. Doe niet zo raadselachtig. Wat heb je ontdekt?'

Thomas kreeg een ondeugende grijns. 'Ik denk dat het echt het beste werkt als jij zo meteen dezelfde verbazing ondergaat als ik heb ondergaan, en dezelfde sensatie voelt als ik heb gevoeld.'

Simon wist dat het geen zin had om langer aan te dringen. Aan de onverzettelijke blik van zijn oude vriend kon hij zien dat hij niets meer los zou laten.

Niet veel later gaf Thomas met zijn knipperlicht keurig richting aan, ook al was de weg totaal verlaten. Hij parkeerde aan de zijkant van een weggetje, omdat het te smal werd om met de auto verder te rijden. Hij rommelde in het handschoenenkastje en toverde een groot formaat zaklamp tevoorschijn. 'Voor extra licht,' verduidelijkte hij. 'De lampjes op onze telefoons zijn niet voldoende.'

Ze stapten uit en Thomas sloot de auto af. Op het tsjirpen van enkele cicaden na was het stil. De lucht trilde van de hitte. 'Het is een stukje lopen. Een paar minuutjes schat ik.'

Thomas had hoorbaar meer moeite met de wandeling dan Simon, die zijn conditie thuis op peil hield door een paar keer in de week hard te lopen. 'We zijn er,' zei hij toen ze na enkele honderden meters op een verbreding van het pad stonden. Hij had even nodig om op adem te komen. Met een zakdoekje veegde hij het zweet van zijn voorhoofd.

'Net een klein pleintje zo,' merkte Simon op. De fijne stofdeeltjes die hier permanent in de lucht leken te hangen, kriebelden in zijn neus.

'Inderdaad. Misschien is de plek destijds om die reden uitgekozen.'

Thomas liep naar een rotswand waar op het eerste gezicht niets te zien was. Hij veegde wat zand weg en begon aan een steen te wrikken, die al snel loskwam. Simon schoot hem te hulp en in korte tijd hadden ze een gat van een meter bij een meter gecreëerd waar ze doorheen konden.

'Aan u de eer, meneer Ryevaar,' zei Thomas en hij overhandigde zijn vriend de lantaarn.

Voor de zekerheid haalde Simon ook zijn telefoon uit zijn broekzak en deed het lampje aan. Op handen en voeten kroop hij door het gat, in iedere hand een lichtbron. Iets te vroeg ging hij weer rechtop staan, waardoor hij lelijk zijn hoofd stootte.

Al snel volgde Thomas, die ook het lichtje van zijn telefoon had ingeschakeld. Gecoördineerd schenen ze met de drie lichtbundels door de ruimte, van links naar rechts.

'Schitterend,' zei Simon. 'In één woord schitterend.'

'Ja toch?' antwoordde Thomas. 'En hier, kom eens kijken.' Hij ging hem voor naar een van de vier zuilen. 'Je ziet, alle zuilen zijn geheel glad, niet versierd, geen groeven. Er is een hoog voetstuk en bovenaan zie je een heel eenvoudig, rond kapitaal. Het zijn Toscaanse zuilen, typisch Romeins, een vereenvoudigde versie van de Dorische zuil. En hier,' hij scheen op een specifieke plek, 'zie je het Ichthusteken, kijk...'

Simon bukte. 'Schitterend,' zei hij. 'En aan die Attische sigma kun je sowieso al zien dat het van vóór de derde eeuw is.'

'Hoe bedoel je?' vroeg Thomas, die zijn opwinding niet kon verbergen.

'Heel simpel. Na de derde eeuw zien we de zogenoemde lunaire sigma verschijnen. Die ziet eruit zoals onze hoofdletter C. Het is net een halve maan, vandaar "lunair". En dit is dus de eerdere, Attische sigma, de ς.'

'Maar dat is geweldig!' riep Thomas uit. Zijn stem weergalmde in de kleine ruimte. 'Samen met die kruiken geeft dat alleen maar meer ondersteuning voor mijn theorie dat we hier met een kerk uit een zéér vroege periode te maken hebben.' Hij sloeg een arm om Simon heen en gaf hem een zoen op de wang.

Simon moest lachen. 'Hé, niet te hard van stapel lopen. Laten we elkaar eerst wat beter leren kennen.'

Thomas schoot ook in de lach. 'Wil jij even een stapje terug doen en bijlichten zodat ik een goede foto kan maken?'

Simon richtte de zaklamp en hield hem stil. Nadat Thomas enkele foto's had gemaakt toonde hij Simon de drie kruizen. Vervolgens leidde hij hem naar het vlak gemaakte stukje rotswand waar hij de inscriptie gevonden had. 'Hou je vast,' zei hij, 'want dít is waarvoor ik je helemaal uit Nederland heb laten komen. Het pièce de résistance.'

13

Daar was hij: Jozias de Redder. Een oorverdovend applaus en gejoel barstte los terwijl uit de mist een man van zeker een meter negentig naar voren stapte. Hij had een keurig getrimd baardje, een mager, bijna ascetisch gezicht en halflang, licht golvend donkerbruin haar tot op zijn schouders.

Langzaam werden de andere mensen op het podium weer zichtbaar, evenals het scherm, dat geheel werd gevuld door het hoofd van De Redder. Uit zijn staalblauwe ogen straalde een intense blik en er verscheen een brede glimlach op zijn gezicht als van een vader die na lange tijd zijn kinderen eindelijk weer ziet. Hij strekte zijn armen schuin naar beneden met de handpalmen open naar boven gericht, en draaide een halve cirkel om zijn as.

Mensen begonnen te applaudisseren, te roepen en te juichen. Nova klapte mee. Op haar onderarmen gingen de haren rechtop staan en een lichte rilling, die niet onaangenaam voelde, trok over haar rug.

Plotseling had ze vochtige ogen en ze moest even slikken om haar onverwacht opkomende tranen de baas te worden. Toen ze om zich heen keek, zag ze dat ze niet de enige was die door emotie was overmand. Bij de vrouw naast haar biggelden de tranen over de wangen en ook bij veel andere mensen zag ze glinsterende ogen.

Wat is dit? dacht ze, half verwonderd, half geïrriteerd. *Ik ben journaliste nota bene. Objectief, nuchter, zonder waardeoordeel feiten registrerend, op zoek naar de waarheid achter deze man…*

Haar buurvrouw stootte haar aan, en gaf haar een papieren zakdoekje.

'Dat effect heeft hij op veel mensen,' zei ze met een gelukzalige glimlach terwijl ze haar eigen ogen en wangen droogdepte. 'Het is echt een man Gods, één brok pure liefde.'

Nova glimlachte. 'Het lijkt me een... bijzondere man, ja,' zei ze.

Toen Nova zich was gaan verdiepen in The Bride en zijn stichter, Jozias de Redder, had ze niet kunnen geloven dat de man werkelijk zo heette. Het had haar eerder een soort van artiestennaam geleken. Volgens De Redder zelf was zijn naam een typisch geval van nomen est omen: de naam is het voorteken. In vrijwel elk interview legde hij opnieuw uit hoe hij vanaf de wieg al voor deze taak in het leven was voorbestemd: mensen terug bij de Verlosser brengen, om op die manier de weg te effenen voor de wederkomst van Jezus.

'*We welcome you, Spirit of God,*' zongen de twee jonge zangers nog altijd, nu zachter. '*Reveal to us the coming King, the coming King, the coming King.*'

De rook rond het podium trok op. De Redder maakte met een simpel handgebaar duidelijk dat de muzikanten even konden stoppen. Slechts de toetsenist bleef zacht in de achtergrond spelen; zweverige akkoorden die een sfeer van verwachting creëerden.

De Redder nam het woord.

'Welkom, lieve heiligen,' zei hij. 'Welkom in het huis van onze God. Welkom op de plek waar vrede, troost en blijdschap is.'

'Amen!' klonk het uit verschillende kelen.

'Het is zó goed om samen God te aanbidden, niet? Wat een heerlijk moment van aanbidding was dat. Het voelde alsof ik naar de hemel werd meegevoerd, naar de troon van God. Onze aanbidding hier laat ons nu al iets proeven van hoe het hiernamaals zal zijn.'

Weer klonken er 'amens' uit alle hoeken van de zaal.

'We mogen ons gelukkig prijzen dat wij deel zijn van een hemelse natie,' zei De Redder, rustig sprekend en duidelijk articulerend. 'Want we leven in duistere tijden. De wereld wordt donkerder, zondiger, killer. Maar over ons, de bruid van Christus, gaat het licht op. De zon komt op in onze harten, als een voorbode voor de uiteindelijke komst van het Licht van de Wereld zelf, Jezus Christus.'

Er klonk gejoel in de zaal.

De Redder zuchtte diep, alsof zijn eigen woorden hem diep raakten. 'Goed. Jullie hebben elkaar al uitbundig gegroet. Nu is het mijn beurt om jullie allen te groeten.'

Er werd een nieuw lied ingezet, een vrolijk uptempo nummer. De Redder stapte van het podium af om een rondgang door de zaal te maken. Hij schudde veel handen, omhelsde mensen en aaide kinderen over de bol. Vier mannen van de ordedienst vergezelden hem, twee voor hem en twee achter hem. Zij zorgden dat alles goed gestroomlijnd verliep.

'Ik was een beetje laat vandaag,' zei de vrouw naast Nova met hoorbare spijt in haar stem. 'De plekken bij het gangpad zijn altijd het eerst bezet. Dan heb je de meeste kans om hem aan te raken.'

Aan te raken?

'Veel zieken zijn door slechts zijn aanraking beter geworden,' legde ze uit toen ze de verwarring op Nova's gezicht zag, 'of door alleen maar zijn kleding even vast te houden. Maar ook als je niets onder de leden hebt, is het fijn hem een hand te geven hoor. Hij is een gezalfde, een persoon in wie de Heilige Geest met kracht aanwezig is. Die kracht voel je gewoon door je heen stromen als je hem aanraakt.'

Het rondje van De Redder duurde zeker tien minuten. In die tijd werden met veel enthousiasme enkele liedjes gezongen. Toen hij iedereen de kans had gegeven hem aan te raken of zijn hand te schudden, beklom hij opnieuw het podium. Hij gebaarde met zijn hand naar de muzikanten dat het lied ten einde was en de muzikanten het podium konden verlaten.

Toen de klanken van het laatste nummer waren weggestorven, werd het plots onwerkelijk stil.

De stilte voor de storm...

‘Ons rest nog maar weinig tijd, lieve mensen,’ sprak De Redder met heldere stem, bijna hypnotiserend. ‘Het is vijf voor twaalf. Wat zeg ik? Het is twee voor twaalf, lieve mensen. Eén voor twaalf.’ Met zijn rechterhand vormde hij een schelp die hij om zijn rechteroor heen vouwde. ‘Als we goed luisteren, als we héél goed luisteren…’ veel mensen om Nova heen imiteerden zijn handeling, ‘… dan kunnen we in de verte al zachtjes het bazuingeschal horen dat de komst van Jezus aankondigt.’

Een kort moment was het volkomen, maar dan ook volkomen stil. Zelfs Nova voelde hoe ze werd meegesleept en bij wijze van spreken zat te wachten totdat het geschal van bazuinen zou klinken.

‘Het is één voor twaalf,’ verbrak De Redder zelf de betovering. ‘Overal om ons heen zien we de tekenen: terroristische aanslagen, het coronavirus, oorlogen, honger en dood. De duisternis lijkt met de dag dikker en zwaarder te worden. Juist in deze tijd moet de Bruid van Christus stralen als de zon, zodat de volken op aarde naar haar toe zullen worden getrokken… Dat betekent wel dat wij zuiver en heilig moeten zijn. Zegt Paulus in de Bijbel niet dat de Bruid zonder vlek en rimpel moet klaarstaan om straks Jezus bij zijn wederkomst te ontmoeten? Velen hebben gedacht dat de Bruid van Christus de wereldwijde kerk was, die bestond uit álle gelovigen uit álle tijden. Maar dat kan niet. Sla Openbaring er maar op na, en je zult lezen dat Jezus zijn Bruid pas ontmoet wanneer hij terugkeert. De Bruid is dus op aarde aanwezig wanneer Hij terugkomt! Met andere woorden: de Bruid van Christus zijn de échte, zuivere gelovigen van de eindtijd.’

‘Prijs de Heer!’ riep iemand in de zaal.

‘En geloof me: niet iedereen die zegt dat hij in Jezus gelooft behoort tot de Bruid. Huichelaars, goddelozen en lauwe christenen kunnen geen deel hebben aan het liefdesverhaal tussen Jezus en de mens. Geen enkele bruidegom wil een bruid die hoereert of zichzelf bezondigt, wel?’

Op het scherm achter hem waren de priemende ogen waarmee hij de zaal rondkeek goed te zien.

'God heeft mij in de loop van zeven jaren zeven maal een visioen van de Bruid gegeven, die in de eindtijd door God wordt voorbereid op haar rol in de laatste dagen. Om een reden die ik niet begrijp heeft hij mij, de allerminste onder de heiligen, uitgekozen om zijn Bruid samen te brengen. Zoals Johannes ooit opriep tot zuivering en bekering voor de eerste komst van de Heer, zo ben ik geroepen als de wegbereider van Zijn tweede komst. Iedere blokkade moet worden weggehaald, iedere heuvel geslecht, iedere berg moet wijken... totdat de Heer terug kan komen.'

'Ja, Jezus!' riep iemand.

'Amen! Hij komt terug!'

Extatische kreten van de kerkleden klonken op rondom Nova.

'Maar jullie weten het,' ging De Redder verder. 'Zij die Noach niet volgden, werden in het vloedwater verzwolgen. De eindtijd zal volgens Jezus net zo zijn als de dagen van Noach. Wie Zijn profeet van de eindtijd niet zal volgen, zal niet bij de Bruid horen, maar in de oordelen van God worden ondergedompeld. En let goed op! Jezus zelf waarschuwde al en zei: "Pas op dat niemand jullie misleidt. Want er zullen velen komen die mijn naam gebruiken en zeggen: 'Ik ben de messias.' En ze zullen veel mensen misleiden." Maar bij mij... Bij mij en mijn zoon... Alléén zij die zich onder het leiderschap van mij en mijn zoon stellen, zullen veilig zijn wanneer de gruwelijke plagen van de eindtijd aanbreken.'

Hij rechtte zijn rug en hield theatraal zijn hand omhoog. 'Onze gemeente, onze gemeenschap is The Bride. Wij samen zijn de bruid van Christus en we mogen Hem als Bruidegom uit het Vaderhuis verwachten. De dag dat wij als een reine maagd voor Hem zullen verschijnen, zal niet lang meer duren. Let op wat ik jullie zeg: het zal binnen één decennium plaatsvinden.'

Nova kon niet ontkennen dat ze gefascineerd was door wat ze zag en hoorde.

Maar wat overheerste, was een gevoel van misselijkheid.

14

'Het is een graffito,' zei Thomas. 'Een frescolaag waar vervolgens letters in zijn gekrast.'

Ze stonden voor het vlak gemaakte stukje rotswand waarop een Griekse inscriptie te lezen was.

'Ik zie het,' zei Simon.

Thomas scheen nog eens extra bij. 'Kun je het lezen zo?'

Simon knikte. Op het gymnasium had hij Grieks en Latijn gedaan. Omdat hij het zonde had gevonden dat die moeizaam verworven kennis verloren zou gaan, had hij in zijn studententijd colleges Nieuw-Testamentisch Grieks gevolgd. 'Epesen, epesen Jerosoluma hè megale,' las hij de Griekse tekst hardop voor. Het ging langzaam, omdat men vroeger geen spaties gebruikte en alle woorden gewoon achter elkaar schreef.

επεσενεπεσενἸεροσόλυμαἡμεγάλη

'Gevallen, gevallen is het grote Jeruzalem,' vertaalde hij.

'Correct,' zei Thomas bijna fluisterend. 'Snap je nu waarom ik je gevraagd heb te komen?'

Simon knikte, zichtbaar in verwarring gebracht. 'Ja,' stamelde hij. 'Dit is duidelijk die beroemde tekst uit Openbaring – "Gevallen, gevallen is het grote Babylon". Maar hier staat Jeruzalem, niet Babylon. Dit is heel vreemd... Ik kan me niet herinneren ooit een handschrift van deze tekst te hebben gelezen met "Jeruzalem" erin.'

'En dit is nog niet alles,' zei Thomas. 'Hier. Lees de volgende regel.'

Simon probeerde de Griekse tekens te ontwaren, maar dat ging bij dit gedeelte van de inscriptie wat moeizamer. Het eerste stukje van de zin was afgebrokkeld.

--------------ντὸνκαπνὸντῆςπυρώσεωςαὐτῆς

'Volgens mij staat er: ton kapnon tes puroseo autes... "de rook van het vuur"?'

'Exact. En dat komt ook uit Openbaring. De helft van de woorden is onleesbaar, maar op basis van wat we wel kunnen ontcijferen, weet ik dat het ook hier om het twintigste vers van het achttiende hoofdstuk gaat: "Alle stuurlui, het scheepsvolk en alle anderen die op zee werken, bleven op een afstand en riepen toen ze de rook boven haar zagen opstijgen: 'Welke stad is er aan die grote stad gelijk?'", staat daar.'

Εὐφραίνουἐ-----ρανὲ--ὶοἱἅγι-- αὶ--ἀπό---λοι
καὶοἱπροφῆταιὅτι-------εὸςτὸκ--ὑμῶν--αὐτῆς

Hij haalde een A4'tje uit zijn binnenzak en vouwde het open. Simon scheen met de zaklamp bij. 'De laatste zin luidt: 'Juich om haar, hemel, juich heiligen, apostelen en profeten! Het vonnis dat zij jullie had toebedacht, heeft God aan haar voltrokken!'

'Buitengewoon interessant, Thomas. Teksten uit het boek Openbaring die hier in een muur zijn gekrast... En dat in de eerste eeuw van onze jaartelling!'

'Precies. En de drie de zinnetjes komen uit hetzelfde hoofdstuk. Hier, kijk maar.' Thomas had op hetzelfde stuk papier de drie tekstgedeeltes onder elkaar had gezet.

Openbaring 18:2
Gevallen, gevallen is het grote Babylon.

Openbaring 18:17,18
Alle stuurlui, het scheepsvolk en alle anderen die op zee werken, bleven op een afstand en riepen toen ze de rook

boven haar zagen opstijgen: 'Welke stad is er aan die grote stad gelijk?'

Openbaring 18:20
Maar in één uur tijd is zij te gronde gericht. Juich om haar, hemel, juich heiligen, apostelen en profeten! Het vonnis dat zij jullie had toebedacht, heeft God aan haar voltrokken.

Simon las de Bijbelverzen en keek telkens naar de wand. Hij knikte meermaals – het waren absoluut deze fragmenten. Hij merkte dat hij kippenvel over zijn hele lichaam had gekregen. Het was een ronduit bizarre ervaring om in zo'n oude grot een graffito te mogen ontcijferen die bijna twee millennia geleden door iemand was aangebracht.

'Nu begrijp ik je opwinding,' zei hij. Hij gaf het A4'tje terug aan zijn vriend. 'Er moet een verklaring zijn waarom de tekst over Jeruzalem spreekt in plaats van over Babylon.'

'Dat is het grote raadsel. Heel het boek Openbaring werkt toe naar de grote val van Babylon, de machtige stad die door God wordt vernietigd. Niemand weet precies wat er met dat Babylon wordt bedoeld. Ja, we weten dat Babylon een stad uit de oudheid was, gelegen in het huidige Irak. Maar die stad is onder het woestijnzand verdwenen. Daarom gaat men er doorgaans van uit dat in Openbaring niet letterlijk de stad Babylon wordt bedoeld, maar dat het een symbool voor iets anders is.'

Simon knikte. 'Toevallig had ik het daar gisteren nog over met mijn studenten. Veel gelovigen denken dat met Babylon een toekomstig wereldrijk wordt bedoeld dat door God in de eindtijd zal worden geoordeeld.' In het halfduister van de grot kon hij Thomas' gezicht niet goed onderscheiden. Wel zag hij de reflecties van het licht van de zaklamp in zijn ogen.

'De gedachte dat Babylon symbool staat voor iets anders, is natuurlijk niet gek,' zei Thomas. 'Heel het boek Openbaring zit tenslotte tjokvol symboliek.'

'Zeker. Maar dat hier "Jeruzalem" in plaats van "Babylon"

staat, is wel heel moeilijk te begrijpen. Hadden de christenen in deze regio soms een hekel aan de heilige stad?'

'Dat is precies de reden dat ik jou gevraagd heb hierheen te komen,' zei Thomas geestdriftig. 'Ik hoopte dat wij daar samen over konden filosoferen.'

'Ik ben geen nieuwtestamenticus. Weliswaar ben ik heel erg geïnteresseerd in eindtijdbewegingen – en in dat kader weet ik ook wel het een en ander van het boek Openbaring – maar als je een expert zoekt op het gebied van theologische interpretaties van dat boek, dan had je een ander moeten laten komen.'

'Maar je bent wel een heldere denker, Simon. En iemand met wie ik goed kan sparren. Denk met me mee. Wat geloofden de christenen die hier leefden? Waarom pasten zij een Bijbeltekst aan?'

Simon opende zijn mond om antwoord te geven, maar sloot die toen weer. 'Wacht eens,' zei hij langzaam. 'Het boek Openbaring dateert uit...?'

'Volgens mij werd het in de jaren negentig van de eerste eeuw afgerond.'

'Stel nou eens dat deze graffito van vóór die tijd dateert. Dan is het misschien wel andersom.'

'Hoe bedoel je?'

'Ik bedoel dat de Bijbeltekst oorspronkelijk over Jeruzalem ging. En dat het juist daarna...'

'...in Babylon is veranderd!' zeiden ze tegelijkertijd.

'Als dat zo is,' zei Thomas opgewonden, 'dan zou deze vondst wellicht aantonen dat het Bijbelboek over het einde der tijden oorspronkelijk een fundamenteel andere betekenis had. Het zou alles wat christenen over de toekomst geloven, op losse schroeven kunnen zetten.'

15

Na bijna drie uren leek de kerkdienst onder leiding van Jozias de Redder het einde te naderen. Nova was van de ene verbazing in de andere gevallen. Het was een strak geregisseerde show geweest die in een theater niet had misstaan. Opzwepende liedjes waren afgewisseld met rustige, bijna zweverige aanbiddingsnummers. De begeleidingsband leek stuk voor stuk uit professionals te bestaan. De twee zangers die in het begin het podium hadden betreden, hadden telkens het voortouw genomen en al die tijd was bij hen geen spoortje van vermoeidheid te zien geweest.

Er was gebeden, uit de Bijbel gelezen, en onlangs tot het geloof gekomen nieuwe leden hadden een getuigenis gegeven. Een mevrouw die op krukken naar voren was gestrompeld, had – terwijl vijftienhonderd mensen ademloos toekeken – haar krukken weggegooid na handoplegging van De Redder. Ze was vervolgens op en neer door het gangpad gerend, onder luid applaus en halleluja-geroep van de aanwezigen.

'Net zoals mensen genazen bij de eerste komst van Christus,' had De Redder geroepen, 'zo zien we ook nu een toename van het aantal genezingen, die de uiteindelijke komst van de Heer aankondigen.'

Nova had gezien hoe tijdens de extatische aanbidding mensen in katzwijm vielen. Anderen vielen op de grond door aanraking van De Redder. Ze had uit alle hoeken van de zaal mensen in tongen horen spreken. Er was een niet aflatende lichtshow geweest, ondersteund door perfect getimede visuele effecten via de beamer. Telkens waren precies op tijd de te zingen songteksten of de aangehaalde verzen uit de Bijbel op het grote scherm verschenen.

Het lichtende middelpunt van dit alles was Jozias de Redder geweest. Als een regisseur had hij alles strak in de hand gehad. Met een handgebaar had hij aangegeven wanneer een lied beëindigd dan wel ingezet moest worden of wanneer iemand in zijn ogen voldoende aan het woord was geweest. Tot twee keer toe had hij gloedvol over een visioen verteld dat hij had gehad over hoe de wereld er na Christus' wederkomst uit zou zien. Hij had er zó aanstekelijk over verteld – 'ik heb het voorrecht gehad om het allemaal al te zien, lieve mensen, en het wordt zo mooi dat ik het nauwelijks in woorden kan uitdrukken'– dat zelfs Nova begon te verlangen naar het paradijs dat hij schetste.

In een preek, die hij volledig uit het hoofd had gedaan, had hij in een klein half uur velerlei onderwerpen de revue laten passeren, maar telkens opnieuw was hij weer naar de rode draad in zijn verhaal teruggekeerd: The Bride als Bruid van Christus, en de aanstaande wederkomst van de Zoon van God, speciaal voor die Bruid. En hoewel De Redder de nadruk legde op de schitterende toekomst voor 'de heiligen' en de heerlijkheid van de nieuwe hemel en aarde, had hij ook meermaals en passant verwezen naar de oordelen en verschrikkingen die de ongelovigen op aarde te wachten stonden tijdens de spoedig losbarstende eindtijd.

Het contrast bracht Nova in de war.

Dat wat deze mensen geloven klinkt geweldig als je onderdeel van de kerk bent, maar voor de rest is het een gruwelijk verhaal.

Het deed haar denken aan gesprekken die ze vroeger weleens aan de voordeur had gehad met Jehovagetuigen, die vol overtuiging spraken over hoe geweldig de hemel zou zijn, en de wrange nasmaak die ze naderhand altijd proefde toen ze zich realiseerde dat hun blijde boodschap voor slechts een kleine groep goed nieuws was. Voor iedereen die er niet bij hoorde of die niet gelovig was, betekende het evangelie blijkbaar een uitzicht op een eeuwige hel.

Waar geween is en tandengeknars...

Nu de preek was afgelopen, kwam, voor de zoveelste keer tijdens de dienst, het banknummer van The Bride groot in beeld. Nova zag dat veel mensen hun telefoon pakten en hun bank-app opstarten. Ze spiekte bij haar buurvrouw en zag dat die honderd euro overmaakte.

Zou ze weten dat De Redder in een villa woont die door Quote op een waarde van een kleine drie miljoen euro wordt geschat? En dat hij een privévliegtuig heeft?

'Geef gul, lieve mensen,' spoorde De Redder zijn toehoorders aan. 'Er dwalen nog zovelen rond... Zoveel zielen die verloren dreigen te gaan omdat ze nog nooit van het evangelie hebben gehoord. Zonder het te weten zijn ze op weg naar het oordeel van God dat over deze planeet zal komen. De tijd dringt, ook voor hen! We hebben geld nodig om onze boodschap te kunnen blijven verspreiden, om het onderhoud van dit gebouw mee te bekostigen, de apparatuur aan te schaffen en de koffie te betalen die je na de dienst kosteloos zult drinken. Vergeet niet: wat heb je aan al dat geld op de bank als de Heer morgen uit de wolken neerdaalt, in al zijn luister? Want Hij komt, lieve mensen! Hij komt!'

'Ja, kom, Jezus, kom,' riepen mensen vanuit de zaal, sommigen in extase. Om Nova heen barstten verschillende mensen in tranen uit.

De vrouw naast Nova, een wat oudere dame, boog naar Nova toe. 'De Meester weet het,' zei ze zachtjes in haar oor.

'Hoe bedoelt u?'

'Hij weet wanneer Jezus terugkomt. Hij heeft van God heel precieze visioenen gekregen. De Meester heeft beloofd dat hij die visioenen spoedig zal onthullen.'

Nova knikte vriendelijk, maar vroeg zich vooral af hoe mensen zó blindelings achter hun kerkelijk leider aan konden lopen.

Ze had zich een paar keer niet kunnen inhouden en hard op haar hoofd gekrabd. Het liefst had ze de pruik ter plekke afgedaan. Even speelde ze met de gedachte om hem af te doen en te roepen dat ze vanmorgen nog kaal was geweest, maar nu ineens haar eigen haar weer had. Waarschijnlijk zou ze meerdere halleluja's oogsten van de mensen om haar heen.

Er werd een laatste lied ingezet.

'Er komt een nieuwe aarde, zonder onrecht of verdriet,' werd er gezongen. 'Waar de honger is verdwenen, God in alles ons voorziet.'

De Redder stapte van het podium af en liep opnieuw een rondje door de zaal. De vier bewakers om hem heen konden niet voorkomen dat nu heel veel mensen van hun stoel waren gekomen en achter hun voorganger aanliepen. Het viel Nova op dat de man zichtbaar genoot van alle aandacht die hij kreeg. Hij leek sowieso heel erg tevreden te zijn met zichzelf. Tijdens de dienst had hij herhaaldelijk in zeer positieve zin over zijn harde werk in dienst van de Heer gesproken – altijd gevolgd door enige relativerende zelfspot die op Nova onoprecht was overgekomen.

Een cameraman liep mee aan de zijde van De Redder, zodat ook mensen die geen goed zicht op hem hadden, via het scherm alles toch goed konden zien. Hij zong luidkeels mee met een devote blik in zijn ogen. Direct naast hem liepen een paar kleine kinderen om wie hij losjes zijn armen had geslagen.

Daarna besteeg hij voor een laatste keer het podium en bliezen de rookmachines opnieuw enorme wolken het toneel op. 'Een gezegende week iedereen,' riep hij. 'Blijf waakzaam en blijf zuiver, lieve mensen!' Nog eenmaal stak hij zijn handen in een zegenend gebaar uit, waarna hij een paar stappen achteruit deed en uit beeld verdween.

Een oorverdovend applaus barstte los, dat overging in een staccato geklap, als bij een concertpubliek dat een artiest om een toegift smeekt. Maar uiteindelijk stierf het geluid weg en begonnen mensen hun jassen aan te doen.

Zijn wederkomst blijft uit...

Ze zette de opname op haar telefoon stop. Toen ze was opgestaan, voelde ze hoe iemand haar een paar keer in de rug prikte. Eerst dacht ze nog dat dit kwam van passerende mensen, maar toen ze zich omdraaide zag ze dat iemand bewust haar aandacht had willen trekken, een jonge vrouw met een wat muizig gezicht en een iets te grote bril op. Ze had een briefje in haar hand.

'Bent u Nova?'

Onderzoekend keek Nova de vrouw aan. Ze vroeg zich af hoe verstandig het van de vrouw was om haar direct bij haar echte naam aan te spreken.

'Dat hangt ervan af wie het vraagt,' antwoordde ze voorzichtig.

'Ik moest u dit geven,' zei de vrouw, waarna ze het briefje overhandigde en wegliep.

Nova vouwde het velletje papier open. 'Kom naar de damestoiletten,' stond erop geschreven. 'Daar wacht ik op je.'

Eline.

Nova keek om zich heen. Ze had Eline voorgesteld om elkaar na afloop ergens in de stad op een neutrale plek te ontmoeten, maar dat had ze afgewezen. Ze beweerde dat haar gangen buiten in de gaten werden gehouden, en dat de leiders van The Bride via haar telefoon wisten waar ze was. Ironisch genoeg was afspreken in het gebouw van The Bride, onder de ogen van de bewakers, veiliger. Dan zou het lijken alsof Eline een nieuwe bezoeker enthousiast over de kerk vertelde.

Ze dwaalde door de gang op zoek naar de damestoiletten. Omdat er wel vier sanitaire blokken waren, was het nog niet zo gemakkelijk. Ze was er al drie binnengegaan om in de spiegel zogenaamd haar make-up te inspecteren, waarbij ze om zich heen spiedde. Iedere vrouw die naar haar keek, probeerde ze betekenisvolle blikken toe te werpen, maar het leverde niets op.

Bij de laatste ruimte zag ze een vrouw die zenuwachtig voor de deur heen en weer drentelde. Nova hield haar Minnie Mousetas demonstratief voor haar buik, waarna de vrouw haar toeknikte.

'Eline?' fluisterende Nova.

De vrouw antwoordde niet, maar boog haar hoofd alsof ze plotseling een vlek op haar schoen had ontdekt. Vanuit het niets, zo leek het, verschenen er opeens vier potige beveiligers. In een halve cirkel gingen ze om Nova heen staan, die geen kant op kon.

'Wat is dit?' vroeg Nova met stemverheffing.

‘Het spijt me,’ stamelde die vrouw van wie ze veronderstelde dat het Eline was.

‘Wat heeft dit te betekenen?’

‘Mag ik nu weg?’ vroeg de vrouw aan een van de vier mannen.

De man knikte. ‘Goed gedaan,’ zei hij tevreden.

16

Simon ademde diep in. In de koele grot rook het naar vocht en steen – het was een geur die hem deed denken aan kelders in oude kastelen.

'Als we hier werkelijk te maken hebben met een citaat uit een eerdere versie van de Openbaring van Johannes,' zei hij, 'dan heb je een schokkende vondst gedaan, Thomas. Je hebt misschien wel een soort proto-Openbaring ontdekt.'

'Als dat zo is, dan wordt dit wereldnieuws. Het zou de betekenis van Openbaring kunnen herschrijven en een heel nieuw licht op de visie van de vroegste christenen kunnen werpen.'

Simon raakte met zijn vingers de in de wand gekerfde Griekse tekens aan en probeerde zich voor te stellen dat iemand, een christen uit de eerste eeuw, de tekst in de wand kraste.

Zou deze christen echt een soort first draft *van Openbaring van Johannes in zijn of haar bezit hebben gehad?*

Volgens de kerkelijke overlevering bevatte het boek Openbaring de heftige en zeer levendige visioenen die de apostel Johannes kreeg toen hij teruggetrokken in een grot op het eiland Patmos leefde. Simon wist dat het gegeven dat Johannes – een van de belangrijkste leerlingen van Jezus – echt de auteur zou zijn, met een flinke korrel zout moest worden genomen. In het christendom van de eerste twee eeuwen wemelde het van de brieven, evangeliën en geschriften waaraan vaak pas veel later de naam van een apostel of discipel werd gekoppeld om ze zo meer gezag te geven. In de vroege kerk waren er zelfs veel meer openbaringsgeschriften – er was een Openbaring van Petrus, een Openbaring van Thomas, een Openbaring van Stephanus, een Eerste en Tweede Openbaring van Jakobus, en een Openbaring van Paulus – die allemaal de Bijbel niet hadden gehaald.

Voor Simon was het niet zo belangrijk om te weten wie de echte auteur van een geschrift was. Veel belangrijker was de cultuurhistorische waarde van zo'n document, en het effect dat het door de eeuwen heen op religieuze bewegingen had gehad.

'Weet je,' zei hij, 'zo nu en dan heb ik studenten die me ervan proberen te overtuigen dat alles wat in Openbaring staat spoedig zal plaatsvinden. Zij verkondigen dan dat er een wereldoorlog gaat uitbreken, dat er een wereldleider zal opstaan die "het Beest" of "de antichrist" wordt genoemd, en dat diens rijk uiteindelijk door God zal worden vernietigd.'

Thomas keek hem aan met een glimlachje van herkenning.

'Ze geloven echt dat Jezus spoedig op de wolken van de hemel zal verschijnen,' ging Simon verder, 'om over de wereld te oordelen, en om de nieuwe hemel en aarde in te luiden. Sommigen van hen geloven zelfs in een geheime "opname van de gemeente" waarin alle gelovigen in één klap van de aardbodem verdwijnen, de hemel in.'

'En hoe reageer je dan?'

'Meestal kap ik zulke gesprekken vrij gauw af. Een echte discussie, waarbij je met elkaar van gedachten wisselt, wordt het nooit.'

'Maar wat als...'

'Precies,' zei Simon. 'Wat als de tekst van Openbaring oorspronkelijk iets heel anders betekende?'

De mannen deden er even het zwijgen toe en namen uitgebreid de tijd om haarscherpe foto's te nemen van de graffito, de kruizen en de ichthus.

'Ik stuur alle foto's vast door naar mijn mail,' zei Thomas. 'Dat moet jij ook maar even doen, gewoon voor de zekerheid. Straks, als we weer bereik hebben, worden ze vanzelf verzonden.'

'Dat is goed,' zei Simon, die op zijn hurken bij de gebroken kruiken en de schaal zat om detailfoto's te kunnen maken.

'Ik kan niet wachten om hier echt aan de slag te gaan,' zei Thomas. 'Op dit moment wil ik verder niets verplaatsen en verstoren, maar wie weet treffen we bij nader onderzoek nog wel meer aan waarmee we de grot kunnen dateren. Aardewerk, eventuele botten van mensen of dieren, vuursteentjes, voedselresten in een kruik, een stuk papyrus...' Hij keek Simon aan. 'Het ontbreken van die lunaire sigma, waar jij het over had, is mooi. Verder zijn de kruiken een heel sterke aanwijzing dat we ergens in de eerste eeuw zitten. Maar de datering van de graffito zal wat datering betreft weleens doorslaggevend kunnen zijn.'

'Hoe dateer je die dan?' vroeg Simon.

'Er zit organisch materiaal in het pigment van de dunne onderlaag waarop de inscriptie is aangebracht. We kunnen met koolstofdatering vrij precies bepalen hoe oud dat is.'

Thomas bukte op de plek waar de inscripties stonden.

'Ah, kijk,' zei hij verheugd. 'Hier liggen kleine stukjes. Die moeten in de loop van de afgelopen eeuwen zijn afgebrokkeld. Weet je wat? Ik...' Hij begon een soort enveloppe te vouwen van het A4'tje.

'Daarnet zei je nog dat je niets wilde verstoren.'

'Klopt, maar nu ben ik al bezig,' antwoordde Thomas met een ondeugende glimlach. Met de open kant van het papier schraapte hij over de grond, waarna hij de brokstukjes van de graffito het geïmproviseerde envelopje in veegde. Daarna stond hij op en vouwde de rand om zodat er niets uit kon vallen. 'In principe heb ik op dit moment niet echt iets verstoord. En bovendien: dit zou ik anders maandag toch hebben gedaan. Verder raak ik niets meer aan.' Als om zijn goede bedoelingen te onderstrepen, deed hij demonstratief een stap naar achteren. 'Als we deze monsters zo snel mogelijk laten onderzoeken, hebben we op korte termijn al meer zekerheid.'

Twintig minuten later reden ze met een pittig vaartje over de perfect geasfalteerde tweebaansweg naar Kayseri, waar het Centrum voor Isotopen Onderzoek gevestigd was. Aan weerszijden schoten boomgaarden met witte bloesems aan hen voorbij. In de verte rees de niet al te fraaie skyline van de Turkse stad op uit het dal: grote industriële gebouwen, fabrieken en grauwe flats torenden uit boven de lagere, vaak vaalkleurige bebouwing.

Tijdens de rit vertelde Thomas honderduit over de plannen die hij met Ergün aan het maken was. 'Het lijkt me heerlijk als hij en ik straks in Keulen gewoon openlijk onze liefde voor elkaar kunnen tonen,' zei hij. 'Die geheimhouding had in het begin nog wel iets spannends, maar nu is het vooral irritant.'

Simon luisterde met interesse naar zijn vriend, maar toch dwaalden zijn gedachten telkens af. Altijd wanneer hij in deze regio terugkwam kostte het hem moeite niet aan Barbara te denken. Alles hier ademde de herinneringen aan de mooie momenten die hij hier met haar had gehad. En zoals altijd gingen zijn gedachten vervolgens naar Annabel. Als zij niet was verdwenen, dan zou de leegte die Barbara had achtergelaten nog enigszins draaglijk zijn geweest.

'Gaat het?' vroeg Thomas, die zag hoe Simon in gedachten was verzonken.

'Ja hoor,' antwoordde Simon. Hij besloot zijn best te doen zich op het hier en nu te richten.

'We zijn er binnen tien minuten. Het onderzoekscentrum beschikt over een state of the art-laboratorium. Ze zijn gespecialiseerd in het heel nauwkeurig meten van het voorkomen van natuurlijke isotopen, en de variaties daarin. Hun werk staat tegenwoordig voor een groot deel in het teken van klimaatonderzoek, zoals de analyse van de ijskappen op Groenland en Antarctica; door de neerslag van honderdduizenden jaren heeft zich daar als het ware een "archief" gevormd, waarin de isotopen van het water veel informatie over het klimaat bevatten. Maar ze doen dus ook ouderdomsbepalingen van materiaal dat archeologen aanleveren.'

'Wel bijzonder dat je er direct terechtkon.'

Thomas glimlachte. 'Eén telefoontje naar laborante Senna Parsalt was voldoende. Ze is mijn vaste contact binnen het instituut, en we kunnen het goed met elkaar vinden. Ze was bereid om op haar vrije dag naar het lab te komen en direct tests uit te voeren.'

Toen ze even later bij het instituut in de industriële wijk van

Kayseri aankwamen zag Simon een vrouw achter het glas van de hoofdingang staan.

'Kijk aan,' zei Thomas. 'Senna staat ons al op te wachten.'

Thomas parkeerde de auto op het verlaten parkeerterrein en Senna kwam naar buiten gelopen. Simon en Thomas stapten uit en ontmoetten haar op de trapopgang voor het gebouw. Ze had lang, donkerblond haar dat tot halverwege haar rug hing. Simon schatte haar begin dertig.

'Door de telefoon heb ik begrepen dat er haast bij is,' zei Senna.

'Dat klopt,' zei Thomas, die haar zijn envelopje overhandigde met daarin de brokstukjes van de pigmentlaag die hij van de rotsbodem in de grot had geveegd.

'Nou is het zo, dat het technisch gezien mogelijk is om een monster binnen vierentwintig uur te analyseren op de hoeveelheid koolstof-14,' legde Senna uit. 'Ik doe dat door een klein stukje van het monster te verbranden. De CO_2 die daarbij vrijkomt, kan ik direct op de hoeveelheid koolstof-14 meten. Dan heb ik, na ijking van de gemeten hoeveelheid C14 naar kalenderjaren, een idee van de tijdsperiode van het monster. Maar heel nauwkeurig is die meting niet.'

'Waar moet je dan aan denken?' vroeg Simon.

'Met zo'n meting kom je uit op een tijdsraam van zo'n vierhonderd jaar.'

'Stel dat wat ik je heb gegeven dateert van, laten we zeggen, ergens tussen 50-100 na Christus?'

'Met tweehonderd jaar ervoor én erna zou je dan uitkomen op een datering van 150 voor Christus en 250 na Christus – of 100 voor Christus en 300 na Christus.'

Thomas zuchtte. Simon zag de teleurstelling op zijn gezicht.

'Er is echter nog een andere test,' ging Senna verder, 'en die kost wat meer tijd, maar daarmee kun je uitkomen op een marge van honderd jaar.'

'En die kun je ook doen?' vroeg Thomas.

'Die zál ik ook doen, maar die kost simpelweg meer tijd. Ik hoop je morgenmiddag de resultaten van de sneltest te kunnen opsturen; de tweede test kan wel een week duren. Maar als de uitslag daarvan bekend is, zal ik je die ook mailen.'

'Geweldig, Senna,' zei Thomas.

Senna knikte vriendelijk en groette de twee mannen. Daarna verdween ze met hun vondst door de glazen deur.

Ze liepen terug naar de parkeerplaats en stapten in. Thomas startte de auto. 'We hebben wel een ijskoud biertje verdiend,' zei hij.

17

De bewakers kwamen nog dichter om Nova heen staan. Ze kon geen kant op.

'Heren,' zei Nova. 'Wat is dit? Ik vind dit heel intimiderend. Ik begrijp niet wat dit betekent, maar ik wil nu graag gaan.'

'Je mag gaan, hoor,' zei een van de mannen. 'Maar eerst wil de Meester je spreken.'

'Hoe bedoelt u?'

'Hij heeft begrepen dat je een bijzondere belangstelling voor The Bride hebt. Het leek hem een goed idee dat je ook met hemzelf spreekt, en niet alleen mensen die zich van onze kerk hebben losgescheurd. Het moet wel een beetje een eerlijk onderzoek worden.'

'Volgens mij hebben jullie geen enkel recht mij tegen mijn zin hier te houden,' zei Nova. 'Dus als u het niet erg vindt...'

De man pakte haar stevig bij haar bovenarm vast. 'Ja,' zei hij. 'Dat vind ik wel erg. Als de Meester je voor een gesprek uitnodigt, dan is het niet aan jou om dat te weigeren. Heb je dat goed begrepen?'

Nova deed een halfhartige poging zich los te wrikken, maar het was alsof ze in een bankschroef zat. Ze realiseerde zich dat ze het spelletje ook kon meespelen. Het bood tenslotte een unieke kans: ze zou de grote roerganger zelf te zien en te spreken krijgen.

'Goed,' gaf ze haar verzet op. 'Ik loop wel mee dan. Als u me loslaat tenminste.'

De man verslapte zijn greep en Nova trok haar arm terug.

Eline stond nog steeds achter de bewakers. Nova wierp haar een afkeurende blik toe en schudde haar hoofd. Eline gaf haar echter razendsnel en nauwelijks zichtbaar een samenzweerderige knipoog.

Nova werd door haar vier begeleiders een grote en hoge ruimte binnengeleid. De deur werd achter haar gesloten. Eline bleef op de gang achter.

'Ah, daar hebben we mevrouw Le Temps,' zei De Redder vriendelijk. 'De beroemde journaliste.'

De man keek Nova met een brede glimlach aan, alsof hij oprecht blij was haar te zien. Hij zat in een comfortabele fauteuil met een map op zijn schoot, ontspannen, zonder een greintje van vermoeidheid na wat toch een inspannend optreden moest zijn geweest. Op een bijzettafeltje stond een groot glas water waar een schijfje citroen, enkele blaadjes munt en ijsklontjes in dreven. Achter hem stond een jongeman met krullend haar en een designbril.

'Ik weet niet in wat voor parallel universum jullie leven,' ging Nova direct in de aanval, 'maar jullie hebben geen enkel recht mij hier vast te houden.'

Ze wilde naar de deur lopen, waar twee bewakers zich hadden geposteerd.

'Niet zo snel,' zei De Redder op sussende toon. 'Niet zo snel. Laten we elkaar eerst een beetje leren kennen, Nova. Dat is toch wat je wilt?'

Ze draaide zich om.

'En doe alsjeblieft die bril en die rare pruik af,' zei hij. 'Ik vind je zwarte haar juist zo goed staan.' De andere aanwezigen grinnikten, zoals ondergeschikten om hun meerdere lachen.

De Redder sloeg de map open, waarop in dikke zwarte letters TEMPS, NOVA LE was geschreven. Van een afstandje zag Nova een foto van zichzelf ter grootte van een A4'tje. De Redder pakte hem op en hield hem op armslengte alsof hij de afbeelding met de echte Nova wilde vergelijken, waarna hij de foto op het tafeltje legde.

'Wil je misschien wat drinken?' vroeg hij. 'Je zult wel dorst hebben na al dat zingen.'

Ze twijfelde net een moment te lang.

Het is wel een unieke kans om hem te spreken.

De jongeman met de designerbril liep naar een lange tafel en schonk een glas Spa Rood voor haar in. Ineens schoot het haar te binnen. Hij moest Elijah zijn, de enige zoon van De Redder, over wie hij in interviews steevast als zijn opvolger sprak. Ze herkende hem van een foto op de website van The Bride.

'Goed dan.' Ze ontdeed zich van haar pruik en zette de bril af. 'Onder de voorwaarde dat ik mag gaan wanneer ik wil. Niemand houdt me dan tegen. Afgesproken?'

'Uiteraard,' zei De Redder, die zijn handen ineensloeg.

Nova ging zitten, woelde met gespreide vingers door haar haar en nam een slok van het bronwater. Ze had meer dorst dan ze had beseft.

Voor ze er erg in had, pakte een van de mannen haar tas en haalde haar telefoon eruit. 'Telefoon staat niet op opname,' zei hij nadat hij die even had bestudeerd.

Nova schudde geërgerd het hoofd en zuchtte.

'Le Temps… Franse voorouders?' vroeg De Redder belangstellend.

'Ja, in een heel ver verleden,' zei Nova. 'Maar zullen we dat allemaal maar overslaan?'

'Ah, we komen direct ter zake. Prima, wat jij wilt.'

De Redder haalde een stapeltje foto's uit de map en bekeek ze alsof het leuke vakantiekiekjes waren. 'Je doet je boodschappen bij de Albert Heijn, zie ik? En je loopt graag hard?'

Hij overhandigde haar het stapeltje. Tot haar ontzetting zag Nova dat het stuk voor stuk foto's van haar waren. Ze waren recent genomen, inderdaad terwijl ze boodschappen deed, aan het hardlopen was, in een bosrijke omgeving fietste, een kopje koffie dronk op een terras.

Haar mond was in één keer kurkdroog.

Toen ze opkeek, zag ze dat er van de vriendelijkheid van De Redder niets meer over was. Met een ijskoude blik keek hij haar aan, en het was net of de temperatuur in de kamer een paar graden was gedaald. Hij gaf een knikje aan een van de mannen, die naar voren stapte en de foto's uit haar handen trok en aan De Redder teruggaf.

'Niets wat verborgen is, blijft geheim,' zei De Redder, terwijl hij Nova strak bleef aankijken. 'Alles wat verborgen is, zal bekend worden en aan het licht komen.'

'Je hebt niet het recht...' wilde Nova verontwaardigd zeggen, maar haar stem klonk zwakjes. 'Ik ben journalist. Dit is een vrij land en ik heb het recht om in alle openheid nieuws te vergaren.'

'Met een pruik op?' bulderde De Redder zo onverwacht dat Nova geschrokken haar mond hield. 'Met een nepbril die je in een of andere feestwinkel hebt gekocht? Als jij dat in alle openheid nieuws vergaren noemt, ben ik benieuwd wat je dan wel niet in het verborgene doet! Maar ook dát weet ik, mevrouw Le Temps.' De twee woorden van haar achternaam spuugde hij zo ongeveer uit.

Nova kon het niet helpen dat ze zich schaamde. Binnen de journalistiek gold het als een doodzonde om undercover je werk te doen – alleen heel zwaarwegende redenen rechtvaardigden het in het verborgene verkrijgen van informatie. Ze vroeg zich nu af of het voor dit kerkbezoek inderdaad nodig was geweest. Anderzijds had ze het idee dat ze de informatie waarnaar ze op zoek was nooit zou krijgen als ze De Redder met open vizier tegemoet trad.

'In plaats van gewoon naar mij toe te komen en mij vragen te stellen over The Bride, zoals andere, fatsoenlijke journalisten wél hebben gedaan, ben jij achter mijn rug om gaan praten met mensen die zijn weggelopen. Met twee verraders die ieders vertrouwen hier hebben geschaad, onze harten hebben gebroken.' De Redders stem werd zachter van toon. 'Je beseft het niet, Nova, maar Sarah en Ferdinand, de mensen met wie jij gisteren bij Vlot hebt gesproken, zijn twee ontzettend rancuneuze mensen. Ze klommen naar hun zin niet snel genoeg op binnen onze organisatie. Ze hadden zichzelf al een plek toebedeeld binnen mijn meest intieme kring van Twaalf.' Hij schudde zijn hoofd en keek Nova strak aan. 'Niets is zo onbetrouwbaar als het hart. Onverbeterlijk is het, Nova. Wie zal het kennen? Geloof niet wat ze je op de mouw hebben proberen te spelden. Het zijn allebei leugenaars.'

'Toch vond ik het vrij verontrustend wat zij naar voren brachten,' zei Nova. 'En ik moet zeggen dat nu je mij met deze foto's confronteert, ik eerder geneigd ben Sarah en Ferdinand te geloven dan jou.'

'Foto's?' vroeg De Redder die de map weer dichtsloeg. 'Welke foto's?'

Er viel een stilte. Nova antwoordde niet, maar keek hem woest aan.

De Redder wierp zijn handen theatraal in de lucht. 'Weten jullie waar ze het over heeft, jongens?'Alle anderen in de ruimte schudden het hoofd.

Nova opende haar mond en sloot die weer.

'Ik denk dat ze dingen ziet die er niet zijn, Meester,' zei een van de mannen met een valse grijns. Ze zag dat De Redders zoon instemde met de rest, maar zijn glimlach kwam op Nova ongemakkelijk over. Een lichte blos was op zijn gezicht verschenen, alsof hij zich schaamde.

'Dat denk ik ook,' zei De Redder. 'Als ik u was, mevrouw Le Temps, zou ik me eerder druk maken om mijn eigen geestesgesteldheid dan om wat er al dan niet bij The Bride gebeurt. Ik maak me zorgen om uw zielenheil. Zijn komst is aanstaande, écht aanstaande, en wie in Hem gelooft, wordt niet veroordeeld. Maar alle anderen – onder wie u, mevrouw Le Temps – zijn al veroordeeld, omdat zij niet hebben geloofd in de naam van de eniggeboren Zoon van God.'

Elijah, de zoon van De Redder, knikte bevestigend. 'Amen,' zei hij.

Nova wilde opstaan, maar werd door een man achter haar in haar stoel teruggedrukt. 'Volgens mij is de Meester nog niet uitgesproken.'

Nova slaakte een geërgerde zucht. 'Hartelijk bedankt voor je ongetwijfeld oprechte zorgen om mijn ziel,' zei ze, 'maar het is niet nodig. En nu zou ik graag willen vertrekken.'

De Redder gaf een nauwelijks waarneembaar knikje, waarna

Nova tot haar opluchting de deur achter zich open hoorde gaan. 'Je bent vrij om te gaan,' zei hij, plots weer zijn beminnelijke zelf. 'Je bent altijd vrij geweest. De tralies zitten alleen maar in je hoofd.'

Een rilling liep over Nova's rug. Deze man leek naadloos te kunnen schakelen tussen woede en vriendelijkheid, tussen redelijkheid en complete gekte. Ze zou bijna denken dat hij meerdere persoonlijkheden had.

'En die foto's?' vroeg ze nog.

De Redder negeerde haar vraag. 'Geef je zinloze kruistocht tegen onze kerk op. Houd je afzijdig van mijn mensen en laat hen begaan. Als The Bride mensenwerk is, zal het op niets uitlopen. Maar als het Gods werk is, zul je niets tegen ons kunnen uitrichten. Het zou weleens zo kunnen zijn dat je tegen God zelf strijdt.'

De aanwezige leden in de kamer knikten geestdriftig met hem mee.

'En bedenk goed,' gaf hij Nova ten slotte nog mee, 'dit was mijn eerste en tegelijk laatste waarschuwing. Als je je heksenjacht doorzet, zul je daar zelf de consequenties van ondervinden.'

18

'Je was teleurgesteld dat er zo'n grote marge in de datering zit, of niet?' vroeg Simon. 'Vierhonderd jaar...'

Ze zaten op het balkon van Thomas' appartement, beiden met een biertje in hun hand. Simon tuurde over het landschap waar de zon zojuist onder was gegaan. In verschillende woningen ging het licht aan en boven het terras van een klein cafeetje verderop was een koord met gekleurde lampjes gedrapeerd.

'Ja, natuurlijk,' antwoordde Thomas. 'Als de sneltest uitkomt op ergens tussen de 150 voor en 250 ná Christus, dan helpt ons dat weinig. We willen op de een of andere manier kunnen vaststellen dat de inscriptie van vóór de Openbaring van Johannes dateert, die volgens de traditie rond 96 na Christus is geschreven.'

'Als de inscriptie van latere datum is, dan is het een rare afwijking van de originele tekst. Als de inscriptie van veel vroegere datum is, dan is het mogelijk de oorspronkelijke tekst.'

Thomas beaamde het. 'Als archeoloog ben je bezig een grote puzzel op te lossen, en de C14-datering is een van de puzzelstukjes.' Hij frunnikte met zijn nagels aan het etiket van het bierflesje. 'Een belangrijk puzzelstukje, maar het is er maar eentje... Het zal wel even duren voordat we het raadsel rond deze inscriptie hebben ontsluierd. Maar toch wil ik, als ik morgen van Senna die eerste testuitslag heb, alvast een persbericht de deur uitdoen. Puur om interesse te wekken in de wetenschappelijke wereld. Ook ga ik proberen een camerateam te regelen. Dat levert spectaculaire televisie op. Zenders als National Geographic en Discovery Channel zijn daar gek op.' Hij nam een aantal grote slokken van zijn flesje Efes. 'Ik wil het groots aanpakken, Simon. Zelfs zonder die inscriptie is de ontdekking van de grotkerk uniek voor deze regio – het gooit de gangbare tijdsschema's compleet overhoop. Maar de inscriptie is de kers op de taart. Ze is zó cryptisch en afwijkend dat ik zeker weet dat het persbericht door veel wetenschappelijke nieuwssites zal worden overgenomen.'

Een halvemaan was zichtbaar geworden. Aan de horizon was nog helderblauw licht te zien, maar aan de hemel fonkelden al ontelbare sterren.

Simon snoof de lucht op van houtvuur en meende zelfs de zoete walmen van waterpijpen te ruiken van de cafeetjes verderop. Hij kon zich voorstellen waarom Thomas zo graag drie, vier maanden per jaar in deze streek doorbracht. Thuis zag je de sterrenhemel nooit zo schitterend als hier.

'Ik kan niet stoppen met nadenken erover,' zei Thomas. 'Het fascineert me. Waarom Jeruzalem in plaats van Babylon?'

'Babylon is natuurlijk ook de locatie waar het volk Israël in ballingschap is geweest,' dacht Simon hardop. 'Het is heel aannemelijk dat ze Babylon daarom als symbool voor gevangenschap en vijandigheid zagen. Dat Babylon aan het einde der tijden geoordeeld en vernietigd wordt, is goed uit te leggen – dat gaat dan over Gods laatste oordeel over het wereldsysteem, zoiets.'

'Precies,' zei Thomas. 'Dát is goed te begrijpen. Maar de tekst wordt onbegrijpelijk als je er Jeruzalem van maakt. Ik bedoel: dat is de stad waar het christendom ontstond, de verbondsstad van de Joden, de stad waar Jezus rondliep, en waar hij stierf en uit de dood zou zijn opgestaan. Zowel voor Joden als christenen is Jeruzalem een zeer heilige stad. Waarom suggereert de inscriptie dat Jeruzalem aan het einde der tijden zal worden geoordeeld? Volgens het boek Openbaring zal de stad in vlammen opgaan, met de grond gelijk gemaakt worden, omdat God over het kwaad zal overwinnen.'

Simon stond op en liep naar de reling van het balkon, waar hij voorover leunde zodat hij de lichtjes van de cafeetjes verderop kon zien. 'Er schiet me opeens iets te binnen.'

'En dat is?'

'Jij en ik waren enkele jaren geleden bij een lezing van Johan Zieleman. Herinner je je hem nog?'

Een nadenkende frons trok over Thomas' voorhoofd. '*Das sagt mir etwas ja*... Help me even?'

'Een Nederlandse hoogleraar Bijbelse Theologie die momenteel hier in Turkije werkzaam is,' zei Simon. 'Volgens mij is hij verbonden aan de Universiteit van Ankara. Drie, vier jaar geleden was er dat congres in Nederland, ik meen in Utrecht. Ik heb toen een lezing gehouden over christelijke eindtijdbewegingen in Nederland en we hebben toen samen ook een lezing van hem bijgewoond.'

'Volgens mij weet ik wie je bedoelt,' zei Thomas. 'Een nieuwtestamenticus, toch? Tijdens zijn lezing pleitte hij ervoor de Bijbel niet historisch maar literair te lezen, met oog voor het narratieve en vaak symbolische karakter van de teksten. Ik heb nog met hem gesproken nota bene. Dat geheugen van mij soms!' Hij sloeg met zijn vlakke hand tegen zijn voorhoofd alsof hij een vastgelopen apparaat weer op gang moest helpen.

'Klopt. Zieleman zei dat als je de Bijbel wilt begrijpen, je eerst en vooral de tekstuele en culturele context van zijn schrijvers moet kennen.'

'Ja. Ik herinner me de man nu duidelijk. Maar waarom moet je aan hem denken?'

'Zieleman maakte tijdens die lezing een terloopse opmerking, iets wat niet met het hoofdonderwerp had te maken. Hij zei dat het mogelijk was dat Babylon in het boek Openbaring een gecodeerde verwijzing naar Jeruzalem was.'

Thomas sprong op uit zijn stoel. 'Wát? Dat is uitermate boeiend, in het licht van de graffito.'

'Precies. Ik heb er sindsdien ook nooit meer aan gedacht, maar nu moet ik er ineens aan denken.'

'Maar wat bedoelde hij in vredesnaam met een "gecodeerde verwijzing"?'

'Geen idee. Hij ging er verder niet inhoudelijk op in. Hij zei enkel dat er goede redenen waren voor die hypothese, en dat hij – of iemand anders – die gedachte eens uit moest werken.'

Thomas kwam naast Simon staan. 'We moeten contact met hem opnemen.'

'Inderdaad. Het zal vast niet moeilijk zijn om hem te traceren.'

Er viel een lange stilte.

'Zou je langer kunnen blijven?' vroeg Thomas uiteindelijk.

'Hoe bedoel je? Ik heb een retourticket; ik vlieg morgen terug.'

'Dat weet ik. Maar we hebben nauwelijks de kans gehad een goede hypothese op te stellen. Heb je het druk, aankomende week?'

Simon wreef met zijn handpalm over zijn voorhoofd. 'Ik heb de komende dagen geen collegeverplichtingen, geen vergaderingen... Ik heb wel een paar afspraken met studenten staan, maar die zou ik eventueel kunnen verzetten.'

'Je hoeft niet nu direct te besluiten.'

'Het is ook... Sinds de verdwijning van Annabel ben ik nog nooit langer dan twee dagen van huis geweest. Snap je?'

'Ik begrijp het,' zei Thomas. Zijn toon verried dat hij zich al bij het aanstaande vertrek van zijn vriend had neergelegd.

'Ik denk er nog even over na.'

19

De avond viel in rode en paarse tinten. Nova staarde uit het raam van haar huis aan de Jeruzalemhof. De boom waarop ze uitkeek, begon langzaam maar zeker in een silhouet te veranderen.

Ze had de rest van de dag doorgebracht met het redigeren van andermans teksten, een belangrijke bron van neveninkomsten. Haar incidentele artikelen voor kranten en tijdschriften leverden onregelmatige verdiensten op, de ene maand wat meer dan de andere, maar het was allemaal geen vetpot. De werkbeurs die ze van het Fonds Bijzondere Journalistieke Projecten had gekregen om haar boek over sektes te schrijven, gaf haar enige ruimte, maar niet voldoende om zich voltijds op haar boek te kunnen richten.

Met haar handen omklemde ze een grote mok thee, waar ze de damp van afblies. Ze dacht voor de zoveelste keer terug aan de ontmoeting met De Redder. Thuis was ze erachter gekomen dat de bewaker die haar telefoon korte tijd in handen had gehad, haar opname van de kerkdienst had gewist.

Een heel scala aan emoties passeerde de revue, maar boven alles had ze het gevoel in haar veiligheid te zijn aangetast. Met een schuin oog keek ze naar de Minnie Mousetas waar de pruik die ze had gedragen nog bovenin lag, als een klein harig schoothondje. Ze schaamde zich dat ze door De Redder was ontmaskerd. Ook voelde ze zich ellendig over het feit dat ze door haar informante, Eline, was bedrogen en in de val was gelokt.

Toch had ze geen spijt van haar actie. Op dit moment was er, voor zover ze wist, niemand anders die The Bride kritisch onderzocht. Er was een Amsterdamse journalist – Marten van Eik heette hij – die een paar jaar geleden een korte serie met kritische artikelen had gepubliceerd, maar daarna had hij er niets meer over geschreven. Nova had hem al een paar keer gemaild om hem naar zijn ervaringen te vragen, maar hij had niet gereageerd.

Dat Eline niet te vertrouwen bleek, was een deceptie. Nova's informanten Sarah en Ferdinand hadden niet tot de intieme kring rond De Redder behoord. Juist daarom was Nova zo blij geweest toen ze vanuit het niets een mailtje van Eline had gekregen.

Ze zette de theemok aan de kant, schoof haar laptop naar zich toe en opende het mapje 'Jozias de Redder', waarin ze alles wat ze over de voorganger van de sekte had achterhaald netjes documenteerde. Nog altijd had het mapje teleurstellend weinig inhoud.

Er was heel weinig met zekerheid te zeggen over die man.

Wat zijn jeugd betreft moest ze het doen met de veelal wonderlijke verhalen die binnen The Bride over hem de ronde deden – verhalen die helaas niet te controleren waren. Zijn volgelingen vergeleken het weleens met 'de verloren jaren' van Jezus. Van hem was immers ook niets bekend over wat er tussen zijn twaalfde en zijn dertigste was voorgevallen, wat had geleid tot de meest wonderlijke speculaties; er waren zelfs auteurs die beweerden dat hij achttien jaar in een boeddhistisch klooster in Nepal had verbleven, waar hij zou zijn voorbereid op zijn missie.

Volgens de verhalen die rondgingen over Jozias de Redder hadden zijn ouders jarenlang vergeefse pogingen ondernomen om zwanger te worden. Bij hun laatste serie bezoeken aan een specialistische kliniek in België had een arts definitief vastgesteld dat de vrouw onvruchtbaar was. Ze had zich na veel verdriet bij haar kinderloosheid neergelegd en zich met haar lot verzoend, tot ze op een avond in een levensecht visioen een engel zou hebben gezien. Ze was in eerste instantie erg geschrokken, maar de engel had haar gerustgesteld. 'Wees niet bang,' had hij gezegd. 'Je gebed is verhoord. Je zult zwanger worden en een zoon baren, en je moet hem Jozias noemen. Hij zal vervuld worden met de Heilige Geest terwijl hij nog in de schoot van zijn moeder is. Als bode zal hij voor God uitgaan met de geest en de kracht van Elia. Hij zal een groot man worden en de fakkeldrager van de eindtijd worden genoemd.' De onvruchtbare vrouw zou in huilen zijn uitgebarsten en geroepen hebben dat ze haar zoon aan God zou wijden. Daarna was de engel verdwenen. Tot haar onuitsprekelijke vreugde – en die van haar man – bracht ze vervolgens een kerngezonde zoon ter wereld, exact negen maanden na dit visioen.

Natuurlijk was het duidelijk dat dit verhaal een schaamteloze kopie van de aankondiging van de geboorte van Johannes de Doper was, maar dat leek de volgelingen van The Bride geenszins te storen. Die zeiden dat de overeenkomst voortkwam uit het feit dat De Redder 'eenzelfde soort roeping' had. Zoals Johannes de Doper de weg voor de eerste komst van Jezus bereidde, zo zou Jozias de Redder geroepen zijn om de weg voor de tweede en definitieve komst van Jezus te bereiden.

Volgens Sarah werd de grote overeenkomst met de Bijbel juist als een bewijs gezien dat De Redder inderdaad een belangrijke profeet van God was, die met een duidelijke, goddelijke missie door Hem op aarde was gezet. Mozes werd tenslotte ook door een engel aangekondigd, net als Johannes de Doper – en Jezus zelf natuurlijk. Ook wezen de leden van de kerk graag naar de opvallende naam van hun leider. Jozias was een verbastering van 'Jesjoea', de Hebreeuwse naam van Jezus. Dat zijn achternaam ook nog eens De Redder was, liet volgens de aanhangers van The Bride zien hoe wonderlijk het plan van God met het leven van deze man was.

Vanzelfsprekend had Nova het allemaal uitgezocht, tot de burgerlijke stand aan toe. Op internet had ze in de gedigitaliseerde gemeentelijke archieven zelfs de krantenpagina gevonden waar de geboorte van Jozias de Redder werd vermeld, tussen de namen van de andere kinderen die in die week waren geboren. Ook de overlijdensadvertentie van zijn ouders had ze gevonden.

De vader was een stuk ouder dan de moeder geweest. Nova had ontdekt dat hij weduwnaar was geweest, maar dat er uit zijn eerdere huwelijk geen kinderen waren voortgekomen. Jozias was hun enige kind geweest.

De man heette simpelweg echt zo. Het ergerde haar dat ze niet één zwakte in het hele verhaal over zijn wonderlijke naam en roeping had kunnen vinden.

Gefrustreerd klapte ze haar laptop weer dicht.

Haar kans om De Redder ooit nog persoonlijk te interviewen leek definitief verkeken. En voor haar eigen veiligheid leek het haar beter om maar even geen contact met Sarah en Ferdinand op te nemen. Een ogenblik had ze overwogen om het hele onderzoek naar The Bride te staken en zich te richten op andere, soortgelijke genootschappen in Nederland, want er waren alternatieven genoeg. Maar ze had die gedachte onmiddellijk verworpen. The Bride, met zijn eindtijdobsessie, was zonder enige twijfel de meest bizarre megakerk in Nederland. Bovendien weigerde ze te buigen voor de tirannieke wil van De Redder.

Het werd nu echt donker buiten. Bij de huisjes aan de andere kant van het hofje waren de lampen al aan. Ze liep naar de badkamer, waar ze haar gezicht afspoelde met koud water. In de spiegel kronkelden de druppels water over haar huid naar beneden. Ze had lichte wallen onder haar ogen en wangen die een klein beetje ingevallen waren, wat haar smalle gezicht nog wat meer accentueerde. 'Eet nou eens een biefstukje,' zeiden vriendinnen regelmatig als ze vonden dat ze er weer te bleekjes uitzag. Zelf weet ze die bleekheid aan hard werken en slechte nachtrust, niet aan het feit dat ze vegetarisch was.

Dat haar undercoveractie zo in de soep was gelopen, was niet leuk. Maar als ze eerlijk was, zat die intimidatie haar veel meer dwars.

20

Lyuben Dragonov zat aan de bar in een overvolle nachtclub in Sofia, gebogen over zijn vierde glas wodka-lemon. De club baadde in blauw licht, wat zorgde voor harde schaduwen in de gezichten van de bezoekers. Door de stampende dancemuziek was het bijna onmogelijk een gesprek te voeren, en dat was precies wat hij wilde. Hij zat hier slechts om de tijd te doden.

Toen hij zijn drankje op had, wees de barman naar zijn lege glas.

Dragonov schudde zijn hoofd. 'Whisky,' mimede hij, 'Johnnie Walker, Blue Label.'

Meestal begon hij na vijf à zes glazen alcohol zijn verdriet over Nikolina te vergeten – hoewel het eigenlijk meer woede was. Zijn ex had tegen de rechter een litanie gehouden over hoe hij vanwege zijn 'schimmige werkzaamheden' en 'onverantwoorde levensstijl' geen goede vader kon zijn. Dragonov had ingezet op co-ouderschap, maar de rechter was meegegaan met haar verhaal en had hem slechts één dag per maand toegewezen.

Vanbinnen kookte hij. Het was dat hij het Nikolina niet kon aandoen, maar anders zou haar moeder op een dag met een kogel in haar kop in een container worden gevonden. Ze verdiende het te sterven als een zwerfhond.

'Hé, wat doet een mooie, gespierde man als jij hier helemaal alleen?'

Dragonov keek verbaasd op. Er hing een vrouw tegen hem aan, zichtbaar aangeschoten. Ze hield haar gezicht op slechts centimeters afstand van het zijne en streelde met haar hand over zijn biceps. Hij keek rechtstreeks haar behaloze decolleté in.

'Zijn woede wegzuipen,' riep hij. Hij moest zijn best doen boven de harde beat van de muziek uit te komen.

'Ik kan je je woede helpen vergeten,' schreeuwde ze in zijn oor.

Hoe verleidelijk een onenightstand ook klonk, hij was er niet voor in de stemming. Met het geld dat hij had, kon hij de meest luxe escortdames uit Sofia betalen, maar dat hielp hem op dit moment niet.

Het enige wat hem echt afleidde van zijn problemen, was werken. De kick die zijn job hem gaf was niet te vergelijken met iets anders. De spanning, het avontuur – het was verslavend. Het was een soort rush die ervoor zorgde dat hij voor een korte tijd al het andere vergat. Helaas was er voorlopig geen concreet uitzicht op nieuwe opdrachten. Het omleggen van de vastgoedsukkel was de laatste in een serie liquidaties geweest.

Hij duwde de jongedame van zich af. De vrouw keek eerst boos, daarna beledigd. Vervolgens sloot ze verwaand haar ogen en draaide hem de rug toe.

Dragonov sloeg de whisky in één slok achterover. Het brandde in zijn keel als vuur. Hij stond op om af te rekenen, baande zich een weg door de dansende en om elkaar heen kronkelende lichamen, bereikte de uitgang van de club en verliet het dreunende pand.

Met een piep in zijn oren liep hij een korte route door de nachtelijke straten van de wijk Iztok totdat hij zijn penthouse bereikte. Binnengekomen deed hij de lampen niet meteen aan. Hij liep naar het raam en keek uit over de Bulgaarse hoofdstad, die er op dit uur uitzag als een web van miljoenen lichtjes. Het park, waar hij eergisteren nog met Nikolina had gelopen, was op dit moment slechts een grote zwarte vlek tussen de verlichte straten en gebouwen.

In de donkere woonkamer opende hij zijn laptop en logde in. Dragonov onderhield het contact met zijn opdrachtgevers zo veel mogelijk via een encrypted e-mailprogramma. Berichten werden direct versleuteld, waarbij de encryptiesleutel privé was en voor niemand anders toegankelijk. Hij was in uitzonderlijke gevallen bereid via de telefoon te communiceren. Ook was het een vaste voorwaarde dat hij en zijn opdrachtgever nooit elkaars echte namen wisten. Hijzelf opereerde via zijn schuilnaam Stariyat Drakon. Ook de opdrachtgever diende onder een alias zijn verzoek in, deed een aanbetaling en wachtte vervolgens af tot het bericht binnenkwam dat de klus was geklaard. Daarna volgde de rest van de betaling.

Toen de e-mailapplicatie was opgestart, knipperde hij verbaasd met zijn ogen. Geheel tegen zijn verwachting in bleek er een bericht te zijn.

> Drakon,
>
> Ik heb op dit moment nog geen concrete opdrachten, maar wil graag iemand achter de hand hebben die in de toekomst wellicht klussen voor mij zou kunnen uitvoeren. Graag hoor ik of je stand-by wil staan en wat je kost. Ik betaal zeer goed.
>
> Olivarius

Dragonov grijnsde. Door de drank kwam alle informatie wat trager binnen, maar godzijdank, er was weer wat beweging.

Hij stuurde Olivarius direct een bericht terug dat hij geïnteresseerd was in opdrachten, klapte zijn computer dicht en viel in slaap op de witleren bank.

21

De geur van koffie kwam Simon tegemoet toen hij onder de douche vandaan kwam. Nadat hij zich had aangekleed, trof hij Thomas met zijn laptop buiten op het balkon in de ochtendzon.

'Simon! Kom erbij.'

Simon schonk een mok koffie voor zichzelf in en nam naast zijn gastheer plaats aan tafel. De damp die uit de mok opsloeg, lichtte op in het felle zonlicht; er werden duizenden kleine druppeltjes zichtbaar.

'Wat ben je aan het doen?' vroeg hij.

Thomas schoof de laptop naar hem toe. 'Het resultaat van de sneltest is binnen. Senna heeft me het rapport gestuurd. Het is nogal technisch, maar gelukkig heeft ze er een beknopte toelichting bij gegeven.'

'En?'

'Op basis van deze sneltest is het monster te dateren tussen 130 tot 100 voor Christus en 270 tot 300 na Christus.'

'Pfoe,' zei Simon. 'Dat is nog altijd een enorm tijdsraam.'

'Klopt,' antwoordde Thomas. 'Maar we kunnen dat raam al een aardig stukje sluiten. Zo weten we dat het christendom niet vroeger in dit gebied opdook dan de jaren vijftig en zestig van de eerste eeuw – de periode dat Paulus in Turkije bekeerlingen maakte. De kerk kan dus onmogelijk van vóór die tijd zijn. Daarmee komen we dus ergens uit tussen 50 tot 70 na Christus en 270 tot 300 na Christus. En met jouw opmerking over de Attische sigma, die wijst op een tijdvak vóór de derde eeuw, kunnen we het al weer vernauwen tot 50-70 en 200 na Christus.

Een tijdsraam van zo'n honderdvijftig jaar dus.'

Simon nipte voorzichtig van de hete koffie, en knikte tevreden. 'En dan zijn er nog die kruiken die jullie in de grot hebben aangetroffen.'

'Precies. Qua stijl zijn dat duidelijk kruiken uit de eerste eeuw. Dat maakt een datering van 50-70 tot 100 na Christus wetenschappelijk goed verdedigbaar. Als we de officiële lijn aanhouden en ervan uitgaan dat Openbaring rond het jaar 96 is geschreven, dan wordt het steeds waarschijnlijker dat onze graffito ouder is. We weten namelijk dat er van christelijke geschriften in de vroegste tijd maar één of enkele exemplaren in omloop waren. Ze werden eerder rondgezonden langs christelijke gemeenschappen dan gekopieerd. Het ligt dus niet voor de hand dat het geschrift al binnen amper vijf jaar tot de periferie van Cappadocië was doorgedrongen. Het is de meest aannemelijke hypothese dat het oorspronkelijke visioenengeschrift – laten we het proto-Openbaring noemen – al vóór het jaar 96 bestond, en dat we dankzij de graffito een inkijkje in de oorspronkelijke tekst hebben gekregen.'

Simon dronk weer van zijn koffie. 'We weten dat de Kerk altijd haar best heeft gedaan om afwijkende versies van nieuwtestamentische geschriften te laten verdwijnen... Maar niemand wist wat er in de muur van onze grotkerk gekrast stond.'

'Dat maakt mijn werk als archeoloog ook zo boeiend,' zei Thomas. 'Papyrus kan vergaan, handschriften worden gekopieerd en telkens iets aangepast, maar een inscriptie in een rots blijft maar zo tweeduizend jaar onveranderd.'

'Hoe dan ook zullen we voor een gedetailleerdere en meer doorslaggevende datering op de uitgebreidere C14-test moeten wachten.'

'Ja, absoluut. Ik heb Senna ook jouw mailadres doorgegeven en gevraagd of ze de uitslagen van de volgende test naar ons allebei kan sturen, in het Engels en vergezeld van een uitleg voor dummies. Op die manier hoef je niet alles via mij te horen. Dan ben je echt bij mijn onderzoek betrokken, ook als je vanavond weer terug in Nederland bent.'

Simon had tot laat in de avond geworsteld met de vraag of hij zou blijven, of terug naar Nederland moest gaan. Rationeel gezien was het antwoord simpel: hij kon zijn afspraken met studenten prima verzetten, en zelfs zijn colleges verderop in de week zou hij kunnen verschuiven. Het probleem was en bleef Annabel en de gedachte dat ze uitgerekend op dit moment zou terugkeren en dat hij er dan niet was.

Maar hij besefte ook dat hij niet op deze manier door kon gaan. Hij moest een manier vinden om zijn angsten los te laten, om Annabel los te laten, en verder te gaan met zijn leven.

'Ik annuleer mijn ticket,' besloot hij. 'Later deze week boek ik wel een nieuwe terugreis. Dan hebben we nog een paar dagen om samen onderzoek te doen.'

Thomas' ogen fonkelden. 'Dankjewel, *dostum*.' Hij sloeg met zijn hand op Simons rug. 'Hoelang zou je kunnen blijven?'

Simon schokschouderde. 'Ik moet aankomend weekend voor een paar dagen naar Rome. Ik ben daar de keynotespeaker op een congres, georganiseerd door de European Association for Biblical Studies. Allemaal erg belangrijk – het gaat over onderzoek waar ik subsidies voor heb weten los te krijgen: "Moderne christelijke geloofscultuur en complottheorieën". De enige echte voorwaarde voor de subsidie was dat ik mijn onderzoek op het congres zou toelichten. Ik vlieg er zaterdag naartoe.'

'Geweldig, man.' Thomas zette zijn laptop voor Simon neer. 'Zou je intussen dit even willen doorlezen?'

'Wat is het?'

'Ik ben zo vrij geweest om alvast een persbericht op te stellen, met daarin mijn voorlopige conclusie. Ik heb het een beetje sensationeel aangekleed, natuurlijk.'

Simon grijnsde. 'Je laat er geen gras over groeien.'

BIJZONDERE VONDST: TURKIJES 'VROEGSTE KERK OOIT' WERPT MOGELIJK NIEUW LICHT OP HET BIJBELBOEK OPENBARING

ANKARA – Een in het Turkse Cappadocië gevonden grot blijkt een ruimte te zijn waar christenen in de eerste eeuw samenkwamen. Nooit eerder is de aanwezigheid van christenen in Turkije in zo'n vroege tijd aangetoond. Thomas Weissenberg van het aan de Universität zu Köln verbonden Archäelogisches Institut is de leider van het archeologisch team. De kerk werd bij toeval ontdekt door een teamlid, de Turkse studente Umut Ev.

Naast enkele kruistekens en een ichthussymbool zijn in de kerk karaffen gevonden. Het huzarenstukje van de vondst is echter een eerste-eeuwse graffito die een aanhaling van enkele teksten uit het Bijbelboek Openbaring bevat. Het onderzoeksteam heeft de inhoud van de tekst nog niet gepubliceerd omdat het eerst verder onderzoek wil doen, maar Weissenberg laat weten dat de tekst mogelijk 'alles wat christenen denken te weten over het boek Openbaring op losse schroeven zet'. Weissenberg heeft al wel losgelaten dat de tekstfragmenten heel waarschijnlijk afkomstig zijn uit een verloren gegane vroegere versie van Openbaring, die 'op cruciale punten afwijkt van de latere, gecanoniseerde versie, en aantoont dat het in de Bijbel opgenomen boek een latere aanpassing is'.

Simon schoot in de lach. 'Een béétje sensationeel aangekleed noem je dit?'

Thomas lachte ook, zij het wat ongemakkelijk. 'Je weet hoe het werkt in de wetenschappelijke wereld. En al helemaal in de archeologie. Als je iets hebt gevonden, moet je het zien uit te buiten. Dat levert interviews en artikelen in wetenschapsbladen op. Allemaal aandacht die weer leidt tot grotere kansen op nieuwe fondsen.'

Simon knikte. 'Natuurlijk begrijp ik je. Het is goed dat je dit doet.'

'Dan verstuur ik het persbericht nu direct.' Thomas schoof de laptop naar zich toe en drukte resoluut op 'verzenden'. Daarna stond hij op. 'Zal ik even broodjes halen? Er zit een bakker in een zijstraatje, hier schuin tegenover. Ze verkopen er heerlijk brood en *simits*.'

'Prima.'

Nadat Thomas het huis had verlaten, pakte Simon een bijbel uit zijn tas. Hij bladerde totdat hij Openbaring 18 gevonden had – het hoofdstuk dat de drie teksten uit de grotkerk bevatte. Simon had het hoofdstuk al vaak gelezen. Met name in zijn colleges over Jehovah's Getuigen en Zevende-dags Adventisten – groeperingen met een grote nadruk op de eindtijd – besteedde hij aandacht aan Openbaring. Maar dan koos hij het liefst de hoopvolle teksten over de nieuwe hemel en aarde, het paradijs dat zal aanbreken en de stad waar de gelovigen voor altijd zullen wonen: het Nieuwe Jeruzalem. De teksten over gruwelijke oordelen, hagelstenen die uit de hemel regenden, aardbevingen en allesverterende vuurzeeën liet hij het liefst links liggen. Nooit had hij een touw vast kunnen knopen aan de ontoegankelijke symboliek van die oordeelsvisioenen. Nu hoopte hij iets nieuws in de eeuwenoude tekst te vinden, een aankopingspunt om het raadsel rond de inscriptie te ontsluieren.

In de openingsverzen las hij:

Hierna zag ik een andere engel uit de hemel neerdalen. Hij had groot gezag en zijn luister verlichtte de aarde. Met een krachtige stem riep hij: 'Gevallen, gevallen is Babylon, die grote stad!

Hij liet zijn wijsvinger langs de tekst naar beneden glijden.

Toen hoorde ik een andere stem uit de hemel zeggen: 'Ga weg uit die stad, mijn volk, zodat je geen deel hebt aan haar zonden en ontkomt aan de plagen die haar zullen treffen. Want haar zonden reiken tot aan de hemel en

God zal haar onrecht vergelden. Doe met haar wat zij met anderen deed, ja laat haar dubbel boeten...

Daarom zullen alle plagen haar op één dag treffen: dodelijke ziekte, rouw en hongersnood, en ze zal in vlammen opgaan. Want God, de Heer, die dat vonnis heeft geveld, is machtig...

...'Wee! Wee Babylon, grote, sterke stad! In één uur tijd is je vonnis voltrokken!'

Alle stuurlui, het scheepsvolk en alle anderen die op zee werken, bleven op een afstand en riepen toen ze de rook boven haar zagen opstijgen: 'Welke stad is er aan die grote stad gelijk?'

De tekst over de zeelui die de opstijgende rook van het vernietigende Babylon zagen, herkende Simon als de tweede tekst uit de grot.

Maar wacht – 'zagen opstijgen'?

Hij googelde wat de afstand was van het oude Babylon tot aan de dichtstbijzijnde zee. De stad bleek zo'n zeshonderd kilometer van de Perzische Golf en een kleine duizend kilometer van de Middellandse Zee te hebben gelegen.

Vanaf die afstand kunnen zeelui natuurlijk nooit rookpluimen boven een stad waarnemen.

Daarna viel zijn oog op de Bijbeltekst die hij herkende als de derde inscriptie.

Juich om haar, hemel, juich heiligen, apostelen en profeten! Het vonnis dat zij jullie had toebedacht, heeft God aan haar voltrokken.

Simon ging verzitten en de stoel kraakte protesterend onder zijn gewicht. Op dat moment schoof de deur van het balkon open.

Thomas stapte naar buiten en legde papieren zakken met verse broodjes op de tafel.

'Dat ruikt goed,' zei Simon.

'Ben je de teksten uit de inscriptie aan het nalezen?' vroeg Thomas terwijl hij naast hem ging zitten.

Simon schoof de bijbel iets aan de kant. 'Ja, ik probeer zo ongekleurd mogelijk naar de teksten te kijken, maar dat is niet gemakkelijk. In elk geval is het helder dat Openbaring 18 gaat over een stad die door God wordt geoordeeld en uiteindelijk door vlammen wordt verwoest. De rook boven de stad zal op grote afstand zichtbaar zijn, ook op zee. Maar de echte stad Babylon lag van zo'n grote afstand van de zee dat die er gewoon niet mee bedoeld kan zijn. Babylon moet hoe dan ook symbool staan voor iets anders.'

'Die teksten over de opstijgende rook doen mij altijd denken aan de ineenstorting van de Twin Towers in 2001,' zei Thomas. 'Ook daar was de rook op zee zichtbaar van grote afstand, en waren de mensen in de schepen geschokt door wat ze zagen.'

Simon grijnsde. 'Ik herinner me dat er in die tijd ook daadwerkelijk gelovigen waren die meenden dat Gods oordeel over Babylon in Openbaring een voorspelling was van Gods oordeel over New York. Iedere paar jaar hebben gelovigen weer een nieuwe theorie over wat het Babylon van de eindtijd betekent, maar altijd blijken ze achteraf ongelijk te hebben, want het einde der tijden breekt nooit aan.'

'Logisch, want het is allemaal fantasie. Het hele idee van een "einde der tijden" is natuurlijk een mythe. De vraag voor mij als archeoloog is vooral wat de christenen hier hebben geloofd en wat zij met de inscripties kunnen hebben bedoeld. Stel dat wij nu de sleutel gevonden hebben om dat bizarre boek Openbaring te begrijpen. Stel dat de tekst werkelijk oorspronkelijk over Jeruzalem ging en dat de naam van de stad pas later in Babylon werd veranderd...' Thomas bracht zijn vingertoppen bij elkaar. 'Wat kan dan de oorspronkelijke betekenis van de tekst zijn geweest?'

Simon schudde het hoofd, zijn lippen op elkaar geperst. 'Als er Jeruzalem zou hebben gestaan in plaats van Babylon dan blijft het nog steeds onbegrijpelijk,' zei hij. 'De vernietiging van Babylon wordt als een vonnis van God over het kwaad neergezet – er wordt zelfs gejuicht om haar ondergang! Er kan niet oorspronkelijk Jeruzalem hebben gestaan, Thomas. Waarom zou God in de Bijbel de vernietiging van zijn eigen verbondsstad toejuichen?'

22

Nova dronk haar lauw geworden thee op terwijl ze naar buiten staarde. De ochtend was grauw en bewolkt, in sommige huizen waren zelfs de lampen aan.

Telkens opnieuw speelde ze de gebeurtenissen van zaterdagochtend, in het gebouw van The Bride, af in haar hoofd. Ze had het gevoel een glimp te hebben opgevangen van hoe gelovigen binnen zo'n sekte volledig in de ban van een leider kunnen raken.

Ze zette haar mok terug op de keukentafel, en voelde zich een moment alleen. Op momenten als deze miste ze echt een partner, iemand om mee van gedachten te wisselen, te sparren. Ze pakte haar telefoon en opende de Tinder-app. De meeste mannen swipete ze naar links, waar ze voor eeuwig in een zwart gat verdwenen. Het was makkelijk genoeg om met iemand voor een avond af te spreken – afspraakjes die meer dan eens naadloos in een spontane logeerpartij waren overgegaan – maar uiteindelijk bleef dat allemaal onbevredigend. Voor haar gevoel was dat leuk in je studententijd, maar niet meer wanneer je achtendertig bent en een kinderwens hebt.

Na ongeïnspireerd enkele heren naar links te hebben geswipet, verscheen er een icoontje dat ze een nieuwe e-mail had ontvangen. Nova moest het adres een paar keer lezen om er zeker van te zijn dat ze zich niet vergiste, maar ze las de naam toch echt goed.

Eline.

Ze kon niet geloven dat Eline na haar verraad van afgelopen zaterdag überhaupt nog iets van zich durfde te laten horen. Ze gebruikte een ander mailadres deze keer: eline.spreuken8_6-8@gmail.com. Hoewel ze een zekere weerzin voelde, opende ze het bericht toch.

Hallo Nova,

Het spijt me echt en ik verwacht niet dat je me na zaterdag nog vertrouwt, maar ik had geen keuze. Je hebt geen idee hoe het er hier aan toegaat! Ik wil nog steeds met je praten, maar ik kan me ook voorstellen dat jij dat niet meer wilt.

Ik vraag je om me nog één kans te geven, want ik wil dat wat hier gebeurt aan het licht komt. Het lukt me niet om op eigen houtje hier weg te komen, in zekere zin ben jij mijn *ticket out of here*... Ik heb jouw hulp nodig. En geloof het of niet, maar ik ben nu nog waardevoller geworden voor je, omdat ik door jou te verraden een wit voetje bij de Meester heb gehaald. Er is zelfs een kans dat ik tot de Twaalf mag toetreden, het was een soort test. Iemand binnen die kring is in ongenade gevallen en moet worden vervangen.

Laat me via dit mailadres weten of je er nog voor open staat.

Eline

Nova klikte de mail weg. Ze zocht via Google de precieze tekst op van het Bijbelvers uit het boek Spreuken waar Eline in haar mailadres naar verwees.

Luister, ik vertel je waardevolle dingen. Mijn woorden zijn oprecht. Mijn mond verkondigt slechts de waarheid, mijn lippen haten onbetrouwbaarheid. Op mijn uitspraken kun je vertrouwen, niets is vals en krom.

Ondanks de mooie woorden voelde Nova nog altijd grote ergernis richting Eline. Haar gedachten gingen terug naar het moment dat ze haar verraadde. Maar ze moest ook denken aan de samenzweerderige knipoog die Eline haar had gegeven toen ze door de vier mannen werd weggevoerd, alsof ze haar toen al wilde laten weten dat er meer aan de hand was.

Nova's vingers zweefden boven het toetsenbord.

Op basis van wat Sarah en Ferdinand haar hadden verteld en wat ze over andere sekteachtige bewegingen had geleerd, wist ze dat de druk op individuen om dingen tegen hun zin in te doen zeer groot kon zijn. Mensen die zich uit de greep van een charismatische leider hadden ontworsteld, verbaasden zich – en schaamden zich – na afloop vaak over het feit dat ze het zover hadden laten komen. Nova had de film *Holy Smoke* met Harvey Keitel en Kate Winslet gezien, waarin Winslet in de ban van een sekteleider raakte. In opdracht van de ouders van Winslet moest hij vervolgens proberen haar te 'deprogrammeren' – een helse klus.

Wat als ze de waarheid spreekt? Ze kan me niet méér ontmaskeren dan ze heeft gedaan. Toch? Als ze werkelijk tot de Twaalf toetreedt, heb ik een bron binnen de muren rond De Redder. Dat is veel beter dan een keer een celbijeenkomst bijwonen.

Nova besloot om Eline een mail terug te sturen.

Hallo Eline,

Mijn vertrouwen in je heeft een grote deuk opgelopen. Het is aan jou om te bewijzen of je mijn vertrouwen waard bent.

Ik vraag je twee dingen. 1) Geef me binnen een uur iets over De Redder wat niet algemeen bekend is en waarvan hij liever niet wil dat het bekend wordt, 2) maak deze week een opname van jouw celbijeenkomst; een geluidopname is voldoende.

Als je niet binnen een uur reageert, print ik je mail en stuur ik die naar De Redder.

Nova

Voordat ze zich kon bedenken verstuurde Nova de mail. Ze voelde een grimmige voldoening. Nog geen twee minuten later kwam er een antwoord van Eline binnen.

Hallo Nova,

Bedankt.

Ik begrijp je reactie en ik begrijp je voorwaarden. Die opname zal ik maken, al is dat makkelijker gezegd dan gedaan. Voor wat betreft het eerste heb ik iets voor je dat alleen binnen een heel kleine kring van intimi bekend is. Zelfs de Twaalf zijn niet allemaal op de hoogte, maar ik was een keer toevallig getuige van een insult. Normaal heeft hij alles door goede medicijnen onder controle, maar het gaat niet altijd goed.

Jozias lijdt aan epilepsie.

Zoek op internet naar 'epilepsie visioenen' en je zult de waarde van deze informatie begrijpen.

Eline

Nova verkleinde de pagina en toetste de door Eline opgegeven zoektermen in. De eerste treffer al trok onmiddellijk haar aandacht: 'God is een vallende ziekte.'

23

'Laten we wat eten.' Thomas trok de zak met broodjes dichterbij. Ze zaten nog altijd op het balkon in de Turkse ochtendzon. Allebei pakten ze een simit, die nog warm was en heerlijk rook. Ze sneden dikke plakken geitenkaas af en legden vettige olijven en zongedroogde tomaatjes op hun bord.

'Zullen we er eens wat andere Bijbelse voorspellingen over het einde der tijden naast leggen?' zei Thomas. 'De voorspellingen van Jezus bijvoorbeeld. Die zouden over dezelfde eindtijd moeten gaan, toch? Misschien werpt dat een ander licht op Openbaring 18.'

Simon knikte. Hij veegde zijn vingers af aan zijn broek en bladerde naar het evangelie van Mattheüs, hoofdstuk 24, waar Jezus' beroemde eindtijdrede te vinden was. Daarna legde hij de bijbel tussen hen in.

'Lees jij de tekst maar voor,' zei Thomas. 'Dan neem ik even een paar happen.'

'Oké, prima.' Simon begon de eerste verzen voor te dragen, plechtig als een negentiende-eeuwse dominee.

> *Nadat Jezus de tempel had verlaten, wendden zijn leerlingen zich onderweg tot hem en vestigden zijn aandacht op de tempelgebouwen. Hij zei tegen hen: 'Hebben jullie dat alles goed gezien? Ik verzeker jullie: geen enkele steen zal op de andere blijven, alles zal worden afgebroken!'*

'Dus Jezus en zijn discipelen zijn hier in Jeruzalem, bij het tempelcomplex.'

'Klopt,' zei Simon. 'Ik heb dit overigens altijd een buitengewoon vreemde tekst gevonden. In het Marcusevangelie zegt de discipel zelfs tegen Jezus: "Meester, kijk eens, wat een enorme stenen en wat een imposante gebouwen!" Dat is raar, want Jezus en zijn leerlingen kwamen al heel hun leven minstens eenmaal per jaar in Jeruzalem voor het pesachfeest, en waarschijnlijk hadden ze de stad nog veel vaker bezocht. De tempel was tenslotte het belangrijkste gebouw voor iedere Jood, het was het epicentrum van de Joodse cultus en eredienst. Dan is het op zijn minst opmerkelijk om te zeggen: kijk nou eens even, hoe enorm groot en imposant dit allemaal is.'

Thomas schoot in de lach. 'Ja, dat is inderdaad gek. Alsof een Parijzenaar naar de Eiffeltoren wijst en tegen een andere Parijzenaar zegt: "Moet je die ijzeren toren daar eens zien! Wat een hoog bouwwerk is dat zeg, en wat een enorme voetstukken, *incroyable!*"'

Simon glimlachte breeduit. 'Maar goed. Jezus waarschuwt zijn discipelen dus dat alles zal worden vernietigd – de hele aarde wordt verwoest, zelfs de tempel waar ze naar kijken zal dat lot treffen. Vervolgens begeven hij en zijn volgelingen zich naar de Olijfberg, waar ze in de schaduw van de olijfbomen gaan zitten, precies tegenover de Tempel, die wit blikkert in de felle zon. Daar vragen zijn discipelen aan hem: 'Vertel ons, wanneer zal dat allemaal gebeuren? En aan welke tekenen kunnen we herkennen dat uw komst en het einde van de wereld eraan komen?' En dan begint Jezus zijn beroemde reeks voorspellingen over wat er zal gaan gebeuren voordat het einde der tijden aanbreekt.'

Simon legde zijn vinger op de bladzijde. 'Allereerst zullen er talloze messiassen en valse profeten opstaan,' parafraseerde hij. 'Vervolgens zullen er onrusten zijn, en er zal oorlog uitbreken. Daarna zullen er rampen en hongersnoden plaatsvinden, en de uitverkorenen zullen vervolgd en opgejaagd worden. Al deze soort zaken noemde Jezus "weeën", die toewerkten naar de grote climax: de Grote Verdrukking.'

'Wat moeten we ons daarbij voorstellen?'

'Een tijd van enorme rampspoed, erger dan ooit tevoren. Een grote wereldoorlog, volgens veel gelovigen. En ook in Israël zal het een zware tijd zijn, want op de climax van de Grote Verdrukking zal de tempel worden ontheiligd.'

'Hoe dan precies?'

'Tja... Jezus' voorspelling daarover was nogal cryptisch.' Simon zocht naar de tekst, en las hem voor.

> *'Wanneer jullie dus de "verwoestende gruwel" waarover gesproken is door de profeet Daniël, zien staan op de heilige plaats (lezer, begrijp dit goed), dan moet iedereen in Judea de bergen in vluchten; wie op het dak van zijn huis is moet niet naar beneden gaan om nog spullen te halen, en wie op het land is moet niet terugkeren om zijn mantel te halen. Wat zal het rampzalig zijn voor de vrouwen die in die tijd zwanger zijn of een kind aan de borst hebben! Bid dat jullie niet in de winter zullen moeten vluchten en ook niet op sabbat. Want het zal een tijd zijn van enorme verschrikkingen, zoals er sinds het ontstaan van de wereld tot nu nooit geweest zijn en er ook niet meer zullen komen.'*

'De meningen zijn verdeeld over wat er bedoeld wordt met een verwoestende gruwel op de heilige plaats. Veel christenen geloven dat er in de eindtijd een wereldleider totale macht gaat krijgen – vaak de antichrist genoemd, of het Beest, zoals hij volgens hen in Openbaring wordt aangeduid. Ze denken dat deze antichrist zichzelf in de tempel zal laten aanbidden, en dat dát die "verwoestende gruwel" is.'

'Ah, ja,' zei Thomas. 'En iedere keer is er een nieuwe theorie over wie de komende antichrist is.'

'Inderdaad. Maar goed, laten we even bij de les blijven. In elk geval kondigde Jezus een bepaalde ontheiliging aan – iets gruwelijks op de heilige plaats.'

Thomas knikte. 'Misschien moeten we een van de andere

evangeliën ernaast leggen, Marcus of Lukas bijvoorbeeld. Daarin staan dezelfde voorspellingen, maar toch hebben de verschillende schrijvers soms heel andere bewoordingen gebruikt. Soms helpt dat om erachter te komen wat bedoeld wordt.'

'Goed plan.'

Simon bladerde naar het eenentwintigste hoofdstuk van het Lukasevangelie, en las de parallelle tekst voor.

> *'Wanneer jullie zien dat Jeruzalem door legertroepen omsingeld is, weet dan dat de verwoesting van de stad nabij is. Wie in Judea is moet dan de bergen in vluchten, wie in Jeruzalem is moet er wegtrekken, en wie op het land is moet niet naar de stad gaan, want in die dagen wordt de straf voltrokken, waardoor alles wat geschreven staat in vervulling zal gaan. Wat zal het rampzalig zijn voor de vrouwen die in die tijd zwanger zijn of een kind aan de borst hebben! Want er zal ontzaglijk veel leed zijn in het land, en een zwaar vonnis zal de bevolking treffen. De inwoners zullen omkomen door het zwaard of in gevangenschap worden weggevoerd en onder alle volken worden verstrooid, terwijl Jeruzalem vertrapt zal worden door heidenen, tot de tijd van de heidenen voorbij is.'*

'Hè,' zei Thomas, 'dat is vreemd. Deze tekst wijkt heel sterk af van de beroemde versie van Mattheüs, die je zonet las.'

'Het is inderdaad opvallend,' beaamde Simon. Zijn wijs- en middelvinger gleden nogmaals over de tekst heen. 'Daar waar Mattheüs heel cryptisch over een verwoestende gruwel spreekt, heeft Lukas het heel nuchter en concreet over legertroepen die Jeruzalem omsingelen en dat "Jeruzalem door de heidenen vertrapt zal worden". De gedachte dat de gruwel der verwoesting een antichrist zou zijn die zich in de tempel laat aanbidden, kunnen we dus wegstrepen. Door de tekst uit Mattheüs eenvoudig met dezelfde tekst in Lukas te vergelijken, blijkt dat Jezus het over de belegering van de stad Jeruzalem had. Heidense legertroepen die Jeruzalem, de heilige plaats, innemen. Volgens Jezus zal er in de eindtijd dus ook een strijd rond Jeruzalem uitbreken.'

'Maar dan is de gedachte dat met de vernietiging van de stad "Babylon" in Openbaring de vernietiging van Jeruzalem wordt gesymboliseerd, toch ineens veel minder gek?'

'Dat is waar,' zei Simon aarzelend, 'maar waarom zouden christenen juichen over het idee dat Jeruzalem ooit te gronde zal worden gericht?'

Thomas haalde zijn schouders op.

Simon liet zijn blik nogmaals over de woorden van Jezus glijden, en begon ineens iets te zien wat hij nog niet eerder had opgemerkt. 'Jezus zegt hier dat "zij die in Jeruzalem zijn, eruit moeten wegtrekken, zodat ze geen deel krijgen aan de straf die zal worden voltrokken". Dat lijkt heel erg op wat er in Openbaring 18 over Babylon staat: "Ga weg uit die stad, mijn volk, zodat je ontkomt aan de plagen die haar zullen treffen."'

'Is het mogelijk dat beide teksten écht over hetzelfde spreken? Dat Openbaring dus dezelfde eindtijdoorlog rond Jeruzalem aankondigt als Jezus deed, maar dan meer symbolisch? En dat Openbaring de stad oorspronkelijk ook gewoon Jeruzalem noemde, en men die naam later door Babylon heeft vervangen?'

'Maar waaróm dan?' vroeg Simon. 'En waarom staat er dan niet gewoon Jeruzalem?'

'Ja hoor eens, jij bent hier de kenner,' zei Thomas. 'Je hebt er zelfs een boekje over geschreven.'

'Dat klopt, en zoals je weet benadruk ik in mijn boekje dat Jezus zich vergiste, omdat het "einde" volgens zijn voorspellingen al in de eerste eeuw had moeten plaatsvinden. Jezus beweert namelijk onomstotelijk dat het binnen één generatie zou gebeuren. Ik heb het toevallig een paar dagen geleden nog behandeld, in mijn college over eindtijdbewegingen.'

Thomas krabde op zijn voorhoofd. 'Het idee dat Jeruzalem ergens in de toekomst met tempel en al ten onder zal gaan, is sowieso onzinnig, want Jeruzalem hééft niet eens een tempel meer. Die is ten onder gegaan tijdens de Joodse Oorlog, in de eerste eeuw.'

Op dat moment werden Simons ogen groot. 'Maar... dat is het!' riep hij. 'De Joodse Oorlog – wanneer vond die ook alweer precies plaats?'

'Eh...' zei Thomas, gravend in zijn geheugen, 'de Joodse Oorlog begon in het jaar 66, toen de Romeinen richting Jeruzalem optrokken, en kwam ten einde toen Jeruzalem in het jaar 70 met tempel en al werd vernietigd.'

Simon sprong op; zijn hoofd was inmiddels rood geworden van opwinding. 'Wat als Jezus zich helemáál niet had vergist? Wat als de beschreven gebeurtenissen écht in de eerste eeuw zijn uitgekomen?'

'Je bedoelt: wat als Jezus' profetieën helemaal niet over een einde der tijden en een toekomstige wereldwijde eindtijdoorlog gaan, maar dat ze betrekking hebben op de Joodse Oorlog uit de eerste eeuw?'

Simon knikte. Dit idee was zo revolutionair en tegelijk zó simpel, dat hij zich verbaasde dat hij het nu pas zag.

'Als dat zo is,' zei Thomas, 'dan zitten christenen er al tweeduizend jaar faliekant naast met hun fantasierijke ideeën over een gruwelijke toekomstige eindtijd.'

Simon keek hem indringend aan. 'Jezus zei meermaals dat zijn voorspellingen binnen één generatie zouden uitkomen. Wist je dat de Joden met een "generatie" een tijdsspanne van veertig jaar bedoelden?'

Thomas fronste zijn wenkbrauwen. 'Jezus moet zijn eindtijdrede rond het jaar 30 hebben gehouden. Als je daar veertig jaar bij optelt...'

'Dan kom je exact uit op het jaar 70.'

24

Olivarius sloot de jaloezieën in zijn kantoor. De streepjes fel zonlicht werden langzaam smaller, totdat er niets van ze overbleef.

Hij ging weer achter zijn computer zitten en checkte voor de zoveelste keer zijn e-mail. Zijn ogen lichtten op toen hij zag dat er een bericht van Google Alert was binnengekomen. Hij klikte op de link, waarmee hij een pagina van een site met wetenschapsnieuws opende. Het bleek een artikel te zijn over een archeologische vondst in Turkije. Aan de datum en tijd bovenaan de pagina zag hij dat het vers van de pers was – het stond er amper een uur op.

Hij las het, en daarna las hij het nog driemaal achter elkaar, obsessief de tekst in zich opnemend, terwijl de onrust met elke keer toenam.

Een kort moment staarde hij over zijn computer heen. Hij balde zijn vuisten, ontspande ze weer. 'Natuurlijk gebeurt dit...' fluisterde hij voor zich uit, terwijl zijn lippen nauwelijks van elkaar weken, de kaken strak op elkaar geklemd. 'En natuurlijk gebeurt dit nu. Hoe kan het ook anders?'

Hij stond op en liep naar het raam, waar hij even door de jaloezieën spiekte. Hij probeerde zichzelf rustig te krijgen door een paar keer diep in en uit te ademen, maar hij slaagde er niet in de storm van onrust in zijn binnenste tot bedaren te krijgen.

Gejaagd ging hij weer aan zijn bureau zitten. Hij zocht via Google naar het e-mailadres van de betreffende archeoloog, Thomas Weissenberg, dat hij algauw vond via de website van de

Universität zu Köln. Via ProtonMail maakte hij een e-mailadres aan – perfect om anoniem mails te versturen en te ontvangen – en stuurde hij Weissenberg direct een bericht in het Duits.

Geachte heer Weissenberg,

Mijn naam is Jürgen Fischer, wetenschapsjournalist, en ik ben werkzaam voor National Geographic Germany. Mijn functie bestaat onder meer uit het het doen van allerhande achtergrondonderzoek en vooral het zoeken naar boeiende onderwerpen voor documentaires.

Ik las zojuist een artikel op internet over een vondst die u zou hebben gedaan in Cappadocië, de ontdekking van een oude kerk en een inscriptie. Graag zou ik op zeer korte termijn telefonisch contact met u hebben. Wellicht kunnen wij zelfs met een camerateam langskomen om de ontdekking te filmen. Maar dan hebben wij wel eerst meer informatie nodig over de aard van deze vondst. Misschien vindt u dat ik wat hard van stapel loop, maar uit ervaring weet ik dat er meerdere kapers op de kust zijn. In het verleden ben ik weleens een scoop misgelopen omdat ik te lang had geaarzeld met contact opnemen. Dat gebeurt me niet nog een keer!

Ik hoop spoedig van u te horen.

Met vriendelijke groet,
Jürgen Fischer

Olivarius verzond de mail direct. Vervolgens zocht hij het adres op van Drakon, met wie hij dankzij het darkweb in contact was gekomen, en stelde een nieuw bericht op.

Drakon,

Ik heb besloten van je diensten gebruik te maken.
Graag hoor ik of je op zeer korte termijn beschikbaar bent.
Ik zal je vorstelijk belonen, maar er is haast geboden.

Olivarius

Nadat hij de mail had verzonden, klapte hij geagiteerd zijn laptop dicht. 'Die neparcheoloog moet gestopt worden,' siste hij. 'Koste wat het kost.'

25

De zon klom steeds verder omhoog boven de vallei van Göreme. De schaduwen van de rotsen werden steeds korter en in de straatjes rondom Thomas' appartement begon de dagelijkse bedrijvigheid toe te nemen.

Simon had de laptop van Thomas overgenomen. In de Googlezoekbalk typte hij 'de Joodse Oorlog'. Thomas kwam achter hem staan en keek over zijn schouder mee. Simon klikte direct het eerste zoekresultaat aan: een encyclopediepagina. Vluchtig scande hij de tekst.

De Joodse Oorlog (66-70 na Christus)

In eerste eeuw van de jaartelling nam onder de Joden de weerstand tegen de Romeinse overheersing in hevigheid toe. Flavius Josephus, de Joodse geschiedschrijver uit de eerste eeuw, beschreef hoe er in de jaren voorafgaand aan de oorlog voortdurend onrusten en provocaties in Palestina waren. Er was een ongekend aantal Joodse messiasfiguren en zelfverklaarde profeten die volgelingen vergaarden en bevrijding van het Romeinse juk beloofden. De meeste van dit soort bewegingen werden hard neergeslagen en hun leiders gekruisigd.

Toen tijdens een Joodse opstand een Romeins garnizoen werd verslagen, stuurde de Romeinen versterkingen naar Judea om de rust te herstellen, maar de Joodse opstandeling versloegen die ook. Keizer Nero greep in en stuurde in het jaar 66 zijn generaal Vespasianus naar Caesarea met maar liefst 60.000 legioensoldaten: het begin van de Joodse Oorlog.

Overal werden de Joodse nationalisten die weerstand boden vervolgd en gedood. Rond het jaar 68 had Vespasianus een groot deel van het land onder controle – de overlevende opstandelingen verscholen zich echter nog in Jeruzalem. Keizer Nero stierf echter plotseling, waardoor er grote onrust uitbrak in het Romeinse Rijk. Vespasianus reisde terug naar Rome en werd de nieuwe keizer. Hij liet zijn zoon Titus met legers naar Jeruzalem trekken om het Joodse verzet definitief te breken.

Titus pakte het voortvarend aan en begon onmiddellijk met de belegering van Jeruzalem. De stad werd omsingeld door de legers en maandenlang hermetisch afgesloten, waardoor niemand erin of eruit kon. De hongersnood die uitbrak was zo verschrikkelijk dat de lijken zich op straat opstapelden, en omdat er geen plek was die te begraven, braken er door de wegrottende lichamen pestziekten uit. De belegering heeft in totaal aan meer dan een miljoen mensen het leven gekost – eerst door de pest, daarna door een enorme hongersnood, vervolgens door de strijd en slachtpartijen van de Joden onderling en door het Romeinse leger. Tijdens de gitzwarte periode waarin de stad was afgesloten stond er een groot aantal doemprofeten op – volgens Josephus kregen sommigen van hen een deel van het volk achter zich.

Uiteindelijk wisten de Romeinen door de vestingmuren heen te breken en legden ze de stad in puin. Hoewel Titus de Joodse tempel ongeschonden in handen wilde krijgen, werd ook deze uiteindelijk compleet vernietigd. Toen stad en tempel in het jaar 70 in vlammen opgingen, was de val van het Jeruzalem een feit. Volgens Josephus was de ravage zo groot dat de rokende puinhopen bijna nauwelijks nog als stad te herkennen waren.

Veel Joden waren bruut door de Romeinen afgeslacht en straten van Jeruzalem veranderden in kolkende rivieren van bloed. De overlevenden werden als krijgsgevangenen meegenomen en veelal later in Rome geëxecuteerd. Groepen Joden die hadden weten te vluchten raakten verstrooid over de volken.

Het was alsof het licht in Simons hoofd was aangesprongen als een oude spaarlamp: eerst voorzichtig en zwak schijnend, en nu ineens helder en fel.

'We zijn iets belangrijks op het spoor, Thomas,' zei hij. 'De Kerk leert al tweeduizend jaar dat Jezus in zijn beroemde rede een grote oorlog aan het einde der tijden voorspelde. Maar wat als de Kerk er al die tijd volkomen naast heeft gezeten? Wat als de voorspellingen van Jezus én het hele boek Openbaring gewoon heel concreet over de Joodse Oorlog gaan?'

'Het klopt precies,' zei Thomas. 'Oorlogen, pestziekten, hongersnood, valse profeten, massale vervolgingen... Dit waren allemaal zaken die Jezus noemde. En dan de tempel die werd afgebroken, waardoor geen steen op de andere bleef – dat gebeurde letterlijk in het jaar 70.'

'Na een lezing van een Leidse historicus heb ik zijn integrale vertaling van het werk van Flavius Josephus aangeschaft,' zei Simon. 'Ik heb het van kaft tot kaft gelezen, bijna tweeduizend jaar oud, maar verrassend modern. Het is me alleen nooit opgevallen dat het verloop van de Joodse Oorlog wel heel sterk op de voorspellingen in de evangeliën lijkt.'

'Maar ook op de val van Babylon in Openbaring 18. Over Babylon staat er: "daarom zullen alle plagen haar treffen... dodelijke ziekte, rouw en hongersnood, en ze zal in vlammen opgaan". Jeruzalem ging létterlijk in vlammen op in het jaar 70. Vanaf de Middellandse Zee moeten de zeevaarders haar rookpluimen gezien hebben, precies zoals Openbaring over de stad Babylon zegt. En net zoals de inscriptie in de grot zegt.'

Simon voelde een tinteling in zijn buik, een zinderend gevoel, alsof ze iets groots aan het ontdekken waren.

Kan het zo simpel zijn?

'Al die gelovigen met hun eindtijdtheorieën...' verzuchtte hij. 'Terwijl dat wat voorspeld is allang heeft plaatsgevonden. Dit zal een schokgolf teweegbrengen, Thomas.'

Thomas knikte. 'Hele generaties hebben hun geloof in de toekomst hierop gebouwd. Tot op de dag van vandaag zijn kerkleiders overal op de wereld afhankelijk van deze leer. Ze verdienen hun geld met boeken en preken over de eindtijd. In Amerika wordt er door vooraanstaande politici naar zulke predikers geluisterd, ze baseren hun politieke koers op het idee dat het einde spoedig komt. Moet je je voorstellen wat er gebeurt als hun theologie een groot luchtkasteel blijkt te zijn.'

'Maar tegelijk begrijp ik zo veel nog niet,' zei Simon peinzend. 'Dat Openbaring 18 en de voorspellingen van Jezus over het jaar 70 gaan, lijkt me niet onaannemelijk. Maar de rest van Openbaring dan – met hagelstenen die uit de hemel vallen, aardbevingen en kosmische rampen? Dat is toch niet van toepassing op de Joodse Oorlog? En vooral: waarom hebben christenen in Openbaring de naam van de stad aangepast? Waarom lieten ze daarin niet gewoon Jeruzalem staan als ze dat bedoelden?'

'We moeten direct contact zoeken met Johan Zieleman. Als die man werkelijk de hypothese opperde dat Babylon een gecodeerde verwijzing naar Jeruzalem is, dan kan hij ons uitleggen wat hem tot die stelling gebracht heeft. Ik probeer zijn adres te achterhalen en dan ik stuur hem direct een e-mail met de vraag of ik hem kan spreken. Ik zet jou in de cc.'

Een tijdlang was Thomas aan het typen, terwijl Simon de Bijbelteksten nogmaals nauwgezet doorlas.

'Het is bizar,' zei Simon na tien minuten, voorovergebogen over de Bijbel. 'Waarom heb ik dit nooit eerder gezien?'

‘Wat bedoel je, dostum?’

‘Als je Mattheüs 24 zonder verdere achtergrondkennis doorleest, zou je kunnen denken dat de tekst over het einde van de wereld gaat. Maar als je het hoofdstuk in zijn context leest, zie je dat dit niet het geval kán zijn.’

‘Hoe bedoel je dat?’

‘Wij weten niet anders dan dat de Bijbel is ingedeeld in hoofdstukken met verzen, maar die zijn natuurlijk allemaal pas later toegevoegd. Oorspronkelijk was het één grote, doorlopende tekst. De context is cruciaal. Je moet Mattheüs 24 eigenlijk lezen in het verlengde van het stuk dat ervoor staat, en daarin heeft Jezus zojuist een ongelofelijke donderpreek richting de Joodse leiders gehouden. Weet je wat de laatste verzen zijn van hoofdstuk 23?’

Thomas schudde zijn hoofd.

‘Hier, lees het zelf.’

> *‘Ik verzeker jullie: op deze generatie zal dit alles neerkomen. Jeruzalem, Jeruzalem, dat de profeten doodt en stenigt wie naar haar toe zijn gestuurd! Hoe vaak heb ik je kinderen niet bijeen willen brengen zoals een hen haar kuikens verzamelt onder haar vleugels, maar jullie hebben het niet gewild. Jullie stad wordt eenzaam aan haar lot overgelaten.’*

‘Jezus waarschuwt de Joodse leiders dus letterlijk dat God de stad zal gaan oordelen, en dat de huidige generatie de pineut is. Het gaat over het gruwelijke einde van Jeruzalem, binnen één generatie – niet vijftig generaties of tweeduizend jaar later. En vervolgens begint hoofdstuk 24 ermee dat de discipelen Jezus op de tempelgebouwen wijzen, waarop hij hen waarschuwt dat alles zal worden afgebroken.’

‘Dat zet de tekst van Jezus’ zogenaamde eindtijdrede dus in een compleet ander licht,’ zei Thomas. Hij leunde iets achterover en staarde naar de zandkleurige huizen voor de horizon. ‘Maar toch… Jezus zegt wel degelijk dat zijn voorspellingen over het einde van de wéreld gaan. Ik bedoel – de discipelen vragen toch aan hem wat de tekenen zullen zijn dat de "voleindiging van de wereld" eraan komt?'

'Hmm,' zei Simon terwijl hij de passage opzocht. 'Dat klopt, maar... wacht even, hoor. Daar was iets mee.'

'Wat bedoel je?'

'Ik heb me in het kader van eindtijdbewegingen eens over deze teksten gebogen, en ik herinner me vaag dat er iets met dat woordje aan de hand was.' Hij pakte de laptop en begon geestdriftig te zoeken. 'Hebbes,' zei hij niet veel later. 'Hier heb ik een Griekse woord-voor-woord vertaling. Wat denk je? Het woord dat als "wereld" is vertaald, is het Griekse *aion*.' Hij schoot in de lach. 'Het is op zijn zachtst gezegd nogal curieus om aion met wereld te vertalen. Aion betekent letterlijk...'

'Tijdperk,' vulde Thomas hem aan.

Simon begon te glunderen. 'Precies. Jezus zegt dus helemaal niet dat zijn profetie over het einde van de wereld gaat. Hij heeft het over het einde van het "tijdperk". En dat klopt, want het jaar 70 markeerde absoluut het einde van een tijdperk.'

'Welk tijdperk bedoel je?'

'Dat van de Joodse staat, de Joodse tempel en de Joodse religieuze offerdienst.'

26

De zon stond hoog aan de hemel en wierp scherpe, diepzwarte schaduwen tussen de appartementen van Iztok, een van de meest prestigieuze wijken van Sofia. Lyuben Dragonov zat op het balkon van zijn penthouse, zijn laptop geopend op een klein terrastafeltje voor hem. Met een vlotte beweging opende hij een flesje ijskoud bier en goot het leeg in een glas. Hij leunde achterover en keek uit over de villa's, opgetrokken in talloze terracottatinten, afgewisseld door hoge bomen met weelderig loof.

In de lente kon het in Bulgarije algauw flink warm worden. Dragonov depte zijn voorhoofd met een tissue en nam een grote slok.

Hoe ontspannen dit moment voor een ander ook had kunnen zijn, Dragonov was rusteloos. Stilzitten was niets voor hem. Hij kreeg dan het gevoel dat de muren op hem af kwamen. Soms leek het alsof zijn huis letterlijk kleiner werd. Bovendien confronteerde de stilte hem te veel met zijn innerlijke demonen. Hij wilde zo gauw mogelijk weer op pad.

In de hoop even te worden afgeleid, pakte hij zijn mobiele telefoon en begon door zijn galerij te bladeren. Hij bleef direct hangen bij de foto's van Nikolina. Voordat hij al te zeer door emoties zou worden overmand, gooide hij de smartphone weer op tafel.

Pling.

Tot zijn grote vreugde kwam er een mail binnen.

Olivarius. Eindelijk.

Het was slechts enkele dagen geleden dat de persoon die zich

Olivarius noemde hem benaderd had met een vrijblijvende aanvraag voor samenwerking. Gisteren had hij gemaild met een concrete opdracht. Er was haast bij, zeer veel haast. Dragonov had onmiddellijk toegehapt. Sindsdien had hij op het startschot zitten wachten, ijsberend als een gekooid dier.

En het was goed nieuws.

> Drakon,
>
> Ik ga akkoord met de prijs. Zoals ik reeds heb aangegeven, heb ik een paar bijzondere wensen, die je in de bijlage vindt. Het is van het grootste belang dat je deze instructies nauwgezet uitvoert. Ook de naam, de precieze locatie en verdere instructies staan in de betreffende brief. De aanbetaling van € 20.000 euro is naar je overgemaakt. De rest van het bedrag krijg je wanneer de opdracht is uitgevoerd.
>
> Olivarius

Dragonov merkte hoe het in zijn onderbuik begon te borrelen, zoals een verliefd persoon vlinders voelde – al lag bij hem misschien de vergelijking van een oplaaiend vuur in zijn binnenste meer voor de hand. De naam Drakon – 'draak' – had hij tenslotte niet voor niets gekozen. Het was de kick van wat ging komen, het gevoel werkelijk te leven. Het was een sensatie die hij alleen ervoer als hij op pad ging om te doen waar hij goed in was.

Mensen omleggen.

Zonder enige aarzeling opende hij de internetomgeving van zijn bank. Tevreden stelde hij vast dat het bedrag inderdaad binnen was. Nadat zijn opdrachtgever het had overgemaakt, was het in een razendsnel tempo wel vier of vijf keer automatisch naar andere rekeningen in verschillende landen overgeboekt om te eindigen bij een bank in een belastingparadijs. Het geld was de seconde nadat het was overgemaakt alleen nog door Dragonov zelf te achterhalen.

Op een dag zou hij genoeg hebben gespaard om zich voor altijd te kunnen terugtrekken op een mooi tropisch eiland, met een mooie vrouw.

En met Nikolina.

Hij klapte de laptop dicht en leunde even achterover. Vervolgens dronk hij het glas bier in één teug leeg en zette het met een klap neer.

Op naar Turkije.

27

De zon gleed langzaam weg achter de paddenstoelvormige rotsen. Langgerekte banen goudkleurig licht vielen over de vloer van de woonkamer van Thomas, waar de airconditioning voor een heerlijke koelte zorgde.

Het was dinsdagavond. De afgelopen dagen hadden Simon en Thomas samen gewerkt aan een voorlopige hypothese: de inscripties in de grotkerk toonden aan dat proto-Openbaring nooit over een einde der tijden ging, maar over de val van Jeruzalem in het jaar 70; om nog onduidelijke redenen had de Kerk de naam van de stad later in het cryptische 'Babylon' veranderd. Terwijl de dagen vorderden was hun opwinding toegenomen. Ze werden zich er steeds sterker van bewust dat deze ontdekking de kerkelijke leer rond een zogenoemde eindtijd compleet op losse schroeven zette.

'Ik heb een e-mail terug van Zieleman,' zei Thomas enthousiast. 'Ik lees hem even voor.'

Beste Thomas (cc: Simon),

Dank voor je bericht. Wat leuk om van je te horen. Je bent van harte welkom in Ankara. Vrijdag komt mij het beste uit, dan ben ik aanwezig op de universiteit maar heb ik geen colleges. We zouden op mijn kantoor kunnen afspreken. Ik ben erg benieuwd wat je me te vertellen hebt. Heeft het te maken met de zojuist ontdekte, zeer oude grotkerk waarover ik op het nieuws heb gehoord?

Wat mij betreft neem je je vriend Simon mee, ik vind het leuk jullie te ontmoeten.
Onder aan deze mail vind je mijn contactgegevens. Ik hoop spoedig van je te horen.

Hartelijke groet,
prof. dr. J. (Johan) Zieleman

'Wat denk je?' vroeg Thomas. 'Zullen we er vrijdag samen naartoe gaan?

Simon zuchtte. 'Sorry, maar ik heb mijn ticket naar Nederland al geboekt. Zoals je weet moet ik aankomend weekend naar Rome. Hoe graag ik ook met je mee zou gaan, ik denk dat ik liever eerst terugreis naar huis, dan kan ik me nog even rustig voorbereiden op mijn lezing. En ik geloof dat mijn taak hier er wel op zit: we hebben samen een prikkelende hypothese opgesteld, je kunt vanaf nu zonder mij verder. Natuurlijk blijf ik je onderzoek van afstand met grote belangstelling volgen.'

In Thomas' blik was een lichte teleurstelling te zien. 'Jammer. Maar ik begrijp het helemaal. En het is misschien ook wel goed. Er komen mooie dingen aan. Mijn naam wordt overal genoemd, het persbericht is door heel veel sites in binnen- en buitenland overgenomen. Het nieuws over de inscripties is zelfs door een aantal grote Amerikaanse pagina's met wetenschapsnieuws gepubliceerd.'

'Ik ben echt blij voor je. Dit gaat misschien je grote doorbraak worden, man.'

'Ah, in alle hectiek vergeet ik je dat bijna te vertellen,' zei Thomas. 'Weet je wie er contact met me heeft opgenomen? National Geographic Germany. Ze hadden me gemaild van de week en gisteren heb ik ze teruggebeld. Ze willen er misschien bij zijn als de grot wordt onderzocht, om materiaal te schieten voor wat mogelijk een grote documentaire gaat worden. Ze wilden er alles over weten.'

'Serieus? Dat is geweldig!'

'Ja, ik kan het nog bijna niet bevatten. Ik heb de programmamaker direct onze voorlopige hypothese voorgelegd, en uitgelegd waarom het zo omstreden is. Je weet hoe het werkt: op televisie houden ze van sensatie.'

28

De hitte van de Turkse woestijn was niet echt de meest comfortabele setting, maar Lyuben Dragonov nam die voor lief. De gedachte aan de zestigduizend euro plus onkosten die hij uiteindelijk voor deze opdracht zou vangen, maakte alles goed.

Iedere keer een stap dichter bij mijn eigen paradijs…

Olivarius had hem opgedragen naar Göreme in Turkije te gaan. Met een van zijn vervalste paspoorten had hij in Sofia onder de naam Zlatan Petrov een Jeep Wrangler gehuurd, waarmee hij nu over de stoffige wegen van Cappadocië reed. Hij wierp een steelse blik op de achterbank, waar naast een rugzak met dynamiet ook een grote fles wasbenzine lag. Op de passagiersstoel naast hem lag de Glock 17. Het was zijn lievelingswapen, omdat het grotendeels van kunststof was, waardoor het licht was en toch sterk. Dragonov was in staat om met zijn ogen dicht in korte tijd de uit drieëndertig onderdelen bestaande Glock volledig te demonteren en opnieuw in elkaar te zetten.

Het bleek maar weer eens dat het goed was om vrienden op lage plaatsen te hebben. Het had hem nauwelijks moeite gekost om in Kayseri via via aan dynamiet te komen. Aan de man van wie hij het kocht, had hij verteld dat hij een handelaar in archeologische artefacten was. Dragonov had hem gevraagd of hij in contact kon komen met mensen die in dergelijke zaken handelden, waarbij hij duidelijk liet doorschemeren dat hij iemand zocht die het net als hij niet zo nauw nam met de regels van de wet. Na betaling van nog eens vijfhonderd dollar noemde de man de naam Mert Aslan, een handelaar in het stadje Avanos, waarvan de oranje daken nu in de verte zichtbaar werden.

Nadat Dragonov zijn terreinwagen had geparkeerd, verborg hij zijn wapen onder zijn kleren. Vervolgens liep hij het deel van de stad in dat ten noorden van de Kizilirmak – de Rode Rivier – lag. Hij liep onder een grote boogvormige poort door, waaromheen diverse winkeltjes met potten en vazen gevestigd waren. Nadat hij enkele eettentjes en nog meer winkels met aardewerk was gepasseerd, sloeg hij af, een steegje in, zoekend naar het juiste adres.

Het bleek een tapijthandel te zijn.

Dragonov stapte de winkel binnen. Het was er stil. De eigenaar van de zaak, een man met een grote, grijzende snor, zat ineengedoken achter een houten toonbank en bekeek Dragonov met de argwanende blik van een kraai.

'Mert Aslan?' vroeg Dragonov.

De man leek niet verbaasd dat de vreemdeling zijn naam kende. 'Waarmee kan ik u van dienst zijn?'

'Ik ben op zoek naar archeologische artefacten. Bijzonder spul, waardevol spul. Geen toeristische rommel.'

Aslan kneep zijn ogen tot spleetjes. 'Ik handel in tapijten,' zei hij.

Dragonov legde tien biljetten van honderd dollar op de toonbank, die hij in een waaier uitspreidde zodat de man ze goed kon zien. 'Ik heb begrepen dat jij overal in Cappadocië ogen en oren hebt. En ik heb ook gehoord dat je erg goed bent, de beste in de wijde omgeving. Je wilt mij vast helpen.' Dragonov trok zijn overhemd even aan de onderzijde omhoog zodat de Glock zichtbaar werd. 'Ik denk dat je mij héél graag wilt helpen.'

Aslans blik veranderde direct. 'Waar bent u naar op zoek?'

Dragonov boog zich naar hem toe. 'Wat heb je te bieden?'

Aslan hield zijn hoofd wat schuin en bleef Dragonov aankijken. 'Ik betaal mensen die deel uitmaken van archeologische teams. In ruil daarvoor houden ze mij op de hoogte van nieuwe ontwikkelingen.'

'Zoals die kerk die net ontdekt is?' vroeg Dragonov.

'Onder andere,' zei Aslan met een zekere trots. 'De ontdekking heeft het nieuws al gehaald. De precieze locatie hebben ze zorgvuldig geheim gehouden, maar mijn informant kent die wel.'

Dragonov lachte inwendig. Zoals altijd lukte het met een uitgekiende mix van vleien, dreigen en geldelijk belonen om de juiste informatie uit mensen te krijgen. 'Breng me met hem in contact.'

'U weet dat het om een grot gaat, waar verder weinig in lag? Voor zover ik weet is er nauwelijks iets gevonden dat verkoopbaar...'

'Vijfduizend,' zei Dragonov en hij greep naar zijn binnenzak, waar hij een envelop uit pakte. Nonchalant telde hij nog eens veertig briefjes van honderd dollar af, alsof hij in een restaurant een maaltijd afrekende. Hij legde de biljetten, die knisperden van nieuwheid, naast de andere.

Het is makkelijk gul te zijn als het je eigen geld niet is.

Aslan deed zichtbaar zijn best kalm te blijven, maar zijn vergrote pupillen verraadden zijn opwinding.

'Ik weet het dat er geen kostbare voorwerpen zijn gevonden,' zei Dragonov. 'Ik ben geïnteresseerd in de grot zelf, om redenen die voor jou verder niet van belang zijn.'

'Nee, nee, natuurlijk niet,' zei Aslan snel. 'Wat kan mij dat schelen. Ik zal u de naam van mijn man in het team daar geven. Hij wijst u de precieze locatie van de grot, ik weet die niet. Een Duitse professor heeft er de leiding, een homoseksueel zeggen ze. Hij heeft een relatie met een Turkse man van hier. Smeerlappen zijn het.'

Hij stak zijn hand uit naar het geld, maar op het moment dat hij de biljetten beet had, pakte Dragonov zijn pols en hield die in een ijzeren greep. Aslans gezicht vertrok in een pijnlijke grimas.

Dragonov keek hem aan met ogen die vuur spuwden. 'Als je me bedondert,' zei hij, 'dan weet ik je te vinden. En je zou wensen dat je nooit geboren was.' Hij liet de tapijtenhandelaar los, die onmiddellijk het geld terug op de toonbank liet vallen.

'Op mijn woord van eer...' zei Aslan terwijl hij over zijn pijnlijke pols wreef. 'Het is een onherbergzaam gebied, ik ben er zelf niet goed bekend. Het is moeilijk om er je weg te vinden. Mijn contact zal u helpen. Hij zal u de coördinaten geven en een plattegrond, en uitleggen wat de goede weg is om er te komen – en hoe je er wegkomt.'

29

Nova zat in Deli Pies & Coffee, een nieuwe koffietent op de hoek van de Haarlemmerstraat en de Prinsessekade. Voor haar stonden een mok cappuccino en een grote muffin. Om niet al te zeer te vereenzamen ging ze met enige regelmaat in een café zitten om te werken. In steeds meer gelegenheden hingen echter bordjes met GEEN LAPTOPS TOEGESTAAN. Als ze al die mensen om zich heen bekeek die net als zij over hun laptop zaten gebogen, met oortjes in waardoor ze volledig van hun omgeving waren afgesloten, kon ze zich daar ook wel iets bij voorstellen.

Op haar computer had ze het artikel over epilepsie geopend, 'God is een vallende ziekte'. Ze las dat er bij een epilepsieaanval sprake was van een korte storing in de hersenen, een soort kortsluiting. De hersenen, of een deel ervan, waren dan een tijdje extra actief. De een raakte bewusteloos en viel – vandaar dat het in de volksmond 'de vallende ziekte' was gaan heten – en begon met armen en benen te schokken. De ander was even niet aanspreekbaar, staarde voor zich uit of liet iets uit zijn of haar handen vallen.

Uit onderzoek was gebleken dat de plaats in het brein waar religieuze gevoelens werden voortgebracht, zich in de hersenkwabben direct achter onze slapen bevindt. Die conclusie had men getrokken op basis van onderzoek bij bepaalde epilepsiepatiënten die tijdens aanvallen sterk religieus getinte openbaringen beleefden. In de antieke oudheid werd epilepsie ook wel de heilige ziekte genoemd, omdat men ervan overtuigd was dat een epilepticus tijdens een aanval direct contact met een god of godin had. Etymologisch betekent *epilepsia* zoiets als 'bezit nemen van'.

Op Wikipedia vond Nova een schier eindeloze lijst van beroemde epileptici, onder wie heel veel schrijvers, componisten, schilders en filosofen, maar ook stichters van godsdiensten. Een van de negentiende-eeuwse grondleggers van de Zevendedags Adventisten Ellen White, zou epilepsiepatiënt zijn geweest. Haar aanvallen gingen gepaard met witte vlekken en bepaalde geuren, die zij aanzag voor visioenen van God. Andere 'religieuze' epileptici waren onder meer de profeet Ezechiël, Jeanne d'Arc, de heilige Teresa van Ávila, Joseph Smith – de stichter van de mormonenkerk – Emanuel Swedenborg, Fjodor Dostojewski en Jiddu Krishnamurti. Zij hadden allemaal sterk religieuze ervaringen tijdens een aanval.

Maar de beroemdste van allemaal was zonder enige twijfel Paulus.

Nova nam een grote hap van de muffin. Daarna veegde ze enkele kruimels van haar broek, zette het bordje aan de kant en opende op een Bijbelsite het boek *Handelingen der Apostelen* in het Nieuwe Testament. Daar las ze de beschrijving van Paulus' bekering. De Bijbel gaf drie verschillende – elkaar deels tegensprekende – versies van die gebeurtenis. Het bekendst waren de openingsverzen van het negende hoofdstuk.

> *Toen hij onderweg was en Damascus naderde, werd hij plotseling omstraald door een licht uit de hemel. Hij viel op de grond en hoorde een stem tegen hem zeggen: 'Saul, Saul, waarom vervolg je mij?' Hij vroeg: 'Wie bent u, Heer?' Het antwoord was: 'Ik ben Jezus, die jij vervolgt. Maar sta nu op en ga de stad in, daar zal je gezegd worden wat je moet doen.' De mannen die met Saulus meereisden, stonden sprakeloos; ze hoorden de stem wel, maar zagen niemand. Saulus kwam overeind, en hoewel hij zijn ogen open had, kon hij niets zien. Zijn metgezellen pakten hem bij de hand en brachten hem naar Damascus. Drie dagen lang bleef hij blind en at en dronk hij niet.*

Als je dit las met in je achterhoofd de diagnose van een epileptische aanval, dan leek dat inderdaad best een logische verklaring. Zijn reisgenoten hoorden of zagen niets bijzonders, maar Paulus viel op de grond, zag een groot licht en hoorde een stem, en had het idee dat Jezus rechtstreeks tot hem sprak.

Na drie dagen verdween Paulus' blindheid en begon hij weer te eten. Zijn naam veranderde van Saul of Saulus, Hebreeuws voor 'de gevraagde; om wie gebeden is', in Paulus: 'gering; klein' in het Latijn. Een bescheiden naam voor een zeer onbescheiden man.

In plaats van christenen te vervolgen, zoals hij tot dan toe zou hebben gedaan en waarvoor hij naar Damascus onderweg zou zijn geweest, bekeerde hij zich juist tot De Weg, zoals de beweging na Jezus' dood lange tijd heette. Tot aan zijn dood reisde hij onvermoeibaar door het Romeinse Rijk om het evangelie – het 'goede nieuws' van Jezus' dood en opstanding – te verspreiden. In de brieven die hij tussen 45 en 60 na Christus schreef, formuleerde hij als eerste de leerstellingen van het jonge christendom. Veel onderzoekers stellen dan ook dat er zonder Paulus geen christendom zou zijn geweest.

'De vraag is of er zonder zijn epileptische aanval een christendom zou zijn geweest,' grinnikte Nova.

Zelf kwam ze uit een ongelovig nest. Haar moeder groeide op in een socialistisch gezin en was opgevoed zonder enige vorm van religieus geloof. Haar vader was van huis uit streng gereformeerd geweest, maar had zich daar sinds zijn studententijd zeer sterk tegen afgezet. Als overtuigd atheïst liet hij geen kans onbenut om de negatieve kanten van religie te belichten. Nova was genuanceerder en minder fel dan haar vader; ze zou zichzelf eerder een 'ietsist' dan een atheïst noemen, hoewel ze haar vader soms gelijk moest geven, bijvoorbeeld wanneer ze het zoveelste geval van misbruik – seksueel of psychisch – in haar onderzoek naar sektes tegenkwam.

De Redder een epilepticus? Wat zegt dat over de visioenen die hij heeft – of beweert te hebben?

Ze nam op haar gemak een paar slokjes van de cappuccino. Vervolgens stuurde ze een mailtje aan Eline.

Hallo Eline,

Ik heb over epilepsie en goddelijke visioenen gelezen. Het is zeer interessant. Ik kan me voorstellen dat De Redder niet wil dat dit algemeen bekend wordt. Als het waar is tenminste, want ik kan het niet controleren natuurlijk. Ik wacht op je opname van een celbijeenkomst. Dat kan het begin worden van het herstel van mijn vertrouwen in jou.

Nova

Ze drukte op 'verzenden'.

'Kom maar op, Eline,' mompelde ze. 'Laat me zien wat je waard bent.'

30

Thomas reed zijn 4x4 tot aan de ingang van Erkilet Airport in Kayseri. Daar stapte hij uit om Simon zijn koffer aan te geven. Het was zo vroeg in de ochtend dat het bijna te fris was zonder jas.

'Nogmaals excuses dat ik je hier zo vroeg moet afzetten terwijl je vliegtuig pas om half twaalf vertrekt,' zei Thomas, 'maar ik heb afgesproken met Ergün.'

'Helemaal niet erg. Het geeft me de tijd even rustig wat dingen uit te werken op mijn laptop.'

Thomas schudde zijn vriend stevig de hand. 'Heel erg bedankt, dostum. Het was goed om je hier te hebben.'

'Jij ook bedankt, kerel,' zei Simon terwijl hij hem een *bear hug* gaf, met een terloopse blik opzij naar de uit rechthoekige blokken opgebouwde terminal van het vliegveld. 'Ga maar gauw. Je ging de grot toch aan een nieuwe inspectie onderwerpen?'

Thomas kreeg glunderoogjes. 'Ik rij er zo meteen direct naartoe om hem aan Ergün te laten zien. En dan spreek ik je gauw, vriend. Ik zie echt uit naar wat er komen gaat. Ik denk dat er een nieuwe fase aanbreekt in mijn loopbaan.'

Simon begaf zich in de richting van de terminal, keek nog een keer om, zwaaide en verdween toen het gebouw in.

Thomas stapte in zijn wagen. Hij verwachtte weinig problemen in het verkeer te ondervinden. Hij keek op zijn telefoon. 7.30 uur. Met een beetje geluk zou hij rond half negen bij het kantoor van het team zijn, precies zo laat als hij met Ergün had afgesproken. Vandaaruit zouden ze rond negen uur bij de grot kunnen zijn.

Snel stuurde hij zijn geliefde een berichtje:

> Het gaat me lukken er half negen te zijn, canım. Ik kan niet wachten je te zien.

31

Op volle snelheid reed Lyuben Dragonov Göreme binnen. Zoals altijd op dit soort momenten voelde hij een gezonde spanning. Met een schuine blik keek hij naar zijn wapen op de passagiersstoel. De patroonhouder van de Glock was met zeventien patronen maximaal gevuld. Hij verwachtte er voor zijn opdracht van vandaag slechts twee, hooguit drie nodig te hebben.

De zon stond nog laag, het was iets na negenen in de ochtend. De grillig gevormde zuilen en pilaren hadden lange schaduwen, wat het landschap nog surrealistischer maakte dan het al was. Dragonov minderde pas vaart toen hij op de afgesproken plek een man zag staan die voldeed aan de omschrijving die Aslan had gegeven.

Dat is hem. Mustafa.

Hij parkeerde de auto half in de berm en liet zijn raam zakken.

De man kwam op hem af lopen. 'Hier,' zei hij eenvoudig terwijl hij Dragonov een zeer gedetailleerde kaart vol hoogtelijnen overhandigde. 'Volg deze rode lijn, dan kom je bij de grot uit. De exacte coördinaten heb ik erbij geschreven. Het kan niet missen.'

'Heb je enig idee wanneer ik er het beste heen kan gaan? En als het even kan zou ik Thomas Weissenberg willen spreken.'

'De professor? Je treft het,' zei Mustafa. 'Hij is er nu, samen met zijn... vriend.' Mustafa sprak het uit met iets wat het midden hield tussen schaamte en walging. 'De rest van het team is afwezig, dus als je hem persoonlijk wil spreken, heb je geen last van pottenkijkers.'

'Bedankt.'

Zonder afscheidsgroet sloot hij het raam weer en draaide hij de weg op. Na een korte rit zag gaf zijn navigatiesysteem aan dat de bestemming was bereikt. Hij minderde vaart en ontwaarde het geitenpaadje waar hij met de auto niet verder kon, precies zoals Mustafa hem had uitgelegd. Hij reed een klein stuk verder en parkeerde de Jeep onder een van de zeldzame bomen die de omgeving rijk was.

Hij hoopte dat Mustafa gelijk had en dat er geen andere mensen op de locatie op zouden duiken. Collateral damage was altijd vervelend.

Dragonov haalde een grote zaklamp uit het handschoenenkastje en stopte de Glock tussen zijn broekband. Daarna pakte hij de tas en de fles en stapte uit. Hij liep een stukje terug en sloeg het smalle paadje in, alsof hij een toerist was die zich had voorgenomen de gebaande paden te verlaten. Na een meter of tweehonderd zag hij quads geparkeerd staan.

Het waren er twee.

Hij pakte het gouden kruis dat om zijn nek hing beet en gaf het een kus. Daarna nam hij het pistool in zijn rechterhand, de loop op de grond gericht. In zijn linkerhand hield hij de zaklamp vast. Stapje voor stapje sloop hij vooruit.

Het pad vernauwde zich en in het zand zag hij voetstappen. Langzaam werd het paadje wat breder. Enkele meters later kwam hij terecht op een grote open ruimte, als een natuurlijk plein. Hij versterkte de grip op zijn wapen en voelde hoe het vuur in zijn binnenste oplaaide.

Algauw viel zijn oog op de ingang van de grot, vlak achter een hoop stenen. Hij kwam dichterbij en hoorde stemmen. Een halve minuut luisterde hij aandachtig. Hij kon zich vergissen, maar het leken de stemmen van slechts twee personen te zijn. Dragonov maakte zichzelf klein en klom op zijn knieën naar binnen. Zodra de ingang hoog genoeg was om te kunnen staan, scheen hij de grot in.

Twee mannen keken hem stomverbaasd aan. Hun ogen glinsterden in het licht van zijn zaklamp als van katten in de koplampen van een vrachtwagen.

‘Wie ben jij en wat kom je doen?’ vroeg een van hen. Hij kneep zijn ogen dicht tegen het felle licht – het was duidelijk dat hij Dragonov niet goed kon onderscheiden.

Dragonov hield zijn wapen in de lichtstraal van zijn zaklamp. ‘Kleed je uit, allebei. Nu.’

32

Simon zat onderuitgezakt in een zeer oncomfortabel metalen stoeltje op het vliegveld, zijn blik gefixeerd op de beeldschermen met vluchtgegevens boven hem. Het was al vier uur geleden dat Thomas hem af had gezet. Het inchecken was snel gegaan, maar vanwege een technisch probleem was zijn vlucht vertraagd. Hij had allang in de lucht moeten zitten.

Tot zijn grote frustratie veranderde DELAYED in CANCELLED. Geërgerd pakte hij zijn telefoon uit zijn tas om te kijken hoe laat een vervangende vlucht zou gaan. Het toestel stond nog op stil. Terwijl hij het geluid inschakelde, zag hij tot zijn verbazing dat hij tien oproepen had gemist van Umut, van wie hij het nummer vlak voordat hij naar Turkije was afgereisd had opgeslagen. Hij had het teamlid van Thomas na die eerste ontmoeting niet meer ontmoet en vroeg zich af waarom ze hem belde.

Terwijl hij naar het schermpje staarde ging zijn telefoon opnieuw. Alweer Umut.

Wat is er in vredesnaam aan de hand?

Hij nam de oproep direct aan. 'Hallo,' zei hij in een poging om luchtig te klinken. 'Simon hier.'

'Hallo?' onderbrak een gejaagde stem hem.

'Ja?' zei Simon, iets harder nu, omdat hij het idee kreeg dat ze hem niet goed kon verstaan. 'Umut? Wat is er aan de hand?'

'Hij is dood!' schreeuwde ze door de telefoon, waarna ze met gierende uithalen begon te huilen. 'Dood!'

'Wat? Wie is dood?' riep Simon. Hij stond op van zijn stoeltje en liep in de richting van de grote ramen van de vertrekhal.

Umut huilde hartstochtelijk. Ze ademde zwaar in de microfoon en er klonk een harde ruis. 'Haal even diep adem, Umut. Probeer tot rust te komen.' Hij deed zijn best om kalm te spreken, maar voelde een misselijke spanning opborrelen.

Het bleef even stil aan de andere kant van de lijn. Simon begreep dat Umut haar best deed haar adem onder controle te krijgen.

'Wat is er gebeurd, Umut?' herhaalde hij.

Hij hoorde een moment lang alleen licht gehijg. Daarna klonk Umuts stem weer, nu een stuk kalmer dan daarnet.

'Je moet komen,' zei ze. 'Je moet direct terugkomen.'

'Ik ben al op het vliegveld, mijn vlucht... Maar wat ís er dan toch?'

'Ergün en Thomas... Ze zijn allebei dood.'

33

Zoals vaker had Nova een ochtendwandeling gemaakt. Het had haar goed gedaan langs de Leidse grachten te lopen waar het water geruststellend tegen de kades kabbelde. Ze stapte haar huisje weer binnen, zette een grote pot thee en ging aan de keukentafel zitten.

Er was een nieuw mailtje van Eline binnengekomen dat slechts enkele minuten eerder was gestuurd. Het bevatte een link naar *WeTransfer* en Nova wist direct wat het was: Elines opname van een celbijeenkomst. In de begeleidende tekst legde Eline uit dat de bijeenkomsten van The Bride op dinsdag- of woensdagavond plaatsvonden en door een celleider in goede banen werd geleid.

Dat de reguliere kerkdiensten altijd op de zaterdagochtend werden gehouden en niet op zondag, was een bewuste keus, wist Nova. De Redder geloofde dat het bijbelser was om de rustdag niet zondag maar op zaterdag te hebben, een beetje zoals de Joodse sabbat. Voor De Redder hing zelfs dat samen met de eindtijd. Jezus had in zijn eindtijdvoorspellingen namelijk over het moment dat de Grote Verdrukking uit zou breken gezegd: 'Bid dat jullie niet in de winter zullen moeten vluchten en ook niet op sabbat.' Volgens De Redder betekende dit dat Jezus ervan uitging dat de sabbat ook na zijn dood zou worden gehouden – tot aan de vernietiging van de aarde toe.

Volgens de Joodse wet duurde de sabbat strikt genomen van zonondergang op vrijdag tot zonsondergang op zaterdag. Omdat die tijden voortdurend aan verandering onderhevig waren, was het lastig om ze voor kerkdiensten aan te houden. Als je elke week vijftienhonderd mensen in een zaal wilde ontvangen, met technici, een band, verkeersregelaars op het parkeerterrein et cetera, dan was een vaste begintijd toch wel praktisch. En de zaterdag was ook handig omdat de meeste mensen dan vrij waren.

De celbijeenkomsten waren, zo had Nova van haar informanten gehoord, vrijere en informelere avonden met een lossere structuur. Ze was benieuwd. Maar nadat ze het geluidsbestand had gedownload en geopend, zag ze tot haar schrik dat de opname een kleine drie uur duurde.

Drie uur... Dat ging een lange zit worden.

Het bleek een regelrechte bezoeking om de opname van het begin tot het einde af te luisteren. Niet alles wat werd gezegd, was goed te verstaan. Ook moest Nova vaak de opname stilzetten om aantekeningen te maken of iets op internet op te zoeken.

De bijeenkomst begon met gebed, vermoedelijk door de leider van de cel. Daarna werd er heel lang gezongen. Nummers werden vaak herhaald, en er klonken voortdurend extatische uitroepen door de muziek heen. Regelmatig werd er spontaan tussen de liederen door gebeden. De kerkleden baden vooral voor bescherming tijdens de komende oordelen, voor inzicht en voor volharding, en voor hun leider.

Na het zingen hield de celleider een kort, bemoedigend praatje. Het viel Nova op dat hij De Redder vaker noemde dan de Verlosser zélf. Ook verwees hij meer naar de geschriften en theorieën van De Redder dan naar de Bijbel. Vervolgens luisterden de celleden naar een geluidsbestand van een eerdere preek van De Redder. Hij preekte geëmotioneerd over vuur, over de God van de Bijbel die een God van vuur was die mensen met vuur louterde en heiligde, en hen die niet wilden luisteren met hetzelfde vuur zou verteren.

'De dag van de Heer zal komen als een dief!' klonk de stem van De Redder. 'Het is, zoals de apostel Petrus schreef, de dag van het oordeel, waarop de elementen in vlammen zullen opgaan, en waarop de goddelozen ten onder zullen gaan, omdat zij worden prijsgegeven aan het vuur. Maar wij, de Bruid, mogen uitzien naar een nieuwe hemel en een nieuwe aarde.'

In deze preek kwam De Redder nóg fanatieker over dan in de dienst die Nova had meegemaakt. Ook hier stond – uiteraard – de komende eindtijd weer centraal, waarbij het haar opviel dat De Redder veel Bijbelverzen citeerde, maar op zo'n manier dat lang niet altijd duidelijk was wie de 'ik' was. 'Ik zal naar de wereld komen om haar te oordelen,' hoorde Nova hem zeggen. 'Ik zal met mijn vuur over de aarde gaan.' Het leek erop dat de scheidslijn tussen God en De Redder zelf soms flinterdun werd.

Ook viel het haar op dat De Redder zich soms van bijzondere uitdrukkingen bediende die ze niet goed kon plaatsen, iets wat ze weet aan haar eigen onbekendheid met het gebruikte christelijke jargon. Zo zei hij op een gegeven moment: 'Ze zeggen wel dat sommige mensen de duivel op de muur schilderen, maar voor de goddelozen zal de toekomst écht gruwelijk zijn!' Nova had de zinsnede 'de duivel op de muur schilderen' in haar tekst onderstreept. Als het al een gezegde was, dan had ze er nog nooit van gehoord. Even dacht ze dat het een Bijbelse uitdrukking was, maar een korte zoektocht op Google leverde niets op behalve patronen van duivels die je op de muur kon schilderen.

Gezellig!

De voorganger van The Bride riep in lange, dreigende zinnen verdoemenis uit over de mensen die niet naar zijn stem luisterden – waarbij het opnieuw in het midden bleef of hij daar God mee bedoelde, of zichzelf. Hij eindigde zijn verhaal echter op hoopvolle toon. 'Geliefde broeders en zusters,' zei hij. 'Hou vol! Geef de moed niet op te midden van alle beproevingen. Geef de moed niet op als de wereld jullie raar aankijkt, jullie bespot en jullie uitsluit. Jullie hebben nu deel aan het lijden van Christus, maar straks als Hij terugkomt zullen jullie deel hebben aan zijn glorie.' Precies zoals verwacht klonken er geëmotioneerde 'amens' van de aanwezigen.

De avond eindigde met een gebed van bijna een half uur, waarbij de celleden vaak door elkaar heen praatten en mensen soms in een hysterisch gehuil uitbarstten. Er werd heel veel gebeden voor de gezondheid en het heil van De Redder. Nova hoorde een mannenstem dank uitspreken dat ze als kerk gezegend waren om deel te mogen uitmaken van Gods plan met de wereld en de eindtijd, en dat ze bevoorrecht, zelfs uitverkoren waren om De Redder te mogen dienen.

Ze herkende ook de stem van Eline. Ze bad voor alle mensen die ziek waren, waarbij ze speciale aandacht vroeg voor mensen die aan epilepsie leden. Het was duidelijk dat ze met deze woorden een geheim signaal aan Nova zond. Het toverde een glimlach op Nova's gezicht.

De celleider sloot af met een eindgebed. Daarna stopte het audiobestand.

Nova liet zich onderuitzakken op haar stoel. Het beluisteren van de opname was een uitputtingsslag geweest. Omdat ze aantekeningen had gemaakt en het bestand regelmatig moest terugspoelen en stilzetten, had het meer dan twee keer zo lang geduurd als de opname zelf. Ze was blij dat ze niet zélf een celbijeenkomst hoefde bij te wonen, want het was letterlijk een gebed zonder eind.

Ze schoof de laptop van zich af en keek naar de klok. Het was al tegen tweeën. Ze had niet eens de tijd genomen om te lunchen. Suf van het lange luisteren en ingespannen typen stond ze op. Ze had grote behoefte aan frisse lucht. Ze deed de deur open en liep naar buiten, het hofje in.

De voorjaarswind maakte haar hoofd weer helder. Vanbinnen zat het haar echter dwars.

Hoe is het mogelijk dat mensen zich zó intens overgeven aan de leider van hun kerk, en hem bijna als een god aanbidden? En wat doet die verering met de leider zelf?

Ze hoopte dat de geruchten over De Redder niet waar zouden blijken. Dat de man een beetje gestoord was, maar ongevaarlijk. Maar haar gevoel zei haar dat ieder gerucht over deze man klopte.

34

De terreinwagen kwam schokkerig op de hobbelige grond tot stilstand. Simon was door een teamlid van Thomas naar de locatie van de grot gereden en had de hele weg alleen maar gezweet en gehuild. Hij kon niet geloven dat Thomas dood was. Het idee was te onwerkelijk.

'Bedankt,' zei hij bij het uitstappen tegen de jongeman achter het stuur. Hij liet het portier dichtvallen. De jeep kwam weer in beweging en liet Simon alleen achter.

De onaangename hitte van deze plek daalde op hem neer. De warmte leek tussen de bergen gevangen te zitten. Aan de rand van de weg stonden meerdere voertuigen van hulpdiensten. Uit het geitenpaadje kwamen reddingswerkers gelopen. Simon liep hen tegemoet, maar werd tegengehouden door een man met een oranje hesje.

'Ik ben een vriend van Thomas,' zei Simon in het Engels, maar de man keek hem nors aan.

Tot zijn opluchting zag Simon dat Umut aan kwam snellen. Haar ogen waren rood van het huilen. Ze zei iets in het Turks tegen de man, die daarop een stap opzij deed. Ze schudde Simon de hand en kneep haar ogen toe, en veegde daarna haar tranen weg. 'Dankjewel dat je terug bent gekomen,' zei ze. 'Kom mee.'

'Wat is er gebeurd?'

Umut liet zijn hand los en liep voor hem uit. 'Dat is me nog niet duidelijk,' zei ze zonder om te kijken. 'Hun lichamen zijn al wel onder het puin vandaan gehaald, maar ze hielden mij op afstand. Als je het ziet.... Ze hadden geen schijn van kans dit te overleven.'

'Wat te overleven? Hoe bedoel je?'

Ze kwamen aan bij de open plek. Simon kon zijn ogen niet geloven: de grot was compleet ingestort. Er was een tiental reddingswerkers actief, die brokken puin aan elkaar doorgaven en afvoerden.

'Een herder uit de omgeving had een zwaar geluid gehoord en was erop afgekomen,' zei Umut. 'Hij zag de quads en een rugzak staan en concludeerde dat er iemand binnen moest zijn geweest. Hij heeft de politie gewaarschuwd. Ze zijn nu bezig de grot uit te graven. Maar ze moeten op slag dood zijn geweest.'

'Maar hoe kan zo'n grot in hemelsnaam instorten? Je bent er toch ook binnen geweest? Die ruimte is duizenden jaren oud, en de grot zelf misschien nog wel veel ouder.'

'Ik weet het. Ik begrijp het ook niet. Ze zullen dat ook gaan onderzoeken. Maar de aarde is voortdurend in beweging hier; het is ook een zachte steensoort. Om binnen te komen hebben we stenen weggehaald. Wie weet waren die stenen in de loop van de tijd een cruciale stut voor het gewelf geworden. Het kan zijn dat er door de eeuwen heen een wankel evenwicht is ontstaan dat door Thomas en Ergün werd verstoord.'

'Maar er stonden vier massieve pilaren,' zei Simon met zwakke stem.

'Als alles inzakt, dan zullen die als luciferhoutjes geknapt zijn.'

Simon herinnerde zich een ongeluk in Zuid-Afrika waar sinds mensenheugenis een rotsblok zo groot als een flatgebouw op de rand van een berg balanceerde. In de loop van de tijd was het een toeristische attractie van de eerste orde geworden. Tot de rots op een dag – zonder enig waarschuwend gerommel vooraf – in een rechte lijn honderden meters omlaag stortte, boven op twee toeristen die daar nu voor eeuwig begraven lagen.

Voor een moment realiseerde Simon zich dat dit lot hem en Thomas ook had kunnen treffen, vorige week. Hij huiverde bij die gedachte.

'Het enige wat me troost,' zei Umut, 'is dat het waarschijnlijk heel erg snel is gegaan. Ze moeten dood zijn geweest voordat ze beseften wat er gebeurde. *Insjallah*.'

Aan de zijkant zag Simon enkele dichtgeritste lijkzakken. Ineens drong de ruwe werkelijkheid tot hem door. Dit gebeurde écht. Het was geen film, geen nare droom.

Thomas is dood.

'Het... het is verschrikkelijk,' zei hij, met een trilling in zijn stem.

Umut knikte. Weer kneep ze haar ogen dicht.

'Is Thomas wel geïdentificeerd? Willen ze niet dat jij of ik naar het lichaam kijkt?'

Umut veegde opnieuw haar tranen weg en haalde haar schouders op. 'Ze stellen mijn aanwezigheid hier sowieso niet op prijs, volgens mij. Ik mocht niet dichtbij komen. Ze willen eerst de lichamen onderzoeken.'

Ze had de zin nog niet uitgesproken of er kwam een politieagent op hen af lopen. Umut vroeg hem iets in het Turks, waarop de agent antwoordde. Umuts ogen werden groot en toonden iets wat zowel verbazing als afschuw kon zijn.

De agent liep weer weg.

'Wat bespraken jullie?' vroeg Simon.

'De agent zei dat beide lichamen niet door ons geïdentificeerd kunnen worden. Ze zullen het met een DNA-test moeten doen.'

'Maar... hoezo dat?'

'De lichamen zijn volkomen verkoold.'

35

Nova had de geluidsopname van de celbijeenkomst beluisterd, maar ze was er nog niet aan toegekomen Eline ervoor te bedanken. Ze startte haar laptop op en typte een lange mail.

Hoi Eline,

Bedankt voor de geluidsopname, en bedankt dat je dit risico hebt genomen om op die manier mijn vertrouwen terug te winnen. Om eerlijk te zijn ben ik behoorlijk verontwaardigd over alles wat ik op de geluidsopname hoor. Ik schrok echt van de grote hoeveelheid verwijzingen naar oordeel, hel en verdoemenis. Zelf ben ik niet gelovig, dus voor mij is het sowieso onbegrijpelijk hoe je kunt geloven dat een liefdevolle Schepper de hele wereld zal straffen. Het lijkt mij dat als God écht alwetend is, hij dan al bij het begin van Zijn schepping had moeten weten dat het allergrootste deel van die schepping voor eeuwige pijniging in de hel was bestemd. Een God die met die wetenschap aan een schepping begint kan in mijn ogen nooit een God van liefde zijn. En ja, ik begrijp zo langzamerhand dat jullie binnen The Bride geloven dat er een 'grote verdrukking' moet aanbreken voordat alles beter wordt, maar voor mij als buitenstaander is het moeilijk te bevatten hoe jullie met verlangen naar dat oordeel over zondaars kunnen uitkijken. Als ik De Redder op zijn woord moet geloven, dan zal dit oordeel het gruwelijke einde van miljarden mensen betekenen!

Wat me echter vooral verontwaardigde is hoe De Redder wordt aanbeden – volgens mij kán dat gewoon niet gezond zijn. Na het horen van deze geluidsopname is het me nog duidelijker geworden hoe toxisch de cultuur van The Bride is. De continue programmering met de leringen van De Redder, de onfeilbaarheid die hem wordt toegedicht, de verering van zijn persoon, het voortdurende bidden tégen de zondaars en tégen de rest van de wereld… Liefde en vergevingsgezindheid zijn echt ver te zoeken.

En begrijp me niet verkeerd, ik kan me best voorstellen dat religie iets positiefs kan bieden aan gelovige mensen, zoals troost, hoop op betere tijden en op een leven ná dit leven – al geloof ik zelf meer in het leven vóór de dood – maar de vorm die het bij jullie heeft aangenomen, vind ik extreem. Mensen worden binnen The Bride compleet gebrainwasht en veranderen in slaafse volgelingen van De Redder. Maar goed, hier hebben we het nog weleens over.

Ik weet zelf niet goed wat de volgende stap is nu. Ik stel voor dat je me met enige regelmaat op de hoogte houdt van de gang van zaken. Het zou geweldig voor mijn onderzoek zijn als je tot De Twaalf wordt toegelaten, zodat je mij informatie van binnenuit kan toespelen. Dichter bij De Redder kan ik niet komen denk ik. En dan is voor jou ook de Redding nabij hoop ik.

Hou je haaks, hartelijke groet,
Nova le Temps

PS: Grappig hoe je speciaal bad voor epileptici…

Uit haar studie naar sekten wist ze dat dergelijke bewegingen vroeg of laat radicaliseerden en dat het er zelden goed mee afliep. Maar wat ze zich het meest van alles afvroeg was wie die Jozias de Redder nou wérkelijk was. Welke psychologie ging er schuil achter zo'n radicale kerkleider? Hoe kwam iemand aan zulke extreme ideeën? En geloofde hij zelf in zijn eindtijdideeen? Of was het een narcistische succesformule om zoveel mogelijk volgelingen te krijgen, waar hij macht over uit kon oefenen? Was het een slim verdienmodel? Het was één groot raadsel.

Telkens spookten de woorden door haar hoofd die de dame haar had toegefluisterd naast wie ze tijdens de dienst had gezeten. 'De Meester heeft van God heel precieze visioenen gekregen over wanneer Jezus terugkomt,' had ze gezegd. 'Hij heeft beloofd dat hij die visioenen spoedig zal onthullen.'

Nova hield haar hart vast voor wat de inhoud van die visioenen zou zijn, en voor wat er dan zou gaan gebeuren.

Ineens moest ze denken aan Marten van Eik, de journalist die een tijd geleden kritisch over The Bride had geschreven. Tot nu toe had hij niet op haar e-mails gereageerd. De kans bestond dat Van Eik meer over De Redder had weten op te diepen dan zij. Misschien moest ze nogmaals proberen contact met hem op te nemen.

Nova surfte naar zijn website, waar hij zijn diensten als schrijver van zakelijke teksten aanbood. Bij 'contact' stond het nummer van zijn mobiele telefoon. Ze aarzelde niet en belde meteen.

'Marten van Eik,' klonk het al na één keer overgaan.

Ze besloot direct op haar doel af te gaan.

'Dag, je spreekt met Nova le Temps. Ik ben een journaliste die momenteel de megakerk The Bride aan het onderzoeken is. Omdat jij daar in het verleden al eens over geschreven hebt, vroeg ik me af of je mij zou kunnen vertellen wat jij zoal over de sekte en haar leider te weten bent gekomen.'

Er viel een stilte. Daarna zei hij kortaf: 'Nee, sorry.'

Nova begreep het niet. 'Wat bedoel je?'

'Ik bedoel dat ik je niets kan vertellen, want ik heb niets ontdekt. Ik heb met enkele ex-leden gesproken, maar uiteindelijk bleken hun verhalen nogal aangedikt. Dat zie je vaak in zulk soort gevallen. Ik ben met mijn onderzoek gestopt.'

'Maar… in je artikelen zinspeel je op strafbare feiten die De Redder zou hebben begaan. Hoe kwam je aan die informatie?'

'Luister goed, Nova. Zo heet je toch? Ik wil niets meer met The Bride te maken hebben. En als ik jou een advies mag geven: zoek een ander onderwerp voor je onderzoek.'

'Maar ik wil juist…'

Hij onderbrak haar. 'Stop je onderzoek, Nova. Het is een doodlopende weg.'

'Hebben ze je onder druk gezet?'

Maar Marten had opgehangen. Nova gooide haar telefoon op de tafel en wreef met haar handen over haar voorhoofd. Ze wist niet of ze het zich had ingebeeld, maar het leek alsof hij extra nadruk op het eerste deel van het woord had gelegd.

Een dóódlopende weg.

36

Simon vond het altijd bevreemdend hoe het in Turkije niet alleen eerder, maar ook sneller donker werd dan in Nederland. En nu Thomas dood was, voelde de schemering nog grimmiger.

Hij en Umut zaten aan een vergadertafel onder tl-licht, in het kantoortje van het archeologisch team van Thomas. Er was niemand anders aanwezig en ze hadden al minutenlang niets tegen elkaar gezegd. Het enige dat de stilte verstoorde was het gezoem van de airco en het geratel en getik van een waterleiding, ergens in de muur achter hen.

Ze waren nog een tijd op de plek des onheils gebleven, maar aan het einde van de middag was Simon teruggekeerd naar Göreme om in een hotel in te checken. In het dorpje struikelde je over de hotels en hostals, waarvan sommigen deels in de rotsen waren uitgehakt om de toeristen een authentieke overnachting te laten ervaren. Toen Simon zich amper in zijn kamer had geïnstalleerd, had Umut had hem geappt dat ze hem wilde spreken. Van praten was echter nog weinig gekomen.

'Het bericht van Thomas' dood heeft het internationale nieuws al gehaald,' zei Umut uiteindelijk. Ze liet Simon een Engelstalige nieuwssite zien op haar telefoon.

'Het staat er,' zei Simon, 'zwart-op-wit. En toch kan ik gewoon niet geloven dat hij dood is. Ik heb het gevoel dat als ik naar zijn appartement rijd, hij daar gewoon op zijn balkon een biertje zit te drinken.'

'Ik kan het ook nog niet bevatten.'

Simon voelde dat de haren op zijn armen rechtop gingen staan bij de gruwelijke gedachte aan zijn vriend, volkomen verminkt door vlammen. 'Begrijp jij hoe het mogelijk is dat lichamen van Thomas en Ergün verbrand zijn?'

Umut opende haar mond om iets te zeggen, maar sloot hem weer.

'Wat wilde je zeggen?' vroeg hij.

Umut zuchtte. 'Ze zijn niet alleen verbrand. Er is ook iets anders.'

'Wat bedoel je?'

'Ik heb begrepen dat ze allebei naakt waren.'

'Naakt?

'Ja – er zijn totaal geen restanten van kleding op hun lichaam gevonden.'

'Zonder kleren? In die kille grot?'

'Ja, en dat is...' Umut zocht naar de juiste woorden. 'Kijk, het was een publiek geheim dat Thomas homoseksueel was en er gingen al langere tijd geruchten over hem en Ergün. Ze waren veel in elkaars nabijheid en je kon gewoon zien dat er tussen die twee meer was dan een vriendschap. Hier in Turkije is – hoe moet ik het zeggen? – is het aan het veranderen, maar in het algemeen zijn de werelden van mannen en vrouwen heel gescheiden, zeker op het platteland, in het dorp waar ik vandaan kom bijvoorbeeld. Hoewel homoseksualiteit in het verborgene veel voorkomt, is de publieke afkeuring erover nog steeds heel sterk.'

'Ik begrijp het.'

Ze haalde haar schouders op, alsof ze zich schaamde. 'Toen ik aan de leider van het onderzoek vroeg hoe ze de naakte lichamen van Thomas en Ergün verklaarden, antwoordde de agent dat dat vuiligheid was waar ze niets mee te maken wilden hebben.'

'Dat is bizar.'

'Ja. Maar zelf snap ik ook niet waarom ze uitgerekend daar... Begrijp je wat ik bedoel?'

Simon knikte. 'Tja. Als je iets in het verborgene wil doen, is dat misschien een uitgelezen plek.' Hij fronste zijn wenkbrauwen. ‘Maar in dat nieuwsbericht werd hier niets over vermeld.’

‘Nee, dat klopt,’ zei Umut. ‘Dat hebben ze weggemoffeld, omdat ze erdoor in verlegenheid zijn gebracht. Ook de Universiteit van Kayseri... Die stad is extreem traditioneel, veel gelovige mensen, ook aan de universiteit. Het is blijkbaar een soort gentleman’s agreement om aan zoiets beschamends geen ruchtbaarheid te geven. Maar omdat ze naakt zijn gevonden is er bij de politie een verminderde bereidheid om de zaak verder uit te zoeken, zo lijkt het.’

‘Maar hoe verklaart de politie het feit dat de lichamen verbrand zijn? Hebben Thomas en Ergün een vuurtje gemaakt, om warm te blijven?’

Umut schudde haar hoofd. ‘Nee, dat zullen ze niet gedaan hebben. Die rook zou nergens heen hebben gekund.’

‘Maar waarom dán?’

Umut aarzelde. ‘Er moet meer aan de hand geweest zijn dan een dom ongeluk,’ zei ze uiteindelijk. Ze kwam iets dichterbij Simon zitten. ‘Ik begreep na wat doorvragen dat de herder een harde knal heeft gehoord. Hij dacht toen in eerste instantie aan een ontploffing. En ik was erbij toen ze het diepere puin wegruimden, vanmiddag, en er waren duidelijk zwartgeblakerde rotsen te zien, zelfs een aanzienlijk eind verwijderd van de locatie waar het vuur gewoed heeft. Ik ben er met een vinger overheen gegaan en die werd zwart, het was dus vers. Ik ben geen expert natuurlijk, maar mijn gevoel zegt dat er iets tot ontploffing gebracht is.’

‘Die grot is helemaal niet vanzelf ingestort.’

‘Nee, precies, precies. En niet alleen ik kwam tot die conclusie. Ik hoorde enkele brandweermannen om me heen met elkaar praten, en zij spraken ook over een explosie en beweerden zelfs dat er een sterke benzinelucht hing toen ze aankwamen. Dat wijst er toch dat er opzet in het spel is? De persoon die dit gedaan heeft wilde blijkbaar niet alleen Thomas en Ergün doden, maar ook de grot vernietigen.’

Ineens drong bij Simon de rauwe werkelijkheid binnen: de ongelofelijke vondst die Thomas had gedaan was nu voor altijd vernietigd. De kans dat de vondst de wereld van de Bijbelarcheologie op zijn kop zou zetten, was verkeken, want er was geen enkel bewijs dat de inscriptie echt bestaan had. Simon had enkele foto's, maar hij wist dat die feitelijk van nul en generlei waarde waren. Critici zouden kunnen tegenwerpen dat ze de kruiken zelf hadden neergelegd, de inscriptie, de vis en de kruizen eigenhandig in de muur hadden gekrast. Zelfs van de brokjes verf kon niet onomstotelijk meer worden aangetoond dat ze uit die grot afkomstig waren geweest. Er waren nog maar twee getuigen, Umut en hij, maar in de wetenschap telde zoiets niet.

'Als dat zo is,' zei Simon verslagen, 'waarom heeft de dader dan ook hun lichamen verbrand? Een explosie was toch genoeg geweest om beide klussen te klaren?'

'Het is een raadsel. Maar zoals ik al zei, er lijkt weinig bereidheid bij de politie om er nog veel energie in te steken. Tijdens de werkzaamheden in en rond de grot leek zelfs het algemene sentiment te zijn dat God deze mannen voor hun zondige gedrag had gestraft.'

'Maar dat is toch belachelijk?'

'Ik kan ook simpelweg niet begrijpen waarom iemand de grot zou willen vernietigen én hen zou willen doden. Misschien wilde de dader de grotkerk laten verdwijnen en zijn Thomas en Ergün bijkomende schade?'

'Of Thomas is wel degelijk heel bewust vermoord,' zei Simon. 'In dat geval was Ergüns aanwezigheid onvoorzien. Het kan iemand zijn die bang was dat Thomas de inhoud van de inscriptie zou publiceren.'

'Maar dat begrijp ik niet. Het is natuurlijk interessant, enkele afwijkende fragmenten van beroemde Bijbelteksten, maar zó omstreden is het toch ook weer niet?'

Simon keek Umut strak aan. 'Hoeveel heeft Thomas je verteld over onze hypothese?'

'Thomas had nog helemaal niets met mij gedeeld. Alles wat ik weet is dat de inscriptie flarden van een boek in de Bijbel bevat, waarbij er in plaats van "Babylon" "Jeruzalem" staat. Ik snap niet waarom dit zo'n groot punt is.'

'Luister. Deze tekstfragmenten komen uit het laatste boek van de Bijbel, om precies te zijn het boek Openbaring. Men gaat er altijd van uit dat dit boek over het einde der tijden gaat. Thomas en ik denken echter dat het boek in werkelijkheid over de vernietiging van Jeruzalem in het jaar 70 gaat. Die zinnen in de grot lijken oorspronkelijk te zijn – later zijn ze in de Bijbel aangepast. Toen heeft men Jeruzalem in Babylon veranderd.'

'De vernietiging van Jeruzalem?' herhaalde Umut verbaasd. 'Je bedoelt de Romeinse overwinning die op de beroemde Boog van Titus in Rome staat afgebeeld?'

'Precies. Maar al tweeduizend jaar denken christenen dat Openbaring het einde van de wereld aankondigt in een niet nader gespecificeerde toekomst. Heel, heel veel mensen leven tot op de dag van vandaag in hoop en vrees vanwege die voorspellingen. Het zou dus écht wereldschokkend zijn als we kunnen aantonen dat dit alom geaccepteerde idee niet klopt. Als je de woorden van Jezus en de woorden van het achttiende hoofdstuk in Openbaring bekijkt met in je achterhoofd de Joodse Oorlog en de val van Jeruzalem, dan lijkt het een-op-een met elkaar overeen te komen. Het oordeel dat over de stad wordt uitgeroepen, de belegering van de stad, de rampen en hongersnoden en pestziekten, de vernietiging van de tempel...'

'Dat is allemaal al in de eerste eeuw gebeurd dus.'

'Ja, en dat is een fascinerende ontdekking,' zei Simon. 'Dit heeft echt grote gevolgen. In de VS bijvoorbeeld zijn er achter de schermen invloedrijke, fanatieke christenen bezig die geloven dat het einde der tijden nabij is en dat Amerika actief moet handelen om de eindstrijd, het Armageddon, dichterbij te brengen. Er zijn aanwijzingen dat *born-again Christian* George Bush Jr. geïnspireerd door deze gedachte Irak – de omgeving van het oude Babylon – binnenviel. Het is dus geen theoretische discussie die zich veilig tussen de kerkmuren afspeelt, ze heeft echt heel concrete gevolgen in de echte wereld.'

'Dat wist ik helemaal niet.'

'Nee, het is ook nauwelijks bekend. Daarom is het zo belangrijk om dit tot op de bodem uit te zoeken. In mijn colleges benadruk ik altijd dat Jezus zich met zijn profetieën moet hebben vergist, omdat het einde van de wereld niet – zoals voorspeld – binnen één generatie aanbrak. Maar ik moet mijn stelling herzien. De voorspellingen kondigen helemaal geen einde der tijden aan, maar de val van Jeruzalem. En veertig jaar na Jezus' dood werd Jeruzalem inderdaad vernietigd.'

'Dat is opzienbarend,' zei Umut. Het was duidelijk zichtbaar dat ze moeite had alle informatie te verwerken. 'Maar help me even. Waarom heeft de Kerk die tekst dan later aangepast?'

'Dat is nou precies het grote raadsel. Thomas zou aankomende vrijdag Johan Zieleman ontmoeten, een Nederlander die hier aan de universiteit van Ankara werkt. Het is een nieuwtestamenticus die tijdens een lezing precies beweerde wat de inscriptie doet vermoeden: dat met Babylon oorspronkelijk Jeruzalem werd bedoeld.'

Umut kreeg een vastberaden blik. 'Wil je mij de contactgegevens van die Zieleman geven? Ik voel me verschuldigd aan Thomas dit verder uit te zoeken. Ik moet die man spreken. Hopelijk kan ik – ondanks het feit dat de inscriptie voor eeuwig verloren is gegaan – iets publiceren over wat Thomas ontdekte.'

Simon zag dat het buiten donker geworden was, de lucht was gitzwart. Hij en Umut werden gereflecteerd in het raam, het kille tl-licht zorgde voor harde schaduwen in zijn gezicht. De rimpels en groeven leken dieper, hij vond zichzelf er oud uitzien.

Een moment overwoog hij zijn mogelijkheden. 'Ik ga met je mee,' besloot hij. 'Ik moet alleen de dag erna naar Rome – ik heb wel wat anders aan mijn hoofd, maar ik kan er echt niet onderuit. Dan vlieg ik wel vanaf Ankara naar Rome.'

Umut leek opgelucht dat hij met haar mee wilde.

'En je hebt gelijk,' zei hij. 'Dit zijn we aan Thomas verschuldigd. Er zijn blijkbaar krachten die dit mysterie onder de pet willen houden.'

37

Simon werd wakker met een droge keel. Hij voelde zich misselijk en had de vreemde sensatie alsof er een olifant op zijn hoofd zat. Hij kon zich niet meer herinneren hoeveel onverdunde raki's hij achterover had geslagen, maar dat het er te veel waren geweest, was duidelijk. Officieel mocht er in Turkije na tien uur 's avonds geen alcohol meer worden verkocht, maar in een klein avondwinkeltje vlak bij het hotel had de eigenaar een oogje toegeknepen toen hij een nieuwe fles kwam halen.

De ochtendzon die naar binnen scheen, deed pijn aan zijn ogen. In de badkamer dronk hij een paar grote glazen water en nam hij drie paracetamols tegelijk in. Hij staarde een moment naar zichzelf, en kreeg bijna medelijden met zijn spiegelbeeld.

Als een oude man strompelde hij naar het reeds zonovergoten balkonnetje. Het landschap van Cappadocië was niet veranderd, maar voor Simon voelde het alsof het zijn ziel had verloren. Eergisteravond had hij nog met Thomas naar dezelfde bergen en rotsen getuurd, terwijl de sterren eromheen golfden als in *De sterrennacht* van Van Gogh.

En nu was Thomas dood.

'Al die kennis die verloren is gegaan,' fluisterde hij in zichzelf. 'Al je dromen en verwachtingen. Je hoop op een leven in Duitsland met Ergün samen… Nu voor altijd met elkaar verenigd in de dood.' Het deed een nieuwe golf van boosheid in Simon oplaaien. Hij keek omhoog, naar de lucht.

Maar hier stopt het niet, Thomas, beloofde hij zijn oude vriend.

Het was tijd om te stoppen met zwelgen in zijn verdriet. Hij stapte zijn hotelkamer weer in en klapte zijn laptop open. Nog altijd met een knallende hoofdpijn opende hij zijn inbox om een nieuwe map te creëren voor alles wat met de ontdekking in de grot te maken had. Vervolgens bracht hij Senna Parsalt op de hoogte van Thomas' dood en van zijn voornemen om diens onderzoek voort te zetten. Hij vroeg haar specifiek of ze de resultaten van de uitgebreidere en meer exacte test naar hem en Umut wilde toesturen.

Langzaam nam het pulserende bonzen in zijn hoofd in hevigheid af. In de eerste jaren na Barbara's dood en in de periode na Annabels vermissing had hij ook vaak te veel gedronken. Hij wist dat het vluchtgedrag was dat niets oploste, maar het verdoofde de pijn in ieder geval voor even. De laatste tijd had hij het redelijk onder controle, maar de dood van Thomas had hem opnieuw op deze slechte gewoonte teruggeworpen.

Op dat moment zoemde zijn telefoon. Het was Umut.

'Dag Umut.'

'Simon,' zei Umut. 'Hoe is het met je?'

'Het kon beter,' zei hij. 'Maar dat is logisch.'

'Ik heb hetzelfde...'

'Is er nieuws?'

'Ja, toch wel. Ik heb vernomen dat de politie de dood van Thomas en Ergün toch verder zal onderzoeken.'

'Hoezo dat ineens? Ik dacht dat ze het liever in de doofpot stopten.'

'Er is een nieuwe ontwikkeling. Zie je kans om naar Thomas' appartement te komen?'

Simon begreep het niet. 'Waarom?'

'Kom maar gauw. Dan snap je het wel.'

Simon sloeg het hotelontbijt over en haastte zich naar buiten, op weg naar Thomas' appartement. In Gorëme liep je van de ene kant van het stadje naar de andere kant in een kwartier tijd – Thomas' huis was nog geen tien minuten lopen. Toen hij het appartement naderde zag hij dat er twee politiewagens voor de ingang geparkeerd stonden. Umut stond hem op te wachten.

'Wat is hier aan de hand?' vroeg hij.

Umut wenkte hem. 'Loop maar mee naar boven. Ze hebben het afgezet, omdat ze eerst onderzoek willen verrichten, maar het is ook van afstand goed zichtbaar.'

Boven aangekomen zag hij dat er een rood-wit lint voor Thomas' voordeur was gespannen. De deur stond wijd open. Binnen waren enkele agenten in de weer. In een oogopslag was te zien dat het er een gigantische ravage was. Werkelijk alles leek overhoop gehaald. Laden waren uit kasten getrokken, de keukenkastjes en zelfs de hele koelkast waren leeggemaakt, er lagen boeken en papieren op de grond, meubels stonden niet meer op hun plek en de kussens van de bank waren aan flarden gesneden.

'Kijk,' zei Umut. Ze wees naar het raam links van de voordeur, dat aan diggelen geslagen was. 'Via hier zijn ze binnengekomen.'

'Maar waarom?'

Een politieagent met opvallend borstelige wenkbrauwen stapte op hen af. Hij leek niet enthousiast over hun aanwezigheid. Hij vroeg iets in het Turks. Umut gaf hem beheerst antwoord en leek hem vervolgens zelf enkele vragen te stellen. Al snel maakte de agent een wegwuivend gebaar met zijn hand.

'Vraag hem of zijn laptop er nog is. Die stond op de keukentafel toen hij me naar het vliegveld bracht.'

Umut vertaalde de vraag, waarna de agent zijn hoofd schudde. 'Nee, zegt hij. Er zijn helemaal geen gegevensdragers in het appartement aangetroffen. Maar zijn televisie en andere apparatuur staan er nog.'

'Dan moeten ze zijn laptop hebben meegenomen. Vanaf het vliegveld ging Thomas niet naar huis, maar naar de grot.'

De agent bromde iets tegen Umut. Je hoefde geen Turks te kunnen verstaan om te begrijpen dat er een groot ongeduld uit sprak.

'Kom, we mogen niet langer blijven,' zei Umut. 'Het is hier, ik citeer, "geen kermisattractie".'

Ze namen afscheid en liepen de trap af.

'Wat besprak je met hem?' vroeg Simon.

'Hij vertelde dat de politie de zaak serieus onderzoekt, maar omdat het niet bekend is welke waardevolle spullen er in het huis aanwezig waren – contant geld, bankpassen of creditcards, paspoort, sieraden – kunnen ze geen goede inschatting van de totale omvang van de schade maken.’

‘Nou, het lijkt me duidelijk. Volgens mij was de inbreker puur en alleen uit op Thomas’ laptop.’

38

Hij had in een pension in Kayseri overnacht. Nu reed Lyuben Dragonov op de D260, de Jeep trilde licht vanwege de hoge snelheid. Vanaf hier was het een goede dertienhonderd kilometer tot aan Bulgarije. Hij zou daar in veertien, vijftien uur kunnen zijn.

Veruit de meeste klussen die hij normaal gesproken deed, waren in Bulgarije. Voor een opdracht als deze, nog altijd redelijk dicht bij huis, koos hij het liefst voor vervoer in een auto. Dan had je de situatie meer in de hand. Als hij verder van Bulgarije moest zijn nam hij het vliegtuig – uiteraard altijd met een vals paspoort.

'*Urgup'ten de cıktığını gormuşler*,' zong een man op de autoradio. '*Kıratının sekisinden bilmişler*.' Hoewel hij een klein beetje Turks sprak en verstond, was het te weinig om te kunnen weten waar het liedje over ging. '*Seni oldurmeye karar vermişler*,' klonk het terwijl Dragonov keurig de richting aangaf na een inhaalmanoeuvre.

Het afrekenen met de twee mannen in de afgelegen grot was volgens plan verlopen. Ze hadden zich onder dreiging van zijn pistool volledig uitgekleed, doodsbang als ze waren. Daarna had hij hun kleding rustig kunnen doorzoeken zonder dat een van hen hem kon verrassen. Meer dan hun telefoons had dat niet opgeleverd.

Vervolgens had hij beide mannen neergeschoten en de lijken met benzine overgoten en in brand gestoken. De rugtas met dynamiet had hij iets verderop in de grot gezet, ver genoeg voor hem om op tijd weg te komen. De kracht van de explosie had hem verbaasd. De daaropvolgende inbraak in het huis van de archeoloog was lachwekkend eenvoudig geweest.

Hij zette zijn zonnebril op en zette de radio luider. Rustig reed hij de bochtige weg af naar beneden, terwijl hij met de muziek meeneuriede. Op de achterbank lag de laptop die hij uit het appartement van de archeoloog had meegenomen. Dat was ook weer zoiets wat hij niet snapte: mensen die geen wachtwoord gebruikten voor hun laptop. Veel gebruikers vonden het waarschijnlijk te vermoeiend om dat wachtwoord iedere keer opnieuw in te toetsen. Alle documenten op deze laptop waren zonder enige beveiliging te openen geweest. De bestanden had hij direct geüpload naar een cloud op het darkweb, waar hij er zijn opdrachtgever Olivarius toegang toe had verschaft. De laptop zelf mocht hij houden – hij zou kijken of hij het ding kon formatteren en ergens verpatsen.

Het was een briljant idee geweest om de mannen zich volledig te laten uitkleden. Door ze poedelnaakt om te brengen zou de suggestie gewekt worden dat ze een romantische ontmoeting hadden gehad. Het zou de aandacht hopelijk genoeg afleiden. En zo niet, dan zou hij toch binnen een dag terug zijn in Bulgarije.

Hij zag een bericht binnenkomen van Olivarius.

> Blijf in Turkije. Ik heb mogelijk meer opdrachten voor je.

Dragonov vloekte. Hij zou blij moeten zijn. Nieuwe opdracht, meer geld… Maar waarom in Turkije?

> Waar moet ik heen?

typte hij terug, terwijl hij over de snelweg raasde. Een halve minuut later kwam het antwoord al.

Ik ben de laptop aan het doorspitten. Er zijn enkele mensen met wie Weissenberg contact heeft gehad en met wie hij vermoedelijk informatie heeft gedeeld.

Dragonov had geen flauw idee waar het over ging. Hij wilde ook niet weten wat de motieven van zijn opdrachtgevers waren. Het was zijn zaak niet. Als hij te veel wist, zou dat hem in gevaar kunnen brengen.

Er kwam een nieuw bericht binnen.

Blijf in de regio Gorëme. Nadere informatie volgt.

39

Het middaguur brak aan, en de hitte was al alomtegenwoordig. Simon zat op het terras van een koffiehuisje en dronk een glas ijskoud bronwater. De kater van die ochtend begon iets af te nemen. De chaos in zijn hoofd bleef echter als een hardnekkige mist hangen. Hij deed zijn best zijn gedachten naar iets positiefs te leiden, maar de dood van Thomas was te vers.

Zijn blik rustte op het schermpje van zijn mobiele telefoon. Al een kwartier lang deed hij niets anders dan artikelen over Thomas' dood lezen. Veel sites die breed hadden uitgepakt met diens ontdekking van de inscriptie in de grot, maakten nu melding van het overlijden van Thomas en zijn collega. Het was duidelijk dat ze allemaal van hetzelfde persbericht gebruik hadden gemaakt, want de formuleringen waren overal vrijwel exact dezelfde. Hier en daar sprak een redacteur de hoop uit dat op de een of andere manier bekend zou worden wat Thomas Weissenberg had ontdekt, omdat zijn ontdekking met het instorten van de grot ook was verdwenen. De regionale nieuwspagina's, die hij via Google Translate vertaalde, hadden niet zoveel te melden – slechts één pagina had een paar regels gewijd aan de inbraak in Thomas' huis.

Het was vandaag donderdag. Morgen stond de afspraak met Zieleman in Ankara gepland. Simon vroeg zich af wat die ging opleveren. Hij hoopte dat het hem een beetje zou afleiden, dat het hem in staat zou stellen het beklemmende gevoel van zich af te werpen en zou helpen om Thomas' werk af te maken.

Zijn telefoon ging over. Een onbekende beller, met het Turkse landnummer. Hij besloot op te nemen.

'Met Senna Parsalt spreek je,' hoorde hij een vrouwenstem zeggen.

'Met wie?' antwoordde hij aarzelend.

'Ik heb je van de week ontmoet. Je was met Thomas hier in Kayseri om een sample langs te brengen? Ik heb dat onderzocht in mijn lab.'

Natuurlijk. De laborante van het Centrum voor Isotopen Onderzoek in Kayseri.

'Senna, sorry, ik weet het weer.'

'Ik heb het gehoord,' zei ze. 'Van Thomas. En Ergün. Afschuwelijk.'

'Het is vreselijk.'

'Ik kende Thomas niet heel goed. We zagen elkaar alleen hier op het lab, twee of drie keer per jaar, maar ik was erg op hem gesteld. Zo'n lieve man.'

Simon schoot vol en wreef met zijn duim en wijsvinger een paar keer in zijn ogen om de opkomende tranen terug te dringen.

'Hij had me ook jouw gegevens doorgegeven,' ging Senna verder. 'Dus ik dacht: ik bel je om je te condoleren.'

'Erg attent van je. En jij ook gecondoleerd.'

Het bleef even stil aan de andere kant van de lijn. 'Ik bel ook om te zeggen dat ik net een e-mail naar je heb gestuurd – naar jou en Thomas eigenlijk, ik beantwoordde zijn bericht waar jij in de cc stond. In de bijlage vind je een rapport dat ik voor jou in het Engels heb opgesteld, maar ik ben bang dat het voor een leek nogal technisch is.'

'Kun je al iets in lekentaal zeggen?' vroeg Simon. 'Wat is de belangrijkste conclusie?'

'Ja. Hou je vast.' Ze liet een kort, zenuwachtig lachje horen. 'Ik heb uit de tweede, nauwkeurigere test de onzekerheidsmarge tot honderd jaar kunnen terugbrengen. De monsters die Thomas me bracht dateren van ergens tussen 30 en 20 vóór de christelijke jaartelling en 70 tot 80 na Christus – niet heel veel eerder en ook niet heel veel later.'

Niet heel veel later...

'Dat is... bijzonder goed nieuws,' wist Simon uit te brengen.

'Ik kan zelf het belang ervan natuurlijk niet inschatten, maar ik sta voor de volle honderd procent achter de uitkomsten van dit onderzoek. Zolang je mijn naam en die van ons instituut maar noemt, heb je mijn toestemming om de data voor een wetenschappelijke publicatie te gebruiken.'

'Heel erg bedankt, Senna,' zei Simon. 'Ik had graag gewild dat Thomas dit zelf uit jouw mond had kunnen vernemen.'

'Absoluut,' zei Senna. 'Dan ga ik nu weer verder. Pas goed op jezelf.'

'Zal ik doen, jij ook.'

Ze verbrak de verbinding.

Simon voelde hoe zijn hart als een bezetene bonsde. Hij wist dat het christendom pas op zijn allervroegst in de jaren vijftig van de eerste eeuw voet aan de grond kreeg in het huidige Turkije. Dat maakte het tijdsraam maar heel klein: de graffito was aangebracht in de periode 50-80 na Christus. Hij realiseerde zich maar al te goed dat het niet voldoende zou zijn om in de wetenschappelijke wereld te worden geaccepteerd – de graffito zelf was tenslotte vernietigd. Maar voor hem hadden de labresultaten van Senna het laatste restje twijfel weggenomen.

Van nu af aan zou het spoorzoeken worden. Hij wist uit ervaring dat je daarvoor niet als een Indiana Jones graftombes hoefde open te breken. Als je met een nieuwe blik naar een oude tekst keek, zag je vaak opeens heel andere dingen.

Zijn telefoon ging opnieuw. Het was Umut.

'Waar ben je?' vroeg ze.

Simon keek naar de menukaart op het tafeltje. 'Bij koffiehuis Semih.'

'Dan kom ik naar je toe. Ik ben vlakbij.'

Amper vijf minuten later kwam Umut de trap van het verhoogde terras op lopen. Ze schoof een houten stoel tegenover Simon naar achteren en ging zitten. Onder haar felgroene ogen waren donkere wallen te zien.

'Je ziet er moe uit,' zei Simon. Hij besefte dat hij er waarschijnlijk ook niet best uitzag.

'Ja... Ik heb slecht nieuws,' zei ze.

'Wat dan?'

'Ik heb nogmaals aangedrongen bij de politie om iets te laten doorschemeren over het onderzoek. Ze zullen wel gek van me worden, onderhand. De agent die het onderzoek leidt, zei me dat ze geen direct verband konden leggen tussen de dood van Thomas en Ergün en de inbraak.'

'Wát? Dat slaat nergens op.'

'Ik weet het. Het is te idioot voor woorden. Volgens de politie kunnen het heel goed twee losstaande zaken zijn. Ze denken dat iemand wellicht van de gelegenheid gebruik heeft gemaakt door na Thomas' dood bij hem in te breken, wetend dat hij of zij toch niet meer door hem kon worden betrapt.'

'En hoe verklaren ze die enorme troep dan? En het feit dat er allerlei waardevolle spullen niet zijn meegenomen?'

'Daar hebben ze geen verklaring voor, natuurlijk. Het is duidelijk dat de politie er niet veel energie in wil steken.'

'En nu? Wat gaan ze doen?'

'De zaak wordt niet volledig afgesloten, maar geloof me, we kunnen niet veel van de politie verwachten. Het lijkt erop dat iedereen hier er het meeste belang bij heeft als de aandacht voor deze zaak langzaam maar zeker verflauwt, en uiteindelijk helemaal uitdooft.'

'Als we erachter willen komen wie er achter deze moord zit, zullen we daar dus op eigen kracht achter moeten komen.'

'Inderdaad.'

Simon schoof zijn laptop iets opzij. 'Ik heb trouwens de definitieve datering van de graffito gekregen.'

'Oh!' riep Umut. 'En?'

'De tekst in de grot dateert onomstotelijk van voordat het boek Openbaring tot stand kwam. Wel vijftien, misschien zelfs twintig jaar eerder.'

'Dat is geweldig.' Ze liet een korte stilte vallen. 'Ik heb nog nagedacht over wat je gisteren uitlegde, over dat Jezus niet het einde der tijden aankondigde, maar de vernietiging van Jeruzalem. En ik zit nog met een vraag.'

'Kom maar op,' zei Simon.

'Als Jezus – in de islam noemen ze hem trouwens Isa – die profetieën in het jaar 30 heeft uitgesproken en ze in het jaar 70 perfect zijn uitgekomen... dan bewijst dat toch dat Jezus werkelijk een groot profeet is geweest?'

'Dat zou je bijna denken, inderdaad. Maar de datering van de geschriften haalt dat idee onderuit.'

'Hoe bedoel je?'

'Het is eenvoudig: het vroegst geschreven levensverhaal van Jezus – het evangelie van Marcus – dateert van rond het jaar 72. Dat is twee jaar ná het einde van de Joodse Oorlog. De vernietiging van Jeruzalem had net plaatsgevonden, het was een *hot topic*. Onze 'Marcus', of wat zijn echte naam ook geweest moge zijn, leefde bovendien in Rome, de stad van de overwinnaars nota bene.'

'Je bedoelt dat de voorspellingen over de vernietiging van Jeruzalem door deze Marcus in Jezus' mond zijn gelegd?'

'Dat moet wel. Jezus' wonderlijke voorspellingen doken pas op vlak nadat de stad in puin was gelegd.'

Umut verwerkte de informatie. 'Een beetje alsof er in onze tijd plotseling een eeuwenoud goddelijk visioen zou opduiken waarin tot in detail werd voorspeld dat twee vliegtuigen op klaarlichte dag de grootste wolkenkrabbers van New York in zouden vliegen. Als dat visioen al die jaren onbekend was en pas nu bekend wordt, begrijpt iedereen dat het ná *9/11* is gefabriceerd.'

'Dat is een heel goede vergelijking,' zei Simon. 'Om Ockhams scheermes erbij te halen: de meest logische verklaring is vaak de juiste. Jezus heeft die voorspellingen nooit gedaan, ze zijn door de eerste evangelieschrijver Marcus bedacht en door de latere evangelieschrijvers klakkeloos overgenomen. De evangelisten wilden hun publiek graag laten geloven dat hun Christus de zojuist plaatsgevonden gebeurtenis al lang had voorzien. Het kon niet anders – hoe zou hij een geloofwaardige messias en Verlosser kunnen zijn als hij zo'n belangrijke gebeurtenis niet op voorhand had zien aankomen?'

'Maar dat maakt deze ontdekking nog meer omstreden.'

'Dat klopt. Als je gelooft dat het voorspellingen over een verre eindtijd zijn, maakt de datering van de geschriften niets uit. Maar als je ziet dat het over de val van Jeruzalem gaat, dan ineens zie je ook dat al die zogenaamde profetieën niets minder dan schaamteloze laat-eerste-eeuwse vervalsingen zijn. Thomas' ontdekking toont aan dat christenen al tweeduizend jaar hun vertrouwen stellen in vervalste voorspellingen.'

'Toch zal dit gelovigen niet van gedachten doen veranderen,' zei Umut. 'Die zijn ervan overtuigd dat Jezus de voorspellingen echt heeft gedaan, en dat de datum van het evangelie van Marcus daar niets aan afdoet.'

'Tja,' zei Simon schouderophalend. 'Maar dat is wel heel naïef natuurlijk. Vanaf het moment van Jezus' kruisdood begon het verhaal over hem immers al te evolueren. De mythe was voortdurend in ontwikkeling, er werden telkens nieuwe elementen aan toegevoegd.'

Umut kneep haar ogen iets toe. 'Mijn kennis over de Bijbel en het christelijk geloof valt in het niet bij die van jou. Als archeoloog ben ik meer opgeleid in de cultuurhistorische kennis over het christendom dan in theologie.'

'Geen probleem,' zei Simon. 'Kijk: Jezus zou ergens rond het jaar 30 geleefd moeten hebben. Pas een dikke veertig jaar later werd in Rome het eerste evangelie geschreven, dat van Marcus. We kunnen er niet meer achter komen hoe het verhaal zich in de tussentijd had aangepast, maar we weten wel dat de verhalen over Jezus veelal mondeling circuleerden, want de meeste mensen konden niet lezen en schrijven. Maar zelfs vanaf de tijd van Marcus zie je dat er steeds meer wonderlijke zaken aan het verhaal toegevoegd bleven worden.'

'Op basis waarvan weet je dat?'

'Dat zie je al als je de vier evangeliën op volgorde van datering legt. Het evangelie van Marcus uit het jaar 72 kende nog geen onbevlekte ontvangenis, geen aankondiging van Jezus' geboorte door een engel, geen geboorteverhaal in Bethlehem met een ster die de weg wijst, geen machthebber die alle jongetjes liet doden omdat hij de geboorte van deze grote koning wilde voorkomen, geen bezoek van herders of wijzen uit het oosten, geen grote scharen engelen die de komst van Jezus bezongen, geen wonderlijke verhalen uit de jeugd van Jezus, geen vader van Jezus die Jozef heette, geen doden die bij het sterven van Jezus uit hun graven opstonden en zelfs geen verrijzenis van Jezus! Al die zaken kwam er pas bij ten tijde van Mattheüs en Lukas, die in de jaren tachtig van de eerste eeuw hun evangeliën schreven. Ze borduurden voort op de tekst van Marcus, maar voegden er allebei hun eigen selectie christelijke overleveringen aan toe. De verhalen die Mattheüs en Lukas aan het verhaal van Marcus toevoegden spreken elkaar overigens regelmatig tegen, waaruit je kunt afleiden dat de orale overleveringen in de christelijke kerken ver uiteenliepen.'

Simon vouwde zijn handen en draaide rondjes met zijn duimen. 'Het laatst geschreven evangelie is dat van Johannes. Men vermoedt dat het in het begin van de tweede eeuw geschreven werd. Op dat moment is de persoon Jezus inmiddels geëvolueerd tot een universele zaligmaker die lange, diep-spirituele boodschappen aan zijn discipelen overbrengt. In het vroegste evangelie werd Jezus nóóit gelijkgesteld aan God, in het Johannesevangelie wordt voortdurend onthuld hoe Jezus in wezen God zelf is. De Jezus van het laatste evangelie is in alle opzichten spiritueler, verhevener en minder menselijk geworden. Het dogma dat hij de vleesgeworden Onzichtbare was had gestalte gekregen. Dus je ziet, het verhaal over Jezus werd in de loop van tijd steeds wonderlijker. De christenen voegden voortdurend dingen aan het verhaal toe!'

Umut knikte nadenkend. 'Intrigerend. Dus zelfs Jezus' opstanding uit de dood – voor christenen, als ik het goed begrepen heb, toch de kern van hun geloof – ontbrak in het oorspronkelijke verhaal.'

'Ja. Dat het evangelie van Marcus, het eerste evangelie, geen opstandingsverhaal bevatte was de kerkvaders een doorn in het oog. Ze besloten het er daarom alsnog eigenhandig aan toe te voegen. In de meeste Bijbels eindigt het Marcusevangelie daarom wel met een verschijning van de opgestane Jezus, al staat dat stuk meestal wel tussen vierkante haken om aan te geven dat het een latere toevoeging is. Want dat zogenaamde slot ontbreekt in de oudste versies van Marcus die zijn teruggevonden.'

'Maar zijn er ook concrete bewijzen dat de profetieën van Jezus eveneens latere toevoegingen zijn die niet werkelijk door Jezus zijn uitgesproken?' vroeg Umut.

Simon dacht een moment na. 'Laten we de argumentatie eens omdraaien. Als Jezus werkelijk rond het jaar 30 zulke gedetailleerde voorspellingen heeft gedaan voor een publiek van honderden, wellicht duizenden volgelingen, wat zou je dan verwachten?'

Umut dacht hierover na. Haar gezicht kreeg er een ernstige, bijna norse uitstraling van. 'Ik weet het niet goed.'

'Je zou verwachten dat die voorspellingen dan in de Joodse historie worden vermeld,' zei Simon. 'De Joodse historicus Flavius Josephus noemt in zijn geschiedkundige werk een hele trits Joodse profeten, doempredikers, oproerkraaiers en messiasfiguren die in de decennia voor de vernietiging van de stad Jeruzalem actief waren. Tot in detail bespreekt hij hun voorspellingen en hun invloed op het volk. Maar hij noemt nérgens voorspellingen van ene Jezus van Nazareth! En dat terwijl Jezus, als we de evangeliën mogen geloven, als enige tot in detail de val van Jeruzalem had voorzien.'

'Maar zijn er ook interne bewijzen in de evangelietekst zelf? Je zou zeggen dat iemand die een tekst vervalst, hier en daar kleine foutjes maakt.'

'Dat is een interessante vraag,' zei Simon. 'Ik heb de teksten nog nooit op die manier gelezen, moet ik je bekennen. Maar de meeste Bijbelgeleerden geloven dat Marcus zijn evangelie deels heeft gebaseerd op een ouder christelijk brondocument over het leven van Jezus. Als die hypothese klopt, dan heeft het hoofdstuk met diens voorspellingen – Marcus 13 – niet tot dat brondocument behoord. Het moet na de Joodse Oorlog zijn toegevoegd.'

Umut dacht met Simon mee. 'En als inwoner van Rome was Marcus natuurlijk geen ooggetuige van de vernietiging van Jeruzalem. Hij zou een bestaande tekst geraadpleegd moeten hebben, een verslag van het verloop van de oorlog bijvoorbeeld, die hij omvormde tot voorspellingen en invoegde in zijn evangelie.'

Simon knikte. 'Ja, ja, precies. Marcus 13 is met andere woorden geen echte redevoering van Jezus. Het is een inlas van Marcus, terugvoerend op een historische tekst.'

Umut haalde een hand door haar donkere haar. 'Als archeoloog kijk je altijd naar afwijkingen. Je zoekt naar iets wat een patroon onderbreekt. Als er iemand een muur heeft aangepast, een raam heeft dichtgemetseld of een deel van het huis heeft gesloopt, dan komen wij daarachter door de oppervlaktes nauwkeurig te bestuderen.' Ze keek Simon aan. 'Je zou zeggen dat je op eenzelfde manier in de tekst van Marcus sporen zou moeten kunnen terugvinden, aanwijzingen dat de tekst met Jezus' profetieën er oorspronkelijk niet toe behoorde.'

Simon haalde zijn Engelstalige Bijbel tevoorschijn, een beduimeld exemplaar dat hij al jaren standaard in zijn laptoptas had zitten vanwege de internationale congressen die hij met grote regelmaat bezocht. Hij bladerde naar Marcus 13. Bij het lezen van de eerste verzen begon hij te glunderen. 'Ik had het deze week nog met Thomas over die malle openingsverzen van Marcus 13, waarin de discipelen Jezus op de tempel wijzen en zeggen: "Kijk eens, wat een enorme stenen en wat een imposante gebouwen!", net alsof Jezus die tempel nog nooit had gezien. Dat is compleet onlogisch als de tekst echt in de tijd van Jezus door diens discipelen was opgetekend. Maar als Marcus dit hele hoofdstuk zelf heeft ingevoegd, is die blunder te verklaren. Marcus leefde bijna een halve eeuw later in Rome; hij kende de gebruiken van Jeruzalem en omstreken niet goed.'

Umut knikte. 'Het is net als met een historische roman of een kostuumdrama op tv. Hoe goed een schrijver zijn best ook doet, je kunt altijd dingen in zo'n boek of film aanwijzen die historisch gezien niet helemaal correct zijn.'

Een halve minuut lang zwegen ze allebei. Simon liet zijn blik over de tekst dwalen.

'Hé,' zei hij ineens. 'Ik geloof dat ik nog iets heb gevonden.'

40

Een waterige zon prikte met moeite door de sluierbewolking boven Leiden heen. Nova liep over de Sint Jeroensbrug om van daaruit langs de Vliet richting huis te gaan. In haar hand droeg ze een papieren zak met belegde broodjes die ze zojuist bij de bakker had gehaald. Bij een huis met geurende bloemen voor de gevel hield ze even halt. Ze ademde de lucht diep in en genoot ervan. Omdat thuiswerken gauw een sleur kon worden, maakte ze in haar pauze altijd een ommetje. Het zorgde vaak ook voor helderheid en nieuwe inzichten.

Ondanks de kennis die ze inmiddels over The Bride en over De Redder had vergaard, kon ze zich enigszins voorstellen dat mensen door hem werden ingepalmd. Tijdens de dienst had ze gezien dat hij over veel charisma beschikte, waar velen zich toe aangetrokken voelden.

Eenmaal thuis at ze aan tafel een broodje, met haar geopende laptop voor zich. Ze zag dat er een nieuwe e-mail was binnengekomen, van iemand die ze niet kende.

> Beste Nova,
>
> In het *Leidsch Dagblad* las ik dat jij een journalistiek onderzoek naar The Bride doet. Ik denk dat ik belangrijke informatie voor je heb. Misschien kunnen we eens afspreken? Hier op mijn website vind je alvast wat info over mij.

Hartelijke groet,
Kimberly

Nova klikte direct op de link, waarna haar browser zich opende en kort laadde – en daarna gebeurde er niets. Ze probeerde het nogmaals, maar opnieuw opende er geen website.

'Lekker dan,' mompelde ze.

Ze stuurde Kimberly een e-mail terug waarin ze zei graag met haar in contact te willen komen, maar dat de link naar haar website niet werkte.

Kort erna ontving ze ook een e-mail van Eline.

Hoi Nova,

Het is me nog niet gelukt om tot De Twaalf te worden toegelaten, ik heb het gevoel dat ik er wel heel dicht bij ben. Maar dat is niet de reden dat ik je mail.

Ik heb nieuwe informatie. Jozias heeft mij verteld dat hij aanstaande zaterdag tijdens de dienst een belangrijke mijlpaal in zijn eindtijdvisioenen gaat onthullen. Ik weet dat het zal inslaan als een bom: hij maakt bekend dat hij binnenkort, op teken van God zelf, zijn naam verandert. Hij zal vanaf dan Mozes heten.

Groetjes, Eline

Nova schoot in de lach.

Zijn naam in Mozes veranderen? Hoe verzint die man het? Wat een hoogmoed.

Nova had ooit een artikel gelezen over mensen met bipolaire stoornissen of zelfs psychopathische trekken die het als leiders extreem goed deden. Het waren veelal sterke en gedreven types, meestal mannen, met een eindeloos groot geloof in zichzelf.

Mozes. Waarom juist die naam?

Mozes was, zoveel wist ze nog wel, een groot profeet uit het

Oude Testament, de man die het Joodse volk uit Egypte wegleidde. Misschien zag De Redder zichzelf als een soort nieuwe Mozes omdat hij de Bruid – het volk van God – uit de slavernij van deze moderne wereld aan het bevrijden was?

De Redder die als de nieuwe Mozes het volk van God naar het beloofde land, de hemel, zal leiden?

Ze besloot te zoeken op de termen 'Mozes' en 'eindtijd', aangezien bij de The Bride werkelijk alles in het licht van de eindtijd werd bezien. Die zoekopdracht gaf direct resultaat. Bij de eerste treffers zag ze verwijzingen naar Bijbelstudies over het boek Openbaring. Algauw viel haar een term op die telkens opdook: 'de Twee Getuigen'. Op Wikipedia bleek dat er zelfs een pagina aan was gewijd. Ze las dat er volgens Openbaring tijdens de eindtijd Twee Getuigen zullen zijn – twee grote profeten – die namens God tegen de antichrist zullen getuigen. Er werd een tekst uit Openbaring 11 geciteerd:

> *'Ik zal mijn twee getuigen opdracht geven om te profeteren. Gedurende twaalfhonderdzestig dagen zullen ze dat doen, gehuld in een boetekleed. Zij zijn de twee olijfbomen en de twee lampenstandaards die voor de Heer van de wereld staan. Als iemand hun kwaad wil doen, komt er vuur uit hun mond, dat hun vijanden verteert; op die manier zal iedereen die hun kwaad wil doen moeten sterven. Zij hebben de macht om de hemel te sluiten, zodat er geen regen valt zolang zij profeteren. Ook hebben ze de macht om water in bloed te veranderen. Verder kunnen ze de aarde treffen met alle mogelijke plagen, zo vaak ze maar willen.'*

Het was een raadselachtige tekst, zoals eigenlijk alles wat er in Openbaring stond. Nova begreep nauwelijks wat er nou eigenlijk stond, maar toch las ze verder.

> De namen van de Twee Getuigen worden nergens genoemd, maar de wonderen die aan hen worden toe-

> geschreven zijn precies de wonderen die aan Mozes en Elia worden toegeschreven. Elia kon vuur laten komen dat zijn vijanden verteerde en kon de hemel sluiten zodat er geen regen viel. Mozes was degene die tegenover Farao water in bloed veranderde en plagen op de Egyptenaren af kon sturen.

Nova merkte dat haar ademhaling sneller ging. Langzaam drong tot haar door dat De Redder er blijkbaar van overtuigd was dat hij een van die Twee Getuigen was. Daarom moest hij de naam Mozes aannemen nu het einde der tijden volgens hem op het punt stond aan te breken.

Onze Meester weet het. De woorden van de vrouw in de dienst van The Bride galmden opnieuw door haar heen. *Hij heeft van God heel precieze visioenen gekregen over wanneer Jezus terugkomt.*

'Maar wie is de andere getuige dan?' vroeg Nova zich hardop af. 'Er zijn toch twee getuigen nodig? Mozes en Elia?'

Met een schok realiseerde ze zich dat dit zogenaamde nieuwe inzicht van De Redder over zijn aanstaande naamsverandering allesbehalve nieuw was. Het kón niet nieuw zijn. De Redder moest dit al lang, lang geleden hebben gepland. Tweeëntwintig jaar geleden, toen hij vader werd van een zoon.

Een zoon die hij Elijah noemde.

41

Het werd langzaam drukker in koffiehuis Semih. Veel toeristen schoven aan voor een verlate lunch of een verfrissing. Umut verplaatste haar stoel naar de kopse kant van het tafeltje, zodat ze mee kon kijken.

'Wat heb je ontdekt?'

'Er is een zinnetje in Marcus 13 dat ik altijd nogal vreemd heb gevonden. Het ontbreekt in sommige handschriften, wat erop duidt dat christelijke kopiisten er ook niet goed raad mee wisten. In veel moderne vertalingen wordt het zinnetje tussen haakjes gezet. Hier, vers veertien. Daar zegt Jezus ineens: "lezer, begrijp dit goed".'

'Wat is daarmee?'

'Je zou zeggen dat het iets kleins en onbeduidends is, maar *the devil is in the details*, nietwaar? Met deze paar woorden verraadt Marcus zichzelf.' Simon glimlachte enthousiast – hij voelde zich als een klein kind dat tijdens een speurtocht een schatkist ontdekt.

'Ik... Sorry, Simon, ik volg je niet.'

'Je zei toch dat jij als archeoloog altijd zoekt naar afwijkingen in structuren en patronen? Nou, hier heb je er een. Marcus heeft in zijn evangelie heel veel redevoeringen van Jezus opgenomen, waarin Jezus zich tot een menigte of tot zijn discipelen richt. Hij spreekt daar altijd zijn toehoorders aan. Nóóit wendt Jezus zich tot de lezer. Dat zou ook gek zijn, niet? Dat Jezus zich ineens over de hoofden van zijn discipelen tot lezers in de verre toekomst richt.'

'Ah, ik begrijp wat je bedoelt. Het feit dat Marcus zich hier tot de lezer richt, wijst erop dat zijn brontekst geen gesproken boodschap was, maar een geschreven verslag.'

'Exact. Marcus ging blijkbaar zo in het tekstuele verslag van de Joodse Oorlog op, dat hij even vergat dat hij een redevoering van Jezus aan het schrijven was, en dat Jezus natuurlijk geen lezers van een halve eeuw later aan kon spreken. Misschien kopieerde hij de woorden zelfs per ongeluk mee uit zijn geschiedkundige brontekst over de Joodse Oorlog.'

'Wauw. Het klopt precies met onze veronderstelling.'

Vervolgens zwegen ze meer dan twintig minuten. Umut bladerde in Simons Engelstalige Bijbel, terwijl Simon zelf op zijn laptop onderzoek deed.

'Ik ontdek hier nog iets fascinerends,' zei hij uiteindelijk. 'Hier, lees deze tekst eens, uit het evangelie van Lukas en Mattheüs. Jezus roept hier oordeel uit over de Joodse leiders.' Hij schoof de laptop naar haar toe.

> *'Al het onschuldige bloed dat op aarde is vergoten zal jullie worden aangerekend, vanaf het bloed van Abel, de rechtvaardige, tot het bloed van Zecharja, de zoon van Berechja, die jullie vermoord hebben tussen het heiligdom en het brandofferaltaar.'*

'Jezus zegt hier dus,' legde Simon uit, 'dat het bloed van alle martelaren gewroken zal worden, van de eerste tot de laatste persoon die in de Joodse geschiedenis is vermoord. Nu weten we allemaal wie Abel was, de zoon van Adam en Eva die door zijn broer Kaïn werd gedood. Dat was inderdaad de allereerste martelaar in het Oude Testament. Maar wie was Zecharja, de zoon van Berechja? Hij wordt in de tekst zonder enige uitleg genoemd, alsof Jezus ervan uitging dat zijn toehoorders allemaal wisten over wie hij het had.'

'Ik heb geen flauw idee,' zei Umut.

'Veel theologen gaan ervan uit dat Jezus hier de Zacharia uit 2 Kronieken 24 mee bedoelt, die in de voorhof van de tempel werd gestenigd vanwege zijn rebellie tegen God. Maar dat kan niet kloppen. Allereerst was díe Zacharia geen martelaar wiens bloed onschuldig werd vergoten, want hij werd gestraft vanwege zijn rebellie tegen God. Ook was hij geen zoon van Berechja, maar de zoon van Jojada. Maar belangrijker nog: die Zacheria leefde in de negende eeuw voor Christus.'

'Dat zou inderdaad nergens op slaan. Waarom zou Jezus een Zacharia van negen eeuwen geleden als hekkensluiter der martelaren noemen? Ik neem aan dat er na diens dood ook nog martelaren zijn geweest, toch?'

'Dat bedoel ik. Jezus verwijst juist naar de *allereerste* en *allerlaatste* persoon die gedurende het hele tijdperk werden vermoord: Abel en Zecharja.'

'Het moet dus over een andere Zacheria gaan,' concludeerde Umut.

'En weet je wat ik zojuist ontdek? Flavius Josephus, de Joodse geschiedschrijver, vermeldde in zijn beschrijving van de Joodse Oorlog hoe een persoon genaamd Zacharia, de zoon van Baruch, een schijnproces kreeg en in het midden van de tempel door Joodse fanatiekelingen werd vermoord. Hij werd in de tempel gedood, in het jaar 68.'

'In het jaar 68?'

'Ja, vlák voordat de stad werd vernietigd, wat hem met recht de "hekkensluiter" der martelaren maakte. In de tijd dat Mattheüs en Lukas hun evangeliën schreven – ergens in de jaren tachtig van de eerste eeuw – was deze Zacharia of Zecharja ongetwijfeld alom bekend als de laatste martelaar. Jezus en zijn toehoorders konden echter onmogelijk hebben geweten wie de beste man was, want zijn dood zou pas vele jaren later plaatsvinden. Het is dus een blunder van Mattheüs en Lukas: ze laten Jezus naar een voorval verwijzen dat men in Jezus' tijd nog helemaal niet kon weten.'

'Het is alsof iemand een historische roman schrijft die zich in 1923 afspeelt, waarin iemand ineens naar John F. Kennedy verwijst als de laatste Amerikaanse president die is vermoord – terwijl die moord pas veertig jaar zou plaatsvinden.'

‘Iemand die zo’n roman schrijft, zou je een enorme sloddervos noemen, niet? De evangelisten waren dat ook. Ze schraapten allerlei verhalen over Jezus bijeen en voegden er zelf elementen aan toe, maar maakten daarbij dit soort rare foutjes.’ Simon klapte zijn laptop dicht. ‘En daarmee hebben we een aantal sterke bewijzen dat de “voorspellingen” van Jezus werkelijk achteraf gefabriceerde vervalsingen zijn.’

‘Maar dan hebben we nog altijd het grote mysterie rondom de inscriptie in de grot niet ontsluierd. Wat bewoog de christenen ertoe de naam Jeruzalem in het boek Openbaring aan te passen en te veranderen in Babylon?’

‘Laten we hopen dat professor Zieleman ons morgen wat verder bij de oplossing kan brengen.’

De ergste hitte werd minder, de zon stond al een stuk lager. Umut stond op.

‘Ik zal je morgen oppikken,’ zei ze. ‘Het is een flinke rit naar Ankara, dus laten we vroeg vertrekken.’

Bij het afscheid nemen dacht hij in een fractie van een seconde aan Thomas, en merkte hij dat hij door de boeiende gesprekken met Umut even de dood van zijn vriend vergeten was.

‘Pas je wel goed op jezelf?’ vroeg hij.

‘Je bent bang dat ik gevaar loop?’

‘Het is geen hogere wiskunde. Je collega’s Thomas en Ergün zijn vermoord. Het is vrij duidelijk dat de dader ook de archeologische vindplaats wilde vernietigen, en de inbraak bij Thomas thuis bevestigt het idee dat de moordenaar absoluut wilde uitsluiten dat er iets over de vondst zou uitlekken. Waarom zouden ze anders ook zijn laptop stelen?’

‘Als ik uit Ankara terugkom, ga ik wel tijdelijk naar het dorp van mijn ouders, net buiten Ürgüp. Daar ben ik echt veilig – als daar iemand opduikt die er niet hoort, valt het de bewoners onmiddellijk op.’

‘Verstandig.’

‘En jij? Als ik gevaar loop, dan jij toch ook.’

‘Ik hoor niet bij het archeologische team. Alleen jij weet dat ik ook in de grot ben geweest,’ zei Simon geruststellend. ‘Ik zal voorzichtig zijn, maar ik geloof niet dat ik me al te grote zorgen hoef te maken.'

'Ik help het je te hopen.'

42

De lamp op het kleine bureautje was het enige licht in de hotelkamer. Terwijl de nacht viel zat Simon nog altijd op zijn laptop onderzoek te doen. Deels om de gedachten aan Thomas van zich af te houden, maar zeker ook vanuit een regelrechte fascinatie voor wat hij op het spoor leek te zijn.

Je zag pas dat het Nieuwe Testament vol vervalste profetieën stond als je begreep dat de teksten over de val van Jeruzalem gingen. En dat besef zou in de theologische wereld alles op zijn kop zetten.

Simon bekeek enkele foto's van de beroemde Triomfboog van Titus in Rome waar Umut die ochtend naar had verwezen. Het was een gedenkboog waar de overwinning op de Joden werd herdacht. Erop was een reliëf te zien van een processie die de tempelschatten van de Joden de stad Rome indroeg. De grote zevenarmige kandelaar, de menorah, stak ver boven de hoofden van de menigte uit.

Simon las dat de boog in het jaar 81 was afgerond, maar dat hij de Triomftocht van Titus afbeeldde die in het jaar 71 in Rome had plaatsgevonden, toen de teruggekeerde Romeinse legers na hun overwinning op de Joden als helden Rome werden binnengehaald. De uit de Joodse tempel geroofde heilige attributen werden onder luid gejuich door de straten van Rome rondgedragen. Het moest een gigantisch festijn geweest zijn dat zijn weerga niet kende.

Hij stond even op en liep naar de minibar in zijn kamer, waar hij een koud biertje uit haalde. Hij klikte het blikje open en nam gulzig een aantal grote slokken. Daarna ging hij weer zitten en las hij op een internetencyclopedie welke tempelattributen waren rondgedragen. Toen kreeg hij ineens een ingeving.

Een moment staarde hij peinzend naar het in zijn ogen afzichtelijke behang op de muur. Het licht van de bureaulamp bracht de kleinste oneffenheden in de muur aan het licht. Zelfs de stofjes die de schoonmakers over het hoofd gezien hadden, kregen een lange schaduw.

Zou het zo kunnen zijn?

Hij zocht en vond op internet de integrale tekst van *De Joodse Oorlog* van Flavius Josephus. Hij scrolde een tijdje tot hij het juiste hoofdstuk gevonden had, las, en knikte.

Zijn overtuiging werd sterker. Hij pakte zijn mobiele telefoon en belde Umut.

'Simon?'

'Sorry dat ik je zo laat bel,' zei hij. 'Ik heb het idee dat ik nog iets heb ontdekt. Iets wat onomstotelijk aantoont dat Marcus, de eerste evangelist, geïnspireerd werd door de gebeurtenissen rond de Joodse Oorlog.'

'Vertel.'

'Heb je weleens gehoord van het voorhangsel van de tempel?'

'Nee, sorry.'

'Het was een soort gordijn dat in de tempel in Jeruzalem hing, tussen het Heilige en het Heilige der Heiligen. Op de laatste plek mocht alleen de hogepriester komen, één dag per jaar, op Verzoendag. Volgens de evangeliën scheurde het voorhangsel tijdens de dood van Jezus van boven naar beneden. Marcus was de eerste die dat verhaal vertelde.'

'En wat is daarmee?'

'Ik had het toevallig tijdens een recent college nog over hoe onwaarschijnlijk dat verhaal is. Op het moment dat Jezus sterft, scheurt het voorhangsel doormidden, en zegt de Romeinse hoofdman die bij het kruis staat verbaasd: "Waarlijk, deze man was een zoon van God". Vanaf de berg Golgotha, even buiten Jeruzalem, kon je het voorhangsel dat enkele kilometers verderop in de tempel hing natuurlijk onmogelijk zien. Zelfs mensen die bij de tempel stonden konden dat niet zien. Helemaal níemand had er getuige van kunnen zijn als dat gordijn gescheurd was. Aan die simpele onwaarschijnlijkheid zie je al dat de gebeurtenis niet werkelijk plaatsgevonden kan hebben.'

'Wat wil je daarmee zeggen?'

'Nou, er is nog een reden om Marcus' verhaal in twijfel te trekken. Als het voorhangsel werkelijk rond het jaar 30 gescheurd zou zijn – een verminking van een van de heilige tempelattributen – dan zou dat absoluut ergens in de Joodse geschiedenis zijn genoemd. Toch lezen we er niets over. Wel lezen we dat het voorhangsel veel later in de geschiedenis scheurde.'

'Wanneer dan?'

'Tijdens... de vernietiging van Jeruzalem. Flavius Josephus beschreef hoe commandant Titus in het jaar 70 aan een Joodse priester beloofde dat hij diens leven zou sparen als hij hem de heilige kostbaarheden van de tempel zou overhandigen. De priester bracht Titus vervolgens kandelaars, tafels, mengvaten en schalen van puur goud, evenals het voorhangsel, dat door de strijd om de tempel helemaal was gehavend.'

'Dus Marcus beweerde dat het voorhangsel scheurde tijdens Jezus' dood, terwijl het in werkelijkheid tijdens de val van Jeruzalem scheurde.'

'Dat bedoel ik. Maar het fascinerende is dat we precies kunnen reconstrueren hoe hij zijn inspiratie kreeg.'

'Namelijk?'

'Het is heel simpel. Marcus woonde namelijk in Rome, weet je nog? Heel kort voordat hij zijn evangelie afrondde had in Rome de triomftocht van Titus plaatsgevonden. Toen werden al die geroofde tempelschatten door Rome gedragen.'

'Ja, dat weet ik. Dat is het tafereel op de Triomfboog van Titus.'

'Precies. En we weten dat het een enorm grote gebeurtenis moet zijn geweest, heel de stad was uitgelopen. Iedereen in Rome sprak er nog tijdenlang over. De kans is zeer groot dat Marcus getuige is geweest van de triomftocht.'

'En tijdens de triomftocht werd ook het voorhangsel rondgedragen, dat door de strijd in Jeruzalem helemaal ingescheurd was.'

'Helemaal juist. Josephus vermeldde specifiek dat de Romeinen ook "het purperen voorhangsel van het Allerheiligste" tijdens deze triomftocht aan het publiek toonden. En het was voor de Romeinen blijkbaar een spektakelstuk, want na de triomftocht werd het voorhangsel nog een tijdlang in het keizerlijk paleis in Rome tentoongesteld. Het is zeer aannemelijk dat Marcus het gescheurde voorhangsel daar heeft zien hangen. Hij schreef zijn evangelie een jaar later, met als doel om zijn stadsgenoten tot het christendom te bekeren.'

'Dus hij besloot het bij Romeinen welbekende voorhangsel in zijn evangelie te verwerken, maar suggereerde ineens dat het al veertig jaar eerder was gescheurd, toen Jezus stierf.'

'Exact. Een mooi dramatisch effect om dit in zijn verhaal te verwerken, maar daarvoor nam hij een loopje met de waarheid. Het past allemaal als puzzelstukjes in elkaar, Umut. Het feit dat Marcus, de eerste evangelist, in Rome woonde, vlak na de overwinning over de Joden, verklaart waarom hij de val van Jeruzalem zo'n grote plaats in zijn evangelie heeft gegeven. Hij moest verklaringen bieden voor de ongekende catastrofe, en kwam daarom met het verhaal dat de vernietiging een door Jezus aangekondigd oordeel van God over die generatie was. Jezus moest de val van zijn eigen geliefde Jeruzalem wel hebben voorspeld, anders zou hij nooit een geloofwaardige messias zijn.'

Nadat ze het gesprek hadden afgerond en Simon had opgehangen, bleef het gevoel van opwinding nog een tijdje bij hem. Hij voelde vanbinnen dat deze nieuwe inzichten weleens de visie op het Nieuwe Testament totaal, maar dan ook totaal zouden kunnen veranderen.

Maar toen de duisternis buiten inviel, ervoer hij een almaar toenemende onrust. Een gevoel van diepe eenzaamheid en verlatenheid kwam over hem, alleen in een muffe hotelkamer ver van huis. En telkens opnieuw drongen de nachtmerrieachtige beelden van de verkoolde Thomas en Ergün zich aan hem op. Vanaf zijn balkon speurde hij onwillekeurig de omgeving af. Daarna sloot hij de balkondeur en checkte meermaals het slot van zijn kamer, en alle ramen.

Hou op, Simon, riep hij zichzelf tot de orde. *Niet paranoïde worden.*

Maar hoe hij ook probeerde zichzelf moed in te spreken, de angst sluimerde op de achtergrond. Was hij immers niet ook in de grot geweest? Hij begreep zelfs beter dan het archeologisch team wat de vondst van Thomas inhield.

Hij had geprobeerd Umut gerust te stellen door te zeggen dat hij geen doelwit kon zijn, omdat alleen zij op de hoogte was van zijn aanwezigheid. Maar diep vanbinnen was hij daar helemaal niet zo zeker van. Ze hadden te maken met iemand die letterlijk over lijken ging om deze ontdekking tegen te houden.

Hoe kon hij rustig slapen als de moordenaar van Thomas hem misschien ook in het vizier had?

43

Het was al laat in de avond, en Nova voelde zich onrustig. Haar ontdekking bleef in haar hoofd rondspoken. De Redder had ruim twintig jaar geleden zijn pasgeboren zoon Elijah genoemd, en kondigde nu aan dat hij zijn eigen naam in Mozes zou veranderen.

Mozes en Elia.

Het was te bizar voor woorden.

Ze voelde de behoefte om even haar hoofd te legen, om de avondkoelte te voelen. Ze deed haar jas aan en opende haar voordeur. De voorjaarskou stroomde naar binnen. Het had kort ervoor licht geregend en ze zag in het duister pareltjes op de struiken fonkelen. Ze zette een koptelefoon op en koos op Spotify een speellijst met rustige popnummers. Een paar keer ademde ze diep in en uit, ze snoof de frisse buitenlucht op en liet zich al lopend meevoeren door de muziek.

De straten glinsterden en de verlichting van cafés reflecteerde op de stenen, alles rook fris en sereen. Na een minuut of vijf merkte ze dat de onrust wat van haar af viel. Haar gedachten kwamen tot rust en haar spieren ontspanden zich.

Ze liep door de Kolfmakersteeg. In alle huiskamers brandde licht, maar vrijwel overal waren de gordijnen al gesloten. Op de 5e Binnenvestgracht was het helemaal stil. De lucht was nog erg vochtig; in het licht van de straatlantaarns werden talloze kleine druppeltjes zichtbaar. Ze voelde ze ook op haar wangen.

Ineens voelde ze dat iemand haar schouder aanraakte. Geschrokken draaide zich om. Achter haar stond een man die ze nooit eerder had gezien. Verontwaardigd zette ze haar koptelefoon af.

'Je laat me schrikken,' zei ze. 'Is er iets?'

'Pas je goed op jezelf, Nova?' zei de man met een stem die ontdaan was van iedere emotie.

'Pardon?'

'Een ongeluk zit in een klein hoekje.'

Daarna draaide hij zich om en liep hij weg.

44

Lyuben Dragonov observeerde al een uur lang hetzelfde appartement aan de rand van Göreme. De zon prikte nog maar nauwelijks over de daken van de huizen heen, zo vroeg in de ochtend was het.

Hij gaapte.

Toen de voordeur van het appartement na lang wachten eindelijk openging, was hij direct alert als een roofdier. Hij pakte een klein zwart verrekijkertje en observeerde de jonge vrouw die naar buiten kwam. Op zijn smartphone opende hij intussen voor de zoveelste keer die ochtend dezelfde versleutelde foto. Hij observeerde het gezicht van de vrouw nauwkeurig en stelde vast dat het zonder twijfel de persoon was die hij door zijn verrekijker zag. Het was een van de teamleden van zijn vorige doelwit, zoveel wist hij.

De jongedame liep de trappen van het gebouw af. Aan de kort flikkerende achterlichten zag Dragonov dat ze een auto van het slot haalde.

Hier is het te druk. Maar met een beetje geluk rijdt ze naar een of andere opgraving in de wildernis.

Zodra de wagen van de jonge vrouw in beweging kwam, startte ook hij ook de motor van zijn auto. Op gepaste afstand volgde hij haar tot ze halt hield bij een hotel. Dragonovs blik werd donker.

'Shit,' mompelde hij, toen hij zag hoe een man uit het hotel kwam lopen en bij de vrouw op de passagiersstoel ging zitten. 'Shit, shit.'

Dat er iemand bij haar was, maakte het niet gemakkelijker. Er zat weinig anders op dan ze te blijven achtervolgen, en te wachten op een geschikt moment.

45

Na een rit van meer dan vijf uur door een langgerekt, glooiend Turks landschap reden Umut en Simon de buitenwijken van Ankara binnen. Simon staarde naar de grote hoeveelheid flatgebouwen in terracottatinten. Hij gaapte.

'Sorry,' excuseerde hij zich, 'ik slaap niet zo best, de laatste nachten.'

'Ik ook niet,' zei Umut.

Simon ging iets verzitten en herschikte de moneybelt om zijn middel met daarin zijn paspoort en pasjes. Hij keek in de achteruitkijkspiegel, waar een groot deel van de rit dezelfde terreinwagen had gereden, een grote grijze Jeep met een Bulgaarse kentekenplaat die met CB begon. Op zich niet vreemd, bedacht hij zich, want dit was nu eenmaal de hoofdweg naar Ankara.

Er klonk een piepje. Umut keek naar haar brandstofmeter. 'Als we bij professor Zieleman zijn geweest, moet ik nog wel even tanken,' zei ze. 'Anders haal ik het vliegveld niet.'

'Dat ligt een eindje buiten de stad, toch?'

'Klopt. Ik schat dat het vanaf de universiteit nog wel een half uurtje rijden is, dus we moeten niet te laat bij Zieleman vertrekken.'

Simon knikte. 'Bedankt, Umut.'

Ze keek hem schuin aan, haar handen om het stuur geklemd. 'Waarvoor?'

'Dat je me helemaal naar het vliegveld brengt.'

'Het is al goed. Jij bedankt, dat je met me meegaat naar Zieleman. Het geeft me het gevoel dat ik nog íéts doe om Thomas' onderzoek voort te zetten, begrijp je?'

Simon kreeg een brok in zijn keel.

Bij de universiteit parkeerde Umut de wagen in een ondergrondse parkeergarage. Daarna liepen ze de campus op. De Universiteit van Ankara was in Simons ogen een niet erg inspirerende plek. De Faculteit van Godgeleerdheid, de İlahiyat Fakültesi, was ondergebracht in een gebouw dat nog het meest weg had van een Oost-Europees flatgebouw.

'Zijn kantoor zou op de vierde verdieping moeten zitten,' zei Simon terwijl ze door een ziekenhuisachtige gang liepen met glanzend linoleum waarin de tl-lichten en de gekleurde posters op prikborden aan de wanden weerspiegelden.

'Heb jij hem ooit ontmoet?'

Simon knikte. 'Sporadisch, op congressen.'

'Dus je kent hem niet erg goed.'

Ze stapten een lift in. Umut drukte op het knopje van de vierde verdieping.

'Nee, zeker niet,' zei Simon.

Bij Zielemans kamer aangekomen bleek de deur al open te staan. Toch klopte Simon eerst even aan.

'Ah, goedemiddag Simon,' riep Zieleman hartelijk, waarna hij wat houterig uit zijn bureaustoel opstond. 'Wat fijn je weer te zien en je eindelijk dan eens écht te spreken.' Simon vroeg zich af of Zieleman hem daadwerkelijk herkende, of dat hij uit beleefdheid deed alsof. Ze schudden elkaar langdurig de hand. Daarna keek Zieleman Umut vriendelijk aan en stak hij opnieuw zijn hand uit. 'Jij moet Umut zijn,' zei hij, op het Engels overschakelend.

Met de driepersoonsbank en de luxe lederen fauteuil, het grote aantal planten en de echte schilderijen aan de muur had de ruimte meer weg van een gezellige huiskamer dan van een kantoor; een opvallend contrast met de klinische uitstraling van de rest van het gebouw.

Stijfjes ging Zieleman hen voor naar de zithoek. 'Ik loop een beetje moeilijk, sorry,' zei hij. 'Altijd al een zwakke rug gehad. Naweeën van een hernia. Ik moet een beetje mijn rust houden. Geen vermoeiende reizen naar de andere kant van de wereld meer voor mij.'

De professor droeg een opvallend klein brilletje met perfect ronde glazen. Hoewel hij ver in de zestig was, beschikte hij over een volle bos steil haar, dat overal even grijs was en zilverachtig oplichtte in de zonnestralen die zijn ruime kamer binnenvielen. Hij had een smal gezicht met licht ingevallen wangen, een keurig getrimd ringbaardje en levendige, heldergroene ogen.

Uit een thermoskan schonk hij drie mokken koffie in. 'Ik ben erg geschrokken van de dood van Thomas Weissenberg.'

'Ik ook,' zei Simon. 'Wij allebei.'

'Was u op de hoogte van Thomas' werkzaamheden?' vroeg Umut.

'Niet zo goed, moet ik bekennen. Maar het gebeurt niet vaak dat wetenschappers op zo'n onfortuinlijke manier om het leven komen. En dan ook nog zo dichtbij.' Hij gaf Simon en Umut een mok koffie aan en ging tegenover hen zitten. 'Ik had begrepen dat hij een grotkerk uit de eerste eeuw had gevonden?'

'Klopt,' zei Simon. 'In Göreme, Centraal-Turkije. En die grot is volkomen ingestort, terwijl Thomas en zijn collega Ergün binnen waren.'

'Wat afschuwelijk. Is er een verklaring voor het instorten van de grot?'

Simon legde uit dat hun lichamen verbrand waren, en dat sporen op de stenen op een explosie leken te duiden.

'Dat klinkt niet als een ongeluk,' zei Zieleman. 'Opmerkelijk. En dat vlak nadat Weissenberg zijn ontdekking naar buiten had gebracht.'

'Precies,' zei Simon. 'Daar moet een verband zijn, dat kan niet anders. Achteraf bezien...' Hij zweeg even alsof hij goed moest nadenken over het volgende wat hij zou zeggen. 'Jij hebt hem niet heel goed gekend, maar Thomas Weissenberg was een vreselijk enthousiaste man, op dit gebied misschien een tikkeltje impulsief. Hij heeft zijn ontdekking inderdaad direct aan de grote klok gehangen. Dat was ook een tactisch bedoelde zet. Door de zaak van tevoren al een klein beetje op te kloppen, hoopte hij op een grote belangstelling voor zijn ontdekking.'

'Geloof me,' zei Zieleman, 'een kerk in dat gebied, uit de eerste eeuw, zo'n duizelingwekkend vroege tijdsperiode... Weissenberg zou sowieso grote aandacht hebben gekregen.' Zijn ogen dwaalden een moment over het plafond. 'En over het verband tussen die dingen gesproken, heb je nagedacht over de mogelijkheid dat iemand vanuit religieuze motieven deze vondst wilde vernietigen? Niet ver daarvandaan, in Syrië, hebben salafistische moslims ook ontelbare beelden, tempels en andere zaken van onschatbare culturele waarde vernietigd, omdat die in hun ogen heidens zijn. Een kerk uit de eerste eeuw, inclusief christelijke symbolen, zou heel goed het doelwit van religieus vandalisme kunnen zijn geweest.'

'Voor zover bekend komen er in die regio geen extremistische groeperingen voor,' zei Umut. 'In dit geval lijkt het toch op een heel gerichte actie. En van de politie hoeven we weinig te verwachten. Die wil de zaak vooral zo snel mogelijk afsluiten.'

'Umut en ik denken dat het iets met de vondst zelf te maken moet hebben. Zoals je vast hebt gelezen, werden op de muur een ichthussymbool en een drietal kruizen aangetroffen. Maar het is vooral de inscriptie die Thomas vond, een licht beschadigd graffito, die omstreden is.'

'Alles wat ik daarover weet is wat er op internet te lezen was: dat die inscriptie te maken had met het boek Openbaring.'

'Dat klopt,' zei Simon. 'Het was een drietal teksten uit Openbaring, maar in plaats van over Babylon sprak de graffito over Jeruzalem.' Uit zijn tas haalde hij de uitgeprinte foto's van de grot, die hij aan Zieleman gaf. 'Hier, kijk maar. De eerste luidt: "Gevallen, gevallen is het grote Jeruzalem". Op dit A4'tje heb ik de inscripties op een rij gezet. Op de rotswand zijn ze beschadigd, maar de hiaten zijn gemakkelijk te vullen. Ze komen alle drie onmiskenbaar uit Openbaring 18.'

'Fascinerend,' zei Zieleman. Hij bekeek beurtelings de inscriptie en de Bijbelcitaten. 'Fa-sci-nerend.'

'De reden dat Thomas en ik contact met jou opnamen, is dat ik mij meen te herinneren dat jij ooit tijdens een congres in Utrecht een opmerking maakte dat Babylon in het boek Openbaring een gecodeerde verwijzing naar Jeruzalem zou kunnen zijn.'

‘Dat is het inderdaad,’ zei Zieleman, die de papieren aan Simon teruggaf. ‘Al kan ik me eerlijk gezegd niet herinneren dat ik dat daar toen heb gezegd. Mijn lezing ging over iets heel anders. Maar als jij het zegt...’

‘Dus het klopt wel?’

‘Absoluut. Ik heb die gedachte vaker geprobeerd uit te werken, maar ben er nooit aan toegekomen dat heel gestructureerd te doen. Het leek me typisch zo’n project voor na mijn pensioen. De laatste jaren is het met alle bezuinigingen hier echt alle hens aan dek geweest. Vaak kom ik niet eens aan mijn reguliere onderzoek toe. Maar geloof me: als je de onderliggende verbanden in de Bijbel blootlegt en die naast de dateringen van de geschriften en de daaruit voortvloeiende historische context legt, is het idee dat Babylon eigenlijk Jeruzalem voorstelt, zeer geloofwaardig.’ Zijn ogen leken te glinsteren. ‘En Weissenbergs ontdekking in die grot is een prachtige bevestiging dat ik met mijn idee in de goede richting zit.’

‘Umut en ik hebben ons tot nu toe vooral beziggehouden met de voorspellingen van Jezus in de evangeliën. Het boek Openbaring is voor ons nog altijd tamelijk onbegrijpelijk. Is het volgens jou aantoonbaar dat Openbaring óók over de val van Jeruzalem gaat? En waarom werd de tekst dan later gewijzigd, en de naam van de stad veranderd in Babylon?’

‘Weet je,’ zei Zieleman, ‘dat boek krijgt pas logica als je ziet dat het volledig over de Joodse Oorlog gaat. Dat is een radicaal andere interpretatie dan die van gelovigen tegenwoordig, en ik zie om mij heen dat zelfs veel objectieve bijbelwetenschappers onbewust de christelijke interpretaties als basisaanname nemen. Maar het zal je verbazen hoe ver je komt als je Openbaring met die andere bril leest.’ De professor keek van Simon naar Umut. ‘Het probleem is echter dat Openbaring inderdaad geen toegankelijk boek is. Het leest bijna als een mythisch werk, een sprookjesboek vol fabelachtige voorstellingen en kosmische tekenen. Maar het eerste wat je moet begrijpen is dat dat slechts een literaire stijlfiguur is.’

‘Hoe bedoelt u dat precies?’ vroeg Umut.

'Nou, je ziet het ook al een beetje bij de voorspellingen van Jezus. Daarin wordt gezegd dat de zon zal verduisteren, de maan donker zal worden en de sterren naar beneden zullen vallen. Dat is allemaal oudtestamentisch hyperbolisch taalgebruik. Het verduisteren van de zon en maan was voor oudtestamentische profeten een terugkerend thema wanneer ze over oordeel en straf spraken. Dat geldt ook voor het schudden van de grond, het uiteensplijten van bergen en verterend vuur dat voor God uit gaat. Wij westerlingen denken dat de schrijvers dat letterlijk bedoelden, maar het was allemaal beeldspraak die moest onderstrepen dat de grote machtige God met zijn vurige oordeel kwam. De schrijver van het boek Openbaring wilde duidelijk de suggestie wekken dat het de visioenen van een groot profeet waren, eentje die zich kon meten met de profeten uit het Oude Testament.'

'Dus al dat rare apocalyptische taalgebruik is een bewuste keus van de schrijver,' vatte Umut samen.

'Jazeker. Je kunt zien dat hij zijn uiterste best heeft gedaan de stijl van profeten in het Oude Testament te imiteren. Hij lardeert zijn teksten zelfs met ingrediënten die hij uit de oudtestamentische profeten als Zacharia, Daniël, Jesaja en Ezechiël bijeen heeft gesprokkeld. Ook heeft hij bijna alle kenmerken van oordeel uit het Oude Testament laten terugkomen, van water dat in bloed verandert tot sprinkhanenplagen en vuur dat uit de lucht regent. Maar als je die theatrale apocalyptische opsmuk weghaalt, zie je dat Openbaring grotendeels dezelfde blauwdruk volgt als de voorspellingen van Jezus in de evangeliën: het beschrijft een serie rampen en oordelen die naar de vernietiging van een grote stad leiden, namelijk Jeruzalem.

'Maar waar baseert u dat dan op?' vroeg Umut.

'Het is niet zo moeilijk,' zei Zieleman. 'De kenmerken die daar aan Babylon worden toegeschreven, worden in de rest van het Nieuwe Testament op maar één stad toegepast: Jeruzalem.'

'Kun je voorbeelden noemen?' vroeg Simon.

'Jazeker. In de evangeliën zegt Jezus dat de Joden van zijn tijd de maat van de zonde vol maakten, waardoor ze het oordeel over hun generatie afriepen. Openbaring zegt hetzelfde in andere woorden: dat de zonden van de stad zich opstapelden tot aan de hemel, waardoor God het oordeel moest gaan brengen. Jezus zegt in de evangeliën ook dat de stad Jeruzalem eenzaam aan haar lot zal worden overgelaten en dat de gieren zich er zullen verzamelen; Openbaring zegt op haar beurt dat de stad Babylon er eenzaam en verlaten bij zal liggen en een woonplaats van weerzinwekkende vogels zal worden. En, wellicht het belangrijkste van alles: Openbaring zegt dat deze stad, Babylon, schuldig is aan het bloed van de profeten, apostelen en heiligen. Maar welke stad is dat, Simon? Welke stad heeft de Joodse profeten gedood en later ook de apostelen en christenen vervolgd?'

'Jeruzalem,' zei Simon. 'Onmiskenbaar.'

'Natuurlijk is dat Jeruzalem. Aan het einde van Mattheüs 23 roept Jezus: "Ik verzeker jullie: op deze generatie zal dit alles neerkomen. Jeruzalem, Jeruzalem, dat de profeten doodt en stenigt wie naar haar toe zijn gestuurd! Hoe vaak heb ik je kinderen niet bijeen willen brengen zoals een hen haar kuikens verzamelt onder haar vleugels, maar jullie hebben het niet gewild. Jullie stad wordt eenzaam aan haar lot overgelaten." Jezus zegt dus letterlijk dat Jeruzalem de stad is die de profeten doodde. Je ziet het, het is eigenlijk heel duidelijk dat Babylon Jeruzalem is. Je hoeft alleen maar even goed te lezen! Het is bijzonder curieus dat zoveel gelovigen denken dat Babylon een of ander eindtijdrijk is.'

'Maar dat komt,' zei Simon, 'zoals we daarstraks al vaststelden, vanwege de cryptische stijl van het boek. Het lijkt op het eerste gezicht een armageddon van kosmische proporties te beschrijven.'

'Ach ja,' beaamde Zieleman. 'Maar nogmaals: dat is een stijlkeuze. De visioenen moesten zich kunnen meten met de visioenen van Jesaja, Ezechiël en Daniël in het Oude Testament – dan móét je wel met veel bombarie komen, begrijp je? Het is en blijft een geschrift dat de theatrale stijl van de oudtestamentische profeten nabootst, dat moet je telkens in je achterhoofd houden.'

'Maar het lijkt me onmogelijk om ál die rare visioenen in

Openbaring op de Joodse Oorlog toe te passen,' protesteerde Simon. 'Ik bedoel, in Openbaring 16:21 staat dat God loodzware hagelstenen uit de hemel op de mensen liet vallen. Dat kan toch onmogelijk verwijzen naar iets dat echt in die tijd gebeurd is?'

Zieleman grijnsde. 'In het jaar 70 lanceerde het tiende legioen van de Romeinen met katapulten enorme witte rotsblokken van wel honderd pond over de stadsmuren, die talloze inwoners van Jeruzalem het leven hebben gekost.'

'Romeinse katapulten?' vroeg Simon verbaasd. 'Die verklaring heb ik nog nooit voorbij horen komen.'

'Jazeker. Openbaring doet het voorkomen als een bovennatuurlijke, door God gezonden plaag, een beetje in de stijl van de tien plagen in Egypte, maar het waren gewoon rotsblokken.'

'En wat is het Armageddon dan,' vroeg Simon, 'de grote eindstrijd in Openbaring? De meeste gelovigen menen dat dat de ultieme laatste wereldoorlog zal zijn, vlak voor het definitieve einde van de aarde.'

'Een misverstand. Openbaring 16 zegt heel mysterieus dat demonische machten eropuit zullen trekken om machthebbers voor de laatste grote strijd bijeen te brengen, en dat zij hen zullen verzamelen op een locatie genaamd Armageddon. Maar die term is afgeleid van de Hebreeuwse naam Har-Megiddo, wat simpelweg "berg van Megiddo" betekent. Dat is een plek niet ver van Nazareth. Tegenwoordig wordt het Tel Megiddo genoemd, de heuvel van Megiddo.'

'Wat wordt er dan bedoeld met dat verzamelen van de machthebbers voor de laatste strijd?'

'Vroeger lag de heuvel op een strategische locatie bij een pas door het Karmelgebergte. Vanaf de heuvel heb je uitzicht op een groot dal, de Jezreëlvallei. In de tijd van de Romeinen was Megiddo dan ook een legioenbasis.'

'Laat me raden,' zei Umut. 'Het Armageddon is óók een scène uit de Joodse Oorlog?'

'Ja natuurlijk! De omgeving van Megiddo is de plek waar de Romeinse generaals zich met hun legers verzamelden. Keizer Vespasianus stuurde een leger van zeshonderd ruiters onder het bevel van Placidus naar de berg Tabor aan de rand van de vallei van Megiddo, om vanuit daar de Joodse vrijheidsstrijders aan te vallen, voorafgaand aan de inname van Jeruzalem. De tekst in Openbaring verwijst dus naar het verzamelen van een Romeinse legereenheid vlak voor de grote slag om Jeruzalem. Wederom heeft het niets met een apocalyptische eindtijdgebeurtenis te maken.'

'Denkt u dat de schrijver een Jood was, die de vernietiging van de stad zelf heeft meegemaakt?' vroeg Umut.

Zieleman schudde zijn hoofd. 'Ik weet bijna zeker dat de schrijver geen ooggetuige was. Hij moet gebruik hebben gemaakt van een geschreven verslag van de oorlog, dat hij tot duistere oordeelsvisioenen omvormde. Waarschijnlijk dat van de historicus Flavius Josephus, wiens bewoordingen hij soms bijna letterlijk kopieert. Zo lees je in Openbaring 16 over bliksemschichten, groot geraas en donderslagen, en een verschrikkelijk zware aardbeving. Josephus noemt precies die verschijnselen voorafgaand aan de val van Jeruzalem. En Josephus beschrijft hoe de Joden tijdens de belegering onderling ruzie kregen en in drie groepen uiteenvielen, die elkaar begonnen aan te vallen. Openbaring 16 zegt hetzelfde, maar dan heel cryptisch: "De grote stad viel in drie stukken uiteen." En zo zijn er nog tal van voorbeelden.'

'Hij heeft dus letterlijk de werken van Josephus gebruikt?'

'Letterlijk inderdaad. De schrijver van Openbaring moet de precieze duur van de oorlog ook vanuit Josephus hebben berekend. Volgens Openbaring zal de "grote verdrukking" 1260 dagen oftewel drieënhalf jaar duren. Wel, de Joodse Oorlog brak in alle hevigheid uit in februari van het jaar 67, toen keizer Nero Jeruzalem de oorlog verklaarde. Op 29 augustus van het jaar 70 werd de tempel verwoest en op 26 september stond de stad in brand en was de overwinning van de Romeinen een feit. Van het moment dat de zogeheten grote verdrukking uitbrak tot het moment dat de grote stad gevallen was en haar rook opsteeg, tellen we dus...'

'Drieënhalf jaar,' antwoordde Umut.

'Exact. Voor die keurige berekening heeft de schrijver van

Openbaring echt gebruik moeten maken van een geschiedkundig werk.'

'Dit maakt het nog onbegrijpelijker dat miljoenen mensen geloven dat de Bijbel werkelijke visioenen over het einde der tijden bevat,' zei Simon.

'Ja, het is eigenlijk te idioot voor woorden, Simon, dat mensen zo'n kracht aan dit boek ontlenen. Het is een bij elkaar geraapt zooitje! De schrijver nam de voorspellingen uit de evangeliën, combineerde die met het werk van Josephus, voegde er vervolgens allemaal woorden en termen uit oudtestamentische profetieën aan toe en fabriceerde op die manier "voorspellingen", zodat men kon zeggen dat de vernietiging van Jeruzalem allang door een van Jezus' naaste discipelen in visioenen was aangekondigd.'

'Maar waarom dan "Babylon"? Waarom staat er niet gewoon Jeruzalem?'

'Dat brengt ons bij de kern van mijn hypothese. Het simpele antwoord luidt: omdat het codetaal is. Openbaring is een gecodeerd geschrift, met een versleutelde boodschap.'

46

Vanaf een afstandje observeerde Dragonov de auto van de jongedame, waar felle tl-lampen in reflecteerden. Het voertuig stond geparkeerd tussen twee geelwitte zuilen in een verder voornamelijk grijze parkeerhaven. Het was er een komen en gaan van mensen en auto's.

Er liep een jonge vrouw in een tamelijk korte rok langs zijn auto. Dragonov keek naar haar billen. 'Wat een lekker wijf,' mompelde hij, op zijn onderlip bijtend. Toen ze voorbij was, zakte hij verveeld onderuit in zijn autostoel. Hij was moe van de eentonige reis naar Ankara.

Hij vroeg zich af hoelang de twee weg zouden blijven, en waar ze naartoe zouden gaan. Hopelijk verlieten ze snel de stad, zodat hij ze op een rustige plek kon verrassen. Helaas was het op de weg naar Ankara te druk geweest en hadden ze alleen twee heel korte stops gemaakt om even van plaats te wisselen.

Zijn blik viel op zijn eigen bescheiden reistasje. Er zat een sleutelhanger aan met een foto van Nikolina. Hij pakte de hanger en hield hem tussen zijn duim en wijsvinger. Vervolgens haalde hij zijn privésmartphone uit de tas en zocht een foto van haar op. Een tijdje staarde hij naar het beeld van zijn meisje, zittend op een schommel, vlak bij het huis van haar moeder.

Papa komt binnenkort weer naar je toe.

Daarna drukte hij de foto weg. Hij moest zichzelf niet te veel afleiden.

Niet nu.

47

Zieleman pakte de thermoskan en vulde zonder het te vragen de mokken van zijn gasten opnieuw met dampende koffie. Het zonlicht viel via het raam van het kantoortje in een lange rechthoekige strook op de vloer en het interieur.

'Maar,' zei Simon, 'wie heeft Openbaring versleuteld, en waarom in vredesnaam?'

'De schrijver van Openbaring wilde de werkelijke betekenis van bepaalde zaken bewust verhullen,' antwoordde Zieleman. 'Hij heeft, uit veiligheidsoverwegingen, veel namen en termen gecodeerd. Het boek is geschreven aan het einde van de eerste eeuw. Rome had de Joden overwonnen. Het bezit of de verspreiding van geschriften waaraan ook maar in de verste verte anti-Romeinse sentimenten kleefden, of die juist heel pro-Joods waren, was in die tijd gevaarlijk. Ik vermoed dat het boek Openbaring in de vroegste tijd wél letterlijk over Jeruzalem sprak, maar dat dit de gelovigen soms in gevaar bracht. Want wie hadden de stad Jeruzalem vernietigd? De Romeinen. En je wilde niet dat men je op lectuur zou betrappen waar dat zwart-op-wit stond. Het lag politiek heel gevoelig, begrijp je? Daarom besloot men Jeruzalem te veranderen in de codenaam Babylon, zodat er geen enkele link met de Romeinse overheerser was.'

Simon nam een slok van zijn koffie en brandde zijn tong. Hij zette de mok weer weg. 'Er zit wat in,' gaf hij toe. 'En in het Oude Testament staat de stad Babylon symbool voor goddeloosheid en ballingschap.'

'Helemaal juist,' zei Zieleman. 'Het volk Israël heeft jarenlang in Babylon in ballingschap gezeten. Wellicht meenden de eerste christenen op gelijke wijze dat het Joodse religieuze systeem de ware gelovigen gevangenhield. Maar dát Babylon in het boek Openbaring een symbolische naam is, is voor mij honderd procent zeker. De schrijver gebruikt namelijk ook andere codenamen voor de stad. Hier, kijk.'

Zieleman pakte een grote bijbel en bladerde even. Vervolgens legde hij zijn vinger bij een tekst in Openbaring 11, vers 8. Hij las de tekst hardop voor.

> *... de grote stad, die in geestelijke zin genoemd wordt Sodom en Egypte, waar ook onze Heere werd gekruisigd.*

'Hier gaat het over "de stad waar onze Heere werd gekruisigd". Welke stad is dat, Simon?'

Simon schoot in de lach. 'Jeruzalem, natuurlijk.'

'Ja natuurlijk. Maar in deze tekst noemt de schrijver bijna angstvallig niet de naam van de betreffende stad, maar zegt in plaats daarvan dat die "geestelijk" gezien Sodom en Egypte heet. De schrijver wil dus per se de naam Jeruzalem vermijden, maar schuift zijn christelijke lezerspubliek wel direct de sleutel om zijn code te kraken door. Hij vermeldt erbij dat de naam die hij de stad geeft een spirituele betekenis heeft, maar dat hij doelt op de stad waar de Heer is gekruisigd. Hij wilde dus zeker weten dat zijn lezers de codering begrepen.'

'Babylon, Sodom, Egypte,' zei Simon verwonderd. 'Stuk voor stuk steden en gebieden die in het Oude Testament door God werden geoordeeld. Allemaal symbolische namen die als code dienen voor die ene van God afgedwaalde stad: Jeruzalem. Ik heb de tekst nooit op die manier bekeken, maar dit klinkt ineens zo logisch.'

Umut omklemde haar mok met beide handen. 'Ik moet zeggen dat het klinkt als een plausibele hypothese, professor,' zei ze. 'Maar zijn dit de enige voorbeelden? Als Openbaring echt over de val van Jeruzalem gaat, dan zou je verwachten dat er meer politiek gevoelige zaken moesten worden verhuld.'

Zieleman ging ontspannen achterover zitten. 'Allereerst wordt de grote machthebber die de oorlog tegen de stad leidt het Beest genoemd. Dit "Beest" is eenvoudig een gecodeerde verwijzing naar het Romeinse Rijk en zijn keizer. Men kon dat echter niet openlijk zeggen zonder direct gevaar te lopen. De keizer moest vereerd worden. Je kon opgepakt en ter dood veroordeeld worden voor het verspreiden van lectuur die de keizer in een negatief daglicht stelde.'

Simon voelde een toenemende opwinding. 'En hoe weet u zo zeker dat het Beest naar het Romeinse Rijk verwijst?'

'Deze code is eenvoudig te kraken. Volgens Openbaring 13 heeft het Beest zeven koppen. Eén van deze koppen liep een dodelijke steekwond op, die tot verbazing van iedereen geneest. Die zeven koppen zijn simpelweg de zeven elkaar opvolgende Romeinse keizers die regeerden tot het moment dat Jeruzalem werd ingenomen: Julius Caesar, Augustus, Tiberius, Caligula, Claudius, Nero en Vespasianus. Die dodelijke wond die het Beest oploopt verwijst naar Nero, de keizer die in het jaar 68 de belegering van Jeruzalem begon. Nero pleegde namelijk zelfmoord door zichzelf in zijn nek te steken, met als gevolg dat het Romeinse Rijk in een burgeroorlog terechtkwam. Er brak een tijd van grote onzekerheid uit, het Rijk viel bijna uiteen, en in Jeruzalem hoopte men dat dit het einde van de oorlog tegen hun stad zou zijn. Maar slechts één jaar later richtte het Rijk zich wonderlijk genoeg weer op toen Vespasianus, een generaal van Nero, keizer werd en de orde herstelde. Ziehier het herstel van het Beest! De oorlog kwam niet ten einde, Vespasianus zette die juist voort, met zijn zoon Titus als aanvoerder. Jeruzalem werd ingenomen en met de grond gelijk gemaakt. De rook van de stad moet wekenlang zichtbaar geweest zijn, precies zoals Openbaring zegt.'

'Ongelofelijk,' zei Simon.

'Het gaat zelfs nog verder. Openbaring codeert zelfs létterlijk om welke keizer het ging. In hoofdstuk 13 wordt gesproken over een merkteken. Zonder dat merkteken is het onmogelijk om dingen te kopen of verkopen, staat er.'

Zieleman las de tekst hardop voor.

Alleen mensen met dat teken – dat wil zeggen de naam van het Beest of het getal van die naam – konden iets kopen of verkopen. Hier komt het aan op wijsheid. Laat ieder die inzicht heeft het getal van het Beest ontcijferen; er wordt een mens mee aangeduid. Het getal is zeshonderdzesenzestig.

'Zowel het getal 666 als het merkteken van het Beest spreken tot op de dag van vandaag tot de verbeelding. Een veelgehoorde theorie onder christenen tegenwoordig is dat er in de eindtijd een microchip zal komen waarmee de antichrist mensen onder controle zal kunnen houden. En tijdens de coronapandemie geloofden veel christenen dat de coronapas met haar QR-code het merkteken was. Aan fantasie geen gebrek! Maar als je verklaringen gaat zoeken in de tijd van de Joodse Oorlog, heb je snel gevonden wat hier wordt bedoeld. In Palestina mocht men onder de Romeinse overheersing namelijk altijd eigen geld slaan. Toen de oorlog in Jeruzalem uitbrak, dwong keizer Vespasianus iedereen in het Rijk om Romeins geld met de naam en het teken van de keizer erop te gebruiken, ook de Joden. En dat terwijl het beeld van de keizer voor hen een gruwel was!'

'Dat klopt,' zei Simon. 'Overal in het Rijk werden beelden van de keizer geplaatst die door de inwoners moesten worden vereerd, maar de Joden waren daar al sinds de tijd van keizer Augustus van vrijgesteld, omdat zij volgens hun religieuze wetten geen afbeeldingen mochten maken.'

'Juist. Maar aan dat privilege kwam aan de vooravond van de vernietiging van de stad dus een einde.'

'En wat betekent het getal 666 dan?' vroeg Umut.

'Het getal 666 is misschien wel het duidelijkste voorbeeld van een gecodeerde boodschap in het boek Openbaring. De schrijver roept zijn lezers letterlijk op om te ontcijferen welk mens met zijn codering bedoeld wordt en zo de identiteit van het Beest te achterhalen. En ook deze code is eigenlijk verbluffend simpel.'

Zieleman stond op. Hij rechtte zijn rug, iets wat hem zichtbaar enige moeite kostte, en stevende op zijn boekenkast af. Daar pakte hij een groot en dik boek over vondsten uit de Romeinse tijd. Hij opende het op de plek waar een boekenlegger zat en gaf het boek aan Umut, terwijl hij met zijn wijsvinger op een afbeelding tikte.

'Dat is een zilveren Romeinse munt,' zei Umut. 'Een denarius om precies te zijn.'

'Ik wist wel dat jij het als archeoloog direct zou herkennen. Deze munt is uit de periode 69-79, precies de periode tijdens en na de val van Jeruzalem. De afgebeelde keizer is Vespasianus.' Er was een man te zien met een kromme haviksneus en een meedogenloze blik in zijn ogen. Op zijn hoofd was een lauwerenkrans zichtbaar. 'Kijk goed naar hoe Vespasianus' naam en titels werden afgekort. Hier, lees de letters eens die om zijn hoofd heen staan.'

Umut hield het boek voor zich, ze moest zichtbaar haar best doen de letters te lezen. 'Een M... een P... C, A, E...'

'Er staat IMP CAES VESP AVG P M COS IIII,' hielp Zieleman haar. 'Als je de getalswaarden in het Hebreeuws bij elkaar optelt, krijg je 666. En vergeet niet: iedereen in Palestina kende die munten. De Joods-christelijke lezers konden dus gemakkelijk berekenen welke mens het Beest representeerde: de Romeinse keizer! Maar omdat het om de Hebreeuwse getalswaarden ging, was de code voor de Romeinen zelf niet zo gemakkelijk te kraken.'

'Dus... dit is het teken van het Beest? Een muntstuk?'

'Natuurlijk! De schrijver van Openbaring kon niet zeggen: "Pak een Romeins muntstuk," want dat zou iedereen direct begrijpen. Hij geeft een beschrijving van een muntstuk en noemt de getalswaarde van de naam van de afgebeelde persoon, zodat de lezer het zelf kon narekenen.'

'Ik ben echt verbijsterd,' zei Simon. 'Iedere paar jaar is er onder gelovigen weer een nieuwe hype over wie het Beest zal zijn. Maarten Luther geloofde dat de Paus het Beest was en Babylon een symbool voor Rome. Tijdens de Tweede Wereldoorlog waren er theorieën dat Adolf Hitler het Beest zou zijn. Daarna werden Saddam Hoessein, George Bush, Bin Laden, de IS-kalief, Obama, Trump, Paus Franciscus en Bill Gates allemaal genoemd als mogelijke kandidaten.'

Zieleman schoot in de lach. 'Ja, gedurende de gehele kerkgeschiedenis koppelen christenen de meest fantasierijke betekenissen aan de voorspellingen in de Bijbel. Ik ben ervan overtuigd geraakt dat de vernietiging van Jeruzalem in het jaar 70 de missing link in de moderne interpretaties van het Nieuwe Testament is – al die voorspellingen over het komende oordeel zijn achteraf geschreven profetieën die met terugwerkende kracht de vernietiging van Jeruzalem als een goddelijk oordeel wilden wegzetten. Eeuwen later raakte de oorspronkelijke betekenis van de voorspellingen in vergetelheid, met als gevolg dat de kerk het idee ontwikkelde dat de teksten over een toekomstig einde van de wereld spraken. En de bijbelvertalers laten tot op de dag van vandaag dat idee hun vertaling kleuren. Zo worden in veruit de meeste vertalingen zinsneden in Openbaring als "alle stammen uit het land" vertaald met met "alle volken van de wereld", waardoor nog meer de indruk wordt gewekt dat Jezus over een wereldwijde eindtijd sprak.'

'Maar het is natuurlijk ook veel sensationeler om te geloven dat de Bijbel kosmische rampen in de toekomst beschrijft,' zei Umut. 'Dat biedt inspiratie voor thrillers en spannende Hollywoodfilms.'

'Dat klopt helemaal,' zei Zieleman. 'De meest sensationele hypothese is vaak de meest populaire. Mensen geloven liever in complottheorieën dan in de nuchtere werkelijkheid, die vaak veel minder spannend is.'

Simons gedachten dwaalden even af naar zijn lezing in Rome aankomend weekend, die ook over complottheorieën zou gaan. Hij had door Thomas' dood geen tijd gehad zich goed voor te bereiden, en eigenlijk had hij zijn hoofd er totaal niet naar staan. De enige reden dat hij morgen naar Rome vloog was dat de lezing een voorwaarde was voor zijn onderzoeksubsidie.

Hij maakte aanstalten om op te staan. 'De graffito lijkt je hypothese perfect te bevestigen.'

'Ja, die inscriptie toont aan wat ik al jaren denk. En dat niet alleen: ze toont aan dat de vroegste versie van Openbaring nog niét was gecodeerd, en nog letterlijk over Jeruzalem sprak.'

'Alleen is dat bewijs met het instorten van de grot verdwenen,' zei Umut.

'Dat is erg,' zei Zieleman, 'maar uiteindelijk geen ramp. Het bewijs staat al eeuwenlang hier.' Hij tikte met zijn wijsvinger op de Bijbel. 'In dit boek, recht onder onze neus.'

48

Dragonov kneep zijn ogen tot kleine spleetjes. Even dacht hij dat hij zich vergiste, maar hij zag het juist: de jongedame en haar metgezel liepen terug naar hun auto. De wagen werd ontgrendeld en de twee stapten in.

Direct startte hij zijn Jeep en volgde hij hen op gepaste afstand, de parkeergarage uit. Hij was blij het daglicht weer te zien, want het betekende dat hij de muziek weer aan kon zetten. Met een korte druk op de knop zette hij de radio aan, waar op dat moment een opgewonden Turkse stem hoorbaar was.

Tot zijn tevredenheid constateerde hij dat het erop leek dat zijn doelwit de stad weer zou verlaten. Maar algauw bleek dat ze naar de noordwestelijke kant van de stad reed, in plaats van de zuidkant. En dat was vreemd, als ze terug naar Göreme zou willen. Kort daarna reed hij onder een groot wegwijsbord door. ANKARA ESENBOGA AIRPORT stond erop.

Hij vloekte.

De twee waren onderweg naar het vliegveld.

Dit was op zijn zachtst gezegd niet handig. Als de jongedame op het vliegtuig zou stappen, zou hij de opdracht moeten uitstellen. Het zou de klus duizendmaal ingewikkelder maken, want ze kon dan in theorie overal op aarde zijn. Hij moest het nu afmaken, voordat ze het vliegveld zou bereiken. Het liefst zou hij de onbekende man niet hoeven elimineren, maar waarschijnlijk zat er niets anders op.

Langzaam maakte het stedelijke landschap plaats voor droge, langgerekte heuvels. Dragonovs brein draaide op volle toeren.

Hij moest proberen ze ergens hier in de val te lokken, maar hoe?

Misschien kon hij de jongedame seinen dat er iets aan de hand was met haar auto, haar vervolgens naar de zijkant van de weg dwingen en dan toeslaan. Het was niet ideaal, zo naast een snelweg, maar met een beetje geluk kon hij snel wegvluchten, een afslag nemen, en urenlang op kleinere wegen in de richting van Bulgarije gaan rijden. Dan kon hij deze terreinwagen ergens achterlaten en een nieuwe huren, om daarmee terug naar Sofia te gaan.

Ineens leek het lot hem een handje te helpen. De auto sloeg af naar een uitvoegstrook voor een tankstation.

Zie je wel… Het staat in de sterren geschreven.

Hij zette de muziek uit.

'Hier eindigt haar reis.'

49

'Je hebt nog genoeg tijd, toch?' vroeg Umut, terwijl ze haar wagen voor een pomp zette.

'Ja, joh,' zei Simon. 'Ik ben aan de vroege kant. Neem je tijd.'

Umut stapte uit om te tanken.

Simon geeuwde uitgebreid en wreef in zijn ogen. Hij was moe van de lange reis naar Ankara en het gesprek met professor Zieleman. Hij hoopte dat hij tijdens zijn vlucht wat slaap kon pakken.

Op dat moment passeerde een terreinwagen hem aan de linkerkant. De wagen reed een eindje door en bleef achter het tankstation op de afrit langs de weg staan wachten. Het viel Simon op dat het precies hetzelfde type terreinwagen was dat op de heenweg zo lang achter hen had gereden. Een grijze Jeep Wrangler.

Hm...

Even later ging het portier weer open. Umut stapte in en startte de auto.

'Met deze tank moet ik weer vooruit kunnen. En nu: op naar het vliegveld.'

Ze stuurde in de richting van de afrit, die een paar honderd meter parallel aan de snelweg liep. Net toen ze vaart wilde maken, sprong er een man uit de geparkeerde Jeep. Hij droeg een zonnebril en had een grote pet op zijn hoofd. Zijn gezicht was daardoor slecht zichtbaar, maar Simon meende een litteken te zien op zijn linkerwang.

De man gebaarde iets.

‘Wat moet die vent?’ zei Umut.

De man ging midden op de afrit staan en wees naar hun motorkap. Met armbewegingen gaf hij aan dat Umut moest stoppen. Ze remde hard, omdat ze anders tegen hem op zou rijden.

‘Wat is dit? Zou er iets met de auto aan de hand zijn?’

De man hurkte even, alsof hij onder Umuts wagen keek. Toen hij weer omhoogkwam schudde hij bezorgd zijn hoofd en liep naar Umuts kant. Daar gebaarde hij dat ze haar raam moest laten zakken.

Simon keek opzij. De grijze Jeep was nu zo dichtbij dat hij het nummerbord kon lezen. Het was een Bulgaarse auto, en het kenteken begon met CB.

‘Umut! Stop!’ riep hij. ‘Doe je raam omhoog!’

‘Wat? Hoezo?’

‘Geef gas. Nu!’

Umut duwde het gaspedaal in en liet de motor ronken. De man met de zonnebril sprong opzij en maakte een verontwaardigd gebaar. Langzaam kwam de auto in beweging. Met vlotte passen rende de man met ze mee, tot hij weer vlak bij Umuts raam was.

In een fractie van een seconde zag Simon dat hij een wapen met geluidsdemper vanachter zijn broekband had getrokken.

‘Duiken, Umut!’ riep hij, maar het was al te laat. Duizenden stukjes glas spatten op. Hij slaakte een kreet en dook ineen.

‘Umut!’ riep hij opnieuw. Hij keek naar zijn handen en zag dat overal bloedspetters zaten. Daarna keek hij opzij. Umut was naar voren gezakt, haar hoofd lag levenloos tegen het stuur. De auto bewoog nog voort richting de berm, maar de motor begon te sputteren.

Instinctief maakte Simon zich klein, opende zijn portier en rolde de auto uit. Zonder om te kijken krabbelde hij overeind en vluchtte hij naar het toilethuisje dat bij het tankstation hoorde. De schoudertas die voor zijn buik hing, hinderde hem behoorlijk tijdens het rennen. Van achter het gebouwtje keek hij, hijgend en stijf van de adrenaline, naar de auto van Umut, die inmiddels tot stilstand was gekomen. Simon trilde over zijn hele lichaam. Hij zag dat de man aan de bestuurderskant een fles leeggoot door het verbrijzelde raam. Enkele seconden later laaide er een gigantische vlammenzee op.

Direct daarna kwam de man zijn kant op. Simon kroop naar achteren, in de richting van de houten omheining die het terrein van het tankstation van de zandkleurige heuvels scheidde. Zo snel als hij kon klom hij eroverheen en liet hij zich aan de andere kant van het hek op de grond vallen. Hij kwam ongelukkig terecht, een felle pijn schoot vanuit zijn heup naar zijn rechterbeen en onderrug.

Wat moest hij doen? Hij kon alleen richting de heuvels vluchten, maar dat zou hem niet helpen. De zandvlakte was zo desolaat dat hij heel erg zou opvallen.

Hij maakte zich nog kleiner en besloot ineengedoken te blijven zitten. Door de spleetjes in het houtwerk van het hek zag hij hoe Umuts moordenaar dichterbij kwam en om zich heen keek. Er waren inmiddels meerdere auto's bij het brandende voertuig gestopt en er liepen mensen op af. De man leek een moment te aarzelen en rende toen terug naar zijn wagen.

Een moment later hoorde Simon een brullende motor en zag hij de Bulgaarse Jeep met een enorme snelheid wegrijden, richting de snelweg. Heel even haalde hij opgelucht adem. Daarna realiseerde hij zich dat Umut dood was. Het ene moment had ze nog vrolijk naast hem gezeten, het moment erna had hij haar bloed op zijn gezicht gehad – en nu werd ze met huid en haar door vlammen verteerd.

Net als Thomas en Ergün.

50

Simon zat in een verhoorkamer van de politie, in een buitenwijk van Ankara. Het was een kleine ruimte zonder daglicht, met smoezelige grijze wanden. Hij zat aan een houten tafel, zijn handen beefden nog altijd.

In nog geen tien minuten waren de hulpdiensten bij het tankstation aanwezig geweest; drie brandweerauto's, vier ziekenwagens en tien politiewagens. Het was duidelijk dat de omstanders onmiddellijk het alarmnummer hadden gebeld, en een brand nabij benzinepompen was hoe dan ook reden om snel in actie te komen. Uit het tankstation waren mensen met brandblusapparaten gesneld.

De vlammende fakkel waarin de auto was veranderd, was verbazingwekkend snel gedoofd. Een dikke, grijze, naar verbrand plastic en rubber stinkende rook was ervan af blijven komen. Op de momenten dat de wind de rook even uiteenjoeg was het verkoolde lichaam van Umut zichtbaar geworden. Simon had er slechts één maal naar kunnen kijken, en toen was hij naar de berm gelopen waar hij had moeten overgeven.

Het duurde even voor er een agent was gevonden die Engels sprak, al was die door zijn sterke accent niet altijd goed te volgen. Tot Simons immense opluchting maakte de agent, die zich voorstelde als Tahir Yilmaz, direct duidelijk dat Simon niet als verdachte werd beschouwd. Getuigen hadden gezien dat een man hun auto had benaderd en het vuur had geopend, en verklaard dat ze Simon hadden zien wegrennen. De getuigenverklaringen van de omstanders waren ook voor de rest gelijk aan

Simons verklaring: de man had de auto in de brand gestoken en was achter Simon aangegaan, maar had vervolgens al snel het hazenpad gekozen.

Simon gaf de politie een signalement van de moordenaar. Hij had de gelaatstrekken van de man slecht kunnen onderscheiden door diens zonnebril en pet, maar het opvallende litteken op zijn wang zou de politie mogelijk kunnen helpen zijn identiteit te achterhalen. Daarna legde hij een uitgebreide verklaring af waarin hij de aard van de relatie tussen hem en Umut verduidelijkte, waarmee een eerste theorie over een echtgenoot die wraak nam op zijn overspelige vrouw en haar minnaar de prullenbak in kon. Verder vertelde hij over de ontdekking van de grot, over de moord op Thomas en Ergün, en over zijn eigen rol in dit geheel. Yilmaz beloofde onmiddellijk contact op te nemen met de politie in Göreme om hen te informeren over de gebeurtenissen hier. Ook zou hij er zorg voor dragen dat Umuts ouders zo snel mogelijk op de hoogte werden gesteld. Nadat er een kopie van zijn paspoort was gemaakt en hij zijn contactgegevens had achtergelaten, was Simon vrij te gaan.

Hij wilde zo snel mogelijk weg uit Turkije, weg van de plek waar Thomas was vermoord, weg van de plek waar het lichaam van Umut nog lag na te smeulen. Op een later moment zou hij terugkomen, nam hij zich voor, om op eigen wijze de laatste eer aan beiden te bewijzen. Zijn geplande vlucht naar Rome had hij gemist, maar hij had al uitgezocht dat er later in de avond ook nog eentje ging.

'Zou iemand me naar het vliegveld kunnen brengen?' vroeg Simon.

Yilmaz keek hem onderzoekend aan. Een kort moment bekroop Simon de angst dat het hem alsnog verdacht zou maken dat hij zo snel het land wilde verlaten. Maar Yilmaz' blik veranderde.

'Dat is goed,' sprak hij de verlossende woorden. 'Ik vraag een collega om je erheen te rijden.' Hij pleegde een telefoontje en kort erna meldde een jongeman zich. 'Hij brengt je. Ik neem nu contact op met mijn collega's in Göreme. En als ik jou was, zou ik ook maar goed op blijven letten. Het kan zomaar zijn dat de moordenaar het nog niet heeft opgegeven...'

Simon schudde hem de hand ten afscheid.

'Deze moord kan weleens heel veel groter zijn dan ik op het eerste gezicht dacht,' zei de agent.

Je hebt geen idee... dacht Simon. *Je hebt geen idee hoe groot dit is.*

51

Olivarius was onrustig. Het geven van moordopdrachten was niet iets wat hij graag deed, maar in dit geval waren ze gewoonweg niet te vermijden geweest. Het gezegde 'het doel heiligt de middelen' was hier perfect van toepassing. Soms moesten er nu eenmaal door een paar mensen pijnlijke offers worden gebracht om een veel groter aantal mensen te beschermen.

Voor zover Olivarius kon vaststellen was Umut binnen het team de enige die in de verdomde grot geweest. Verder had hij alle e-mails en appberichten van Weissenberg geanalyseerd, en op basis daarvan had hij kunnen vaststellen dat Weissenberg met twee mannen contact had gehad over de inscriptie. De een was een nieuwtestamenticus en de ander een religieus antropoloog, en dat alleen al was voor hem voldoende geweest om alle alarmbellen af te doen laten gaan.

Als een Romeinse keizer die zijn duim omlaag deed en daarmee het vonnis over een gladiator in de arena velde, zou hij Dragonov laten weten dat hij ook beide mannen moest doden. Er was haast bij, zodat ze geen gelegenheid zouden hebben anderen te vertellen wat ze wisten. Dan en alleen dan zouden alle losse eindjes van deze zaak pas zijn afgehecht.

De antropoloog bleek een Nederlander te zijn die in Leiden woonde. Olivarius had zijn gangen na laten gaan, en hij leek momenteel niet thuis te zijn. Vervolgens had hij zich in een telefoontje naar de universiteit voorgedaan als een student die de man dringend moest spreken. Zo had hij ontdekt dat hij de komende dagen in Rome op een internationaal theologisch congres was om een lezing te houden.

De nieuwtestamenticus was óók een Nederlander, een professor die verbonden was aan de Universiteit van Ankara. Zich baserend op zijn collegerooster had hij kunnen concluderen dat deze man gewoon in zijn woonplaats Ankara was. En niet geheel toevallig was zijn hitman nu in die regio.

Het was duidelijk dat het zo moest zijn.

'Met Drakon,' klonk een stem.

'Drakon. Olivarius hier. Je moet in Turkije blijven.'

Dragonov zuchtte.

'Het is een gemakkelijkere klus dan de vorige twee. Geen woestijnzand, geen ontploffingen.'

'Maar wel weer met een vlammend einde, zeker,' zei Dragonov.

'Ik beloof je dat de benzine de enige overeenkomst is. Ik stuur je een foto, naam en adres. Ik maak de aanbetaling weer over.'

'Waar moet ik zijn?'

'Ankara.'

Er klonk een vloek. 'Ik probeer juist zo ver mogelijk weg van Ankara te komen, man.'

'Waarom was je überhaupt in Ankara?'

'Omdat de vrouw die jij dood wilde hebben daarnaartoe was gereden.'

'Waar in Ankara was ze?'

'Dat weet ik niet precies, want ik ben haar niet tot haar bestemming gevolgd. Ergens in de buurt van de universiteitscampus.'

Olivarius verwerkte deze nieuwe informatie en concludeerde vervolgens dat het bijna geen toeval kon zijn. 'Dan was ze op bezoek bij het volgende doelwit,' zei hij. 'Denk je dat je in Ankara serieus gevaar loopt?'

Het bleef een paar seconden stil. 'Nee, ik vermoed van niet. Ik heb mijn wagen ergens langs de weg in de fik gestoken en een nieuwe gehuurd, met mijn valse paspoort natuurlijk. Maar de kans bestaat altijd dat iemand die bij het tankstation aanwezig was me zou kunnen herkennen. De bijrijder van de dame, bijvoorbeeld. Ik had een zonnebril op en een grote pet, maar ik moest wel gevaarlijk dicht bij hem komen.'

'Bijrijder?' riep Olivarius. Zijn stem klonk zowel verbaasd als geërgerd. 'Was die Turkse vrouw met iemand sámen ten tijde van de moord?'

'Ja. Een man van ergens in de veertig.'

In gedachten tekende Olivarius een driehoek uit. Zou het mogelijk zijn dat het om die man uit Leiden ging?

Hij zocht op zijn computer een foto van Simon Ryevaar op. 'Ik stuur je nu een foto,' zei hij. 'Bekijk hem goed. Is dit de bijrijder?'

Dragonov opende tijdens het gesprek met Olivarius het bericht op zijn mobiel. Op het schermpje zag hij een man met te wild haar voor zijn leeftijd en een baardje.

'Dit is hem,' antwoordde hij. 'Honderd procent zeker.'

Olivarius kreeg het warm. Dat die drie elkaar hadden ontmoet, betekende weinig goeds. Dat wat hen verbond, was hun contact met Weissenberg. Het kon bijna niet anders of ze waren samengekomen om over de vondst in de grot te praten. Deze keten moest zo snel mogelijk volledig doorbroken worden.

Three down, two to go.

'Dan wil ik dat je vaart zet achter de opdracht in Ankara,' zei hij, 'want er is een nieuwe opdracht bij gekomen. Deze man moet ook worden uitgeschakeld, met grote haast. Daarna is het klaar.'

'Maar ik heb geen idee waar hij is.'

'Dat weet ik wel. Dus zorg dat je opschiet. Hoe snel denk je dat de je klus in Ankara kunt klaren? Heb je aan één dag genoeg?'

Dragonov maakte een grommend geluid. 'Dat weet ik niet. Dat ligt eraan of het doelwit thuis is, en alleen is, dat soort dingen. Als de omstandigheden goed zijn is één uur genoeg.'

'Mooi. Want ik wil dat je direct daarna op het vliegtuig stapt.'

'Op het vliegtuig?' herhaalde Dragonov verbaasd. 'Waar moet ik naartoe?'

'Naar Rome.'

52

Een felle ochtendzon bescheen de straten van Rome. Simon reed in een taxi over de Via Salaria, met aan zijn rechterhand een lange muur waarachter zich, zo wist hij, het Parco di Villa Ada bevond. Simon kende dit deel van Rome en had het park met zijn hoge parasoldennen weleens bezocht. Die dennen waren vanaf de weg overigens ook het enige dat van het park zichtbaar was.

De laatste vlucht naar Rome vanuit Ankara had hij gemist, maar er bleek nog plek voor hem te zijn op de eerste vlucht vroeg in de ochtend. Het was een heel duur ticket geweest, maar dat kon Simon op dat moment even helemaal niets schelen.

Het voelde vreemd om op dit moment in Rome te zijn. Hij moest hier mooi weer gaan spelen, met zijn lezing over complottheorieën binnen christelijke geloofsculturen, want vanbinnen voelde hij zich vervreemd van alles. Zijn goede vriend Thomas en diens collega Ergün waren omgebracht, de fascinerende ontdekking die hij had gedaan was met hem verloren gegaan, en alsof dat nog niet erg genoeg was, was Umut, met wie hij in slechts enkele dagen een bijzondere band had opgebouwd, naast hem door het hoofd geschoten.

Welke gestoorde geest zit hierachter? En waarom steekt de dader zijn slachtoffers na de moord in brand?

Het was niet ondenkbaar dat ook Simon op de dodenlijst stond.

Hij voelde een kloppende pijn achter zijn voorhoofd, ongetwijfeld vanwege de stress van de laatste dagen. Terwijl de straten en hoge flatgebouwen aan hem voorbijtrokken en de omgeving steeds stedelijker werd, dacht hij na wat hij zou gaan doen

– de conferentie vond op maandag en dinsdag plaats, dus hij had nog één dag vrij te besteden. Maar de bizarre omstandigheden zorgden ervoor dat hij totaal geen zin had om Rome in te gaan. Het liefst zou hij de hele dag in bed blijven liggen met de gordijnen dicht.

Na een minuut of twintig kwam de taxi aan bij Simons hotel. Voor hem was de keuze waar hij moest boeken niet moeilijk geweest: dit was een modern hotel voor veelal zakelijke gasten, op een steenworp afstand van het congrescentrum. Hij liep de lobby binnen en zag veel bekende gezichten, collega's van over de hele wereld die blijkbaar ook voor dit hotel hadden gekozen.

Simon checkte in en zocht zijn kamer op. Hij zette zijn schoudertas bij het bureautje. Op het vliegveld in Rome had hij een nieuw rolkoffertje gekocht en had hij in de gauwigheid twee overhemden, een pak en een stropdas, wat ondergoed en drie paar sokken aangeschaft. Zijn jas hing hij over de stoel. Hij liet zich op het bed zakken en probeerde wat uit te rusten, maar het lukte niet. Telkens zag hij Umut naast zich in de auto, het uiteenspattende glas, de spetters bloed. De lucht van benzine, vermengd met de geur van verbrand vlees.

Op dit moment moest hij dóór. Verwerken zou later komen.

In een poging de gruwelijke beelden te verjagen pakte Simon zijn bijbel uit zijn schoudertas. Thomas' ontdekking legde een aantal grote geheimen bloot, dat was duidelijk. Toch zat Simon met talloze vragen.

Waarom wilde de vroege Kerk zo graag suggereren dat Jezus de val van Jeruzalem al had voorspeld? Was het puur om Jezus een wonderlijker profeet te maken? Of was er meer aan de hand? En waarom werd de vernietiging van Jeruzalem als een goddelijk oordeel afgebeeld en werd er in Openbaring over de val van de stad gejuicht? De Joden zouden toch juist een onpeilbaar diep verdriet moeten hebben ervaren op het moment dat hun stad en tempel in rook opgingen? Jeruzalem was voor hen de eeuwige verbondsstad, en de tempel de aardse verblijfplaats van God.

Er moest iets zijn wat Simon niet zag, een puzzelstukje dat miste in zijn hypothese.

Hij gooide zijn schoenen uit en nestelde zich tegen het hoofdkussen van het bed, met de bijbel in zijn handen geklemd. Toen hij naar Marcus 13 bladerde, de vroegst opgeschreven versie van Jezus' voorspellingen over het 'einde', viel zijn oog op een tekst die hij in het gesprek met Zieleman over het hoofd had gezien. Het was het vers dat de grote climax van het tafereel beschreef, nádat de stad omsingeld was:

> *Dan zal men de Mensenzoon zien komen op de wolken, bekleed met grote macht en luister. Dan zal hij de engelen eropuit sturen om zijn uitverkorenen uit de vier windstreken bijeen te brengen, van het uiteinde van de aarde tot het uiteinde van de hemel.*

Ineens was Simon de draad kwijt. Deze tekst was al die tijd aan zijn aandacht ontsnapt. Als deze voorspellingen écht over de vernietiging van Jeruzalem gingen, waarom werd er dan over een komst van Jezus gesproken en over engelen die de gelovigen uit alle hoeken van de aarde bijeenbrengen? Dat was in het jaar 70 toch niet gebeurd?

Het was niet vreemd dat gelovigen die dit lazen, meenden dat de tekst over een echte wederkomst van Jezus ging.

Op dat moment ging Simons mobiele telefoon. Hij reikte met zijn hand naar het toestel en zag dat het professor Zieleman was.

'Dag Johan,' zei hij.

'Simon!' klonk het. 'Ik zit hier in mijn achtertuin met de krant, en lees tot mijn ontsteltenis dat Umut is omgekomen. Wat een verschrikkelijke tragedie!'

'Ja, het is afschuwelijk. Ik kan het zelf amper bevatten.'

Simon vertelde in het kort wat er was voorgevallen.

Johan was er een tijd stil van. 'Thomas en zijn collega Ergün zijn vermoord in die grot, die Umut ontdekt heeft... En zij is nu ook dood... Maar waarom zou iemand in 's hemelnaam daar mensen om willen vermoorden? Ik begrijp er echt helemaal niets van.'

'Dat probeer ik te ontrafelen, Johan. Ik begin het idee te krijgen dat Thomas met zijn vondst iets op het spoor is gekomen dat vele malen groter is dan we beseffen – en dan hij zélf besefte. Blijkbaar zijn er krachten voor wie de inhoud van de graffito een bedreiging is.' Simon keek met een schuin oog naar de bijbel die opengeslagen op het hotelbed lag. 'Het is misschien een beetje vreemd om dit onder deze omstandigheden te vragen, maar ik heb je expertise nodig. Ik ben verder onderzoek aan het doen, maar ik loop vast. Ik heb twee prangende vragen.'

'Vertel. Waar loop je tegenaan?'

'Allereerst: wat wordt er bedoeld met de komst van Jezus op de wolken, en alle engelen die de uitverkorenen verzamelen? Dat is tijdens de Joodse Oorlog toch niet gebeurd?'

'En wat is je tweede vraag?'

'Ik begrijp nu dat Openbaring over de val van Jeruzalem gaat. Maar waarom wordt er in Openbaring dan gejuicht over de ondergang van de stad? Je zou toch verwachten dat Joden er groot verdriet over zouden hebben?'

'Het zijn alle twee zeer goede vragen, Simon. Geloof me: niet alles is wat het lijkt. Je kunt het Bijbelse narratief niet zomaar voor waar aannemen, want het is een gekleurd narratief, geschreven door de overwinnaars. Om het antwoord op deze twee vragen te krijgen moet je eerst de onderliggende anti-Joodse thematiek van de evangeliën begrijpen. Paulus is de sleutel tot dit geheim. Waarom denk je dat Petrus ruzie met Paulus kreeg?'

'Sorry, Johan, maar ik kan je niet volgen. Je antwoord is nogal... cryptisch.'

'Dat begrijp ik. Maar ik zou je willen uitdagen je eigen onderzoek te doen. Dan kunnen we jouw bevindingen later bespreken en die vergelijken met de conclusies waar ik toe ben gekomen.'

Nadat Simon had opgehangen, bleef hij achter met grotere vragen dan voordat hij Zieleman om hulp had gevraagd. Wat bedoelde de man met anti-Joodse thematiek? Het christendom was toch een van oorsprong Joodse religie? Jezus was een Jood, zijn discipelen waren Joden, Paulus was een Jood. Het hele Nieuwe Testament was Joods.

Hoe kun je dan zeggen dat het Nieuwe Testament anti-Joodse thematieken kent?

53

Het was zaterdagmiddag. Nova zat in de kas van de Hortus botanicus van de Universiteit Leiden, op een bankje aan een grote vijver. Voor de zoveelste keer screende ze de omgeving af, op zoek naar Eline.

Het was Elines voorstel geweest om in de Hortus af te spreken. Mocht ze binnen The Bride haar maandelijkse Google-overzicht van bezochte sites moeten laten zien – en dat moest ze zo af en toe – dan kon ze zeggen dat ze voor haar studie in de Leidse UB een boek had moeten raadplegen dat niet werd uitgeleend, en daarna even een wandeling was gaan maken in de botanische tuin.

Maar vooralsnog kwam ze nog niet opdagen.

Nova zuchtte. Toen De Redder haar de stiekem genomen foto's had laten zien, was ze zo woedend geweest dat ze des te vastberadener was geworden om de man te ontmaskeren. Maar na het incident waarbij ze 's avonds in het donker door een vreemde man was aangesproken, kreeg ze voor het eerst serieuze twijfels of ze wel verder moest gaan.

Eline had Nova verteld dat haar hulp bij de ontmaskering van Nova haar veel goodwill van De Redder had opgeleverd. Tegelijk werd ze momenteel scherper in de gaten gehouden, omdat ze steeds meer tot de intieme kring rondom De Redder begon te behoren.

Nova keek nogmaals om zich heen. De kas was weelderig begroeid met enorme tropische planten waarvan de bloemen een heerlijke geur verspreidden. Er fladderden een paar grote vlinders, onhandig als altijd, alsof ze voor het eerst vlogen.

Na meer dan twintig minuten kwam Eline eindelijk opdagen. Ze had rode konen, maar het was niet duidelijk of dat door de zenuwen kwam of door de vochtige hitte.

'Sorry dat ik wat laat ben,' zei Eline, terwijl ze naast Nova plaatsnam, helemaal aan het andere eind van de bank. Ze deden hun best elkaars blik te vermijden. Voor een buitenstaander leken ze net twee vrouwen die los van elkaar de Hortus bezochten. 'Ik heb eerst een tijdje in de studiezaal van de bibliotheek doorgebracht om mijn alibi sluitend te maken. Het was trouwens niet eenvoudig om een boek te vinden dat met mijn studie te maken heeft en alléén hier verkrijgbaar is.'

'Welke studie doe je eigenlijk?' vroeg Nova.

'Rechten,' zei Eline. 'Ik ben nogal laat met mijn studie begonnen. Na mijn middelbare school ben ik direct gaan werken, we hadden het niet breed thuis. Maar ik heb het altijd jammer gevonden, omdat ik wist dat ik meer in mijn mars had. Toen ik dertig werd, besloot ik alsnog naar de universiteit te gaan.'

'Wat goed van je.'

'Ja,' zei Eline, die Nova nu voor het eerst voorzichtig aankeek. 'De Redder heeft me gestimuleerd om me verder te ontwikkelen. Hij betaalt alles: mijn collegegeld, mijn boeken...'

'Echt waar?' vroeg Nova. 'En daar staat niets tegenover?'

'In principe niet,' zei Eline. 'The Bride geeft heel veel studiebeurzen aan mensen zoals ik, leden met weinig financiële mogelijkheden. Het is ook een manier om...'

'Om mensen te manipuleren?' maakte Nova haar zin af.

Eline kneep haar ogen toe, het was alsof ze zich aangevallen voelde. 'Zo zou ik het niet zeggen. Zonder De Redder had ik me nooit kunnen ontwikkelen. Maar natuurlijk gaat het om loyaliteit. Toen ik aan de studie begon was ik van plan mijn juridische kennis voor The Bride in te gaan zetten. Ze hebben vaste advocaten in dienst, omdat er regelmatig rechtszaken zijn.'

'Rechtszaken?'

Eline stak afwerend haar hand op. 'Laten we het over iets anders hebben,' zei ze. 'Dit was niet de aanleiding waarom je me wilde spreken toch?'

'Nee, dat is waar,' zei Nova. 'Heeft De Redder inmiddels aangekondigd dat hij zijn naam in Mozes gaat veranderen zodra hij een teken van God krijgt?'

'Ja, dat heeft hij gedaan.'

'En? Hoe waren de reacties?'

'Iedereen reageerde uitgelaten,' zei Eline, die glimlachte. 'Mensen begonnen te huilen, te klappen, te springen van opwinding... Eigenlijk had je erbij moeten zijn, er hing iets elektrisch in de zaal, het was bijna tastbaar. Volgens De Redder voelden we de aanwezigheid van de Heilige Geest.'

Nova keek Eline aan. Ze leek te gloeien door de levendige herinnering aan de dienst. 'Ik vind het moeilijk om je te peilen,' zei ze. 'Je bent heel kritisch over De Redder en The Bride, je geeft me informatie die belastend kan zijn, je wilt er eigenlijk weg. Aan de andere kant zie ik dat je ogen gaan stralen nu je me vertelt over De Redders aankondiging om zijn naam in Mozes te veranderen.'

'Denk je dat het allemaal zo eenvoudig is?' riep Eline kwaad. 'Jij denkt ontzettend zwart-wit, maar zo simpel is het niet.' Ze wendde haar blik af en trok de tas die ze op haar schoot had dichter tegen zich aan, alsof ze een extra verdedigingsmuur tussen haar en Nova wilde optrekken.

'Zo bedoelde ik het niet, Eline,' zei Nova. 'Ik probeer alleen te begrijpen...'

'Wát probeer je te begrijpen?'

'Ik snap dat je tussen twee vuren zit, en dat het allemaal niet makkelijk voor je is.'

Eline keek recht voor zich uit. 'Jij denkt dat alles aan The Bride verkeerd is,' zei ze. 'Dat De Redder volledig slecht is. Maar dat is niet zo. Er gebeuren in onze kerk ook heel veel goede dingen. Op onze site heb je erover gelezen, toch? De steun aan de voedsel- en kledingbanken, de gratis bijlessen voor scholieren, het verspreiden van bijbels in het buitenland, de studiebeurzen voor mensen zoals ik... En voor de meeste leden biedt De Redder gewoon een helder levenspad in deze toch wel duistere tijden, met de Bijbel in de hand.'

'Maar dat neemt niet weg dat De Redder zijn leden een heel extreme leer voorhoudt,' zei Nova, 'waar mensen zich volkomen aan overgeven. Die hersenspoeling kun je onmogelijk gezond noemen.'

Eline zuchtte. 'Dat is ook zo. Daarom heb ik ook contact met jou gezocht. Ik ben gewoon nog zoekende wat er allemaal wel en niet waar is van het geloof dat The Bride uitdraagt. Ik weet dat De Redder niet gezond voor me is, maar de positieve kanten van de kerk zijn moeilijk los te laten. De saamhorigheid, de aanbiddingsdiensten, het wij-gevoel...'

Nova knikte. 'Dat kan ik me voorstellen.'

'En om de een of andere reden... Ik weet niet goed hoe ik het moet verwoorden, eigenlijk. Maar vertel me eens, toen jij dat gesprek met Jozias had. Wees eens echt eerlijk. Hoe kwam hij op je over?'

'Ik was natuurlijk erg boos, op jou en op hem. Hij liet me bovendien foto's zien die in die dagen ervoor van mij waren gemaakt. Het was heel intimiderend.'

'Maar?'

Nova besloot eerlijk te zijn. 'Maar toch had de man iets ... aantrekkelijks. Hoe gek dat ook klinkt. Niet in fysieke zin of in de betekenis van erotische aantrekkingskracht, maar ik kan niet ontkennen dat hij charismatisch is.'

'Nou, precies,' zei Eline, die een stukje in de richting van Nova opschoof. 'Sorry voor mijn boosheid net, maar dat is nou precies wat ik bedoel. Het is fijn om aandacht van Jozias te krijgen, om bij hem in de buurt te zijn en het gevoel te hebben dat ik bijzonder voor hem ben.'

Het viel Nova op dat Eline het nu over Jozias had, en niet over het meer afstandelijke De Redder.

'En als hij me een compliment geeft,' ging Eline verder, 'als hij mijn talenten opmerkt... Daar ga ik gewoon van gloeien, ik kan het niet anders omschrijven.'

'Een beetje als een foute man, dus. Of een ex tot wie je je maar aangetrokken blijft voelen.'

'Ja, zoiets ja. En dan ga ik twijfelen. Is hij toch niet door God geroepen als een profeet? Stel ik God niet teleur als ik The Bride verlaat? Maar op andere momenten zie ik weer hoe Jozias werkelijk is. Je hebt Ferdinand en Sarah gesproken, die zullen je wel genoeg over die duistere kanten van Jozias hebben verteld.'

'Dat klopt.'

'Daarom denk ik dat het voor mij dus beter is om eruit te stappen,' zei Eline. 'En dat zou misschien gemakkelijker worden als jij de man ontmaskert, begrijp je? Als bekend wordt waar al dat geld heen gaat, bijvoorbeeld. Dat is strafbaar denk ik, dus dat kan worden uitgezocht. Dat zou misschien het einde van The Bride betekenen.'

Nova knikte. Voor een moment liet ze haar blik dwalen over de honderden groentinten in de tuin. Het leven was inderdaad niet zwart-wit. Alles was opgedeeld in honderden, zelfs duizenden schakeringen. 'Er is nog iets anders waar ik je over wil spreken,' zei ze. 'Heb je enig idee waarom De Redder zichzelf Mozes moet gaan noemen?'

Eline haalde haar schouders op. 'Jozias is daar nooit heel concreet over. Hij houdt veel dingen geheim die God hem heeft geopenbaard, totdat God hem zegt dat hij het met Zijn Bruid moet gaan delen.'

'Maar je hebt toch vast weleens nagedacht wat de reden kan zijn?'

'Soms denk ik dat God hem geroepen heeft om een soort Mozes te zijn voor de kerk van de eindtijd.'

'Heb je ooit gehoord over de Twee Getuigen?' vroeg Nova.

Eline keek met lichte verbazing op. 'Ja, uiteraard wel. Zij worden genoemd in Openbaring. Het zijn twee belangrijke profeten die in de eindtijd zullen verschijnen. Jozias preekt af en toe over hen, en zegt dan dat zij de twee gezalfden zijn die tegen de antichrist zullen profeteren.'

'Is het je ooit opgevallen dat de wonderen die de Twee Getuigen doen precies de wonderen zijn die Mozes en Elia deden?' Nova bracht haar hoofd iets dichter bij Eline. 'Ik denk dat De Redder gelooft dat hij en zijn zoon de Twee Getuigen van Openbaring zijn. Daarom noemde hij zijn zoon Elijah, en gaat hij zijn naam op goddelijk teken in Mozes veranderen.'

Eline leek oprecht verbaasd. 'Dat… zo heb ik het nog nooit

bekeken. Maar dat zou een hoop verklaren. Wist je dat de profeet Maleachi voorspeld heeft dat de profeet Elia in de eindtijd terug zou keren op aarde?'

Nova schudde haar hoofd. 'Ik ben niet zo erg Bijbelvast, sorry.'

'In het Oude Testament staat dat nadat Mozes was heengegaan de Israëlieten zijn lichaam niet meer konden vinden. Sommigen denken daarom dat Mozes niet echt is gestorven, maar met lichaam en al in de hemel werd opgenomen. En de profeet Elia is óók niet gestorven – die werd met vurige wagens opgehaald en lichamelijk naar de hemel gebracht. Later in de Bijbel lees je vervolgens dat Jezus op de berg wordt verheerlijkt, dat zijn kleren helder wit stralen, en wie verschijnen er dan ineens aan zijn zijde? Mozes en Elia. Er staat dat ze met elkaar spraken, alsof ze met Jezus overleg hadden over alles wat komen ging.'

'Wat wil je daarmee zeggen?'

'Uitgaande van de Bijbel zou je kunnen zeggen dat Mozes en Elia nooit dood zijn gegaan maar al die eeuwen lichamelijk in de hemel zijn geweest... om in de eindtijd weer op aarde te verschijnen. In dat licht is het niet zo vreemd dat Jozias weinig over zijn geboorte en jeugd loslaat. Hij praat toch heel mysterieus over zijn afkomst en geboorte?'

'Je bedoelt dat hij wil suggereren dat hij nooit is geboren. Dat hij Mozes is, die uit de hemel op aarde is gezet.'

'Precies.'

'Maar waarom slikt iedereen in The Bride dit soort dingen als zoete koek? Als De Redder zijn zoon tweeëntwintig jaar geleden al Elijah noemde, dan kan het toch niet anders dan dat hij toen al met die gedachte heeft gespeeld? Het hele idee dat hij en zijn zoon de Twee Getuigen zullen zijn, is vooropgezet spel.'

'Dat weet ik niet,' zei Eline. 'Binnen The Bride zal iedereen denken dat het goddelijke leiding is. Het is toch goed mogelijk dat Jozias dat zelf ook oprecht gelooft?'

'Maar dat is toch... grootheidswaan?'

Eline haalde haar schouders op. 'Ik weet oprecht niet wie Jozias écht is. Wat denk jij? Is hij een goede man die fouten maakt, of een slechte man die zich goed voordoet?'

'Ik ben nog niet ver genoeg met mijn onderzoek om hem psychologisch goed te kunnen ontleden, maar ik neig ernaar te denken dat hij een psychiatrisch patiënt is, dat hij eigenlijk behandeld zou moeten worden. Hij geniet van macht en aandacht, en als ik hoor wat hij allemaal zegt en doet, dan denk ik dat hij niet alleen gestoord is, maar ook gevaarlijk. Hij ziet zichzelf echt als een soort gezant van God op aarde, en met zulke types aan de macht in een sekte loopt het vaak verkeerd af.'

'Je hebt wel een punt,' zei ze. 'Regelmatig zegt Jozias dat wie niet voor hem is, tégen hem is. Dat zijn letterlijk woorden van Jezus. De Redder heeft me weleens gezegd dat hij hetzelfde gezag heeft als Jezus, omdat hij als leider van deze kerk een "apostolische zalving" heeft.'

'Dat is niet niks.'

'Nee, dat klopt. En met de Bijbel in je handen kun je daarmee heel verkeerde dingen doen.'

'Verkeerde dingen? Kun je voorbeelden noemen?'

Eline zweeg ineens. Het leek alsof ze ineens schrok van haar eigen openheid. Daarna zei ze: 'Ik moet mijn mond houden. Ik kan hier niet met je over praten.'

Gehaast stond ze op, en liep weg, met korte passen.

'Eline,' riep Nova, die achter haar aan kwam. 'Ik wilde je niet het vuur na aan de schenen leggen. Ik...'

'Vergeet wat ik heb gezegd,' zei Eline.

'Please, Eline...' probeerde ze nog.

Maar Eline schudde haar hoofd. 'Waag het niet achter me aan te komen,' riep ze fel, zonder nog om te kijken. 'Anders vertel ik Jozias dat je me lastig blijft vallen.'

54

Hoge woontorens maakten plaats voor moderne appartementen en flats, omgeven door stroken groen. Dragonov was nog nooit in Ankara geweest, maar het was duidelijk dat de wijk Güzelkent niet voor arme sloebers was. Na enkele minuten sloeg hij af en kwam hij terecht in een wijk met ruime, vrijstaande huizen.

'Güzelkent' betekende mooie stad, en hier begreep je wel waarom. Het waren stuk voor stuk moderne en goed onderhouden villa's met een grote tuin eromheen. Felle bloemen, hoge dennen en veel loofbomen gaven de straten een weelderig karakter.

Dragonov minderde vaart en parkeerde de grote Ford die hij had gehuurd vlak bij het adres waar zijn volgende doelwit moest wonen. De vraag waarom hij deze man moest gaan doden, hield hem zoals altijd niet bezig. Ook over de jonge vrouw van gisteren stelde hij geen vragen.

Wie betaalt, bepaalt.

Natuurlijk had hij gezien dat het slachtoffer van gisteren een mooie jonge vrouw was, maar het lot had klaarblijkelijk beschikt dat haar geen lang leven beschoren was geweest.

Het enige wat hem dwarszat was de irritante wens van Olivarius om de slachtoffers na hun dood te verbranden. Het had gisteren, bij het tankstation, voor flink wat problemen gezorgd. Zonder die vuurzee zou de moord veel later zijn ontdekt, en had hij alle tijd gehad om de bijrijder – die zijn gezicht misschien te goed had gezien – preventief te doden. Omdat er mensen naar de brandende wagen toe kwamen, kon hij echter niet anders dan zo snel mogelijk wegvluchten. Maar goed, Olivarius had al aangekondigd dat de bijrijder de volgende persoon op de lijst was. Hoe dan ook zou de man worden uitgeschakeld.

Hij zette de motor van de Ford uit. Met zijn vingers op zijn mobiele telefoon draaide hij de kaart van de straat een kwartslag. Op de satellietbeelden van Google Maps zag hij dat de tuin om de gehele woning lag. Dat was een voordeel.

Hij had maar weinig tijd gehad om zich op deze klus voor te bereiden. Olivarius leek zijn laatste beslissingen ad hoc te nemen. In een afgelegen gebied in Cappadocië was het gemakkelijker werken dan in een grote stad, dat zeker. Het zou improviseren worden, maar hier had hij wellicht meer eer van zijn werk. Als hij opschoot kon hij vanavond om tien uur nog op het vliegtuig naar Rome stappen.

Hij haalde zijn pistool uit een koffertje en schroefde er een geluidsdemper op. In zijn binnenzak stopte hij de fles benzine. Het zou geen lawaai maken en bovendien niet lang duren: het slachtoffer zou dood zijn voordat hij iets doorhad. Vervolgens was er alle tijd om het lichaam in brand te steken.

Hij opende het portier van de auto, stapte uit en sloot de wagen met de afstandsbediening. Vervolgens liep hij rustig in de richting van een grote, witte, in moderne vormen opgetrokken woning, verscholen achter enkele dennen.

Hoewel Dragonov zijn werk als broodwinning zag, niet meer en niet minder, kon hij niet ontkennen dat het hem een bepaalde kick gaf. De adrenaline, de rush die je voelde, en het besef dat je de macht over iemands leven had. Het feit dat alleen jij wist dat er een dode zou vallen, en dat die persoon zou sterven omdat jij de trekker overhaalde. Tegelijk hoefde hij geen enkele wroeging te koesteren – hij was niet de moordenaar, dat was zijn opdrachtgever.

Er stond een hek rondom de tuin en de oprit was afgesloten met een poort; hij zag zo gauw geen camera's of andere beveiligingsapparatuur hangen. Zonder aarzeling klom hij over het hek en liep hij het tuinpad op, om het huis heen, tot hij in de achtertuin stond. Tevreden constateerde hij dat het onmogelijk was vanuit de huizen erachter de tuin in te kijken – hier stonden ook enkele hoge bomen. Je kon nooit voorzichtig genoeg zijn.

Hij snoof de frisse lentelucht op. Hij had geen helder plan A of plan B, vanaf hier moest hij kijken wat hij aantrof. Het was vooral te hopen dat het doelwit alleen zou zijn, zodat hij geen mensen hoefde te doden omdat ze op het verkeerde moment op de verkeerde plek waren.

Op een kleine terrastafel lag een tijdschrift open. Er stond een glas wijn naast, half opgedronken. De tuinstoelen waren leeg, de openslaande deuren stonden op een kiertje. Wederom was het geluk met hem. Hij hoefde niet aan te bellen, niet te proberen binnen te komen, zelfs geen ruiten in te slaan, niets. Hij hoefde alleen maar te wachten tot de heer des huizes naar buiten kwam.

Na een minuut of vier zwaaide de tuindeuren open. Een zestiger met een egaal zilvergrijze haarbos en een onberispelijk getrimd baardje stapte naar buiten. Toen hij zag dat hij bezoek had, schrok hij. Hij keek Dragonov aan.

'Goedemiddag,' zei hij beleefd. 'Kan ik u ergens mee helpen?'

Dragonov knikte vriendelijk. Zonder een woord te zeggen liep hij op de man af, glimlachte, haalde zijn pistool tevoorschijn en schoot hem door het voorhoofd. De oude man zakte direct op de grond, zijn ronde brilletje onder de bloedspetters.

Met snelle bewegingen haalde Dragonov de fles benzine uit zijn binnenzak, goot hem leeg over de man en stak hem zonder enige aarzeling in brand. Het vuur laaide hoog op, Dragonov moest aan de kant springen om zelf niet geraakt te worden. Het rook algauw als een zomerse barbecue.

Even vlot als hij was gekomen, liep hij weg uit de tuin. Onder het lopen pakte hij het gouden kruis dat om zijn nek hing tussen duim en wijsvinger en kuste het. Vervolgens klom hij over de poort en liep hij neuriënd terug naar zijn Ford. Nu moest hij onmiddellijk van het toneel verdwijnen.

Hij keek hoe laat het was. Bijna vier uur. Ruim voldoende tijd om Ankara Esenboga Airport te bereiken en zijn avondvlucht naar Rome te halen, waar de laatste liquidatie moest gaan plaatsvinden.

Dat is nog eens even snel veel geld verdienen.

Hij startte de auto en reed met flinke snelheid de straat uit. Zijn gedachten dwaalden af naar zijn dochtertje. Hij dacht na waar hij dit weekend ergens iets voor haar kon kopen. Een knuffeltje misschien, of een souvenirtje. Dat deed hij altijd op de tot nu toe sporadische momenten dat hij in het buitenland werkte.

Hij pakte zijn mobiele telefoon en zag dat er een sms was binnengekomen van de enige persoon met wie hij met deze telefoon belde. Het was een kort tekstbericht.

> Haast je. Je volgende target is al in Rome.

Hij belde de afzender.

'Ja?'

'Klus geklaard.'

'Mooi. Geef me een seintje zodra je in Rome aankomt, wil je? Ik stuur je nu een mail, met de instructies. Alles blijft in principe gelijk.'

'Het gaat om de bijrijder, toch?'

'Ja. Ik stuur je zijn naam en de locatie van het congres waar hij naartoe gaat. En ik heb al achterhaald in welk hotel hij zit.'

Dragonov reed intussen de snelweg op. 'Oké,' zei hij. 'Op het vliegveld zal ik de instructies lezen.'

Hij drukte de oproep uit en begon te fantaseren over Rome. Hij was al jaren van plan eens met zijn knieën de Heilige Trap te bestijgen, als boetedoening. Er was ongetwijfeld veel wat de heilige Maagd hem zou moeten vergeven, en hij was als de dood de hel of zelfs het vagevuur in te moeten gaan. Maar waarschijnlijk zou een bezoekje aan de Heilige Trap er ditmaal niet inzitten.

55

In de zakenwijk van Rome waar Simons hotel gelegen was, vlogen zwaluwen boven de hoge gebouwen. In de verte klonk het geluid van bouwwerkzaamheden – een ritmisch gedreun werd afgewisseld met luid getik dat meermaals echode voor het uitstierf.

Een zekere rusteloosheid had zich van Simon meester gemaakt. Hij probeerde zichzelf telkens voor te houden dat het zeer onwaarschijnlijk was dat de moordenaar van Thomas en Umut achter hem aan zou komen. De man had hem gezien, maar kon niet weten wie hij was – zijn naam was nergens genoemd en hij was op geen enkele manier officieel aan Thomas' onderzoek verbonden.

Maar de gestolen laptop zat hem dwars.

Hij kon het proberen te ontkennen, maar hij wist dat de correspondentie met Senna naar Thomas en hem was gestuurd. Thomas had Simon bovendien ook genoemd in zijn e-mail aan professor Zieleman. En als de moordenaar Thomas' mobiele telefoon in zijn bezit had, zag het er nog slechter voor hem uit. De appjes waarin Thomas hem uitnodigde om naar Turkije af te reizen, zouden ervoor kunnen zorgen dat hij direct bovenaan de hitlist kwam.

De gedachte dat hij gedood zou worden, waardoor Annabel – als ze ooit terugkeerde – zelfs geen vader meer had, maakte hem misselijk. Simon schudde zijn hoofd alsof hij daarmee die gedachten kon afschudden.

Ik moet afleiding zoeken.

Hij ging op het bed zitten en begon in zijn bijbel te bladeren. Hij stuitte op een beroemde gelijkenis van Jezus in Mattheus 21:33-46, die van de wijngaard.

Er was eens een landheer die een wijngaard aanlegde en hem omheinde. Hij groef er een kuil voor de wijnpers en bouwde een uitkijktoren. Toen verpachtte hij hem aan wijnbouwers en ging op reis. Tegen de tijd van de druivenoogst stuurde hij zijn knechten naar de wijnbouwers om zijn vruchten in ontvangst te nemen. Maar de wijnbouwers grepen de knechten, ze mishandelden er een, doodden een ander en stenigden een derde. Daarna stuurde de landheer andere knechten, een grotere groep dan eerst, maar met hen deden ze hetzelfde. Ten slotte stuurde hij zijn zoon naar hen toe, met de gedachte: Voor mijn zoon zullen ze wel ontzag hebben. Toen de wijnbouwers de zoon zagen, zeiden ze onder elkaar: 'Dat is de erfgenaam! Kom op, laten we hem doden en zo zijn erfenis opstrijken,' en ze grepen hem vast, gooiden hem de wijngaard uit en doodden hem. Wanneer nu de eigenaar van de wijngaard komt, wat moet hij dan met die wijnbouwers doen? Ze antwoordden: 'De onmensen! Laat hij ze op een mensonwaardige manier ombrengen en de wijngaard verpachten aan andere wijnbouwers, die de vruchten wel aan hem afdragen wanneer het daar de tijd voor is.'... Daarom zeg ik u: het koninkrijk van God zal u worden ontnomen, en gegeven worden aan een volk dat het wel vrucht laat dragen.

Simon had deze gelijkenis vaak gelezen, maar nu zag hij de tekst voor het eerst in een ander licht. De metafoor was overduidelijk: de heer van de wijngaard was God, de zoon van de heer was Jezus en de wijnbouwers waren de Joden.

Het viel niet te ontkennen dat de Bijbeltekst niet zo vriendelijk was naar de Joden. Volgens de gelijkenis waren ze ongehoorzaam; ze doodden de profeten en vermoordden uiteindelijk zelfs de Zoon. Daarom besloot de heer van de wijngaard zelf maar naar hen toe te komen. En wat deed hij bij zijn komst? Hij doodde de wijnbouwers, de Joden dus, om de wijngaard vervolgens aan ándere volken te geven.

Simon peinsde.

Kon het zo zijn dat deze gelijkenis op de vernietiging van Jeruzalem in het jaar 70 doelde? Dat de evangelieschrijvers wilden suggereren dat het God zélf was die de Joden massaal de dood in joeg, omdat ze halsstarrig waren en de Verlosser niet herkend hadden... en dat God vervolgens besloot met andere volken verder te gaan?

Het was een revolutionair idee, maar niet ongeloofwaardig.

Zou dit zijn wat Zieleman bedoelt met de anti-Joodse thematiek?

Op dat moment werd er op de deur van zijn kamer geklopt. Simon sprong verschrikt op; hij had geen roomservice besteld en verwachtte niemand. Gespannen sloop hij naar de deur, en luisterde.

Weer werd er geklopt.

Daarna hoorde hij een gedempte vrouwenstem, die iets in het Italiaans zei. Hij opende de deur een klein eindje en keek door de kier de gang in. Tot zijn opluchting zag hij twee vrouwen rond een schoonmaakkar staan. Een van hen, waarschijnlijk de vrouw die had aangeklopt, keek om.

'Mijn excuses,' zei ze in gebroken Engels, 'ik wilde vragen of we de handdoeken konden vervangen.'

Simon gebaarde dat het al goed was. Snel sloot hij de deur weer. Met de spanning nog in zijn lijf ging hij weer op het bed zitten. Hij sloeg de bladzijde om, waar zijn oog op een andere gelijkenis van Jezus viel: de gelijkenis van de bruiloft, in Mattheus 22:1-10.

> *Het is met het koninkrijk van de hemel als met een koning die een bruiloftsfeest gaf voor zijn zoon. Hij stuurde zijn dienaren eropuit om de bruiloftsgasten uit te nodigen, maar die wilden niet komen. Daarna stuurde hij andere dienaren op pad met de opdracht: 'Zeg tegen de genodigden: "Ik heb een feestmaal bereid, ik heb mijn stieren en het mestvee laten slachten. Alles staat klaar, kom dus*

naar de bruiloft!'" Maar ze negeerden hen en vertrokken, de een naar zijn akker, de ander naar zijn handel. De overigen namen zijn dienaren gevangen, mishandelden en doodden hen. De koning ontstak in woede en stuurde zijn troepen erop af, hij liet de moordenaars ombrengen en hun stad in brand steken.

Zieleman had Simon in het korte telefoongesprek op een compleet nieuw spoor gezet, want voor het eerst in zijn leven viel het hem op dat ook deze beroemde gelijkenis een duidelijke anti-Joodse thematiek kende. Jezus vergeleek het koninkrijk met een bruiloft, waarvoor mensen waren uitgenodigd. De genodigden waren dan natuurlijk het Joodse volk. Ook hier stuurde de koning mensen naar de genodigden – een metafoor voor hoe God profeten en apostelen naar de Joden stuurde – maar deze werden door hen gedood. Vervolgens werd de koning woedend. En wat deed hij? Hij zond zijn legers op hen af, doodde hen en stak hun stad in brand.

Ongelofelijk. Deze gelijkenis gaat overduidelijk over de vernietiging van Jeruzalem in het jaar 70. De tekst zegt in feite dat God de legers van de Romeinen stuurde!

Daarna las hij de afsluitende zinnen van de gelijkenis.

Vervolgens zei de koning tegen zijn dienaren: 'Alles staat klaar voor het bruiloftsfeest, maar de gasten waren het niet waard genodigd te worden. Ga daarom naar de toegangswegen van de stad en nodig voor de bruiloft iedereen uit die je tegenkomt.' De dienaren gingen de straat op en brachten zoveel mogelijk mensen samen, zowel goede als slechte. En de bruiloftszaal vulde zich met gasten voor de maaltijd.

Hij schudde zijn hoofd. Hij had de gelijkenissen zó vaak gelezen. Waarom was hem dit nooit eerder opgevallen?

Hij had altijd gedacht dat Jezus met de gelijkenis iets algemeens bedoelde. Dat gelovigen niet moesten denken dat de buit wel binnen was, maar dat ze God oprecht moesten gehoorzamen, want anders zette hij hen aan de kant en ging hij op zoek naar mensen die wel gehoorzaam wilden zijn. Maar als je eenmaal begreep dat de gelijkenis over de val van Jeruzalem ging, werd de ware boodschap van de evangelisten duidelijk: de Joden werden door God geoordeeld en aan de kant gezet... En net als bij de vorige gelijkenis ruilde God hen vervolgens in voor mensen uit andere volken.

De dienaren gingen de straat op en brachten zoveel mogelijk mensen samen.

Op dat moment begon Simon iets te dagen wat het hele verhaal een totaal ander perspectief gaf. Eigenlijk was het kinderlijk eenvoudig, maar tegelijk was het ronduit schokkend. Volgens deze gelijkenis doodde God de 'goddeloze' Joden en stak hij hun stad in brand, om vervolgens zijn dienaren uit te zenden en nieuwe genodigden te verzamelen uit de buitengebieden. Koortsachtig bladerde hij terug, naar de voorspelling van de val van Jeruzalem in het evangelie van Marcus.

Hij zal zijn engelen eropuit sturen om zijn uitverkorenen uit de vier windstreken bijeen te brengen.

Hij pakte zijn mobiel en zocht via Google naar de Griekse vertaling van de tekst. Tot zijn verbazing las hij dat het woord dat met 'engelen' vertaald was – het Griekse *aggelos* – in werkelijkheid 'boodschapper' betekende. Vertalers lieten de context van de tekst bepalen of het om een menselijke of een bovennatuurlijke boodschapper, een engel, ging. Ze vertaalden het in deze tekst steevast als 'engelen', maar dat klopte helemaal niet. Als je de tekst vergeleek met de twee gelijkenissen bleek dat het over iets heel anders moest gaan, namelijk boodschappers die eropuit trokken om alle heidense volken het goede nieuws te vertellen en zo tot God te bekeren.

De onderliggende boodschap in het evangelie werd hem

ineens duidelijk: de Joden hadden de messias verworpen, daarom werden ze gedood en werd hun stad vernietigd, en vervolgens moesten ze met lede ogen toezien hoe God hen aan de kant schoof en vanaf nu zijn volk uit de heidenen ging verzamelen.

Simon was stomverbaasd dat hij dit alles nooit eerder had gezien.

Eigenlijk vormden de drie teksten een drieluik – eerst Jezus' gelijkenis van de wijngaard, daarna zijn gelijkenis van de bruiloft en als laatste de eindtijdrede. Ze moesten in elkaars verlengde worden gelezen. Samen kondigden ze het grote oordeel over de Joden aan, gevolgd door Gods uitverkiezing van de heidenen.

En natuurlijk was Jezus niet écht verschenen tijdens de vernietiging van Jeruzalem. Marcus creëerde simpelweg een apocalyptisch beeld waarin Jezus degene was die het oordeel bracht, omdat hij door de oorspronkelijke 'wijnbouwers' en 'genodigden' niet als Verlosser was herkend, en nu kwam om zich op hen te wreken.

Het viel Simon ineens op dat veel van Gods oordelen in het Oude Testament een 'komst' genoemd werden van de Heer – God kwam in toorn en vernietigde de vijanden. Bij geen van deze gebeurtenissen was er een letterlijke komst; er was geen lijfelijke, zichtbare verschijning van God. In het Oude Testament werden met de komst van de Heer altijd momenten van oordeel en overwinning bedoeld. Marcus moest natuurlijk hetzelfde bedoeld hebben. De 'komst' van Jezus was óók geen zichtbare wederkomst.

Simon zag voor zijn ogen de sluier van de Bijbelse eindtijdprofetieën verdwijnen. Het was ineens duidelijk wat Marcus werkelijk suggereerde: de vernietiging van Jeruzalem wás de komst van Jezus. Het was zijn komst in oordeel over de Joden die hem hadden verworpen.

Hij stond op, rekte zich uit, en liep naar het hotelraam, dat een mooi uitzicht bood over de daken van deze buitenwijk van Rome. 'Maar waaróm dan?' zei hij tegen zichzelf. 'Waarom wilden de evangelieschrijvers hun lezers koste wat kost voorhouden dat de Joden door God voor de heidenen aan de kant waren gezet? Waarom maakten zij de Joden tot de grote boosdoeners? De schrijvers van het Nieuwe Testament waren zelf Joden – hoe zouden we hen van antisemitisme kunnen beschuldigen?'

Simon had nog niet geluncht en merkte dat zijn maag knorde. Misschien moest hij zo iets gaan eten in de hotelbar. Hij haalde zijn portemonnee uit zijn schoudertas. Net voordat hij de hotelkamer wilde verlaten, zag hij dat Zieleman hem vlak na hun telefoongesprek nog een lang appje had gestuurd.

> Simon, ik hing zonet op en realiseerde me toen pas dat jij nu in Rome bent. Klopt dat? Dan moet je echt Luciano Greco di Medici ontmoeten. Ik heb hem jaren geleden ontmoet. Het is een bijzondere man. Geen wetenschapper overigens. Maar hij heeft in de jaren negentig een frappante ontdekking gedaan. Je zult het boeiend vinden, omdat die namelijk overlapt met het onderwerp waar jij je mee bezighoudt. Misschien dat het je helpt om antwoord te vinden op je twee prangende vragen. Hij woont aan de Via Giorgio Scalia, nummer 26-C. Ik mail hem dat hij je kan verwachten dit weekend. Doe hem de groeten als je hem spreekt.
> Groet, Johan

Simon glimlachte. Zieleman liet er geen gras over groeien. Hij had geen idee wie deze Greco di Medici was en wat hij zich bij een eventuele ontmoeting moest voorstellen, maar hij nam zich voor de volgende dag eens naar de betreffende straat te lopen. Hij had grote behoefte om te worden afgeleid.

56

Terwijl de avond in schitterende roodtinten over Rome viel, dronk Simon in de lobby nog een paar drankjes met mensen die hij in feite één keer per jaar zag. Door het jaarlijkse congres van de European Association for Biblical Studies bleef hij op de hoogte van de laatste ontwikkelingen op wat feitelijk niet echt zijn vakgebied was, maar waar hij met zijn eigen onderzoek wel voortdurend tegen aanschurkte.

Zijn gedachten dwaalden echter telkens af naar de ontmoeting met Johan Zieleman en zijn recente ontdekkingen. Na drie glazen wijn excuseerde hij zich bij zijn collega's onder het mom van vermoeidheid. Hij vertrok naar zijn hotelkamer, waar hij nog een tijdlang in de Bijbel las en op het internet surfte, op zoek naar meer achtergrondinformatie.

In zijn onderzoek naar religieuze bewegingen had Simon de zware oordeelsteksten in het Nieuwe Testament vaak gelezen, maar het was alsof er nu een ander licht op viel. Hij had nooit iets antisemitisch in de teksten gezien – hij had ze altijd opgevat als kritiek van Jezus op de Joodse leiders en hun extreme hypocrisie. Maar nu kon hij niet anders dan toegeven dat de oordeelsretoriek niet slechts naar de Joodse leiders leek te verwijzen, maar naar het héle Joodse volk.

Die anti-Joodse thematiek in de evangeliën voelde als een ontbrekende schakel, iets waar hij bewust of onbewust altijd overheen had gelezen. Het was als de gorilla die de hele tijd al in beeld was, maar die je simpelweg niet had opgemerkt omdat je te veel op andere elementen was gefixeerd. Maar nu hij hem eenmaal zag, zag hij hem óveral.

Al bladerend kwam hij terecht bij de scène van Jezus' veroordeling. Tijdens het strafproces veroordeelde de hogepriester Jezus en scheurde pontificaal zijn hogepriesterlijk gewaad. Een dag later, toen Jezus stierf, scheurde ook het voorhangsel. Simon wist dat het voorhangsel in de Joodse tempel was gemaakt van dezelfde purperen stof als de hogepriesterlijke gewaden. Beiden symboliseerden namelijk het verbond van het Joodse volk met God. En allebei scheurden ze rond Jezus' dood.

De latere christelijke uitleg was dat het voorhangsel scheurde omdat Jezus de weg naar God opende, maar nu zag Simon dat de schrijver van het evangelie iets totaal anders had bedoeld: het verbond tussen God en de Joden werd verbroken. Marcus creëerde een symbolisch tweeluik. Eerst verwierp het Joodse volk, vertegenwoordigd door de hogepriester, Jezus als Zoon van God, en symbolisch scheurde de priester zijn gewaad. Even later, tijdens de dood van Jezus, werd die verwerping van de Joden definitief en scheurde God zelf het voorhangsel van de tempel. De Joden verbraken dus hun kant van het verbond, en God verbrak als reactie ook zijn kant van het verbond.

Simon stond op en deed de lichten in zijn kamer aan. Daarna staarde hij nog een tijdje over Rome. Hij realiseerde zich ineens dat dit de stad was waar Marcus, de eerste evangelieschrijver, had geleefd. Marcus schreef zijn verhaal over Jezus hier, voor zijn stadgenoten, met als doel hen tot het christelijke geloof te brengen, en het verhaal was dermate pakkend en krachtig dat het de daaropvolgende tweeduizend jaar mensen zou blijven raken. Maar Marcus deed de historische waarheid in veel opzichten geweld aan.

Zieleman had gisteren nog verteld hoe je aan het einde van de eerste eeuw moest oppassen met wat je schreef. Je liep groot gevaar als je lectuur verspreidde met anti-Romeinse sentimenten. En aangezien de Romeinen zojuist de opstandige Joden verslagen hadden, was de algemene opinie in Rome dat de Joden een recalcitrant en bekrompen volk waren. Marcus had dus een duidelijk motief om in zijn evangelie de Joden als de grote boosdoeners weg te zetten en de Romeinen zeer positief af te schilderen.

Een collega van Simon, een nieuwtestamenticus, had hem weleens verteld dat Marcus' beschrijving van Jezus' veroordeling door de Joden in talloze opzichten historisch ongeloofwaardig was. Niet alleen week Marcus' beschrijving van het proces op tientallen punten af van hoe zoiets in werkelijkheid verliep, het was ook nog eens onmogelijk dat het hogepriesterlijk gewaad tijdens een zitting van het Joodse Hooggerechtshof zou zijn gescheurd. Het gewaad werd nooit tijdens strafprocessen gedragen, en volgens Leviticus 10:6 was het de hogepriester bovendien op straffe van de dood verboden het te scheuren. Het had er alle schijn van dat Jezus helemaal niet door de Joden veroordeeld was – hij was tenslotte gekruisigd, een Romeinse executie waarvoor enkel een Romeins strafproces nodig was. De veroordeling voor de Joodse Raad was waarschijnlijk een invoeging van Marcus, bedoeld om de schuld van Jezus' dood in de schoenen van de Joden te schuiven.

In dat licht viel het Simon op dat de Joden in de evangeliën voortdurend werden geportretteerd als blind, rancuneus en traag van begrip. Jezus' eigen familie sprak neerbuigend over hem en zijn eigen stadgenoten geloofden hem niet. Zelfs Jezus' discipelen begrepen zijn boodschap nauwelijks. De Joodse leiders joegen Jezus telkens op, en wilden hem ter dood brengen.

Daar stond tegenover dat het in de evangeliën juist opvallend vaak heidenen waren die wel in Jezus geloofden: de bezeten man in het gebied van de Gerasenen, de Syro-Fenicische vrouw, de blinde Bartimeüs van Griekse afkomst, de Samaritaanse vrouw.

Op het moment dat Jezus werd gearresteerd, werd hij theatraal door de Joden verworpen. Het hele volk riep: 'Kruisig hem!', Jezus' eigen discipelen vluchtten weg en zelfs zijn voornaamste discipel, Petrus, verloochende hem driemaal. Jezus stierf eenzaam aan het kruis, verlaten door zijn volk.

En wie was vervolgens de eerste die geloof in Jezus als zoon van God beleed?

Een Romeinse centurion.

Zelfs de prefect die Jezus ter dood veroordeelde, Pontius Pilatus, deed dat volgens Marcus tegen zijn zin, onder druk van de

Joden. Marcus' boodschap was simpel: de Joden waren verblind, de heidenen herkenden Jezus wél.

En amper vijftien jaar na Marcus maakte Mattheüs het nóg bonter. In zijn evangelie riep het Joodse volk zelfs in blinde haat dat het bloed van Jezus over hen en hun kinderen mocht komen. Daar waar Marcus het nog subtiel verwoordde, wekte Mattheus letterlijk de suggestie dat de Joden de vernietiging van hun stad en tempel over zichzelf hadden afgeroepen door Jezus te verwerpen.

Simon trok het gordijn voor het hotelraam iets opzij en staarde naar buiten. Hij merkte dat hij zijn ogen niet meer kon openhouden. Hij kleedde zich uit, nam een korte douche en poetste zijn tanden.

Kan het zo zijn dat het Nieuwe Testament de historie vanuit het perspectief van de opkomende heidense Kerk in Rome belicht?

Zittend op de rand van het bed stuurde hij professor Zieleman een appje waarin hij dit idee aan hem voorlegde. Hij wilde ontzettend graag weten of hij volgens Zieleman op het juiste spoor zat.

Vervolgens legde hij zijn telefoon weg en liet hij zich in bed vallen. Het leek allemaal te kloppen. Hij had het bijvoorbeeld altijd vreemd gevonden dat de Bijbel de oorlogen en rampen voorafgaand aan de val van Jeruzalem "weeën" noemde. Weeën leidden immers niet tot een einde, maar tot een nieuwe geboorte.

Nog maar kort geleden had hij het zelf tegen zijn studenten gezegd: de eindtijdverhalen binnen religies draaiden nooit zomaar om een einde van de wereld, maar vooral om een catastrofaal einde van al het oude en het begin van een nieuwe, betere tijd. Nu pas zag hij dat hij misschien wel héél erg gelijk had gehad.

Het catastrofale einde van het oude Joodse systeem betekende het aanbreken een nieuw tijdperk.

Het tijdperk van de Kerk.

57

Nova zat in haar woonkamer. Ze staarde naar buiten waar twee merels, een mannetje en een vrouwtje, druk in de weer waren op het gras. Zo nu en dan daalden er enkele kraaien neer, en haastten de merels zich naar de toppen van de dichtstbijzijnde bomen. Nova bekeek het tafereel, met een grote beker cappuccino in haar handen.

Ze pakte haar telefoon en belde Eline. Tot haar frustratie werd ze weer doorgestuurd naar de voicemail. Daarna checkte ze haar e-mail en haar appjes, en ze zag dat Eline ook daar niet op haar berichten had gereageerd.

Nova had het gevoel zó dicht bij een doorbraak in deze zaak te zijn, maar zonder Elines medewerking kwam ze niet verder. Eline was echter een complexe en moeilijk te peilen informante. Ze kon zomaar omslaan in haar gemoed, ze werd soms vanuit het niets heel boos of heel bang. Het had vast te maken met de psychologische spagaat waar mensen in terechtkwamen als ze besloten met een sekte te willen breken. Maar het maakte het niet gemakkelijker met haar te werken. Misschien had ze Eline ook wel te veel het mes op de keel gezet en onvoldoende rekening gehouden met haar geestelijke toestand, maar Nova moest op momenten als deze de neiging onderdrukken de handdoek in de ring te gooien en die gestoorde sekte van De Redder voor altijd achter zich te laten.

Terwijl ze de laatste slokken cappuccino wegdronk, ging haar telefoon. Het was een nummer dat ze niet kende.

'Met Eline,' klonk het.

Nova wist niet of ze opgelucht of boos moest zijn. 'Eline? Heb je weer een nieuw prepaidtelefoontje gekocht?'

Eline beantwoordde de vraag niet. 'Het spijt me,' zei ze. 'Sorry dat ik wegrende, gisteren. Soms wordt het me allemaal gewoon te veel.'

'Het is al goed. Je kunt me echt vertrouwen, Eline. Ik wil je graag helpen. Als je belastende informatie over De Redder hebt, vertel het me dan alsjeblieft. Je zegt zelf dat je wilt dat hij wordt ontmaskerd. Dat kan alleen als jij me vertelt wat je weet.'

Het bleef een aantal seconden stil. Daarna klonk Elines stem weer. 'Ik ving laatst iets op,' zei ze zacht, bijna fluisterend. 'De Redder sprak met een van de leden van De Twaalf. Hij wist niet dat ik in de buurt was en dat ik ze kon horen. Hij citeerde de woorden van Jezus in Lukas 19: "Die vijanden van mij die niet wilden dat ik koning over hen werd, breng hen hier en dood ze voor mijn ogen." Hij zei tegen het Twaalflid dat Jezus zijn tegenstanders liet doden, en dat de Heilige Geest aan hem had geopenbaard dat hij hetzelfde gezag had.'

Nova voelde dat ze ondanks de warmte in haar woonkamer kippenvel kreeg. 'Dat hij mensen mag laten doden? Maar dat is gestoord. Denk je dat hij daar echt toe in staat zou zijn?'

Eline bleef stil – naar Nova's idee net te lang. 'Ik weet het niet zeker,' zei ze uiteindelijk. 'Ik zou hem kunnen verdedigen door te zeggen dat hij het misschien symbolisch bedoelt. Dat hij duivelse krachten en geesten wil vernietigen. Maar mijn onderbuik zegt iets anders. Jozias is aan het radicaliseren, denk ik. Hij krijgt ook totaal geen tegenwicht. De kerkleden aanbidden hem, critici verlaten de kerk. Op die manier blijven alleen maar jaknikkers over.'

'Maar is hij in staat mensen te vermoorden, Eline?'

Nova voelde Elines schaamte bijna door de telefoon heen.

'Ik geloof dat De Redder in staat zou kunnen zijn om mensen te doden, of te laten doden,' zei Eline, 'voor dat wat hij Gods plan voor de eindtijd noemt. Ik wéét dat hij zuiveringen toepast, want echt kritische mensen worden op een zijspoor gezet, of zwartgemaakt. Als het uit de hand loopt, worden ze geëxcommuniceerd. Maar er zijn ook echt een aantal mensen onder heel verdachte omstandigheden… Ik bedoel, ik heb opgevangen dat er mensen… Ik weet niet of het écht zo is…'

Eline zweeg abrupt.

'Wat bedoel je, Eline?' vroeg Nova. 'Welke mensen? Wát gebeurde onder verdachte omstandigheden?'

Er klonk een korte ruis. Eline zuchtte waarschijnlijk in de speaker. 'Ik ben zo bang dat ik gevaar loop als ik hierover praat. De Redder zal het laster vinden, hoogverraad zelfs. Hij zal me zwaar straffen.'

'Je moet het vertellen, Eline. Zijn er daadwerkelijk mensen vermoord? Als dat zo is, dan wordt dit ineens een héél andere zaak.'

'Er zijn in het verleden een aantal mensen onder verdachte omstandigheden aan hun einde gekomen. Iemand verongelukte, hij zou met drank op achter het stuur zijn gekropen, terwijl iedereen in zijn omgeving wist dat de man niet dronk. Maar binnen de kerk werd gezegd dat hij blijkbaar een stiekeme drinker was. Ook was er een vrouw die vanuit de achtste verdieping uit haar raam sprong, zonder dat iemand ooit iets van depressieve klachten had gemerkt. Het waren de demonen in haar binnenste die haar ertoe hadden aangezet, werd er binnen The Bride gefluisterd. Er was altijd wel een verklaring, begrijp je?'

'En waarom denk jij dat er opzet in het spel was?'

'Omdat het telkens ging om mensen die op de een of andere manier in ongenade waren gevallen – meestal omdat ze openlijk kritiek op De Redder hadden geuit. Natuurlijk zijn er wel vaker mensen binnen The Bride die kritiek op hem hebben of kerkleden tegen hem proberen op te zetten. Die worden dan geëxcommuniceerd of uit de kerk gezet. Maar in deze gevallen waren het mensen die een gevaar voor hem vormden. Die dreigden om bepaalde misstanden rond Jozias openbaar te maken.'

'En de politie?'

'Bij al die zaken is uiteraard politie betrokken geweest,' zei Eline. 'Auto-ongeluk, zelfmoord, wat denk jij? Maar nooit is er ook maar iets van opzet gebleken.'

'En jij kunt ook niet met je verhaal naar de politie?'

'Kom op, Nova. Wat moet de politie met mijn verhaal als ik geen enkel bewijs heb? En zoals ik al zei: er is in al die gevallen een onderzoek geweest. Vergeet niet dat we een gemeenschap zijn met meer dan tweeënhalfduizend leden. In de kerk heb je die zaterdag nog maar een fractie gezien. We hebben naast onze *headquarters* in Leiden ook nog andere kerklocaties, zelfs een paar in het buitenland. Met zo'n grote groep zijn er nou eenmaal zo nu en dan sterfgevallen, ook ongelukken.'

Nova zuchtte. Eline had gelijk, de politie kon niets met zo'n verhaal. 'Maar alsjeblieft, Eline, als je ooit écht concrete bewijzen tegen De Redder hebt, kom er dan direct mee naar mij toe.'

Eline bleef even stil. Daarna zei ze, met een duidelijke aarzeling in haar stem: 'Ik stuur je zo een e-mail.'

Daarna hing ze op.

Nova legde haar telefoon aan de kant en klapte direct haar laptop open. Een minuut later ontving ze een e-mail van Eline, verzonden vanaf een nieuw webmailaccount.

> Ik ben te bang dat ik word afgeluisterd. Ontmoet me bij de Burcht, 15.00 uur.

58

Het was al na tweeën toen Simon de Via Giorgio Scalia in liep, op zoek naar het huisnummer dat professor Zieleman hem had geappt. Het was niet de mooiste straat van Rome – en dat was een understatement. Had Simon kort ervoor nog door pittoreske smalle steegjes tussen afwisselend middeleeuwse kerkjes en pontificale Romeinse zuilengalerijen gewandeld, hier regeerde een smakeloze eenvormigheid. Grote flatgebouwen in terracottatinten bepaalden het straatbeeld.

Simon draaide zich met enige regelmaat om om te zien of iemand achter hem aan liep. Soms bleef hij een tijd voor een etalage staan, stak hij opeens de straat over of ging hij een winkel binnen waar hij een doelloos rondje langs de schappen liep. Eenmaal buiten speurde hij de omgeving af om te zien of hij iets verdachts zag of iemand die zich opvallend gedroeg. In de meeste gevallen was de straat uitgestorven of was er slechts een oud dametje te zien dat haar hondje uitliet.

De hele ochtend had hij over zijn nieuwe inzichten nagedacht, want er waren behoorlijk wat losse eindjes. Hij zou graag nog een keer met professor Zieleman willen praten, maar hij had nog geen reactie op zijn appjes gekregen.

Dat wat hij de afgelopen week had ontdekt, gooide als een wervelwind zijn raamwerk omver. Simon besefte dat als dit geheim naar buiten werd gebracht, honderden miljoenen gelovigen op aarde ontgoocheld zouden zijn.

Jezus gaat nooit terugkomen.

Maar het meest verontwaardigd was Simon over zijn ontdekking dat de kern van het Nieuwe Testament zo sterk antisemitisch was, en nog altijd begreep hij niet goed hoe hij dat moest verklaren. Het christendom was toch als Joodse religie begonnen en de schrijvers van het Nieuwe Testament waren toch zélf Joods geweest?

Hij liep langs enkele stinkende vuilcontainers en struikelde bijna over een zwerfkat, om vervolgens de ingang van de betreffende flat te vinden. Hij drukte op het knopje van nummer 26-C, waarnaast op een bordje L.G. DI MEDICI stond.

Het bleef tergend lang stil. Simon drukte nogmaals. Pas toen kwam er uit het speakertje een krakerige stem.

'Buongiorno? Chi è la?'

Simon noemde zijn naam. Net op het moment dat hij wilde uitleggen dat hij een kennis van de Nederlandse professor Zieleman was, klikte de deur al open.

Op de derde verdieping aangekomen, zag Simon dat de deur van huisnummer 26-C al openging. Een kleine man van een jaar of zeventig verscheen. Hij had een lange, onverzorgde puntbaard en een felrode bril op zijn grote, havikachtige neus. Hij droeg een wijde vaalgroene slobbertrui en had een groot hoortoestel in zijn ene oor.

'Simon?' zei de man, vriendelijk glimlachend. Blijkbaar durfde hij als Italiaan zich niet aan de achternaam te wagen.

Simon schudde hem de hand.

'Mijn naam is Luciano Greco Di Medici,' zei de man in Engels met een zeer sterk Italiaans accent. 'Kom binnen. Johan had me al verteld dat ik jouw bezoek kon verwachten.'

Ze stapten een woonkamer binnen waar het een chaos was. Overal lagen stapels met dikke boeken en slingerden mappen en paperassen rond, met hier en daar een lege mok of een bord met broodkruimels en fruitschillen. Op een bureautje voor een boekenkast lagen óók weer stapels boeken, met een laptop erbovenop. Aan de linkerkant van het bureau hing een geopende vogelkooi met een bontgekleurde papegaai erin.

'Kan ik je iets aanbieden?' vroeg Luciano. 'Een espresso misschien?' Simon knikte en liep achter hem aan naar een kleine keuken. Daar was het een even grote rommel, met als belangrijkste verschil dat hier stapels borden en mokken stonden met af en toe een map of een boek ertussen, in plaats van andersom.

Het koffieapparaat produceerde brommend en stoomwolken uitspuwend een geurig straaltje koffie dat werd opgevangen in een piepklein kopje. 'Johan heeft je dus op me af gestuurd?'

Simon kreeg het kopje in zijn handen geduwd. 'Ja, dat klopt,' zei hij. 'Ik ben een religieus antropoloog, verbonden aan de Universiteit Leiden in Nederland. Recent heb ik Johan geraadpleegd over de betekenis van Jezus' profetieën over de eindtijd.' Het leek Simon verstandig om alles wat met de vondst in Turkije te maken had, achterwege te laten. 'Dankzij zijn inzichten ben ik gaan ontdekken dat het Nieuwe Testament bol staat van de anti-Joodse thematieken. Ook de parabels die Jezus vertelt, lijken in de kern stuk voor stuk antisemitisch te zijn. En het hele Nieuwe Testament werkt toe naar het boek Openbaring en de verwoesting van een grote stad. Ik vermoed dat de vroege kerk de val van Jeruzalem zag als het einde van het Jodendom, en de geboorte van de Kerk.'

'Ah, ah, zo,' zei Luciano, heftig knikkend. 'Dan begrijp ik dat hij je naar mij heeft doorverwezen.' Hij liep terug de woonkamer in. Hij pakte een stapel papieren van een versleten groene fauteuil en gebaarde Simon dat hij kon gaan zitten. Zelf nam hij plaats in een knaloranje retrostoel. Vlak ernaast stond een asbak met tientallen uitgedrukte sigarettenpeukjes. 'Vertel eens wat je over die anti-Joodse thematieken te weten bent gekomen.'

'Het is,' zei Simon, 'moeilijk om in een paar zinnen samen te vatten.' Hij nam een slokje van de espresso. 'Gisteren ontdekte ik bijvoorbeeld dat met de zogenoemde wederkomst van Jezus in werkelijkheid helemaal geen wederkomst wordt bedoeld. De teksten spreken over een komst in oordeel over Jeruzalem, waarbij Jezus het Joodse volk oordeelt vanwege hun ongeloof en zonde.'

Luciano knikte. 'Waarna de boodschappers worden uitgezonden om de uitverkorenen uit alle hoeken van de wereld te verzamelen, bedoel je.' Hij hoestte even in zijn elleboog. 'Inderdaad is dat, precies dat, hét onderliggende thema van het Nieuwe Testament: de Joden worden door God verlaten, waarna Hij opnieuw gaat beginnen – met de heidenen.'

'Het voelt alsof ik altijd blind was voor wat er werkelijk met de teksten werd bedoeld.'

'Herkenbaar,' zei Luciano. 'Iedereen neemt altijd maar klakkeloos aan wat er in het Nieuwe Testament staat, zonder te beseffen dat dat door Paulus en zijn volgelingen werd geschreven. We lezen een gekleurd verslag, dat niets heeft te maken met wat er echt is gebeurd.'

Simon nam de laatste slok van de espresso en zette het kopje op een klein bijzettafeltje naast een grote stapel mappen. 'Want hoe is het volgens jou werkelijk gegaan?'

'Waar zal ik beginnen?' zei Luciano, terwijl hij met zijn vingers op de rand van de fauteuil trommelde. 'Kijk, de heilige Roomse Kerk heeft altijd een exoterische en een esoterische leer gehad. De exoterische leer was de publieke leer, de religie voor het volk. De esoterische leer was de leer voor de ingewijden, die alleen zij zelf kenden en graag voor het volk verborgen hielden. Dat wat men het volk leerde, de staatsreligie, was dus niet per se wat zij zelf geloofden. Het Roomse Rijk had een eenduidige religie nodig om haar macht te kunnen afdwingen – we zouden het nu "een duidelijk narratief" noemen. Eén volk, één rijk, één religie.' Hij hoestte hard, en zette met een wat haperende stem zijn betoog voort. 'Daarom zag de moederkerk het protestantisme ook als zo'n groot gevaar. Als de mensen eenmaal zelf konden lezen wat er in de Bijbel stond, werden ze minder afhankelijk van priesters en lieten ze zich niet meer door hen als makke schapen leiden.'

'Maar ik begrijp niet helemaal wat dit met de anti-Joodse ideeën in het Nieuwe Testament heeft te maken.'

Luciano zette zijn rode bril recht en keek Simon strak aan. 'Ik ben ervan overtuigd dat de Kerk al vanaf het begin wist dat het christendom niets met de Joodse Jezus te maken had, maar gewoon een voortzetting was van het Romeinse heidendom. En de Kerk wist dat Paulus van Tarsus de grote architect was.'

'Hoe bedoel je dat?' vroeg Simon. 'Het christendom draait toch om Jezus als Joodse messias?'

'Iedereen denkt inderdaad dat het christendom draait om de Joodse messias. Maar dat is niet zo. Dat wat de Kerk met "de Christus" bedoelde, is iets compleet anders dan wat de Joden met "de messias" bedoelden. Voor de Joden was de messias een méns die zou komen, die Israël van de vijanden zou bevrijden en het koninkrijk ging herstellen. De Christus van Paulus was een spiritueel wezen dat als universele Verlosser de mensheid zou redden en na zijn dood en opstanding in de hemel regeerde – je kunt bijna niet verder afstaan van het Joodse idee van de messias. Daarom noemde Paulus zijn Christus ook nóóit de Zoon des Mensen, zoals de Joden in Jezus' tijd de messias noemden. Paulus veranderde die titel in de Zoon van God, een Romeins-heidense term die werd toegepast op keizers die na hun dood tot god werden gemaakt.'

'Het is mij inderdaad altijd opgevallen hoe vreemd het is dat het christelijke evangelie helemaal draait om een zonde-offer dat de mens moet redden voor het hiernamaals – terwijl het Joodse Oude Testament niet eens een duidelijk hiernamaals ként.'

'De hemel en de hel vinden we daarentegen wel terug in de heidense godsdiensten. De Romeinen en Grieken, de Germanen en de Perzen, ze geloofden allemaal in een plek waar slechte mensen naartoe zouden gaan.'

'Maar ontken je dan volledig dat het Nieuwe Testament op het leven van de Jood Jezus van Nazareth is gefundeerd?' vroeg Simon.

Luciano boog voorover en antwoordde met een wedervraag. 'Is het je ooit opgevallen dat geen van de schrijvers van het Nieuwe Testament Jezus van Nazareth in levende lijve heeft ontmoet? En dat het bijna allemaal heidenen waren die het schreven, géén Joden?'

59

Het was precies drie uur 's middags toen Nova door de metalen poort in de richting van de Burcht van Leiden liep. De Burcht was een prachtig bewaard mottekasteel, een torenvormige versterking op een kunstmatige heuvel. Het was een bij Leidenaren geliefde plek om te picknicken, op het gras te liggen of een rondje te wandelen. Vanaf het bouwwerk zelf had je een prachtig uitzicht over de hele stad.

Er liepen groepjes toeristen op de trap die naar boven leidde. Helemaal bovenaan, naast de toegangspoort, stond Eline. Ze keek om zich heen, schichtig als een musje. Even maakten ze oogcontact, daarna liep Eline het pad op dat om de Burcht heen leidde. Nova liep haar tegemoet. Vlak voor haar vloog een groepje duiven met veel lawaai weg.

'Fijn dat je er bent,' zei Nova, terwijl ze samen in een rustig tempo doorliepen. 'Hoe gaat het met je?'

Eline haalde haar schouders op. Haar ogen stonden flets. 'Een paar dagen geleden was ik bezig met wat administratief werk in een van onze kantoortjes. Ik luisterde toen een gesprek op de gang af tussen Jozias en een man die tot De Twaalf behoort. Het was rustig in het gebouw. Ze hadden geen idee dat ik daar zat. Ik kon niet alles even goed verstaan omdat ze zacht spraken, maar ik hoorde Jozias iets zeggen over "personen die obstakels vormden voor Gods grote eindtijdplan". Hij zei dat hij ervoor had gezorgd dat drie van deze obstakels reeds waren verwijderd.'

'Wat? Weet je het zeker?'

Eline knikte stellig. 'Ik hoorde de andere man vragen of Jozias “die Weissenberg” bedoelde, waarop Jozias antwoordde dat het inderdaad om Weissenberg en twee van zijn medewerkers ging. Het waren tikkende tijdbommen geweest, zei hij, een potentieel groot gevaar.’

‘Weissenberg?’ zei Nova. ‘Nooit van gehoord. Jij wel?’

‘Nee, ik ook niet. Ik heb het nagezocht en er staat niemand bij The Bride geregistreerd met die naam. Maar ik meen dat Jozias zei dat het om mensen in het buitenland ging.’

‘Ik begrijp het niet. Hoe kan iemand in het buitenland nou een gevaar voor De Redder vormen? Gaat het om mensen die hem zwartmaken of onderzoek naar zijn sekte doen?’

‘Ik weet het echt niet. Ik zeg je alleen wat ik hoorde. Jozias zei vervolgens dat er dus nog twee obstakels waren. Hij noemde geen namen, maar hij zei wel dat de ene een zielige man was.’

Nova pakte een pen en een notitieblokje uit haar jaszak en maakte een aantekening: Weissenberg, zielige man.

‘En hij zei ook iets over Rome.’

‘Rome. Hoezo Rome in vredesnaam?’

‘Ik weet het niet goed, het was allemaal erg moeilijk te verstaan, maar hij had het over een Leidenaar die in Rome was. Zoiets. En verder ving ik iets op over “onze man Soof”, of “Sofia”.’

‘Vreemd. Je zou zeggen dat Sofie een vrouwennaam is.’ Nova schreef het erbij: Leidenaar in Rome + onze man, Sofia/Sofie.

‘Ze spraken nog verder, maar de rest kon ik niet meer horen. Wel merkte ik dat die ander onrustig sprak, met een hoog en een beetje verontwaardigd stemgeluid. Jozias leek hem te kalmeren, dat idee had ik.’

Nova hield midden op het pad halt, onder een grote boom. Ze hadden bijna een heel rondje om de Burcht gelopen. ‘En waarom deel je deze informatie niet met de politie?’

‘Ik heb toch niks opgenomen?’ vroeg Eline. ‘Er is geen enkel bewijs dat ze het hebben gezegd. Het is voor hen in dit geval té gemakkelijk om mij weg te zetten als een wraakzuchtige persoon. Dat is het vaste patroon. Ze hebben Sarah en Ferdinand vast ook rancuneuze mensen genoemd, die gefrustreerd waren omdat ze in hun ambities werden gedwarsboomd.’

'Dat waren de exacte woorden die De Redder gebruikte.'

'Dus ik sta nog steeds met lege handen,' zei Eline. 'Ik wilde dit wel aan jou vertellen, want jij bent journaliste. Misschien dat jij er iets mee kan.'

'Dat doe ik,' beloofde Nova. 'Heb je verder nog iets?'

'Nee, verder niks. Op dit moment.'

'Kan ik je op je nieuwe nummer bereiken?'

'Nee,' zei Eline gedecideerd. 'Die telefoon heb ik alweer weggegooid. Je kunt me op dat laatste e-mailadres wel mailen, maar jij moet zelf een nieuw adres gebruiken, bijvoorbeeld iets met "hortus" erin of "Leiden", en houd het neutraal. Ik weet dan dat je me wil spreken. Maar doe dat alleen als het echt absoluut noodzakelijk is. Voorlopig neem ik zelf even geen contact met je op.'

'Dat is goed,' zei Nova. Voordat ze nog meer kon zeggen, was Eline alweer verdwenen.

60

Simon zag hoe een vlucht kraaien langs het raam van Luciano's woonkamer vloog, rommelig door elkaar heen buitelend en brutaal krijsend. Het was alsof de papegaai op het geluid reageerde. Het bontgekleurde beest zei iets onverstaanbaars, maakte enkele knikkende bewegingen met zijn kop en vloog daarna een zinloos rondje door zijn kooi.

'Vroeger, toen ik nog gelovig was,' zei Simon, 'is mij altijd verteld dat de evangeliën werden opgetekend door de Joodse discipelen van Jezus, of mensen die de verhalen over hem uit de eerste hand hadden gehoord. Waar baseer jij het op dat de schrijvers heidenen waren, en geen Joden?'

'Nou... laten we eens kijken, Simon. We beginnen met Marcus, de schrijver van het allereerste evangelie. Hij was geen discipel van Jezus, zelfs geen tijdgenoot. Hij schreef zijn evangelie bijna een halve eeuw later, zo rond het jaar 72, hier in Rome.'

'Dat wist ik,' knikte Simon.

'We weten dat Marcus een Romeins staatsburger was. Het wemelt in zijn evangelie van de latinismen zoals *census, centurio, denarius, modius, praetorium, quadrans, sextarius, flagellim* en gá zo maar door. Hij had waarschijnlijk een militaire achtergrond, gezien zijn grote kennis van het Romeinse militaire apparaat. In de Latijnse proloog van zijn evangelie wordt Marcus bovendien "de man met de verminkte vingers" genoemd, een typische soldatenverwonding uit die tijd.'

'Maar dan kan Marcus toch nog steeds een in Rome wonende

Jood zijn geweest. Er woonden in de eerste eeuw veel Joden in Rome, en die zaten soms in het leger.'

'Ik acht die kans klein. Marcus schreef niet in het Aramees, maar in het Grieks, de belangrijkste voertaal van het Romeinse Rijk. Hij lijkt de Tenach, het Hebreeuwse Oude Testament, niet te kennen – of in ieder geval niet in staat te zijn die te lezen, want hij citeert alleen uit de Griekse vertaling ervan. Waarom zou een Jood de Tenach niet in het Hebreeuws lezen? Ook lijkt het erop dat Marcus alle Joodse aangelegenheden slechts uit de tweede hand kende. Hij maakt in zijn evangelie heel veel fouten met betrekking tot de gewoonten in en rond Jeruzalem.'

'Zoals?'

'Hij kent de typische eigenaardigheden niet van Jeruzalem en het heilige land. Hij weet bijvoorbeeld niet dat in Jeruzalem iedere avond de stadspoorten werden gesloten voor de nacht, en het voor Jezus en zijn leerlingen dus niet mogelijk was om na het Laatste Avondmaal nog naar de tuin van Gethsemane te lopen, zoals hij in zijn evangelie vertelt. En zijn beschrijving van de juridische gebruiken wijkt ook af van de historische realiteit.'

'Ah, ja, nu je het zegt,' zei Simon. 'Ik dacht er inderdaad gisteren nog aan dat het Joodse strafproces dat Marcus beschrijft op veel punten in strijd is met hoe zulke strafprocessen in werkelijkheid verliepen.'

'Correct, en hetzelfde geldt voor Marcus' beschrijving van de Romeinse strafprocedure en het karakter en handelen van Pilatus. Beide zijn in grote contradictie met de historische werkelijkheid. Alles wijst erop dat Marcus een Romein uit Rome was, een christen die een brontekst over Jezus tot zijn beschikking had en die naar eigen inzicht met orale overleveringen aanvulde.'

'Het is mij altijd al opgevallen hoe Marcus de Joden demoniseert door de schuld van zowel Jezus' dood als van de vernietiging van Jeruzalem in hun schoenen te schuiven, terwijl hij over de Romeinen geen kwaad woord spreekt. Iemand die zelf een Jood is zou zoiets niet doen.'

'Precies! En hetzelfde geldt voor de tweede evangelist, Lukas. Dat was een Griekse arts uit Antiochië. Hij was dus ook een heiden, en ook hij is zelf niet bij de gebeurtenissen die hij beschreef aanwezig geweest. En deze Lukas en Marcus kenden elkaar. We kunnen zelfs goed achterhalen waar zij hun claims over Jezus' verhevenheid en bovenmenselijkheid vandaan haalden.'

'Namelijk?'

'Van Paulus natuurlijk! Zowel Marcus als Lukas was een discipel van Paulus in Rome.'

'Waarop baseer je dat?'

'Dat baseer ik op Paulus' brieven. Paulus noemt in zijn brief aan Filemon zowel Marcus als Lukas als zijn medewerkers. En in de tweede brief aan Timotheüs noemt hij ze allebei weer als hij zegt: "Alleen Lukas is bij me gebleven. Haal Marcus op en neem hem met je mee, want hij kan mij goede diensten bewijzen." Toen Paulus dat schreef zat hij gevangen, hier, in Rome. Zijn einde naderde.'

'En Paulus stierf ergens tussen het jaar 64 en 67.'

'Juist. Dat zou dus betekenen dat Marcus na de dood van zijn leraar in Rome is blijven wonen en enkele jaren later besloot zijn evangelie te schrijven. Misschien was dát wel de dienst die hij Paulus moest bewijzen: het verhaal over Jezus vertellen zoals Paulus het predikte. En zo'n tien, vijftien jaar later volgde Lukas met zijn uitgebreidere – en meer mythische – versie van het verhaal over Jezus.'

'Toch beweren de meeste christelijke theologen dat Marcus een Jood was die zijn informatie direct van Petrus had gekregen.'

'Dat zijn kerktradities die pas in de tweede eeuw zijn ontstaan. Jeruzalem was met de grond gelijk gemaakt en de oorspronkelijke Joodse beweging rond Jezus bestond niet meer. De Kerk in Rome wilde bewijzen dat zij de enige en ware kerk was. Er moest dus een ononderbroken keten terug naar Jezus zélf worden gecreëerd. Maar dat ging lastig, aangezien Paulus de Kerk in Rome had gesticht. Paulus had Jezus nooit ontmoet en hij was ook niet bij Jezus' discipelen in de leer geweest. Dáárom ontstonden de legendes dat Jezus' voornaamste discipel Petrus in Rome was geweest en daar de Kerk had gegrondvest. Grote onzin, Petrus heeft nooit ook maar één stap in deze stad gezet. In de Handelingen der Apostelen wordt ook alleen Paulus als de apostel in Rome genoemd.'

'Maar de volgende evangelieschrijver dan, Mattheüs? Dat was volgens de kerkelijke traditie toch echt een Joodse discipel van Jezus. Zijn naam is ook Hebreeuws.'

'Precies zoals je zegt: volgens de kerkelijke traditie.' Luciano kreeg pretoogjes. 'Maar wat zegt dat? Mattheüs wekt nergens in het evangelie de indruk dat hij zelf een van de twaalf was; hij refereert juist consequent naar de discipelen in de derde persoon. Bovendien is zijn verhaal helemaal gebaseerd op Marcus' tekst, niet op een eigen ooggetuigenverslag. Waarom zou je een verhaal waar je zélf bij was niet gewoon uit eigen beleving schrijven?'

'En dan blijft alleen het evangelie van Johannes nog over.'

'En ook voor dat evangelie geldt dat de Kerk er de naam van een discipel op plakte, terwijl analyse van de tekst aantoont dat dat onmogelijk waar kan zijn. Het Johannesevangelie is door een goed geschoolde en welbespraakte Griekssprekende christen geschreven, wellicht in de vroege tweede eeuw. Dat evangelie staat bol van de Grieks-filosofische invloeden, en leent hier en daar van in de omgeving populaire heidense ideeën. Het begint al met het Griekse idee dat het woord, de *logos*, het grondprincipe achter de schepping is, en presenteert vervolgens Jezus als de vleeswording van die logos. En dan dat verhaal direct erna over de bruiloft in Kana, waar Jezus water in wijn verandert... Heel toevallig was het veranderen van water in wijn ook het eerste wonder van de Griekse god Dionysos.'

'Dus de auteur van het Johannesevangelie nam bewust eigenschappen van heidense goden over,' zei Simon.

'Ja, allemaal zodat deze nieuwe god, Christus, zich kon meten met de goden van de volken waar het christendom werd verkondigd. Werkelijk álles in dit evangelie is in strijd met het idee dat het door de eerste-eeuwse Joodse discipel Johannes zou zijn geschreven.'

'Dus, even samenvattend: alle vier de verslagen over het leven van Jezus zijn geschreven door niet-Joden, ver na Jezus' dood.'

Simon ging iets meer rechtop zitten, maar stootte daarmee een stapeltje boeken op de rand van de fauteuil omver. Luciano kwam overeind, raapte de boeken op en legde ze boven op een andere stapel op de salontafel.

'Dat is mijn punt,' zei hij, terwijl hij weer ging zitten. 'Alles wat we denken te weten over Jezus is op drijfzand gebouwd.'

'Maar,' vroeg Simon, 'waar baseerden deze evangelisten zich dan op? Ze moeten hun ideeën over Jezus toch ergens vandaan gehaald hebben?'

'Klopt. De ideeën over de vermeende goddelijkheid van Jezus zijn afkomstig van Paulus. Paulus is namelijk de ware stichter van het christendom. De schrijvers van de evangeliën waren allemaal onderdeel van zijn stroming, de beweging die de naam "christendom" zou gaan krijgen.'

'Maar Paulus was toch onderdeel van dezelfde beweging als Petrus en Jakobus en de andere Joodse discipelen van Jezus? Hij had zijn informatie van Jezus toch bij hen vandaan?'

'Nee, nee, dat is nou precies het grote misverstand!' zei Luciano. 'Er is een stukje geschiedenis dat altijd over het hoofd wordt gezien – het "eerste schisma", zoals ik het graag noem. Dat is de scheuring tussen de Hebreeën enerzijds, en de Hellenisten anderzijds. In Jeruzalem woonden twee groepen Joden: de Hebreeën en de Hellenisten. De Hebreeën waren Aramees-sprekende Joden die al langer in Israël woonden, zij waren vaak vroom en fundamentalistisch, naar binnen gericht en nationalistisch in hun geloofsbeleving. De tweede groep, de Hellenisten, bestond uit Joden die op talrijke plaatsen in het Romeinse Rijk woonden en slechts eenmaal per jaar naar Jeruzalem kwamen, of die naar Jeruzalem waren teruggekeerd. Zij spraken Grieks en leefden in gebieden waar het Romeinse en Griekse denken normaal was. Ze waren heidense invloeden gewend en waren door de bank genomen minder dogmatisch. Een groot verschil tussen de twee groepen is dat de Hebreeën vaak ongeschoold en ongeletterd waren, terwijl de Hellenisten juist goed geschoold waren en in het Grieks schreven.'

'En de discipelen van Jezus behoorden tot de Hebreeën.'

'Ja, de groep rondom Jezus was in de allervroegste tijd namelijk volledig Joods. Zijn discipelen zagen Jezus als de mogelijke messias-koning die Israël van de Romeinen zou bevrijden. Na Jezus' dood werd Jakobus, Jezus' broer, de leider van die beweging. Maar algauw voegden zich Hellenistische Joden bij hen. Een van hen was Paulus van Tarsus. En deze Paulus maakte iets heel anders van Jezus. Vergeet niet dat Paulus Jezus nooit had ontmoet. Hij kreeg naar eigen zeggen een visioen waarin hij Jezus als overwinnaar in de hemel zag. Vervolgens begon hij een meer "spirituele" Jezus te verkondigen, zonder enige goedkeuring van de discipelen van Jezus zelf. Toen hij na lange tijd Petrus en Jakobus ontmoette, gaven zij Paulus korte tijd het voordeel van de twijfel, totdat ze erachter kwamen wat hij werkelijk predikte. Ze verwierpen Paulus en zijn leer, maar Paulus leek zich weinig van hen aan te trekken. Hij had een lage dunk van hen en toonde nauwelijks interesse in hun verhalen over Jezus. Zijn eigen "openbaringen" en "visioenen" waren van een hoger gezag, die kwamen volgens hem van Jezus zelf.'

'Paulus verkondigde een spirituele leer gebaseerd op Jezus.'

'Zo zou je het kunnen zeggen. Paulus bereikte met zijn afwijkende leer dan ook nauwelijks Joden uit de eerste groep, de Hebreeën. Heel logisch, lijkt me, want velen van hen hadden zelf met Jezus opgetrokken. Ze hadden hem horen preken, met hem in de openlucht overnacht, met hem gegeten. Ze wisten dat Paulus' ideeën over Jezus' goddelijkheid en pre-existentie complete onzin waren. Maar de Hellenistische Joden stonden wel open voor zijn verkondiging. Paulus ontpopte zich algauw als de belangrijkste apostel van de Hellenistische tak van de beweging rond Jezus. Uiteindelijk braken er grote geschillen uit tussen de twee groepen Joden. Toen de Hellenistische christenen steeds meer onjoodse dingen begonnen te verkondigen, begonnen de Joodse autoriteiten hen te vervolgen. Ze verdreven systematisch alle Hellenisten uit Jeruzalem. Veel van hen gingen terug naar de gebieden in het Romeinse Rijk waar zij vandaan kwamen. Maar weet je wat opvallend is?'

'Nou?'

'Dat de Joodse volgelingen van Jezus zich schijnbaar niet tegen de verdrijving van de Hellenisten uit Jeruzalem hebben verzet. En het feit dat zij nog tientallen jaren in Jeruzalem bij de tempel konden blijven samenkomen, toont aan dat zij niet werden verdacht van de "godslasterlijke" zaken waar de Hellenisten van werden verdacht – zoals het prediken van de goddelijkheid van Jezus.'

'Zij zagen Jezus als een gewoon mens van vlees en bloed.'

'Als de gehoopte Gezalfde, misschien, maar zeker niet als een Zoon van God of God zelf.'

'Dus de christenen behoorden niet tot dezelfde beweging als de Joodse discipelen van Jezus.'

'Het was een aftakking. De Hellenistische Joden die uit Jeruzalem waren verdreven, begonnen bij terugkeer in hun gebieden hun geloof in het Grieks uit te dragen in hun gemeenschappen van diasporajoden. Ook Paulus, wiens leer in de omgeving van Jeruzalem niet meer werd aanvaard, begon het Romeinse Rijk door te trekken. In eerste instantie om groepen Hellenistische Joden te bereiken, maar algauw voegden zich er ook heidenen bij. De beweging verliet steeds meer de Joodse achtergrond, raakte vermengd met heidense gewoontes. De Hellenisten noemden Jezus niet bij zijn Hebreeuwse of Aramese titel Mashiach, maar bij de Griekse titel Christus, waardoor zij in de loop der jaren christenen zijn gaan heten. De beweging had op dat moment al helemaal niets meer te maken met de discipelen van Jezus in Jeruzalem. Toen Jeruzalem in het jaar 70 werd vernietigd, stierf de oorspronkelijke groep onder leiding van Jakobus uit. Maar de leer van Paulus had op dat moment al op veel plaatsen in het Rijk voet aan de grond gekregen. Het verhaal dat Paulus had bedacht – het verhaal over de goddelijke Jezus – bleef zo als enige over.'

'En het waren dus mensen uit de Hellenistisch-christelijke beweging die het verhaal over Jezus voor het eerst op schrift stelden, te beginnen met Marcus en Lukas.'

'Correct. En dat gebeurde ver weg van Jeruzalem – ver buiten de invloed van de mensen die Jezus zélf hadden gekend.' Luciano sloeg zijn handen ineen. 'Ik ontken dus niet dat er een Joodse man genaamd Jezus is geweest die Joodse volgelingen had, maar het "christendom" heeft weinig met hem te maken.'

'Maar hoe kan het dat we in het Nieuwe Testament nergens lezen dat Paulus door de discipelen verworpen werd? Ik bedoel – in de Handelingen der Apostelen staat dat Petrus en Jakobus de nieuwe apostel Paulus accepteerden, zij het met enige argwaan.'

'Dat is waar, maar wie schreef dat?'

'Lukas.'

'Daar heb je het al,' zei Luciano. 'De reden dat we in het Nieuwe Testament lezen dat Paulus door de discipelen werd omarmd, is omdat het Nieuwe Testament door de volgelingen van Paulus werd geschreven, zoals we daarnet al vaststelden. Zijn leer was moeilijk te verkopen als iedereen die Jezus had gekend er niet in geloofde, toch? Maar toen vond in het jaar 70 de vernietiging van Jeruzalem plaats. De Joodse beweging rond Petrus en Jakobus stierf uit. Marcus, Lukas en alle andere schrijvers van het Nieuwe Testament begonnen niet voor niets vanaf dát moment hun werken te schrijven. Zoals altijd wordt de geschiedenis geschreven door de overwinnaars! De christelijke kerk wilde met terugwerkende kracht suggereren dat haar beweging direct terugvoerde op Jezus en diens discipelen! Dáárom lezen we in Handelingen dat Paulus zich na wat onenigheid met Jezus' discipelen verzoende en dat die zijn ideeën over Jezus omarmden. Maar in Paulus' eigen brief aan de Galaten – die tientallen jaren ouder is – lees je niets over een verzoening. Die is er namelijk nooit geweest.'

Luciano pakte zijn bril en begon hem schoon te vegen met een puntje van zijn trui. 'Het gevolg van deze christelijke geschiedvervalsing is dat we er tegenwoordig zomaar van uitgaan dat de Joodse discipelen van Jezus "christen" waren en geloofden wat het Nieuwe Testament vertelt.'

'Maar in het Nieuwe Testament staan toch brieven van Jakobus en Petrus, en zij schrijven toch ook dat Jezus gelijk aan God is?'

Luciano zette zijn bril weer op. 'Hoe weet jij dat die brieven werkelijk door hen zijn geschreven?' Hij sloeg zijn armen theatraal de lucht in. 'Neem die brieven van Petrus. Die kunnen onmogelijk door een ongeletterde visser uit Galilea geschreven zijn. Ze zijn in prachtig stedelijk Grieks geschreven, en de schrijver maakt voor zijn tekstaanhalingen gebruik van de Griekse vertaling van de Joodse Bijbel. De brieven bevatten ook totaal geen verwijzingen naar persoonlijk contact met Jezus van Nazareth. En het belangrijkste: de brieven van Petrus worden nergens in de vroegste kerkhistorie genoemd. En het feit dat Petrus in een van zijn brieven expliciet de apostel Paulus aanprijst als betrouwbare broeder is ook wel érg verdacht.'

Simon wist dat Luciano een goed punt had. Als je het op deze manier bekeek dan lag het er eigenlijk behoorlijk dik bovenop.

'Maar als dit allemaal echt waar is, Luciano, waar haalde Paulus zijn ideeën dan vandaan? Hoe kwam hij erop om van Jezus een verheven goddelijk wezen te maken dat stierf, uit de dood opstond en nu voor eeuwig regeerde?'

'Uit het Romeinse heidendom natuurlijk!' zei Luciano, met enige stemverheffing. 'De leer die Paulus verkondigde ís namelijk Romeins heidendom, met de naam van Jezus erop geplakt.' De grijze zeventiger begon steeds feller en luider te spreken, enthousiast door zijn eigen betoog. 'Heb je je weleens verdiept in het mithraïsme, de Romeinse leer voor ingewijden?'

'Ik heb er weleens van gehoord,' zei Simon.

'Het was een religie die vooral populair was onder Romeinse soldaten. Centraal stond de verering van de god Mithras. Die zou zijn gestorven en opgestaan en nu voor eeuwig in de hemel als overwinnaar regeren. De ingewijden moesten symbolisch mét Mithras sterven en opstaan in een nieuw leven – wedergeboorte, noemden ze dat. Binnen het Mithraïsme vierde men ceremonieel de dood van Mithras met wijn die zijn bloed symboliseerde en met brood dat voor zijn lichaam stond. En door Mithras te volgen leerde men om de vleselijke, aardse lusten te verlaten.'

'Dat klinkt precies als de leer van Paulus!'

'Juist. En weet je welke plaats vroeger een van de grootste cultische centra van het mithraïsme was?'

Simon schudde zijn hoofd. 'Nou?'

'Tarsus,' zei Luciano. 'De geboorteplaats van Paulus.'

61

Er schoven donkere wolken voor de zon en het begon te regenen. Nova liep gehaast naar huis. Daar hing ze haar verregende jas op en haalde een hand door haar natte haardos. Vervolgens pakte ze haar laptop en opende Google. Ze toetste in de zoekbalk de enige naam in die Eline naar eigen zeggen duidelijk had verstaan, Weissenberg.

Mijn God.

Alleen al het kopje van de eerste treffer, een artikel op een Nederlandse nieuwspagina, bezorgde haar de koude rillingen.

DUITSE ARCHEOLOOG THOMAS WEISSENBERG VERONGELUKT

ANKARA (REUTERS) – Afgelopen maandag zijn de Duitse archeoloog Thomas Weissenberg en zijn Turkse collega Ergün Altıntaş bij een ongeval om het leven gekomen. Een eeuwenoude grot in het toeristische gebied rond Göreme stortte onverwacht in, toen zij daar onderzoek verrichtten.

Eeuwenoude grotten

De internationaal gerenommeerde archeoloog Thomas Weissenberg, verbonden aan het Duitse Archäelogisches Institut van de Universiteit van Keulen, en zijn collega Ergün Altıntaş van de Erciyes Üniversitesi uit Kayseri, deden onderzoek in een grot die nog maar enkele dagen eerder bij toeval was ontdekt. Beide wetenschappers waren zeer bekend met het gebied. Weissenberg verbleef al meer dan drie decennia enkele maanden per jaar in het gebied om leiding te geven aan een grootschalig onderzoeksproject, een Duits-Turks samenwerkingsverband.

Grote ontdekking?

Kort voor zijn dood had dr. Weissenberg het bericht naar buiten gebracht een belangrijke ontdekking te hebben gedaan die volgens hem een nieuw en voor sommigen wellicht schokkend licht op het Bijbelboek Openbaring zou werpen. Hij sprak de verwachting uit dat de literatuur op dat gebied – en in zekere zin ook het boek Openbaring zelf – als gevolg daarvan herschreven zou moeten worden. Speculaties omtrent de aard van de ontdekking zullen wellicht voor altijd speculaties blijven, omdat beide onfortuinlijke archeologen het geheim letterlijk en figuurlijk met zich hebben meegenomen in hun voortijdige graf.

Toedracht

'Het meest voor de hand liggende scenario is dat het opnieuw openen van de toegang het eeuwenoude evenwicht dat was ontstaan, heeft verstoord. Daardoor heeft het gewelf het begeven,' verklaarde Mustafa Yıldız, de leider van de hulpdiensten. De lichamen zijn ernstig verbrand, hetgeen zou kunnen wijzen op brand of een explosie. Het gerucht dat de archeologen gebruik zouden hebben willen maken van springstoffen om zich toegang te verschaffen tot een moeilijker toegankelijk gedeelte, verwees Yıldız naar het rijk der fabelen. 'We kijken nog naar alle scenario's,' verklaarde hij, 'maar dit lijkt ons een van de minder waarschijnlijke.'

Nova schudde haar hoofd ontzet toen ze het krantenbericht had gelezen. Weissenberg, dat was hem. Ongelofelijk. Elines informatie bleek echt waar te zijn, en alles wees erop dat De Redder opdracht tot deze moorden had gegeven. Maar waarom in vredesnaam?

'Een nieuw en voor sommigen wellicht schokkend licht op het Bijbelboek Openbaring...'

De enige logische verklaring die ze kon bedenken was dat De Redder meende dat wat deze archeologen hadden ontdekt, een bedreiging vormde voor zijn roeping en het grote eindtijdplan dat hij van God geopenbaard had gekregen.

Ze wreef met haar handen over haar gezicht en probeerde rustig te ademen. Een gestoorde sekteleider die zijn volgelingen manipuleerde was één ding. Maar dat ze nu mogelijk moorden op het spoor kwam, veranderde alles. Als dit waar was, dan was De Redder serieus een groot gevaar en moest hij echt worden gestopt, voordat er meer slachtoffers vielen.

Maar er waren drie obstakels uit de weg geruimd. Wie was de derde dan?

Ze vroeg zich af of ze kon achterhalen wie er nog meer bij dit project van Weissenberg betrokken waren geweest. Op de site van het Archäelogisches Institut vond ze alleen een pagina met Thomas' naam, de regio waar hij werkzaam was en het correspondentieadres van zijn faculteit. Vervolgens combineerde ze meerdere zoektermen: 'Thomas Weissenberg', 'ontdekking' en 'teamleden'. Ze kwam erachter dat het team van Weissenberg geen officiële website had. Alle zoekresultaten waren artikelen op wetenschapspagina's over de vondst die hij had gedaan.

Nova zag al snel dat de artikelen grotendeels identiek waren. Blijkbaar hadden alle websites hetzelfde persbericht overgenomen. Dat vond ze na enig zoeken ook. Nerveus las ze het door, in de hoop iets over de samenstelling van de groep archeologen te ontdekken. Haar blik bleef steken bij één regel.

> *Thomas Weissenberg van het aan de Universiteit van Keulen verbonden Archäelogisches Institut is de leider van het archeologisch team. De kerk werd bij toeval ontdekt door een teamlid, de Turkse studente Umut Ev.*

Ze sloeg een hand voor haar mond.

'Zou zij het zijn?' fluisterde ze. Het was de enige persoon naast

Weissenberg die met naam en toenaam in het bericht werd genoemd. Ze begon te zoeken op 'Umut Ev', maar die combinatie leverde vooral treffers op van een Turks-Duitse humanitaire noodhulporganisatie uit Nürnberg. Toen ze er "Erciyes Üniversitesi" aan toevoegde kreeg ze treffers die in ieder geval een mens opleverden. Bij Afbeeldingen klikte ze op een aantal foto's van vrouwen die blijkbaar dezelfde naam droegen of uit Kayseri kwamen, maar die niets met de universiteit te maken bleken te hebben. Pas toen ze wat meer naar onder scrolde, trof ze een foto met tag die wél volledig aan de voorwaarden voldeed.

Ze klikte erop en zag een stralende jonge vrouw, met een volle bos krullen die ternauwernood in bedwang werd gehouden door een bandana. Uitdagend lachte ze de camera in, op zo'n manier dat je vermoedde dat ze veel hield van de fotograaf.

De foto hoorde bij een nieuwsbericht dat in het Turks was gesteld. 'Öğrenci öldürüldü' stond erboven. Nova's handen begonnen te trillen toen ze de woorden kopieerde en door een vertaalmachine haalde. Hoewel ze al min of meer vermoedde wat de vertaling zou opleveren, was ze toch diep geschokt toen ze het las.

'Studente vermoord'.

62

De papegaai kraste en leek iets in het Italiaans te zeggen. Luciano glimlachte en maakte sussende geluidjes.

'Dus jij gelooft dat Paulus al deze heidense ideeën al van jongs af aan kende vanuit het mithraïsme, en dat hij ze aan het geloof in Jezus heeft toegevoegd?' vroeg Simon.

'Nee,' zei Luciano, 'het is precies andersóm! Paulus heeft de naam van de Joodse persoon Jezus op een bestaande heidense religieuze leer geprojecteerd. De hele basis van de christelijke theologie, dat Jezus gestorven en opgestaan zou zijn en na zijn dood verheerlijkt was, is gebaseerd op Romeins heidendom. Paulus' leer is heidendom met een Joods sausje. Daarom verwijst Paulus ook nooit naar een historische Jezus, noemt hij nooit verhalen van Jezus en citeert hij geen uitspraken van hem – hij is totaal niet geïnteresseerd in de historische persoon genaamd Jezus. Hij ziet Jezus enkel als "Christus", waarmee hij feitelijk een spirituele overwinnaar bedoelt naar het model van de goden, zoals Mithras.'

'Dit… dit is ongelofelijk, Luciano. Als dit algemeen bekend wordt, stort het hele christendom in.'

Luciano stond op en deed een raam open. Een welkom briesje frisse lucht waaide de wat bedompte kamer binnen. 'Ook hier in Rome bestond er een plaatselijke rituele cultus van dood en opstanding, wist je dat? De Romeinen vierden hier de lentefeesten, de Hilaria. Tijdens dat festival kapte men een boom, die symbool stond voor een Romeinse godheid. Eerst vond er een feestelijke intocht van het hout plaats, de stad in. Een week later was er het dragen van het hout, *dendrophoria* genoemd, daarna de bloedige dood, *sanguem*, gevolgd door de rust van de gestorven god, *requietio*, en uiteindelijk de blijde viering van de verrijzenis.'

'Net als bij Jezus: eerst zijn triomfantelijke intocht, daarna het dragen van het kruis, vervolgens zijn bloedige dood, dan het rouwen om zijn dood en vervolgens het gelukzalige moment van zijn opstanding.'

'Daarom denk ik dat de jaren die Paulus, Marcus en Lukas hier in Rome doorbrachten, hun verhaal over Jezus nog verder hebben beïnvloed. Het verhaal paste zich simpelweg aan de religieuze cultus van de omgeving aan.'

Ze zwegen even. Het enige geluid kwam uit de kooi, waar de papegaai nu met zijn snavel tegen het metaal tikte. Luciano pakte een trommeltje en haalde er een doppinda uit, die hij in een uitgestoken klauw van de papegaai legde.

'Ik begreep van professor Zieleman dat je een bepaalde ontdekking hebt gedaan,' zei Simon.

'Ja, ja, dat klopt,' zei Luciano. 'Tot aan mijn pensioen ben ik bibliothecaris geweest. Dag na dag scande en digitaliseerde ik eeuwenoude boeken. In 1997 vond ik bij toeval een buitengewoon fascinerend document. Wacht, ik zal het je laten zien.' Hij pakte zijn laptop en klapte die open. 'Het is uit 1607 en zat aan het omslag van een later werk geplakt. Ik dacht eerst dat ik met een waardeloos stuk tekst te maken had, maar toen ik het nauwkeuriger las, viel mijn mond open van verbazing.'

'Waar ging het dan over?'

'Het was een handgeschreven brief. Algauw zag ik dat hij was ondertekend door de toenmalige paus, Paulus v. Hij is degene die de bouw van de Sint-Pietersbasiliek voltooide. De brief bevat een tot dan toe compleet onbekend stukje correspondentie tussen deze paus en enkele kardinalen over bepaalde keuzes met betrekking tot de bouw van de Sint-Pieter.'

Luciano opende een mapje op de laptop en klikte een fotobestand aan. Er verscheen een bruingeel document, duidelijk een oude brief. De tekst was moeilijk te lezen, niet alleen omdat de inkt niet overal duidelijk was, maar vooral vanwege het zeventiende-eeuwse handschrift.

'Hij is niet in het Latijn, maar in het Italiaans geschreven. Ik vermoed dat deze correspondentie nooit openbaar had mogen worden, en het is een raadsel hoe dit document op de omslag van het boek terecht is gekomen. Maar het verschaft ons een buitengewoon interessant inkijkje in de geheimen van de geestelijkheid. De paus heeft namelijk een speciale wens met het oog op de nieuwe basiliek. Hier, het gaat om deze zinnen.' Hij legde zijn vinger bij een zin en las hem voor, eerst in Italiaans, en daarna zijn vertaling in het Engels.

> *Deze heilige kerk moet opgedragen worden aan de echte apostel van de Moederkerk, en dat is Paulus die nooit Saulus heette. Het moet echter verhuld worden; een proclamatie van het geheim dat Celsus reeds doorzag, maar de Kerk heeft weten te beschermen. Ook nu zal het slechts door ingewijden met geopende ogen worden begrepen. Voor de ogen van de gelovigen zullen wij de kerk opdragen aan niemand anders dan Petrus de Rots, wiens naam deze basiliek draagt.*

'Ik vertelde je toch over de esoterische en exoterische leer van de Kerk?' zei Luciano. 'Nou, hier zie je het. De kerkelijke leiders kiezen er bewust voor de waarheid bij het volk weg te houden.'

'Celsus. Dat was toch een tweede-eeuwse filosoof?'

'Klopt. Hij was een van de eersten in de geschiedenis die aantoonde dat veel onderdelen van het christendom terugvoerden op het heidendom, waaronder op de mysteriën van Mithras.'

'Dus dat was het geheim van Celsus – dat het christendom in werkelijkheid een voortzetting van het heidendom was.'

'Ja. Helaas zijn de geschriften van Celsus verloren gegaan. De Kerk verzette zich namelijk fel tegen zijn uitspraken en heeft zijn werken zoveel mogelijk vernietigd. Kerkvader Origines publiceerde zelfs een geschrift waarin hij Celsus' ideeën trachtte te ontkrachten, *Contra Celsus* genaamd. Maar nogmaals: de

Kerk verzette zich niet tegen Celsus' ideeën omdat zij vonden dat hij ongelijk had, maar omdat ze niet wilden dat de geheimen bij het volk bekend werden.'

'Het volk moest blijven geloven wat hun werd voorgeschoteld.'

'Ja. De Kerk was bang dat haar macht zou afbrokkelen als dit geheim naar buiten zou komen, als het volk zou begrijpen dat de Bijbel helemaal niet de waarheid was, maar slechts een nieuwe variant van een eeuwenoud heidens geloof. De zwart-witte waarheidsclaim van Jezus als enige weg tot een veilig hiernamaals was buitengewoon belangrijk in het onderwerpen van het volk aan de kerkelijke heersers.'

'Heb je enig idee wat hier bedoeld wordt met "Paulus die nooit Saulus heette"?'

'De paus lijkt te verwijzen naar bepaalde esoterische kennis over Paulus. Ik heb wel een vermoeden wat hij bedoelt. Volgens de traditionele christelijke leer was Paulus een Jood en heette hij Saul of Saulus. Toen hij zich bekeerde tot Jezus en in verre oorden de Christus begon te verkondigen, veranderde hij zijn naam in Paulus, een naam die lijkt op Saul maar door Romeinen beter begrepen wordt. Maar die lezing is problematisch. We weten dat Paulus al lang voor zijn bekering een Romeins staatsburger was, en de naam Paulus is ook nog eens een echte Romeinse naam die zoiets betekent als "de kleine", vergelijkbaar met "junior". Misschien wás Paulus dus helemaal geen Jood, maar een Romein uit Tarsus, en heette hij altijd al Paulus. Toen hij zich onder Joden begaf en in de leer ging bij de Farizeeërs, veranderde hij juist zijn naam in Saul, omdat die naam voor hén beter begrijpelijk was. Zo werd hij, om met zijn eigen woorden te spreken...'

'...een Jood onder de Joden,' maakte Simon zijn zin af.

'Je begrijpt het.'

'Wat je ontdekt hebt is ongelofelijk, Luciano. Waarom heb je het niet wereldkundig gemaakt?'

'Een eersteklas blunder,' verzuchtte Luciano. 'Ik was zo onder de indruk van mijn vondst dat ik het document mee naar huis nam. Ik woonde destijds in een appartementencomplex in

Balduina, hier in Rome. Die week brak er naast mij brand uit, omdat een oude dame in slaap was gevallen terwijl een kaars op haar tafel omviel. De helft van de flat brandde af. Ik kon godzijdank op tijd het pand verlaten, maar mijn gehele inboedel ging in vlammen op.'

'Het document is verloren gegaan.'

'Ja. Het is eeuwig zonde. Deze scan hier,' hij tikte op het scherm van zijn laptop, 'is het enige wat ik heb. Hij is met interesse door enkele historici bekeken, maar ik denk niet dat zij de significantie ervan begrijpen. Omdat het originele document er niet meer is, is verder onderzoek ook niet mogelijk en zou de Kerk kunnen zeggen dat ik de boel heb vervalst. Johan Zieleman was een van de weinige bijbelwetenschappers die enthousiast werden – hij zei dat mijn vondst een interessante schakel in zijn reconstructie van het christendom vormde.'

Het kostte Simon moeite om alles wat Luciano vertelde te verwerken. Maar als het waar was wat de man beweerde, dan was het wereldschokkend.

'Maar hoe wilde de paus de Sint-Pieter dan heimelijk aan Paulus opdragen?'

Luciano grijnsde. Hij klapte zijn laptop resoluut dicht.

'Kom mee,' zei hij. 'We gaan een wandeling maken.'

63

Dragonov stond nu al een tijdlang in de Via Giorgio Scalia, een plek die hem zowaar aan Sofia deed denken. Niet vanwege haar schoonheid, maar vanwege de lelijke flats en de smerige, overvolle containers.

Zijn doelwit, Ryevaar, was hier een appartement binnengegaan. Hij had hem het hotel uit zien komen en was hem tot dit oord gevolgd. Nergens had zich een mogelijkheid voorgedaan, want ze liepen door drukke straten. De man leek duidelijk op zijn hoede, maar was overduidelijk onervaren als het aankwam op het afschudden van een achtervolger. Hij bediende zich van technieken die hij waarschijnlijk in speelfilms had gezien, zoals het zinloos oversteken van een straat, voor een etalage staan kijken en zich af en toe onverwacht omdraaien. Dragonov hield voortdurend precies genoeg afstand om zijn object niet uit het oog te verliezen zonder zelf te worden gezien.

Hij had direct na aankomst in Rome gisteravond laat het hotel opgezocht waar Ryevaar, alias de bijrijder, logeerde. In de lobby was het veel te druk geweest om de klus te klaren. Een hotel was vanwege alle beveiligingscamera's sowieso ongeschikt. Het zou ook ondoenlijk zijn om het slachtoffer in zijn hotelkamer in brand te steken. Aan de receptie had een medewerker hem zonder aarzelen Ryevaars kamernummer gegeven toen Dragonov ernaar had gevraagd omdat hij zogenaamd een geleend boek aan zijn gewaardeerde collega wilde teruggeven.

Voor de nacht had hij de geborgenheid van de schaduw weer

opgezocht, als een murene die zich voor de aanval in zijn hol terugtrekt.

Dragonov vervloekte de haast van zijn opdrachtgever. Kunnen improviseren was een van zijn sterkst ontwikkelde eigenschappen, maar dit was toch wel een lastige reeks klussen. Als Olivarius niet als belangrijke eis had dat Dragonov de slachtoffers in brand stak, dan zou het gemakkelijker zijn geweest. Normaal gesproken doodde hij zijn targets met een vuurwapen wanneer eliminatie op een afgelegen locatie plaatsvond, en met kaliumchloride als het op een drukke plek moest gebeuren. In dat laatste geval sprak hij doorgaans het doelwit aan, nam hem apart en stak dan onverwacht de injectiespuit in het lichaam. Het mooie aan dat middel was bovendien dat bij een eventuele autopsie een heftige hartaanval de doodsoorzaak leek.

Nu moest hij Ryevaar achtervolgen en wachten tot de man in een afgelegen straatje liep. Eventueel zou hij hem kunnen aanspreken en naar een rustige plek zonder pottenkijkers kunnen lokken, waar hij hem gewoon ouderwets met zijn vuurwapen zou omleggen en hem direct in brand steken. Maar zelfs dat was niet zonder risico's in een grote en toeristische stad als Rome.

Ineens zwaaide de deur open die toegang tot het complex bood. Dragonov verborg zichzelf snel achter een geparkeerde auto. Hij vloekte binnensmonds. Ryevaar stapte naar buiten met een oude kerel, bij wie hij blijkbaar op bezoek was geweest. Dat maakte het nog ingewikkelder.

Omdat hij niet wilde opvallen, deed hij een stapje terug, onder de luifel van een kleine boekhandel. Hij deed alsof hij naar de boeken keek, maar volgde in zijn ooghoeken Ryevaar en zijn metgezel, die de straat uit liepen.

Dragonov hield gepaste afstand.

Hij zou zijn kans echt wel grijpen.

64

Simon en Luciano liepen het enorme plein voor de Sint-Pieter op. Hoe vaak Simon hier ook was geweest, het bleef een magische plek voor hem. De cirkelvormige zuilengang, de grote obelisk en de basiliek fier in het midden – het was moeilijk om hier niet een bepaald gevoel van devotie te krijgen.

Luciano wandelde voor hem uit, langs de obelisk. Het liep al tegen het einde van de middag en de zon wierp een prachtig gouden strijklicht op de noordzijde van de enorme zuilengalerij rondom het plein. Simon vertraagde zijn pas terwijl hij omhoog staarde naar de basiliek. Hij keek niet goed uit en botste tegen een man op die hem passeerde.

'Toeristen, altijd maar toeristen,' mopperde Luciano. 'Een zegen en een vloek tegelijk.'

Ineens werd Simon overvallen door een gevoel van onrust. Was hij hier wel veilig, in de grote mensenmassa op dit grote plein? De innerlijke spanning was als een ruis in de achtergrond, die je pas weer hoorde als het om je heen stil werd. De afgelopen uren was het getemperd, doordat Luciano hem met diens revolutionaire inzichten had afgeleid van zijn bizarre omstandigheden. Nu kroop de angst langzaam omhoog en greep Simon bij de keel. Hij ademde diep in en uit.

Probeer rustig te blijven.

Luciano bleef vlak voor de grote façade van de Sint-Pieter staan. 'Kijk,' zei hij, wijzend naar de architraaf van de kerk. 'Lees die tekst eens voor.'

Simon merkte dat de spanning langzaam weer wat afnam. Hij kneep zijn ogen toe tegen de laagstaande zon en las de Latijnse tekst op.

IN HONOREM PRINCIPIS APOST PAVLVS V BVRGHESIVS ROMANVS PONT MAX AN MDCXII PONT VII

Hij vertaalde de tekst direct. 'Ter ere van de eerste der apostelen Paulus v Borghese, een Romein, Pontifex Maximus in het jaar 1612, het zevende jaar van zijn Pontificaat.'

'Heel goed. Dit is de tekst die de paus op de façade wilde laten zetten. Wat valt je op?'

'Ter ere van de éérste apostel,' zei hij aarzelend. 'Dat is natuurlijk Petrus. Maar gek genoeg wordt Petrus helemaal niet genoemd.'

'Scherp, Simon, scherp. In plaats daarvan volgt direct de naam van de paus zélf, Paulus v Borghese. Het resultaat is een vreemde zin, die bijna lijkt te suggereren dat de paus zichzelf als de eerste apostel zag.'

'Je zou het ook kunnen vertalen als "de belangrijkste der apostelen", maar dan slaat het nog steeds nergens op. Een paus is niet de belangrijkste van de apostelen.'

'Dat is de spijker op de kop. Er zit een geheime boodschap in het opschrift verborgen. De tekst noemt de paus genaamd Paulus, maar verwijst in werkelijkheid naar de échte Paulus.'

'Ter ere van de eerste der apostelen, Paulus,' sprak Simon hardop uit.

Luciano knikte. 'Als je v en BVRGHESIVS weglaat, staat er simpelweg: ter ere van de eerste der apostelen, Paulus, een Romein. En dat klopt als een bus.'

'Maar de kerk heet de Sint-Pieter, en was formeel opgedragen aan Petrus.'

'Daaraan zie je hoe de kerkelijke elite omging met de esoterische en exoterische leer. Zelfs in het Nieuwe Testament staat hoe Paulus de christelijke kerk in Rome stichtte, maar de kerk creëerde de mythe dat Petrus dat had gedaan. De kerk zou zelfs op zijn graf zijn gebouwd.'

'Gebouwd op de dode Petrus, maar opgedragen aan de levende Paulus,' zei Simon. 'Het jodendom was gestorven, de christelijke Kerk was opgestaan.'

'Mooier had ik het niet onder woorden kunnen brengen,' zei Luciano. 'En er is nog iets bijzonders aan de hand. Kijk, pontifex maximus staat er. Als je een beetje Latijn kent, denk je dat het een titel is voor een paus, maar dat is het niet. De officiële titel van een paus is namelijk summus pontifex, of pontifex Romanus. Wat hier staat, pontifex maximus, is Latijn voor "de hoogste priester". En dat was de titel van de hogepriester van de Romeinse pre-christelijke godsdienst.'

'Jemig,' stamelde Simon, waarna hij zich realiseerde dat Luciano dat woord niet kon begrijpen. 'Maar waaróm? Wat kon de Romeinen die Joodse stroming rondom Jezus schelen? Waarom hebben ze die als vehikel voor hun eigen doelen gebruikt?'

'Het klinkt misschien gek, maar het was aanvankelijk niets nieuws. Het was de Romeinse tactiek, altijd al. Als de Romeinen een volk overwonnen en gebied aan hun imperium toevoegden, werden rivaliserende goden niet verboden of vernietigd, maar in de Romeinse cultus opgenomen: ze eigenden zich de god van een volk toe. In sommige gevallen veroverden de Romeinen de tempel van hun vijanden, en daarmee ook hun god, om deze vervolgens naar Rome mee te nemen. Ze hadden zelfs een naam voor deze procedure: *evocatio*.'

'Het was dus onderdeel van de onderwerping van een volk.'

'Zo kun je dat zien, ja. Toen de tempel in Jeruzalem in het jaar 70 werd vernietigd, was de weg vrij om de Joodse godheid mee te nemen naar Rome. Maar dankzij Marcus werd het veel meer dan dat. Hij herschreef het leven van Jezus in de Romeinse geest, noemde het "goed nieuws", en zorgde dat zijn verhaal over Jezus als Zoon van God in Rome werd gelezen. Het legde de basis voor een wereldreligie.'

'In het licht van alles wat je me hebt verteld, begin ik te begrijpen wat de échte reden is geweest dat Paulus ruzie met Petrus kreeg.'

Luciano klopte op Simons schouder. 'Kom maar eens mee. Ik wil je dat beeld daar laten zien.'

65

Die studente is dood. Ze is vermoord.

Nova kreeg kippenvel op haar armen. Ze had veel verwacht, maar niet dat haar onderzoek naar The Bride een beerput vol moorden zou openen. Omdat de dood van de studente de internationale pers niet had gehaald, was Nova aangewezen op Turkse berichtgeving. Via vertaalmachines op internet lukte het haar in grote lijnen te achterhalen wat er had plaatsgevonden: Umut Ev was neergeschoten, met benzine overgoten en in brand gestoken.

Misselijkheid en woede overspoelden Nova.

Volgens het artikel tastte de Turkse politie volkomen in het duister omtrent het motief van de moord. Er was niets gestolen en er was ook helemaal niets bekend over ruzies of vijandschappen. Eén journalist tekende uit de mond van een van de omstanders op dat het niet anders kon dan dat het een afgewezen minnaar of een jaloerse echtgenoot moest zijn geweest.

'De grot!' wilde Nova ze wel toeschreeuwen. 'Ze was de enige nog levende getuige van wat er in die grot was ontdekt!'

Ze stond op en ijsbeerde door haar kamer. Ze vroeg zich af of ze contact moest proberen te zoeken met de Turkse politie, alhoewel ze haar twijfels had of ze daar überhaupt zouden luisteren naar een buitenlandse journaliste. Even overwoog ze contact op te nemen met de Nederlandse ambassade in Turkije of met het Turkse consulaat in Nederland, maar ze verwierp al deze mogelijkheden. Turkije stond niet bekend als een land dat bemoeienis van buitenaf met interne aangelegenheden erg op prijs stelde. En de Nederlandse ambassade had geen zin, omdat geen van de slachtoffers de Nederlandse nationaliteit had.

Volgens Eline had De Redder het gehad over nog twee mensen die hij als blokkades voor Gods plan zag. Van de eerste persoon, die "een zielige man" was genoemd, had ze geen naam. De ander zou een Leidenaar zijn die in Rome was. In de artikelen die ze over de dood van de Duitse archeoloog had gelezen, was ze echter geen enkele vermelding over een Nederlander tegengekomen.

Ze besloot een nieuw adres aan te maken, bezoekdeleidsehortus@hotmail.com, en schreef een korte mail aan Eline.

> Geachte mevrouw Frey,
>
> Onlangs heeft u de Leidse Hortus Botanicus bezocht. Om u en alle bezoekers in de toekomst nóg beter van dienst te kunnen zijn, willen we u vragen een korte enquête in te vullen. Het kost u maar twee minuutjes en wij zijn er geweldig mee geholpen. De Hortus hoopt u spoedig weer in Leiden te mogen verwelkomen!
>
> Met vriendelijke groet,
> Het Leidse Hortusteam

De link naar de enquête kopieerde Nova van de website van de Hortus, waarna ze de mail verstuurde.

Er klonk een geluid bij haar voordeur. Het klonk alsof er post bezorgd was. Toen ze uit het raam keek zag ze nog net een figuur het hofje verlaten. In een flits meende ze dat het dezelfde man was die haar 's avonds had aangesproken. Ze rende naar de gang. Op de mat lag een envelop. Gejaagd scheurde ze hem open. Er zat een A4'tje in met een korte, geprinte tekst:

> Lukas 19:26-27

Terug in de woonkamer pakte ze de Bijbel uit haar kast. Ze bladerde ze tot ze bij de bewuste tekst was – een uitspraak van Jezus.

> *'Ik zeg jullie: wie heeft zal nog meer krijgen; maar wie niets heeft, hem zal zelfs wat hij heeft worden ontnomen...'*

De schrik sloeg haar om het hart toen ze vers zevenentwintig las:

> *'...Die vijanden van mij die niet wilden dat ik koning over hen werd, breng hen hier en dood ze voor mijn ogen.'*

Nova wist van wie dit bericht afkomstig was.
Jozias de Redder.

66

Simon volgde Luciano naar een beeld rechts van de trappen voor de ingang van de Sint-Pieter. Hij liet zijn blik een moment over het plein dwalen. De spanning in zijn binnenste was wat geluwd. Alles om hem heen zag eruit zoals op iedere andere lentedag in Rome. Hij meende niets verdachts te zien.

'Herken je hem?' vroeg Luciano.

'Ja, dat is Paulus,' zei Simon die weer naar het beeld keek. 'Ik zag het direct. Zo wordt hij altijd door de Rooms-Katholieke Kerk afgebeeld: in zijn ene hand een geschrift, in zijn andere een zwaard.'

Luciano knikte. 'Traditioneel wordt ervan uitgegaan dat Paulus deze attributen droeg omdat hij doorkneed was in de Schriften en een martelaarsdood was gestorven – hij is onthoofd zoals je weet. Maar dat is gek, want zo goed als álle apostelen zijn volgens de tradities een martelaarsdood gestorven. En alle apostelen geloofden heilig in de Schrift.' Hij zocht de blik van Simon. 'Wat denk jij dat de werkelijke reden is dat Paulus zo werd afgebeeld?'

Simon dacht na. Ineens kreeg hij een ingeving.

Een boek in zijn ene hand, een zwaard in de andere.

'Misschien wordt hij zo afgebeeld omdat hij met zijn leer de overwinning behaalde?'

'Ik denk dat dát inderdaad de onderliggende geheime boodschap is.'

Simon deed een stap achteruit en nam het beeld in zich op. Daarna liep hij met vlotte passen naar de linkerkant van de trapopgang. Luciano volgde hem.

‘Hier aan de linkerkant staat een beeld van Petrus,’ zei Simon.

Petrus was, zoals altijd, afgebeeld met de sleutels van de hemelpoort in zijn handen. In zijn andere hand had hij, net als Paulus, een geschrift, wederom als symbool voor de leer. Simon keek een paar keer van het ene beeld naar het andere. Paulus had een trotse houding, de schouders omhoog, het zwaard triomfantelijk in zijn hand, en hij hield zijn geschrift op borsthoogte. Bij Petrus daarentegen hingen de schouders omlaag en hij keek treurig naar de grond. Zijn wijsvinger was ietwat belerend uitgestoken, maar het geschrift in zijn handen hing laag, bijna onder zijn heup – alsof hij de moed had opgegeven.

‘Als je de twee met elkaar vergelijkt,’ zei Simon, ‘dan lijkt het alsof ze hier bewust Petrus als de verliezer wilden afbeelden en Paulus als de overwinnaar. De lichaamshouding van Petrus is totáál anders dan die van Paulus.’

‘De kerk wilde subliminaal symboliseren dat Paulus’ leer won. Dat Petrus het onderspit moest delven en afdroop, terwijl Paulus trots en triomfantelijk met zijn overwinning praalde.’

‘Fascinerend,’ zei Simon. ‘Echt fascinerend. De argeloze voorbijganger ziet het niet, maar als je weet welke strijd zich destijds heeft afgespeeld, valt het direct op.’

‘Je moet ook begrijpen hoe woedend Petrus als vrome Jood geweest moet zijn op Paulus. We weten dankzij Handelingen dat de twee fikse ruzie kregen omdat Paulus predikte dat de Joodse besnijdenis niet belangrijk meer was.’

‘Ja, ik ken die geschiedenis. Volgens Paulus was er enkel nog een “spirituele” besnijdenis nodig – het afleggen van het vlees.’

‘Paulus zette dat voor Joden intens belangrijke ritueel zomaar bij het grofvuil, en beweerde dat het was vervangen door een spirituele variant. Maar wist je dat hij dat met álle Joodse gebruiken deed?’ Luciano tilde zijn bril iets op en keek Simon aan. ‘Noem eens iets. Noem iets wat specifiek Joods is.’

‘Eh,’ zei Simon, ‘de tempel?’

‘Die was volgens Paulus niet belangrijk meer. De tempel werd vervangen door iets spiritueels, een geestelijke tempel: de Kerk. Noem nog iets.’

'De offerdienst, waarbij een dier werd geslacht?'

'Overbodig volgens Paulus. Jezus was geslacht als hemels offerdier, daarom had de hele offerdienst afgedaan. Noem er nog eentje.'

'De sabbat.'

'Kon worden geschrapt. De gelovigen in de Kerk gingen een spirituele rust binnen, een eeuwige sabbatsrust. Kom op, nog eentje.'

Simon grijnsde. 'De Joodse Wet.'

'Bingo,' zei Luciano. 'Paulus beweerde dat de Wet had afgedaan. Gelovigen hadden nu een spirituele wet in hun binnenste, namelijk de heilige Geest.'

'Je hebt gelijk,' zei Simon. 'Paulus verving letterlijk álles wat Joods was door iets spiritueels dat betrekking had op de Kerk. Het verbond dat God met de Joden had was voorbij, de Kerk had nu een nieuw verbond met God. De koning van Israël was niet meer nodig, die was vervangen door de spirituele koning Jezus die in de hemel op de troon zat.'

'Maar Paulus durfde nog een stap verder te gaan. Hij zei dat de afkomst uit Abraham – dat wat de Joden als volk samenbond – niet meer belangrijk was. De Kerk bestond nu uit "spirituele" kinderen van Abraham, door hun geloof in Jezus. Hij beweerde zelfs dat de natie Israël was vervangen. De Kerk was nu het volk van God geworden, het spirituele Israël van God.'

Het was voor Simon alsof alles ineens op zijn plek viel. 'Geen wonder dat de Joodse discipelen Paulus als een gevaarlijke dwaalleraar zagen. In Paulus' leer blijft er werkelijk niets van de Joodse tradities overeind.'

'Exact. En je begrijpt nu ook waarom. Paulus wilde een Romeinse religie creëren, en daarin was geen ruimte meer voor exclusieve rechten voor een bepaald volk – en zeker niet voor de Joden, die in die tijd door de Romeinen werden gehaat. Paulus wilde een universeel toepasbare religie creëren. Hij herinterpreteerde daarom alles wat exclusief Joods was en beroofde op die manier de Joden van hun identiteit, van alles wat hen een natie maakte.'

'Het was allemaal onderdeel van een groter plan,' stamelde Simon. 'De vernietiging van alles wat Joods was.'

'Het was de Romeinse strategie van evocatio waarbij de cultus van een vijandelijk volk werd vernietigd en meegenomen naar Rome.'

Simon schudde zijn hoofd. 'Als Jezus de leer van Paulus had gehoord...'

'Dan zou hij zich in zijn graf hebben omgedraaid.'

'Als dat niet leeg was geweest.'

Ze schoten allebei in de lach.

Luciano wierp opnieuw een blik op het standbeeld. 'En dit verklaart ook die Romeinse geschiedvervalsing, met het oog op het vroege christendom. Is het jou nooit opgevallen hoe verdacht pro-Paulus de geschiedenis van de Kerk in het boek Handelingen is? Het boek begint nog wel met Petrus en Jakobus, maar zodra Paulus zich bekeert neemt hij het verhaal over en wordt de grote held. De Joodse discipelen worden vanaf dat moment geportretteerd als traag van begrip en in openbaring ver ondergeschikt aan Paulus. De Heilige Geest is het in het boek Handelingen altijd eens met Paulus, en God moet Petrus middels een visioen overtuigen dat Paulus gelijk heeft – en Petrus is zelfs zo traag van begrip dat hij het visioen driémaal moet krijgen voordat hij het met Paulus eens wordt, net zoals in het Marcusevangelie driemaal de haan moest kraaien voor hij zich bewust werd dat hij Jezus verloochende. Petrus en de andere Joodse discipelen verdwijnen daarna uit beeld... het boek eindigt met Paulus die hier in Rome aankomt.'

Simon knikte, overtuigd. 'En in de laatste alinea's van Handelingen verzucht Paulus dat de Joden te doof en blind zijn om Jezus te herkennen, en dat God daarom de heidenen is gaan binnenhalen – *zij zullen wel luisteren*.'

'En dat brengt ons tot de kern. Voor de Kerk draaide het allemaal om het overwinnende verhaal van hoe God de Joden verliet, en uiteindelijk in Rome terechtkwam.'

Simon schudde verontwaardigd zijn hoofd. 'Ongelofelijk,' zei hij. 'Voor mij is dit echt... Ik kan het niet anders zeggen: een openbaring.'

67

Vanachter de Berninifontein hield Dragonov zijn doelwit nauwlettend in de gaten. Hij en de man met wie hij samen was, stonden nu met elkaar te praten voor een beeld – de apostel Petrus, als hij zich niet vergiste. Hier, op deze heilige grond, zou Dragonov geen moord kunnen plegen. Hij was als de dood dat de heilige Maagd hem zou vervloeken. Als jongetje was hij misdienaar geweest, en hij wilde die deugd niet tenietdoen door het hart van de Moederkerk te bezoedelen. Hij moest wachten. Wachten tot die Ryevaar alleen zou zijn en zich naar een rustiger deel van de stad begaf.

Als het vandaag niet lukte, dan moest het morgen gebeuren, desnoods tijdens het congres of direct erna. Maar dat scenario wilde Dragonov graag vermijden. Iets in hem wilde de opdracht voorlopig teruggeven. Waarom niet wachten tot die man weer in Nederland was? Dat zou een hoop gedoe besparen. Maar Olivarius had haast. Mogelijk was hij bang dat Ryevaar tijdens het congres bepaalde geheimen zou onthullen. Dragonov wist niet waarover het ging, maar hij was niet dom. Deze Ryevaar had – net als Zieleman – in contact gestaan met zowel Thomas Weissenberg als Umut, die als archeologen werkzaam waren geweest in de grot die hij amper een week geleden had opgeblazen. Je hoefde geen Sherlock te heten om te kunnen deduceren dat Olivarius onder de pet wilde houden wat de archeologen in de grot hadden aangetroffen.

Ryevaar en zijn vriend liepen weg van het standbeeld. Vlak naast de linker zuilengalerij hielden ze halt. Ryevaar schudde de man de hand, gaf hem een schouderklop, en liep weg. Nog eenmaal draaide hij zich om, en zwaaide. Dragonov volgde hem op grote afstand. Hij zag dat Ryevaar onder de zuilengalerij doorliep, de straat overstak en via de zuidkant Vaticaanstad verliet voor Rome.

Dragonov voelde even aan zijn pistool, wat hem een gevoel van veiligheid en macht gaf.

Ryevaar was nu alleen. Dit was zijn kans.

68

Nova stond in haar badkamer. Ze hield haar gezicht onder de kraan, in de hoop helder te kunnen denken. Vervolgens keek ze in de spiegel. Haar voorhoofd en wangen waren rood van de opwinding. Het water druppelde van haar neus en van haar kin, de wasbak in.

Haar brein leek kortsluiting te maken. De bizarre ontdekking van de drie doden in Turkije, direct gevolgd door de dreigende Bijbeltekst bij haar thuis in de brievenbus... Was haar journalistieke moraal zo groot dat ze haar eigen leven ervoor in de waagschaal wilde leggen?

Iemand die koelbloedig dissidenten laat doden, zal ook niet aarzelen een vervelende journaliste te laten verdwijnen.

Ze droogde haar gezicht af met een handdoek, pakte haar telefoon en zocht het nummer op van Marten van Eik, de journalist die haar vorige week nog had ontmoedigd. Dit keer duurde het een tijdje voordat hij opnam. Hij deed geen moeite zijn naam nog eens te noemen.

'Ik had je gezegd dat ik niets meer met The Bride te maken wilde hebben,' zei hij meteen. 'Laat mij met rust.'

'Wacht,' zei Nova haastig. 'Ik heb maar één vraag.'

'Nee. Je moet stoppen met je onderzoek. Ik maakte geen grapje toen ik dat zei, Nova. Je moet het laten gaan.'

'Waarom dan?' vroeg Nova. Ze merkte dat ze vanwege haar frustratie haar stem verhief. 'Hebben ze jou ook bedreigd, Marten?'

Er viel een korte stilte. 'Luister, Nova. Die De Redder is een gestoorde gek. Zodra ik mijn eerste artikel over hem had gepubliceerd, begonnen de intimidaties. Eerst kreeg ik een anoniem telefoontje. Dat ik niet met vuur moest spelen – met de nadruk op vuur. Toen ik nog een artikel schreef, werd ik op straat door iemand aangesproken die me zei dat ik blijkbaar niet wilde luisteren, maar dat ze me nog één waarschuwing gaven.'

'Hoe wist je dat het De Redder was die erachter zat?'

'Dat was volkomen helder. Maar ik wist ook dat ik nooit iets zou kunnen bewijzen. De politie zou niets kunnen met mijn verhaal.'

'En... Dat was het?'

'Nee. Ik publiceerde mijn derde artikel, waarin ik inging op de geruchten dat De Redder vrouwen misbruikte. En dag later was ik thuis bij mijn dochtertje. Ze kwam ineens huilend naar me toe. Ze was toen vier jaar oud, Nova. Vier jaar.'

'Ik begrijp het niet.'

'Ze was haar lievelingspop kwijt. Ik nam haar aan de hand en ben met haar gaan zoeken. Ik vroeg haar waar ze met hem geweest was. Ze zei dat ze hem alleen in haar kamer had gehad, dat wist ze zeker. Het was winter, dus buitenspelen deed ze niet. Uiteindelijk vond ze de pop zelf. Hij lag in de achtertuin – verbrand.'

Nova's maag draaide om. 'Dat is... Dat is walgelijk.'

'Het raam van mijn dochtertje had die dag op een kier gestaan. Iemand moet haar slaapkamer binnen zijn gegaan, de pop hebben gepakt en hem in brand hebben gestoken.' Martens stem brak. 'Sindsdien, altijd als ik op haar slaapkamer ben en haar in bed stop, ben ik bang dat haar iets overkomt. Dus om antwoord te geven op je vraag: ja, ik werd geïntimideerd. En geloof me, als je kinderen de inzet in het spel worden, dan haak je af.'

Nova wist niet wat ze zeggen moest. 'Het spijt me, Marten. Sorry dat ik je hiermee heb lastiggevallen.'

'Ik neem je niets kwalijk. Maar beloof me dat je hiermee stopt, nu het nog kan.'

Ze bedankte hem en hing op. Ze vroeg zich af of ze de politie niet moest inlichten. Deze zaak werd te groot – en te gevaarlijk

– voor haar. Ze kon beter doen wat Marten zei en met alles stoppen. Maar toen realiseerde ze zich dat het al te laat was. Eline liep gevaar en moest zo snel mogelijk veilig worden gesteld. Bovendien kon Nova voorkomen dat er nog meer moorden werden gepleegd. Dat alleen al was reden genoeg om door te gaan. Al had ze op dit moment geen aanknopingspunten meer; een zielige man en een Leidenaar in Rome waren nou niet bepaald termen waar je op het internet ver mee kwam.

Ze schonk zichzelf een groot glas wijn in, in de hoop dat het haar wat zou kalmeren. Ze nam enkele grote slokken, deed de televisie aan en haalde spullen uit de koelkast om te gaan koken. Terwijl ze haar groente sneed keek ze met een schuin oog naar het journaal. Er was een lang item over de verkiezingen in India. Toen ze de gesneden paprika in een vergiet schoof, werd haar aandacht getrokken door een informatielint onderaan het scherm waarop de belangrijkste nieuwsberichten voorbijschoven.

> ... AEX Index... Nederlandse hoogleraar professor Zieleman in Ankara vermoord... Verkiezingen India...

Nova liet het vergiet los. 'Zieleman,' fluisterde ze geschokt voor zich uit. 'Zieleman... Een zielige man...'

Ze veegde haar handen af aan haar broek en pakte met trillende vingers de afstandsbediening. Ze drukte op 'programma vanaf het begin kijken' en spoelde gehaast de reclame en de andere onderwerpen door tot ze het begin van het item over Zieleman had gevonden.

'... gaan we door naar Turkije. De Nederlandse hoogleraar Johan Zieleman, die daar woonde en werkte, is door een misdrijf om het leven gekomen. Zieleman, een nieuwtestamenticus, was in Nederland verbonden geweest aan de Vrije Universiteit van Amsterdam, maar werkte al enkele jaren in Ankara. Over de toedracht en de precieze omstandigheden van de moord is vanuit officiële bronnen nog niets medegedeeld. Als het goed is hebben we contact met onze verslaggeefster in Ankara, Annette van Schaaij. Annette, wat is de laatste informatie?'

Het gezicht van de verslaggeefster kwam korrelig en gepixeld in beeld. 'Ja, Rob. Het nieuws rond de dood van deze Nederlander is hier zojuist officieel naar buiten gebracht, maar inderdaad zijn er nog geen details vrijgegeven. We weten alleen dat een forensisch team onderzoek naar de moord doet. Hier in Güzelkent, de wijk waar Zieleman woonde, doet echter het verhaal de ronde dat de professor verbrand zou zijn. Een buurman zou op het vuur afgekomen zijn en hem hebben aangetroffen – een verhaal dat de Turkse politie nog niet heeft kunnen of willen bevestigen.'

'Wat was deze professor Zieleman voor een man?'

'Het grote publiek zal hem niet kennen, maar hij was in academische kringen een prominent denker. Ik heb met verschillende Turkse academici gesproken, die de hoogleraar allemaal omschrijven als een zeer correcte, buitengewoon vriendelijke man, een autoriteit op zijn vakgebied, in binnen- en buitenland. Dat hij vermoord is komt uiteraard als een schok, en dat zal zeker gelden voor zijn Nederlandse nabestaanden.'

'Is er al iets bekend over een mogelijk motief voor deze moord?'

'Daar is het op dit moment te vroeg voor. We zullen nadere berichtgeving moeten afwachten.'

Nova zette de televisie uit en liet zich op de bank zakken. Haar ademhaling stokte.

De Redder... De vernietiger...

Ze pakte haar telefoon om 112 te bellen, maar aarzelde op het laatste moment. De politie zou geen grond hebben om De Redder aan te houden, want Nova kon geen concreet bewijs leveren dat hem aan de moorden linkte. Als ze de autoriteiten er in dit stadium bij betrok, zou ze Eline juist in gevaar brengen. De Redder zou het lek onmiddellijk binnen zijn eigen kring zoeken en reconstrueren wie er in het gebouw aanwezig waren geweest op het moment dat hij de kwestie met iemand van De Twaalf besprak. De kans was groot dat hij bij Eline uitkwam.

Nova legde de telefoon weg. De politie inschakelen kon altijd nog. Ze moest nu zo snel mogelijk op zoek naar de identiteit van de andere man, wiens lot mogelijk nog kon worden afgewend. De Leidenaar die nu in Rome was.

69

Simon liep rusteloos door de straten van de eeuwige stad. Nu hij weer alleen was, kwam de spanning die hij daarnet op het Sint-Pieterplein had onderdrukt in alle hevigheid naar boven. Telkens doken de duistere beelden van het dode lichaam van Umut weer op in zijn geest. Het versplinterende glas, het bloed, het oplaaiende vuur, de gruwelijke lucht.

Het idee dat diezelfde moordenaar ook hém dood zou willen, was angstaanjagend. En tegelijkertijd voelde het onwerkelijk. Hoe vaak had hij hier niet gelopen? De wereld leek niet anders dan toen. Alle straten en pleinen waren nog hetzelfde – en toch was Simons gevoel veranderd. Alles leek dreiging uit te ademen.

Uit een eettentje kwam de heerlijke geur van tomaat en knoflook naar buiten, en Simon realiseerde zich dat hij behoorlijke honger had. Hij twijfelde wat verstandig was. Moest hij direct naar het hotel teruglopen en op zijn kamer via roomservice eten bestellen? Of zou hij hier even snel een maaltijd gebruiken? Hij deed een stap in de richting van de menukaart en liet zijn blik over de gerechten dwalen.

Op dat moment schitterde er iets in zijn ooghoek. De zon weerkaatste in het gouden kruis om de nek van een man, een eindje verderop. Toen de man zag dat hij naar hem keek, wendde hij ongeïnteresseerd zijn blik af en keek op zijn telefoon.

Simon verstijfde. Beeldde hij het zich in, of was dat de moordenaar van Umut?

Ingespannen probeerde hij het beeld terug te halen dat hij de laatste vierentwintig uur angstvallig uit zijn brein had proberen te verbannen. Hij zag de moordenaar voor zich, midden op de weg, druk naar hun auto gebarend. Dat petje, die zonnebril...

Nonchalant keek Simon nogmaals opzij. De man was nog steeds met zijn mobiel bezig, maar stak hem toen in zijn zak en keek van links naar rechts.

Het zou hem kunnen zijn...

Zonder na te denken sloeg Simon een rustige zijstraat in, waar hij het op een lopen zette. Enkele minuten lang rende hij zijn longen uit zijn lijf. Willekeurig schoot hij zijstraten en steegjes in. Vervolgens bereikte hij, hijgend van de uitputting, een grote straat waar meerdere bussen stonden geparkeerd. Hij liep het trottoir op en liet zich meevoeren met een stroom toeristen.

De man was niet meer te zien.

Een taxi reed hem tegemoet. Simon wenkte de chauffeur en tot zijn vreugde stopte hij. Simon stapte in en gaf hem, nog altijd buiten adem, het adres van zijn hotel. Terwijl de auto door het drukke namiddagse Rome reed, probeerde Simon zichzelf te kalmeren, maar het lukte niet.

Tien minuten later werd hij bij zijn hotel afgezet. Gejaagd liep hij naar binnen. In de lobby heerste een grote drukte. Hij zag een paar bekende gezichten en groette hen uit beleefdheid vanaf een afstand, maar zette direct koers naar de liften. Zodra hij op zijn hotelkamer kwam, onderzocht hij elk hoekje. Zijn spullen lagen nog steeds op hun plek, zijn laptop stond onaangeroerd op het televisiemeubel. Daarna checkte hij het slot van de deur en liet hij zich met een zucht op het bed vallen.

Hij keek op zijn telefoon. Er was nog altijd geen reactie van Zieleman. Aan de vinkjes te zien had de beste man zijn laatste appje niet eens bekeken. Simon kon tegen zichzelf zeggen dat dat niet vreemd was, het was zondagmiddag en Zieleman was wellicht met andere zaken bezig.

Maar in werkelijkheid maakte deze radiostilte hem bang.

70

Dragonov was goed in winnen, maar hij wist ook wanneer hij had verloren. Zijn kansen voor vandaag waren verkeken. Morgen moest hij Ryevaar zo snel en effectief mogelijk uitschakelen.

Zittend aan een piepklein opklapbureau in een budgethotel – het was het enige dicht bij Simons hotel geweest waar nog een kamer beschikbaar was – zocht hij op de internetpagina van de European Association for Biblical Studies naar de agenda van het congres. De lezing van Simon stond gepland om negen uur in de ochtend. Hij ging achterover zitten en staarde naar het plafond, waar een lange draad van spinnenrag aan hing.

Olivarius wilde Ryevaar vóór zijn lezing dood hebben, omdat hij vreesde dat de man anders gevaarlijke informatie zou lekken. Die tijdsdruk maakte het echter niet makkelijker. Vanuit het hotel liep je in een bijna rechte lijn langs een drukke weg naar het congrescentrum. Hem onderweg proberen mee te lokken was veel te gevaarlijk, en Dragonov had maar één kans. De beste optie was om morgenochtend vroeg een net pak te kopen en te proberen het congrescentrum binnen te komen. Al met al was het een rotklus, maar het werd onderhand ook een soort erekwestie. Er was alleen één belangrijke factor die hij zelf niet in de hand had.

Daarstraks op straat, bij het restaurant, was Ryevaar ineens weggeweest. Het was zo snel gegaan dat hij nauwelijks door had gehad dat de man een zijstraatje ingeslagen moest zijn. Dragonov weet zijn amateuristische tactische blunder aan zijn eigen ongeduld, en aan het feit dat hij al dagen achtereen aan het werk was en voortdurend nieuwe opdrachten kreeg.

Hij heeft me herkend. Ik weet het zeker. Nu moet hij zeker dood.

De opdracht teruggeven aan Olivarius was simpelweg geen optie meer.

71

Nova was nog altijd niet van de schrik bekomen. Dat De Redder schijnbaar ook een Nederlandse professor in Turkije had laten ombrengen, was niet te bevatten. Het was duidelijk dat De Redder voor zijn goddelijke missie bereid was over lijken te gaan. Ze pakte een vel papier en schreef er namen op die ze onderling door pijlen met elkaar verbond.

Thomas Weissenberg	→	Duitse archeoloog, omgekomen bij instorting grot
Ergün Altıntaş	→	Turkse archeoloog, samen met Thomas omgekomen
Umut Ev	→	Turkse studente, ontdekster grot, vermoord
Johan Zieleman	→	nieuwtestamenticus, vermoord
Een Leidenaar in Rome	→	?

Het was mogelijk dat de Leidenaar ook al was gedood. Het was lastig om daar achter te komen, zonder naam. Als hij nog leefde liep hij direct gevaar.

Nova probeerde helder te denken. Er moest een verband bestaan tussen die man en de reeds gepleegde moorden. Het lag in de lijn der verwachting dat hij net als de andere slachtoffers op de hoogte was van wat Weissenberg had ontdekt.

Ze zocht via Google op 'Leidse bijbelwetenschapper + Rome'. Helaas waren er niet veel resultaten waar ze iets mee kon. Het was natuurlijk goed mogelijk dat hij niet in Rome woonde, maar er alleen tijdelijk verbleef.

Ze sloot haar ogen.

In de boodschap van De Redder stond het komende einde der tijden centraal. Thomas Weissenberg deed een vondst die volgens hemzelf het totale boek Openbaring op losse schroeven zette. Zowel Weissenberg, zijn collega Altıntaş als zijn studente Umut werden vervolgens vermoord. Professor Zieleman was een nieuwtestamenticus die in de loop van zijn lange carrière boeken en artikelen had gepubliceerd met een enorme reikwijdte, maar wiens focus ook op de eindtijd leek te liggen.

Kortom: de eindtijd was onmiskenbaar een terugkerende factor bij dit alles.

Ze besloot als uitgangspunt te nemen dat het om een Leidse wetenschapper zou kunnen gaan die zich met de eindtijd bezighield. Op haar laptop opende ze de site van de Universiteit Leiden en surfte ze naar de pagina met de verschillende faculteiten.

Geesteswetenschappen…

Medewerkers…

Meer dan 145?

Ze verbaasde zich over het grote aantal. De enige in de lange lijst die ze van naam kende, was Peter de Haan, een Bekende Leidenaar die als historicus en archeoloog een rol had gespeeld in enkele spraakmakende zaken in en rond Leiden. Haar blik bleef steken bij de laatste naam in de lijst: Josef Höhensang. De andere foto's stonden telkens met drie naast elkaar, maar naast die van hem stonden er geen. Ook werd Nova getriggerd door de Duitse naam – net als Weissenberg.

Ze klikte op zijn foto en las de begeleidende tekst.

> Josef Höhensang is hoogleraar Antiek Jodendom en Vroeg Christendom. Zijn onderzoek richt zich op de plaats van vroeg-Joodse en vroeg-christelijke samenlevingen binnen de Romeinse context. Met zijn collega's ondernam Höhensang de eerste opgravingen op de Galilese heuvel Horvat Kur, waar tot nu toe een

> synagoge en woonhuizen uit de periode van 500-700 n.C. zijn blootgelegd. Een groot aantal Leidse studenten van verschillende opleidingen neemt sindsdien aan de opgraving deel.

'Kan het zo simpel zijn?' vroeg Nova zich met toenemende opwinding hardop af. 'Ik klik twee keer en ik heb hem al gevonden?' Onmiddellijk typte ze een kort mailtje, dringend van toon, waarin ze hem vroeg zo spoedig mogelijk contact met haar op te nemen.

Vrijwel direct nadat ze de mail had verstuurd, kreeg ze een afwezigheidsmelding, die in het Nederlands en het Engels was gesteld.

> Geachte heer, mevrouw, hartelijk dank voor uw mail. Ik ben enkele dagen afwezig in verband met het jaarlijkse congres van de European Association for Biblical Studies (EABS). Zodra ik terug ben, zal ik uw mail zo snel mogelijk beantwoorden.
> Met hartelijke groet,
> prof. dr. J. (Josef) Höhensang

Onmiddellijk zocht Nova naar meer informatie over het congres van de EABS. En hoewel ze al een sterk vermoeden had waar het plaatsvond, schrok ze toch nog toen de naam van de stad op haar beeldscherm verscheen.

Rome.

72

Nova zat nog altijd aan haar keukentafel. Buiten was het aardedonker. Het licht van de felle hanglamp boven de tafel zorgde voor grote reflecties op haar keukenraam. Als ze naar buiten keek zag ze vooral haar eigen onscherpe spiegelbeeld.

Het telefoonnummer van professor Josef Höhensang was niet te achterhalen, en het liep al tegen elven – te laat om de universiteit te bellen. De enige andere optie was contact zoeken met het congres in Rome.

Zonder moeite vond Nova de website van het congres van de EABS, met een telefoonnummer dat 24/7 bereikbaar was *in cases of emergency* – enkele voorbeelden die werden gegeven, waren overboeking van een hotel, als men het slachtoffer van criminaliteit of een ongeluk was ('altijd eerst het internationale noodnummer 112 bellen') of als iemand onverwacht naar huis moest en een lezing niet door kon gaan. Voor niet-leden was het nummer alleen te gebruiken in heel bijzondere en dringende situaties zoals een overlijdensgeval binnen de directe familie.

Zonder enige aarzeling toetste ze het nummer in. Nadat de telefoon twee keer was overgegaan, werd er al opgenomen. Een jongeman vroeg haar in keurig Engels wat 'the emergency' was.

Nova zei dat het te ingewikkeld was om in het kort uit te leggen, maar dat ze zeer dringend de heer Höhensang moest spreken. Het kostte haar veel moeite de jongeman aan het verstand te brengen dat de situatie heel veel haast had. Hoewel de twijfels in zijn stem hoorbaar waren, beloofde hij direct contact met hem op te nemen met de vraag haar terug te bellen.

Nog geen vijf minuten later ging haar telefoon. Het was een nummer dat werd voorafgegaan door +39, het netnummer van Italië.

'Höhensang here,' hoorde ze een man met een zeer gespannen stem vragen. 'Who's there?'

'We kunnen Nederlands spreken,' zei Nova. 'Mijn naam is Nova le Temps.'

'Wat is er aan de hand?'

'Ik ben een journaliste. Het is een vrij lang verhaal, maar ik heb redenen om aan te nemen dat iemand op het EABS-congres gevaar loopt.'

'Gevaar loopt? Hoe bedoelt u?'

'Zegt de naam Thomas Weissenberg u iets?'

'Ja, natuurlijk,' zei Höhensang. 'De Bijbelse archeologie is niet zo'n heel grote wereld. Thomas is, of hij was moet ik zeggen, een grootheid. Ik heb begrepen dat we morgen bij de opening van het congres even stilstaan bij zijn overlijden.'

'Maar u kende Weissenberg niet persoonlijk?'

'Nee, eigenlijk niet. Alleen van naam. Ik heb nooit met hem te maken gehad.'

Om de een of andere reden voelde dit als een teleurstelling. Nova had het idee gehad dat ze de juiste persoon te pakken had.

'Kent u iemand die op het congres aanwezig is die Weissenberg persoonlijk gekend heeft?'

Höhensang viel even stil. Daarna zei hij: 'Ik begrijp het niet. Waarom vraagt u dat? Wat is er aan de hand?'

Nova probeerde haar ademhaling wat tot rust te brengen. 'Weissenberg is vermoedelijk vermoord vanwege iets wat hij heeft ontdekt. Wat dat precies is, weet ik niet, maar het heeft in ieder geval te maken met de Bijbelse eindtijd. Enkele mensen die met hem in contact stonden zijn óók gedood. Ik heb redenen om aan te nemen dat een Nederlandse wetenschapper die momenteel in Rome bij het congres is, gevaar loopt. Ik heb geen naam, maar het gaat waarschijnlijk om een Leidenaar die betrokken is geweest bij Weissenbergs onderzoek.'

Höhensang zweeg opnieuw. Het was duidelijk dat hij de woorden op zich liet inwerken. 'Dit is geen grap, hoop ik?' vroeg hij daarna.

'Nee, meneer Höhensang. Ik ben bloedserieus.'

'Ik weet niet hoe ik u zou kunnen helpen, mevrouw. Ik kende Weissenberg niet persoonlijk en weet niets van zijn recente ontdekking. De Bijbelse eindtijd is ook niet mijn expertise.'

'In dat geval, mijn excuses dat ik u stoorde. Maar zou u willen nadenken of er mogelijk een andere Nederlandse wetenschapper op het congres aanwezig is die wel gespecialiseerd is in de Bijbelse eindtijd en die in contact met Weissenberg heeft gestaan?'

'Ja, natuurlijk,' zei Höhensang. Zijn stem klonk nog steeds verbaasd, alsof hij nog altijd overdonderd was door het vreemde telefoongesprek. 'Maar ik ken natuurlijk lang niet iedereen die hier aanwezig is.'

'Zoals u begrijpt is het van levensbelang.'

'Ik zal nadenken.'

Nadat ze hadden opgehangen, liet Nova zich op de bank vallen. Ze zuchtte diep. De energie die zich het laatste half uur in haar lichaam had opgebouwd, kwam los, wat zorgde voor een grote spanning in haar nek en tussen haar schouderbladen. Opnieuw pakte ze haar laptop erbij om systematisch de lijst met foto's af te gaan, in de hoop een aanknopingspunt te vinden. Na vijf minuten schudde ze haar hoofd.

Ze was geen stap verder gekomen.

Klopt mijn ingeving wel? Of zou dit congres in Rome er niets mee te maken hebben?

Nova voelde een diepe vermoeidheid opkomen. Ze pakte haar telefoon om te kijken hoe laat het was. Precies op dat moment ging hij over. Van schrik liet ze hem uit haar hand vallen, alsof het een schijnbaar dood diertje was dat opeens tot leven kwam.

Met een vlotte beweging pakte ze hem weer op. Het was hetzelfde Italiaanse nummer als daarnet.

'Nova le Temps,' zei ze, terwijl ze de adrenaline voelde stromen.

'Dag Nova. Höhensang hier. Ik ben vrij zeker dat ik weet naar wie je op zoek bent.'

‘Namelijk?’

‘Simon Ryevaar. Dat moet de persoon zijn die je zoekt. Een religieus antropoloog, tevens universitair docent. Hij is morgen de keynotespeaker op deze conferentie. Stom dat ik dat daarnet niet bedacht, maar je overviel me een beetje.’

‘En is er een link tussen hem en Weissenberg?’

‘Dat weet ik niet. Maar hij woont en doceert in Leiden en heeft enkele jaren geleden een populairwetenschappelijk boekje gepubliceerd over de niet-uitgekomen voorspellingen van Jezus over het einde der tijden.’

‘Dan klopt hij inderdaad met het profiel.’

‘Ik heb direct een van mijn contacten in Leiden gebeld, iemand die verbonden is aan de faculteit Godsdienstwetenschappen. Hij kent Ryevaar en heeft me zijn mobiele nummer gegeven. Ik zal je het nummer doorsturen.’

‘Heel graag,’ zei Nova. ‘Bedankt.’

Ze sloot het gesprek af, opende het binnengekomen appje van Höhensang en belde direct naar het nummer van Ryevaar.

Voicemail.

Ze probeerde het in totaal wel tien keer, maar telkens werd ze naar Ryevaars voicemail doorgeschakeld. Het was duidelijk dat zijn telefoon uit stond. Bij de elfde keer sprak ze een dringende boodschap in.

73

Op maandagochtend half negen liep Simon de grote *Assembly Hall* van het congrescentrum binnen met in zijn aktentas zijn laptop en de uitgeprinte paper. Na de opening zouden de aanwezigen uiteenwaaieren over de kleinere zalen in het gebouw waar volgens een blokkenschema de presentaties zouden worden gehouden.

Het was fijn dat hij als keynotespeaker direct om negen uur aan de beurt was. Hij had de meest gestoorde week van zijn leven achter de rug – en dat was heel wat voor iemand die zijn vrouw had verloren en een vermiste dochter had. Alles in hem verzette zich tegen zijn aanwezigheid hier, maar de lezing was te belangrijk voor zijn academische toekomst. Hij moest even doorzetten, daarna kon hij ertussenuit knijpen en naar Nederland terugvliegen.

Bij een lange tafel vlak bij de ingang speldde Simon zijn badge op. Handenschuddend en bekenden op de schouder slaand zocht hij vervolgens een plekje op een van de voorste rijen. Hoewel het was aangekondigd dat kort zou worden stilgestaan bij het overlijden van Thomas Weissenberg, schokte het hem toch om diens gezicht zo groot op het enorme scherm boven het podium geprojecteerd te zien worden. Het was een ontzettend goede foto van hem, goedlachs als altijd, met om zich heen de Turkse heuvels. Linksonder in beeld stonden zijn geboorte- en sterfdatum.

Thomas' beeltenis maakte plaats voor die van iemand anders, die blijkbaar ook het afgelopen jaar was overleden. Het was niet zo dat er bij iedere Europese overleden of bedlegerige religiewetenschapper werd stilgestaan, maar voor de meer prominente onder hen werd traditiegetrouw voor aanvang van de conferentie een minuut stilte gehouden en een kort gebed uitgesproken.

Simon had de avond ervoor grote moeite gehad om in slaap te vallen. Hij kon zelf niet meer goed inschatten of hij aan het doordraaien was door de spanningen van de afgelopen dagen of dat hij echt was achtervolgd. Misschien was het vergezocht dat de moordenaar van Umut hem hier in Rome achterna zou zitten.

Pas diep in de nacht was hij ingedommeld. Uiteindelijk sliep hij zo vast dat hij zich vanochtend bijna verslapen had. Hij was met haast uit het hotel vertrokken en was zelfs vergeten het geluid van zijn telefoon weer aan te zetten.

Hij pakte hem uit zijn zak en probeerde hem aan te zetten. Tot zijn verbazing was het toestel leeg.

Stom. Ik ben gisteren vergeten dat ding op te laden.

Gelukkig had hij een powerbank in zijn laptoptas. Snel haalde hij hem uit het ritsvakje aan de voorkant en sloot hij zijn mobiel met een snoertje aan. Na een paar seconden kwam het apparaat tot leven.

Terwijl hij zijn toegangscode intikte, keek hij met een schuin oog naar het grote scherm voor in de zaal. In beeld verscheen de foto van een hem onbekende theologe. Ze had de gezegende leeftijd van 98 bereikt. Het leidde tot enig geroezemoes om hem heen. Simon vroeg zich af of zijn foto binnenkort ook zo zou worden geprojecteerd, ergens. In gedachten zag hij zijn eigen lichaam, verteerd door vlammen. Hij kneep zijn ogen dicht en schudde de morbide gedachte met moeite van zich af.

Het beeld van de oude dame vloeide weg en maakte plaats voor weer een nieuw iemand. Simon moest een paar keer met zijn ogen knipperen, maar hij zag het toch echt goed. Onmiddellijk kreeg hij een droge mond. Zijn hartslag versnelde.

Het was Johan Zieleman.

'Nee...' stamelde hij. 'Dit kan niet waar zijn.'

Op dat moment voelde hij zijn telefoon trillen. En nogmaals.

En nogmaals. Op het schermpje verschenen elf gemiste oproepen van een onbekend nummer. Hij registreerde het echter nauwelijks. Hij keek weer naar het grote scherm, naar het vriendelijke gezicht van Johan Zieleman, en probeerde te verwerken wat hij zag.

Kon het echt waar zijn? Was de man die hij slechts enkele dagen geleden nog in levenden lijve gezien had, nu dood?

Hij voelde dat iemand hem op de schouder tikte, maar hij was te gechoqueerd om erop te kunnen reageren. Nu kwam de persoon naast hem staan. Het was Josef Höhensang, een hoogleraar uit Leiden die hij vanzelfsprekend kende, maar met wie hij nooit veel te maken had gehad.

'Ryevaar?' zei Höhensang, de sociale plichtplegingen overslaand. 'Er is iemand die jou dringend wil spreken.' Maar Simon bleef met een apathische uitdrukking naar het scherm staren.

'Wist je het nog niet?' vroeg Höhensang. 'Van Johan Zieleman?'

Simon schudde zijn hoofd.

'Hij is zaterdagmiddag overleden.'

'Ongelofelijk. Ik heb nog met hem geappt, zaterdagmiddag. Is hij...?'

'Hij is op vrij lugubere wijze omgebracht in zijn achtertuin.'

Simon ontwaakte in één ruk uit zijn lethargie. Hij kwam overeind en pakte Höhensang bij zijn revers. 'Zeg me dat hij niet in brand is gestoken. Zeg het me, alsjeblieft.'

Höhensang keek hem verbaasd aan. 'Het schijnt dat hij verkoold in zijn tuin is gevonden.'

Simon zakte terug in de stoel, en verborg zijn gezicht in zijn handen. Natuurlijk wist hij wat dit betekende. Thomas en Ergün werden gedood en hun lichamen waren in brand gestoken. Umut, wier naam in het persbericht van de vondst genoemd werd, was neergeschoten en daarna verbrand. En nu Zieleman, met wie Thomas mailcontact had gehad en waar hij en Umut op bezoek waren geweest. Ook vermoord en verbrand.

Het kon niet anders.

Hij was de volgende op de lijst.

74

Gehuld in een net pak met stropdas liep Dragonov het congrescentrum binnen. In de drukte bij de tafels in de ontvangsthal pakte hij een willekeurige badge. Hij hing hem om zijn nek, maar omgekeerd, zodat de naam niet zichtbaar was.

Hij zag algauw dat verschillende mensen hun naam er eigenhandig op hadden geschreven, blijkbaar omdat hun officiele badge om wat voor reden dan ook niet klaar had gelegen – net zoals de wetenschapper wiens naamkaartje hij had gepakt erachter zou komen dat de zijne ontbrak.

In de zaal ging Dragonov op de laatste rij zitten, vlak bij de centrale uitgang. Hij haalde het kaartje uit het plastic hoesje, schreef op de achterkant 'dr. Boris Dimitrov, Bulgary' en stopte het weer terug. Op dat moment zag hij hoe op het grote scherm boven het podium het gezicht van de Nederlandse professor uit Ankara werd geprojecteerd. Hij moest zijn best doen een trotse grijns te onderdrukken.

Die klus was mooi en clean uitgevoerd.

Het was de vraag of dat hier zou lukken. Zojuist had hij nog contact met Olivarius gehad en hem gezegd dat hij diens haast niet begreep. Ryevaar doden was in Dragonovs eigen belang, maar hier in Rome, tijdens een congres, waren er te veel risico's. De titel van Ryevaars voordracht had bovendien niets met Turkije of een grot te maken. Waarom het niet uitstellen en de man in alle rust in Nederland doden? Maar Olivarius was onverbiddelijk geweest: Ryevaar moest nog voordat hij aan zijn lezing begon geliquideerd worden.

Vanaf zijn stoel tuurde Dragonov door de ruimte, nadenkend hoe hij dit het beste kon aanpakken. Hij had gezien dat er een camera in deze zaal hing, maar in de ruimtes die eraan grensden geen.

Al snel had hij Ryevaar in het vizier. Hij zag dat de Nederlander op de eerste rij zat en onrustig praatte met een man die naast hem stond. Enkele ogenblikken later passeerde Ryevaar hem op nog geen meter afstand, met de andere man in zijn kielzog.

Als een aasgier volgde hij Simon met zijn blik. Hij overwoog wat hij zou doen.

Snel doorpakken leek hem de beste optie.

75

'Het heeft te maken met Thomas' vondst,' zei Simon tegen Josef Höhensang. Ze stonden in de hal, buiten de zaal waar de lezing zou gaan plaatsvinden. 'Eerst Thomas en Ergün, toen Umut, daarna Zieleman. Iemand is alle mensen aan het elimineren die kennis van de grotkerk hebben. En ik ben de volgende.'

Höhensang hield zijn hand op om Simon tot stilte te manen. 'Laten we niet direct de duivel op de muur gaan schilderen,' zei hij.

'Hoe bedoel je?'

'Ah,' verontschuldigde hij zich. 'Soms vertaal ik Duitse zegswijzen letterlijk naar het Nederlands, dat gaat nog weleens fout. In Duitsland zeggen we: "Den Teufel an die Wand malen". Het betekent zoiets als: doemdenken. Laten we niet direct van het ergste uitgaan.'

Simon knikte zenuwachtig. 'Maar wie zit er achter me aan?'

'Ik weet van deze kwestie niets af,' zei Höhensang. 'Er is een journaliste die beweert dat jij gevaar loopt. Háár moet je bellen.'

Simon pakte zijn mobiel. Met trillende vingers belde hij het nummer waarvan hij elf gemiste oproepen had gekregen. Nog terwijl het eerste belsignaal klonk, werd er opgenomen.

'Spreek ik met Simon Ryevaar?' zei een vrouwenstem gejaagd.

'Ja, Simon hier.' Hij plukte gespannen aan zijn baardje. 'Josef Höhensang staat hier naast me. Je wil me spreken, begrijp ik?'

'Ja. U spreekt met Nova,' zei ze. 'Nova le Temps. Ik ben onderzoeksjournaliste. Het is een lang verhaal, maar op dit moment is even één vraag van belang: kende u Thomas Weissenberg?'

‘Thomas?’ zei Simon verbaasd. ‘Jazeker. Ik was kort geleden nog bij hem. Maar wat heeft dat te maken met...’

‘Dan denk ik dat uw leven in gevaar is.’

Simon keek schichtig om zich heen. ‘Dat wist ik al. Het kon bijna niet anders. Ik ben de volgende op de dodenlijst, niet?’

‘Ja, dat weet ik redelijk zeker.’

‘Maar... Wie zitten er achter die moorden?’ vroeg Simon gejaagd. ‘En wie ben jij precies? Wat voor een onderzoek doe je? Hoe kan het dat jij dingen weet die de politie blijkbaar niet weet?’

‘Ik zal alles uitleggen,’ zei Nova. ‘Hoe snel kunt u terug in Nederland zijn? We moeten elkaar uitgebreid spreken, heel uitgebreid. Maar zorg eerst dat u veilig bent.’

‘Dames en heren,’ klonk het door de geopende deuren van de zaal heen. ‘Wilt u allen zo vriendelijk zijn plaats te nemen. Dan kan ik het woord geven aan onze president die het jaarlijkse congres van de EABS zal openen.’ Op de achtergrond brak een rumoer los van schuivende stoelen en van opklappende tafeltjes, waarna het rustig werd – als de stilte na de storm.

‘Ik moet over een paar minuten een presentatie geven,’ zei Simon. Hij keek om zich heen, nam de ruimte in zich op. ‘Voor mijn werk, voor mijn carrière is dit echt ontzettend belangrijk. Ik heb onderzoeksgelden gekregen en de tegenprestatie is dit hier, vandaag... Nova, waarom ga je niet met je informatie naar de politie?’

‘Ik heb geen enkel concreet bewijs in handen,’ zei Nova. ‘Alles wat ik weet, weet ik via informanten. Als ik nu naar de politie stap is het enige dat het zou opleveren dat de persoon achter deze moorden zal ontdekken wie in zijn directe omgeving het lek is geweest. En als journalist is het beschermen van mijn bron zo ongeveer een heilige taak.’

‘Wie is het dan? Wie zit er achter deze moorden?’

‘Niet nu,’ kapte ze hem af. ‘Kom zo snel mogelijk naar Nederland. Daar vertel ik je alles wat ik weet.’ Ongemerkt was ze hem gaan tutoyeren.

‘Goed, Nova,’ capituleerde hij. ‘Ik houd mijn lezing, daar kan ik echt niet onderuit. Daarna neem ik de eerste de beste vlucht terug naar Nederland.'

'Ik woon ook in Leiden. Ik sms je mijn adres.'

Simon drukte de oproep weg en keek zijn collega aan. 'Er is een groot probleem.'

'Loop je gevaar?'

'Ja. Het is een lang verhaal.' Simon dacht even na. 'Na mijn lezing zo meteen moet ik onmiddellijk terug naar huis. Josef, zou jij dat bij de organisatie kunnen melden?'

Höhensang keek hem bezorgd aan. 'Moeten we de politie er niet bij halen?'

'Nee, die journaliste heeft me op het hart gedrukt dat dat niet verstandig is. In Leiden hoop ik meer te weten te komen. Dan weet ik welke verdere stappen ik moet nemen.'

'Als jij denkt dat dat het beste is, Simon.'

'Ik heb niet heel veel keus. Deze lezing stelt mijn onderzoeksgeld voor de komende twee jaar veilig.'

'Ik begrijp het,' zei Höhensang en hij liet een kort moment zijn hand op de schouder van Simon rusten. 'Ik bedoel: ik begrijp er eigenlijk niets van, maar ik zal je afmelden.'

'Bedankt.'

'En je spullen?'

'Ah, ja. Wil jij die voor me meenemen?' Hij gaf de naam van het hotel en zijn kamernummer door. 'Dan ga ik nu naar de zaal.'

Op het scherm was opnieuw de mooie foto van Thomas Weissenberg te zien. Eronder werd een citaat van Thomas geprojecteerd: 'Ik schop graag tegen heilige huisjes aan, maar ze hoeven van mij niet óm. Maar door ertegen aan te schoppen, valt het stof van de traditie van die huisjes af. Dan kunnen we opnieuw en met een frisse blik kijken naar wat eeuwenlang feitelijk in het volle zicht verborgen is geweest.'

Simon knikte instemmend.

Precies dát, Thomas.

Precies dat.

76

Een gevoel van opluchting overspoelde Nova nadat ze de verbinding met Simon Ryevaar had verbroken. Direct stuurde ze een mailtje naar Eline vanaf haar account bezoekdeleidsehortus@ hotmail.com.

Geachte heer, mevrouw,

Wij zijn verheugd u mee te kunnen delen dat wij u een gratis bezoek aan onze prachtige Hortus plus een heerlijke lunch in onze brasserie ter waarde van € 25 mogen aanbieden. In het kader van onze speciale maandactie bieden wij iedere honderdste bezoeker van de botanische tuin dit bijzondere arrangement aan.

Zou u zo vriendelijk willen zijn op een zo kort mogelijke termijn op deze mail te reageren? Wij zien ons anders helaas genoodzaakt om de prijs door te schuiven naar de bezoeker na u.

Met vriendelijke groet,
Het Leidse Hortus-team

Tot haar verbazing werd Nova al binnen enkele minuten gebeld door een 06-nummer dat ze niet kende.

'Ik was al van plan contact met je op te nemen,' zei Eline. Haar stem was gespannen. 'Het wordt hier....' Ze klonk alsof ze een stuk had gerend en nog niet op op adem was gekomen.

'Wat is er aan de hand, Eline?'

'Ik heb het gevoel dat De Redder me door begint te krijgen.'

'Hoezo denk je dat?'

'Ik moest ze koffie brengen. De Twaalf. Toen ik binnenkwam waren alle blikken op mij gericht, alsof ze het over me hadden gehad. Vooral Jozias keek me aan met zo'n intense blik. Ik had van de koffiekar net een dienblad met kopjes opgepakt en kon niet voorkomen dat mijn handen begonnen te trillen, waardoor de kopjes tegen elkaar begonnen te tikken. Snel heb ik alles op de tafel neergezet, de kopjes, de kannen, de koekjes... Ik dacht: hij wéét het. Hij wéét wat ik heb gedaan! Maar het werd nog gekker. Nadat ik de koffie en koekjes geserveerd had, zei Jozias pontificaal: "Hij die at van mijn brood heeft zich tegen mij gekeerd."'

'Wat betekent dat in vredesnaam?'

'Iedereen die aanwezig was begreep direct wat hij bedoelde. Het is een citaat uit de Bijbel. Het waren de woorden waarmee Jezus het verraad van Judas openbaarde.'

'Jemig. Het klinkt alsof hij een soort zuivering toepast.'

'Ja, daar lijkt het op. Er zijn wel vaker mensen in ongenade gevallen, en dan was niet altijd duidelijk wat er nu precies was misgegaan. Hun namen worden openlijk genoemd. Op die manier creëert Jozias een cultuur waarin je het niet durft om hem tegen te spreken.'

'Wat een toxische omgeving,' zei Nova.

'Nadat Jozias aangaf dat iemand hem had verraden, keek hij opzichtig mijn kant uit. Even dacht ik dat hij mij als verrader aan zou wijzen, maar hij gebaarde met zijn hoofd dat ik weg moest gaan. Echt, ik bestierf het zo ongeveer, maar ik was tegelijk heel erg opgelucht. Ik dacht serieus dat ik zou worden ontmaskerd.'

'En weet je zeker dat hij op jou doelde?'

'Ik voelde het. Jij kent hem niet, Nova. Voor jou is hij misschien een ordinaire oplichter, maar er is echt iets aparts aan hem. Hij heeft bepaalde... gaven. In het verleden is wel vaker gebleken dat hij dingen wist die hij onmogelijk had kunnen weten. Het ging soms om heel, heel persoonlijke zaken die mensen niet eens aan hun eigen partner hadden verteld. Hij kijkt dwars door je heen, het is een wandelende leugendetector. Ik denk echt dat hij weet dat ik met jou aan het praten ben.' Door de telefoon was te horen dat Eline slikte. 'Bovendien is hij de laatste week sowieso al enorm argwanend en buitengewoon gespannen. Hij schijnt onder grote druk te staan.'

'Eline,' zei Nova, 'ik wil dat je zo snel mogelijk de sekte verlaat.'

'Dat kan niet zomaar,' zei Eline kortaf.

'Dat weet ik, maar ik geloof dat je gevaar loopt. Ik denk dat je niet half weet waartoe De Redder in staat is.'

'Wat bedoel je?'

'Ik heb iets ontdekt. Iets verschrikkelijks. De dingen die je hebt opgevangen toen je Jozias en Elijah met elkaar hoorde praten, blijken te verwijzen naar werkelijke moorden die zijn gepleegd.'

'Gepleegd?' zei ze zacht. 'Dus er zijn écht mensen gedood? Hoe... Wie dan?'

'Weissenberg was een archeoloog die in Turkije iets heeft ontdekt, iets wat met het boek Openbaring en de eindtijd te maken had. Hij is vermoord, evenals zijn collega, plus een studente die de vondst deed. En daarna een professor die over de vondst geïnformeerd was – Zieleman heette hij, dat moet de "zielige man" zijn waar jij iets over opving.'

'Maar dat is gruwelijk,' stamelde Eline.

'Het is niet jouw schuld, Eline. En het goede nieuws is dat je waarschijnlijk wel degelijk een moord hebt voorkomen. De Leidenaar die in Rome was blijkt een Leidse wetenschapper te zijn, Simon Ryevaar genaamd. Hij is inderdaad in Rome dit weekend. Dankzij jouw tip heb ik contact met hem kunnen leggen. Hij komt zo snel mogelijk terug naar Nederland, waarschijnlijk vandaag nog. Ik zal hem ontmoeten, want zoals je begrijpt wil ik alles weten over wat er in Turkije is ontdekt. Ik moet erachter komen wat het is dat De Redder zo in paniek heeft gebracht.' Ze pauzeerde een moment. 'Maar ik hoop dat je nu inziet dat De Redder écht een misdadiger is, Eline. Hoe charismatisch en innemend hij misschien ook is, hij is een moordenaar.'

'Ik... Ik denk dat ik nog wat informatie heb,' zei Eline.

Nova zat direct op het puntje van de stoel. 'Vertel.'

'Ik heb iets gedaan wat heel gevaarlijk is,' zei ze. 'Ik moest De Redder over iets spreken, maar hij bleek niet op zijn kantoor te zijn. Ik vermoedde dat hij even naar het toilet was gegaan. Zijn laptop stond opengeklapt dus ik wist dat hij niet lang weg zou blijven. Ik weet niet wat me bezielde, maar ik heb snel gekeken in de hoop iets te ontdekken. Ik vond niets wat licht wierp op die zaken. Maar vervolgens zag ik dat hij in zijn webbrowser een tabblad open had staan met een webmail-cliënt. Hij heeft een e-mailadres aangemaakt waarmee hij anoniem contact kan leggen met mensen.'

'Heb je iets ontdekt?'

'Ja. Ik denk dat Jozias de e-mails direct verwijdert, want de inbox was leeg. Ik heb vervolgens in de map met verzonden e-mails gekeken, en dáár vond ik er nog wel eentje. Ik heb er een foto van gemaakt met mijn mobieltje, heb het weggeklikt en heb de kamer direct verlaten... Ik app de foto nu naar je toe.'

Nova voelde de mobiel aan haar oor trillen. Ze zette Eline op de speaker en opende het appje. Op de foto was het scherm van een laptop te zien, en een geopende e-mail. De tekst was Engels, maar Nova vertaalde het direct voor zichzelf.

> Drakon,
>
> Mijn complimenten voor de vakkundigheid waarmee je je laatste opdracht hebt uitgevoerd. Je werkt accuraat en snel.
>
> De details van de volgende en hopelijk laatste opdracht heb je inmiddels ontvangen. De aanbetaling van € 20.000 is als het goed is reeds naar je overgemaakt via dezelfde bankconstructie als de vorige keren. De rest van het bedrag krijg je nadat ik heb vastgesteld dat je de opdracht naar wens hebt uitgevoerd.
>
> Olivarius

'Olivarius?' vroeg Nova verbaasd.

'Ja, blijkbaar communiceert hij met deze persoon via een schuilnaam.'

Nova zocht direct via Google op 'Olivarius + name meaning'. Volgens een pagina met naamsbetekenissen was de naam terug te voeren op het Latijnse woord *oliva*, wat olijf betekende. Nova voelde een teleurstelling dat ze de schuilnaam niet direct aan De Redder kon verbinden.

'Ik denk dat je waardevolle informatie hebt gevonden, Eline. Dit gaat om grote sommen geld, die blijkbaar zo worden doorgesluisd dat ze moeilijk naar De Redder zijn te herleiden.'

'Heb je het e-mailadres van de ontvanger gezien?'

Nova zoomde in op de tekst bovenaan de e-mail. StariyatDrakon @livemail.com, stond er.

'Stariyat Drakon. Heb je ooit van hem gehoord?'

'Er is niemand in onze kerk die zo heet. Ik denk dat het een schuilnaam is. Net zoals Olivarius. De twee communiceren met elkaar zonder elkaars werkelijke identiteit te kennen.'

'Maar hoe weet je dat?'

'Omdat Stariyat Drakon geen normale eigennaam is. Het klinkt Oost-Europees, maar zowel de voornaam als achternaam lijkt niet in gebruik – ik kon in ieder geval niemand vinden die zo heet.'

'Heel erg bedankt voor deze informatie,' zei Nova. 'Als je het goed vindt, hang ik gauw op, zodat ik verder onderzoek kan doen. Er is haast, want de Leidse antropoloog loopt gevaar.'

Nova drukte de oproep weg en schoof haar laptop dichterbij. Ze typte 'Stariyat Drakon' in en zag dat dat inderdaad weinig opleverde – geen webpagina's en geen profielen op social media. Ze opende Google Translate en typte daar opnieuw 'Stariyat Drakon' in. Tot haar opwinding werd de tekst direct vertaald. Het was Bulgaars voor 'de oude draak'. Ineens kreeg ze het warm en koud tegelijk. Kon het zijn dat deze man uit de Bulgaarse hoofdstad kwam? Had De Redder dan misschien 'onze man in Sofia' gezegd?

Ze probeerde helder te denken. In Oost-Europa eindigden

namen vaak op -ov of -ova, voor mannen of voor vrouwen. Regelmatig kozen mensen een pseudoniem die een link had hun echte naam.

Het kon geen kwaad het te proberen. Ze zocht op 'Drakonov', met een k, in combinatie met 'Sofia'. Dat leverde aardig wat treffers op, al corrigeerde Google de naam door er Dragonov van te maken. De naam bestond dus wel met een g. Gehaast combineerde Nova de naam 'Dragonov' met zoektermen als 'crimineel', 'arrestatie', 'gezocht', 'misdaad' en dergelijke, dankzij Google Translate allemaal in het Bulgaars. Telkens kwam ze uit bij een en dezelfde persoon: Lyuben Dragonov.

Ze opende een aantal Bulgaarse webpagina's die ze door een vertaalmachine haalde. Algauw ontstond er een duidelijk profiel van de man: een geharde crimineel, had al meermaals vastgezeten, vermoedelijk banden met de Bulgaarse maffia.

Daarna zag ze een artikel uit een Bulgaarse krant, waar Dragonov in werd genoemd. Het stuk was geschreven door een Bulgaarse misdaadverslaggever.

> Er zijn meerdere anonieme bronnen die beweren dat Lyuben Dragonov een vooraanstaande hitman van de onderwereld in Sofia is. Het feit dat de man slechts kort in de gevangenis heeft gezeten voor enkele kleine vergrijpen – waaronder een inbraak en wat openstaande boetes voor verkeersovertredingen – wijten zij aan de contacten op hoge posities die hij zou hebben. Voor zijn vermeende huurmoordenaarschap is geen enkel concreet bewijs, maar het is de vraag of die bewijzen er werkelijk niet zijn, of dat ze weggemoffeld worden in ruil voor geld. Corruptie is en blijft misschien wel de grootste vijand van Bulgarije.

Naast het artikel stond een foto van Dragonov. Hij was goed herkenbaar, het zwarte balkje over zijn ogen was zo smal dat het net zo goed weggelaten had kunnen worden. Het was een magere man, pezig, maar met heel gespierde armen. Zijn linkerwang werd ontsierd door een opvallend litteken. En gezien zijn achtergrond leek het Nova niet dat hij dat tijdens het tuinieren had opgelopen.

Ze sloeg de foto op en mailde hem naar zichzelf. Op haar mobiele telefoon opende ze de foto en ze sloeg hem op in haar galerij. Direct daarna stuurde ze Simon Ryevaar een appje met de foto van Dragonov, en een begeleidende tekst.

> PAS OP! Mogelijk zit deze man achter jou aan: Lyuben Dragonov. Hij heeft een Slavisch uiterlijk en een litteken op de linkerwang. Kijk goed om je heen en kom veilig terug in Nederland.

Onder de appjes verschenen twee vinkjes, een teken dat het bericht was afgeleverd en dat Ryevaar in ieder geval zijn telefoon aan had staan.

Ze legde haar mobieltje voor zich op haar bureau, en bleef er een tijdlang handenwringend naar kijken. Er zat niets anders op dan te wachten.

77

Zo op het eerste gezicht leek Simons presentatie 'Moderne christelijke geloofscultuur en complottheorieën' vloeiend te verlopen. Hij kwam goed uit zijn woorden en maakte een ontspannen indruk. Achter deze façade voelde hij echter een enorme spanning door het afschuwelijke nieuws van Johan Zielemans dood en het alarmerende telefoontje van journaliste Nova le Temps. Zolang hij bleef praten ging alles goed, maar bij iedere stilte overviel hem de absurde situatie waarin hij zich bevond.

Op sommige momenten knikten enkele aanwezigen hem toe of onderbrak iemand hem voor een vraag om even iets toe te lichten. Voor zijn paper stond drie kwartier, voor de korte discussie erna een kwartiertje. Tot aan de lunch, om één uur, zouden er op die manier drie presentaties worden gehouden. De discussies konden tijdens het eten worden voortgezet en vooral ook tijdens de vaak levendige borrel aan het eind van de dag. Boven de entree van het restaurant had de organisatie niet voor niets het bord ROOM FOR DISCUSSION opgehangen.

'Samenvattend kunnen we zeggen,' sloot Simon zijn verhaal af, 'dat als mensen heel hun leven horen dat de wereld slecht is en worden misleid, dat het systeem van de wereld in haar diepste wezen corrupt is, dat de duivel de macht over de wereld heeft en dat de christenen de enigen zijn die "wakker" zijn, dit een heel goede voedingsbodem voor de meest extreme theorieën kan zijn, waar ik zojuist genoeg, en naar ik meen, overtuigende voorbeelden van heb gegeven. Is het zo dat iedere christen in complotten gelooft? Nee, zeker niet. Maar ik denk wel dat we kunnen vaststellen dat complotideeën een bovengemiddeld grote aantrekkingskracht op christenen kunnen hebben, omdat de meest elementaire christelijke theologie er alle ruimte voor biedt. En dit geldt zéker voor gelovigen uit de evangelische en pinksterbeweging, met haar sterke eindtijdideeën over de komst van een "eindtijdrijk" waarin Satan totaalmacht op aarde zal krijgen.'

Simon bedankte zijn publiek en sloot zijn lezing af. Een applaus dat snel wegstierf volgde op zijn laatste woorden. Hij stond op om plaats te maken voor de volgende spreker. Hij stopte de A4'tjes terug in zijn tas en kwam achter het spreekgestoelte vandaan. Ondanks zijn verwarring en angst overheerste bij hem gedurende een kort moment de opluchting dat hij de lezing toch had kunnen houden.

Hij pakte zijn laptoptas en verliet het zaaltje zonder iemand verder nog te groeten. Toen hij bijna bij de uitgang was, voelde hij een klopje op zijn schouder.

'Meneer Ryevaar,' zei iemand, in Engels met een onmiskenbaar Slavisch accent. 'Zou ik u even kort onder vier ogen kunnen spreken?'

Achter hem stond een lange man, die zijn armen op een vreemde manier langs zijn lichaam hield, zoals mensen vroeger wel op foto's poseerden, stijf en onhandig. Simon kon niet goed vaststellen of de man zenuwachtig dan wel zeer geconcentreerd was, maar erg op zijn gemak leek hij niet.

'Het spijt me, maar ik heb ontzettende haast,' antwoordde hij. 'Als u een vraag over mijn onderzoek heeft, kunt u die het beste naar me mailen.'

De man schudde zijn hoofd. 'Het gaat om iets belangrijks, dat wellicht uw wetenschappelijke doorbraak kan betekenen. Iemand wil u benaderen voor een groot project. Er is me echter gevraagd het zeer discreet te houden, omdat de doelstelling van het project nog geclassificeerd is.'

'Nee, sorry,' zei Simon. 'U kunt het mij mailen.'

Hij observeerde de man voor enkele seconden. Zijn blik viel op de linkerwang van de man. Ineens kreeg hij het koud.

De man die zich Dimitrov noemde kwam nog iets dichterbij. 'Ik wil u écht graag even in een aparte ruimte spreken.' Simon wilde weglopen, maar de man greep hem bij zijn arm en trok hem naar zich toe.

Bijna instinctief zwaaide Simon zijn knie omhoog. Hij raakte de Bulgaar hard in zijn kruis. De man hapte naar adem en deinsde een moment terug. In een flits zag Simon een klein zwart apparaatje op de grond vallen. Dimitrov dook ernaartoe en probeerde het te grijpen, maar het lag te ver weg. Van alle kanten kwamen er verbaasde bezoekers van het congres aangelopen, die niet begrepen wat er precies aan de hand was.

'De afstandsbediening van mijn auto,' hoorde Simon de Bulgaar stamelen, terwijl hij zich tussen de toeschouwers wurmde en naar het apparaatje reikte. Maar het zag er niet uit als een afstandsbediening van een auto. Simon had zo'n ding eerder gezien, bij een item op televisie over de vraag of BOA's zich er al dan niet mee mochten uitrusten.

Het was een klein model stroomstootwapen.

Dimitrov deed een laatste poging het apparaatje te pakken. In een flits zag Simon de binnenkant van zijn colbert. Hij had een flesje bij zich dat duidelijk te groot was voor zijn binnenzak. Het stak erbovenuit, zodat de veiligheidsdraaidop zichtbaar was met daarop het internationale pictogram van hoge ontvlambaarheid.

'Bel de politie!' schreeuwde Simon luid. 'Deze man is gevaarlijk. Hij wil me vermoorden!'

Nu kwamen van alle kanten congresleden op de Bulgaar af. De man keek op, meer geërgerd dan verschrikt. Hij liet de taser liggen, stond op en stootte een van de toegesnelde congresleden met een harde duw omver. Vlug baande hij zich een weg door de menigte en rende daarna richting de uitgang.

'Hou die man tegen!' riep een van de geleerden naar de medewerker van het congrescentrum die in de ontvangsthal aan een tafeltje zat. De medewerker sprong verrast op en rende door de uitgang naar buiten, achter de Bulgaar aan. Op het trottoir keek hij naar links en rechts. 'Hij is de straat al in gerend,' zei hij schouderophalend. 'En het is er momenteel erg druk.'

Josef Höhensang kwam naast Simon staan. Zijn voorhoofd was rood van de opwinding. 'Gaat het?' vroeg hij.

Simon blies zijn adem uit. Hij knikte. 'Ik sta nog helemaal te trillen.'

Met bevende vingers haalde Simon zijn mobiele telefoon tevoorschijn om Nova op de hoogte te brengen. Hij zag dat ze hem een appje gestuurd had. Toen hij het bericht opende, werden zijn ogen groot.

Op de foto zag hij de man aan wie hij zojuist was ontkomen.

De man heette Lyuben Dragonov.

78

Simon keek schichtig om zich heen toen hij het congrescentrum verliet. Hij wenkte een taxi die een eindje verderop geparkeerd stond. De chauffeur kwam direct aanrijden en stopte de wagen vlak voor de ingang van het gebouw. Simon stapte gehaast in.

'Waarheen?' vroeg de chauffeur die via de achteruitkijkspiegel oogcontact met Simon zocht.

'Naar het vliegveld.'

De taxichauffeur startte de auto en draaide de weg op. 'Naar het Ciampino? Het Aeroporto di Roma Ciampino?'

'Ja, ja,' zei Simon. 'Dat is goed.'

Hij pakte zijn mobiel om Nova te bellen. Ze nam direct op.

'Simon,' riep ze alsof zich op een grote afstand binnen dezelfde ruimte bevonden. 'Gaat het goed? Heb je mijn bericht gelezen?'

'Ja, het gaat goed,' stelde hij haar gerust. 'Je had gelijk. Die man is hier, ik ben net aan hem ontkomen. Ik ben onderweg naar het vliegveld. Ik heb Josef Höhensang gevraagd of hij mijn koffer mee kan nemen.'

'Ik ben erg opgelucht,' zei Nova. 'Luister. Als je straks in Leiden bent, kom dan direct naar mij toe. De mensen die achter je aan zitten beschikken wellicht over alle gegevens, ze weten waar je woont, waar je werkt.'

'Ik ben je dankbaar dat je mijn leven hebt gered,' zei Simon, 'maar je begrijpt dat je me wel een verklaring schuldig bent.'

'Vertrouw me,' zei Nova. 'Zodra je hier bent zal ik je alles uitleggen.'

79

Dragonov ziedde van woede toen hij besefte dat hij had gefaald. Het meest van alles was hij echter woedend op Olivarius, die hem in deze beschamende positie had gebracht. Hoe kon die man ook denken dat het mogelijk was om in zo'n mierennest als Rome eventjes iemand te doden én in brand te steken? Overal was het te druk en te risicovol geweest – op de met toeristen gevulde straten, maar eveneens in het congrescentrum vol geleerden, personeel en camera's. Een gewone liquidatie was geen enkel probleem geweest, daarvoor was hij vakkundig genoeg. Die idiote monomane en pyromane neiging van Olivarius, dié zorgde voor problemen.

Als huurling had hij wel vaker te maken met opdrachtgevers die mensen snel en efficiënt gedood wilden hebben. Meestal waren het criminelen voor wie hij leden van rivaliserende bendes uit de weg moest ruimen – of hun dierbaren, om hen te intimideren. In alle gevallen kon het de opdrachtgever echter niets schelen hoe het doelwit werd omgebracht, als het maar gebeurde op zo'n manier dat er geen enkel spoor naar hen wees. Dat Olivarius eiste dat ieder doelwit in brand werd gestoken, was niet alleen ongebruikelijk, het was ook nog eens ontzettend onhandig. Dat, in combinatie met de tijdsdruk, had ervoor gezorgd dat hij fouten was gaan maken.

Een moord uitvoeren was als een potje Jenga – je moest rustig blijven en ieder stukje met beleid hanteren. Als je te gehaast was of te hardhandig te werk ging, stortte alles in.

Dragonov vloekte en tierde inwendig.

Hij had de opdracht nooit moeten aannemen.

De chauffeur van de taxi waarin hij zat, toeterde driftig voor een stoplicht dat op groen sprong. Dragonov ergerde zich aan de verkeersdrukte, hij had al genoeg tijd verloren. Hij dwong zichzelf te kalmeren voordat hij de lobby van het hotel binnenging. Hij kon zich niet nog méér fouten permitteren.

Als een vaste gast die zijn weg kende, liep hij meteen door naar Ryevaars kamer. In het voorbijgaan griste hij een keycard van de trolley van een kamermeisje. Nadat hij de deur had geopend en had gezien dat er niemand was, gooide hij de keycard op de grond en riep hij de vrouw.

'Is deze van u?' vroeg hij. 'Ik zie hem hier op de grond liggen.'

Met een opgeluchte uitdrukking op haar gezicht kwam de vrouw, die hij inschatte als iemand uit Zuid-Amerika, op hem af gesneld.

'*Molte grazie*,' stamelde ze, waarbij ze een onhandige buiging maakte. '*Mille grazie*.'

'Geen probleem,' antwoordde Dragonov vriendelijk. Hij stapte Ryevaars kamer binnen en sloot de deur achter zich. Snel ging hij door de spullen van Ryevaar heen, maar er was niets van belang bij. Hij nam op de comfortabele stoel in de zithoek plaats, wachtend tot er iets zou gebeuren.

Het enige wat hij nog kon doen was Ryevaar onder schot houden, en hem vervolgens dwingen het hotel te verlaten met zijn wapen in zijn jaszak op hem gericht. Hij kon de man dan meenemen naar een rustig steegje. Daar zou hij hem neerknallen of taseren en in de fik zetten, en maken dat hij wegkwam.

Toen de deur openzwaaide veerde Dragonov op.

Het was de schoonmaakster, die schrok van zijn aanwezigheid, zich luid excuseerde in iets wat meer op Spaans dan Italiaans klonk, en weer verdween. Vervolgens zat hij nog twintig minuten in de hotelkamer, voor hij zich voor het hoofd sloeg.

Ryevaar was natuurlijk rechtstreeks naar het vliegveld gegaan.

Woest schudde Dragonov zijn hoofd. Was hij zijn scherpte aan het kwijtraken? Hij vroeg zich af of dit het begin van het einde betekende. Dat hij hiermee moest stoppen om een burgerlijk leven te gaan leiden… als een uitgerangeerde topsporter.

Als ik zulke onvoorstelbaar domme fouten begin te maken, is het wellicht beter eruit te stappen voordat ik word gepakt.

Maar al snel herpakte hij zich.

'Ik moet weg hier,' zei hij hardop.

Hij deed de deur open en stak voorzichtig zijn hoofd om de hoek, maar de gang was uitgestorven. Terwijl hij de lift in stapte, dacht hij voor een fractie van een seconde aan zijn dochtertje en zijn hart stroomde over van liefde. Hij wilde graag terug naar Bulgarije om haar te zien – ze was nu al weken alleen met haar moeder. Maar voorlopig zou hij Bulgarije niet zien.

Hij liep het hotel uit en zette zijn zonnebril op. Die Ryevaar had er nu iets persoonlijks van gemaakt, een erekwestie. Het was nu geen strijd met Ryevaar meer. Het was een gevecht met zichzelf geworden.

Ryevaar moest en zou onder zijn handen sterven.

80

Toen Simon in de Leidse Kaiserstraat uit de taxi stapte, bereikte de zon net nog de toppen van de bomen. Het groene loof kreeg een gouden gloed en alles ademde de sfeer van de komende zomer. Hij stond voor de poort van het hofje waar Nova's woning zich bevond, op slechts een paar honderd meter van zijn eigen huis aan het Rapenburg.

Simon glimlachte toen hij de naam van het hofje zag.

Jeruzalemhof.

Als je je eenmaal ergens intensief mee bezighield, leek opeens heel de wereld om je heen zwanger van betekenis te worden.

Enkele jaren geleden had Simon met een buitenlandse gast een hofjeswandeling gemaakt langs een deel van de vijfendertig hofjes die Leiden rijk was. Zodoende wist hij dat dat de Jeruzalemhof het oudste nog bestaande hofje in de sleutelstad was. Wouter IJsbrandszoon stichtte het ter ere van God en de twaalf apostelen op 16 mei 1467, naar aanleiding van zijn bezoek aan het heilig graf in Jeruzalem.

Toen Simon het hofje binnenwandelde kwam er een zekere ontspanning over hem heen. Opeens was de drukte en de hectiek van de stad weg en waande je jezelf op een klein dorpsplein, een oase van rust. Het voelde alsof de ergste spanning van de laatste dagen van hem afviel.

Op een groene deur stond met sierlijke letters NOVA LE TEMPS geschilderd. Er hing een ouderwetse klopper in de vorm van een leeuwenkop, die er verweerd uitzag en enkele groene plekken op zijn kop had. Simon liet hem een paar keer neerkomen op het koperen plaatje dat het hout beschermde tegen beschadiging.

Het was alsof Nova op de deurmat had staan wachten, want vrijwel onmiddellijk zwaaide de deur open. In de deuropening stond een jonge vrouw met lang zwart haar en diepe, donkerbruine ogen.

'Simon Ryevaar?'

Simon knikte. 'En jij moet Nova zijn.'

Ze gaven elkaar een hand.

'Kom gauw binnen,' zei Nova.

Simon betrad haar huis. Snel deed Nova de deur achter hem dicht. Via de gang kwamen ze met een steile trap in de woonkamer uit.

'Je zult wel geschrokken zijn van alles,' zei ze, terwijl ze hem voorging.

'Dat kun je wel zeggen,' zei Simon. 'Ik begrijp om eerlijk te zijn niet goed waar ik in verzeild ben geraakt.'

'Dat snap ik. Heb je trek in thee of koffie? Of heb je behoefte aan iets sterkers na de gebeurtenissen in Rome?'

'Een kop thee is goed.'

Nova verdween naar het kleine keukentje en Simon observeerde de woonkamer, een pijpenla van ongeveer acht bij drie meter. Alles was met een bijna mathematische precisie ingericht zodat er tussen de bank, de salontafel en de boekenkasten nog ruimte was om te lopen. Aardekleuren als terracotta, bruin en roodbruin overheersten, die in combinatie met enkele kamerplanten voor een intieme, warme sfeer zorgden. De drie boekenkasten, die reikten tot aan het plafond, waren te klein om de vele boeken te bevatten, op enkele planken stonden ze in dubbele rijen. Achter het huis was een kleine, groene tuin waar weinig daglicht in leek door te dringen.

'We wonen vlak bij elkaar,' zei Simon, toen Nova de woonkamer binnenkwam met een glazen pot met heet water waar verse muntbladeren en grof gesneden stukken gember in dreven. 'Ik woon aan het Rapenburg, dus we zijn praktisch buren.'

'Ah, dat is mijn droom: aan het Rapenburg te wonen,' zei Nova, 'al ben ik hier perfect tevreden hoor.'

Simon nam plaats op de hoek van de driepersoonsbank, die voor zijn lange benen eigenlijk net iets te laag was. Nadat Nova de thee had ingeschonken en het dampende glas in zijn richting had geschoven, ging zij in kleermakerszit in de andere hoek van de bank zitten, met haar rug tegen de armleuning zodat ze Simons kant op keek.

'Zo,' zei ze. 'Volgens mij hebben wij elkaar heel wat te vertellen.'

Simon knikte. 'Laten we bij het begin beginnen. Waar doe je onderzoek naar? Wie heeft het op mij voorzien?'

'Ik doe al enkele jaren onderzoek naar sekten in Nederland,' begon Nova. 'Er is namelijk bar weinig bekend over wat er binnenin zulke groeperingen gebeurt. In het kader van dat onderzoek kwam ik terecht bij een megakerk genaamd The Bride. Heb je daar ooit van gehoord?'

Simon liet de naam een moment op zich inwerken. 'Ja, wel van gehoord. Het zit hier in Leiden, toch?'

'Dat klopt. Het is een pinkstergemeente met een extreme obsessie voor de eindtijd, en met een geheel eigen theologie op dat gebied. De leider is Jozias de Redder. Deze man predikt dat het einde der tijden is aangebroken, en dat Jezus spoedig terug zal komen. Zijn kerk, The Bride, zal als enige veilig zijn voor de komende oordelen.'

Simon stootte een spottend lachje uit. 'Het zal ook eens niet zo zijn.'

'De Redder ziet zichzelf als een profeet,' zei Nova, 'die rechtstreeks openbaringen van God krijgt over wat er komen gaat. De man wordt door zijn volgelingen aanbeden, maar er zijn al jarenlang geruchten dat hij in werkelijkheid mensen emotioneel misbruikt, seksuele escapades met vrouwen heeft, een extreem luxe levensstijl heeft dankzij het geld van zijn kerkleden, dat soort dingen.'

'Het bekende patroon.' Hij ging iets achterover zitten. 'Dit soort leiders zegt nooit: ik kan mijn boodschap ook vanuit een kamertje driehoog-achter verspreiden en economyclass reizen is goed genoeg voor mij.'

'Nee, leider zijn van zo'n beweging gaat doorgaans hand in hand met decadentie.'

'Zelf doe ik vanuit antropologisch standpunt onderzoek naar geloofsculturen. Ik heb me gespecialiseerd in eindtijdbewegingen. Maar ik ben toch meer een boekengeleerde, om eerlijk te zijn – diensten van zulke sektes bijwonen is niet bepaald mijn hobby.'

'Ik heb zelf een dienst bijgewoond, maar de echte misstanden in zulke groeperingen ontmasker je niet door openbare bijeenkomsten bij te wonen. Ik heb ook contact gehad met enkele ex-leden die hun verhaal graag kwijt wilden. Momenteel heb ik een informant in de sekte: een jonge vrouw die dicht bij het vuur zit, maar eigenlijk uit de kerk wil stappen. Mijn doel is om genoeg belastende informatie over De Redder te verzamelen om hem voor jaren in de cel te krijgen.' Ze veegde een haarlok uit haar gezicht. 'Maar het is niet helemaal zonder gevaar. De Redder heeft door dat ik een onderzoek naar hem doe. Hij heeft me zelfs in zijn kantoor ontboden, waar hij me intimideerde met foto's die hij van mij had laten maken. Ik dacht dat het daar bij zou blijven, maar er gebeuren sindsdien vaker vreemde dingen.'

'Zoals?'

'Ik werd 's avonds laat op straat door een wildvreemde bij mijn voornaam aangesproken, en ik krijg verkapte dreigementen via de post, zoals een Bijbeltekst die gaat over het doden van de vijanden van Jezus.'

'Dat is heftig,' zei Simon. 'Maar wat heeft dit te maken met die Dragonov die achter mij aan zit? En met de moord op Thomas, Ergün, Umut en Zieleman?'

'Daar heb ik jouw helft van het verhaal voor nodig. Wat ik weet is dat De Redder opdracht heeft gegeven tot de moorden. Hij heeft ze laten uitvoeren door Dragonov, een Bulgaarse huurling.'

'Ik heb genoeg eindtijdbewegingen zien komen en gaan, maar een leider van een pinkstergemeente die mensen laat vermoorden? Dat is te bizar voor woorden.'

'Ook ik wist niet dat de misstanden zó ver gingen. Voor zover ik kan reconstrueren moet het te maken hebben met Weissenbergs vondst. De vraag die ik op mijn beurt aan jou wil stellen is daarom: wat heeft Weissenberg ontdekt?'

Simon dacht terug aan de eerste-eeuwse kerk in Cappadocië. Aan de koelte in de grot, het opdwarrelende stof, de inscriptie aan de muur. Aan Thomas, die hem enthousiast rondleidde, en slechts enkele dagen later door vlammen verteerd werd.

'Thomas Weissenberg was een goede vriend van me,' zei Simon. 'Zijn studente Umut ontdekte een kerk uit de eerste eeuw van onze jaartelling, de vroegste christelijke kerk ooit gevonden. Op een van de muren trof Thomas een inscriptie aan die luidt: "Gevallen, gevallen is het grote Jeruzalem".'

Nova fronste haar wenkbrauwen. 'Dat is alles?'

'Dat is alles. Maar zowel in historisch als theologisch opzicht is het een wereldschokkende ontdekking.'

Nova begreep er zichtbaar niets van. 'Hoezo?'

'De tekst is identiek aan een tekst uit het Bijbelboek Openbaring, met als grote verschil dat in Openbaring niet over Jeruzalem wordt gesproken, maar over Babylon.'

'Ja, de tekst herken ik wel. De Redder citeert hem heel vaak. Je kunt een willekeurige preek op Youtube bekijken en die frase komt wel voorbij. Volgens De Redder staat Babylon voor het wereldrijk, dat door zaken als internet steeds meer één is geworden en is geglobaliseerd. God zal dit wereldrijk, dat zich volgens hem massaal van God heeft afgekeerd, vernietigen tijdens de oordelen die over de aarde gaan komen.'

'Hoe voorspelbaar. Dat is ongeveer de blauwdruk van negenennegentig van de honderd christelijke eindtijdtheorieën. Maar precies dát wordt door deze inscriptie op losse schroeven gezet. Het lijkt een klein detail dat er Jeruzalem in plaats van Babylon staat, maar dat is het niet. De inscriptie dateert namelijk van voor de afronding van het boek Openbaring en bevat daarmee hoogswaarschijnlijk een fragment uit de originele tekst van het boek.'

'En waarom is dat wereldschokkend?'

Simon had een klein uur nodig om Nova op de hoogte te

brengen van al de zaken die hij in de afgelopen tijd had ontdekt.

'Hm,' zei Nova na Simons uitvoerige uitleg. 'Er wordt me wel het een en ander duidelijk. Maar toch – er zijn wel vaker wetenschappelijke ontdekkingen die de Bijbel ondermijnen. Waarom besloot De Redder in dit geval tot moorden over te gaan?'

'Waarschijnlijk werd er niet eerder een wetenschappelijke ontdekking gedaan die zo'n directe bedreiging voor hem en zijn eindtijdideeën vormde,' antwoordde Simon. 'Als de waarheid naar buiten komt dat Openbaring helemaal niet over het einde der tijden gaat, stort het hele fundament onder het machtsimperium en verdienmodel van deze man in. Er kómt geen eindtijd, Jezus zál nooit terugkeren... dus waarom zou iemand nog in De Redder geloven als eindtijdprofeet?'

'Dat is waar,' zei Nova. 'Ik weet via mijn informante, Eline, dat De Redder als een soort Johannes de Doper de weg wil bereiden voor Jezus' wederkomst, en alle obstakels voor Gods grote eindtijdplan moeten dan uit de weg geruimd worden, begrijp je? Hij gelooft dat hij zelf in Gods plan met de wereld een cruciale rol speelt. Dus alles wat hem dwarsboomt, komt...'

'... van de duivel,' maakte Simon haar zin af. 'Het is zo voorspelbaar allemaal.'

'En het heeft ongetwijfeld ook met de timing te maken. De Redder gelooft werkelijk dat het allemaal nu, binnen enkele jaren gaat gebeuren. Ik denk dat hij Weissenbergs vondst daarom zag als een laatste wanhopige aanval van Satan op Gods plan.'

'En vergis je niet,' zei Simon. 'Deze ontdekking zaagt niet alleen de stoelpoten onder sekteleiders als De Redder weg. Het zal consequenties hebben voor het totale christendom zoals we dat kennen. Het hele idee dat de Bijbel een profetisch geschrift is met informatie over de toekomst – een belangrijke pijler onder het geloof – valt uit elkaar. Het Nieuwe Testament blijkt bovendien een zeer anti-Joods geschrift. Moet je je voorstellen: de 'eindtijd' symboliseert in werkelijkheid de vernietiging van het Jodendom en de geboorte van de Kerk!'

'Maar als die inscriptie zó wereldschokkend is, jeuken jouw vingers dan niet om die informatie alsnog naar buiten te brengen?'

'Dat kan en zal ik ook zeker doen, als de tijd rijp is,' zei Simon. 'Ik heb foto's van de inscriptie. Ik heb ze op zoveel verschillende plekken staan, dat het De Redder nooit zal lukken alle kopieën ervan te vernietigen. Maar ze hebben vanuit wetenschappelijk oogpunt weinig overtuigingskracht, omdat die foto's op zich niets bewijzen. Andere wetenschappers kunnen er geen onderzoek naar doen en de inscriptie en de andere vondsten in situ bekijken, op de plek zelf. Als je de foto's ziet, kunnen critici zeggen dat Thomas die kruiken zelf heeft neergelegd en de inscripties zelf in de rotswand heeft gekrast.'

'Het heeft op dit moment ook geen prioriteit. We moeten De Redder zien te stoppen, voor hij nog meer schade aanricht.'

'Maar als die gek over lijken gaat om zijn doel te bereiken, moeten we dan niet direct naar de politie stappen?'

'Ik kan dat niet zomaar doen, want dan zou ik mijn informante, Eline, in gevaar brengen. De Redder is echt paranoïde, Simon. Hij heeft binnen no time door waar het lek in zijn organisatie zit. En echt hard bewijs hebben we nog altijd niet.'

'Maar wat voor een persoon is die De Redder? Dit is toch het gedrag van een psychopaat?'

'Ik tast volledig in het duister over wie hij precies is. Er is niets over zijn verleden bekend. Er zijn alleen wat mythisch aandoende verhalen over zijn geboorte.' Ze pakte haar glas en nam een slokje thee. 'Maar uit alles blijkt dat hij zijn beweging naar een climax toe beweegt, een apotheose. Ik denk dat hij spoedig gestoorde dingen gaat doen.'

'Wat bedoel je daarmee?'

'Hij claimt dat God hem in visioenen heeft getoond hoe de nabije toekomst eruitziet. De wederkomst zal binnen tien jaar plaatsvinden, zegt hij. Hij heeft zijn naam al in Mozes veranderd.'

Simon schoot in de lach. 'In Mózes?'

'Ja, als het niet zo triest zou zijn, zou je er inderdaad om kunnen lachen. Ik denk dat hij gelooft dat hij en zijn zoon Elijah de Twee Getuigen uit Openbaring zijn.'

'Die man zou in een inrichting moeten worden opgenomen.'

'Weet je,' zei ze. 'Eerst was The Bride voor mij gewoon een van de sektes die ik wilde onderzoeken, in feite niet meer dan een hoofdstuk in mijn boek. Maar in de afgelopen periode werd het veel meer dan dat. Het is persoonlijk geworden. Met die intimidaties probeert hij mij persoonlijk te raken. En sinds ik weet dat hij tot moorden in staat is, voel ik me niet veilig meer. Er is haast geboden, Simon. Ik wil zo snel mogelijk genoeg belastende informatie over De Redder verzamelen, zodat ik de politie kan overtuigen dat hij moet worden opgepakt.'

'Het lijkt me hoe dan ook zaak om jouw informante zo snel mogelijk bij The Bride weg te krijgen. Dan zou het gemakkelijker worden met haar verhaal naar de politie te stappen.'

'Dat is waar, maar het is niet eenvoudig. Eline heeft last van extreme cognitieve dissonantie. Het ene moment vervloekt ze De Redder, het volgende moment lijkt ze hem weer als de Verlosser zelf te aanbidden.'

'In ieder geval wil ik je helpen om deze sekteleider te exposeren.'

Nova stond op. 'We moeten zoveel mogelijk over De Redder te weten komen. Er is ontstellend weinig bekend over hem, over zijn jeugd, over zijn geheimen.'

'Om te beginnen moeten we dan weten wáár we moeten zoeken.'

'Op dit moment is het allereerst van belang dat jij veilig bent.'

'Zal ik inchecken in een hotel of zo?'

'Dat lijkt me niet verstandig. Het lijkt me beter dat jij voor nu even hier blijft logeren, maar niet te lang. De Redder heeft mij ook in het vizier.'

'Weet je dat zeker? Ik wil je niet tot last zijn.'

'Ik heb een logeerkamer, dus dat is geen probleem. Je moet me alleen even helpen met het uitruimen ervan, want het is een soort rommelhok geworden.'

81

De geur van koffie en van gebakken eieren met spek drong de logeerkamer binnen. De stilte werd doorbroken door geratel dat van een sinaasappelpers afkomstig leek. Simon bevond zich nog in het tussenrijk van slapen en waken. Hij verbaasde zich erover hoe goed hij had geslapen en hoe uitgerust hij zich voelde. Het logeerbed was eigenlijk net iets te kort geweest, het matras net iets te smal en te weinig stevig.

Hij stond op en trok de enige kleren aan die hij op dit moment had. Het voelde niet veilig om nu naar zijn huis te gaan. Hij belde zijn leidinggevende om zich voor de komende tijd ziek te melden. De werkgroepen konden gelukkig door collega's worden overgenomen.

Met een diepe zucht zette hij zijn telefoon uit, tevreden dat hij voor nu deze losse eindjes had dichtgebrand. Hij sloot zijn ogen en snoof vergenoegd de geur van het ontbijt op.

'Ah,' zei Nova opgewekt toen hij de keuken binnenliep. 'Daar ben je. Ik wilde je net wakker gaan maken. Lekker geslapen?'

'Ja, ik moest wat dingen regelen met mijn huis en mijn werk. Mijn huurder komt straks een koffer met kleding en wat toiletartikelen brengen. Dan moeten we later maar kijken hoe we dit allemaal gaan doen als de situatie langer duurt.'

'Dat is goed,' zei Nova. 'Wil je koffie?'

'Heerlijk.'

Ze ging hem voor naar de woonkamer, waar de tafel al voor twee was gedekt. Op de borden lagen geroosterde boterhammen, er stond een koekenpan met spiegeleieren met spek en naast de borden stonden glazen sinaasappelsap. Uit een thermoskan schonk Nova voor hen beiden een grote mok koffie in.

Dat is lang geleden, schoot het door hem heen toen hij zijn stoel naar achteren schoof. *Ontbijten met vrouwelijk gezelschap.*

Terwijl ze aan het ontbijt begonnen, scande Nova op haar mobiel haar inbox. Terwijl ze met één hand een stuk toast vasthield, tikte ze met de wijsvinger van haar andere hand een e-mail aan.

Simon keek op. 'Wat kijk je verbaasd?'

'Ik heb een mail van mijn redacteur gekregen,' zei ze. 'Of beter gezegd: hij stuurt me een mail van iemand anders door, naar aanleiding van een eerder achtergrondartikel dat ik voor de krant schreef over The Bride.'

Simon liet zijn bestek even liggen.

'Hij is van een oudere dame uit het oosten van het land. Ze beweert dat ze Jozias de Redder van vroeger kent.'

'Van vroeger? Dat is interessant.'

'Informatie over De Redders raadselachtige jeugd is meer dan welkom. Maar er is iets geks aan de hand.'

Simon keek haar aan. Hij wachtte af tot ze zichzelf zou verduidelijken.

'Ze woonde vroeger in Duitsland.'

'Ja? En?'

'Ze beweert dat Jozias een Duitser is.'

82

Dragonov liep de grote hal van Schiphol uit, op weg naar de parking waar zijn huurauto klaarstond. Bij de auto aangekomen, ditmaal een BMW uit de 3-serie, klikte hij zijn telefoon in een handsfreeset op de voorruit en reed weg.

Met zijn prepaidtelefoon belde hij Olivarius.

'Ik ben geland,' zei hij.

'Dat is mooi.' Er viel een stilte. 'Voor zover ik weet is Ryevaar nog niet bij zijn huis aangekomen, maar ik vermoed dat dat ieder moment kan gebeuren.'

'Hoezo vermoed je dat? De man weet nu dat hij wordt achtervolgd. Is het niet een beetje naïef om te denken dat hij vanavond weer in zijn eigen bedje slaapt?'

'Zelfs als hij ergens anders bivakkeert, komt er een moment dat hij bij zijn huis verschijnt. Hij zal apparatuur nodig hebben, of documenten of gegevens, of kleren, misschien zijn post moeten ophalen. Het is wachten op dat ene moment. Het lijkt me raadzaam dat je wat camera-apparatuur aanschaft, zodat je zijn huis 24/7 in de gaten kunt houden.'

'Ik ben geen spion, Olivarius. Dat weet je.'

'Maar ik betaal je beter dan je gemiddelde opdrachtgever. Dat weet jij.'

Daar had Dragonov niets tegen in te brengen. Hij had aan Olivarius genoeg verdiend om de komende periode op zijn luie reet te kunnen zitten, en deze laatste liquidatie zou er nog een flinke schep bovenop doen.

'Het is een kwestie van wachten tot de man opduikt,' voegde

Olivarius eraan toe. 'Als dat gebeurt kun jij je ding doen, gauw en efficiënt, en dat zijn we van elkaar af.'

Dragonov drukte de oproep weg. Hij zette de radio aan, die ingesteld stond op Sky Radio. Na vijf seconden zette hij hem weer af. 'Takkeherrie,' gromde hij.

Daarna voegde hij in op de A4, in de richting van Leiden.

83

Nova en Simon waren al voorbij Utrecht. Ze doorkruisten nu de Utrechtse heuvelrug. Aan weerszijden van de A12 was dennenbos te zien, hier en daar afgewisseld door heide.

Simon had met zijn creditcard een auto bij Herz gehuurd en voor hem en Nova een prepaidtelefoon gekocht. Hun eigen telefoons hadden ze helemaal uitgeschakeld. Nova had de vrouw die beweerde Jozias de Redder als kleine jongen in Duitsland te hebben gekend, onmiddellijk gebeld. Van Leiden naar Enschede was geen kort ritje, maar de vrouw, Johanna genaamd, wilde Nova en Simon per se persoonlijk ontmoeten.

'Wat weten we eigenlijk van de vrouw die we nu gaan bezoeken?' vroeg Simon, die achter het stuur zat.

'Ik weet alleen dat zij en haar man destijds in Dresden woonden,' zei Nova. 'Daar zou Jozias zijn jeugd hebben doorgebracht, beweert ze. Verder weet ik niets, eigenlijk. Maar we gaan er snel genoeg achterkomen.'

Ruim een uur later reden ze de wijk Pathmos in Enschede binnen, een woonwijk in het stadsdeel West die eruit zag alsof hij niet lang geleden nog flink was gerenoveerd; typisch een achterstandswijk die voortvarend was opgestuwd in de vaart der volkeren. Toch leken de stadsvernieuwers er niet in te zijn geslaagd de geest van het verleden helemaal te verjagen. 'Het zijn mooie huizen,' zei Nova, die blijkbaar hetzelfde dacht als Simon. 'Alles is keurig netjes op orde, geen zwerfvuil, er is groen, maar toch...'

Terwijl Simon de huurauto inparkeerde zwaaide de deur van

nummer 33 al open. Een kwieke, oudere dame, begin zestig zo schatte Nova in, verscheen in de deuropening. Ze had een paarsige gloed over haar grijze haar, en opvallend donkere wenkbrauwen.

'Kom verder, kom verder,' zei ze uitnodigend. 'Mijn naam is Johanna, jullie moeten Nova en Simon zijn. Ik heb al koffie gezet, kom gauw binnen.'

De huiskamer was buitengewoon netjes. Als je over een oppervlakte streek, zou er waarschijnlijk nog geen stofje op je vinger achterblijven. Tegelijkertijd was het vreselijk druk ingericht met tientallen grotere en kleinere gipsen beeldjes, gekleurd en naturel, van herdersjongetjes en Griekse goden tot rijk uitgedoste poppen en potjes en vaasjes met nepbloemen. Aan de muur hing een levensgrote reproductie van het huilende zigeunerkind bij een wie een traan over een vuile wang biggelde.

Het bleek algauw dat Johanna niet veel aansporing nodig had. Nog voor ze een tweede kopje koffie had ingeschonken, had ze in grote lijnen al haar levensverhaal verteld. Man drie jaar geleden overleden, de twee zoons getrouwd en goede banen, vijf kleinkinderen, zelf actief lid van de Volle Evangelie Gemeente en daarnaast zeer actief als bridgester en als vrijwilligster bij de Voedselbank en de Kringloopwinkel.

Toen ze een fotoalbum tevoorschijn haalde om foto's van haar kleinkinderen te laten zien, onderbrak Nova haar.

'We zijn vooral erg benieuwd wat u ons kunt vertellen over Jozias de Redder.' Ze klapte demonstratief haar laptop open, die ze daarvoor als een soort van onderzetter had gebruikt voor haar koffiekopje.

'Ach ja,' zei Johanna, 'Sorry, ik ratel maar door.' Ze legde het album op de salontafel. 'Die meneer De Redder. Het is zó vreemd. Ik zag zijn foto in de krant, bij jouw artikel, en ik herkende hem direct. Geen enkele twijfel.'

'Want u heeft hem persoonlijk gekend?'

'Jazeker. In Duitsland. Toen hij nog een jonge tiener was, hoor! Maar toen had hij nog een andere naam.'

Nova keek op. 'Hij heette geen Jozias de Redder?'

'Zeker niet,' zei Johanna gedecideerd. 'Zijn naam is Olivier. Olivier Kassel.'

'Olivier Kassel?' vroeg Nova verbaasd. 'Maar dat kan helemaal niet. Ik heb destijds zijn gegevens in de gemeentelijke basisadministratie opgezocht. De man heet écht Jozias de Redder.'

'Ik weet niet hoe dat kan,' zei Johanna, die zichtbaar genoot van de aandacht die ze kreeg, 'maar ik weet zeker dat de man die die sekte leidt Olivier Kassel is. Hij moet zijn naam hebben veranderd.'

'Nee, dat kan niet. Ik heb het geboortebewijs van Jozias ingezien, evenals de overlijdensaktes van zijn beide ouders, Koos en Annelien de Redder. Hij is enig kind en is in Nederland geboren en opgegroeid. Niet in Duitsland.'

'Laat Johanna even haar verhaal afmaken,' stelde Simon voor.

Johanna keek hem dankbaar aan. 'Mijn man zaliger en ik woonden in Dresden. De muur was net gevallen en er waren daar grote kansen voor westerse bedrijven. Veel Oost-Duitse bedrijven waren feitelijk failliet, al die jaren waren ze door heel goedkope arbeid en door staatssubsidies overeind gehouden. Veel ondernemingen stonden voor een habbekrats te koop. Mijn man...'

'Kunt u het verhaal toespitsen op Jozias de Redder?' onderbrak Nova haar. 'Het spijt me, maar we hebben niet veel tijd.'

'Willen jullie het verhaal horen of niet?' vroeg Johanna, met iets van irritatie in haar stem. 'Dit hoort er allemaal bij.'

'Prima, sorry,' zei Nova snel. 'Vertelt u verder.'

'We waren in die tijd dus verhuisd naar Dresden. Mijn man en ik gingen daarvoor in Enschede al naar de Volle Evangelie Gemeente. We hadden onze twijfels of we in Dresden aansluiting bij eenzelfde soort kerk zouden kunnen vinden. Je moet weten dat er in Oost-Duitsland altijd een wat tweeslachtige houding tegenover het geloof was geweest. Marx had gezegd dat religie het opium voor het volk was, dus het paste niet bij de socialistische heilstaat. Maar het christendom werd wel min of meer getolereerd en van Jezus werd een communist avant la lettre gemaakt – Jezus die opkwam voor de armen en streed tegen de machtigen, je begrijpt het denk ik wel. De overheid liet de kerken min of meer met rust zolang zij zich niet met de staat bemoeiden.'

Simon verbaasde zich over de woordkeus van de vrouw. Hij had haar op basis van de inrichting van het huis als een heel volks type ingeschat, maar haar vocabulaire kwam niet overeen met het beeld dat hij zich van haar had gevormd.

'Toen de beperkingen na *die Wende* helemaal werden opgeheven,' ging Johanna verder, 'bloeide het christendom op. De weg was open, er werd veel geëvangeliseerd. Kerken schoten als paddenstoelen uit de grond, de Heer kon er eindelijk zijn zegenende werk doen. Mijn man en ik gingen naar een fijne pinkstergemeente, de *Oase Gorbitz*. Onze buren hadden ons een keer ernaartoe meegenomen. Je kon zien dat de mensen lang waren onderdrukt; het was alsof de deksel van een overkokende pan vloog. In de pinkstergemeente waar we naartoe gingen was een enorm enthousiasme. Alles werd er als bovennatuurlijk gezien, er waren voortdurend tekenen, mensen stonden tijdens de dienst op en spraken spontaan in tongen, gelovigen vielen in extase op de grond, anderen kwamen het podium op om een visioen door te geven. Mijn man en ik waren aanvankelijk enorm enthousiast over die kerk.'

'Had u dat ook?' vroeg Simon. 'Of uw man? Visioenen, spreken in tongen, dat soort ervaringen?'

'Nee, dat niet,' zei Johanna. 'Maar zoals Paulus het al zei: er zijn verschillende taken en verschillende gaven, maar het is één en dezelfde God.'

Paulus... dacht Simon. *Ze moest eens weten.*

'Er gebeurden wonderen,' ging Johanna verder. 'Mensen die zó uit de rolstoel opstonden waar ze heel hun leven aan gekluisterd waren geweest. Om het jaar moesten we naar weer een grotere ruimte verkassen, omdat er steeds meer mensen op de diensten afkwamen. Onze voorganger was een bijzondere man. Hij had van de Geest de kracht gekregen om wonderen te verrichten, om te profeteren – dat is het doorgeven van bovennatuurlijke boodschappen van God – maar ook om te onderscheiden wat wel en wat niet van de Geest afkomstig is. En dáár komt Olivier Kassel in beeld.'

Nova keek haar vol interesse aan. 'Was deze Olivier lid van de pinkstergemeente?'

'Ja. Ik weet niet of hij er al jaren kwam of nog maar kort, maar op het moment dat wij ons bij de pinkstergemeente aansloten, bezocht hij wekelijks de diensten. Hij was nog een kind, hoor, en hij was om eerlijk te zijn in eerste instantie geen opvallende verschijning. Dat veranderde allemaal na een paaszondag.'

Nova zat op het puntje van haar stoel. Ze wist niet of deze Olivier werkelijk Jozias was, maar áls het zo was, dan was ieder stukje informatie bijzonder waardevol.

'Onze voorganger profeteerde vaak over kerkleden, dan gaf hij boodschappen van God door. Op die bewuste paaszondag werd Olivier door de voorganger het podium op getrokken, hij moet een jaar of veertien zijn geweest. Wij kwamen toen al een paar jaar in de gemeente, dus dit zal zo'n vijfentwintig jaar geleden zijn geweest.'

Simon zag dat Nova haar ogen wat samenkneep, alsof ze in haar hoofd snel een berekening zat te maken. Ze knikte bevestigend.

'Onze voorganger zei tegen Olivier dat hij van God doorkreeg dat hij een belangrijke man van God was met een bijzondere taak in zijn leven. De voorganger zei zelfs dat Olivier door God geroepen was als profeet, en dat hij – net als Jezus met Pasen – moest sterven aan zijn oude leven en in zijn profetische bediening moest opstaan. Olivier groeide zichtbaar van de waardering en erkenning die hij kreeg. Hij zei dat hij dat gevoel zelf ook al had gehad. De voorganger daagde hem uit om onmiddellijk de koe bij de horens te vatten en gaf de jongen een microfoon in handen. "Profeteer!" riep hij aanmoedigend. Olivier aarzelde niet en begon direct te spreken over een droom die hij die nacht had gehad.'

'En hoe reageerden de mensen?' vroeg Nova.

'Men was aanvankelijk opgewonden. Ook wel een beetje verbaasd, natuurlijk, want deze jongen was normaal gesproken altijd stil en teruggetrokken. Nu ineens stond hij vol kracht en gezag te spreken op het podium. Iedereen zag het als een bevestiging van wat de voorganger had geprofeteerd, dat deze jongen écht een belangrijke taak als profeet had. Maar in de maanden die volgden nam het enthousiasme onder de kerkleden al snel af.'

'Waarom?' vroeg Simon.

'Tja, het punt was dat Olivier zich steeds... Hoe zal ik het zeggen? Hij begon zich steeds hoogdravender te gedragen, als je dat zo kunt uitdrukken. Er kwam een bepaalde arrogantie over hem. Hij claimde steeds vaker spectaculaire openbaringen te krijgen en kon behoorlijk onaardig worden wanneer mensen zijn claims in twijfel trokken, of ook maar probeerden te nuanceren. Ook ontwikkelde hij een fascinatie, een obsessie zelfs.'

'Namelijk?'

'Een obsessie met de eindtijd. En dan met name een obsessie met Gods oordelen over de zondaars.'

'De eindtijd,' herhaalde Simon. 'Ik moet toegeven dat dat klinkt als meneer De Redder.'

'Het was een thema dat sowieso erg populair was in de pinkstergemeente,' zei Johanna, 'dus aanvankelijk vond men dat prachtig. Maar zijn obsessie – ik kan het niet anders omschrijven – met het oordeel, daar hield men niet zo van. Olivier sprak heel veel over het verderf dat de wereld te wachten stond. En niet alleen de wereld, ook de zogenoemde lauwe christenen, die niet heilig en zuiver genoeg waren. Zijn visioenen werden gaandeweg ook extremer. Steeds vaker nam hij uit eigen beweging achter het spreekgestoelte plaats, soms zelfs tíjdens de preek van de voorganger. Zoals ik al zei, aan het begin werd er met heel veel enthousiasme op gereageerd, maar al vrij snel zag je aan de reacties van de mensen dat ze dachten: daar heb je hém weer. Er was vaak ook geen touw vast te knopen aan zijn "openbaringen" – hij doorspekte zijn verhaal met lukrake citaten uit Openbaring, hij begon allerlei teksten met elkaar te verbinden, haalde het recente nieuws erbij. Alles wat er in de wereld gebeurde – en wat er volgens hem stónd te gebeuren – was in zijn ogen in de Bijbel al aangekondigd.

Ook onder het leiderschap van de kerk groeide de weerstand tegen hem. Olivier werd irritant, vervelend, een soort haantje dat vond dat hij recht had om te profeteren omdat hij door de voorganger – en dus door God – in die roeping was bevestigd. Toen hij merkte dat mensen aan hem twijfelden, begon hij te zeggen dat ze verblind waren en daardoor de inzichten van de Heilige Geest niet konden verdragen. Hij kreeg steeds minder ruimte in de kerk, en daarom begon hij doordeweeks zelf samenkomsten te organiseren, waar steeds hetzelfde groepje mensen op afkwam.'

'En toen was hij véértien?'

'Tegen die tijd misschien vijftien, maar in ieder geval nog steeds piepjong. Op een avond kwamen zijn vader en zijn moeder – Angela en Markus Kassel heetten ze – ook naar zo'n bijeenkomst. Ze waren geen deel van de pinkstergemeente. Ze hadden gehoord dat hun zoon zijn eigen kerkdiensten was gaan leiden, en kwamen langs uit interesse – of misschien wel uit bezorgdheid. Toen zijn ouders hem zagen, schrokken ze. Ze herkenden hun zoon gewoon niet terug. Maar hij vond dat ze hem niet hadden moeten opzoeken. "Begrijpen jullie dan niet dat ik in het huis van mijn Vader moet zijn?" had hij hun gevraagd. Toen ik dat hoorde gingen bij mij de nekharen overeind staan.'

'Omdat hij zichzelf op die manier gelijkstelde aan Jezus,' zei Simon.

'Juist,' antwoordde Johanna.

Nova keek Simons richting op. 'Ik begrijp het niet goed. Hoezo stelt hij zich gelijk aan Jezus?'

'Jezus was ook een jonge tiener toen zijn ouders hem zochten, en ook hij zei tegen hen dat hij in het huis van zijn Vader moest zijn. Hij betrekt de woorden van Jezus dus bewust op zichzelf.'

'Olivier begon door te slaan, begrijp je?' ging Johanna verder. 'Hij zag zichzelf niet alleen als een profeet, maar als een soort Christus. Hij leek zichzelf steeds sterker te vereenzelvigen met God: alles wat hij dacht, voelde en "zag" was automatisch van God, alsof hij een soort instrument van God was. Hij vertoonde echt kenmerken van een soort godsdienstwaanzin. Maar de mensen die zijn diensten bezochten, hingen aan zijn lippen. Ze werden op magische wijze door zijn woorden aangetrokken.'

'En toen?' vroeg Nova, die druk bezig was aantekeningen te maken.

'Onze voorganger probeerde Olivier uit te leggen dat zijn profetieën wel moesten worden getoetst, en dat hij zich altijd aan het leiderschap van de gemeente moest onderwerpen. Maar dat had een averechts effect, want Olivier begon zich alleen maar meer als de verworpen messias te gedragen.'

'Waarom werd hij niet de kerk uitgezet?' vroeg Simon. 'Dat is hoe men in zulke groepen vaak omgaat met figuren die zich niet naar het leiderschap willen voegen.'

'Ik denk dat onze voorganger tot het laatste moment wilde voorkomen dat hij een tiener uit zijn kerk zou moeten zetten. Maar uiteindelijk was het ook niet nodig, want Olivier vertrok zelf.'

'Zomaar?' vroeg Nova.

'Nee, niet zomaar. De bom barstte toen Olivier op een zondagochtend in de pinkstergemeente aanwezig was. Hij vroeg aan de voorganger of hij iets mocht delen. De voorganger aarzelde, omdat hij, net als veel kerkleden, schoon genoeg had van de visioenen van Olivier. Maar om Olivier niet te kwetsen gaf hij hem schoorvoetend de microfoon, op voorwaarde dat hij het kort zou houden. Toen Olivier nog maar net aan het woord was kwam zijn moeder, Angela, de zaal binnen. Zij en haar man kwamen nooit bij de zondagochtenddiensten, maar ze kwam wederom uit bezorgdheid omdat ze van verschillende kanten hoorden hoe Olivier aan het doorslaan was. Hij was hun enige kind, moet je weten. De voorganger tikte Olivier op de schouder en zei hem dat zijn moeder er was. Weet je wat Olivier deed? Hij keek met een hooghartige blik de zaal door en zei theatraal: "Wie is mijn moeder?" Vervolgens wees hij naar enkele van zijn volgelingen en zei: "Zij zijn mijn moeder en mijn broers! Want iedereen die de wil van mijn Vader in de hemel doet, is mijn moeder, broer of zus."'

'Precies de woorden van Jezus in het evangelie van Mattheüs,' zei Simon.

'Juist. Wéér maakte hij duidelijk dat hij zichzelf op gelijke hoogte met Jezus stelde. Dat was de druppel. De voorganger probeerde hem de microfoon te ontfutselen, wat een nogal gênante worsteling opleverde die Olivier met gemak won. Olivier werd rood van woede en zei dat de pinkstergemeente ten prooi zouden vallen aan het Beest omdat wij niet naar hem hadden geluisterd. Het was gewoon een eng tafereel, die schreeuwende jongen, die vuurspuwende blik in zijn ogen. Daarna stapte hij van het podium af en liep hij door het middenpad de zaal uit, ineens met een gelukzalige glimlach rond de lippen. Daarna is hij nooit meer gekomen.'

'Wat een verhaal,' zei Nova, die van haar scherm opkeek. 'Uw beschrijving van Olivier doet inderdaad sterk denken aan Jozias de Redder. Maar het blijft moeilijk te geloven, aangezien De Redder een kind van Nederlandse ouders is, geboren in Nederland. Hij spreekt bovendien accentloos Nederlands.' Ze keek Johanna aan. 'Het is vijfentwintig jaar geleden dat u Olivier voor het laatst zag. Is het niet mogelijk dat u zich vergist?'

'Zeker niet,' zei Johanna. 'Ik ben er honderd procent zeker van. Als het niet vanwege zijn uiterlijk en zijn priemende blik was, dan wel vanwege alles wat ik in dat krantenartikel las over deze man. Jozias de Redder ís Olivier Kassel. Blijkbaar heeft hij nog altijd dezelfde magische aantrekkingskracht op sommige mensen, aangezien hij er heel wat om zich heen heeft weten te verzamelen.'

'Heeft u enig idee wat er na deze incidenten met Olivier is gebeurd? Is hij in Duitsland gebleven of was er sprake van dat hij het land verliet?'

'Nee, sorry,' zei Johanna. 'Mijn man en ik zijn kort na dit gedoe overgestapt naar een andere kerk. Olivier had echt veel schade aangericht in de pinkstergemeente, er was te veel onrust daar, je voelde het gewoon. We sloten ons met onze kinderen aan bij een kleinere gemeenschap, waar iets meer rust heerste. En van Olivier heb ik nooit meer gehoord.'

Nova zette het scherm van haar laptop iets rechter. 'Kunt u de naam van Oliviers ouders nog eens noemen?'

'Angela en Markus. Ik heb dat onthouden omdat de latere bondskanselier Angela Merkel zo heette. Zij is ook in de DDR opgegroeid, wist u dat? En Markus is natuurlijk de naam van de Bijbelse evangelist.'

Nova noteerde de namen. 'Goed, bedankt,' zei ze. 'Mogelijk geeft dat ons een aanknopingspunt.' Ze opende direct Google en tikte 'Angela Markus Olivier Kassel Dresden' in en drukte op enter. Vluchtig scrolde ze door de zoekresultaten, tot ze ineens verstijfde.

Simon keek naar haar. Het was alsof het bloed uit haar gezicht was weggetrokken.

'Gaat het goed?' vroeg hij.

Nova knikte langzaam, met wijd opengesperde ogen. 'Ja... het gaat goed.' Ze klapte resoluut haar laptop dicht en stond op. 'U heeft ons enorm geholpen, dank u wel. Maar we moeten nu snel gaan. Anders komen we te laat op onze andere afspraak.'

Simon keek haar verbaasd aan.

'Hier is mijn kaartje,' zei Nova en ze overhandigde een visitekaartje aan Johanna. 'Mocht u nog iets anders te binnen schieten, dan kunt u mij altijd bereiken.'

'Dat is goed hoor,' zei Johanna, die ook een beetje overrompeld leek door het plotselinge vertrek van haar gasten, maar zich al snel herpakte. 'Jullie zijn altijd welkom hier, dus als je nog meer vragen hebt, dan hoor ik het wel. Zolang je mijn naam maar nergens noemt, vind ik alles goed. Ik blijf graag anoniem.'

'Vanzelfsprekend,' zei Nova. 'U kunt op ons rekenen.'

Simon en Nova stapten de voordeur uit en liepen het voortuintje door, in de richting van de auto. Nova had zichtbaar grote haast, want ze liep enkele meters voor Simon uit.

'Nova?' zei Simon, bij de auto aangekomen. 'Waarom heb je zo'n haast?'

'Snel, laten we instappen.'

Nadat ze de straat hadden verlaten en uit het zicht waren, stopte Simon de auto langs de kant van de weg. 'Wat heb jij ineens?' zei hij. 'Je kijkt alsof je een geest hebt gezien.'

'Ik heb iets ontdekt.' Ze opende haar laptop op haar schoot.

‘Hier. Lees dit.’ Ze draaide de laptop zodat Simon het kon zien.

‘“Mann (76) getötet”. Wat is dit? Een nieuwsbericht?’

‘Een krantenartikel in een Duitse krant uit 1995. Het is zo te zien gescand en gedigitaliseerd om het archief beschikbaar te maken. Het gaat over een man die in Dresden is vermoord.’

‘Ik begrijp het niet. Wat heeft dit met De Redder te maken?’

‘Ik vond het artikel toen ik zocht op Oliviers naam.’

Simon fronste zijn wenkbrauwen. ‘Olivier? Wat heeft hij hiermee te maken? Je wilt toch niet zeggen dat…’

‘Ik vrees van wel. De politie zocht de toen zestienjarige Olivier Kassel voor deze moord. Als getuige en als mogelijke dader. Maar ze hebben hem nooit kunnen vinden. Hij leek van de aardbodem te zijn verdwenen.’

84

Dragonov stond op een steenworp afstand van het Arsenaal een broodje te eten. Hij scande voortdurend de omgeving, en in het bijzonder de ingang van het universiteitsgebouw. Sinds enkele dagen had hij zich niet meer geschoren, waardoor er een gitzwart baardje ontstond dat langzaam maar zeker zijn litteken maskeerde. Hij stopte de laatste hap van het broodje in zijn mond en frommelde de papieren zak tot een prop. Er was nog altijd geen enkele activiteit in of rond het huis van Ryevaar geweest. Hij begon het lange wachten en spioneren onderhand spuugzat te worden.

Gefrustreerd smeet hij de papieren broodzak in een prullenbak. Daarna haalde hij zijn telefoon tevoorschijn en belde een nummer.

'Met de Universiteit Leiden, Arsenaalgebouw. Waarmee kan ik u helpen?'

'Hallo,' zei Dragonov in Engels. 'U spreekt met professor Krzysztof Wiśniewski. Ik ben op zoek naar de heer Ryevaar, in verband met een mogelijk uitwisselingsproject.'

'Heeft u een moment geduld? Ik ga voor u kijken.'

Na een halve minuut klonk de vrouwenstem opnieuw. 'Meneer, bedankt voor het wachten. Ik heb even nagevraagd, maar de heer Ryevaar is momenteel afwezig.'

'Ah, dat is jammer. Er is wat tijdsdruk, zoals u begrijpt. Heeft u enig idee waar ik hem zou kunnen bereiken?'

'Nee, helaas niet. En ik...' Ze leek de hoorn van de telefoon tegen zich aan te houden, want het geluid werd plotseling gedempt. Op de achtergrond klonken stemmen. 'Meneer?' klonk het toen weer helder. 'Ik hoor net dat de heer Ryevaar op dit moment voor onbepaalde tijd ziek thuiszit.'

Dragonov hing op. Direct opende hij een applicatie op zijn telefoon waarop het huis van Ryevaar aan het Rapenburg te zien was. Het monumentale grachtenpand en het Arsenaal, zijn werkplek, konden niet vanuit één punt in de gaten worden gehouden. Dragonov had daarom bij de woning een tweede huurauto aan de overkant van het water geparkeerd, met een klein cameraatje achter de voorruit.

Het huis stond er echter nog even verlaten bij als de ochtend toen hij in Leiden was aangekomen. De gordijnen waren dicht, er brandde geen enkel licht en er was niemand in- of uitgegaan.

Hij besloot Olivarius nog een keer te bellen. De man betaalde hem goed voor deze onvoorziene werkzaamheden, en dat mocht ook wel. Als deze zaak voor Dragonov niet persoonlijk was geworden, had hij ervoor bedankt. Hij was een huurling, geen beveiligingsmedewerker.

'Drakon?' klonk de stem van Olivarius.

'Het doelwit is nog steeds nergens te bekennen.'

Er klonk een zucht waaruit zowel irritatie als ongerustheid klonk. 'Dat is heel vreemd. We weten dat hij maar voor een paar dagen naar Rome zou gaan, vanwege dat congres. Hij had allang weer terug moeten zijn.'

'Ik zei toch dat de vogel na de achtervolging in het congrescentrum gevlogen is? Hij weet dat iemand achter hem aan zit, en is gevlucht. Simpel.'

'Die vent heeft een succesvolle carrière, een huis... Hij is gebonden aan Leiden. Die blijft echt niet voor altijd in het buitenland rondzwerven.'

'Hm,' zei Dragonov, terwijl hij de omgeving in de gaten bleef houden. 'Ik heb zojuist de universiteit gebeld. Ryevaar heeft zich ziekgemeld. Dat wijst er toch op dat ik gelijk heb? Hij is op de vlucht.'

Olivarius gromde. 'Blijf voorlopig zijn huis en de universiteit in de gaten houden. Zodra hij opduikt elimineer je hem. De man is een tikkende tijdbom... Ik wil hem zo snel mogelijk uit de weg hebben. Als ik er op wat voor manier dan ook achter kom waar hij uithangt, ben jij de eerste die het hoort.'

'Ik doe mijn best, Olivarius,' zei Dragonov, en hij hing op.

Hij opende de camera-app opnieuw.

Aan het Rapenburg was nog steeds geen enkele activiteit.

85

'Olivier was als tiener dus een verdachte in een moordzaak,' zei Simon.

'Het verhaal wordt steeds enger,' zei Nova, terwijl ze haar laptop dichtklapte. 'Ervan uitgaande dat deze Olivier echt dezelfde persoon is als Jozias de Redder, natuurlijk. Want daarvan ben ik nog niet overtuigd.'

Simon startte de auto weer en draaide de weg op. 'Het zou wel heel toevallig zijn als het hier niet om dezelfde persoon gaat.'

Nova trommelde met haar nagels op de dichtgeklapte laptop op haar schoot. Ze staarde een moment naar buiten, naar de woonhuizen en de netjes onderhouden gazonnetjes ervoor. 'Maar toch... ik heb De Redder gesproken, Simon. En ik heb heel veel preken van hem beluisterd. Die man heeft totaal geen Duits accent.'

'Mensen kunnen zich soms enorm goed aanpassen,' zei Simon. 'Zeker als ze op jonge leeftijd emigreren. Soms betrap je ze alleen op hun oorspronkelijke achtergrond door kleine grammaticafoutjes. Of door onbedoelde germanismen in hun tekst. Al is zelfs die kans klein wanneer zo iemand al dik twintig jaar in Nederland woont.'

'Wacht eens even,' zei Nova. 'Er schiet me iets te binnen.'

'Wat dan?'

Nova hield haar hand omhoog. 'Laat me even denken. Er was iets... Misschien is het niets hoor, maar ik heb onlangs iets genoteerd. Een vreemde uitdrukking die De Redder gebruikte. Ik zocht er toen niet veel achter, maar nu vraag ik me ineens af...' Ze opende haar laptop weer en zocht door de aantekeningen die ze had gemaakt bij enkele van De Redders preken. 'Hier heb ik het,' zei ze. 'De Redder had het over "de duivel op de muur schilderen".'

Simon keek geïntrigeerd op. 'Zei hij dat echt?'

'Ja. Hier, ik citeer: "Ze zeggen wel dat sommige mensen de duivel op de muur schilderen, maar voor hén zal de toekomst echt gruwelijk zijn."'

Simon kreeg een brede grijns. 'Dat ís een Duitse uitdrukking. Ik weet het toevallig omdat Höhensang de uitdrukking gebruikte, gisteren. Volgens mij zeggen ze in Duitsland "den Teufel an die Wand malen". Het betekent zoiets als: van het slechtste scenario uitgaan.'

'En zou dat kunnen betekenen dat zijn geboortebewijs mogelijk een vervalsing is?'

Simon reed langzaam, sloeg lukraak links af en dan weer rechts af. 'Het zou kunnen. Maar hoe vervals je zoiets? Ik bedoel, zelfs zijn Nederlandse ouders staan erop. Je kunt toch niet zomaar uit het niets ouders creëren?'

Nova schudde peinzend haar hoofd.

'Het wordt steeds mysterieuzer,' zei Simon. 'Wat wil je nu doen?'

'Wacht even,' zei Nova, die haar eigen telefoon tevoorschijn haalde. 'Ik wil deze heel even inschakelen. Dat kan geen kwaad toch?'

'Ik denk niet dat ze bij The Bride in een communicatiecentrum met tien man naar de kaart van Nederland zitten te kijken om te zien of onze telefoons ergens oplichten. Waarom heb je hem nu nodig?'

'Ik wil iets opzoeken,' zei ze. 'Daarnet, bij Johanna thuis, kon ik gebruik maken van wifi. Hier in de auto ben ik toch echt aangewezen op 4G.'

'Oké, doe maar,' zei Simon.

Nova bewoog met haar vinger over het schermpje en toetste vervolgens wat in. 'Het is zeshonderd kilometer,' zei ze.

'Wat bedoel je?'

'Dresden. Als we om de beurt rijden, kunnen we...' Ze wierp een laatste blik op haar telefoon voor ze hem uitschakelde. 'Dan kunnen we er om een uur of zes zijn.'

'Je wilt nú naar Dresden rijden? Met welk doel?'

'Het is een klein beetje een schot in het duister misschien. In het ergste geval ontdekken we daar dat er niets meer te ontdekken valt. Maar misschien zijn Oliviers ouders nog in leven, en lukt het ons om ze op te sporen. We moeten toch iets? Het verleden van Jozias wordt niet vanzelf opgerakeld. We zullen moeten graven als we bewijzen tegen hem willen vinden.'

Simon knikte. Hij wist dat ze gelijk had. Naar Leiden teruggaan voelde bovendien ook niet veilig.

'Vooruit,' zei hij. 'We doen het.'

Nova legde haar laptop op de achterbank en draaide haar stoel een paar slagen naar achteren. Op het ingebouwde navigatiesysteem toetste Simon 'Dresden Centrum' in.

86

Het was rustig op de *Autobahn*. Simon zoefde met een comfortabele honderdveertig kilometer per uur over het asfalt. Vlak, groen land had een tijd terug al plaatsgemaakt voor heuvelachtig landschap. De zon stond hoog aan de hemel en als de situatie niet zo vreemd was geweest, dan zou Simon zowaar een vakantiegevoel krijgen. Helaas was de werkelijkheid dat iemand het op zijn leven had voorzien, en dat het verstandig was zoveel mogelijk onder de radar te blijven. Gelukkig was het geen straf om met Nova op pad te zijn. Simon vond haar sympathiek, aantrekkelijk, slim en gevat. Ook was hij positief verrast over haar doortastendheid.

Onderweg probeerden ze elkaar wat beter te leren kennen. Simon vertelde dat zijn ouders, die jong en vlak na elkaar waren overleden, hem als enig kind "oud geld" hadden nagelaten, inclusief het monumentale grachtenpand aan het Rapenburg dat al eeuwenlang in het bezit van de familie was. Hij vertelde hoe hij tijdens zijn studie steeds verder van zijn geloof was afgedreven. De vroege dood van zijn ouders, die beiden aan kanker waren overleden, had hem het laatste zetje gegeven. Hij weidde uit over zijn onderzoeksvelden en de boekjes die hij geschreven had, en natuurlijk over het verdriet om zijn overleden vrouw Barbara en zijn vermiste dochter, Annabel. Op haar beurt vertelde Nova over haar jeugd en het opgroeien in Zeeland, over haar ouders die allebei gepensioneerd waren en haar onderzoeksjournalistieke publicaties.

Daarna vielen de gesprekken stil, en zwegen ze een lange tijd.

Nova, die intussen het stuur had overgenomen, gaapte toen ze over een viaduct over de Elbe reden. Aan hun rechterhand was Dresden zichtbaar.

'Beheers jij het Duits een beetje?' vroeg Nova.

'Jazeker wel. Ik lees een hoop Duitse vakliteratuur. Veel werken over de historische Jezus zijn in het Duits geschreven.'

'Ik spreek ook een aardig woordje. Na mijn middelbare school heb ik op een Zeeuwse camping gewerkt waar voornamelijk Duitsers kwamen. Als je dag in, dag uit met Duitsers moet spreken, dan leer je het gauw.'

Simon knikte. Hij tuurde over de veelal oranje daken van de grote stad. 'Het blijft moeilijk voorstelbaar dat deze stad door de geallieerden helemaal kapot is gebombardeerd. Er wordt nog steeds over gediscussieerd of het geen oorlogsmisdaad was. Het was een tapijtbombardement – gewoon dagen achtereen zonder enige precisie een enorme hoeveelheid bommen laten vallen met als enige doel zoveel mogelijk schade aan te richten en de inwoners moreel te breken. Ze wierpen een gigantische hoeveelheid brisant- en brandbommen op het centrum, waar vooral onschuldige burgers woonden.'

'Dichter bij een hel op aarde zul je niet komen denk ik.'

'Nee, het moet een verschrikkelijke vuurzee zijn geweest, een ware slachting.'

Ze reden de stad in, op een brede weg met opvallend veel tramsporen.

'Iets anders, maar... Ik heb er naar aanleiding van onze gesprekken veel over zitten nadenken. Is het volgens jou zo dat het moderne antisemitisme veroorzaakt is door het Nieuwe Testament?' vroeg Nova, die bij een verkeerslicht rechts afsloeg, de aanwijzingen van de navigatie richting het centrum volgend.

'Dat is wat kort door de bocht,' zei Simon. 'Maar toch, na de vernietiging van Jeruzalem waaierde het Joodse volk uit over de Westerse wereld. Een wereld die in de eeuwen die volgden massaal christelijk werd. In hun heilige boek werden de Joden als verblind en weerspannig weggezet, als moordenaars van Christus zelfs. Je kunt je voorstellen dat deze teksten christenen een vrijbrief gaven om de Joden te vervolgen: ze hadden het volgens de Bijbel aan zichzelf te wijten. Je zou dus kunnen zeggen dat het Nieuwe Testament in ieder geval een goede voedingsbodem was voor het antisemitisme dat de daaropvolgende twee millennia telkens de kop opstak.'

'De Jodenhaat van Hitler die leidde tot de onbevattelijke gruwelen van de Holocaust was er natuurlijk niet zomaar ineens.'

'Nee, het fundament voor die Jodenhaat was al eeuwenlang gelegd, eerst door de Rooms-Katholieke Kerk, maar later net zo goed door de protestantste kerkstromingen. Wist je dat Maarten Luther ook een onvoorstelbare antisemiet was, die zich daarin beriep op de Bijbel? Hij schreef zelfs een boekje, *Von den Jüden und ihren Lügen*, over de Joden en wat hij hun leugens noemde. Volgens hem waren Joden de duivel in eigen persoon. Hij riep in zijn geschrift op om synagogen en Joodse scholen in brand te steken, de huizen van Joden af te breken en hen net als zigeuners te dwingen in simpele krotten te leven. Ook riep hij op om Joden een straatverbod te geven en ze de toegang tot voorzieningen te ontzeggen, en hun op geen enkele manier bescherming te bieden. Precies de zaken die eeuwen later door de nazi's zijn uitgevoerd.'

'Misselijkmakend,' zei Nova hoofdschuddend.

'De laatste eeuw is dat kerkelijke antisemitisme gelukkig grotendeels afgebrokkeld. Na de Tweede Wereldoorlog en het ontstaan van de staat Israël lijkt er onder gelovigen juist sprake te zijn van een hernieuwde liefde voor het Heilige Land en het Joodse volk.'

'Maar daardoor is het feit dat het Nieuwe Testament van oorsprong anti-Joods is in de vergetelheid geraakt.'

'Ik denk oprecht dat het mysterie dat we hebben ontsluierd veel groter en veelomvattender is dan we misschien wel beseffen. Het geeft een helder en consistent beeld van hoe Romeinen doelbewust de religie van de Joden wegnamen en er een eigen religie van maakten die juist de triomf óver de Joden verheerlijkt. Iets wat grote, zeer grote gevolgen had – in het bijzonder voor de Joden.'

Nova zette haar zonnebril op tegen de laagstaande zon. 'En wat is nu ons plan?' vroeg ze, terwijl ze even Simons kant op keek.

'Ik denk dat het te laat is om vandaag nog aan onze zoektocht te beginnen. Wat mij betreft checken we in bij een hotel en bepalen we vanavond onze strategie voor morgen.'

'Precies wat ik wilde voorstellen,' zei Nova. Ze gaf hem haar telefoon. 'Zoek jij een hotelkamer?'

87

Onrustig ijsbeerde Jozias de Redder door zijn kantoor. Buiten was de nacht gevallen, de hemel was diepblauw en er waren sterren zichtbaar. Hij moest een prediking voorbereiden, maar zijn gedachten waren er niet bij. Het maakte hem uiterst zenuwachtig dat Ryevaar niet meer in zijn woonhuis was gesignaleerd. Dragonov had gelijk, de kans was groot dat de man op de vlucht was, nu hij wist dat hij achtervolgd werd.

Hij dacht ook aan Nova le Temps, de irritante luis in de pels. Tot nu toe leek ze niet terug te deinzen voor de dreigementen. Dat betekende dat hij harder moest worden. Hij wilde haar liever niet laten ombrengen, omdat het publiekelijk bekend was dat ze een onderzoek naar The Bride deed. Hoewel de politie niets zou kunnen bewijzen, zouden de media algauw met hun vinger naar hem wijzen.

Voor de zekerheid besloot hij haar gangen nog eens na te gaan. Hij sloot de deur van zijn kantoor en haalde zijn laptop tevoorschijn. Hij was zelf niet erg handig met computers, maar godzijdank kreeg hij hulp van een geniale techneut uit The Bride. Die had via een vals e-mailadres Le Temps een bericht gestuurd met een link erin. Toen ze daarop klikte werd er geraffineerde spyware op haar laptop geïnstalleerd die hem in staat stelde de gps-locatie van haar apparaat te *tracken* – althans, op de momenten dat ze internetconnectie had.

De Redder opende de applicatie die aan de spyware gekoppeld was. De applicatie laadde enkele seconden, waarna er een lange lijst van IP-adressen in beeld kwam. Hij had de spyware onderhand op apparaten van tientallen mensen geïnstalleerd – veelal leden van The Bride die hij in de gaten wilde houden en leiders die onder zijn gezag functioneerden, maar ook een aantal ex-leden en mensen die hem potentieel in de weg stonden. Je wist tenslotte maar nooit waar het goed voor was.

In een notitiedocumentje had hij een lijstje waarmee hij bij ieder nummer de bijbehorende naam kon terugvinden. Toen hij Le Temps' IP-adres had gevonden, zocht hij die in de applicatie op en gaf een commando. Er druppelde een lijst binnen met datums en tijdstippen, gevolgd door coördinaten en de korte beschrijving van de locatie zoals die in Google Maps geregistreerd stond. Tot voor enkele dagen geleden was de lijst vrij eentonig. Bijna overal stond 'Leiden, The Nederlands'.

Maar de onderste twee locaties weken af. Gisteravond had Le Temps ingelogd in Enschede. Dat was niet schokkend – het was de laatste locatie die hem even verlamde van schrik.

Dresden, Germany.

Hij sloeg zijn laptop dicht en stond op. Hij begon te zweten, balde zijn vuisten, ontspande ze, balde ze weer. 'Dit is niet goed. Dit gaat helemaal verkeerd,' siste hij. Hij opende een deurtje in een massieve houten kast, pakte er een tumbler uit en schonk zichzelf een driedubbele whisky in die hij direct achterover sloeg.

Hij probeerde zichzelf te kalmeren, maar het lukte niet.

In razernij wierp hij het glas met volle kracht tegen de muur, waar het in honderden kleine stukjes uiteenspatte. Het laatste beetje whisky droop langs de wand naar beneden. Vervolgens liet hij zich op de bank zakken en verborg zijn gezicht in zijn handen.

Hij wist dat er maar één logische verklaring was. De journaliste was zijn jeugd aan het oprakelen. Dat was op zichzelf al gevaarlijk, zeer gevaarlijk. Maar er ontvouwde zich in zijn hoofd een scenario dat zo mogelijk nog desastreuzer was. Wat als Ryevaar was benaderd door Le Temps? Het zou betekenen dat zij van de eliminaties wist, en dat Ryevaar begreep wie er achter hem aan zat. Alsof kerosine en vuur elkaar ontmoetten – de gevolgen waren dan niet meer te overzien. Het zou zijn ondergang kunnen betekenen.

Met trillende vingers opende hij de laptop weer. Hij maakte een nieuw vals e-mailadres aan en stuurde Ryevaar eenzelfde mail als hij Le Temps destijds had gestuurd, met een link erin die de spyware op zijn laptop zou installeren. Daarna opende hij een kluisje, pakte er een prepaidtelefoon uit en belde de persoon die hij kende als Drakon.

'Dag Olivarius,' klonk een stem.

'Ik wil dat je naar Dresden rijdt. Duitsland. Laat de auto met camera maar aan het Rapenburg staan, zodat je op afstand het huis van Ryevaar in de gaten kunt houden.'

'Dresden? Waarom dat?'

'Er is een kans dat Ryevaar daar is. Maar sowieso is daar een jonge vrouw die je zo snel mogelijk om moet brengen. Ik mail je direct haar gegevens en een foto, en ik zal de aanbetaling voor deze extra liquidatie aan je overmaken.'

'Wanneer wil je dat ik vertrek?'

Olivarius keek naar de klok. Het was één uur 's nachts.

'Direct. Nu. Dan ben je er in de ochtend.'

88

Nova en Simon aten een simpel hotelontbijtje in een ruimte met vaalgroen tapijt en donkere houten wanden. Naast haar dampende mok cappuccino had Nova haar laptop staan, die was verbonden met het wifinetwerk.

'Ik heb vier pinkstergemeentes gevonden,' zei ze. 'De Oase Gorbitz, waar Johanna over vertelde, bestaat nog steeds.'

Simon keek met een schuin oog mee op haar scherm, waar de kerken als bullets op de kaart stonden aangegeven. 'Die Oase Gorbitz ligt aan de rand van de stad. We zijn er min of meer langsgereden, gisteren.'

'Wat mij betreft houden we die pinkstergemeente achter de hand. We komen wellicht meer te weten als we de ouders van Olivier kunnen vinden.'

Ze opende in nieuw tabblad een online telefoonboek, en typte 'Kassel' in.

'Hmm,' zei ze. 'Er zijn wel vijfentwintig, dertig Kassels in de stad.'

Simon glimlachte. 'Maar vermoedelijk hebben ze niet allemaal dezelfde voorletters.'

Ze scrolden door de lijst met namen. Nova kopieerde de adresgegevens van alle Kassels met voorletters die overeenkwamen met die van de ouders van Olivier. Er bleken er maar twee voornamen te hebben die begonnen met M, en drie met A.

'Zullen we gewoon naar die adressen toe rijden?' stelde Nova voor. 'Mijn ervaring is dat je mensen het beste kunt overvallen. Als je vooraf belt kunnen mensen ophangen, of je afwimpelen.

En als je daarna alsnog aan de deur komt, doen ze vaak niet eens meer open.'

'Lijkt me een goed plan.'

Amper een half uur later stapten Simon en Nova in de auto en reden ze van adres naar adres. Simon voelde zich alsof hij voor het tv-programma *Spoorloos* onderweg was. Helaas leverden de eerste drie adressen niets op. Bij het vierde adres, een woning in een geelkleurige appartementenflat, leek het echter raak te zijn. Naast het huisnummer in het portiek hing een klein bordje met ANGELA KASSEL erop.

Het was een lelijk gebouw van het soort dat Simon altijd met de vreugdeloze Oost-Duitse architectuur had geassocieerd. Zelfs de inmiddels fel schijnende voorjaarszon kon de grauwsluier die over de flat van tien verdiepingen hing niet laten verdwijnen. De bel deed het niet en de lift was buiten gebruik, dus Simon en Nova liepen via het trappenhuis naar de galerij van de vierde verdieping. Er hing een verstikkende geur van gekookte aardappels, stoofvlees en koolsoep. Het deed Simon denken aan de film *1984*, waarin hoofdpersoon Winston Smith in een soortgelijke flat woonde.

Een oudere vrouw deed open. Simon schatte haar halverwege de zeventig. In haar grijze haar staken krulspelden waaroverheen een netje was gespannen. Ze zag er vermoeid uit, haar huid was grauw en haar mondhoeken stonden omlaag, zoals bij permanent ontevreden mensen. Haar blik leek uitgedoofd, alsof ze nog ademde maar vanbinnen al lang geleden gestorven was.

In hun beste Duits stelden Nova en Simon zich voor.

'We begrijpen dat we u overvallen,' zei Nova. 'Maar klopt het dat u de moeder bent van Olivier Kassel? Zo ja, dan zouden we graag met u over hem willen praten.'

Een korte flikkering van hoop verscheen in de ogen van de vrouw.

'Heeft u nieuws?' vroeg ze.

Nova en Simon wisselden een blik.

'Zouden we verder mogen komen?' vroeg Simon. 'Dan kunnen we het beter uitleggen.' Angela Kassel knikte en liet hen binnen.

Ze betraden een eenvoudig vierkamerappartement, spaarzaam ingericht en zeer opgeruimd. Op de salontafel stond een glazen theepot waaronder in een houder een waxinelichtje brandde.

Nova en Simon namen plaats op een bank die ooit wit moest zijn geweest. Mevrouw Kassel ging op een stoel aan de andere kant van de salontafel zitten. 'Hebben jullie nieuws?' herhaalde ze haar eerdere vraag.

'Dat weten we nu juist niet zeker,' zei Nova. 'Mijn collega Simon hier en ik zijn twee Nederlandse journalisten die oude vermissingszaken onderzoeken. Het verhaal van Oliviers verdwijning in 1995 trok onze aandacht.'

Simon en Nova hadden afgesproken om Angela Kassel niets over Jozias de Redder te vertellen. Allereerst omdat ze niet honderd procent zeker waren, maar ook omdat ze haar reactie niet konden voorspellen. Als ze op stel en sprong naar Nederland af zou reizen om haar zoon in de armen te sluiten, dan zou De Redder in paniek kunnen raken en koste wat kost willen voorkomen dat zijn ware identiteit werd onthuld.

'We hebben niet direct nieuws over uw zoon,' nam Simon het over. 'Maar het is niet ondenkbaar dat nieuwe informatie de zaak weer in een compleet nieuw licht kan zetten.'

Mevrouw Kassel knikte. In haar ogen was teleurstelling te zien. 'Olivier is doodverklaard,' zei ze. 'Hij verdween van de ene op de andere dag, meer dan vijfentwintig jaar geleden. Ik heb altijd de hoop gehad...' Ze schoot vol.

'Ik begrijp het. Mijn dochter wordt ook vermist,' zei Simon. 'Sinds vier jaar.'

Mevrouw Kassel keek hem met een treurige glimlach aan. Het was alsof ze ter plekke ontdooide. 'Dan weet je in wat voor een hel ik leef. Je blijft de hoop houden dat hij op een dag gewoon voor de deur staat, terwijl je verstandelijk weet dat die hoop na zo'n lange tijd niet reëel meer is.'

Simon knikte. Zijn ogen werden vochtig. Nova zag het en legde kort haar hand op zijn been. Ze keek schuin achter zich waar een ouderwets ogend zwart-wit portret hing van een man, een dertiger, in een driedelig pak en het haar in strakke scheiding.

'Markus is tien jaar geleden overleden,' zei mevrouw Kassel, die haar blik had gevolgd. 'Hij had de hoop om Olivier aan de andere kant te ontmoeten.'

'Zijn er redenen om te geloven dat Olivier dood is?' vroeg Simon.

'Nou, nee. Hij is van de aardbodem verdwenen, maar er is nooit een lichaam gevonden. Tien jaar na zijn vermissing hebben we uiteindelijk besloten hem dood te verklaren. Het was een zware beslissing, maar we hoopten de zaak daarmee een beetje af te kunnen sluiten. Er is zelfs een graf voor hem. Een leeg graf, natuurlijk.'

Simon kreeg kippenvel bij die woorden.

Een leeg graf...

De Redder leeft.

'Wilt u ons het verhaal over Oliviers vermissing vertellen? Begint u alstublieft bij het begin. En voelt u zich vooral vrij. Alle kleine beetjes informatie kunnen helpen.'

Angela Kassel slaakte een diepe zucht. 'Markus en ik gingen van huis uit naar een Evangelisch-Lutheraanse kerk. Onze zoon Olivier had van kinds af aan een grote interesse in het geloof en alles wat ermee samenhing. Als christenen waren we daar natuurlijk ontzettend blij mee. Markus en Olivier zaten soms de hele zondagmiddag de Bijbel uit te pluizen. Olivier ging naar de jeugdclub, en ieder jaar mee met het zomerkamp. Totdat...' Ze pauzeerde even. 'Willen jullie geen kopje thee?' vroeg ze. 'Wat onbeleefd van me om jullie helemaal niets aan te bieden. Ik wist natuurlijk niet wie ik voor me had.' Zonder op hun antwoord te wachten, stond ze op en verliet ze de kamer. Op de achtergrond hoorde Simon kastjes open en dicht gaan.

'Gaat het een beetje met je?' vroeg Nova. Ze kneep even in zijn knie.

'Ja, het gaat wel hoor,' zei Simon. 'Het is zo herkenbaar, en tegelijk zo confronterend. Ineens realiseerde ik me dat ik er over twintig jaar ook zo bij kan zitten, me nog steeds afvragend wat er met mijn dochter is gebeurd.' Hij deed er het zwijgen toe toen mevrouw Kassel binnenkwam met een dienblad met rammelende theeglazen en drie bordjes met dikke plakken cake.

'Waar was ik gebleven?' zei ze.

'U vertelde dat uw zoon een bijzonder sterke interesse in het geloof had.'

'Inderdaad, ja. Eigenlijk was het geloof altijd een heel positief onderdeel van zijn leven, totdat hij zijn tienertijd in ging. Hij werd toen steeds fanatieker. Radicaler, zelfs. Hij zei dat hij de diensten van onze kerk lauw vond. Dat was het woord dat hij gebruikte: lauw.' Ze wilde een slokje van haar thee nemen, maar die was nog te heet. Zacht blies ze over de rand van het glas. 'En dus sloot hij zich aan bij een pinkstergemeente, hier in de stad. Hij moet toen veertien zijn geweest. Markus en ik zijn weleens een enkele keer met hem meegegaan, maar het was veel te heftig en chaotisch voor ons – allemaal mensen die visioenen kregen en hysterisch op de grond vielen. Maar Olivier ging er helemaal in op. We probeerden het eerst positief te benaderen, maar we begonnen te merken dat hij van ons wegdreef.'

'Hoe bedoelt u dat precies?'

'Hij begon op ons neer te kijken en onze levensstijl te bekritiseren. Het feit dat mijn man graag 's avonds na zijn werk een biertje dronk, dat soort dingen. Hij vond dat we werelds waren, dat we niet serieus genoeg met God bezig waren. We leefden niet heilig genoeg.'

'Dat moet erg vervelend zijn om mee te maken, als ouders.'

'Ja, dat was het zeker. En hij radicaliseerde steeds meer. De voorganger van de pinkstergemeente had hem op een dag gezegd dat hij een profeet was, en dat begon hij gretig te geloven. Olivier was die zondag met rode konen van opwinding thuisgekomen, zoals andere kinderen thuiskomen na een gewonnen voetbalwedstrijd. Hij vertelde ons dat hij zeker wist dat God hem op de aarde had gezet om de Kerk van haar blindheid te genezen, en haar klaar te maken voor de eindtijd, zoiets. Hij begon visioenen te krijgen, zo beweerde hij. Maar die visioenen waren vooral visioenen van oordeel naar ongelovigen en naar in zijn ogen lauwe christenen. Hij bouwde een zekere aanhang op en begon uiteindelijk zelf zijn eigen diensten te leiden. Markus en ik zijn weleens komen kijken, maar we vonden het verschrikkelijk. We herkenden onze eigen zoon niet meer.'

Simon zag dat haar ogen vochtig werden. Het was overduidelijk dat de pijn nog steeds heel diep zat.

'We begonnen ons grote zorgen te maken,' ging mevrouw Kassel verder. 'Markus is op een gegeven moment met een jeugdpsychiater gaan praten.'

'Wat zei die over hem?'

'Dat Olivier wellicht religieuze wanen had. Dat klopte wel naar mijn idee. Olivier meende dat alles wat hij ontdekte een openbaring van God was. Hij werd daardoor onhandelbaar.'

'Hoelang heeft dat geduurd?'

'Ik vat het nu kort samen, maar het was een periode van ongeveer vier jaar. Op het laatst, toen hij net achttien was, zag hij Markus en mij als misleide christenen. Hij noemde ons "demonisch beïnvloed". Het was hier thuis onhoudbaar geworden. Die jeugdpsychiater adviseerde zelfs een tijdelijke opname, maar omdat Olivier niet direct een gevaar voor zijn omgeving of voor zichzelf was en hij voor de wet volwassen was, konden we weinig uitrichten.'

'En toen?' vroeg Nova.

'Toen is hij plotseling, van het ene op het andere moment, verdwenen. Gewoon, weg. In de pinkstergemeente is hij nooit meer gesignaleerd. Zelfs zijn eigen groepje met volgelingen had hij niets over een eventueel vertrek verteld.' Angela keek omlaag. Haar onderlip trilde. 'Maar er was wel iets vreemds aan de hand. Enkele dagen na zijn verdwijning stond de politie voor de deur.'

Ze schudde triest haar hoofd. 'Toen we die agenten aan de deur kregen dachten we natuurlijk dat ze met verschrikkelijk nieuws kwamen, dat hij ergens dood gevonden was. Maar dat was niet het geval. Ze vertelden dat er de week ervoor in een garage van een flatgebouw hier verderop brand was geweest. Ik had dat gezien, er waren veel brandweerauto's geweest. Er was één dode bij te betreuren geweest, Hannes Kreisler. Iedereen in de buurt kende hem, een schattig oud mannetje, een Jehova's getuige die onvermoeibaar langs de deuren ging om de blijde boodschap te verspreiden. Hij deelde boekjes uit, knoopte met iedereen een praatje aan, hield de buurt een beetje in de gaten. Sommige mensen zagen hem als een soort dorpsgek, maar hij deed geen vlieg kwaad. Er waren bewoners die soms met hem mee naar een dienst gingen, meer om hem een plezier te doen geloof ik.'

'Maar waarom kwam de politie bij u aan de deur?'

'Hannes kwam ook hier weleens aan de deur,' zei mevrouw Kassel. 'Hij wist dat we christenen waren en hij vond het fijn om met ons over Jezus te praten. Maar als Olivier thuis was brak de hel los. Die predikte tegen hem als een doemprofeet uit het Oude Testament. Hannes was een zachtmoedige man, maar Olivier wist hem iedere keer weer opnieuw het bloed onder de nagels vandaan te halen. Hij was ziedend over het feit dat Hannes mensen met zijn dwaalleer "misleidde" en noemde hem op het eind zelfs ronduit de valse profeet. Hij hield vol dat hij door God gezonden was om Hannes tot inkeer te brengen, maar dat die helaas weigerde te luisteren.'

Mevrouw Kassel schudde haar hoofd, alsof ze de verwarring van vijfentwintig jaar geleden herbeleefde. 'De politie zocht Olivier. Hij zou in de buurt van de garage zijn gezien, niet lang voordat de brand daar was uitgebroken.'

Nova en Simon keken elkaar veelbetekenend aan.

'Markus en ik weigerden te geloven dat onze zoon ook maar iets met Hannes' dood te maken had. Maar toen Olivier in de dagen en weken die volgden niet meer thuiskwam, begonnen we toch wel te denken dat hij er op de een of andere manier bij betrokken moest zijn geweest.'

'En sindsdien heeft u nooit meer iets van uw zoon vernomen,' resumeerde Nova.

'Een tijdlang hoorde ik niets. Enkele maanden later kreeg ik echter ineens een kaartje uit Israël.'

'Een kaartje van Olivier?' vroeg Simon verbaasd. 'Vanuit Israël?'

'Er stond geen afzender op,' zei mevrouw Kassel, die uit haar stoel opstond en naar een massief wandmeubel liep, waar ze een lade opende. 'Maar ik wist dat het van hem afkomstig was.' Ze pakte een klein metalen kistje en opende het. Ze zocht kort door het stapeltje papieren en ansichten dat erin zat, tot ze vond wat ze zocht. 'Hier heb ik het,' zei ze. Ze liep naar Simon en Nova en gaf hun het kaartje.

Op de voorkant van de ansichtkaart was het Meer van Galilea te zien, met in de verte enkele zeilboten. Op de achterkant stond in kleine letters de voorgedrukte tekst THE SEA OF GALILEE, AS SEEN FROM THE KIBBUTZ EIN GEV. Daaronder stonden zes met de hand geschreven woorden: 'Maak je over mij geen zorgen.'

'Het is Oliviers handschrift,' zei mevrouw Kassel. 'Hij heeft dit gestuurd.'

'Bent u hiermee niet naar de politie gegaan?' vroeg Nova.

De oude vrouw ging weer op haar stoel zitten. 'Nee. Ze zochten Olivier in verband met een moord. Ik was doodsbang dat als ze hem vonden, ze hem zouden oppakken en veroordelen. Je enige zoon aangeven... Het hóórt, maar...' Ze schudde haar hoofd mismoedig. 'Het was misschien niet goed van ons, maar onze eigen zoon aangeven, dat konden we niet.'

'Dus u dúrfde ook niet naar hem te zoeken.'

'Nee, eigenlijk niet. Ik was bang. Achteraf bezien hadden we toen direct naar Israël moeten afreizen, mijn man en ik.' Ze zweeg een moment, beschaamd zo leek het. 'Weet u, we hoopten dat hij daar zou afkoelen en bij zinnen zou komen. We hoopten dat hij zou terugkeren. Maar toen dat na vele jaren nog steeds niet gebeurd was, begon het ons te dagen dat hij er mogelijk gewoon echt niet meer was. Misschien heeft hij wel zelfmoord gepleegd. Hij was zó extreem de weg kwijt, moet u weten.'

Nova legde de ansichtkaart op de salontafel. 'Heeft u een foto van uw zoon?'

'Vanzelfsprekend.' Ze stond op. Uit dezelfde kast haalde ze een groot fotoalbum. 'Hier zitten de laatste foto's in die we van hem hadden.' Ze bladerde naar ongeveer de helft van het album. Simon zag dat de tweede helft van het album helemaal leeg was gebleven, voor alle foto's die nooit waren genomen. 'Hier, dit is zijn laatste schoolfoto,' zei ze terwijl ze het boek aan Nova en Simon overhandigde.

Toen Simon de foto zag, ging er een schok door hem heen. Hij merkte dat Nova dezelfde reactie had. Het was een jonge uitvoering van Jozias de Redder – er was geen enkele twijfel over mogelijk.

'Zou ik dit mogen fotograferen?' vroeg Nova.

'Dat is goed.'

Nova schakelde haar telefoon in, zette hem op vliegtuigstand en maakte vluchtig een paar foto's, ook van de ansichtkaart. 'En heeft u nog andere spullen van Olivier?'

'Komt u maar mee.' Mevrouw Kassel ging hun voor, de trap op.

De ruimte die ze binnenstapten was overduidelijk een jongenskamer. Het leek alsof Olivier er gisteren nog had geslapen, al zijn spullen leken te liggen waar ze door hem waren achtergelaten.

'Ik kan dit allemaal niet wegdoen,' zei de oude vrouw, alsof ze Nova's gedachten kon lezen. 'Ik maak er een keer per maand schoon, maar opnieuw inrichten heb ik nooit aangedurfd. Hoewel we hem hebben laten doodverklaren, blijft op de achtergrond de hoop sluimeren dat hij op een dag terugkomt.'

'Zouden we even mogen rondkijken?'

'Dat is goed,' zei ze. 'Ik begrijp nog steeds niet helemaal waarvoor dit allemaal dient, maar zoals ik al zei, ik ga ervan uit dat jullie niets slechts in de zin hebben. Als hier rondneuzen jullie helpt deze zaak misschien op te lossen, dan hou ik jullie niet tegen.' Ze draaide zich om en liet hen alleen.

Het was een sober ingerichte kamer, met een bed, een bureautje, een klerenkast en een paar stoelen. Op een kleine boekenplank boven het bureau stonden meerdere bijbels, enkele romans van Tim LaHaye en boeken over de eindtijd van Hal Lindsey en David Wilkerson. Op de muur hingen post-itpapiertjes die ooit geel moesten zijn geweest, vastgeplakt met plakband dat er veel recenter uitzag. De blauwe inkt was verbleekt, maar het was duidelijk dat het allemaal aantekeningen waren die met de Bijbel te maken hadden. Aantekeningen die Angela Kassel blijkbaar niet wilde weghalen, omdat ze het enige tastbare waren dat haar nog verbond aan haar vermiste zoon.

Simon liet zijn blik over de notities dwalen.

Het Beest (666, de antichrist) → gaat de hele wereld misleiden

De oude draak → Op aarde gegooid, de oude slang! Dus satan krijgt de totaalmacht op aarde!!

Openbaring 22:11 → de tijd is nabij: wie onheil aanricht zal nog meer onheil aanrichten, en wie onrein is zal nog onreiner worden… wie heilig is zal nog heiliger worden.

Oordeel van God → het oordeel van God gaat nu over de aarde komen, en het begint in het huis van God (1 Petrus 4:17-18). Onze God is een verterend vuur!

Openbaring 19:20 → De valse profeet, die iedereen misleidt!

Marcus 9:43

'Het is duidelijk dat deze jongen compleet *down the rabbit hole* gegaan is,' merkte hij op terwijl Nova foto's maakte van de hele kamer, inclusief de boeken en de aantekeningen. 'Ik denk dat we de ware identiteit van Jozias de Redder hebben achterhaald. En ik denk ook dat het goed is dat we Angela voorlopig niet vertellen dat haar zoon leeft. Volgens mij is hij gestoord genoeg om… Heb je die tekst boven zijn bed al?'

Met een dikke zwarte stift stond daar geschreven:

Wees niet bang voor hen die wel het lichaam maar niet de ziel kunnen doden.

Nova maakte er een foto van. 'Ik ben wel klaar zo denk ik,' zei ze terwijl ze door de foto's swipete. 'Allemaal scherp genoeg.'

Ze liepen het kleine halletje weer in.

‘Je maakte je zin niet af,’ zei ze.

Simon keek schuin langs Nova heen. Met een iets zachtere stem zei hij: ‘De Redder lijkt me gestoord genoeg om zo nodig zijn bloedeigen moeder om het leven te brengen om maar niet te worden ontmaskerd.’

89

Dragonov was doodmoe. Hij had de hele nacht in zijn auto gezeten en had slechts een kort hazenslaapje gedaan nadat hij in Dresden was gearriveerd. Hij tuurde met zijn verrekijkertje naar het hotel waar de journaliste gisteravond via haar laptop op de wifi had ingelogd. Vermoedelijk had ze deze plek alweer verlaten, nog voordat hij hier aankwam.

Hij had algauw gezien dat het simpele budgethotel geen uitgebreid personeelsbestand bezat. Toen de dame die in haar eentje de receptie bemande wegliep en door een deur voor personeel verdween, sprong Dragonov uit zijn auto. Hij liep direct door naar de ruimte achter de balie, waar hij op de computer alle openstaande applicaties aanklikte. Algauw zag hij iets wat op een grote digitale agenda leek. Verticaal stonden de dagen en de bijbehorende datums, horizontaal de kamernummers. Bovenin stond RESERVIERUNGEN – KALENDERANSICHT. Met kleurrijke vlakken was aangegeven welke kamers op welke data waren geboekt, met de namen erbij waaronder de gasten zich hadden ingeschreven. Dragonov zocht aan de linkerzijde de juiste datum en scrolde naar rechts, tot hij bij ZIMMER 103 (DOPPELZIMMER) een blauw vlak zag met RYEVAAR erin.

Op dat moment hoorde hij een naderend geluid uit de richting van de personeelsruimte. Hij haastte zich achter de balie vandaan en wrong zichzelf door de glazen deur die naar de hotelkamers leidde. Meteen daarna bleef hij met zijn rug tegen de muur gedrukt bewegingloos staan in de schaduw. Nadat de deur zich langzaam achter hem had gesloten, keek hij voorzichtig door het glas. De dame had nietsvermoedend haar plaats weer ingenomen.

Snel liep hij de trap op naar de eerste verdieping waar zich, zo vermoedde hij, kamer 103 bevond. Het rook er naar stoffige gordijnen en koffie. Algauw zag hij aan zijn rechterhand het juiste kamernummer. Hij legde zijn oor op de deur. Een minuut lang luisterde hij, maar hij ving geen enkel geluid op.

Hij klopte aan. 'Hello?' zei hij.

Er kwam geen respons.

Hij nam de trap naar beneden met twee treden tegelijk en verliet het hotel met zo'n snelheid dat de dame achter de balie hem niet eens kon groeten. Buiten belde hij direct Olivarius.

'Ik ben bij het hotel,' zei hij. 'Het klopt dat ze hier hebben overnacht.'

'Ze?'

'Ze is samen met Ryevaar.'

'Dat weet je zeker? Dat Ryevaar er ook is?'

'Het hotel is op zijn naam geboekt, een tweepersoonskamer.'

Olivarius ging door het lint. 'Dat is een groot probleem, Drakon. Je moet ze zo snel mogelijk vinden.'

'Wat wil je dat ik doe?'

'Ga naar het adres dat ik je heb gegeven. Het huis van een mevrouw die Angela Kassel heet. Ik vermoed dat ze daarnaartoe zijn gegaan.'

90

Simon gaf zijn telefoonnummer aan Angela Kassel, voor het geval haar meer te binnen zou schieten. De hal van haar flatje was krap. De muren waren smoezelig en het zeil op de vloer was versleten. Op de grond stonden een kartonnen doos met oud papier en een plastic zak met lege flessen erin.

Toen ze de voordeur uit stapten, schudde de oude vrouw haar beide bezoekers de hand. Simon en Nova liepen terug naar hun auto en zwaaiden nog eenmaal naar haar. Verstild als een standbeeld keek ze hen na.

'Ik rij wel,' zei Nova, terwijl ze het portier opende. 'Ik voel me nog fit.'

Ze gingen in de auto zitten. Nova keek opzij. 'Gaat het goed met je?'

'Dat verhaal over de vermissing van haar zoon kwam nogal hard bij me binnen. Ik herken wat ze zei gewoon zo goed. Onze ervaringen lopen ten dele parallel.'

'Hoe was Annabel dan, in de periode voordat je haar kwijtraakte? Of wil je er liever niet over praten?'

'Jawel hoor,' zei Simon. Hij zweeg even. 'In de maanden voor haar verdwijning had ik ook het idee dat Annabel van me aan het wegdrijven was. Eerst dacht ik dat het een verlaat puberteitsverschijnsel was, want ze had nooit echt gepuberd. Annabel had haar moeder op haar tiende verloren, en zoiets ingrijpends maakt kinderen vaak sneller volwassen dan normaal. Ze had in de jaren na haar moeders dood een enorm verantwoordelijkheidsgevoel en ze was in veel opzichten braver dan haar leeftijdsgenoten.

Onder invloed van een christelijke klasgenote begon ze meer interesse in het geloof aan de dag te leggen. Ze ging regelmatig met dat meisje op zondag mee naar de kerk waar zij met haar gezin heen ging. En vaak bleef ze dan ook de hele zondag daar. Ik vond dat altijd prima, want dan kon ik lekker aan een artikel werken of een eind gaan rennen. Ze vroeg me een keer mee te gaan, maar ik hield het altijd af. Ik heb daar tot op de dag van vandaag spijt van.'

Nova opende haar mond maar wachtte even voordat ze zei: 'Ik kan me niet eens een begin van een voorstelling maken van hoe dat moet voelen.'

'In die tijd begon ze zich ook meer tegen me af te zetten,' ging Simon verder. 'Mijn therapeute zei dat ik me geen zorgen moest maken, het was allemaal onderdeel van een natuurlijk proces waarbij het adolescente kind zelfstandiger wordt, een proces dat bij Annabel simpelweg iets later op gang was gekomen.'

'Maar er was meer aan de hand,' begreep Nova.

'Ja, achteraf bezien wel. Ik ben er te vaak niet voor haar geweest. Te vaak heb ik geen of onvoldoende interesse getoond. Ik wist nauwelijks met wie ze omging, zelfs dat christelijke vriendinnetje heb ik maar een of twee keer ontmoet denk ik.'

'Achteraf...' probeerde Nova. 'Alle ouders krijgen toch te maken met kinderen die hun eigen pad kiezen? Dat is een natuurlijk proces. Nu maak je jezelf zoveel verwijten omdat ze is weggelopen.'

'Weggelopen?' zei Simon. 'Dat is maar een van de scenario's. En misschien nog wel het meest hoopvolle scenario.'

'Ik vind het wel bijzonder dat je dit zo openhartig met me deelt,' zei Nova. 'Terwijl we elkaar nog maar een paar dagen kennen.'

'Het voelt goed om erover te praten. Dat heb ik jarenlang niet echt gedaan. Sinds Barbara er niet meer is praat ik nauwelijks over mijn eigen gevoelens.' Hij keek opzij naar Nova. 'Maar toch voelt het vertrouwd genoeg je hierover te vertellen.'

'Dank je,' zei Nova. 'Maar even over daarnet... Vind jij het niet vreemd dat Angela en Markus niet op het eerste het beste vliegtuig naar Israël zijn gesprongen om die kibboets op te zoeken?'

Simon knikte. 'Ja, dat vind ik zeker. Als ik nu een kaartje van Annabel kreeg, zou ik geen moment aarzelen. Maar we weten niet wat de beweegredenen van Oliviers ouders waren. Wellicht dachten ze echt dat het beter was om hun zoon even met rust te laten. Er is een Arabisch spreekwoord dat luidt: "Oordeel nooit over iemand voordat je in diens schoenen hebt gestaan."'

'Dat is helemaal waar,' zei Nova, terwijl ze de auto startte en langzaam het parkeervak verliet. 'En denk jij dat Olivier iets te maken heeft met de dood van die oude man?'

'Dat hij direct erna is verdwenen, pleit niet echt voor hem,' antwoordde Simon. Hij scrolde door de foto's die Nova op Oliviers kamer had genomen. 'Zijn fascinatie voor eindtijd en oordeel zat er in ieder geval al vroeg in. Bijna al zijn aantekeningen gaan over het boek Openbaring. Op die leeftijd hoor je lekker de hort op te gaan met je vrienden, toch? Maar hier: het Beest, de oude draak, het oordeel van God, de valse profeet...'

Nova manoeuvreerde de auto door een bocht. Ze reden nu door een brede straat, wederom met tramsporen. Aan weerszijden stonden statige panden die te oordelen naar de bouwstijl aan het begin van de twintigste eeuw waren opgetrokken. Het waren dit soort gebouwen, die het desastreuze bombardement van de geallieerden overleefd hadden, die de stad nog een zeker historisch karakter gaven.

'De valse profeet,' herhaalde Nova. 'Zo noemde Olivier die oude man toch? Die Jehova's getuige?'

'Ja, je hebt gelijk,' zei Simon. 'Het is een van de personages uit Openbaring: de valse profeet die de mensen verleidt.'

'Het is een van de dingen waar De Redder graag over preekt. Dat de valse profeet zal worden geoordeeld, en dat God over alle duivelse misleiders de eindoverwinning zal behalen.'

'Dat geloof ik graag. Maar bij de aantekeningen van de jonge Olivier staat er een specifieke Bijbeltekst bij, Openbaring 19:20.' Een nadenkende frons trok over Simons voorhoofd. 'Wil je de auto even aan de kant zetten? Ik wil die Bijbeltekst opzoeken, maar ik laat mijn mobiel liever uit. Ik heb een bijbel in mijn tas in de kofferbak zitten.'

Nova zette de auto in een parkeervak, reikte voorover en drukte op een knopje waardoor de klep van de kofferbak opensprong. Simon stapte uit, om even later terug te komen met een bijbel in zijn hand. Hij ging weer zitten en bladerde gehaast naar het laatste Bijbelboek, hoofdstuk negentien.

'Hier heb ik het,' zei hij. 'Dit staat er in vers twintig: "En het Beest werd gegrepen en met hem de valse profeet, die de tekenen voor zijn ogen gedaan had, waardoor hij hen verleidde... levend werden zij beiden geworpen in de poel des vuurs, die van zwavel brandt."'

'Mijn hemel,' zei 'Nova. 'De valse profeet wordt door God in een zee van vuur gedood.'

'Precies wat Olivier met de oude man heeft gedaan.'

Er viel een lange stilte terwijl ze dit allebei tot zich door lieten dringen.

91

Dragonov parkeerde zijn auto bij het appartementencomplex waar Angela Kassel woonde. Nadat hij had vastgesteld dat de lift het niet deed liep hij via het trappenhuis naar de galerij van de vierde verdieping.

De flat leek op de flat waar Nikolina's moeder woonde. Een kort moment gingen zijn gedachten uit naar zijn dochtertje. Hij voelde zich schuldig dat hij zo weinig tijd met haar doorbracht. Snel schudde hij deze gedachte van zich af. Wanneer deze klussen klaar waren, zou hij tijd met haar doorbrengen. Misschien zou het hem eindelijk lukken een betere regeling te treffen, waarin hij haar vaker per maand mocht zien.

Hij tuurde door het raam naar binnen, maar zag geen beweging. Pas na een tijdje bleek dat er een dame op leeftijd in de kamer aanwezig was. Ze stond op uit een stoel, zo te zien om de televisie aan te zetten.

Dragonov belde aan. Niet veel later zwaaide de deur open.

'Goedemiddag,' zei de vrouw.

Dragonov knikte. 'Zou ik even binnen mogen komen?'

De vrouw kreeg een argwanende blik. 'Nee, natuurlijk niet. Wie bent u en wat komt u doen?'

Dragonov reikte in zijn binnenzak en haalde zijn telefoon tevoorschijn. Hij opende een foto. 'Kent u deze jongedame?'

Ze keek er een moment naar. Het leek alsof ze moest nadenken over het antwoord.

'Hoezo wilt u dat weten?' vroeg ze ten slotte.

'Heeft deze vrouw contact met u gezocht?'

Angela Kassel observeerde Dragonov en keek daarna weer naar het schermpje van zijn telefoon. 'Nee,' zei ze. 'Ik heb haar nog nooit gezien.'

'En deze meneer?' zei Dragonov. Hij liet haar een foto van Simon zien.

Angela schudde haar hoofd. 'Ik ken deze mensen niet. En nu wil ik graag dat u weggaat.'

92

‘Het valt allemaal op zijn plek,’ zei Simon. ‘Denk aan Thomas en Ergün, en Umut en Johan. Allemaal zijn ze verteerd door vuur.’

Ze zaten in een barretje te lunchen, met Nova’s laptop op tafel. Het was een curieus eettentje. Op de felgroene muren waren schilderingen aangebracht van tijgers en wolven die anatomisch net niet helemaal klopten. De tafeltjes en stoelen waren van verweerd hout, en het geheel zag eruit alsof het in de jaren negentig voor het laatst was gerenoveerd.

Nova knikte. ‘Hij doodde het eerste “obstakel” toen hij achttien was – de Jehova’s getuige in zijn wijk. En tot op de dag van vandaag is dat wat hij doet: zijn vijanden met vuur verbranden, net zoals God in Openbaring zijn vijanden in het vuur verbrandt.’

‘En nu?’ vroeg Simon. ‘Wat doen we hiermee?’

‘Deze informatie zet ik erbij,’ zei Nova. ‘Ik ben een gigantisch dossier aan het opbouwen over Olivier Kassel, *formerly known as* Jozias de Redder. Maar pas als we een compleet beeld hebben, hebben we echt een zaak in handen.’

‘En de Duitse politie?’

‘Die lichten we dan ook in. Voor nu is dat te voorbarig. Voor ons lijken de puzzelstukjes op hun plek te vallen, maar voor de politie ligt dat wellicht anders. Ik betwijfel of ze een Bijbelvers een overtuigend bewijs zullen vinden.’

Simon nam een hap van zijn broodje. ‘Indirect misschien wel. We hebben een motief voor de moord blootgelegd, en deze aantekeningen tonen aan hoe hij zich door religieuze teksten liet inspireren.’

‘Dat is waar. Maar het zal moeilijk worden om zijn schuld na zo’n lange tijd nog te bewijzen. Je moet echt DNA aantreffen op de plaats delict. Een getuige die zegt hem zoveel jaar geleden te hebben gezien, maakt het geen sterke zaak ben ik bang. En vergeet niet dat de moord meer dan vijfentwintig jaar geleden is gepleegd. Ik weet niet hoe het met de verjaringstermijn in Duitsland zit. We moeten zorgen dat De Redder wordt vervolgd voor de moorden die nog niet zijn verjaard.’

‘We kunnen niet te lang hier blijven. Het liefst wil ik vanavond weer weg zijn uit Dresden. Hij heeft me ook in Rome opgespoord. Ik moet in beweging blijven, en vooral niet te lang op één plek blijven.’

Nova beaamde dat en schoof de laptop naar zich toe. Ze had de foto’s geüpload en in een mapje opgeslagen, en opende nu de foto van de ansichtkaart. Ze vergrootte de afbeelding, zodat de details goed zichtbaar werden.

‘Kijk hier eens.’ Ze leunde opzij, waardoor haar schouder rustte tegen die van hem. ‘Het lijkt wel of...’

Simon draaide de laptop iets verder naar hem toe. ‘Er staan stippeltjes onder “Ein Gev”, de naam van de kibboets. Bedoel je dat?’

‘Ja. En duidelijk met dezelfde kleur pen als waarmee Olivier de rest van de kaart heeft geschreven. Dat lijkt me geen toeval. Alsof hij toch gevonden wilde worden. Of zijn ouders in ieder geval wilde laten weten waar hij was.’

Simon opende de browser op Nova’s laptop en typte ‘Kibbuts Ein Gev’. De kibboets bestond nog steeds onder dezelfde naam. Er waren direct beelden zichtbaar van de nederzetting, fantastisch gelegen aan het Meer van Galilea.

Simon had in het verleden weleens een kibboets bezocht. Het waren typisch Israëlische, collectieve landbouwnederzettingen, op socialistische leest geschoeid. Er was geen privébezit en iedereen verdiende er evenveel. Vanaf de jaren zestig werd het bij veel Europese en Amerikaanse jongeren een populaire plek om enkele maanden te verblijven en er voor kost en inwoning te werken.

'Voor iemand die denkt dat hij een soort messias is moet dat wel een bijzondere plek zijn geweest,' merkte Nova op. 'Zo aan het meer waar Jezus en zijn leerlingen op hebben gevaren.'

'Deze kibboets baat ook een hotel uit, op het eigen terrein. Weet je wat?' Hij pakte zijn telefoon en schakelde die in. 'Ik bel gewoon het nummer dat ik hier zie staan. Wie weet werken er nog mensen die er destijds werkten, en zich Olivier herinneren.' Hij nam de laatste happen van zijn broodje en dronk zijn kop koffie in een teug leeg, om vervolgens het nummer van de kibboets te bellen.

'Shalom,' klonk het al snel aan de andere kant van de lijn. 'Ein Gev Holiday Resort.'

'Goedemiddag,' zei Simon. 'Ik ben op zoek naar iemand die meer dan vijfentwintig jaar geleden op de kibboets werkte, en die ons iets kan vertellen over zaken uit die tijd.'

'Waar gaat dit precies over?' vroeg de man aarzelend.

'We zijn op zoek naar informatie over iemand die er eind jaren negentig gewoond moet hebben, en later vermist raakte.'

'Ik verbind u door met Aaron Lev. Hij is het hoofd van de kibboets.'

'Ook in die tijd al?'

'Hij heeft zo ongeveer de eerste steen van de kibboets gelegd,' zei de man en hij lachte hartelijk. 'Hij doet dit al zeker vijfentwintig, dertig jaar. Ik verbind u door.'

Na wat gekraak, gepiep en geruis meldde Aaron Lev zich. Zijn stem klonk zo helder dat het leek alsof hij naast Simon zat.

'Waar belt u precies voor?'

'Het is een lang verhaal,' begon Simon. 'Het komt erop neer dat mijn collega en ik als journalisten werken aan een oude vermissingszaak. Het gaat om een jongen die in 1995 bij jullie heeft gewerkt en sindsdien van de aardbodem verdwenen is. Ik heb nu contact met de moeder.'

'En hoe heet hij?'

'Olivier Kassel.'

'Dat klinkt Duits.'

'Klopt.'

'In de loop van de tijd heb ik natuurlijk honderden vrijwilligers voorbij zien komen. Maar deze naam komt we wel vaag bekend voor.' Op de achtergrond hoorde Simon het geratel van een toetsenbord. 'Ik heb hier een lijst namen voor me waar die van Olivier Kassel ook op voorkomt,' zei Aaron. 'Het begint me nu ook weer te dagen. Een gecompliceerde geschiedenis was dat.'

'Want?'

'Ik zit te graven in mijn herinnering. Ik weet even niet meer wie van de twee Olivier was.'

'Hoe bedoelt u, wie van de twee?'

Aaron viel een moment stil. Daarna vervolgde hij, met enig wantrouwen in zijn stem: 'Namens wie doet u dit onderzoek?'

'Zoals ik al uitlegde staan we in contact met de moeder,' zei Simon.

'Maar waarom nu ineens? Naar mijn weten heeft er in al die jaren nog nooit iemand contact met ons opgenomen over deze jongen.'

'De zaak heeft heel lang stilgelegen,' antwoordde Simon. 'Er zijn nu echter nieuwe aanwijzingen, en daar kan zijn laatst bekende verblijfplaats een belangrijke rol bij spelen. De moeder heeft de hoop nooit opgegeven haar jongen ooit terug te zien.'

'Oké, ik denk dat ik het begrijp,' zei Aaron, die wat leek te ontdooien. 'Weet u wat het is meneer Simon? Het was een vreemde geschiedenis met deze twee jongens. U zegt dat deze Olivier Kassel tot op de dag van vandaag vermist is, en daar schrik ik van. Alhoewel… Het was ook wel vreemd, allemaal.'

Simon begreep niet waarom Aaron het wederom over twéé jongens had. Wel was het duidelijk dat Aarons verhaal een nieuw licht zou kunnen werpen op de jeugd van Olivier. 'Uw verhaal zou voor ons van grote waarde zijn,' zei hij.

'Dat begrijp ik. Ik wil de geschiedenis wel uit de doeken doen, maar liever niet over de telefoon. Ik spreek u liever face to face. Dat heeft ook te maken met… Als kibboets kunnen we het niet hebben dat we straks ergens voor aansprakelijk worden gesteld omdat ik iets zeg dat uit zijn verband wordt gerukt. Ik weet feitelijk niet wie u bent, of uw verhaal klopt, of u ons gesprek opneemt enzovoort.'

'Ik begrijp het.'

Met een klein pieptoontje gaf Simons telefoon te kennen dat er een tweede gesprek binnenkwam.

'Als u dus meer wilt weten bent u van harte welkom hier,' zei Aaron. 'Ik begrijp dat Ein Gev niet naast de deur is, maar de moeder zal de reis vast willen financieren. Een ouder van een verdwenen kind zal de wereld afzoeken, niet?'

'Dat lijkt me ook,' zei Simon met schorre stem. 'Ik overleg het even en dan laat ik het u weten.'

'Uitstekend,' zei Aaron opgewekt. 'U kun me ook mailen via volunteer@eingev.il. Dat is feitelijk mijn persoonlijke e-mailadres.'

Simon bedankte de man en verbrak de verbinding.

'Wat wil je doen?' vroeg Nova.

'Wacht,' zei Simon. 'Iemand probeerde me zojuist te bellen.' Hij keek en zag bij de gemiste oproepen een Duits telefoonnummer staan. Hij belde direct terug.

'Mit Angela Kassel,' klonk een krakerige stem.

Direct zette Simon de oproep op de luidspreker.

'Dag mevrouw Kassel, u spreekt met Simon. Ik zag dat u me probeerde te bereiken.'

Aan de andere kant van de lijn klonk een snik. 'Ja. Ik... Ik ben niet helemaal eerlijk geweest.'

'Hoe bedoelt u dat?' zei Simon.

'Ik heb niet de volledige waarheid verteld. Omdat ik me schaamde.'

'Leg uit.'

'Iedere normale ouder die een kaartje van een vermist kind krijgt, stapt direct in een vliegtuig om hem weer in de armen te sluiten,' zei ze snikkend. 'Ik vertelde jullie dat mijn man en ik dat niet gedaan hadden uit angst dat hij opgepakt zou worden en de gevangenis in zou gaan. Maar dat is niet de waarheid.'

'Wat was er dan aan de hand?'

'Mijn man en ik waren doodsbang voor onze zoon. Dát is de

waarheid. De week voordat hij verdween, heeft hij Markus en mij in de badkamer opgesloten. We hebben er meer dan een uur gezeten. Markus stond op het punt de deur open te trappen, toen Olivier terugkwam. Hij opende de badkamerdeur, en tot onze schrik had hij een scherp mes bij zich. En in zijn andere hand een blik wasbenzine.'

'Wat? Hij wilde júllie iets aandoen?'

'Ja,' snikte Angela. 'Hij zei dat hij niet anders kon. Wij waren lauw geworden, door de duivel beïnvloed. God was een God van oordeel door vuur, zei hij. Ik herinner me het nog goed, het is vaak in mijn dromen teruggekomen in de jaren die volgden. Hij zei dat hij het verschrikkelijk vond om te moeten doen, maar dat de heilige Geest hem zei dat hij ons namens God moest oordelen. Hij begon écht benzine over ons uit te gieten. Ik zag aan Markus dat hij het moment afwachtte om zijn eigen zoon neer te slaan, toen ik ineens een idee kreeg. Ik knielde neer en zei dat ik me wilde bekeren. Dat ik me bekeerde van mijn lauwheid en terug wilde komen bij God. Markus was eerst verbouwereerd, maar toen hij zag dat het Olivier aan het twijfelen bracht, deed hij hetzelfde. Hij knielde ook.'

Nova pakte de hand van Simon.

'Olivier liet zijn mes zakken en zei dat als onze bekering waarachtig was, het oordeel van ons zou worden weggenomen. Op dat moment overmeesterde Markus hem en pakte zijn mes af. Markus heeft Olivier vervolgens na een worsteling het huis uit gezet en dezelfde dag nieuwe sloten op de deuren laten zetten.'

'En dit was kort voor zijn verdwijning?'

'Slechts enkele dagen. Ik weet niet waar hij geslapen heeft die laatste nachten. Maar ik was bang voor hem, doodsbang. Ik sliep 's nachts niet, zó bang was ik dat hij via het slaapkamerraam binnen zou komen en me zou doden. Toen ik hoorde dat Hannes was gedood, wist ik direct dat Olivier het had gedaan.'

'De reden dat u niet naar Israël vloog was dus dat u bang was.'

'Doodsbang, ja. Voor mijn eigen zoon. Hij zou ons gedood hebben.' Ze jammerde zachtjes. 'Na zijn verdwijning voelden Markus en ik opluchting. En toen we een kaartje uit Israël kregen wisten we dat we voorlopig veilig zouden zijn. Maar eigenlijk had ik de politie moeten waarschuwen dat hij in Israël zat. Ik heb tot op de dag van vandaag spijt dat ik dat niet heb gedaan.'

'Ik begrijp het wel,' zei Simon. 'Het blijft je zoon.'

'Maar daardoor is de rest van mijn leven een hel geweest. Altijd die verwarrende mengeling. Enerzijds de hoop dat Olivier nog in leven zou zijn en terug zou komen omdat hij tot inkeer was gekomen, en anderzijds de angst dat hij ineens op zou duiken om ons iets aan te doen.'

'Heel erg bedankt dat u ons hiervan op de hoogte hebt gesteld, Frau Kassel.'

'Maar er is nog iets. Ik weet niet precies waar jullie mee bezig zijn, maar jullie moeten oppassen. Er kwam een man bij me aan de deur zojuist. Hij had foto's van jullie allebei en vroeg of ik contact met jullie had gehad.'

'Wát?' zei Simon. Direct kreeg hij het warm. Hij tuurde een moment rond en observeerde alle aanwezigen in de lunchroom.

'Ik vertrouwde het niet. De man kwam heel dreigend op me over. Ik heb gelogen dat ik jullie nog nooit gezien heb. Hij is uiteindelijk weer weggegaan, goddank. Ik was echt bang.'

'We zullen Dresden onmiddellijk verlaten,' zei Simon. 'Nogmaals veel dank.' Hij hing op. 'Ongelofelijk. Hoe is het mogelijk dat ze ons op het spoor zijn? We hebben nieuwe telefoons gekocht en zijn hiernaartoe gereden in een huurauto.'

Nova schudde haar hoofd. 'Ik heb geen idee. Maar we weten nu dat De Redder niet alleen jou, maar ook mij dood wil hebben. En dat is geen geruststellend idee als het gaat om iemand die zelfs zijn bloedeigen ouders wilde vermoorden. We moeten onmiddellijk weg hier.'

'Die man is gestoord. Absoluut psychisch ziek. Ik stel voor dat we direct naar het vliegveld rijden,' zei Simon, terwijl hij de laptop dichtklapte en opstond. 'Bij Herz kun je je huurauto bij hun vestigingen overal in Europa achterlaten. We vliegen vandaag nog naar Tel Aviv.'

93

In Dresden kochten Simon en Nova vlak voor vertrek allebei enkele setjes kleren. Omdat ze heel impulsief en onvoorbereid vanuit Enschede naar Dresden waren gereden, hadden ze geen koffer of reistas bij zich. Simon betaalde alles. Ook bij de balie van El Al rekende hij beide tickets af, met zijn creditcard.

'Zijn jouw bronnen onuitputtelijk of zo?' vroeg Nova hem.

'Geen bron is onuitputtelijk,' antwoordde Simon met een milde glimlach. 'Maar laat ik het zo zeggen: ik kan het lijden.'

'Dus je bent een rijk man.'

Simon glimlachte ontwapenend. 'Het salaris van de universiteit is lager dan wat ik maandelijks krijg uitgekeerd aan rente, inkomsten uit aandelen en obligaties en zulk soort dingen meer. Ik heb dat ooit uitbesteed en daar heb ik nog geen moment spijt van gehad.'

'Heerlijk lijkt me dat,' verzuchtte Nova.

'Het geeft een enorme vrijheid.'

Vanaf Dresden was het een klein uur vliegen naar München, waar ze een tussenstop van vijftig minuten hadden. Vanaf daar vlogen ze rechtstreeks naar Tel Aviv, een vlucht van bijna vier uur. Naar verwachting zouden ze om elf uur 's avonds arriveren.

In het vliegtuig betaalde Simon voor een wifi-verbinding, zodat hij nog wat onderzoek kon doen. Na een tijdje stootte hij enthousiast Nova aan, die aan het knikkebollen was.

'Het wordt steeds duidelijker,' zei hij.

'Hm? Wat zeg je?' vroeg Nova terwijl ze in haar ogen wreef.

'Dat het steeds duidelijker wordt, het geheim rond het ontstaan van het vroege christendom. Lucanio vertelde me dat de Romeinen een speciale strategie hadden in hoe ze vijandige volken aan zich onderwierpen, evocatio genaamd. Hier, moet je lezen wat deze online-encyclopedie erover zegt.'

Simon zette de laptop op Nova's uitklaptafeltje. Enigszins slaperig las ze de tekst.

> **Evocatio**
> 'Evocatio' is een Romeins militair ritueel, gebaseerd op het idee dat een vijandelijke stad of staat gemakkelijker in te nemen was wanneer deze de steun van de plaatselijke beschermgoden verloor. Tijdens het ritueel van de evocatio werd de voornaamste godheid dan ook uitgenodigd de stad te verlaten. In Rome zou dan later een cultusplaats voor de godheid gebouwd worden. Meestal won de cultus te Rome aan belang, en vaak kreeg de betreffende godheid een gelatiniseerde benaming.

'Als de Romeinen dus een staat onderwierpen, lieten ze symbolisch de goden van het betreffende volk de stad verlaten, om ze mee te nemen naar Rome.'

'Ja, dat begrijp ik,' zei Nova. 'Wat wil je daar precies mee zeggen?'

'Nou, let op. Kort na de vernietiging van Jeruzalem beschreef Flavius Josephus, de Joodse geschiedschrijver in Romeinse dienst, de oorlog. In boek zes, hoofdstuk 5, sectie 3 beweert Josephus dat vlak voor de vernietiging van Jeruzalem de loodzware deur van de tempel spontaan openging. Toen kort daarna het pinksterfeest aanbrak hoorden de priesters een zwaar geluid, gevolgd door een stem die klonk als een menigte. De stem zei: "Laten Wij hier weggaan."'

'De God van de Joden vertrekt uit de tempel, vlak voor de inname van de stad.'

'Exact. Josephus was zelf een Jood, maar hij schreef in opdracht van de Romeinen. De keizer had Josephus' leven gespaard als hij beloofde in ruil de geschiedschrijving van de oorlog op zich te nemen. Josephus ging vervolgens met generaal Titus mee naar Rome, waar hij een woning en een inkomen kreeg en aan het schrijven begon. Het zou ongelooflijk naïef zijn om te denken dat Josephus de objectieve werkelijkheid beschreef – natúúrlijk schreef hij de geschiedenis zoals de Romeinen die wilden vastleggen.'

'Ieder kwaad woord over Rome of de keizer had hem zijn leven kunnen kosten.'

'Helemaal waar. Maar het bizarre is dat deze Romeinse geschiedvervalsing tevens het fundament is van het christendom. Het idee dat God de Joden verlaat, zijn intrek neemt bij de heidenen en uiteindelijk in Rome tot rust komt, is de rode draad van het hele Nieuwe Testament.' Simon ging iets verzitten, de vliegtuigstoel was niet erg comfortabel. 'Zowel Josephus als zijn tijdgenoot Marcus schreef zijn magnum opus in Rome in de vroege jaren zeventig van de eerste eeuw, en beiden creëerden ze een pro-Romeinse en anti-Joodse weergave van de historie om de Romeinen te *pleasen*. Maar het grote verschil is dat Josephus' boek tegenwoordig in stoffige boekenkasten staat waar alleen verstrooide academici het soms uit pakken en erin bladeren, terwijl uit Marcus' verslag een wereldreligie voortkwam.'

Nova ademde diep in en uit. 'Eigenlijk wordt het tijd voor een eerherstel van het Joodse volk. Dat we gaan begrijpen dat de historische bronnen over hun geschiedenis buitengewoon gekleurd zijn.'

'Mooi gezegd,' zei Simon. 'Maar er is nog iets. Kijk eens hier.' Hij legde zijn vinger bij een woord.

Pinksterfeest.

'Zie je tijdens welk feest Gods Geest volgens Josephus de tempel verliet? Het pinksterfeest. En wat ik dan boeiend vind, is dat we vervolgens in de Handelingen der Apostelen, hoofdstuk twee, lezen dat tijdens het pinksterfeest de Geest van God in de christelijke gelovigen kwam wonen – wederom vergezeld van enorm geluid en wonderlijke tekenen. De christenen maakten er dus een cirkelvormig verhaal van: bij de vernietiging van

Jeruzalem verliet Gods Geest tijdens Pinksteren de tempel van de Joden, en in Handelingen laat men diezelfde Geest van God met Pinksteren in de Kerk komen wonen.'

'Hm, dat is inderdaad opvallend,' zei Nova.

'Echt, deze Romeins-heidense geschiedvervalsing biedt de bril om het totale Nieuwe Testament te begrijpen,' zei Simon. 'Ken je het verhaal van de verheerlijking op de berg?'

'Een beetje,' zei Nova.

'Jezus gaat met enkele discipelen een berg op, waar Mozes en Elia verschijnen. Jezus begint met goddelijk wit licht te stralen, en God verklaart dat Jezus zijn Zoon is en dat men naar hém moet luisteren. Vervolgens verdwijnen Mozes en Elia. Alleen Jezus blijft over.'

'Mozes en Elia. Dat doet me weer denken aan De Redder en zijn zoon.'

'Maar pas nu begrijp ik de werkelijke betekenis van dit geheimzinnige verhaal. Mozes en Elia staan onder Joden namelijk symbool voor de Wet en Profeten – de gehele Tenach dus, het heilige boek van het Jodendom. De christenen lieten Jezus naast hen verschijnen, helder wit worden en vervolgens alleen overblijven, om zo te onderstrepen dat op het moment dat Jezus verscheen het Jodendom en zijn gebruiken heel even zouden blijven bestaan, om vervolgens volledig te verdwijnen – het geloof in Jezus, de Kerk dus, zou als enige overblijven. Ook dit beroemde verhaal is dus puur symboliek die de overwinning van de Kerk op het Jodendom moest onderstrepen.'

'Verbijsterend, dit allemaal,' zei Nova. 'Jozias de Redder zou eens moeten weten wat een onzin hij eigenlijk verkondigt.'

'Types als De Redder sterven liever een martelaarsdood dan dat ze moeten toegeven dat het fundament waarop ze hun leven hebben gebouwd, een waan is. Geloof me.'

94

In Dresden waren de straatlantaarns inmiddels aangesprongen, de straatstenen voor het hotel lichtten oranje op. Dragonov zag dat de hotelmedewerker die nu achter de balie stond – een man van een jaar of veertig met rossig haar – de voordeur van het hotel afsloot.

Dragonov verstelde de autostoel, zodat hij iets meer onderuit kon zitten. Hij pakte de telefoon en belde zijn opdrachtgever.

'Ze zijn niet teruggekomen in het hotel. Ik vermoed dat ze verder gereisd zijn. Ze zijn niet dom.' Hij slaakte een geërgerde zucht. 'Ik zei toch dat we de klus rond Ryevaar hadden moeten afblazen in Rome? Als we dat gedaan hadden, had de man niets in de gaten gehad en was hij gewoon naar zijn grachtenpandje gegaan. Dan was zijn lichaam nu al koud geweest.'

'Dat is achteraf gepraat, Drakon. Bovendien betaal ik je om uit te voeren, niet om je met de strategie te bemoeien.'

'Oké, grote Olivarius, wat wilt u dan dat ik nu doe?'

'Blijf posten, vannacht. Als ze er morgenochtend nog niet zijn wachten we simpelweg tot Le Temps' laptop weer een gps-signaal uitzendt.'

'En wat wil je doen met de vrouw die ik moest uithoren? Weet ze niet te veel?'

Olivarius bleef enkele seconden stil. 'Heb je het idee dat ze tegen je loog?'

'Natuurlijk loog ze,' zei Dragonov. 'Ik zag dat ze de foto's direct herkende. Ryevaar en Le Temps zijn bij haar geweest.'

'Dit gaat me veel geld kosten, maar goed. Doe het maar. Maar doe het snel en efficiënt. Ze hoeft niet te lijden.'

95

De ochtendzon scheen fel. Het landschap aan weerszijden van de snelweg bestond uit talloze geel- en groentinten, soms afgewisseld door het felle magenta van weelderige bougainville. Simon en Nova reden over de Yitzak Rabin Highway, een rit van honderdzestig kilometer van Tel Aviv naar Ein Gev.

De ochtend na hun aankomst hadden ze een Mitsubishi ASX kunnen huren, een stevige SUV. Nova zat achter het stuur.

Het was al ver na middernacht geweest toen Simon en Nova in het eenvoudige Airport Guest House waren aangekomen. Het taxiën, de douaneformaliteiten, het aanschaffen van een bezoekersvisum dat negentig dagen geldig was en het huren van een auto hadden nog behoorlijk veel tijd in beslag genomen.

'Ik moet me bedwingen om geen afslagen te nemen,' zei Nova toen ze het bordje dat de afslag naar Nazareth aangaf passeerden. 'Ik weet dat het geen vakantietripje is, maar ik zou het toch wel jammer vinden als we straks terug naar Nederland gaan en ik helemaal níets gezien heb hier. Geen Jeruzalem, geen Bethlehem, geen Dode Zee, geen Massada… Alleen het Meer van Galilea.'

'Nou, ik beloof je: mocht er het nu niet van komen, dan neem ik je een keer mee terug. En dan nemen we overal de tijd voor.'

'Meen je dat?'

'Ja, natuurlijk. Je bent prima reisgezelschap.'

'Ik houd je eraan,' zei ze. Ze tuurde over het landschap dat in hoog tempo aan hen voorbijtrok. 'Het is gek om te bedenken dat we elkaar een paar dagen geleden pas voor het eerst hebben ontmoet.'

Simon keek haar even aan. 'Ja, dat vind ik ook. Het is alsof we elkaar al veel langer kennen.'

Korte tijd later naderden ze de kibboets Ein Gev aan de oostkant van het meer. Het zag eruit als een klein dorp met heel veel losstaande huisjes, allemaal laagbouw, met oranje dakpannen en witgepleisterde muren. Op de uitgestrekte waterspiegel dansten duizenden lichtpuntjes op de kleine golfjes. Het zonlicht was fel, bijna verblindend. Nova parkeerde de auto op het terrein voor het hotel en ze meldden zich bij de receptie in het hoofdgebouw.

Simon had hun komst in een mailtje aangekondigd en het duurde dan ook niet lang voordat Aaron Lev zijn opwachting maakte in de enorme eetzaal. In de open keuken heerste een enorme bedrijvigheid en heerlijke etensgeuren hingen in de lucht.

Aaron Lev bleek een buitengewoon energieke en slanke man, die, zo schatte Simon in, toch zeker tegen de tachtig moest zijn. In zijn tanige gezicht en op zijn handen waren wat ouderdomsvlekken te zien. Onder zijn zorgvuldig getrimde grijze snorretje toonden zijn volle, wat zinnelijke lippen een permanente glimlach.

'Het buitenleven doet u goed, denk ik?' vroeg Simon.

'Dat klopt, dat klopt,' antwoordde Aaron. 'Nergens ter wereld worden de mensen gemiddeld zo oud als op een kibboets. Je bent veel buiten, hebt altijd werk, je kinderen en familie wonen om je heen en iedereen krijgt een zinvolle taak toebedeeld. De lucht is hier gezond, het eten goed. Mijn ouders behoorden tot de laatste groep Joden die het is gelukt Duitsland te ontvluchten. En ik ben hier geboren, op deze plek, vlak voor de oorlog in Europa uitbarstte.'

Toen ze bij Aarons kantoortje aankwamen, waarbij de oude man hun kwiek vooruit was gegaan, bleek dat ze er met een enorme omweg heen waren gelopen, want het zat in een gebouw dat vlak bij de receptie lag.

'Ik wilde jullie eerst iets van de kibboets laten zien,' zei Aaron met een verontschuldigende glimlach. 'Als we klaar zijn, mag je hier gewoon rondlopen hoor. Er is ook een goed restaurant hier en we hebben een mooi privéstrand.'

Aaron leidde hen zijn kamer binnen. Het was een zakelijk ingerichte ruimte met een systeemplafond en een grote tl-bak die een weinig sfeervol licht verspreidde. In een stellingkast stonden keurig in het gelid ordners met jaartallen op de rug.

Nova en Simon gingen zitten op de twee stoelen aan de andere kant van het bureau. Er lag een ordner op die was opengeslagen bij een formulier waaraan met een paperclip een pasfoto was bevestigd. Het was de jonge Olivier Kassel, met veel langer haar dan op de foto's die zijn moeder hun had laten zien.

Aaron ging ook zitten. 'Allereerst: ik ben aan de telefoon niet helemaal eerlijk tegen je geweest, Simon. Het is waar dat ik in de dertig jaar waarin ik deze functie nu bekleed met honderden vrijwilligers te maken heb gehad, en dat ik me veel van hen niet of niet meteen kan herinneren. Maar toen je mij belde en de naam Olivier Kassel noemde, wist ik direct over wie het ging. Ik deed een moment alsof ik moest graven in mijn herinneringen, om zo een slag om de arm te houden.'

'Hoezo dat?' vroeg Simon verrast.

'Zoals ik door de telefoon al zei: het was een wat gecompliceerde geschiedenis. Ik wilde eerst weten wie je was en met welke reden je over deze jongen informeerde.' Aaron maakte de foto van het formulier los en gaf die aan Nova. 'Zomer 1995 speelde dit allemaal. In die tijd hadden we meestal vijftien tot vijfentwintig vrijwilligers op de kibboets. Hoewel er regelmatig problemen waren, die bijna altijd hadden te maken met dronkenschap, drugsgebruik of de liefde – of een combinatie van die drie – waren de vrijwilligers erg belangrijk voor ons.'

'Gratis arbeid,' zei Simon, terwijl Nova met een frons op haar gezicht de foto bestudeerde.

'Niet helemaal gratis natuurlijk,' zei Aaron. 'Ze kregen kost en inwoning, wat ons geld kostte. En elke twee, drie weken maakten we uitstapjes met ze. Het mes sneed dus aan twee kanten.'

Nova legde de foto terug op het bureau en keek Aaron verwachtingsvol aan.

'In de tijd waar we het nu over hebben waren er onder andere twee jongens hier,' ging Aaron verder, 'die opvallend veel op elkaar leken. Olivier uit Duitsland, en Johan uit Nederland. De twee leken zó op elkaar dat men ze door elkaar haalde. Hun kaaklijn, de donkere ogen, de grote haarbos met een lichte slag. Ze hadden voor tweelingbroers door kunnen gaan! Dat zorgde zo nu en dan voor hilariteit. Er werden vaak grappen over gemaakt en aanvankelijk zochten ze elkaar nog wel op, maar al snel was dat over. De twee waren namelijk elkaars tegenpolen. Olivier was een zeer religieuze en vreselijk rechtlijnige jongen, die de hele dag met zijn geloof bezig was. Johan was juist een totaal ongelovige jongen. Hij had geen gemakkelijke jeugd gehad, op jonge leeftijd waren zijn ouders omgekomen bij een auto-ongeluk. Hij was enig kind, had geen ooms of tantes, had in allerlei pleeggezinnen gezeten, maar nergens hield hij het lang uit. Hij was uit Nederland vertrokken, waar hij naar eigen zeggen feitelijk niemand kende, om te ontdekken wat hij met zijn leven wilde.'

'En hoe kwam Olivier op u over?'

'Ik sprak weleens met hem, en het viel me dan op dat hij niet veel rust of vrede in zich had. Hij maakte op mij van het begin af aan een getroebleerde indruk. Soms ben ik een halve psycholoog, kan ik je vertellen. Er komen in deze kibboets nogal eens mensen aanwaaien die thuis voor iets weglopen, en die dan hier tot de ontdekking komen dat ze voor zichzelf op de vlucht waren. Maar bij Olivier was er echt iets geks aan de hand.'

'In welke zin?' vroeg Nova.

'Nou, de jongen was ronduit obsessief in zijn christelijke ideeen, en zeer hoogmoedig naar de rest. Hij had de gewoonte om te preken tegen de rest van de vrijwilligers, iets wat hem niet in dank werd afgenomen. Hij duldde geen tegenspraak, zocht vaak bewust de discussie op, sprak de anderen aan op hun alcoholgebruik en hun – in zijn ogen – goddeloze levensstijl. Hij riep soms dat ze zich moesten bekeren, omdat het einde der tijden zou gaan aanbreken en het vuur van God hen zou verteren. De rest van de groep lachte daar natuurlijk om, ze zagen hem als een betweterige idioot. Het was een groot contrast met Johan, die wel zeer populair was. Johan was gul, grappig, muzikaal en ruimdenkend.'

'Dus Olivier en Johan ontweken elkaar, begrijp ik?'

'Johan ontweek Olivier, dat zeker. Hij werd gek van Oliviers belerende gepreek. Kijk, Johan was het leven aan het ontdekken. Hij werd voor de eerste keer dronken hier, had vriendinnetjes, luisterde naar stevige rockmuziek, rookte volgens mij weleens een jointje. En dan had je Olivier die hem kwam vertellen dat hij een zondaar was. Olivier zei regelmatig létterlijk tegen hem dat hij beter zijn hand kon afhakken als die hem tot zonde verleidde. Op een bepaald moment werd het bijna pesten, die inquisitie van de één richting de ander.'

'Vind je het goed als ik wat aantekeningen maak op mijn laptop?' vroeg Nova, terwijl ze haar laptoptas openritste.

'Geen probleem hoor,' zei Aaron. 'We hebben hier ook goede wifi.' Hij wees naar een geplasticifeerd A4-tje aan de muur waar een wifi-wachtwoord op stond.

'Bedankt,' zei Nova. Ze logde in op het netwerk en opende een tekstdocument.

'Maar Olivier was niet zomaar een fundamentalistisch gelovige,' ging Aaron verder. 'Het ging veel verder dan dat. Hij gebruikte bijna al zijn vrije tijd om er in zijn eentje op uit te trekken, liftend of te voet. Dan zwierf hij door de streek of ging naar Jeruzalem, met de bus ben je daar in tweeënhalf uur. Als hij terugkwam kon hij heel rare dingen zeggen. Dan beweerde hij dat hij op de Olijfberg had gezeten en dat de stem van God tot hem had gesproken, dat hij uitverkoren was voor een grote taak. En een andere keer kwam hij met het verhaal dat een engel aan hem was verschenen die hem namens God met olie had gezalfd. De hele groep barstte dan in lachen uit, natuurlijk. En het feit dat iedereen hem uitlachte, zorgde er alleen maar voor dat hij zich als een soort afgewezen profeet ging gedragen, en nog meer radicaliseerde. Hij zei dan dat ze niet hem, maar God uitlachten.'

Nova fronste haar wenkbrauwen. 'Maar dacht u toen niet: misschien moet die jongen eens serieus met een psycholoog praten?'

'Ja, dat ging heus weleens door mij heen,' beaamde Aaron. 'We hebben hier in Israël tamelijk veel ervaring met zulk gedrag.

Men noemt het het Jeruzalemsyndroom. Het zijn vrijwel altijd jonge mannen, bijna zonder uitzondering protestants, die overvallen worden door religieuze wanen als ze hier in het Heilige Land wandelen. Ik heb een keer gebeld met Kfar Shaul, een ziekenhuis in Deir Yassin, aan de rand van Jeruzalem. De mensen daar zijn gespecialiseerd in deze materie; het is in feite een psychiatrisch ziekenhuis, dat overigens door de Nederlands Hervormde Kerk met veel geld overeind wordt gehouden. Ik had een afspraak gemaakt, iemand zou naar de kibboets komen. Allemaal buiten het medeweten van Olivier om. Ik moest dan aan de praat raken met Olivier, die arts zou zich toevallig bij ons voegen en zich op een natuurlijke, ongedwongen wijze een beeld van hem kunnen vormen.'

'Maar dat is er nooit van gekomen?' vroeg Simon.

'Nee, dat klopt. Het weekend dat de arts zou komen, was er een *volunteerstrip* van drie dagen. Ze gingen naar Jericho, naar de Dode Zee en Massada, naar Bethlehem en dan via Jeruzalem weer terug naar huis. Het was in de eerste week van augustus. Olivier was nog nooit meegegaan en zou deze keer ook niet meegaan, maar op het allerlaatste moment veranderde hij van gedachten. Plekken als de Dode Zee, Massada en Jericho zijn allemaal met het openbaar vervoer of liftend moeilijk te bereiken, dus ik denk dat hij om die reden toch wel graag mee wilde. De bus stond al klaar voor vertrek en opeens rende hij naar zijn kamer om zijn spullen te halen zodat hij nog mee kon. Ik belde de arts af en maakte een nieuwe afspraak voor de week erop.' Aaron leek even te aarzelen. 'Ik ging ook vaak mee op die trips,' zei hij. 'Maar uitgerekend dat weekeinde bleef ik hier in Ein Gev. Er waren voldoende begeleiders en ik was ervan uitgegaan dat ik hier moest zijn vanwege de afspraak met die arts. Daar heb ik altijd nog spijt van.'

'Want?' vroeg Simon. 'Wat gebeurde er?'

'Die zondagavond kwam de groep terug,' zei Aaron en hij trok een spijtig gezicht. 'Als ik was meegegaan...'

'Wat is er gebeurd?' vroeg Nova.

'Dat weten we dus niet. Het enige wat we weten is dat ze Johan en Olivier daar zijn kwijtgeraakt. Niemand heeft ze ooit nog gezien.'

'Kwijtgeraakt?' zei Nova verbaasd. 'Allebei de jongens?'

'Allebei ja. Het is alsof de twee jongens in rook waren opgegaan. We hebben bij de politie aangifte gedaan, maar hé, ze waren allebei volwassen en dus vrij om te gaan en staan waar ze maar wilden. De kibboets is geen gevangenis, je hebt geen arbeidscontract. Er wordt uitgegaan van wederzijds vertrouwen, van redelijkheid. Dus ja, er is een melding gedaan bij de politie, maar je moet ook weten dat we in Israël heel erg veel problemen hebben. Het opsporen van twee jongemannen die tijdens een kibboetstrip zijn weggelopen, zal geen hoge prioriteit hebben gehad.'

'Maar was er volgens jou reden tot bezorgdheid?' vroeg Nova.

'Het is op zijn minst heel vreemd. Olivier kan gewoon niet op de hoogte zijn geweest van het feit dat ik die afspraak met Kfar Shaul had. Maar misschien is hij het tóch te weten gekomen en is hij gevlucht. Dat Olivier de kibboets vroeg of laat zou verlaten, had ik op zich wel verwacht, aangezien hij door de rest met de nek werd aangekeken. Maar wat Johan betreft begreep ik er niets van. De jongen leek juist helemaal in zijn element hier. De groep was dan ook erg verslagen toen hij plotseling vertrokken bleek. Ik had op zijn allerminst een vriendelijk afscheid van hem verwacht, niet dit onaangekondigde vertrek.'

'Wist u dat Olivier destijds in Duitsland door de politie werd gezocht?' vroeg Simon.

Aaron fronste zijn wenkbrauwen, zichtbaar verbaasd. 'Olivier? Nee, absoluut niet. In verband waarmee?'

Simon keek Nova aan. Ze gaf hem een kort knikje.

'Het gaat om een moordzaak,' zei Simon, 'inmiddels dus meer dan vijfentwintig jaar geleden. Het zou gebeurd zijn vlak voordat Olivier naar Israël kwam. In Duitsland was hij van de aardbodem verdwenen en niemand wist waar hij heen was gegaan.'

Aaron schudde zijn hoofd in verbijstering. 'Ik wist dat die Olivier een steekje los had zitten, maar dat hij gezocht werd voor moord, daar schrik ik echt van.'

'Mag ik een foto maken van deze pasfoto?' vroeg Nova. Ze haalde de paperclip eraf en pakte haar telefoon.

'Ja hoor,' zei Aaron met enige verbazing. 'Maar waarom wil je een foto van hém?'

'Voor zijn moeder. Ze zal het misschien fijn vinden om...'

'Maar dat is Olivier niet,' zei Aaron. 'Die foto is van Johan.'

'Wát?' riep Simon uit, die over Nova's schouder de foto bestudeerde. 'Maar dan leken ze echt als twee druppels water op elkaar.'

Aaron knipte de houder van de ordner open en haalde het inschrijvingsformulier eruit waar de foto aan had vastgezeten. 'Hier, kijk maar,' zei hij. 'Ik zal die van Olivier er ook bij pakken.'

Simon nam het papier van Aaron over en scande kort de gegevens. Op dat moment was het alsof hij een fractie van een seconde onder hoogspanning kwam te staan. Hij kreeg kippenvel over zijn hele lichaam. 'Nova!' stamelde hij. 'Dit... dit ga je niet geloven.' Met bevende hand hield hij het formulier voor Nova's gezicht en wees hij naar de persoonsgegevens, helemaal bovenaan. 'Kijk hoe Johan van zijn achternaam heet,' zei hij, met trillende stem.

Nova pakte het formulier aan, las wat erop stond en keek daarna met grote ogen Simon aan.

'De Redder.'

96

Nova en Simon zaten aan een tafeltje in een hippe strandbar bij het Meer van Galilea, slechts enkele kilometers verwijderd van de kibboets. Het interieur was fris maar kleurrijk, er lagen tapijten op de vloer met kunstzinnige patronen, er hingen imposante zwart-witfoto's van jazziconen aan de muur en er stonden koffiemelanges op de kaart waar Simon nog nooit van had gehoord.

Het water waar ze op uitkeken was felblauw en er stond een lichte bries. Aan de overkant van het water waren de contouren van de stad Tiberias te zien, al werd het zicht wat vertroebeld doordat het heiig was.

Simon hield de kopieën van de inschrijfformulieren van zowel Olivier Kassel als Johan de Redder in zijn hand. Aaron had ze voor hen gekopieerd. Voor de zekerheid had hij er ook foto's van gemaakt. Hij pakte zijn eigen laptop erbij, logde in op de wifi van de bar en sloeg de foto's van de documenten direct op in zijn cloud.

Nadat hij de map had weggeklikt, las hij zijn ongelezen e-mails. De meeste waren van studenten en collega's. Eigenlijk was hij niet van plan ze nu te lezen, maar er was er één waarvan het onderwerp zijn aandacht vroeg: 'de dood van Thomas Weissenberg'.

Simon opende het mailtje.

Dag Simon,
Ik hoorde via-via dat jouw vriend Thomas Weissenberg onder verdachte omstandigheden om het leven is

gekomen. Ik kwam zonet dit artikel tegen. Misschien werpt het een nieuw licht op de zaak?

Met vriendelijke groet,
prof. Diederik Hendriks

Simon begreep het niet. Hij kende helemaal geen Diederik Hendriks. Hij klikte op de link naar het artikel. Zijn browser opende zich, laadde kort, maar er kwam geen artikel in beeld. Simon probeerde het nog een keer, maar weer gebeurde er niets.

Wat gek.

'Het is volkomen helder,' zei Nova. 'Jozias de Redder is Olivier Kassel.'

Simon sloot zijn e-mailclient af. 'Ja,' zei hij, met zijn gedachten nog half bij het vreemde bericht.

'Wat zou er zijn gebeurd op die dag waarop ze allebei verdwenen?' vroeg Nova.

'Hij moet Johan hebben gedood en zijn identiteit hebben overgenomen. Het zal voor hem geen probleem zijn geweest om met Johans paspoort langs de douane te komen... Je hebt zelf net die foto gezien. Wij dachten allebei dat het Olivier was.'

'En Johan moet het perfecte slachtoffer voor Olivier geweest zijn. Hij leek niet alleen sprekend op hem, hij had ook nog eens een fantastische achternaam, hij was wees, had geen enkele familie, bracht zijn jeugd in pleeggezinnen door, en heeft waarschijnlijk telkens korte tijd op een andere school gezeten.'

'Een paar mensen zullen op zijn best een vage herinnering aan hem hebben gehad. En door Johans identiteit over te nemen was hij onvindbaar voor de Duitse politie. Het perfecte plan dus.'

'Maar als hij via de douane het land heeft verlaten dan moet dat toch ergens geregistreerd staan?' zei Nova. 'Zeker in Israël *sneak* je niet zomaar het land uit, lijkt me.'

Simon voelde haar been tegen het zijne. 'Ik weet het niet,' zei hij. 'In de Gazastrook worden door de Israëli's nog regelmatig tunnels ontdekt die onder de grens door naar de Sinaïwoestijn lopen. Ze smokkelen mensen naar buiten en handelswaar en brandstof naar binnen… Misschien heeft hij daar gebruik van gemaakt? Of misschien is hij via een post bij Eilat de grens overgestoken?'

'De zaak had ook niet echt prioriteit natuurlijk. De politie heeft hier al genoeg aan hun hoofd. Er verdwenen twee volwassen mannen van een plek waar ze vrijwillig waren. De verdwijning is pas betekenisvol geworden door wat wij nu hebben ontdekt.'

'Maar als onze theorie klopt, dan moet hij in Nederland zijn voornaam in Jozias veranderd hebben.'

'Dat is volgens mij niet zo ingewikkeld. Als je kunt aantonen dat je om wat voor reden dan ook last hebt van je voornaam, dan is het vrij eenvoudig die te veranderen.'

'Ik denk dat we het gestoorde brein van Olivier alias Jozias behoorlijk beginnen te kraken, Nova. Voor hem is die naam ontzettend symbolisch. Jozias is een van oorsprong Hebreeuwse naam die gelijk is aan de naam van Jezus – Jesjoea. Dat in combinatie met De Redder als achternaam maakt dat deze man ineens Jezus de Verlosser ging heten. Een soort nieuwe Christus, dus.'

'Voor Olivier moet het een godsgeschenk zijn geweest dat hij Johan tegenkwam, een vorm van bovennatuurlijke leiding zelfs. God voorzag hem in een naam die bij zijn roeping paste.'

Simon staarde over het meer. 'Als je erover nadenkt, is het gewoon eng, Nova. Deze man liet in Dresden een leeg graf achter. Vervolgens stond hij hier in het heilige land op in een nieuw leven, met een nieuwe naam die zijn nieuwe roeping bezegelde: Jozias de Redder. Dit alles moet voor hem gevoeld hebben als de ultieme bevestiging van zijn taak op aarde. God liet hem door eenzelfde proces van sterven en opstanding gaan als de Zoon van God zélf.'

'Alleen heeft hij er zelf niet voor hoeven lijden,' zei Nova. 'Het was Johan die stierf, niet hij. De grote vraag is wat hij met diens lichaam heeft gedaan.'

'Tja,' verzuchtte Simon. 'Daar zullen we misschien nooit achterkomen, zoveel jaren na dato. Maar uitgaande van het psychologische profiel dat we nu hebben van Olivier, zal hij die jongen ook wel in brand hebben gestoken.'

‘Ja. Want hij gelooft dat de goddelozen verteerd moeten worden, dat ze moeten branden in de hel.’

Simon keek naar het water. Ineens schoot hij naar voren. ‘Wacht eens even. Wat zei je precies?’

Nova keek hem verbaasd aan. ‘Ik zei dat Jozias de goddelozen wil zien branden in de hel.’

Simon sprong op. ‘Dáár moet de oplossing liggen!’ Hij sloeg zichzelf voor zijn hoofd. ‘Dat ik daar niet direct aan heb gedacht. Pak je mobiel eens. Welke teksten had Olivier op zijn kamer in Dresden op die papiertjes staan?’

Nova zocht de betreffende foto op, en liet die aan Simon zien.

Hij knikte. ‘Precies wat ik dacht. Ik kan me vergissen, maar ik denk dat ik begrijp hoe de geest van de jonge Olivier werkte. Als het klopt wat ik denk, dan…’ Hij maakte zijn zin niet af.

Nova stond ook op en legde haar hand op Simons bovenarm. Ze kneep er zacht in, alsof ze hem terug naar de werkelijkheid wilde brengen. ‘Ik begrijp je niet,’ zei ze. ‘Wat bedoel je?’

‘Kom,’ zei Simon resoluut. ‘In de auto leg ik je alles wel uit. Het goede nieuws is: je gaat Jeruzalem zien.’

97

Dragonov floot een Bulgaars deuntje terwijl hij over de galerij op de vierde verdieping liep. Hij tikte de ruit van Angela Kassels voordeur in, stak zijn hand erdoorheen en opende de deur van binnenuit. Hij liep direct door naar de woonkamer. De vrouw schrok zich wezenloos. Ze sprong op van de bank, maar nog voor ze een woord kon zeggen beroofde Dragonov haar met één kogel in het voorhoofd van het leven – of misschien bevrijdde hij haar wel van het leven; het appartement deed hem zo deprimerend aan dat hij de mogelijkheid openliet dat hij haar een dienst bewees door haar uit haar uitzichtloze lijden te verlossen.

De vrouw zakte direct in elkaar en stortte neer op het lelijke vloerzeil. Een moment bekeek Dragonov haar levenloze gezicht, de ogen wijd opengesperd als een junkie. Toen liep hij naar de hal van de flat, waar hij een kleine schuimblusser had zien hangen. Het was handig dat het ding er hing, dat maakte het allemaal wat gemakkelijker.

Dragonov liep terug naar de dode vrouw, sleepte het lichaam het balkonnetje op, overgoot het met benzine en stak het in brand. Direct laaide het vuur in alle hevigheid op. Dragonov deed een sprong naar achteren. Net op het moment dat de rook te hevig werd doofde hij het lijk met de schuimblusser.

Hij was niet van plan dit detail aan Olivarius te vertellen, maar in zijn ogen was het *common sense*. Als de hele flat uitbrandde zou het een gigantisch grote politiezaak worden, en dat zou alleen maar meer aandacht trekken. Nu had de brand zó kort gewoed dat het wel even duren zou voordat het lijk werd gevonden, ervan uitgaande dat de rook niemand was opgevallen.

Hij wierp een laatste blik op het lichaam van Angela Kassel, waar weinig herkenbaars van over was. Het was door de vlammen half verminkt, er lag een grote laag wit schuim bovenop en de damp sloeg er aan alle kanten van af.

Met vlotte passen liep hij het halletje in, waar hij de schuimblusser netjes terughing. Hij deed de voordeur achter zich dicht, wandelde neuriënd naar beneden en stapte in zijn wagen. Met een flinke vaart reed hij de wijk uit zodat hij snel ver uit de buurt van de plaats delict zou zijn.

Hij belde Olivarius.

'Klus geklaard.'

'Prachtig,' antwoordde Olivarius. 'Het had allang moeten gebeuren, maar ik stelde het al vijfentwintig jaar uit. Ik maak de rest aan je over.'

'Wat wil je dat ik nu doe? Weer posten bij dat klotehotel?' Het geld maakte veel goed – het maakte alles goed – maar inmiddels begon Olivarius hem op de zenuwen te werken. Wanneer zou er een einde komen aan deze reeks van liquidaties? Telkens was er weer een nieuwe persoon die moest worden uitgeschakeld. En dat terwijl hij voortdurend op niet-vertrouwd terrein was: Turkije, Italië, Nederland en nu Duitsland.

Het was overduidelijk dat Olivarius een voortdurend uitbreidend web probeerde te verwijderen. Dragonov wist uit ervaring dat zoiets niet gemakkelijk was. Als er eenmaal een kettingreactie op gang was gebracht, was het lastig die te stoppen. Gevaarlijke informatie bleef nooit lang op één plek. Doorgaans dijde die uit als het universum.

'Nee, dat heeft geen zin meer. Dat wijf heeft ingelogd op een netwerk in Israël. Ryevaar heeft ook de spyware op zijn laptop geïnstalleerd, waardoor ik zijn locatie kan achterhalen. Hij logde *as we speak* in op een netwerk ergens in Kinar, aan het Meer van Galilea in Israël.'

'Israël,' herhaalde Dragonov. 'Daar trek ik een grens. In het Heilige Land voer ik geen opdrachten uit. Dat is waar Onze Lieve Heer heeft gewandeld.'

Olivarius lachte spottend. 'Ah, een man met principes. Maar het goede nieuws is dat je niet naar Israël hoeft. We lopen voortdurend achter de feiten aan, dus als jij in Jeruzalem uit het vliegtuig stapt, zijn zij vermoedelijk alweer gevlogen. We moeten ze proberen vóór te zijn.'

'En hoe wil je dat bereiken?'

'Ik verwacht dat ze een dezer dagen weer naar Nederland komen. Jij gaat dus terug naar Leiden.'

'Terug naar Leiden?'

'Ja, daar wacht je ze op. En dan rekenen we in één keer met die twee af.'

98

'Oké, let op,' zei Simon. Ze zaten weer in de auto. Nova reed en hij zat op de bijrijdersstoel met zijn bijbel op schoot. 'De moorden die Olivier heeft laten plegen – en de moorden die hij zelf pleegde – hebben veel weg van rituele moorden, vol symboliek. De vraag is echter waarom de man zo bewust kiest voor vuur.'

'Hoezo is dat de vraag?'

'Nou, in de Bijbel zijn er talloze mannen Gods die opdracht gaven om goddelozen of afvalligen te laten doden. Zij maakten gebruik van verschillende soorten doodstraffen. Mensen werden gestenigd, bijvoorbeeld. Ook de dood met het zwaard kwam veel voor. En de priesters van Baäl werden in stukken gehakt.'

'Gezellig,' zei Nova.

'De betreffende Bijbelteksten zullen inderdaad niet vaak als onderwerp voor een inspirerende preek worden gekozen, denk ik. Maar wat ik bedoel te zeggen is dat er veel verschillende manieren waren waarop profeten en leiders in de Bijbel mensen lieten ombrengen. Er is genoeg keus voor iemand die een ander op Bijbelse wijze wil doden. Maar onze Olivier houdt het bij maar één modus operandi. Hij doodde de Jehova's getuige met vuur, Thomas en Ergün werden verbrand, net als Umut nadat ze werd doodgeschoten, en ook Zielemans lichaam schijnt na zijn dood aan de vlammen te zijn overgegeven. Dat Olivier zo bewust kiest voor een dood door vuur, is veelzeggend.'

'Hoezo is dat veelzeggend?'

'Omdat het in de Bijbel bijna altijd God zélf is die doodt met vuur. Volgens de Bijbel strafte God Sodom en Gomorra met vuur uit de hemel. Ook zal God de kwade machten straffen door hen in de poel van vuur en zwavel te werpen. En hij zal de goddelozen uiteindelijk ook in de vuurzee van de hel werpen. Mijn punt is: als Olivier zich slechts een groot profeet zou hebben gewaand, had hij zijn slachtoffers met het zwaard kunnen doden. Als hij zich als een uitvoerder van Gods wetten zou zien, had hij ze kunnen stenigen. Maar omdat hij zichzelf aan God gelijkstelt lijkt hij bewust te hebben gekozen voor de ultieme straf die enkel en alleen God zelf uitvaardigt: het oordeel van vuur.'

'Maar wat heeft dit met Jeruzalem te maken?' vroeg Nova. 'Waar zijn we naar op weg?'

'Toen jij begon over het vuur van de hel, kreeg ik ineens een heldere ingeving. Stel, je bent Olivier. Je bent in Jeruzalem. Je hebt religieuze wanen en je ziet jezelf als uitvoerder van Gods oordeel. Waar in Jeruzalem zou je iemand doden als je mensen op een Bijbelse wijze uit de weg wil ruimen? Op een manier zoals alleen God zélf dat doet?'

Nova stuurde de auto van de linker- naar de rechterbaan. Ze haalde haar schouders op. 'Ik ben niet de Bijbelkenner hier, hè.'

'Mag ik je mobiel?' vroeg hij. 'Hij staat nog steeds op vliegtuigstand toch?' Nova knikte en gaf hem haar telefoon. 'Hier,' zei hij, terwijl hij op een foto inzoomde die ze van de post-its op Oliviers slaapkamer had gemaakt. 'In Oliviers notities wemelt het van de verwijzingen naar oordeel en vuur, maar helemaal onderaan eindigt het met twee specifieke Bijbelteksten. De eerste is Openbaring 19:20, over de valse profeet die in de vuurzee wordt gegooid. Dat is wat Olivier kort daarna deed: hij wierp Hannes in het vuur. De tweede tekst is Marcus 9:43.'

Simon pakte de bijbel en bladerde naar het evangelie van Marcus. Hij las de betreffende tekst hardop voor:

Als je hand je op de verkeerde weg brengt, hak hem dan af: je kunt beter verminkt het leven binnengaan dan in het bezit van twee handen naar de Gehenna te moeten gaan, naar het onblusbare vuur.

'Volgens Aaron had Olivier de eerste helft van deze tekst letterlijk aan Johan gezegd: als je hand je tot zonde verleidt, dan kun je hem beter afhakken. Maar die arme Johan wist waarschijnlijk niet wat volgens deze tekst anders het gevolg zal zijn: in het onuitblusbare vuur van Gehenna geworpen worden.'

'En wat is dat Gehenna dan?' vroeg Nova.

'Dat is waar we nu heen gaan,' zei Simon.

'Ik ben benieuwd.'

'Ken je dat nummer van AC/DC?'

'Welk nummer?'

Simon begon te zingen. *'I'm on the highway to hell... Hey mama, look at me... I'm on the way to the promised land.'*

99

Een kleine drie uur na hun vertrek uit kibboets Ein Gev stonden Nova en Simon op een plek ten zuiden van Jeruzalem met uitzicht op een smal rotsachtig dal, dat voor een groot deel bestond uit een grasweide. Op een van de heuvels waren huizen te zien die leken op grote opgestapelde blokken. In het dal groeiden enkele, op het oog eeuwenoude, olijfbomen die schots en scheef stonden, alsof ze op omvallen stonden.

'Dit is het dal van Hinnom,' zei Simon die een weids gebaar met zijn armen maakte. 'Het is tegenwoordig een prachtig groen park, maar lang geleden was de sereniteit hier ver te zoeken. Ooit werd hier de god Moloch vereerd, volgens de Bijbel tijdens het koningschap van Salomo. Het brengen van kinderoffers maakte deel uit van de cultus van buurvolken van Israël en dat ging op een gruwelijk wijze. Eerstgeboren kinderen werden levend in het vuur geworpen. Dat is ook de herkomst van het woord holocaust, dat brandoffer betekent. Het komt van het Griekse *holokauston*, "geheel verbrand".'

Nova huiverde.

'Dit weerzinwekkende gebruik werd in de Bijbel een gruwel genoemd,' ging Simon verder. 'In de Bijbel worden de kinderoffers keer op keer door profeten veroordeeld. God wordt telkens weer woedend op koningen als die in zijn ogen niet genoeg tegen het offeren van kinderen optraden. De ironie van het christendom is natuurlijk dat diezelfde God in het Nieuwe Testament plots zijn eigen eerstgeborene, zijn éniggeboren zoon, offert. Maar goed, dat terzijde. Je begrijpt in ieder geval dat dit dal met een afschuwelijk verleden is besmet.'

'Ik kan me er iets bij voorstellen, ja.'

'In latere tijden werd dit dal een plek waar vuilnis werd gestort, maar waar ook de krengen van dieren en de mishandelde lichamen van geëxecuteerde misdadigers werden gedumpt. Die lijken waren vaak aan het ontbinden en zaten dan vol wormen en maden. Men had echter een methode om effectief van het vuilnis af te komen: de gigantische vuilnisbelt werd dag en nacht met behulp van fosfor brandend gehouden zodat alles wat hier in het dal werd geworpen, volledig door het vuur verteerd werd. Dit dal van Hinnom werd door Joden *gehinnom* genoemd, of in het Aramees *gehanna*. Misdadigers en zondaars werden dus na hun oordeel létterlijk in Gehenna geworpen.'

'Wat zal het gestonken hebben.'

'Het moet de hel op aarde zijn geweest,' zei Simon. 'En dan letterlijk de hel op aarde. In veel Bijbelvertalingen hebben de vertalers het woord gehenna namelijk vertaald met hel, waardoor gelovigen op het verkeerde been worden gezet. Het woord hel komt uit het Germaanse heidendom en verwijst naar een plek van straf in het hiernamaals. Hierdoor denken gelovigen al eeuwen dat Jezus de mensen voor een gruwelijk oordeel na hun dood waarschuwt waarbij ze voor eeuwig zullen branden zonder te sterven. Maar in werkelijkheid had Jezus het over het vuur van Gehenna, dit dal hier, dat nooit werd geblust.'

'Dus al die Bijbelteksten over de eeuwige hel gaan over dit kleine dalletje?'

Simon grijnsde geamuseerd, terwijl hij staarde over de vallei. Het dal lag er groen en liefelijk bij. 'Een beetje een anticlimax, niet? Maar ja, inderdaad. Jezus bedoelde deze vallei toen hij het had over het vuur van Gehenna. Het is trouwens opvallend dat er vlak voor en tijdens de Joodse Oorlog ontelbare Joden ter dood werden veroordeeld door de Romeinen – hun lijken werden vervolgens ook hier neergegooid. In het jaar 70, toen Jeruzalem werd vernietigd, moeten er gigantisch veel lijken zijn geweest die, om de stank en gevaren van ontbinding te voorkomen, allemaal hier op een grote hoop werden gegooid en door de vlammen verteerd werden. Als Jezus in Mattheüs 23 de Joodse leiders uitfoetert en roept dat het oordeel over hun generatie zal komen, dan voegt hij eraan toe: "Slangen zijn jullie, addergebroed, hoe denken jullie te kunnen ontkomen aan een veroordeling tot de Gehenna?" Jezus zegt dus eigenlijk: jullie lijken zullen daar als misdadigers en uitschot worden verbrand.'

'Dus geen hel in het hiernamaals. Als je dan denkt aan die angst bij zoveel mensen door de eeuwen heen...' Nova schopte een steentje weg.

'Tot op de dag van vandaag. Maar het gaat over deze vallei, en in het bijzonder over wat er zou gebeuren in het jaar 70. En wéér een tekst die christenen in Jezus' mond legden toen ze na de vernietiging van Jeruzalem hun evangeliën schreven. Zo konden ze suggereren dat de Verlosser de halsstarrige Joden al van tevoren voor hun ondergang had gewaarschuwd.'

'Hoe raakte dat idee van een eeuwige hel dan in zwang?'

'Dat is een goede vraag. Het Oude Testament kent namelijk ook geen hel. Als je tegen de wet zondigde, werd je hier op aarde gestraft, niet in een hiernamaals. Het idee dat Jezus moest komen om mensen in het hiernamaals te redden, heeft dus ook niets met het Oude Testament of het Jodendom te maken. Het kwam uit het heidendom. De Grieken geloofden dat je na de dood naar het Elysium of naar de Hades zou gaan. Iets soortgelijks zien we bij talloze volken in Europa en het Midden-Oosten. De filosoof Voltaire beweerde al dat de typisch christelijke ideeen over God, duivel, opstanding, paradijs en hel in werkelijkheid van veel ouder heidendom moesten zijn geleend. Dat de Kerk later dit concept van de hel is gaan verkondigen, laat weer zien dat zij op het heidendom is gestoeld, niet op Jodendom.'

Nova tuurde over het dal, waar enkele toeristen door het gras en langs de rotsen liepen. 'Dus jij denkt dat Olivier Johan hier heeft vermoord, door verbranding.'

'Het is de meest logische locatie. Als Olivier iemand namens God in vuur wilde ombrengen, dan is dit de plek.'

'Stel dat je gelijk hebt. Hoe komen we daar dan achter?'

'Bij de politie langsgaan lijkt me niet direct een optie. Of wel?'

'Het lijkt me dat de politie niet echt zit te wachten op twee buitenlanders die zich met moordzaken hier bemoeien.'

'Van vijfentwintig jaar geleden...'

'Laten we eerst eens kijken of er op internet iets uit die tijd te vinden is. We zouden terug naar het hotel kunnen gaan, daar is goede wifi.'

'Hm, dat duurt zo lang. Waar we de auto hebben geparkeerd, was een internetcafé,' zei Simon. 'Daar kunnen we een poging wagen.'

'Een internetcafé? Bestaan die nog? Iedereen heeft tegenwoordig een smartphone.'

'Misschien zijn het toeristen zoals wij die er gebruik van maken?' opperde hij.

Ze liepen terug richting de parkeerplaats en stapten het internetcafé binnen, amper tien meter bij de auto vandaan. Het was een kleine ruimte waar een groot televisiescherm stond waarop een voetbalwedstrijd te zien was. Er stonden slechts vier computers, van elkaar gescheiden door gammele tussenschotten. Achter een ervan klikte een jongeman net te laat zijn scherm weg, waardoor Simon een glimp opving van de porno die hij zat te kijken.

'Ik zie dat er ook een groot liefhebber van natuurfilms zit,' zei Simon. 'Wil je ergens anders heen?'

'Jij hoeft mijn tere zieltje niet te beschermen hoor,' zei Nova fel. 'Ik ben niet wereldvreemd. En ik denk niet dat het op een andere plek heel anders zal zijn.' Simon schrok van de felheid van haar reactie, maar besloot er niet op in te gaan.

Er was één computer vrij, waar Nova voor ging zitten. Simon ging achter haar staan. Ze opende Google en typte '1995 + burnt body jerusalem hinnom' in.

Een van de bovenste resultaten was een artikel in *The Jerusalem Post,* getiteld 'Burnt body found in Gei ben-Hinnom'. Nova zocht Simons blik, die een mengelmoes van verbazing en ongeloof toonde.

'Zou het echt zó gemakkelijk zijn?'

Nova klikte het artikel aan. 'Ernstig verbrand lichaam gevonden in Gei ben-Hinnom,' vertaalde ze de tekst hardop. 'Te ernstig verbrand om te kunnen identificeren... Slachtoffer is met benzine overgoten, en was nog in leven toen hij verbrandde... Lijk heeft een week of langer op de plek gelegen voor het gevonden werd... Er wordt uitgegaan van een afrekening binnen het criminele circuit, omdat er vergelijkbare gevallen in het recente verleden zijn geweest, met dezelfde modus operandi... Mogelijk een Palestijnse afrekening met een vermeende collaborateur... Het lichaam is...' Nova schoot onbedoeld in de lach. 'Het lichaam is uiteindelijk gecremeerd. Sorry, een beetje ongepast van me.'

'Het zou inderdaad grappig zijn als het niet zo gruwelijk was.'

'Omdat conserveren van het lichaam zinloos was en identificatie door nabestaanden onmogelijk was, is het lichaam dus gecremeerd. En als niemand de as kwam opeisen, zou die uiteindelijk in de Middellandse Zee worden uitgestrooid.'

'Wat is de datum van het artikel?'

Nova scrolde naar boven. 'Vrijdag 11 augustus 1995,' zei ze. 'Wat zei Aaron ook alweer? Wanneer was dat weekendtripje naar Jeruzalem geweest?'

'De eerste week van augustus, zei hij.'

Nova opende een digitale jaarkalender van 1995. Met een paar klikken kwam ze terecht bij de maand augustus. 'Het uitstapje vond plaats in een weekend. Dat moet dan vijf en zes augustus 1995 geweest zijn. Dit verbrande lichaam is dus nog geen week later gevonden.'

'En er staat dat het lichaam er al ongeveer een week moet hebben gelegen.'

Nova knikte. 'Dit moet om het lijk van Johan gaan.'

Ze keek hem aan met een blik van ongeloof. 'Ik kan het bijna niet bevatten. We zijn een moord aan het oplossen die vijfentwintig jaar geleden heeft plaatsgevonden.'

'De zaak tegen De Redder wordt met het uur sterker. Dit wordt zijn ondergang.'

'Toch verbaast het me dat niemand destijds het verband heeft gelegd met de verdwijning van Johan en Olivier.'

'Het kan een fout geweest zijn,' zei Simon. 'Anderzijds, achteraf is het gemakkelijk om de politie van tunnelvisie te beschuldigen, maar er was op dat moment geen duidelijke reden om een verband te suggereren. Twee Westerse toeristen die waren verdwenen. Toeristen komen en gaan, vooral jonge backpackers. Er was geen familie in Duitsland of Nederland die druk uitoefende. Logisch toch dat men ervan uitging dat die twee simpelweg naar een andere plek waren doorgereisd? Als er dan een verbrand lijk wordt gevonden, en je weet dat er al eerder verbrande lichamen van Palestijnen zijn gevonden, dan kun je je wel voorstellen dat ze niet direct de link met twee Westerse toeristen hebben gelegd. Als er nou twéé lichamen waren gevonden...'

Nova knikte en drukte op CONTROL + P. 'We nemen in ieder geval een hardcopy van het artikel mee.' Een seconde later hoorde Simon schuin achter zich een printer zoemen. Hij liep erheen en pakte het papier eruit terwijl Nova uitlogde.

Bij de balie betaalden ze voor het gebruik van de computer en de print, omgerekend nog geen vijftig eurocent, en ze verlieten het café. Nova zette haar zonnebril op tegen het felle zonlicht.

'Wat doen we nu?' vroeg Simon.

'Ik stel voor dat we zo snel mogelijk naar Nederland teruggaan,' zei Nova. 'Vandaag zal niet meer gaan, maar als jij straks nog eens met je creditcard zwaait, moet het vast lukken om morgen op een comfortabele vlucht naar Schiphol te zitten.'

Het cynisme in haar stem ontging Simon niet. 'Sorry van daarstraks,' zei hij. 'Het was niet mijn bedoeling je te betuttelen. Er hing gewoon een nare sfeer daar binnnen.'

'Dat snap ik,' zei Nova. 'Ik reageerde ook wat te fel. Ik ben er gewoon allergisch voor als mensen me als een klein meisje behandelen. Ik kan prima voor mezelf zorgen.'

'Duidelijk,' zei Simon. 'Evengoed mijn excuses.'

Ze stapten in de auto.

'Dus wat zeg je ervan?'

'Het is goed,' zei Simon. 'Ik zwaai straks in het hotel weer even met die creditcard en dan komt het helemaal goed.'

Nova glimlachte. Ze startte de wagen en reed weg.

‘Onze missie hier in Israël is geslaagd,’ zei Simon. ‘We hebben genoeg informatie verzameld om Jozias de Redder ten val te brengen, lijkt me. Of eigenlijk moet ik Olivier Kassel zeggen.’

Nova knipperde met haar ogen. In gedachten zag ze de naam Olivier voor zich, en ze dacht terug aan de afbeelding van de e-mail die Eline haar had toegezonden.

Olivarius.

‘Simon!’ riep ze uit. ‘Wat is de gelatiniseerde vorm van de naam Olivier?’

Simon keek haar aan. ‘Eh… Ik zou zeggen Olivarius.’

‘Dus dát is het.’

‘Ik volg je niet. Wat bedoel je?’

‘Eline heeft een e-mail gezien waarin De Redder met Dragonov communiceert. Dragonov gebruikte het pseudoniem Drakon, wat draak betekent, De Redder noemde zichzelf Olivarius.’

‘Maar dat is geweldig,’ zei Simon enthousiast. ‘Daarmee hebben we een directe aanwijzing dat Jozias de Redder de persoon is die Dragonov aanstuurt.’

‘Langzaam maar zeker komt alles aan het licht,’ zei Nova.

‘De grote draak zal uit de hemel vallen. Jozias de Redder zal ten val komen.’

100

Voor het avondeten hadden ze een taxi naar Jaffa genomen, de oude havenstad van Tel Aviv. Het restaurant was gevestigd in een gebouw dat een geschiedenis van eeuwen uitstraalde. Vanaf het dakterras hadden ze een weids uitzicht over de azuurblauwe Middellandse Zee. De zon raakte de horizon bijna, wat resulteerde in een explosie van tinten rood, oranje en geel op het water.

Na aankomst in het hotel hadden ze zich allebei een paar uur teruggetrokken, iets wat wonderen voor hun humeur had gedaan. De onderlinge irritaties die bij het internetcafé de kop op hadden gestoken, waren volledig weggetrokken.

Op dit moment hadden ze ook weinig te klagen. Het was een ronduit schitterende avond. Op tafel stond een inmiddels bijna lege fles witte wijn in een zilverkleurige emmer waar de condensdruppels van af dropen. Ze proostten nog eens met elkaar, terwijl de ober de bordjes van het garnalenvoorgerecht weghaalde en het hoofdgerecht, een forse moot gebakken vis met gegrilde witlof, lange, zoete rode paprika en kleine in knoflook gebakken aardappeltjes neerzette.

De prettige sfeer zorgde ervoor dat de spanningen naar de achtergrond verdwenen. Het lukte Simon om niet voortdurend om zich heen te kijken of hij Dragonov ergens zag opduiken. Even voelde de wereld weer bijna normaal.

'Dat onze slechtste dagen zo mogen zijn,' zei Simon. Met een lichte weemoed in zijn stem voegde hij eraan toe: 'Dat is een Turks gezegde dat Thomas op dit soort momenten vaak gebruikte.'

'Ach, Thomas,' zei Nova.

'Ik denk dat ik het al eerder heb gezegd, maar ik doe dit allemaal ook voor hem. Het is bij hem begonnen. Als we dit tot een goed einde kunnen brengen, dan is zijn dood, en die van Ergün en Umut en Johan, niet helemáál zinloos geweest.'

Ze aten hun diner zonder veel te spreken. Maar het was een heel ander soort stilte dan het ongemakkelijke zwijgen in de auto tijdens vrijwel de hele tocht van Jeruzalem naar het hotel. Dit was een behaaglijk en harmonieus stil zijn.

Toen ze klaar waren met eten bestelden ze allebei koffie met cognac.

Nova liet haar blik over de zee dwalen. 'Ik denk dat we een goed team zijn, Simon.'

'Dat geloof ik ook.' Simon nipte voorzichtig van zijn cognac. 'We hebben alleen maar zo ver kunnen komen doordat we onze kennis en ervaring hebben gebundeld. Jij met alles wat je weet over De Redder, The Bride, sektes in het algemeen.'

'En jij met je theologische en historische kennis. Serieus, ik zou dat verband met Gehenna nooit gelegd hebben.'

Simon glimlachte en rolde met zijn nek en schouders, die de afgelopen dagen flink vast waren komen te zitten. 'Het is allemaal begonnen met de Turkse grot en de inscriptie die Thomas ontdekte. Die zette me op het spoor om te begrijpen dat het christendom zijn ontstaansrecht ontleent aan de ondergang van Jeruzalem. In die historische context krijgt álles een andere betekenis dan de betekenis die gelovigen er al tweeduizend jaar aan geven. Gehenna is geen plek in het hiernamaals, maar simpelweg de gruwelijke vuurhaard in het dal van Hinnom tijdens de val van Jeruzalem – waar de dood regeerde, maar de wormen en maden niet stierven. Alles, werkelijk alles in Openbaring lijkt te gaan over de val van Jeruzalem in het jaar 70.'

De zon ging nu bijna kopje onder in de zee. Het was alsof de hemel de aarde goedenacht kuste. Direct daarna zette de schemering in.

'Maar toch,' zei Nova. 'Als Openbaring volgens jou geen voorspellingen over het einde der tijden bevat, waarom breekt aan het einde van het boek Openbaring dan een nieuwe hemel en aarde aan? Er is in het jaar 70 toch geen nieuwe hemel en aarde aangebroken?'

Simon lachte ontwapenend. 'Ik weet het om eerlijk te zijn niet. Je hebt groot gelijk. Als Openbaring écht over het einde van het Jodendom gaat en het aanbreken van het tijdperk van de heidense Kerk, dan is die nieuwe hemel en aarde niet goed te begrijpen. Want die is er na de vernietiging van Jeruzalem natuurlijk niet gekomen.' Hij pakte zijn exemplaar van de Bijbel uit zijn tas. 'Hier, zoek de tekst eens op, wil je?'

Nova bladerde een tijdje. 'Hier heb ik het. Het eerste vers van hoofdstuk eenentwintig, het op een na laatste hoofdstuk van Openbaring.' Ze las de passage met gedragen stem voor.

Ik zag een nieuwe hemel en een nieuwe aarde. Want de eerste hemel en de eerste aarde zijn voorbij gegaan, en de zee is er niet meer.

'Op het eerste gezicht zou je denken dat hier inderdaad over het einde van de wereld wordt gesproken,' zei Simon nadenkend.

'Hé,' zei Nova, 'ik zie nu dat de zee ook wordt genoemd. Een nieuwe hemel en aarde kan ik begrijpen, maar waarom zou de zee er niet meer zijn? Waarom wordt die zee zo expliciet genoemd?'

Simons ogen knepen samen. 'Er schiet me iets te binnen. Om de zoveel tijd houdt iemand binnen onze sectie een zogenaamde posterpresentatie, tijdens de lunch. Zo blijf je op de hoogte van wat je collega's allemaal uitspoken. Ik moet ineens aan een lezing denken die een collega een tijdje geleden hield. Hij had het over de Joodse tempel. Ik weet niet precies meer hoe het zit, maar hij verwees naar Josephus, meen ik. En ook naar de Joodse concepten van hemel, aarde en zee.'

Simon pakte zijn telefoon en zocht op internet naar een online versie van zowel *De Joodse Oorlog* als *De Joodse Oudheden* van Flavius Josephus. Hij vond er algauw een die ook een functie bevatte waarmee op kernwoorden gezocht kon worden.

‘Hier, dit moet het zijn,’ zei hij na een tijdje. ‘Joodse Oudheden, boek drie, hoofdstuk zeven, paragraaf zeven, sectie honderdeenentachtig. Josephus beschrijft hier hoe Mozes de tabernakel instelde, wat later de Joodse Tempel zou gaan worden. Die tabernakel of tempel was in drie delen opgedeeld: de voorhof, waar iedereen mocht komen; het heilige, waar alleen de priesters mochten komen; en het heilige der heiligen, waar alleen de hogepriester eenmaal per jaar mocht komen.’

‘Dat is interessant, maar wat heeft dat met de tekst in Openbaring te maken?’

Simon las de tekst van Josephus voor vanaf het schermpje van zijn telefoon.

> *Neem nu de tabernakel. Het is dertig el lang en in drieën verdeeld. Door twee delen te bestemmen voor de priesters als een voor allen toegankelijke en gemeenschappelijke plaats, beeldde Mozes de aarde en de zee uit, die voor alle mensen toegankelijk zijn. Het derde deel daarentegen bestemde hij voor God alleen, omdat de hemel ook voor de mensen onbereikbaar is.*

‘De drie afzonderlijke delen van de tempel symboliseerden dus de hemel, aarde en de zee. De Joden noemden het heilige de aarde en het heilige der heiligen de hemel. De voorhof noemden ze de zee.’ Hij glunderde. ‘We hebben de oplossing gevonden, Nova!’

‘De termen “hemel en aarde” en “zee” verwijzen dus naar de Joodse tempel.’

‘Precies. Het is wéér symbolische codetaal. Openbaring zegt hiermee dat na de vernietiging van Jeruzalem de oude tempel zal verdwijnen en er een nieuwe tempel zal komen. En dat gaat natuurlijk over de beëindiging van het Joodse verbond met God – door Paulus het oude verbond genoemd – en het aanbreken van het nieuwe verbond van God met de Kerk.’

‘En waarom staat er dat de zee er niet meer was?’

‘Omdat de voorhof niet meer nodig was. De Joodse hogepriester mocht eenmaal per jaar naar het binnenste van de tempel gaan, maar de gewone mensen mochten de tempel niet in, zij mochten enkel de voorhof betreden, het buitenste deel van de tempel. Maar Paulus predikte dat de gelovigen nu allemaal vrijelijk tot God konden naderen. In het nieuwe verbond was dus geen voorhof meer nodig. Iedereen had toegang.'

Hij grijnsde. 'Nu begrijp ik ineens ook waarom in de Tweede Brief van Petrus staat dat de huidige hemel en aarde op de dag van het oordeel samen met de goddelozen in vlammen op zullen gaan. Ook dat gaat over de Joodse tempel, die in het jaar 70 in vlammen opging. En nu ik erover nadenk, het is zelfs de afsluitende zin van Jezus' voorspellingen in Mattheüs 24: "hemel en aarde zullen verdwijnen, maar Mijn woorden zullen nooit verdwijnen". Met andere woorden…'

'De Joodse tempeldienst zou voorbijgegaan, het christendom bleef.'

'Dat moet de betekenis zijn. Het is ongelofelijk. We zitten hier samen de code van Openbaring te kraken.' Gulzig goot hij de resterende cognac in zijn keel. 'Als je het zo leest klopt het helemaal. Aan het einde van het boek Openbaring is het Joodse verbond met zijn tempel voorbij, en het nieuwe verbond met de nieuwe spirituele tempel, de Kerk, is verschenen.'

'Geen wonder dat De Redder deze informatie koste wat kost onder de pet wil houden.'

101

Dragonov reed over de A1 ten zuiden van Apeldoorn. In de verte werden de silhouetten van de Veluwe zichtbaar, als donkerblauwe coulissen in een theater. Het zou niet lang meer duren voor de zon onderging. Hij hoopte binnen anderhalf uur in Leiden te zijn.

Hij was klaar met alles. De laatste week had hij vaker gespeeld met de gedachte om te stoppen dan alle jaren hiervoor bij elkaar. Hij vroeg zich af wat het was.

Natuurlijk was het een rotopdracht geworden, met veel wachten, onnodig reizen en posten bij spuuglelijke flatgebouwen en ingeslapen hotelletjes. Maar dat was niet de voornaamste reden.

Hij miste zijn dochtertje. Wat kon hem al het geld van de wereld schelen als hij haar nauwelijks zag? Hij voelde even met zijn hand aan het koffertje op de bijrijderstoel. De spiegelreflexcamera, twee verschillende types pistool, een taser, injectiespuiten – alles lag er netjes. De jonge vrouw doden was werk, Ryevaar doden was een persoonlijke erekwestie. Maar voor allebei gold dat hij hoopte dat het snel achter de rug was.

Hij zag ernaar uit Nikolina mee te nemen naar de dierentuin van Sofia. Dan kon ze de sneeuwwitte Bengaalse tijger bewonderen en zouden ze naderhand samen een ijsje eten.

Woedend ramde hij op zijn stuur. Hij wilde geen slechte vader zijn.

De lucht kleurde donkerrood, de zon ging bijna kopje onder.

Hij moest nog even geduld hebben, dan zou het einde aanbreken voor de twee Nederlanders. En dan kon hij zijn leven weer oppakken.

102

Nova en Simon slenterden over een boulevard in Jaffa. Het was een drukte van belang. Stelletjes flaneerden hand in hand, er waren gezinnen met jonge kinderen die een ijsje aten en verder heel veel toeristen. Ertussendoor liepen militairen met uzi's voor hun lichaam, zowel mannen als vrouwen, in groepjes van vier of zes, met hun handen op de kolf van hun wapen. Iedere prullenbak die ze passeerden werd door een van hen kort ingekeken. Uit angst voor een bomaanslag, wist Simon.

The blue hour was aangebroken: de lucht was kobaltblauw. Aan hun linkerzijde was de zee te zien, met in de verte de imposante skyline van Tel Aviv met haar grote wolkenkrabbers en duizenden lichtjes. Het contrast met de eeuwenoude, uit steen opgetrokken huizen aan hun rechterhand was enorm.

'Je zei daarnet dat de Kerk de nieuwe tempel was,' zei Nova. 'Dat begrijp ik nog niet goed. Dat de oude, Joodse tempel in vlammen opging, dat begrijp ik. Maar christenen hebben toch geen tempels? De meeste gelovigen komen samen in kerkgebouwen.'

Simon draaide zich naar haar toe. 'Volgens Paulus was de Kerk een spirituele tempel, die de Joodse tempel verving. Ik had het daar met Luciano over, in Rome. Paulus creëerde een leer waarin alles wat Joods was werd vervangen door iets spiritueels dat betrekking had op de Kerk. Niet alleen de tempel, maar ook de besnijdenis, de wet, de sabbat, het Israëlitische koningschap, zelfs de afkomst uit Abraham. Hij sloopte het allemaal en verving het door iets spiritueels.'

'Tjonge,' zei Nova. 'In dat licht begrijp ik wel dat die Paulus door de Joodse leiders werd vervolgd.'

Ze hielden halt bij het strand en gingen op de rand van een stenen muurtje zitten, starend naar de lichten van Tel Aviv, die de inmiddels gitzwarte lucht een paarse gloed gaven.

Nova keek naar de stad, en daarna naar Simon. 'En Jeruzalem zélf dan?'

'Wat bedoel je?' vroeg Simon.

'Nou, de stad Jeruzalem werd vernietigd. Was er volgens Paulus ook een nieuwe spirituele variant van Jeruzalem?'

Simons ogen werden groot. 'Nova, dat wat je nu zegt is, dat is...'

Nova keek hem verbaasd aan.

'Wat je zegt is misschien wel het Grote Mysterie waar heel het Nieuwe Testament naartoe werkt. De grote climax van het boek Openbaring, helemaal aan het einde van de Bijbel, is de verschijning van een nieuw, hemels, spiritueel Jeruzalem!'

'Dat snap ik niet.'

'Het staat in het hoofdstuk waar we net uit lazen, direct ná de tekst over de nieuwe hemel en aarde.' Simon haalde zijn mobiel tevoorschijn, zocht de tekst op en drukte die onder Nova's neus. Het licht van scherm deed haar gezicht oplichten.

> *En ik zag de heilige stad, een nieuw Jeruzalem, nederdalende uit de hemel van God, getooid als een bruid, die voor haar man versierd is. En ik hoorde een luide stem vanaf de troon, die uitriep: Gods woonplaats is onder de mensen, hij zal bij hen wonen. Zij zullen zijn volken zijn en God zelf zal als hun God bij hen zijn.*

'Dus zelfs Jeruzalem werd door iets spiritueels vervangen? Ik kan me gewoon niet voorstellen dat wij de eersten zijn die dit zien.'

'Anderen voor ons hebben zulk soort dingen ook wel opgemerkt,' relativeerde Simon, 'maar niemand legde het verband tussen teksten als deze en het onmiskenbare antisemitisme van de evangeliën. Wij hebben de lijnen getrokken tussen al die verschillende puntjes en voor het eerst is er een echt betekenisvol beeld ontstaan. Als je begrijpt dat Openbaring over de vernietiging van Jeruzalem gaat, dan wordt deze tekst ineens explosief. De stad Jeruzalem is geoordeeld en ligt er verlaten bij, haar rook stijgt op tot de hemel, en God heeft de Joodse tempel verlaten. En dan gaat hij onder de volken wonen. Hij neemt zijn intrek bij de heidenen! Er breekt een nieuwe hemel en aarde aan – een nieuwe tempel dus, een nieuw verbond – en dan verschijnt er een Nieuw Jeruzalem uit de hemel. Gelovigen denken vaak dat er een letterlijke stad wordt bedoeld, maar als je goed leest zie je dat het een symbool is. Het is een symbool voor...'

'De Kerk. Natuurlijk. De Kerk is het nieuwe Jeruzalem.' Nova glimlachte. 'Want de Kerk is de bruid van God. Toch? Dat weet ik dankzij Jozias de Redder – zijn sekte heet niet voor niets The Bride.'

'Je hebt helemaal gelijk. De Kerk wordt dus niet alleen gesymboliseerd als bruid, maar ook als een nieuw Jeruzalem. Christenen maken er vaak een mooi verhaal van, dat het hier gaat over de eenwording tussen hemel en aarde, tussen God en mens, tussen de schepper en de schepping. Maar in werkelijkheid is het een venijnige trap na richting de Joden. In het Oude Testament noemt God het volk Israël namelijk zijn vrouw. Hier in Openbaring wordt Israël geoordeeld en vernietigd, en zien we vervolgens de kerk als de nieuwe Bruid verschijnen. Dat is allemaal om duidelijk te maken dat het aardse Jeruzalem en de eerdere vrouw van God, het Joodse volk, vervangen worden door de nieuwe geliefde van God, de Kerk. Heel het Nieuwe Testament werkt toe naar deze *grand finale*, het moment dat God officieel en ritueel zijn nieuwe vrouw als bruid aanneemt, zijn nieuwe Jeruzalem uit de volken omarmt.'

Korte tijd luisterden ze naar het water dat onder hen tegen de kade aan klotste. 'Weet je, in zijn brief aan de Galaten heeft Paulus het ook over het oude en nieuwe Jeruzalem. Hij zegt dan dat de twee vrouwen van Abraham een symbool zijn. Abrahams eerste vrouw, de slavin Hagar, symboliseert het Joodse verbond met God en het aardse Jeruzalem. Zijn échte vrouw, die hij liefhad – Sara – symboliseert het nieuwe verbond en de hemelse stad Jeruzalem.'

'Dus Israël was volgens Paulus niet de vrouw van wie God echt had gehouden. De Kerk was de werkelijke vrouw van God.'

'Juist. Maar dan wordt het grimmig. Want hij voegt er dan aan toe: "Jaag de slavin en haar zoon weg, want de zoon van de vrijgeboren vrouw mag niet de erfenis delen met de zoon van de slavin." Besef je wat Paulus hier zegt? Hij verklaart dat het oude, aardse Jeruzalem moet worden verwijderd, aan de kant moet worden gezet, en dat haar kinderen, de Joden dus, geen deel meer mogen hebben aan alles wat van God komt. Alleen de kinderen van het Nieuwe Jeruzalem, de christenen, hebben recht op de zegeningen van God.'

Nova knipperde met haar ogen. 'Staat dat er echt?'

'Het staat er echt. En dat maakt alles wat in Openbaring geschreven wordt glashelder! Het is allemaal Romeins antisemitisme. Het aardse Jeruzalem is gevallen, het nieuwe Jeruzalem verschijnt. Het is als de bijtende jaloezie van een nieuwe geliefde richting de ex, begrijp je? Alleen de Kerk, als nieuwe echte bruid, heeft nog recht op Gods gunst.'

'De Romeinen hebben dus niet alleen de tempelschatten van de Joden geroofd. Ze hebben zelfs hun God als roofbuit meenomen.'

103

Ze zaten in het Ben Gurion Airport in stoeltjes bij de gate te wachten, Simon met zijn laptop opengeklapt op zijn schoot. Hij maakte notities van alles wat hij de laatste dagen met Nova ontdekt had. Daarna logde hij in op de wifi van het vliegveld en uploadde alles naar zijn cloud.

'Ik denk dat we veel hebben bereikt,' zei hij. 'We hebben niet alleen de beerput rond De Redders jeugd geopend, we hebben ook het mysterie dat Thomas ontdekte verder ontsluierd. Ik ben nog steeds onder de indruk van wat we gisteravond allemaal ontdekten.'

Nova zat naast hem en hield de vluchttijden in de gaten, op een scherm boven hen. 'Ongelofelijk dat dit allemaal begonnen is met één inscriptie die een christen in de eerste eeuw in een grot aanbracht.'

'Laten we hopen dat De Redder, met zijn poging die inscriptie voor eeuwig te vernietigen, zijn eigen ondergang bezegelt.'

'Over De Redder gesproken, ik heb al een tijd niets meer van Eline gehoord.'

'Zou dat goed nieuws of slecht nieuws zijn?'

'Ik weet het niet. Ze jojoot nogal tussen loyaliteit en complete afkeer richting De Redder. Ik heb wel vaker dagenlang niets van haar gehoord, maar ik wil zo snel mogelijk met haar in contact komen. Met alles wat we nu weten denk ik echt dat het topprioriteit is om haar uit die organisatie weg te krijgen zodra we terug in Nederland zijn. We kunnen De Redder pas ontmaskeren als Eline bij hem weg is. Zij is het grote lek, dus loopt zij het grootste gevaar.'

Nova typte kort een mailtje naar Eline, met de vraag hoe het met haar ging.

Simon klapte zijn laptop dicht. 'Wat is ons plan, als we terug zijn in Nederland?'

'We kunnen niet naar mijn of jouw huis. Dat is de eerste plek waar ze ons zullen zoeken.'

'Ik denk dat we voorlopig maar in hotels of pensions moeten overnachten. Pas als die man is opgepakt, voel ik me weer veilig in mijn eigen huis.'

'Lijkt me een goed idee. Al verlang ik zo langzamerhand wel naar mijn eigen bed, mijn eigen keuken, mijn eigen woonkamer.'

Nova keek naar de klok en zag dat ze over dertig minuten konden gaan boarden. Een tijdlang zwegen ze allebei. Na een tijdje haalde Nova haar mobiele telefoon weer tevoorschijn. Direct veranderde haar blik. 'Eline heeft op mijn bericht gereageerd.'

Ze las de mail voor.

> Hoi Nova,
>
> Sorry dat het zo lang stil is geweest van mijn kant. Hier in The Bride is alles ontzettend hectisch. Tijdens de laatste dienst verschenen Jozias en zijn zoon Elijah samen op het podium. Jozias openbaarde dat hij en zijn zoon binnenkort als de in de Bijbel aangekondigde Twee Getuigen het wereldtoneel zullen betreden.
>
> Iedereen hier weer wat het betekent: alle dingen zullen heel spoedig gaan plaatsvinden. Het zal niet lang meer duren voor de Grote Verdrukking aanvangt, de wereldoorlog zal uitbreken en het Beest de totale macht over de aarde zal krijgen. De meeste kerkleden verwachten dat De Redder nu ook spoedig een heel concrete datum voor de wederkomst van Jezus zal aankondigen.

Wat betreft je voorstel mij uit de sekte weg te halen: ik sta erachter, maar geef me nog even tijd. Ik ga mijn best doen harde bewijzen tegen Jozias te bemachtigen.

Groet Eline

'Het lijkt erop dat zaken in een stroomversnelling komen,' zei Simon.

Nova kreeg een nerveuze uitdrukking in haar ogen. 'Ik heb inderdaad het gevoel dat we de apotheose naderen.

'Ik vind eigenlijk dat we in Nederland direct naar de politie moeten gaan. Wie weet wat De Redder gaat doen nu volgens hem de Grote Verdrukking uitbreekt. Het is onze morele plicht die man zo snel mogelijk aan te geven. Hoe langer we wachten, hoe groter de kans is dat er meer slachtoffers vallen.'

Nova schudde haar hoofd gedecideerd. 'Nee, Simon. Het is te vroeg voor de politie.'

'Luister, mijn vriend Thomas is op gruwelijke wijze gedood. Ik heb Umut naast mij neergeschoten zien worden. Ik werd in Rome achtervolgd en ben tijdens het congres ternauwernood aan een moordenaar ontsnapt. En we weten dat hij ons in Dresden op de hielen zat. Hoelang wil je wachten? Zo meteen zijn het ónze lichamen die door de vlammen worden verteerd.'

'Begrijp je het dan niet? Jij en ik weten dat Jozias de Redder achter deze moorden zit. Maar we hebben geen enkel hard bewijs.'

'We hebben behoorlijke veel nieuwe belastende informatie over De Redders verleden gevonden.'

'Ja, maar wat zegt dat? De moorden in Dresden en Israël zijn waarschijnlijk verjaard, en de verhalen erover zijn vijfentwintig jaar oude, anekdotische bewijzen. En we hebben simpelweg geen enkel direct bewijs om De Redder aan de moorden op Thomas, Ergün, Umut en Zieleman te linken. In theorie kan iedereen Olivarius zijn – de naamsgelijkenis met Olivier houdt nooit stand voor de rechtbank. En jij en ik hebben ook niets waar de politie iets mee kan. Wij zijn nooit door hem vastgehouden of met de dood bedreigd. We kunnen niet bewijzen dat het De Redder was die jou in Rome wilde laten ombrengen, en we hebben ook geen bewijs dat hij Dragonov heeft betaald.'

'Toch hebben we een duidelijk motief blootgelegd,' zei Simon. 'En heel veel indirect bewijs. We moeten dit aan de autoriteiten overdragen.'

'Kom op, Simon! Als we nu de politie inschakelen, blazen we mijn hele onderzoek op. Ze zullen te weinig hebben om De Redder vast te houden. Als hij dan weer op vrije voeten komt, zijn we ons leven écht niet meer zeker, en zal hij nog veel meer schade aanrichten. De kans is groot dat hij Eline als verrader ontmaskert en haar laat vermoorden.' Nova's voorhoofd werd rood, haar blik spuwde vuur. 'Ik wil verdomme niet haar dood op mijn geweten hebben.'

Simon schudde geërgerd zijn hoofd.

Een tijdlang waren ze beide stil.

Uiteindelijk was het Nova die het zwijgen weer doorbrak. 'Sorry dat ik tegen je uitviel.'

'Nee, het is goed,' zei Simon. 'Misschien heb je gelijk en moeten we wachten. Maar niet te lang. We kunnen het niet oneindig rekken.'

'Dat ben ik met je eens. We moeten Eline zo snel mogelijk spreken en samen met haar een plan opstellen hoe we concreet aan bewijzen tegen De Redder kunnen komen. Mocht dat mislukken, dan halen we haar uit de sekte en stappen we naar politie met alles wat we wél hebben.'

Terwijl Nova een mail aan Eline opstelde, dwaalden Simons gedachten af naar Angela Kassel, die bezoek had gehad van Dragonov. Ineens werd hij overvallen door een onbehaaglijk voorgevoel. Hij pakte zijn telefoon en typte een zoekopdracht in op Google. Toen hij het nieuwsbericht dat bovenaan stond las, verstijfde hij.

'Nova, kijk.' Hij hield de telefoon voor haar gezicht zodat ze de kop kon lezen: 'Frau (71) in Dresdener Wohnung getötet und verbrannt'.

Nova's ogen werden groot. 'Hij heeft het werk afgemaakt,' zei ze, terwijl tranen in haar ogen verschenen. 'De Redder heeft zijn eigen moeder laten doden.'

104

Dragonov leunde verveeld tegen de reling van de Nonnenbrug. Hij spuugde in het water. Vervolgens haalde hij een pakje kauwgom uit zijn broekzak en nam er drie tegelijk.

Eén dag gaf hij het nog. Als er dan niets was gebeurd, zou hij de opdracht aan Olivarius teruggeven. Het geld kon hem gestolen worden, het interesseerde hem niet meer. Olivarius mocht iemand anders inhuren voor dit soort oersaaie werk. Als Ryevaar weer opdook, dan zou hij wel naar Nederland terugkomen om de klus af te maken.

Zijn mobiel trilde.

'Je moet direct naar Schiphol,' zei Olivarius.

'Moet ik wéér ergens naartoe vliegen?'

'Nee, integendeel. Ze komen naar jou toe. Zowel Ryevaar als Le Temps heeft daarnet ingelogd op een wifi-netwerk van het vliegveld in Tel-Aviv. Ik kan me vergissen, maar mijn gevoel zegt dat ze terugkomen naar Nederland. Zoals ik al had voorspeld.'

'Je wilt dat ik ze opwacht en dood.'

'Nee. Ik wil dat je de binnenkomende reizigers vanuit Tel Aviv in de gaten houdt, want je moet ze spotten. Vervolgens achtervolg je ze, zodat je erachter komt waar ze overnachten.'

'Je laat me nog langer wachten. Nog langer spionnetje spelen.'

'Ik vraag je om nog even geduld te hebben, Drakon. Ik heb een nieuw plan, waarmee we ze alle twee in één keer kunnen elimineren. Maar niet voor ik alle informatie over hun bronnen en contacten uit hen getrokken heb. Ik wil dit probleem met wortel en tak uitroeien. Vertrouw me, ik heb het allemaal onder controle.'

105

Vanuit de aankomsthal observeerde Dragonov op afstand de reizigers die uit de bagagehal kwamen lopen. Hij stond verborgen achter een grote zuil, vlak bij een koffietentje. Waarschijnlijk hadden Ryevaar en Le Temps geen ruimbagage, want ze kwamen verrassend gauw naar buiten gelopen. Zonder aarzeling pakte Dragonov zijn camera met telelens en klikte hij tientallen keren. Ryevaar herkende hij zonder problemen, maar voor de zekerheid wilde hij een foto van hen beiden naar Olivarius sturen.

Daarna volgde hij de twee op gepaste afstand. Ze waren duidelijk op hun hoede. Ze keken voortdurend over hun schouders en hielden de omgeving goed in de gaten.

Hij zou extra voorzichtig moeten zijn.

Zoals hij al vermoedde hielden ze bij de uitgang van Schiphol een taxi aan. Gejaagd rende hij naar zijn eigen BMW, die hij vlak voor de ingang had achtergelaten op een parkeerplek waar je maximaal een half uur mocht staan. Hij startte de wagen en reed vol gas weg. Gelukkig zag hij de taxi in de verte nog rijden.

Tot zijn vreugde reden ze in de richting van Leiden. Korte tijd later stopte de taxi bij een pand aan de Oude Singel, vermoedelijk een pension. Dertig meter verderop observeerde Dragonov hoe de twee naar binnen gingen.

Hij parkeerde de BMW aan de overkant van het water. Snel laadde hij de foto's via bluetooth in op zijn smartphone, en zond de beelden naar het e-mailadres van Olivarius, met het adres van het pension erbij. Daarna liep hij naar de dichtstbijzijnde brug en wachtte hij op zijn gemak tot ze weer naar buiten kwamen.

106

Simon en Nova verlieten het pension amper een uur later weer via de achterdeur. De tuin kwam uit op een poortje dat op zijn beurt weer uitkwam op een zijstraat van de Oude Singel. Ze hadden afgesproken in het Van der Werfpark, waar Eline op een bankje op hen zat te wachten. Ze had Nova een bericht gestuurd dat ze haar die middag nog wilde ontmoeten.

De zon scheen uitbundig. De bomen wierpen hun schaduw op het gras. Hier en daar prikte het licht door het loof heen, de zonnestralen leken te dansen.

Zonder iets te zeggen kwam Nova aan Elines ene kant zitten en Simon aan de andere.

'Wat doet hij erbij?' vroeg Eline argwanend.

'Simon is een van de personen op de dodenlijst van De Redder. Hij is echt te vertrouwen. Ik ben samen met hem op onderzoek uitgegaan naar het verleden van Jozias.'

'Hm, als jij het zegt. Goed dan.'

'Kun jij je aanwezigheid hier verantwoorden?' vroeg Nova. 'Mocht ernaar worden gevraagd?'

Eline wees naar de overkant van het park. 'Dat is het Kamerlingh Onnes Gebouw. De bibliotheek van Rechten zit daar, dus het is niet gek dat ik me in de buurt daarvan ophoud.'

'Oké,' zei Nova. 'En nu? Wat is je plan? We hebben niet veel tijd meer.'

'Nee, ik ben het met je eens dat de tijd dringt,' zei Eline. 'Nu Jozias heeft aangekondigd samen met zijn zoon als de Twee Getuigen op te gaan treden, zou alles weleens heel erg snel kunnen gaan.'

'We willen De Redder het liefst vandaag nog bij de politie aangeven,' zei Nova, 'maar we hebben concrete bewijzen nodig, dingen die hem onomstotelijk aan de moorden koppelen.'

'Ik heb Jozias een keer met een prepaidtelefoon gezien, in zijn kantoor. Ik vroeg me toen af waarom hij zo'n goedkoop ding had naast zijn smartphone. Maar nu denk ik dat dat mogelijk het toestel is waarmee hij contact legt met de huurling.'

'Dragonov,' zei Simon.

Eline reageerde niet. Ze had ingestemd met de aanwezigheid van Simon, maar uit haar houding sprak een grote terughoudendheid. Ze had hem nog niet één keer aangekeken.

'Heb je enig idee waar hij die prepaidtelefoon bewaart?' vroeg Nova.

'Hij heeft hem nooit bij zich als hij ergens met andere mensen is. Hij moet het ding dus ergens neerleggen waar niemand het ziet, maar waar hij hem wel kan pakken als het nodig is. En dan is er maar één plek die ik kan bedenken.'

'Namelijk?'

'Jozias heeft een kluis in zijn boekenkast. Dat is geen geheim, meerdere mensen rondom hem weten dat. Hij legt er zaken in die alleen voor hem zijn bestemd, vermoed ik.'

Nova zuchtte. 'Maar die kluis kunnen wij niet zomaar even openen.'

Eline tuitte haar lippen. 'Ik... ik weet het niet zeker, hè. Maar ik denk dat ik het weet, ik denk dat de kluiscode 6 6 1 9 2 0 is.'

Simon fronste zijn wenkbrauwen.

'Hoe is het mogelijk dat jij die code weet?' vroeg Nova verbaasd.

'Nogmaals, ik weet het niet zeker. Maar volgens mij klopt het. Ik vertelde je destijds toch over dat gesprek tussen Jozias en Elijah dat ik per ongeluk afluisterde? Later schoot me te binnen dat Jozias zoiets had gezegd als: die telefoon, daar kan niemand bij want die ligt in de safe. En toen Elijah vroeg of de code van de kluis ongewijzigd was gebleven, zei Jozias nee, dat is nu het beest en de valse profeet in de poel des vuurs.'

'Bijbelteksten voor de kluiscode, dat klinkt logisch. Voor hem.'

'Het lijkt erop. De betreffende tekst is te vinden in Openbaring 19 vers 20, dus dat wordt 1 9 2 0. Maar we hebben zes cijfers nodig. Ik ben ervan uitgegaan dat ook het bijbelboek gecodeerd moet worden. Openbaring is het zesenzestigste boek uit de Bijbel.'

'Goed denkwerk,' zei Nova. 'En wat is je plan?'

'Ik wil niet degene zijn die de telefoon uit de kluis steelt. Als alles uitkomt en De Redder wordt niet vervolgd, dan zal hij mij als eerste verdenken.'

'Dat is precies waar wij ons zorgen over maken,' zei Nova. 'Zodra we genoeg bewijzen tegen De Redder hebben, moet jij uit de sekte weg. Kun je ergens naartoe vluchten?'

Eline haalde haar schouders op. 'Het enige wat ik kan bedenken is dat ik voor een korte tijd wegga uit Leiden. Ik heb goede vrienden in Drenthe wonen.'

'Dat zou verstandig zijn,' zei Simon. 'We willen niet dat jij een volgend slachtoffer van De Redders zuiveringen wordt.'

Eline knikte voorzichtig. Het leek alsof ze Simon begon te vertrouwen. 'Ik kan jullie meenemen, het gebouw van The Bride in. Ik weet zeker dat ik een moment kan vinden in Jozias' agenda waarop hij niet aanwezig is. Ik zal jullie dan naar zijn kantoor loodsen, hopelijk ongezien en op zo'n manier dat ik niet met jullie word gesignaleerd. En we kennen elkaar niet – mochten jullie door de mand vallen, dan doe ik alsof ik jullie betrap.'

Nova knikte. 'En dan breng je ons naar zijn kluis.'

'Juist. Met een beetje geluk staat ook zijn laptop in zijn kantoor. Daar moet iets op te vinden zijn. Wellicht het mailaccount waarmee hij contact met Dragonov legt. Misschien zelfs overzichten van de geldtransacties die hem aan de moorden kunnen koppelen.'

'Dat zou geweldig zijn. Dat moet voldoende zijn om hem vervolgd te krijgen.'

'Dan ga ik ervandoor,' zei Eline, en ze stond abrupt op. 'Ik neem zo snel mogelijk via e-mail contact met je op.'

Zonder te groeten liep ze weg.

Nova keek Simon aan. 'Ja, sorry,' zei ze. 'Dit is typisch Eline.'

Simon reageerde niet.

'Wat is er?' vroeg Nova.

'Ik weet het niet,' zei hij. 'Weet je zeker dat we haar kunnen vertrouwen?'

'Ja, dat denk ik wel. Waarom twijfel je aan haar?'

'Ik vind het gewoon vreemd dat ze ineens zegt de kluiscode te hebben. Was ze dat al die tijd vergeten?'

'Dat kan toch? Ze heeft me destijds over dat gesprek tussen De Redder en zijn zoon verteld. Het is best mogelijk dat er pas veel later andere elementen uit iemands herinnering naar boven komen.'

'Misschien,' zei Simon, zichtbaar niet overtuigd. 'Maar zoiets belangrijks als een verwijzing naar een mobiele telefoon, een kluis en een kluiscode? Ik weet het niet, hoor.'

'Misschien ben je te argwanend. Eline staat aan onze kant, Simon. Ze heeft ontzettend veel waardevolle en vooral belastende feiten over De Redder aan me doorgespeeld. Zonder haar informatie stelt mijn onderzoek niets voor. Maar ze zit in een loyaliteitsconflict.'

Simon stond op. 'Ik hoop dat je gelijk hebt. Want er hangt veel af van deze operatie.'

107

Dragonov had de ontmoeting tussen Ryevaar, de journaliste en de onbekende vrouw van een afstand gadeslagen. Van de vrouw had hij een paar goede foto's gemaakt. Nu liep hij achter Ryevaar en Le Temps het park uit. Na een kleine tien minuten kwamen ze weer aan bij hun pension. Het was duidelijk dat ze zich liever niet te lang in het openbaar begaven.

Dragonov stuurde de nieuwe foto's naar zijn opdrachtgever en ging aan de overkant van het water in zijn auto zitten. Hij voelde zich zo langzamerhand het schoothondje van Olivarius, wie de man ook mocht zijn.

Zijn ogen begonnen dicht te vallen van vermoeidheid. Net op het moment dat hij in begon te dommelen hoorde hij een melding op zijn mobiel. Het was een korte e-mail van Olivarius.

> Opdracht blijft onveranderd. Blijf de twee in de gaten houden. Ik ken de vrouw met wie ze hadden afgesproken. Ik zal me persoonlijk om haar bekommeren.

108

In het pension was de spanning voelbaar. Nova verschool zich achter het scherm van haar laptop, maar aan haar gezicht kon Simon zien dat het huilen haar nader stond dan het lachen.

Hij kwam bij haar zitten. 'Wat zit je dwars?'

Nova schoof de laptop van zich af. 'Het is gewoon… Het is alsof nu pas echt tot me doordringt dat iemand me dood wil hebben, en dat ik pas weer vrijuit zal kunnen ademhalen als dit allemaal achter de rug is. En ik voel me opgesloten in deze hotels en pensions. Het is als een soort gevangenschap om zó dichtbij te zijn, maar niet naar mijn eigen huis te kunnen.'

Simon legde zijn hand op haar schouder. 'Hopelijk duurt dat niet lang meer.'

Een tijdlang waren ze beiden stil. Nova bladerde rusteloos door haar aantekeningen alsof ze op zoek was naar iets, maar niet precies wist wat ze zocht. Na een tijdje keek ze op.

'Simon?'

'Wat is er?'

'Ik krijg ineens een heel naar voorgevoel.'

'Hoe bedoel je?'

'Jozias ziet zichzelf als uitvoerder van Gods oordeel. Het vuur van God is bij hem niet iets symbolisch of geestelijks. Het is echt vuur. Al sinds zijn tienertijd overgiet hij zijn slachtoffers met benzine en steekt hij ze in de brand, of laat ze in de brand steken.'

'Ja? En?'

'In Openbaring staat toch dat de Twee Getuigen hun vijanden

met vuur zullen verteren? En er wordt toch gezegd dat ze de aarde met plagen zullen treffen? Zo vaak ze maar willen?'

Simon kneep zijn ogen tot spleetjes terwijl hij langzaam knikte.

'Wat zegt dat over wat Jozias nog meer van plan is?'

'Je bedoelt dat hij misschien van plan is om hetzelfde te doen wat hij al die jaren al heeft gedaan, maar dan op grotere schaal.'

'Ik ben bang dat hij aanslagen wil plegen. Hij is er gestoord genoeg voor.'

'Maar aanslagen op wie of wat?' vroeg Simon. 'De EU? De VN?'

'Nee, nee,' zei Nova. 'De Twee Getuigen roepen plagen af over de ménsen. Ik vrees dat hij aanslagen wil gaan plegen op onschuldige burgers.'

'Zou hij echt zo...' begon Simon, maar hij kreeg de kans niet zijn zin af te maken. Nova's mobiel trilde. Snel nam ze de oproep aan. Ze liet Simon meeluisteren.

'Nova?' klonk Elines stem. 'Ik heb het gedurfd.'

'Wat bedoel je? Heb je de kluiscode gecheckt?'

Er klonk ruis, alsof Eline in de luidspreker ademde. 'Ja. Ik kan het zelf bijna niet geloven. Ik was in Jozias' kantoor, ik hielp hem met het categoriseren van audiopreken. Hij stond op om naar de wc te gaan. Ik ben snel naar de kluis gelopen en heb de code ingetoetst.'

'En?' zei Nova, die een rilling voelde.

'Hij klopt.'

'Dat is fantastisch. En heb je kunnen zien wat erin zit?'

'Heel kort,' zei Eline, die hoorbaar nog van de spanning moest bekomen. 'Er ligt inderdaad een prepaidmobiel, precies zoals ik verwachtte. En wat mapjes. Ik kon de spullen niet rustig bekijken, ik wist dat Jozias snel weer terug zou zijn. Maar als hij ze in een kluis bewaart, moeten ze van belang zijn. Ik heb hem meteen weer dichtgedaan en ben verder gegaan met de audiopreken. Net op tijd, want toen kwam hij weer binnen. Volgens mij heeft hij niets gemerkt.'

Nova en Simon wisselden een blik. Nova keek enthousiast, opgelucht zelfs. Simon glimlachte ook, maar leek minder overtuigd.

‘Wat stel je voor?’ vroeg Nova. ‘We moeten nu snel handelen, Eline.’

‘Ik weet het. Dinsdagavond is Jozias te gast bij een celbijeenkomst. Dat is zo’n beetje de grootste eer die een cel te beurt kan vallen. Ik weet zeker dat hij er dan niet is. De kans op Elijahs aanwezigheid is zeer klein, want hij zit nooit in het kantoor van zijn vader. Dinsdagavonden zijn sowieso rustig. De meeste mensen zijn dan naar hun celbijeenkomsten.’

‘Dinsdagavond wordt het dus. Hoe wil je het aanpakken?’

‘We gaan het gebouw via de achteringang binnen. Je hebt een pasje nodig om erin te komen. Twaalfleden, oudsten en andere stafleden hebben die. Ik heb er ook een. Je hoeft dan alleen maar een trap op, en je bent op de verdieping waar de kantoortjes zijn. Ik breng jullie erheen, daarna laat ik jullie los.’

‘Oké,’ zei Nova. ‘Maar op voorwaarde dat jij het gebouw vervolgens direct verlaat, Eline, en naar die vrienden in Drenthe vlucht.’

Er viel een korte stilte. ‘Akkoord.’

Nova hing op. Ze haalde diep adem. ‘Het gaat echt gebeuren,’ zei ze, ‘we gaan De Redder ontmaskeren.’

‘Het eindspel gaat aanbreken,’ knikte Simon. ‘Het Armageddon.’

‘Het einde der tijden is aangebroken.’

‘Maar niet zoals De Redder het zich had voorgesteld.’

109

Het lukte Simon niet om in slaap te komen. Het was twee uur 's nachts. De bizarre achtbaanrit waarin hij de laatste weken had gezeten, drong in volle hevigheid tot hem door, en de gedachten cirkelden om hem heen als roofvogels om een prooi.

Opnieuw werd hij gekweld door de beelden die hij al weken probeerde te onderdrukken: de verbrande lichamen van Thomas en Ergün, die lieve en mooie Umut die in korte tijd in een vuurbal veranderde, Zieleman die amper een dag nadat Simon hem ontmoet had in zijn eigen achtertuin als een levende fakkel opvlamde en uitdoof, Angela Kassel… Het misselijkmakende besef greep hem naar de keel dat hij de volgende kon zijn. Als ze het lot niet zelf afwendden, zouden hij en Nova verteerd worden zoals de misdadigers ooit in het dal van Hinnom.

Terwijl de slapeloze uren verstreken nam de spanning over de volgende dag toe. Als ze geluk hadden, konden ze probleemloos bij het gebouw van The Bride naar binnen lopen. Maar wat als het misging? Hoe zeker wisten ze dat ze niet betrapt konden worden? En op wie konden ze vertrouwen als dat wel gebeurde?

De gedachten bleven om hem heen kolken, alsof hij in het pikkedonker in een onstuimige zee probeerde boven te blijven.

En zoals altijd kwam op dat moment Annabel weer in zijn gedachten. Hij voelde zich schuldig dat hij de laatste tijd zo druk met andere dingen was, dat hij nauwelijks met haar bezig was geweest. Het was altijd dezelfde vicieuze cirkel. Hij zat in over Annabel, probeerde het los te laten, en wanneer hem dat uiteindelijk lukte voelde hij zich schuldig dát hij het losliet.

Toen hij zich realiseerde dat hij op deze manier niet in slaap zou vallen, stond hij op. Hij liep naar het kleine keukentje, opende de koelkast en schonk zichzelf een glas melk in – dat was tenslotte wat mensen altijd deden als ze niet konden slapen, al had hij er weinig vertrouwen in dat het zou werken. De keuken was donker, alleen het diffuse licht van de straatverlichting verderop zorgde ervoor dat hij iets kon zien. Op dit moment bestond het leven even uit grijstinten.

Hij tuurde in het niets en dronk naast de melk ook de alomtegenwoordige stilte in. Op dat moment hoorde hij gestommel op de trap, gevolgd door de keukendeur die werd geopend.

'Niet schrikken,' zei Simon. 'Ik ben hier.' Met moeite kon hij het silhouet van Nova onderscheiden.

'Ik weet het,' zei ze. Ze liep naar hem toe. 'Kan jij ook niet slapen?'

'Nee,' zei Simon. 'Ik lig te malen over morgen. En over... alles eigenlijk.'

Nova antwoordde niet. Ze kwam dichter bij hem staan en gaf hem een knuffel.

Simon voelde haar lichaamswarmte onder haar nachtjapon. Een moment voelde hij zich ongemakkelijk, maar hij gaf zich gewonnen en omarmde haar.

'Maak je geen zorgen,' zei ze.

'Jij ook niet,' zei Simon.

Ze gaf hem een kus op zijn wang. Daarna verliet ze zonder nog iets te zeggen de keuken om terug naar bed te gaan.

110

Ze hadden uitgecheckt bij het pension. Simon had zijn auto aan het Rapenburg opgehaald, voortdurend om zich heen kijkend en een route lopend die zeker niet de meest logische of het kortste was.

Na een korte rit parkeerde hij op een klein terreintje bij een keukendiscounter die op dat moment gesloten was. Vanaf hier was het een paar minuten lopen naar het gebouw van The Bride. Dagen van zonneschijn hadden plaatsgemaakt voor drukkend, somber weer. Het motregende licht toen Nova en hij de auto uitstapten. De lucht had de kleur van een betonnen vloer.

'Ik hoop dat die dreigende atmosfeer geen voorteken is,' zei hij, zijn blik naar de hemel gericht.

Nova antwoordde niet, haar kaken stonden strak.

Simon sloot de portieren van zijn auto met de afstandsbediening. Zwijgend liepen ze langs de zijkant van de keukenshowroom. Daarna passeerden ze een groot, inspiratieloos gebouw, vermoedelijk een magazijn of opslag. Erachter doemde het gebouw van The Bride op. Simon voelde de adrenaline stromen. Hij blies zijn adem uit en probeerde zichzelf tot kalmte te manen.

Het parkeerterrein was leeg. Dat was een goed teken.

Ze liepen direct door naar de achterkant, waar ze ook geen auto's zagen. Vervolgens stelden ze zich beschut op naast de struiken die aan de parkeerplaatsen grensden.

'Hoe laat is het?' vroeg Simon.

'Half zeven. Vreemd. Eline had er al moeten zijn.'

111

Dragonov pakte zijn mobieltje. Razendsnel typte hij een bericht aan Olivarius.

Ik probeer je te bereiken. Bel me direct.

Nog geen tien seconden nadat hij de sms had verstuurd werd hij gebeld.

'Wat is er?' vroeg Olivarius, duidelijk geërgerd.

'Ryevaar en de journaliste zijn samen naar een industrieterrein hier in Leiden gereden. Ik hou ze vanaf een afstand in de gaten.'

'Wat doen ze nu?'

'Ze staan aan de achterkant van een soort congresgebouw. Als ik me niet vergis is het eigendom van een of andere kerk. Het heet The Bride.'

'Hm,' zei Olivarius. 'Een kerk. Dat is interessant.'

'Wil je dat ik ze blijf schaduwen?'

'Blijf maar in de buurt wachten. Ik heb alles onder controle. Je hoeft pas in actie te komen als ik het zeg.'

'Ik begin dit een beetje zat te worden.'

'Heb geduld,' zei Olivarius. 'De show gaat zo beginnen. We wachten nog op de derde hoofdrolspeler in dit drama.'

112

Behoedzaam kwam Eline aangelopen. Ze ontmoette Nova en Simon op een plek waar enkele grote vuilcontainers stonden.

'Kun je straks vlot wegkomen?' vroeg Nova.

'Ik neem zo meteen de bus naar CS.' Ze draaide zich om en liep naar de achteringang, een kleine glazen deur. 'Laten we opschieten.'

Nova haalde diep adem.

Simon voelde de spanning in zijn hele lichaam, hij rilde.

Eline hield een pasje voor de scanner. Er klonk een zoemtoon, gevolgd door een klik. Eline drukte de deur open. 'Kom,' zei ze.

Ze stonden in een lange hal. Aan de rechterkant zaten enkele deuren. Eline ging hen voor, helemaal tot aan het eind, waar zowel een lift als een trappenhuis was. Vlot liep ze de trap op, met Simon en Nova in haar kielzog.

'Wacht hier even,' fluisterde Eline toen ze de tweede trap opliepen. 'Ik kijk toch even of de kust veilig is.' Nova en Simon bleven staan terwijl Eline bovenaan door een glazen deur de ruimte erachter controleerde. 'Ik zie niemand,' zei ze. 'Kom maar.'

Ze opende de deur met haar pasje. 'Jozias' kantoor is helemaal links achterin, de hoek om. Links en rechts zitten vergaderruimtes en een kantoortje voor secretarieel en administratief werk.'

Simon zocht de blik van Nova. Haar gezicht was rood.

Nog gehaaster dan zo-even liep Eline voor hen uit. Toen ze halverwege de gang waren, hield ze halt. Ze stak haar hand op, als een commando in een actiefilm. 'Shit,' zei ze. 'Er komt geluid uit lokaal één.' Snel draaide ze zich om en duwde een deur open aan de rechterkant. 'Vlug, hierheen.'

Ze haastten zich een kleine vergaderruimte in. Eline sloot de deur achter hen, maar hield de gang via het verticale raam naast de deur in de gaten.

Simons hart klopte met een ongezonde snelheid.

'Het is een van de Twaalf,' zei Eline. 'Wat doet zij hier? Op dit tijdstip?'

'Zij?' vroeg Nova. 'Zitten er al vrouwen bij de Twaalf? Ik dacht dat jij de eerste vrouw was die misschien een kans maakte.'

Eline deed een stap naar achteren en schudde haar hoofd. Het was donker in de ruimte waar ze stonden, en haar gezicht werd alleen zichtbaar op de momenten dat ze de deur op een kier hield en het licht uit de gang op haar viel. 'De meeste Twaalfleden zijn mannen inderdaad. Maar Jozias heeft geen problemen met vrouwen in het leiderschap. Daar is hij behoorlijk progressief in.'

Progressief, dacht Simon. *Wat een mooi eufemisme. Die man wil gewoon graag knappe vrouwen om zich heen hebben.*

'Pas op,' zei Eline. 'Ze komt naar buiten.'

Simon boog iets opzij, zodat hij langs Eline kon kijken. Er stond een jonge vrouw in de gang. Ze had een stapeltje papieren in haar hand en was zichtbaar ergens over aan het nadenken. Ze draaide haar hoofd en keek even peinzend omhoog. Simon kon haar gezicht vanaf de plek waar hij stond niet goed zien. Maar wat hij zag was genoeg.

Van het ene op het andere moment was het alsof hij onder hoogspanning stond.

'Annabel?' fluisterde hij.

'Wat zei je?' vroeg Nova verbaasd.

Simon hapte naar adem, zijn wijd geopende ogen nog altijd op de jonge vrouw gericht. Een vreemde misselijkheid maakte zich van hem meester.

Zó vaak had hij gedacht zijn dochter te herkennen. Op straat, in de supermarkt, tijdens colleges, in het verkeer. En altijd had hij het mis gehad. Maar nu was het anders. Dit was geen zinsbegoocheling, geen waan. Hij zag niet wat hij wilde zien.

Ze is het echt.

'Ze heeft een korter kapsel. En een andere kleur haar ook,' mompelde hij. Zijn ogen werden vochtig. 'Maar ze is het. Dat is Annabel.'

Eline begreep zichtbaar niet waar Simon het over had. Die deed nog voor ze iets kon zeggen een stap in de richting van het raam, zodat hij de vrouw beter kon zien. 'Pas op!' siste ze. Ze duwde hem terug. 'Dat is Prisca. Ze staat heel dicht bij Jozias. Blijf uit haar buurt, ze is potentieel gevaarlijk.'

Simon schudde zijn hoofd en kneep zijn vochtige ogen dicht.

Is Annabel al die tijd hier geweest? Is dít de kerk waar haar vriendin haar destijds mee naartoe had genomen?

Voordat Eline hem kon tegenhouden, trok hij de deur van hun schuilplaats wijdopen. De jonge vrouw schrok en deinsde achteruit.

'Annabel?' zei Simon zacht.

De vrouw keek hem met grote ogen aan. Daarna veranderde haar gelaatsuitdrukking. Haar blik werd koud, emotieloos.

'Wat doe jij hier?' zei ze.

'Annabel... meisje van me,' zei Simon. Zijn stem brak.

'Ik heet geen Annabel,' antwoordde ze kil. 'Die vrouw is lang geleden gestorven. Mijn naam is Prisca.'

Eline stapte de gang op en trok Simon aan zijn mouw naar achteren. Annabel fronste haar wenkbrauwen. 'Eline? Wat doe je hier in vredesnaam met deze mensen? Waar ben jij mee bezig?'

Simon rukte zich los. 'Annabel,' zei hij, terwijl de tranen over zijn wangen stroomden. 'Ik heb je zo lang gezocht. Waarom ben je...'

'Ik kan en wil niks meer met jou te maken hebben.' Annabel ontweek zijn blik terwijl ze hem onderbrak. Simon deed een stap dichterbij, maar zij week op haar beurt een paar passen naar achteren. 'Je moet weg hier,' zei ze. 'Je hebt hier niets te zoeken.'

'Niet waar,' zei Simon. 'Ik heb hier wel iets te zoeken. Jou. Kom naar huis. Je weet niet door welke hel ik ben gegaan sinds jij verdween. Het spijt me dat ik ben tekortgeschoten als vader...'

'Nee,' zei ze zonder emotie. 'Ik heb mijn roeping gevonden. Mijn bestemming ligt hier. Jozias heeft een bijzonder plan van God gekregen, en dat is écht. Het is werkelijk bovennatuurlijk wat hier gebeurt. Ik hoor nu hierbij, dit is mijn familie. Ik heb gebroken met alle aardse contacten die me van mijn roeping afhouden.'

De woorden klonken gedecideerd en koud.

Eline wilde iets zeggen, maar Simon was haar voor. 'Annabel, Jozias is niet wie je denkt dat hij is. De man is gevaarlijk, ik heb van alles over hem ontdekt.'

Annabel deed nog een stap achteruit en botste tegen de wand aan. 'Ga weg,' zei ze, zachter en minder zelfverzekerd dan daarnet. 'Anders roep ik de beveiliging.'

'Nee, nee, je begrijpt het niet,' zei hij. 'Ik ben niet hiernaartoe gekomen om jou terug te winnen. Je moet me geloven. Ik wist tot een minuut geleden niet eens dat je bij deze sekte zat.'

'Het is geen sekte,' antwoordde ze fel.

'Ik ben hier omdat ik onderzoek doe naar Jozias de Redder, samen met Nova.' Hij maakte met zijn hand een gebaar naar achteren. 'Hij heet helemaal geen De Redder. Hij heet Olivier Kassel en is van oorsprong een Duitser. Nova en ik hebben bewijs dat hij mensen heeft laten vermoorden. Dat hij óns wil vermoorden.'

Annabel reageerde niet meteen. 'Dit gesprek is voorbij,' zei ze toen. 'Alsjeblieft, ga weg. Je mag hier niet zijn en ik ben verplicht je aan te geven als je hier nog een seconde langer blijft.'

Simon vond het een onbevattelijke gedachte dat zijn verloren gewaande dochter vlak voor hem stond. Hij was geneigd haar beet te pakken en mee naar buiten te sleuren. Maar hij wist dat hij daar niets mee zou opschieten zolang zij er zelf van overtuigd was dat dit haar plek was. De ontmaskering van De Redder was zijn enige mogelijkheid om haar te laten inzien dat hij een valse messias was en dat ze op een dwaalspoor zat.

'Je kunt me niet tegenhouden,' zei hij. 'De Redder is een groot gevaar en die waarheid zullen we openbaar maken.' Geagiteerd liep hij verder de gang in, in de richting van waar het kantoor van De Redder moest zijn. Hij kookte vanbinnen. Nova rende achter hem aan, gevolgd door Eline. Annabel bleef achter.

Nova pakte Simon van achteren bij zijn bovenarmen. 'Rustig, Simon. Je voelt je woedend en verslagen en dat is logisch. Ik zou ook gek worden van woede en verdriet. Maar we moeten kalm zien te blijven nu.' Ze kwam voor hem staan en zocht zijn blik. 'We gaan Annabel bevrijden, heus. Maar dat zal niet lukken zonder bewijzen tegen De Redder. Pas als ze ziet dat hij in werkelijkheid een gestoorde moordenaar is, kan ze uit zijn grip loskomen.'

Simon sloot zijn ogen en ademde diep uit. 'Je hebt gelijk,' zei hij, en hij veegde de tranen uit zijn ooghoeken. 'Sorry, ik liet me even helemaal gaan.'

'Ik begrijp het niet,' zei Eline. 'Is Prisca zijn dochter?'

'Haar naam is Annabel,' zei Simon. 'Ze heet geen Prisca. Mijn dochter heet Annabel.'

Eline leek deze informatie wel te registreren, maar liet het vervolgens rusten. 'We hebben geen tijd te verliezen,' zei ze terwijl ze de deur van het kantoor van De Redder opende.

Het was er donker. De jaloezieën zaten dicht. Het grote bureau en de boekenkasten erachter stonden er verlaten bij.

'Daar,' zei Eline, en ze wees naar een plek achterin de ruimte. 'Daar is de safe.'

Simon en Nova liepen erop af. Het was een kleine, zwarte kluis. Op het deurtje bevond zich, zoals verwacht, een zescijferig codeslot.

'Nou, laten we hem openmaken,' zei Nova. Ze draaide zich om.

Eline keek haar vanuit de deuropening met een vreemde blik aan.

'Wat is er?'

'Het spijt me,' zei Eline. 'Sorry.' Ze stapte het kantoor uit, deed de deur achter zich dicht en draaide hem op slot.

'Nee!' schreeuwde Simon.

Hij rende ernaartoe, sjorde aan de deurklink en trapte tegen het hout, maar de deur gaf nog geen millimeter mee.

'Zie je wel dat ze niet te vertrouwen was?' riep hij. 'Zie je wel?'

Nova liet zich zakken op een stoel en begroef haar gezicht in haar handen. 'Hoe is het mogelijk,' kreunde ze. 'Ik dacht echt... Het spijt me.'

Simon zocht in zijn zakken naar zijn mobiel. Hij kon hem nergens vinden. 'Oh, geweldig.'

Nova voelde ook in haar jaszak. Haar ogen werden groot. 'Mijn telefoon is ook weg.'

'Dat serpent heeft ze gepikt,' zei Simon. Hij balde woedend zijn vuisten. 'Alleen maar omdat jij...'

Nova stond op. 'Wat?' schreeuwde ze.

'Je had naar me moeten luisteren. Ik twijfelde nog aan haar, maar jij beweerde dat ik op je kon vertrouwen!'

Er viel een stilte die bijna een halve minuut duurde, maar die voor Simon als een half uur voelde. Daarna kwam hij bij zinnen, en liet hij zich verslagen op de grond zakken.

'Sorry,' zei hij. 'Het is duidelijk dat we allebei door Eline zijn misleid.'

Nova antwoordde niet. Ze stond op en liep naar de safe. Met haar duim drukte ze de cijfers 6 6 1 9 2 0 in. Vervolgens trok ze hard.

Het deurtje gaf geen millimeter mee.

113

Nog geen vijf minuten later ging de deur open. Twee stevig gebouwde mannen stapten op Simon en Nova af en pakten hen bij hun bovenarm. In de deuropening verscheen Jozias de Redder. Eline stond achter hem.

'Heel goed werk, Eline.' Hij gaf haar een kus op de wang. 'Jij komt steeds dichter bij het vuur, het vuur van de Twaalf.' Vervolgens gebaarde hij dat ze kon gaan.

De Redder sloot de deur en ging ontspannen achter zijn bureau zitten. Hij knikte naar de twee mannen, die Nova en Simon hardhandig op de twee stoelen tegenover het bureau drukten.

Jozias keek hen strak aan. 'Nova le Temps en Simon Ryevaar,' zei hij. 'Wat een eer dat jullie mij hier komen opzoeken. En zo spontaan ook.'

'We weten wat je hebt gedaan,' zei Nova. 'Je gaat hier niet mee wegkomen.'

'Ik had gedacht, Nova,' zei De Redder, geheel niet onder de indruk, 'dat jij na ons laatste gesprekje de boodschap wel had begrepen: bemoei je niet met The Bride. Het is heel simpel. The Bride is niet van deze aarde, maar is gebouwd op hemelse principes. Hier is Jezus de koning en heeft de Heilige Geest de leiding. Ik ben gezalfd om als nederig werktuig van de Geest de schapen te hoeden.'

Simon keek de andere kant op. Hij had geen zin om zijn religieuze waanideeën aan te horen.

De Redder ging onverstoorbaar door. 'Ik heb niet het idee dat deze woorden veel effect zullen hebben, want jullie begrijpen ze niet. Ze zijn als parels voor de zwijnen. Op zich is dat niet erg. Tot het einde toe zullen er mensen zijn aan wie het niet gegeven is de geheimenissen van het komende koninkrijk te kennen. Maar het wordt anders als je het eindtijdplan van God met deze wereld doelbewust probeert tegen te werken, te blokkeren en te vernietigen. Over mensen die zich bewust als obstakels voor de waarheid opstelden, zei Jezus dat het beter was dat ze in Gehenna geworpen zouden worden. Johannes de Doper zei over hen dat de bijl al aan de wortel lag, om hen eraf te hakken en hen aan de vlammen over te geven. Want om diezelfde Johannes te citeren: de weg voor de Heer moet worden gebaand, en alles wat in de weg staat moet wijken.'

'We weten wie je bent,' zei Simon ineens.

De Redder keek geamuseerd. 'Vertel, Simon. Wie zeg jij dat ik ben?'

'Olivier Kassel.'

'Waar héb je het over?' Hij begon hard te lachen en richtte zich tot de bewakers. 'Wacht twee seconden buiten. Ik moet hen heel kort onder zes ogen spreken.'

De mannen knikten en verlieten de ruimte. Jozias ging rechtop zitten en keek hen beurtelings aan. 'Ik heb van God te horen gekregen wat ik met jullie moet doen. Je lichaam zal de prijs betalen, maar hopelijk zal jullie ziel worden behouden.'

Simon had even het gevoel niet te kunnen ademen.

De Redder stond op en liep naar de deur, die hij opende. 'Breng ze naar het magazijn.' De mannen kwamen binnen, pakten hen weer in een ijzersterke greep, en troonden hen de kantoorruimte uit.

Op de gang passeerden ze Eline, die er timide bij stond.

'Je hebt bloed aan je handen Eline,' schreeuwde Nova naar haar. 'Jij wéét wat hij op zijn geweten heeft.'

Aan het einde van de gang opende een van de bewakers een deur. Op dat moment zag Simon dat als hij een kans had, het nú was. Vanuit het niets gaf hij de man die hem vasthield een keiharde stomp tussen de ogen. De bewaker uitte een kreun en verslapte een moment zijn greep. Simon draaide een kwartslag en schopte hem met volle kracht in zijn kruis. De bewaker zakte kermend door zijn knieën.

Simon rende de gang uit, totdat hij bij de glazen deur was. Die bleek op slot te zitten. In paniek begon hij ertegenaan te beuken, maar het glas was te dik en hij merkte meteen dat het geen zin had.

Toen voelde hij een harde klap op zijn hoofd. Het moment erna lag hij op de grond. De bewaker die hij zojuist had toegetakeld gaf hem een harde trap, tilde hem ruw op en drukte zijn arm op zijn rug.

'Meekomen.'

114

Ze zaten tegen de muur, naast een grote stellingkast. Simon bedacht zich hoe bizar het was dat de cirkel hier, in dit congresgebouw, werd gesloten. Al die tijd hadden Nova en hij toegewerkt naar wat de ontmaskering had moeten worden van de man die, zonder dát hij wist, al die jaren Annabel in zijn greep gehad bleek te hebben.

'Wil je me alsjeblieft vasthouden?' vroeg Nova met een dun stemmetje.

Simon schoof iets dichter naar haar toe en sloeg zijn arm om haar heen. In zijn binnenste buitelden allerlei emoties over elkaar heen: medelijden met Nova, machteloosheid, blijdschap Annabel te hebben teruggezien, frustratie over dat ze hem niet meer wilde kennen, en bovenal: snijdende angst, omdat dit zijn laatste levende uren waren.

'Ik ben zo bang, Simon,' zei Nova.

Hij zweeg en drukte haar nog iets steviger tegen zich aan. Nova liet haar tranen de vrije loop. Hij hoorde en voelde haar snikken. Na een tijdje veegde Nova haar tranen weg.

'Je hebt in ieder geval je dochter nog gezien.'

Hij huiverde. Het was een gruwelijk idee dat net op het moment dat hij haar had teruggevonden, hij zelf aan zijn einde zou komen.

115

Uren verstreken zonder dat er iets gebeurde. Het was donker in het magazijn en al lange tijd hadden ze geen enkel geluid meer gehoord.

'Wat zal hij doen met ons?'

'Dat laat weinig aan duidelijkheid te wensen, niet? Toen hij zei dat ons lichaam de prijs zal betalen, maar hopelijk onze ziel behouden zal worden, citeerde hij Paulus. Die heeft geschreven dat sommigen schade zullen lijden door het vuur, maar toch behouden zullen worden, door vuur heen.'

'Het was de bedoeling dat je iets opbeurends zou zeggen,' zei Nova en ze schoof een stukje opzij.

'Het spijt me. Maar ik wil je geen valse hoop geven.'

Nova begroef een moment haar gezicht in haar handen. 'Maar hoe wil hij dat ongezien doen?' zei ze, weer opkijkend. 'Jouw auto staat hier in de buurt geparkeerd. Misschien hebben beveiligingscamera's van de omliggende gebouwen ons wel vastgelegd toen we hierheen liepen.'

'Hij zal er vast iets op bedenken,' zei Simon. 'Al die andere keren is hij er ook mee weggekomen.'

'Kun je niet eens iets hoopvols zeggen?'

'Sorry.'

Ineens klonk er een dof geluid in de gang, alsof er een zwaar voorwerp op de grond werd neergezet.

Nova ging direct rechtop zitten. Simon zag haar ogen in het duister glinsteren. 'Hij komt eraan,' zei ze, wanhopig. 'Hij komt eraan, Simon.'

De deur werd van het slot gehaald en ging een eindje open. Een straal licht viel naar binnen en verblindde Nova en Simon.

'Annabel?' stamelde Simon toen zijn ogen aan het licht waren gewend. Hij wilde meteen overeind komen, maar moest even voorover bukken vanwege de duizeligheid. Voorzichtig liep hij naar de deur. Ook Nova stond op.

Aan de vlekken op haar huid en aan haar roodomrande ogen was duidelijk te zien dat Annabel had gehuild. 'Snel,' zei ze. Ze hield de deur verder open, waardoor er nog meer licht naar binnen viel. 'Ik open de achteringang voor jullie. Maak dat je wegkomt en kom nooit meer naar The Bride. En laat ook mij met rust. Dit is het laatste wat ik voor je doe.'

Met hun ogen knipperend kwamen Simon en Nova het magazijn uit. Annabel deed de deur achter hen dicht. Daarna haastte ze zich de gang door, richting de glazen deur. Simon en Nova holden achter haar aan.

'Is De Redder nog aanwezig?'

Ze reageerde niet.

'Annabel,' probeerde Simon nog een keer. 'Die man is krankzinnig. Het is een moordenaar.'

Ze keek hem boos aan. 'Ik geloof niet wat je zegt. Hij is de profeet van de eindtijd. Hij staat op één lijn met Mozes, Elia en Johannes de Doper.'

'Nee, Annabel. Waarom denk je dat hij ons hier had opgesloten? We hebben de waarheid ontdekt.'

'Er is maar één echte waarheid,' zei ze stug.

'Hij heeft talloze mensen vermoord, Annabel. Nova en ik hebben zijn verleden ontrafeld. Hij heeft al sinds zijn tienertijd religieuze wanen. Hij is vanuit Duitsland naar Israël gevlucht omdat de politie hem zocht. Overal doodt hij mensen door ze met benzine te overgieten en ze te verbranden.'

'Het zou zelfs kunnen dat hij een aanslag gaat plegen,' deed Nova er een schepje bovenop. 'Echt, hij is er gestoord genoeg voor. Hij wil misschien net als de Twee Getuigen vuur uit de hemel roepen, om de ongelovigen ermee te verteren. Maar in zijn geval zal dat vast benzine zijn!'

Even veranderde Annabels blik. Ze leek te schrikken. Daarna schudde ze haar hoofd en kreeg ze iets gedecideerds over zich. In een bruusk gebaar hield ze haar pasje voor een scanner, waarna een zachte klik klonk.

Simon deed nog een allerlaatste poging om tot zijn dochter door te dringen. 'Meisje van me... Ik heb jaren met angst in mijn hart naar je gezocht.'

Maar met dezelfde kilte als tijdens hun eerste gesprek antwoordde ze: 'Waarom heb je naar me gezocht? Wist je niet dat ik in het huis van mijn Vader moest zijn?'

Verbijsterd staarde Simon haar aan totdat Nova hem aan zijn arm meetrok.

'Verdwijn,' zei Annabel. 'Zoek mij niet meer. Dit is mijn thuis.'

116

Dragonov zat aan een klein tafeltje in een shoarmatent vlak bij het industrieterrein waar hij Ryevaar en Le Temps naartoe was gevolgd. Met twee handen omklemde hij een groot pitabroodje met döner. Het was al laat op de avond en hij was de enige klant. De eigenaar van de zaak stond achter de balie verveeld op zijn mobiele telefoon te kijken.

Dragonov had niets meer van Olivarius gehoord nadat hij hem de locatie van Ryevaar en de journaliste had doorgegeven. Zijn handen jeukten om de klus af te maken, zodat hij terug kon naar Sofia.

Alsof het zo moest zijn, lichtte zijn telefoon op. Nog voordat hij de eerste keer was overgegaan, had hij al opgenomen.

'Ja?' zei hij.

'Drakon? Olivarius. Luister. Ik heb een situatie hier.'

'Wat voor situatie?'

'Ryevaar en Le Temps. Ik had ze gevangengenomen, maar ze zijn ontsnapt.'

'Dus?'

'Ze moeten nog in de buurt zijn. Ze zijn te voet. Help me ze te vinden. Dood moeten ze. Dóód!'

Dragonov nam een hap van zijn broodje. Met zijn mond halfvol zei hij: 'Dus je wilt alsnog dat ik ze elimineer?'

'Nee, je brengt ze persoonlijk bij mij. Ik moet ze eerst uithoren.'

Dragonov staarde naar zijn eigen reflectie in het raam. Inmiddels was hij nieuwsgierig geworden naar wie deze opdrachtgever was, maar hij had geleerd dat hij zijn nieuwsgierigheid moest bedwingen. Hij besefte heel goed dat als Olivarius ooit zou worden opgepakt, hij hém al die moorden in de schoenen zou schuiven. Dat verdomde litteken in zijn gezicht hielp dan ook niet mee. In combinatie met zijn Bulgaarse bijnaam zou het voor Interpol een koud kunstje zijn hem te identificeren.

'Dat zou betekenen dat ik zie wie jij bent,' zei Dragonov. 'En andersom zie jij hoe ik eruit zie.'

'Geloof me, dat is voor mij gevaarlijker dan voor jou,' siste De Redder. 'Ik zal je gezicht zien, maar wie je echt bent weet ik dan niet. Jij zult wél ontdekken wie ík echt ben.'

'Hm.'

'Ik zal je fors betalen, Drakon.'

'Nee,' zei Dragonov. 'Je probeert mij erin te luizen.'

'Wat? Natuurlijk niet. Waarom zou ik dat doen?'

Dragonov was niet helemaal overtuigd, maar tegelijkertijd genoot hij ervan dat de autoritaire Olivarius nu als een schoothondje naar hem toe kwam. Zijn wanhopige onderdanigheid voelde goed.

En anders schiet ik gewoon iedereéén neer daar.

Hij was een moment stil. Daarna zei hij: 'Doe een voorstel.'

'Vijftigduizend euro plus de al afgesproken bedragen voor het doden van die twee. Je spoort ze nu direct op. Laat me weten als je ze hebt, dan app ik je het adres waar je ze naartoe mag brengen. Alles staat daar al klaar. Als je wilt mag jij ze daarna allemaal op mijn commando liquideren.'

Dragonov ergerde zich. Zag die man hem aan voor een psychopaat die ervan genoot deze vent en die knappe jonge vrouw te doden? Natuurlijk niet. Hij moordde alleen voor het geld. Het was business. 'Als je maar weet dat ik ze niet in de fik steek.'

'Nee, nee, nee, dat doe ik. Ik zorg voor het inferno.'

Dragonov schudde zijn hoofd. Die gast was ziek, met zijn rare vuurfetisj. Hij slikte zijn ergernis in. 'Honderdduizend plus de al afgesproken bedragen.'

De Redder zuchtte. 'Akkoord.'

'Goed dan,' zei Dragonov, 'ik zal ze je brengen.' Hij propte het laatste stuk van zijn pitabroodje naar binnen.

117

De Redder zat al een tijdje in een van de fauteuils, zijn ogen gefixeerd op zijn telefoon. Hij hoopte dat het scherm snel zou oplichten met een bevrijdend appje van Drakon. Maar hij kon zijn onrust niet bedwingen. Hij sprong op en liep naar de deur. Net toen hij de gang op wilde lopen, stapte er iemand naar voren die hem de doorgang belette.

'Prisca?' zei hij verbaasd.

Ze antwoordde niet, maar greep de deurposten vast.

'Ik heb een beetje haast, Prisca,' zei De Redder. 'Ik had twee, ehm, gasten hier, en die zijn ineens weg.'

Annabel keek hem met bloeddoorlopen ogen aan. 'Je wilt ze doden.'

'Waar heb jij het over?'

'Ik stond op de gang en ik heb net het hele gesprek gehoord,' zei ze, terwijl tranen in haar ogen verschenen. '"Dóód moeten ze!" Dat schreeuwde je.' Ze deed een halfslachtige poging om haar ogen droog te vegen met de achterkant van haar hand, maar ze greep snel de deurpost weer vast.

'Deze twee mensen zijn instrumenten van Satan, Prisca,' zei De Redder. 'De Boze heeft ze naar The Bride gezonden om Gods plannen te dwarsbomen.' Hij legde zijn hand op haar schouder en greep die stevig vast. 'Ik wíst dat de duivel nog iets zou proberen, Prisca. Juist nu de grote apotheose nadert. Want Jezus komt spoedig terug!' Hij produceerde een brede glimlach.

'Simon Ryevaar is mijn vader.'

De ogen van De Redder werden groot. 'Je váder?' riep hij uit, oprecht verbaasd. 'Is die bezeten schoft jouw vader?' Hij gaf haar nu met beide handen zo'n harde duw dat het haar moeite kostte om te blijven staan. Ze hield zich stevig vast aan de deurposten.

'Dacht ik het niet?' bulderde hij. 'Ik heb altijd geweten dat er iets niet aan jouw verhaal klopte, Prisca de Wit.' Hij sprak haar naam honend uit, waarbij hij iedere lettergreep uitspuwde. 'Of hoe je ook maar mag heten. Dus daarom kwam je altijd met smoesjes als ik je een kopie van je paspoort vroeg. Ik had naar mijn gevoel moeten luisteren. Het was dus tóch de stem van de Heilige Geest die me voor je waarschuwde.' Hij slikte. 'Dat ik op deze manier achter je ware identiteit moet komen. God zal je zwaar straffen voor dit verraad.'

'En ik ben achter jouw ware identiteit gekomen, Jozias,' zei Annabel fel. Ze schudde verontwaardigd haar hoofd. 'Ik doorzie je nu, alsof je van glas bent. Al die benzine die we sinds maanden bij elkaar aan het sprokkelen zijn. Honderden liters, duizenden liters in die jerrycans in onze loods in Katwijk. En dan ook nog al die zakken ammoniumnitraat. Zogenaamd om te hamsteren voor als de Grote Verdrukking uitbreekt. Benzine voor de auto's en de tractoren, het ammoniumnitraat als grondstof voor kunstmest, omdat we ons eigen voedsel zullen moeten gaan verbouwen. Ik ben zó naïef geweest! Maar nu begrijp ik het. Ik heb het net nagezocht: met benzine en ammoniumnitraat kun je zware explosieven maken.'

'Je hebt er echt helemaal niets van begrepen,' snauwde De Redder. 'Elijah en ik zijn de Twee Getuigen. Je weet wat de roeping van de Twee Getuigen is. We moeten vuur over de mensen afroepen!'

De Redder wilde het laten klinken als een donderpreek, maar in zijn stem klonk wanhoop door, alsof hij zijn eigen twijfels overschreeuwde. Hij deed een nieuwe poging om haar te passeren, maar ze gaf hem een harde duw. Hij deinsde achteruit en wankelde.

'Prisca, ga opzij. Je keert je tegen de Allerhoogste.'

Annabel hief haar rechterbeen op en haalde uit. Ze trof De

Redder met haar voet in zijn buik, waardoor hij achterover op de grond viel.

Hij krabbelde overeind en struikelde naar zijn bureau, waar hij een klein, zwart stroomstootwapen pakte.

Toen hij zich omdraaide was ze verdwenen.

118

Simon en Nova holden stevig door. De straatverlichting verlichtte de bomen aan de rand van de weg en het asfalt. Het was doodstil op straat. Na een paar minuten bereikten ze de parkeerplaats naast de keukendiscounter.

Leeg.

'Waar is mijn auto?!' Simon greep naar zijn binnenzak. 'Mijn autosleutel is weg,' riep hij. Hij sloeg zijn handen voor zijn gezicht.

'Het is een nog een heel stuk naar de bebouwde kom,' zei Nova. 'Kom, we moeten meteen door. Als we bij een huis komen, kunnen we daar alarm slaan.'

Ze zetten het weer op een lopen. Rechts van hen lag een brede vaart met een hoge kade.

'Dáár, dáár,' riep Simon even later hijgend. 'Ik zie licht.'

Nova keek op en knikte een paar keer snel. Ze was volkomen buiten adem.

Plots hoorden ze achter zich een auto naderen. Tegelijkertijd draaiden ze zich om en zagen ze hoe met grote snelheid een SUV hun kant op kwam. Hij had groot licht aan, waardoor ze een kort moment verblind raakten.

Simon en Nova zochten naar beschutting, maar de auto kwam steeds dichterbij. Door het donkere glas en de weerspiegeling van het licht van de straatlantaarns was niet goed te zien wie er achter het stuur zat. De SUV minderde op het laatste moment vaart en maakte daarna een omtrekkende beweging, als een roofdier dat zijn prooi probeert te vangen.

'Dit heeft geen zin,' zei Simon, wanhopig om zich heen kijkend.

De SUV reed inmiddels stapvoets. Simon deed een laatste poging het duister in te vluchten, waarop de bestuurder een dot gas gaf. De wagen beukte tegen hem aan en kwam tot stilstand. Simon slaakte een kreet en viel op de grond. Grabbelend en krabbelend probeerde hij weer overeind te komen.

De deur ging open en Dragonov stapte eruit, met in zijn rechterhand een wapen.

'*Doctor Ryevaar, I presume?*' zei hij op spottende toon. '*We meet at last.*'

Hij stapte op Simon af en trok hem ruw overeind.

Een pijnscheut trok door Simons heup. Hij wankelde op zijn benen.

'Jullie stappen rustig de auto in,' zei Dragonov. 'Een van jullie rijdt, de ander komt op de achterbank naast mij zitten. Haal je niks in je hoofd, want bij een vreemde manoeuvre schiet ik eerst de een dood, daarna is de chauffeur aan de beurt.' Hij wees met zijn Glock beurtelings naar Nova en Simon, alsof hij een sadistische versie van iene-miene-mutte speelde. Hij hield stil toen hij zijn wapen op Simon had gericht. 'Jij gaat rijden.'

Simon stapte in, terwijl Dragonov met Nova om de auto heenliep, het pistool tegen haar hoofd. Nadat ook zij was ingestapt, ging hij naast haar zitten.

'En nu?' vroeg Simon.

Dragonov pakte zijn telefoon en typte op zijn dooie gemak een berichtje. Toen hij klaar was legde hij zijn telefoon op zijn schoot. 'En nu wachten we,' zei hij.

119

Vanuit de deurpost zag De Redder dat ze wegrende, haar toegangspasje zichtbaar in haar hand. Meteen zette hij de achtervolging in. 'Prisca!' riep hij. 'Blijf hier! God zal je hard straffen als je mij verlaat!'

Op dat moment voelde hij zijn telefoon trillen. Onder het rennen las hij het appje van Dragonov.

Ik heb ze. Waar moet ik heen?

Hij was slechts enkele meters van haar verwijderd toen ze het trappenhuis in schoot en de deur achter haar weer in het slot viel. Koortsachtig zocht De Redder in de zakken van zijn colbert naar zijn eigen pas, haalde hem tevoorschijn en hield hem voor de paslezer. De deur klikte open. Met grote passen rende hij de trappen af, waar hij haar nog net door de hoofdingang naar buiten zag glippen.

'Blijf hier, jij Judas!' schreeuwde hij. 'Serpent!'

Ook de buitendeur ontgrendelde hij met zijn pas. Hij wrong zich naar buiten en sprintte achter haar aan, richting de uitgang van het parkeerterrein. Ze keek om, slaakte een kreet en versnelde. De hak van haar schoen bleef achter een losliggende stoeptegel haken en vloog uit.

Hij won terrein.

Ze stak de straat over met maar één schoen, die ze onderweg vlug uitschopte. Daarna verdween ze in de struiken naast een grote autogarage. Hij volgde haar het struikgewas in tot hij achter het gebouw van de garage uitkwam, maar zag haar niet meer. Het was aardedonker. Hij hield op korte afstand zijn hand voor zijn gezicht en kon slechts met moeite zijn vingers onderscheiden.

Een moment was hij stil en luisterde hij ingespannen, maar het enige dat hij hoorde was het bonzen van zijn hart.

Hij balde zijn vuisten, ontspande ze weer.

Ze was hem ontglipt.

Haastig liep hij terug naar het parkeerterrein aan de overkant van de straat, schuin tegenover het gebouw van de The Bride. Hij haalde een autosleutel uit zijn zak en drukte op het knopje. De lampen van een grote SUV lichtten een kort moment op. Hij stapte de auto in en startte de motor. Hij voelde in zijn binnenzak of het stroomstootwapen er nog zat. Daarna draaide hij de auto achteruit en reed met gierende banden weg.

Hij reed de straat uit, sloeg links af. De omgeving was uitgestorven. Na een tijdje sloeg hij weer links af. Op deze manier maakte hij een cirkel rondom het gebouw van The Bride. Als het nodig was, kon hij daarna een grotere cirkel rijden, om zo systematisch de wegen uit te kammen rondom de plek waar Prisca hem was ontsnapt.

Net toen hij zich zorgen begon te maken of hij haar niet daadwerkelijk kwijt was, zag hij in zijn achteruitkijkspiegel iets bewegen, in het licht van een verre straatlantaarn.

Het was een mens.

Hij remde hard en keerde zijn auto. Daarna trok hij met volle kracht op. De Redder tuurde door de spleetjes van zijn ogen terwijl hij dichterbij kwam, en grijnsde. Ze was het. Op haar blote voeten rende ze over de weg. Af en toe keek ze angstig over haar schouder.

Hij passeerde haar met grote snelheid, remde abrupt en sneed haar met banden die gilden op het asfalt de pas af. Meteen toen hij stilstond sprong hij uit de wagen.

Annabel gleed uit, richtte zich op en rende de andere kant op, maar na amper tien meter had De Redder haar al bijna ingehaald. Hij activeerde de taser. Er schoten twee pijltjes uit die er met een draad aan verbonden waren. De pijltjes hechtten zich aan Annabels kleding en onmiddellijk begon haar lichaam hevig te schokken. Ze stortte ter aarde als een marionet waarvan de touwtjes waren doorgeknipt.

Ze schokte nog een paar keer na, waarna ze volkomen roerloos bleef liggen. Ze kreunde zachtjes en ademde zwaar. De Redder hurkte bij haar neer en trok de pijltjes los. Daarna tilde hij tilde haar op en legde haar op de achterbank van de auto. Uit zijn kofferbak pakte hij een rol ducttape en tiewraps.

Annabel kwam weer een beetje bij.

'Jij...' zei ze schor, 'jij bent de duivel.'

120

Er klonk een pingetje.

'Ah,' zei Dragonov opgewekt toen hij het binnengekomen berichtje had gelezen. 'We gaan naar... *Ketwiejk*.'

'Katwijk,' verbeterde Nova hem.

'Ook goed,' zei Dragonov. Hij stopte zijn telefoon weg. 'En nog iets, doctor Reyevaar: Olivarius heeft je dochter. Hij noemt haar een verrader.' Hij lachte vreugdeloos.

Simon voelde een flits van trots toen hij besefte dat Annabel zich blijkbaar toch van De Redder had afgekeerd, al werd dat gevoel direct overstemd door de angst dat hij haar mee zou sleuren in zijn val. Maar vreemd genoeg kwam er daarna een kalmte over hem heen, bijna alsof hij buiten zichzelf trad en de situatie van een afstandje bekeek.

'Netjes de autogordels omdoen allebei,' zei Dragonov. 'En je houd je aan de verkeersregels. Niet te hard rijden, niet door rood rijden. We willen niet worden aangehouden, want dan zul je je dochter niet levend terugzien. En rij zachtjes over de verkeersdrempels, zodat dit wapen niet door de schok per ongeluk afgaat.'

'Ik zal rustig rijden,' beloofde Simon. Hij startte de motor. 'Waar moet ik naartoe?'

Dragonov pakte zijn telefoon en toonde het schermpje aan Nova. 'Lees jij even het adres voor, juffrouw Le Temps?'

Nova deed dat en Simon typte het in het navigatiesysteem van de auto in. Rustig reed hij van het parkeerterrein af. Hoewel het er uitgestorven was gaf hij zelfs keurig richting aan.

In de auto heerste een onwezenlijke stilte.

Al snel bevonden ze zich buiten de stad en draaide Simon de N206 naar Katwijk op. De weg was aan weerszijden afgezet in verband met de aanleg van de Rijnlandroute.

'Je hebt een dochtertje?' zei Simon ineens.

Dragonov fronste zijn wenkbrauwen en hield zijn hoofd iets schuin. Hij leunde voorover en zag dat Simon de foto van Nikolina had gespot die aan de sleutelhanger van zijn reistas hing.

'Denk je dat je dochter trots op je zal zijn als ze weet wat jij doet?'

'Bek houden,' snauwde Dragonov. 'Houd je blik op de weg.'

'Ik spreek tot je, als een vader tot een andere vader,' zei Simon. 'Hoe zou jij het vinden als iemand jouw dochter om het leven bracht?'

Dragonov zette de Glock tegen Nova's slaap. 'Als je nog één keer iets over mijn dochter zegt, schiet ik het hoofd van je vriendinnetje eraf.'

Nova kneep haar ogen dicht.

Simon zweeg. Hij nam de afslag richting Katwijk aan Zee.

De stilte in de wagen werd uiteindelijk door de stem van het navigatiesysteem verbroken.

'Nog drie minuten tot uw bestemming.'

121

'Fire, fire... Burning, warming cold hearts,' zong De Redder zachtjes mee. *'Glowing, purifying, showing where mankind can find true peace.'*

Als hij onderweg was, luisterde hij graag naar opnames van de zaterdagdiensten. Soms kreeg hij kippenvel als hij zichzelf hoorde preken en verbaasde hij zich over zijn eigen diepzinnigheid. Hij vroeg zich vaak af hoeveel van wat hij zei nu echt door de Heilige Geest werd ingefluisterd, en hoeveel uit zijn eigen briljante geest voortkwam.

'Christ came to kindle fire on the earth, the fire of God's love He brought to birth,' klonk het door de speakers. *'Indeed this spot would be a sorry place without this fire embracing every race.'*

Hij keek in zijn achteruitkijkspiegel naar Prisca, die in een uiterst oncomfortabele positie op de achterbank lag. Haar handen waren achter haar rug met tiewraps vastgebonden. Ze zaten ook om haar enkels. Over haar mond was een flink stuk ducttape geplakt. Om de paar tellen trok het licht van de straatlantaarns over haar lichaam en werden haar angstige ogen zichtbaar.

Een nieuw lied werd door zijn gemeente ingezet. *'Laat het zijn, dat ik mijn hart steeds opendoe, doorzoek mij in mijn diepste zijn.'* Hij zette het geluid iets harder.

'Kun je de tekst goed horen zo, Prisca?' vroeg hij. 'Ah, je was er zelf bij natuurlijk. Je zat op de eerste rij toen het gezongen werd.'

'Dat U mij loutert in het vuur; o Heer, maak mij rein, U Heer, U maakt mij rein...'

Zacht meeneuriënd drukte hij op een toets van zijn telefoon

die in een klemmetje aan zijn dashboard was bevestigd. De muziek zette hij wat zachter.

'Papa?' klonk het door de speakers.

'Elijah, ons wacht een belangrijke taak vanavond. Kom onmiddellijk naar de loods in Katwijk.'

'De loods? Wat gaat er gebeuren?'

'Openbaring eenentwintig vers vijf,' zei De Redder. 'Als iemand de Twee Getuigen kwaad wil doen, zullen ze hun vijanden verteren met vuur – op die manier zal iedereen die hun kwaad wil doen moeten sterven.'

Elijah was een moment stil. 'Dus je wil God vragen zijn vuur te laten neerdalen over hen die Gods eindtijdplan dwarsbomen? Waarom moet dat in de loods? We kunnen toch overal een gebedssessie houden?'

'Je zult het zien als je er bent,' zei De Redder. 'Spring in de auto.'

'Eh... oké,' zei Elijah aarzelend. 'Ik kan er in vijftien, twintig minuten zijn.'

'Zie ik je zo, mijn jongen.'

Hij drukte het gesprek weg.

Opnieuw keek hij in de achteruitkijkspiegel. Annabel probeerde zich op te richten, maar slaagde daar maar half in en viel direct weer terug. Ze schudde hevig met haar hoofd en maakte haar ogen groot. Haar schreeuwen werd gesmoord door de tape over haar mond.

'Je weet wat Jezus gezegd heeft, Prisca,' zei De Redder. 'Hij zei: "Ik ben gekomen om op aarde een vuur te ontsteken, en wat zou ik graag willen dat het al brandde!" Als je Jezus wil dienen, moet je ook accepteren dat hij een verterend vuur is.'

Annabel keek hem met priemende ogen aan.

'Vanavond zul je met je vader herenigd worden. Maar helaas voor jullie zal de hereniging slechts van korte duur zijn.' Hij richtte zijn blik weer op de weg. 'Het vuur van Gods oordeel zal over jullie komen. Jullie rook zal opstijgen als het geoordeelde Babylon.'

122

Simon parkeerde de SUV achter een grote loods op een verlaten industrieterrein. Dragonov haalde hem en Nova er om de beurt uit. Terwijl hij hen onder schot hield dwong hij hen in de richting van een overheaddeur te lopen die een eindje openstond. Er brandde licht.

Binnen was de sterke benzinelucht het eerste wat Simon opviel. Hij keek om zich heen en zag dat een groot deel van de vloer in beslag werd genomen door honderden jerrycans in alle soorten en maten. Tegen de muur waren grote aantallen enorme zakken ammoniumnitraat opgestapeld.

Nova had gelijk. De Redder is uit op een totaal inferno...

Dragonov keek om zich heen. Hij leek niet goed te weten wat te doen. Toen gebaarde hij naar een paar stoelen die in een hoek rond een tafel stonden. 'Ga daar zitten,' beval hij. 'Dan wachten we op Olivarius.'

'Die Olivarius van jou is compleet gestoord,' probeerde Simon nog. 'Hij wil met explosieven aanslagen op burgers plegen.'

'Bek houden.'

Niet veel later hoorden ze de deuren van een auto dichtslaan. Als eerste kwam Annabel naar binnen, die voortstrompelde op blote voeten, de handen op de rug gebonden, haar mond afgeplakt. De Redder hield haar bij haar nek vast.

'Annabel!' schreeuwde Simon en hij sprong op.

Maar hij had nog geen drie stappen gezet of Dragonov sloeg hem met de achterkant van zijn wapen zo hard op zijn achterhoofd, dat hij ter aarde stortte. Met zijn beide handen wreef hij kermend over de pijnlijke plek op zijn hoofd. Hij voelde warm, nat vocht op zijn vingers.

'En nu weer gaan zitten,' zei Dragonov die hem ruw omhoog trok.

Simon zag dat zijn handen rood waren van het bloed. Een doffe, kloppende pijn bonsde in zijn hoofd.

De Redder voegde zich met Annabel bij hen. 'We maken ze vast aan die buis daar,' zei hij tegen Dragonov. Hij pakte de drie paar handboeien die op de tafel klaarlagen.

Ze bevestigden Simon, Nova en Annabel aan een stalen buis die op zo'n dertig centimeter boven de grond over de hele lengte van de wand liep. Ruw rukte De Redder de tape van Annabels mond. Ze schreeuwde het uit. De Redder verfrommelde de tape en keek op zijn horloge, alsof hij ergens op wachtte.

Kort daarna was in de ramen bovenin de loods een flikkering van licht te zien. Ze hoorden de geluiden van een parkerende auto en een dichtslaande portier. Even later schoof de overheaddeur open en weer dicht en kwam Elijah de loods binnengelopen.

'Ah, daar ben je,' zei Jozias verheugd.

'Wat is de bedoeling, pa?' vroeg Elijah opgewekt. Toen zag hij Nova, Annabel en de bloedende Simon die met handboeien aan de buis geketend waren. Een moment leek hij in verwarring gebracht.

'Wacht maar af, jongen,' antwoordde De Redder. 'Onze taak is niet gemakkelijk, maar we zullen God moeten gehoorzamen.'

Hij draaide zich om naar Annabel.

'Prisca, Prisca...' zei hij. 'Jij bent het levende bewijs dat zelfs ík me kan vergissen. Ongelofelijk hoe sluw Satan te werk gaat. Een engel leek je. *A devil in disguise.*'

Elijah, die naast hem stond, vormde een schril contrast met de besluitvaardige houding die zijn vader had aangenomen. Zijn armen hingen slap langs zijn lichaam en hij knipperde veelvuldig, als iemand die stof in zijn ogen heeft gekregen.

'Dat mevrouw Le Temps een tegenstander van het werk van God was, wist ik vanaf het begin,' zei De Redder en hij slaakte een theatrale zucht. 'Ik heb mijn best gedaan haar te waarschuwen, haar op het rechte pad te krijgen, maar ze weigerde te luisteren. En dat de heer Ryevaar van plan was om verwarring te zaaien rond Gods Bijbelse eindtijdplan, wist ik ook. Hij is onder invloed geraakt van de vondst die zijn vriend Thomas Weissenberg heeft gefabriceerd. Een duivelse misleiding, ingegeven door Satan zelf, in een laatste verwoede poging zoveel mogelijk mensen te laten twijfelen aan God en de Bijbelse voorspellingen – en aan mijn gezag als boodschapper van God.'

Simon zag dat Elijah intussen onbeweeglijk als een standbeeld naar de grond bleef kijken, alsof hij niets te maken wilde hebben met wat er zich voor zijn ogen afspeelde.

De Redder liep op Annabel af en omvatte haar kin met zijn rechterhand. 'Maar jij...' zei hij, en even leek het alsof zijn stem brak, 'dat uitgerekend jij je tegen Gods werk hebt gekeerd, dat doet me oprecht intens pijn. Al die tijd heb je je werkelijke identiteit voor me verborgen gehouden. Werkelijk álles gebeurt zoals het in de tijd van onze Heer gebeurde. Jij, mijn geliefde discipel, een van mijn Twaalf getrouwe volgelingen, blijkt een verrader. Satan is in je hart gevaren.'

Hij schudde zijn hoofd, alsof hij oprecht verdriet had. 'Je hebt je niet los kunnen maken van je familie en afkomst, zoals ik je had opgedragen. En nu... Nu zul je samen met je vader sterven.'

Hij moest zelf hard schaterlachen.

Nadat hij haar kin eindelijk had losgelaten, liep hij naar de jerrycans en pakte er eentje op.

'Je bent een moordenaar!' gilde Annabel. 'Dit heeft niets te maken met het werk van God.'

'Ik heb nog nooit iemand vermoord,' antwoordde hij hoofdschuddend. 'Moord is iemand doden zonder wettelijke grond. Ik voer alleen maar een goddelijke straf uit.'

'Jozias,' zei Annabel, nu zachter, 'je hoeft dit niet te doen. De Bijbel zegt toch dat enkel God de wraak toekomt?'

De Redder draaide zich theatraal om. 'Ga weg, achter mij, Satan!' riep hij. 'Je zou me nog van de goede weg afbrengen.

Je denkt niet aan wat God wil, maar alleen aan wat de mensen willen. Dat wat ik uitvoer ís de wraak van God!' Hij begon hartstochtelijk te huilen. 'Hoe kun je zo verblind zijn, mijn geliefde discipel?'

Annabel antwoordde niet.

Hij keerde zich weer om. 'Begrijp je het nou nóg niet?' schreeuwde hij haar toe, alsof hij om haar begrip smeekte. 'Denk je dat ik dit wil? Dat ik dit leuk vind om te doen? Denk je niet dat ik liever geen gehoor aan deze roeping zou hebben gegeven? Je wéét toch dat ik God heb gebeden deze beker aan mij voorbij te laten gaan. Maar ik moet deze weg gaan. Wie God wil dienen, moet hem ook dienen in zijn oordeel en wraak. Christenen denken altijd maar dat God enkel liefde en genade is, maar dan negeren ze een derde van de Bijbel. God is nog steeds de God die Sodom en Gomorra in vuur en zwavel verbrandde, de God die de ongelovige vijanden van Israël uitmoordde, inclusief vrouwen, kinderen en zuigelingen. Je kunt van de God van Israël een teddybeer willen maken, maar hij is een verterend vuur en een ieder die hem niet accepteert, zal voor eeuwig het vuur in gaan.'

'Maar dat geeft jou niet het recht het heft in eigen handen te nemen,' riep Nova. 'Hoe weet jij wat God wil? Dat is hoogmoed. Je bent God niet.'

'Ik heb geen keuze!' donderde De Redder. 'Ook ik had het graag anders gewild, maar God heeft geopenbaard dat ik en Elijah de Twee Getuigen van de eindtijd zullen zijn, en het is onze opdracht om vuur over de mensen te laten neerdalen. Dit hier is nog maar het begin!'

Hij keerde zich tot Elijah. 'Dit is mijn geliefde zoon. In hem vind ik vreugde.'

'Je kunt nog terug,' zei Simon. 'Zegt Jezus zelf niet dat je je vijanden lief moet hebben? Hoe kun je in Jezus geloven als verlosser, en tegelijk jezelf gedragen als de verwoester?'

De Redder lachte geamuseerd. 'Jezus is niet de lieve zoete verlosser die ze van hem hebben gemaakt. Jezus is het lam, maar ook de woeste leeuw. Hij zegt van zichzelf dat hij gekomen is om zondaars te redden, maar ook dat hij gekomen is om vuur op aarde te werpen. Hij roept op tot redding, maar zegt daarbij dat zij die zijn redding niet willen accepteren voor zijn ogen gedood mogen worden. Hij kwam tweeduizend jaar geleden in nederigheid en genade, maar als hij voor de tweede keer komt zal hij komen als overwinnaar en de wijnpers van Gods wraak treden, waar het bloed van de goddelozen aan alle kanten uit zal stromen.

Ik heb dit niet verzonnen, dus wees niet boos op mij. Dit is wat de Bijbel zegt, en jij als zogenaamde eindtijddeskundige zou dat moeten weten. God is genadig voor wie hem liefhebben maar een gruwelijk vuur van oordeel voor wie hem haten. Hij laat niet met zich spotten.'

'Maar dat hele boek Openbaring gaat over de vernietiging van Jeruzalem in het jaar 70,' probeerde Simon.

'Zwijg!' schreeuwde De Redder.

Elijah was naast zijn vader blijven staan. Simon probeerde oogcontact met hem te maken, maar hij bleef schuin naar de grond kijken.

'Geloof mij,' zei Jozias, 'ik doe simpelweg wat ik de Vader zie doen. Die doodde in het Oude Testament de zondaars ook met duizenden tegelijk. In het boek Handelingen bracht hij duizenden mensen tot redding door de kracht van de Heilige Geest, maar vervolgens doodde hij in één klap Ananias en Zafira door kracht van diezelfde Heilige Geest. God doodt de goddelozen, vanaf het begin van de schepping al, en hij blijft het doen tot het einde toe. Dus wat denk je dat hij van zijn volk en zijn profeten verwacht in de eindtijd? Dat ze iedereen over de bol aaien en gaan knuffelen?'

Hij draaide de dop van de jerrycan.

'Elijah, help ons,' riep Annabel. 'Je vader is doorgedraaid!'

'Hij heet helemaal geen Jozias de Redder,' zei Nova. 'Hij heet Olivier Kassel en komt uit Duitsland. Vorige week heeft hij daar zijn eigen moeder laten vermoorden, jouw oma!' Dit bracht Elijah zichtbaar in de war. Hij zocht de blik van zijn vader.

'Laat ze maar roepen, mijn zoon,' zei De Redder op geruststellende toon. 'Ze begrijpen het plan van God niet.'

Hij wierp de dop van de jerrycan op de vloer. 'Zo,' zei hij ijzig kalm. 'Dan is nu het uur van de waarheid aangebroken.'

123

Simon, Annabel en Nova begonnen tegelijkertijd te schreeuwen en te gillen. Hun stemmen weergalmden door de grote ruimte. Wild rukkend aan hun handboeien probeerden ze los te komen.

De Redder stapte op Annabel af en goot een grote hoeveelheid benzine over haar uit. Annabel kronkelde en keek met doodsangst in haar ogen naar haar vader.

'Ryevaar,' zei De Redder, die zijn stem moest verheffen om over al het geluid heen te komen, 'ik wil dat je mij nu direct vertelt met wie jullie contact hebben gehad over de zogenaamde ontdekking die Weissenberg heeft gedaan.' Uit zijn broekzak haalde hij een doosje lucifers tevoorschijn. Hij stak er een aan, die hij boven het lichaam van Annabel hield.

'We... we hebben met niemand contact gehad,' zei Simon.

'Dat is een leugen. Vertel me wie er nog meer van afweten. Geef me alle namen.'

Simon keek hem aan. 'Alleen met Zieleman, en die heb je al omgebracht. Verder is er niemand op de hoogte van wat Thomas ontdekte.'

'Je liegt!' schreeuwde De Redder. 'Dit is je laatste kans, Ryevaar. Als je niet vertelt aan wie je de informatie gelekt hebt, verandert je dochter in een levende fakkel. En ze zal goed branden, met die mooie bos haar van haar.'

'Blijf met je poten van haar af, klootzak,' riep Simon.

De Redder kreeg een diabolische grijns. 'Als je ervoor kiest je mond te houden, dan prima. Je hebt het zelf gewild.' Hij bracht de lucifer dichter bij Annabel.

Annabel kneep haar ogen jammerend dicht.

Simon schudde zijn hoofd. 'Ik zweer het,' zei hij wanhopig. 'Niemand anders weet ervan af.'

'Papa,' hoorden ze Elijah ineens zeggen. 'Dit is... toch niet de bedoeling?'

'Wat?' zei Jozias verontwaardigd. Hij blies de lucifer uit en draaide zich om naar zijn zoon.

Elijah stapte tussen hem en de drie gevangenen in. 'Dit kan toch niet het plan van God zijn? Mensen levend verbranden. Dat is...'

Jozias gaf hem een harde klap in zijn gezicht. 'Ook jij, Elijah? Keer jij je ook tegen mij? Hoe durf je!'

Elijah leek nauwelijks geschrokken te zijn van de klap. 'Gebruikte de profeet Elia vuur om de priesters van Baäl te verslaan?' ging hij verder. 'Nee. Elia bad en God zond vuur vanuit de hemel. Dáárdoor wist hij dat hij Gods wil uitvoerde. Zou God dat vandaag niet meer kunnen herhalen? Hij is toch dezelfde God gebleven?'

'Je bent misleid, Elijah,' zei Jozias. 'Heel erg misleid.'

'Nee, jij,' zei Elijah, die door de boosheid van zijn vader geenszins uit het veld leek te zijn geslagen. Het leek alsof hij zich er juist door verhardde. 'Word wakker, papa! Geloof je nou echt dat mensen in brand steken en benzinebommen de vervulling zijn van de teksten in Openbaring?'

'I'm out of here,' hoorden ze Dragonov zeggen, die rechtsomkeert maakte en naar de deur liep.

'De ratten verlaten het schip,' zei De Redder hoofdschuddend. 'Zoals in de Tuin van Gethsemane de Heer door alles en iedereen werd verlaten, zo sta ik er nu ook alleen voor.'

Hij maakte een wilde beweging met de jerrycan waardoor er een golf benzine op hemzelf en op Elijah terechtkwam. Elijah deinsde verschrikt naar achteren.

'En ga nu opzij, afvallige,' zei De Redder tegen zijn zoon, waarna hij de jerrycan op de grond zette. Hij pakte een nieuwe lucifer en streek hem af. Onmiddellijk vatte de lucifer vlam. Annabel staarde hem met grote ogen aan.

‘Help ons, Elijah,’ gilde Nova. ‘Stop hem!’

‘Als je ook maar iets doet, zoon,’ zei De Redder, ‘dan blaas ik hier alles op, met jou en de andere goddelozen erbij.’

‘Papa,’ zei Elijah, bijna smekend. ‘Kom tot jezelf. Dit is het niet waard.’

‘Dat is een leugen van de duivel. Het is óf het plan van God, óf niets. Ik blaas ons nog liever allemaal op dan dat ik mijn God verloochen. Je weet bovendien wat er met Gods gezalfden gebeurt als ze in het vuur komen. De profeet Daniël werd in de oven gegooid, maar de vlammen deerden hem niet. Ik ben ook een soort Daniël, ook ik weiger te buigen voor jullie die het Beest en zijn beeld aanbidden. Dus God zal mij sparen.’

De lucifer was gedoofd en De Redder stak weer een nieuwe aan. De weerspiegeling van de vlam was zichtbaar in zijn ogen. Opnieuw keek hij naar Annabel. ‘Waarom heb je mij verraden?’ schreeuwde hij woest, terwijl hij het doosje wegstopte en met zijn vrije hand de jerrycan opnieuw oppakte om nog meer benzine over haar heen te gieten. ‘Net zoals Judas’ bloed vloeide op de bloedakker vanwege zijn daad, zo zal jouw bloed vanavond vloeien. Je ingewanden zullen ontploffen. Je zult verteerd worden…’

Net toen hij de jerrycan kantelde en de benzine uit de tuit begon te stromen, wierp Elijah zich naar voren.

Hij beukte De Redder opzij, die met jerrycan en al omviel.

En onmiddellijk vlam vatte.

124

De Redder had de jerrycan uit zijn handen laten vallen en de benzine gutste naar buiten. Zijn kleding had al vlamgevat en het vuur laaide hevig op, gevoed door de toevoer van de benzine. Gillend rolde hij over de vloer, in een wanhopige poging het vuur te doven, maar doordat hij door de brandstof rolde voedde hij het vuur juist.

Al snel verspreidde zich de geur van verbrand haar en vlees.

Tot Simons onuitsprekelijke opluchting bevond de plas benzine zich op een paar meter afstand van hen, zodat ze wel de verzengende gloed van het vuur voelden, maar verder niet in gevaar waren.

Elijah stond er als bevroren bij. Hij had zijn armen naar zijn vader uitgestrekt, maar door de enorme hitte kon hij niet dichterbij komen. 'Pa!' schreeuwde Elijah wanhopig. 'Ik... Ik wilde je niet niet...'

Het gillen hield op, en Jozias begon te schaterlachen – een absurd contrast met de doodstrijd die hij leverde.

'Geen haar op mijn hoofd is verschroeid,' zei hij, kreunend, maar goed verstaanbaar. 'De vlammen hebben geen vat op me... Ze hebben geen vat op me. Ik zal opstaan! God zal mijn lichaam niet prijsgeven aan de dood.'

Elijah liep in de richting van zijn vader en knielde op twee, drie meter afstand bij hem neer. 'Papa,' riep hij. Hij barstte in huilen uit. Algauw stroomden de tranen hem over de wangen.

Er kwam nu geen benzine meer uit de omgevallen jerrycan.

Tot Simons verbazing leek De Redder nog altijd te leven. Het vuur brandde nog, al waren de vlammen niet meer zo hoog als in het begin. De aanblik en geur van zijn zwartgeblakerde lichaam waren misselijkmakend.

Toen ineens leek De Redder te beseffen wat er gebeurde. Hij krulde ineen als een stervende spin. Luid schreeuwde hij: 'Eli, Eli, *lema sabachtani?*'

'Mijn God, mijn God, waarom hebt u mij verlaten?' dacht Simon. *De woorden die Jezus riep toen hij aan het kruis hing en zijn laatste adem uitblies.*

'Hij roept om Elijah!' riep Nova.

Nog eens schreeuwde Jozias het uit. Daarna gaf hij de geest.

Gevallen, gevallen is de grote Jozias de Redder...

'Hij is dood,' riep Nova uit. 'Goddank!'

Juich om hem, hemel, juich heiligen, apostelen en profeten! Het vonnis dat hij ons had toebedacht, heeft God aan hem voltrokken...

Simon keek naar Annabel, die onbedaarlijk huilde. 'Jozias, Jozias,' bleef ze maar herhalen, tussen het snikken door.

De vlammen waren inmiddels gedoofd, maar het lichaam van De Redder smeulde en rookte nog hevig. Elijah zat op de grond, zijn hoofd rustte op zijn opgetrokken knieën.

Simon zag de sleuteltjes van de handboeien op de grond liggen. Hij strekte zijn rechterbeen zo ver mogelijk uit in een poging om erbij te komen. Met de punt van zijn schoen raakte hij net de sleutelring aan, maar hierdoor schoof die juist verder weg waardoor ze geheel buiten bereik raakten.

Elijah richtte zich op. Hij keek naar de sleuteltjes en toen naar Simon.

'Wil je ons losmaken, Elijah?' vroeg Simon. 'Dan kunnen we...'

De jongen keek apathisch naar de sleutels, maar leek niets te zien.

'Dankjewel dat je je vader hebt gestopt, Elijah' zei Nova, in een poging hem te bereiken. 'Dit kon nooit Gods bedoeling zijn.'

'Wat weten jullie daar nou van?' zei Elijah, met een plotselinge kilte in zijn stem. 'Misschien had ik een moment van zwakte. En nu is mijn vader dood, vermoord door zijn zoon. Het was mijn schuld.' Opnieuw wierp hij een blik op het smeulende lijk van zijn vader. Toen liep hij naar de jerrycan en pakte die op.

'Elijah,' zei Simon gebiedend. 'Laat die benzine staan.'

Elijah leek in een hevige tweestrijd te verkeren. Hij bukte om het op de grond gevallen doosje lucifers op te pakken.

'Simon, kijk,' fluisterde Nova. Ze knikte in de richting van de hoge ramen, die zich vlak onder het plafond bevonden.

Nu zag Simon het ook – het flikkerende blauwe licht van zwaailichten. Niet veel later drong ook het geluid van sirenes tot de loods door.

Elijah haalde een lucifer uit het doosje en ontstak die. In trance staarde hij naar de vlam, hij leek al niet meer van deze wereld te zijn.

Buiten de loods werd het geluid van de sirenes luider. Al snel klonken piepende banden, dichtslaande deuren en stampende voetstappen die hun kant op kwamen.

Op het moment dat de deur openvloog keek Elijah verschrikt op. Twee agenten staken hun hoofd om de hoek, ieder aan een kant van de deuropening. Ze stapten naar binnen, beoordeelden in een oogwenk de situatie en liepen meteen op Elijah af, hun rechterarmen gestrekt, de loop van hun pistool op hem gericht.

'Laat vallen,' schreeuwden ze. 'Handen in de lucht. Nu!'

Nog altijd brandde de vlam van de lucifer.

Elijah tilde de jerrycan op, waar nog een bodem benzine zat. Hij hield de lucifer erboven.

'Niet jij ook,' smeekte Annabel plotseling. 'Niet jij ook, Elijah.'

De stem van Annabel leek hem weer terug op aarde te brengen. Elijah kneep zijn ogen gepijnigd toe. Daarna blies hij de vlam uit, bukte hij zich en zette de jerrycan op de grond.

De agenten waren behoedzaam dichterbij gekomen. Na hen waren nog eens zes van hun collega's binnengekomen, allemaal met getrokken wapens. Ze waaierden in formatie uit over de ruimte.

Elijah zakte op zijn knieën en vouwde zijn handen achter zijn hoofd. Terwijl een van de agenten hem onder schot hield, posteerde de andere zich achter hem en deed hem handboeien om.

Annabel begon opnieuw te huilen.

'Wat is hier gebeurd!' vroeg een van de politiemensen uit de groep van zes die zich inmiddels in een halve cirkel rond het lichaam van De Redder hadden opgesteld.

'Het is een lang verhaal,' antwoordde Nova. 'Een heel lang verhaal.'

'Hoe wisten jullie dat we hier waren?' vroeg Simon.

'Een telefoontje,' antwoordde een agente. 'Via 112. En precies op tijd zo te zien,' ging ze verder. Ze raapte de sleuteltjes van de vloer. 'Ik zal jullie even uit jullie benarde positie bevrijden.' Ze maakte Simon, Nova en Annabel los, die alle drie dankbaar met een hand over hun pols wreven waarmee ze vastgebonden hadden gezeten.

Elijah werd afgevoerd, als een verslagen bokser, de schouders omlaag en het hoofd gebogen. Van het lichaam van De Redder steeg nog steeds rook op. Simon tastte voorzichtig met zijn hand op zijn hoofd. Het bloeden was gestopt. Zijn overhemd zat vol dieprode plekken, maar godzijdank – hij had het overleefd.

Het Armageddon is voorbij, dacht hij. *De strijd tegen de grote draak is geweest, het licht heeft overwonnen.*

Hij voelde een hand op zijn schouder. Hij draaide zich om en voor hij er erg in had, viel Annabel hem in zijn armen. Hij omhelsde haar en drukte haar ondanks de sterke geur van benzine stevig tegen zich aan.

'Het spijt me, papa,' zei ze uiteindelijk.

'Het is goed, lieve schat,' zei hij gesmoord. Er welden tranen op in zijn ogen. 'Ik heb je zo gemist.'

Ze maakten zich van elkaar los, waarna ook Simon en Nova elkaar omhelsden. Simon stelde haar en Annabel aan elkaar voor. 'Jullie gaan elkaar nog veel te vertellen hebben,' zei hij. 'Net als jij en ik, lieverd.' Hij omarmde zijn dochter nogmaals stevig.

En deze Apocalyps markeert niet het einde, maar een nieuw begin.

'Aan het begin van de avond was je nog zo hard tegen me,' zei hij tegen Annabel. 'Wat deed je ineens inzien wat voor verknipte persoonlijkheid Jozias in werkelijkheid was?'

'Jullie zeiden dat hij eigenlijk een Duitser was,' antwoordde Annabel, 'dat hij altijd over zijn identiteit had gelogen. En dat klonk opeens zo ontzettend logisch. Ik heb hem meermaals dingen horen zeggen die Duits klonken. Kleine woordjes die hij op de automatische piloot zei, begrijp je? Ik heb me vaak afgevraagd of hij misschien een tijd in Duitsland had gewoond, maar verder had ik er nooit iets achter gezocht.' Ze beet op haar lip. 'Ik besefte dat niet alles wat hij verkondigde waar was. En toen jij zei dat hij een moordenaar was die zijn slachtoffers verbrandde...' Annabels stem begon te trillen. 'Het werd me ineens duidelijk.'

Ze schudde haar hoofd en gebaarde in de richting van de enorme hoeveelheid benzine die in de loods was opgeslagen.

Ze hoefde het verder niet uit te leggen. Simon begreep het.

'Deze man kreeg gevaarlijke visioenen,' zei Nova. 'En het tragische is dat het misschien allemaal te verklaren is door zijn epilepsie.'

Annabel keek op. 'Epilepsie? Wat bedoel je?'

'Ik had begrepen dat De Redder aan epilepsie leed. Dat zou zijn visioenen en goddelijke ervaringen kunnen verklaren. Het komt vaker voor.'

'Wie heeft je dat verteld?' vroeg Annabel. 'Dat is echt onzin. Ik maak Jozias al lange tijd van heel dichtbij mee, en hij is... ik bedoel, hij wás kerngezond. Hij heeft nooit epileptische aanvallen gehad, slikte geen medicatie. Bovendien zijn religieuze visioenen in de Pinksterwereld heel normaal. Ze komen in iedere pinkstergemeente voor.'

Nova keek verbaasd op. 'Eline vertelde het me.'

Annabel haalde haar schouder op. 'Dan heeft Eline je maar wat op de mouw gespeld.'

Nova schudde haar hoofd. Simon vermoedde dat ze hetzelfde dacht als hij. Blijkbaar had Eline Nova doelbewust interessante, maar onjuiste informatie toegeworpen – puur als lokaas, om haar langzaam in de val te lokken.

'Hoe dan ook,' zei Simon, 'we hebben vanavond een gigantische ramp voorkomen.' Hij gaf Annabel een knuffel.

De agente die hen daarnet had losgemaakt kwam op ze af gelopen. 'Ik begeleid u naar buiten. We nemen u mee naar het bureau zodat we kunnen uitzoeken wat hier in 's hemelnaam is gebeurd. Slachtofferhulp is inmiddels ook ingeschakeld.'

'Dat is goed,' zei Simon.

Hij wierp nog een blik op het verkoolde lijk van de man die ooit Olivier Kassel heette. Simon besefte dat hij er nu bij lag zoals vijfentwintig jaar geleden het lichaam van Johan de Redder er in het dal van Hinnom bij moest hebben gelegen.

Zijn ledematen waren verkrampt, de huid was zwartgeblakerd en zijn mond stond wijd open, alsof hij van gene zijde om hulp schreeuwde.

Jezus houdt de wan in zijn hand. Hij zal zijn dorsvloer reinigen en zijn graan in de schuur bijeenbrengen, maar het kaf zal hij verbranden…

In onblusbaar vuur.

EPILOOG

Het was een schitterende zomeravond. Simon, Annabel en Nova zaten in de achtertuin van Simons huis, ieder met een glas rode wijn in de hand. Op de barbecue sudderden op een laag vuurtje drie mooie lapjes wit kalfsvlees. Een zachte wind streelde de blaadjes in de bomen en bracht een geluid voort dat leek op het ruisen van de zee.

'*L'chaim*,' proostte Simon.

Op het leven.

Gedrieën klonken ze hun glazen tegen elkaar.

Die middag was de apotheose geweest van de rechtszaak die in totaal bijna een jaar in beslag had genomen. De schuldkwestie was van het begin af aan volstrekt helder geweest. Jozias de Redder was door de ontdekkingen van Simon en Nova ontmaskerd als de man die eigenlijk Olivier Kassel heette. Hij werd als opdrachtgever verantwoordelijk gehouden voor betrokkenheid bij de dood van Thomas Weissenberg, Ergün Altıntaş, Umut Ev, Johan Zieleman en Angela Kassel. Daarnaast wees alles erop dat hij zelf de hand had gehad in de dood van Hannes Kreisler, de oude Jehova's getuige in Dresden, en Johan de Redder in Israël.

Bepaalde sterfgevallen binnen The Bride waren weliswaar in een ander daglicht komen te staan, maar daarvan kon niet meer worden bewezen of er opzet in het spel was geweest.

Voor de Bulgaarse huurmoordenaar Lyuben Dragonov was een internationaal opsporingsbevel uitgezet, maar dat had nog niets opgeleverd. Hij woonde niet meer in de woning die op zijn naam stond in Sofia, en ook zijn ex-vrouw en zijn dochtertje hadden hem al die tijd niet meer gezien.

Het verhaal rond de gijzeling van Simon, Nova en Annabel en de spectaculaire ontknoping had dagenlang het nationale nieuws gedomineerd en had zelfs de internationale media gehaald. De pers had gesmuld van het smeuïge verhaal rond De Redder, die volgens de algemene opinie een krankzinnige psychopaat moest zijn geweest. In praatprogramma's op radio en tv – waar Simon en Nova graag geziene gasten waren geworden – ging het behalve over de apotheose in de loods, ook over sektes in het algemeen en over hoe mensen in de ban van een charismatische leider konden geraken. Aanvankelijk waren verschillende leden van The Bride nog ingegaan op de uitnodiging om als gast in dergelijke talkshows te verschijnen, maar al snel lieten zij het afweten. Bij een populaire avondshow werd een verklaring voorgelezen, namens wie precies was niet helemaal duidelijk, waarin werd gesteld dat zij vonden dat er in de media een volstrekt verkeerd beeld van De Redder werd geschetst. Zij beschouwden de aantijgingen aan diens adres als vals en meenden dat die onderdeel uitmaakten van demonische aanvallen op een dienaar van de Heer.

Na de dood van De Redder waren de kerkleden van The Bride nog enkele keren in hun grote hal samengekomen, maar ze bleken al snel schapen zonder herder, en de organisatie desintegreerde binnen enkele maanden volledig. Vanaf dat moment kwamen er ook meer en meer verhalen naar buiten over het machtsmisbruik van De Redder, en beschuldigingen over seksueel grensoverschrijdend gedrag jegens enkele jonge vrouwen die bij hem in huis woonden.

Een accountantsbureau had geprobeerd de geldstromen in kaart te brengen, maar had die zelfs na een jaar nog lang niet helder. De Redder bleek zelf de spin in het web te zijn geweest, die alle codes en wachtwoorden voor zichzelf had gehouden. Als enige had hij zicht gehad op de wirwar aan bv's en bankrekeningen in belastingparadijzen en op de inkomsten en uitgaven van The Bride. Zijn zoon Eljah had alle medewerking verleend, maar ook hij stond, naar verluidde, vaak verbaasd over de reikwijdte en schimmigheid van het zakenimperium van zijn vader.

Elijah zelf werd nergens schuldig aan bevonden. Simon, Nova en Annabel hadden vóór hem getuigd en verklaard dat hij degene was geweest die een ramp had voorkomen door zijn vader omver te duwen op het moment dat hij hen drieën in brand had willen steken. Van enige betrokkenheid bij zijn vaders moorddadige plannen en financiële malversaties was niets gebleken.

Een groot aantal ex-leden hadden zich onder de leiding van een advocaat in een groep verenigd en probeerden het door hen aan de The Bride gedoneerde geld terug te vorderen – iets dat een zaak van lange adem beloofde te worden.

De meeste ontheemde ex-leden hadden al snel weer onderdak gevonden bij een andere pinkstergemeente of evangelisch kerkgenootschap. Een gevatte redacteur verzon boven een achtergrondartikel hierover de kop: 'Ont-redderde leden van The Bride vinden nieuwe herder'.

Eline, de informant van Nova, had een taakstraf toebedeeld gekregen. Ze had verklaard dat De Redder er kort voor het einde achter was gekomen dat ze Nova en Simon hielp, waarna De Redder haar dwong de twee het gebouw van The Bride in te lokken en hen op te sluiten. Later had ze een bewaker horen zeggen dat Jozias die avond van plan was naar Katwijk te gaan, waaruit ze concludeerde dat hij zijn gevangenen naar de loods zou vervoeren. Na veel innerlijke strijd had Eline uiteindelijk 112 gebeld en het adres van hun loods in Katwijk doorgegeven.

Hoewel de rechter deels in het betoog van Elines advocaat meeging dat zij onder de invloed van de charismatische kerkleider was geweest, ontsloeg dit haar naar het oordeel van de rechtbank niet van íedere verantwoordelijkheid – ze had al in een veel eerder stadium contact met de politie kunnen opnemen. Ze had Nova vaak van valse informatie voorzien, maar daar stond tegenover dat ze Nova ook wel degelijk waardevolle informatie had verschaft die haar had geholpen de zaak rond The Bride te ontrafelen. De rechter legde haar daarom alleen een taakstraf op, maar ze werd onder gedwongen behandeling van een psycholoog gesteld om los te komen van de invloed die De Redder ook postuum nog op haar uitoefende.

Simon begreep dat laatste wel. Sekteleden waren vaak te vergelijken met de spreekwoordelijke geit die heel zijn leven met een touw aan een paal heeft vastgezeten. Wanneer de geit is losgemaakt en de paal is weggehaald, is hij vrij om te gaan waar hij wil, maar toch blijft hij angstvallig alleen grazen binnen de straal rondom het punt waar de paal ooit stond.

Ook Annabel leerde met vallen en opstaan los te komen van de jarenlange brainwash. Zij voerde gesprekken met een psycholoog die zich had gespecialiseerd in het deprogrammeren van ex-sekteleden.

De eerste maand was ze weer in haar oude kamer getrokken, maar al snel vond ze in Leiden een kamer in een fijn studentenhuis. Die zomer had ze actief meegedaan aan de EL CID-week, de introductieweek van de Universiteit Leiden. Ze had zich ingeschreven voor de studie Religiewetenschappen, waarvan de colleges nog maar net waren begonnen.

Annabel had zich voorgenomen haar ervaringen in een boek te verwerken, zowel met betrekking tot wat ze binnen The Bride had meegemaakt als wat er daarna met haar was gebeurd. Verschillende uitgevers toonden interesse nog voor ze ook maar een letter op papier had gezet.

Ook Nova had over belangstelling van uitgevers niet te klagen voor haar meer algemene boek over The Bride. Ze koos uiteindelijk voor dezelfde uitgever als die van Annabel, zodat de promotie van de een die van de ander zou versterken.

Het derde boek dat uit deze hele geschiedenis zou voortkomen, was dat van Simon. In overleg met zijn vaste uitgever had hij zijn boekje *Het einde dat nooit begon* uit de handel laten nemen, vanwege zijn nieuwe inzichten. In een razend tempo had hij gewerkt aan een nieuw boek waarin hij al zijn ontdekkingen vanaf zijn bezoek aan de grot in Göreme had verwerkt. Hij hoopte dat *Het christendom – Hoe de Romeinen een heidense religie maakten van de Jood Jezus* binnen zes maanden in de winkel zou liggen. Hij had het vanzelfsprekend opgedragen aan zijn vriend Thomas Weissenberg.

'Ik begin al trek te krijgen, pa,' zei Annabel.

Simon stond op om het vlees nog eenmaal om te draaien. Hij was er speciaal voor naar Van der Zon in de Haarlemmerstraat gegaan, een ambachtelijke slagerij die zijn koeien, lammeren, kalveren en varkens betrok van regionale boeren. 'Wij weten welk vlees we in de kuip hebben' was al jaren hun vaste slogan.

'Ik wil graag drie lapjes van het gemeste kalf,' had Simon voor de grap tegen de slager gezegd, maar die had hem niet-begrijpend aangekeken.

Met het vlees in zijn boodschappentas op de weg terug naar huis was Simons oog nog gevallen op een heel erg mooie blouse die hij in een opwelling voor Annabel had gekocht. Ze was er blij mee geweest en had hem vanavond speciaal voor de gelegenheid aangetrokken.

Annabel had haar outfit gecompleteerd met een ring die nog van haar moeder was geweest en die Simon haar op haar achttiende verjaardag had willen geven. Vóór de barbecue had hij haar dit verlate verjaarscadeau in een emotioneel moment om haar vinger geschoven.

'Het ziet er allemaal goed uit,' zei Simon, die met een tang het vlees van het rooster afhaalde.

'Ik rammel van de honger,' zei Annabel en ze lachte.

Mijn hemel, wat heb ik dat gemist.

'Laten we eten en feestvieren,' zei Simon op plechtige toon. 'Want deze dochter van mij was verloren en is teruggevonden.'

+++

Op het kleine podium van theater Ins Blau speelde een energiek trio een uptempo nummer. Op het megascherm achter hen werden beelden uit het Heilige Land geprojecteerd. Een onderschrift verduidelijkte telkens wat er te zien was: de Tempelberg in Jeruzalem, de geboortekerk in Bethlehem, het Meer van Galilea, een doopceremonie in de rivier de Jordaan, de Dode Zee, de

Tuin van Gethsemane… Ze werden afgewisseld door meer algemene foto's van indrukwekkende, goudomrande wolkenpartijen, een opgaande zon boven een veld vol bloeiende bloemen, ouderwets ogende vissersboten op een meer, twee volle korenaren, en een man en vrouw die hand in hand door een glooiend landschap liepen, liefdevol kijkend naar twee lachende kinderen die voor hen uit huppelden.

Tot de laatste stoel was het kleine theater, dat op deze zaterdagochtend als kerk dienstdeed, bezet. Het publiek bestond voor het grootste deel uit twintigers en dertigers die vrijwel allemaal stonden. Veel mensen bewogen op de maat van de muziek, meewiegend met het bovenlichaam. Anderen prevelden geluidloos voor zich uit, met een devote glimlach op het gezicht. Weer anderen hadden de ogen gesloten en een of twee armen in de lucht gestoken.

De laatste dia vervaagde en werd vervangen door enorme, pulserende letters waar het licht van afspatte:

THE NEW BRIDE

In kleinere letters eronder:

Zoals de bruidegom zich verheugt over zijn bruid,
zo zal God zich over jou verheugen.

Vanaf de zijkanten werden door twee kleine rookmachines wolken het podium opgeblazen, die, als een zeer plotseling opkomende mist, iedereen daar aan het zicht onttrok. Het bandje bleef echter onverstoorbaar doorspelen.

'*We welcome you, Spirit of God,*' begonnen de bezoekers te zingen. '*Welcome in our midst, welcome in our hearts. Reveal to us the coming King, the coming King, the coming King.*'

Drie grote witte zoeklichten schenen naar één punt op het podium. De rook trok langzaam op waardoor beetje bij beetje een figuur zichtbaar werd.

Daar was hij: Elijah de Redder.

Een oorverdovend applaus en gejoel barstten los, terwijl uit de mist Elijah naar voren stapte, strak in het pak en met een hippe designerbril op de neus. Met een simpel handgebaar maakte hij duidelijk dat de muzikanten even konden stoppen. Slechts de toetsenist bleef zacht op de achtergrond spelen; zweverige akkoorden die een sfeer van verwachting creëerden.

Elijah nam het woord.

'Welkom, lieve heiligen,' zei hij. 'Welkom in het huis van onze God. Welkom op de plek waar vrede, troost en blijdschap is.'

'Amen!' antwoordden de mensen als uit één mond.

'Vandaag maken we een nieuw begin,' zei Elijah. 'De strubbelingen die we hebben gekend horen nou eenmaal bij het hobbelige, smalle pad dat ons uiteindelijk naar het Beloofde Land zal brengen. Maar Jezus komt terug!'

'Maranatha!' riep een jonge vrouw op de eerste rij.

Onze Heer zal komen!

'Ja, Hij komt spoedig,' zei Elijah met een gelukzalige glimlach om zijn mond. 'Jullie weten dat Jezus reeds voorspelde dat er in de eindtijd valse profeten zouden opstaan die velen zouden misleiden. Niemand van jullie zal begrijpen met wat voor een afgrijselijke pijn in mijn hart ik moet erkennen dat ook mijn vader een valse profeet is gebleken.' Hij leek een moment emotioneel te worden. 'God heeft hem echter geoordeeld met zijn oordeel van vuur.'

Kreten van bijval vulden de kleine ruimte.

Met een liefdevolle blik keek Elijah de zaal rond. 'Daarom, lieve heiligen, daarom kondig ik vandaag een nieuw begin aan, het begin van The New Bride.'

Een oorverdovend gejuich en gestamp maakte hem voor even het spreken onmogelijk. Pas na enige minuten slaagde hij erin de mensen weer kalm te krijgen. 'Want hemel en aarde zullen verdwijnen,' zei Elijah op bezwerende toon. 'Maar Zijn woorden zullen nooit verdwijnen.'

DANKWOORD

JEROEN WINDMEIJER

Met enige regelmaat krijg ik mail van mensen die mij graag een idee voor een boek aan de hand willen doen. Een enkele keer drinken we dan een kop koffie in een Leids café en praten we erover. In de meeste gevallen weet de persoon in kwestie na een soms jarenlange studie zóveel meer van het onderwerp dan ik – sjamanisme in Suriname, tempelcultuur in Goa (India), megalithische monumenten op Malta – dat hij of zij het boek het beste gewoon zélf kan schrijven. Aan het duo-auteurschap ben ik alleen met Jacob Slavenburg toegekomen met wie ik onder meer *De Magdalenacodex* en *Het Evacomplex* schreef.

Drie jaar geleden ontving ik via Facebook een Messengerberichtje van Tjarko, die vertelde dat hij mijn Leidse trilogie had gelezen (*Het Petrusmysterie*, *Het Pauluslabyrint* en *Het Pilgrim Fathers Complot*). Hij had veel herkenning gevonden in mijn benadering van (bijbelse) verhalen waarbij het mij altijd gaat om de boodschap die erin schuilgaat en nooit om de vraag of ze al dan niet waargebeurd zijn. In het kort schreef hij hoe hij afstand had genomen van zijn christelijke geloof, en daar herkende ik op mijn beurt weer heel veel van mijn eigen levensgeschiedenis in. We besloten af te spreken in een café in Almere-Haven en al snel volgde een tweede afspraak, heel toepasselijk in Museumpark Orientalis, het van oorsprong bijbels openluchtmuseum. Al wandelend langs gebouwen en plekken die de bezoeker een beeld geven van het leven in het (historische) Midden-Oosten bleek opnieuw dat we niet uitgepraat raakten over onze gemeenschappelijke fascinatie voor het (vroege) christendom, Jezus, mythologie en geschiedenis. Bijna als vanzelf ontstond het idee om onze kennis en kunde te bundelen en samen een religieus-historische thriller te schrijven – en al snel kwamen we uit op een trilogie. Wat mij betreft is *Openbaring* het begin van een lange samenwerking, want samen hebben we nog ideeën genoeg.

Na een korte zoektocht kwamen we uit bij Xander Uitgevers die direct enthousiast reageerde op onze plannen en constructief meedacht met ons project. Ik wil Sander Knol en zijn hele team dan ook heel erg bedanken voor het vertrouwen dat zij van begin af aan in ons hebben gesteld. Verder bedank ik vanzelfsprekend Tjarko met wie ik in korte tijd een bijzondere band heb ontwikkeld en met wie de samenwerking ontzettend soepel is verlopen. Ten slotte gaat mijn dank uit naar mijn prachtige dochter Dünya, het mooiste wonder dat mij in mijn leven overkomen is.

TJARKO EVENBOER

Bijna drie jaar geleden ontmoette ik Jeroen voor het eerst. We hadden afgesproken in Almere-Haven – niet omdat dat de meest inspirerende plek in het land is, maar omdat het grofweg tussen mijn woonplaats Zwolle en Jeroens woonplaats Leiden gelegen was. We merkten direct dat we een bijzondere klik met elkaar hadden. We zaten uren te praten over talloze onderwerpen en bleken veel gemeen te hebben: allebei zijn we christen geweest maar van ons geloof gevallen, allebei schrijven we thrillers en allebei hebben we een fascinatie voor religie en mythologie. Algauw ontstond het idee om samen een boek te schrijven. We hadden echter te veel inspiratie voor slechts één boek – het moest een trilogie gaan worden waarin de oorsprong van het christelijk geloof en het ontstaan van het Nieuwe Testament centraal stond, ieder deel gegoten in een spannende en zinderende plot. Maar hoe doe je dat, met zijn tweeën aan één boek werken? We besloten dat ik de grote lijnen zou gaan uitzetten door een uitgebreid script te schrijven. Jeroen schreef op basis daarvan de eerste ruwe versie van het verhaal, die we vervolgens als een speelbal heen en terug bleven werpen. Tijdens het schrijfproces leerden we zelf ook ongelooflijk veel. Het onderzoek voor dit boek voelde als het aanboren van een geweldige bron aan boeiende (soms vergeten) informatie over het vroege christendom. Langzaam schoof de historische puzzel voor onze ogen in elkaar.

Mijn dank gaat in eerste plaats uit naar Jeroen, voor het vertrouwen dat hij in mij stelde door samen dit avontuur aan te gaan. Maar ook het team van Xander Uitgevers ben ik veel dank verschuldigd. In het bijzonder Sander Knol, voor zijn vertrouwen in dit project, en Lotte Dijkstra, voor haar onontbeerlijke hulp en advies. Ook wil ik Patricia Snel bedanken, voor het meedenken met de plot. Je adviezen hebben geholpen de verhaallijn naar een hoger niveau te tillen, de spanning aan te scherpen en zo nu en dan wat ballast af te werpen. Ook gaat mijn dank naar Rosita Kappelhof en Leo Boekraad voor de uitstekende correctie en eindredactie van de tekst. Ten slotte wil ik mijn vrouw Marlon bedanken, voor haar steun tijdens het schrijfproces. Zonder haar enthousiasme en geloof in dit boek zou het schrijven nooit gelukt zijn.

GERAADPLEEGDE LITERATUUR

Aslan, R. – *De Zeloot: Het Leven van Jezus van Nazaret en de Geboorte van een Religie.* Balans, Amsterdam, 2014

Crossan, J.D. – *Jezus: een Revolutionaire Biografie.* Prometheus, Amsterdam 1994

Doane, T.W. – *Bible myths and their parallels in other religions.* Kessinger Publishing's, Whitefish Montana, Reprint 1882.

Doherty, E. – *The Jesus Puzzle: Did Christianity start with a mythical Christ?* Ottawa, Age of Reason Publications, 2005

Ehrman, B.D. – *How Jesus became God: The exaltation of a Jewish preacher from Galilee.* New York, HarperOne, 2017.

Ehrman, B.D. – *Jesus before the gospels. How The Earliest Christians Remembered, Changed, And Invented Their Stories Of The Savior.* New York, HarperOne, 2014.

Ehrman, B.D. – *Misquoting Jesus. The Story Behind Who Changed The Bible and Why.* New York, HarperOne, 2005.

Finkelstein, I., N.A. Silberman – *De Bijbel als mythe: Opgravingen vertellen een ander verhaal.* Den Haag, Uitgeverij Synthese, 2006.

Freke, T., P. Gandy – *The Jesus Mysteries: Was the "Original Jesus" a Pagan God?* Three Rivers Press, New York, 2001.

Glashouwer W. en Verweij, H. – *De komst van Jezus Christus.* Uitgeverij Van der Stoep, Heinenoord, 1985

Goudoever, J. van (red.) – *Zoals er gezegd is over: Het Komen van de Messias.* H. Veenman en Zonen N.V., Wageningen, 1966

Hart, M. 't – *De Bril van God. De Schrift Betwist II.* De Arbeiderspers, Amsterdam, 2002

Hart, M. 't – *Wie God Verlaat Heeft Niets te Vrezen*. De Schrift Betwist. De Arbeiderspers, Amsterdam, 1997

Josephus, Flavius – *De Joodse Oorlog & Uit mijn leven.* Vertaald, ingeleid en van aantekeningen voorzien door F.J.A.M. Meijer en M.A. Wes, Ambo Amsterdam, tweede druk 2010

Josephus, Flavius – *De Oude Geschiedenis van de Joden.* Vertaald, ingeleid en van aantekeningen voorzien door F.J.A.M. Meijer en M.A. Wes, Ambo|Anthos Amsterdam, negende druk 2018

Lahaye, T. en Jenkins J.B. – *Het einde der tijden.* Uitgeverij Kok, Kampen, 2001

Lapide, P. – *Wie waren er schuldig aan de dood van Jezus?* Kok, Kampen, 1988

Leupen, P. – *De Vergissing van Jezus: Het Uitblijven van Zijn Koninkrijk en de Gevolgen.* Bert Bakker, Amsterdam, 2012

Lindsey, H. – *De Laatste Veldslag*, Novapres, 1996

Meijer, F. – *Jezus en de vijfde evangelist,* Athenaeum-Polak & Van Gennep, Amsterdam, negende druk 2016

Pagels, E. – *Het vreemdste bijbelboek. Visioenen, voorspellingen en politiek in Openbaring.* Uitgeverij Ten Have, Utrecht, 2012

Russel, J.S. – *The Parousia, The New Testament Doctrine of Christ's Second Coming.* T. Fisher Unwin, London, 1887

Vergeer, Ch. – *Een Nameloze: Jezus de Nazarener.* SUN Uitgeverij, Nijmegen, 1997

Vergeer, Ch. – *Marcus. De man met de verminkte vingers.* Uitgeverij DAMON, Budel, 2010

Vergeer, Ch. – *Panterjong: Leven en lijden van Jezus de Nazarener.* SUN Uitgeverij, Nijmegen, 2000

Verhoeven, P. – *Jezus van Nazaret.* J.M. Meulenhoff bbv, Amsterdam, 2008

Voskuilen, Th. – *Alias Paulus: De Grondlegger van het Christendom als Geheim Agent van Rome.* Veen, Bosch en Keuning Uitgevers N.V., Wommelgem, 2002

Vuyst, J. de – *De Openbaring van Johannes.* Uitgeverij Kok, Kampen, 1987

Waele, de, D. – *Ontluikend Christendom, Cultuurgeschiedenis van een nieuwe religie in de Grieks-Romeinse wereld.* KokBoekencentrum Uitgevers, Utrecht, 2022

Jeroen Windmeijer (1969, Delft) is cultureel antropoloog. Voor zijn afstudeeronderzoek woonde hij zes maanden in een indiaanse gemeenschap aan de oevers van het Boliviaanse Titicacameer. Later promoveerde hij op een onderzoek naar de Ecuadoriaanse hooglandindianen in Otavalo (Ecuador). Jarenlang werkte hij als niet-gelovige docent godsdienst aan het protestants-christelijke Visser 't Hooft in Leiden. Hij kende een zeer gelovige periode in zijn studententijd, maar later dreef hij daarvandaan. Zijn fascinatie voor Jezus en het (vroege) christendom bleven. Windmeijer verweeft op boeiende wijze feit en fictie met elkaar. Zo verschenen *Het Petrusmysterie, Het Pauluslabyrint, Het Pilgrim Fathers Complot* (*Leidse*-trilogie); *De Offers, De Genesissleutel, De Stenen Goden* (*Zuid-Amerika*-trilogie) en, met Jacob Slavenburg samen, *Het Isisgeheim, Het Evacomplex, De Magdalenacodex* (*Sterke Vrouwen*-trilogie).

Tjarko Evenboer (1983, Zwolle) is schrijver, scenarist en cartoonist. Hij was jarenlang een overtuigd christen en schreef een bijbelverdedigend non-fictieboek dat een bestseller werd in geloofskringen, *De wereldwijde vloed*, gevolgd door de christelijke thriller *De stenen getuigen*. Enkele jaren geleden bracht hij naar buiten na een lang proces van zijn geloof te zijn gevallen, iets wat veel stof deed opwaaien in christelijke kringen. Na zijn christelijke boeken schreef hij de psychologische thriller *Vuurvliegen*. Naast schrijver is hij al twintig jaar de tekenaar en co-auteur van de populaire cartoon Evert Kwok, met honderdduizenden volgers op social media. Van Evert Kwok verscheen een groot aantal albums, vakantieboeken, scheurkalenders en verzamelbundels.